COMMANDANT EN CHEF

Tome 2

Tom Clancy est né en 1947 à Baltimore. Il poursuit des études d'anglais puis tente d'intégrer l'US Army. Mais sa mauvaise vue l'empêche de participer à la guerre du Vietnam. Il écrit alors un roman inspiré de l'histoire vraie de sous-mariniers russes désireux de passer à l'Ouest : *Octobre rouge*... C'est ainsi que débute la carrière de Tom Clancy, dont les thrillers, ultradocumentés et souvent prémonitoires, sont tous des best-sellers. Tom Clancy est décédé en 2013.

Paru au Livre de Poche :

Le Cardinal du Kremlin
Chef de guerre (2 vol.)
Code SSN
Cybermenace
Danger immédiat
Les Dents du tigre
Dette d'honneur (2 vol.)
Jeux de guerre
Ligne de mire (2 vol.)
Mort ou vif (2 vol.)
Octobre rouge
L'Ours et le Dragon (2 vol.)
Power Games
Guerre froide
Sur le fil du rasoir
Rainbow Six (2 vol.)
Red Rabbit (2 vol.)
Sans aucun remords
La Somme de toutes les peurs
Sur ordre (2 vol.)
Sur tous les fronts (2 vol.)
Tempête rouge

Tom Clancy et Steve Pieczenik présentent

Net Force
Point d'impact
Cybernation
Cyberpirates

TOM CLANCY

avec Mark Greaney

Commandant en chef

Tome 2

ROMAN TRADUIT DE L'ANGLAIS (ÉTATS-UNIS)
PAR JEAN BONNEFOY

ALBIN MICHEL

Titre original :

COMMANDER IN CHIEF

Ceci est une œuvre de fiction.
Les personnages et les situations décrits dans ce livre
sont purement imaginaires : toute ressemblance avec des personnages
ou des événements existant ou ayant existé
ne serait que pure coïncidence.
Le lecteur sera toutefois intéressé de savoir
que le manuscrit de ce roman a été terminé en août 2015…

Toutes les notes sont du traducteur.

ISBN : 978-2-253-26026-4 – 1re publication LGF

EUROPE DU NORD

42

Le jet d'affaires de Hendley Associates se posa sur Beef Island en milieu d'après-midi et, sitôt passée la visite des douanes, John Clark et Adara Sherman montèrent dans une jeep qui les attendait sur le tarmac. Ils rejoignirent alors un port de plaisance d'East End Bay sur l'île voisine de Tortola. Les y attendait, près d'un canot amarré sur le quai, un homme qui, après un bref échange de poignées de main, tendit à Adara un jeu de clés.

« Tout ce que vous avez demandé est déjà stocké à bord. Vous êtes mouillé à l'anneau cinquante-trois. C'est le ketch Irwin de seize mètres, datant de 1978, que vous avez choisi d'après photos.

— Excellent », dit Adara avant de lui donner un pourboire de deux cents dollars pour récompenser sa rapidité.

L'homme détailla longuement Adara et John. Elle avait la mi-trentaine, lui la mi-soixantaine et John détecta d'emblée le sous-entendu : clairement, il pensait qu'ils étaient en couple. Clark sentit la moutarde lui monter au nez à l'idée que cet inconnu pût le prendre pour un vieux barbon exhibant son trophée, ou – puisque Adara ne portait pas d'alliance, et lui si – peut-être que l'employé de la marina s'imaginait que Clark avait emmené sa maîtresse dans les îles pour quelques galipettes loin de bobonne restée à la maison.

Ça ne lui plaisait pas du tout mais il ne fit rien pour dissuader l'homme de ses suppositions. Il se dit qu'il ne devait pas être le premier coureur de jupons âgé mais fortuné à venir louer un voilier dans ce port de plaisance.

C'était finalement une bonne couverture.

Alors qu'il s'installait à la barre du canot et pénétrait dans la marina, Adara assise à côté de lui, il se rapprocha de la jeune femme pour lui souffler : « J'espère que vous n'aurez pas accumulé trop de choses à bord de ce bateau. Avec un peu de chance, on n'en aura besoin que pour une nuit.

— Non, pas trop. Juste de quoi tenir quelques jours, parce que j'ai pensé que ça paraîtrait louche d'avoir fait tout ça juste pour une croisière de vingt-quatre heures.

— Très judicieux.

— Je crois bien, ajouta Adara, que ce type nous a jugés. »

Clark opina. « Ouais, mais il n'a pas non plus craché sur nos sous, pas vrai ? »

La jeune femme rit : « Oui, absolument. Peut-être que j'aurais dû choisir une autre tenue, en rajouter une couche côté couverture. » Il est vrai que Sherman portait une petite tenue toute simple : pantalon kaki et polo blanc. Ses cheveux blonds mi-longs étaient retenus en une petite queue-de-cheval. Elle était jeune et séduisante, mais loin de l'image d'une croqueuse de diamants en vacances aux Antilles avec son vieux protecteur.

« Et peut-être que de mon côté, j'aurais dû rajouter quelques bagues et porter une grosse chaîne autour du cou, renchérit Clark. Sans oublier un peu de Botox. »

L'idée fit rire Adara.

Ils sinuèrent parmi une série de mouillages où étaient amarrés voiliers et catamarans. Très vite, ils trouvèrent le cinquante-trois et s'approchèrent lentement pour contourner le monocoque blanc qui s'y trouvait.

Clark le regarda d'un air appréciateur. Le voilier était assez gros pour être confortable tout en restant d'une taille suffisamment raisonnable pour ne pas être difficile à manœuvrer. En outre, il n'était pas flambant neuf et m'as-tu-vu. Adara lui avait précisé dans l'avion qu'il avait près de quarante ans mais qu'il semblait avoir été choyé tout au long de son existence.

Ils amarrèrent le canot à l'un des taquets du plat-bord, puis montèrent sur le pont. Un autre canot, plus petit, était attaché à l'arrière du voilier.

Ils longèrent le plat-bord pour entrer dans la cabine et s'arrêtèrent devant la barre. « Il filera ses douze nœuds sur les moteurs. Plus encore sous la voile, bien sûr selon la météo. » Elle leva un doigt comme si une autre réflexion lui était soudain venue. « Cela dit, ces Irwin gîtent pas mal sous le vent, donc on n'oublie pas de se sécuriser. »

Clark se contenta de sourire. Il se dit que ce n'était pas une jeunette de trente-cinq ans qui allait lui enseigner la navigation, mais il se reprit. Elle ne le maternait pas, elle veillait simplement sur lui et il aurait plutôt dû s'en féliciter.

Après un tour sous le pont et une rapide inspection du poste de navigation, de la radio, des moteurs, des pompes de relevage, Clark rendit son verdict. « Beau boulot, mademoiselle Sherman.

— À la bonne heure. Paré à lever l'ancre ? »

Clark consulta sa montre. Dix-sept heures passées. Il estima la traversée de la marina de Tortola à l'île Tarpon à quatre heures. Une fois sur place, il attendrait quatre heures de plus pour gagner le rivage, minutant son arrivée pour éviter de rencontrer un nageur dans les eaux de la baie ou un promeneur sur la plage.

« Allons-y. »

C'était un superbe après-midi sur l'île Tarpon mais ce n'était une surprise pour personne. On était au paradis ; même sous la pluie, le paysage demeurait magnifique.

Aujourd'hui, il n'y avait pas de pluie ; le temps était particulièrement parfait, le ciel d'un bleu encore plus profond que d'habitude, l'océan clair comme le cristal près du rivage et d'une aigue-marine parfaite au loin.

Noah Walker, sept ans, pataugeait et nageait au milieu du clapotis du ressac. Installée dans un transat, Kate, sa mère, le surveillait distraitement par-dessus le bord de son livre, juste pour s'assurer qu'il ne dérivait pas trop loin où il n'aurait plus pied. Son tuba, sa touffe de cheveux noir de jais et les fesses de son slip de bain rouge étaient les seuls détails dépassant de l'eau dans toute la baie.

Kate savait qu'elle était ici au paradis et elle espérait que Noah était capable de mesurer sa chance. Pour sa part, elle venait de la classe moyenne inférieure ; tout ce qu'elle possédait depuis qu'elle était née, elle l'avait gagné par son travail. Elle avait du mal à se faire à l'idée que son fils avait connu une enfance absolument différente, mais elle faisait son possible pour qu'il garde les pieds sur terre.

Bien sûr, ce n'était pas évident au beau milieu du paradis, entouré de bonnes, de cuisiniers et autres domestiques. Sans compter les hydroptères, les dîners fins et les apparitions quotidiennes de célébrités dans le pavillon de restauration.

Noah n'avait jamais connu d'autre forme d'existence : même à Londres ou à Sydney, ils avaient toujours vécu dans l'opulence depuis ses trois ans environ, mais Kate avait toujours du mal à se faire à l'idée que c'était désormais son existence à elle aussi.

Elle n'était pas une potiche et rien ne la mettait plus en rogne que lorsqu'elle se sentait traitée de la sorte. Elle avait travaillé comme serveuse à Sydney, pendant ses études, puis elle avait rencontré Terry quand tous deux travaillaient comme programmeurs dans une petite boîte de logiciels.

À leur mariage, aucun ne possédait encore de voiture et, moins d'un an plus tard, ils étaient devenus parents, ce qui avait rendu plus précaire encore leur situation financière. Kate avait quitté son travail pour élever Noah et peu après, Terry, au grand désespoir de son épouse, avait démissionné pour consacrer tout son temps au développement de logiciels destinés à ce nouveau marché des transactions en monnaie virtuelle, alors en pleine floraison sur Internet. Ils avaient déménagé pour Londres, ville où la vie était encore plus chère qu'à Sydney.

Il lui avait fallu des années pour mettre sur le marché son tout premier logiciel – lequel lui avait déjà rapporté beaucoup d'argent, mais cinq années plus tard, son chef-d'œuvre était achevé et pleinement opérationnel : BlackHole.

Les premières années, ils s'étaient retrouvés riches au-delà de leurs rêves les plus fous, et c'est alors que Terry lui avait expliqué qu'ils devaient s'expatrier encore, quitter Londres pour aller s'installer aux Antilles, car c'était là, et là seulement, qu'il pourrait pour de bon concrétiser enfin son rêve : faire de BlackHole la plus vaste et la plus efficace des plates-formes d'échange de monnaie virtuelle existant sur le marché. Elle avait accepté, à la condition qu'il mette une limite de temps à cette délocalisation et, sitôt dit, sitôt fait, elle s'était retrouvée ici, avec un mari qui gagnait deux millions de dollars par mois.

La vie des Walker avait changé du tout au tout, mais Kate se prenait encore à avoir la nostalgie de leur vie londonienne, quand ils récupéraient les pièces tombées entre les coussins du divan pour pouvoir acheter les couches de Noah. Au moins étaient-ils alors ensemble. À présent, pour que son affaire continue de tourner convenablement, Terry devait travailler sept jours sur sept ; il avait une interminable liste de clients à rencontrer et d'opérations à exécuter, et il ne pouvait que lui promettre un jour, peut-être, une pause pour jouir enfin de leur vie, pour enfin prendre des vacances loin du paradis.

Encore six mois, telle était sa promesse, et elle comptait bien la lui faire tenir.

La plage était presque vide cet après-midi-là, mais c'était toujours le cas par ici. Elle s'y rendait quasiment tous les jours à peu près vers cette heure-ci, une fois passé le pire des rayons solaires, et là, elle lisait tandis que Noah nageait à proximité, ramassant les coquillages dans les eaux peu profondes de la baie.

Elle était justement en train de se dire à quel point le paradis pouvait être ennuyeux quand une voix féminine la fit sursauter. « Oh, hello, bonjour ! Ça ne vous dérange pas si je me joins à vous ? »

Kate se retourna pour découvrir une femme séduisante et souriante, en train de s'asseoir dans le transat voisin, une piña colada dans la main. Elle portait un bikini discret, un paréo autour de la taille, et était coiffée d'un chapeau à large bord. Son accent européen était manifeste mais Kate ne pouvait le situer.

« Salut, fit-elle. Bien sûr que non. Vous devez être nouvelle par ici.

— On vient juste d'arriver. On est installés de l'autre côté, dans les petits cottages. J'espère que ce n'est pas un problème que je reste ici. »

D'ordinaire, cette partie de la plage était réservée aux trois villas situées sur la colline qui la surmontait, tandis que les cottages à l'autre bout de la baie avaient leur propre étendue de plage privée, un peu moins luxueuse. Mais ce n'était pas le boulot de Kate de faire la police de la station balnéaire et d'envoyer promener cette femme. D'autant plus qu'elle se rendit vite compte qu'elle était après tout ravie d'avoir la compagnie d'un adulte. Elle tendit la main. « Mais bien sûr que vous pouvez rester. Kate Walker.

— Moi, c'est Julia. »

Kate la trouvait très belle et elle supposa qu'elle devait être célèbre. La plupart des vacanciers qu'on rencontrait à Tarpon n'étaient ni des rockstars ni des acteurs, mais une proportion non négligeable l'était et cette femme avait incontestablement l'allure, le port et la confiance en soi d'une célébrité. Le fait même qu'elle n'ait donné que son prénom renforçait également le soupçon de Kate que cette Julia s'attendait d'évidence à être reconnue.

Ne voulant pas passer pour la nunuche ébahie typique, Kate se garda bien de l'interroger à ce sujet. Il y avait ici une règle tacite : on ne demandait jamais à quelqu'un comment il gagnait sa vie. Dans un endroit où la plupart des gens venaient pour échapper à la curiosité de leurs semblables, on jugeait inconvenant de lorgner dans leur vie privée.

Julia regarda Noah s'ébattant dans la mer. « Quelle énergie. Quand je n'ai qu'une seule idée, lézarder au soleil. »

Sourire de Kate. « Pareil pour moi. » Elle leva son propre verre et ajouta : « Avec un verre dans la main. »

Les deux femmes trinquèrent.

« Vous êtes en vacances ? » demanda Julia.

Kate aurait volontiers répondu d'un simple « oui » et puis en rester là, mais elle n'avait pas tant d'occasions de parler de sa vie. « Non, pas vraiment. Mon mari est aux îles Vierges pour affaires et j'éduque Noah à la maison, donc nous vivons simplement ici, à titre temporaire. » Elle se rendit compte du ton affecté qu'elle avait pris et se dépêcha d'ajouter pour rectifier le tir : « Non que je me plaigne. Nous habitons une villa. Et elle est superbe.

— Les cottages ne sont pas mal non plus. » Julia regarda par-dessus son épaule. « Mais je veux bien croire que cette villa soit raffinée.

— Elle l'est, c'est clair, admit Kate en hochant la tête. Mais cela fait déjà un petit moment que nous sommes ici, alors j'ai hâte de retourner à Sydney. » Puis, indiquant son fils : « Lui, il pourrait rester ici éternellement… »

Les deux femmes avaient le même âge, à un ou deux ans près, et Kate était ennuyée de ne toujours pas pouvoir situer Julia. Elle essayait de se la figurer sur une scène, un micro à la main, ou sur une publicité dans les pages d'un luxueux magazine, voire dans un film.

En vain. Ses traits ne lui disaient rien du tout.

Elle décida de rompre le protocole de l'île Tarpon. « Et vous Julia ? Qu'est-ce qui vous amène ici ?

— Le travail, moi aussi.

— Je vois », fit Kate, qui ne voyait rien du tout.

Julia n'ajoutant rien, se contentant de siroter sa piña colada en contemplant la mer, Kate se garda d'insister.

Il y eut plusieurs secondes de calme total, seulement rompu par la brise et les caquètements de quelques quiscales au loin.

Finalement, Julia rompit le silence :

« Mon compagnon et moi songions à visiter l'une des villas avant de repartir. Il a une grande famille, il est italien et catholique, vous voyez le tableau.

— Bien sûr », dit Kate.

À présent, elle essayait de se figurer le petit ami de cette femme. Peut-être était-ce lui, la personne célèbre.

« Toujours est-il que nous pensions qu'à l'occasion de notre prochaine visite ici, nous pourrions faire venir tout le monde pour une grande réunion de famille. »

Kate savait que les trois villas étaient louées en ce moment. Un producteur de cinéma bien connu était dans la première ; d'après les rumeurs recueillies par Terry au bar à cigares du pavillon, ce dernier passait ses journées avec des nuées de starlettes en perpétuelle rotation… Et un célèbre propriétaire viticole français occupait l'autre avec toute sa famille. La direction de la station de Tarpon n'allait certainement pas accepter de faire visiter les villas alors qu'elles étaient occupées, même pour des hôtes résidant déjà sur l'île.

Kate tint sa langue une minute encore mais, après avoir pesé le pour et le contre, elle décida qu'elle pouvait toujours inviter elle-même Julia en haut de la colline pour une brève visite. Zut, après tout, elle s'ennuyait, et ce serait amusant de lui faire faire le tour des lieux.

« Ça vous dirait de monter avec moi jeter un coup d'œil à notre maison ? On s'apprêtait à rentrer, Noah et moi. Mon mari revient en général vers sept heures et la cuisinière sera là pour préparer le dîner dès six heures et demie. Je dois me dépêcher de remonter, de toute façon. »

Julia parut enchantée. « Ce serait merveilleux, mais je ne veux surtout pas vous déranger.

— Pas du tout. Je vous montrerai les lieux et nous pourrons boire un verre de vin. Vous allez adorer la vue sur la baie depuis là-haut. »

Vingt minutes plus tard, le tour de la villa achevée, Kate emplit dans la cuisine deux verres de chardonnay et ressortit pour les apporter à Julia qui s'était installée dans le divan du salon, près de la baie vitrée donnant sur la mer. Noah, couché par terre devant le grand écran plat fixé au mur, jouait avec sa Xbox.

Julia prit un verre des mains de Kate avec un sourire, puis elle but une gorgée.

« Délicieux. »

Kate s'assit à côté d'elle et, contemplant la baie, elle nota un grand trimaran gris acier ancré à quelques centaines de mètres du rivage. On ne distinguait personne à bord.

De sa main tenant le verre, elle indiqua le voilier et remarqua : « C'est intéressant. D'ordinaire, jamais personne ne jette l'ancre par ici. Le personnel de l'île n'aime pas voir des bateaux mouiller dans la baie. Quand la vedette de surveillance va repasser, ils les feront décamper. »

Julia regardait à son tour maintenant le bateau, puis elle but une autre gorgée de vin. « La vedette de la sécurité de l'île ne passe que toutes les heures. Le dernier passage était il y a vingt minutes. En dehors de ça, l'endroit est parfaitement isolé. »

Kate fut surprise que Julia en sache autant sur la sécurité de l'endroit, vu qu'elle lui avait indiqué n'être arrivée que le jour même.

« Pour une île accueillant un tel nombre de personnalités influentes et fortunées, poursuivit Julia, je dois avouer que je suis un peu surprise qu'ils ne fassent pas plus d'efforts en matière de sécurité. »

La remarque fit glousser Kate.

« Pour vous dire la vérité, c'est bien là l'endroit le plus paisible que j'aie jamais connu. Je me fais juste un peu de souci pour Terry. Il est dans la finance internationale et la banque offshore, ce qui s'accompagne de son lot de personnages douteux. Mais jusqu'ici, il ne lui est jamais rien arrivé. »

Julia but encore une gorgée de chardonnay, puis elle reposa son verre sur la table basse à côté d'elle. Elle se rapprocha de Kate.

L'Australienne pencha la tête de côté, déroutée par cette proximité.

Julia murmura : « Je suis un peu inquiète.

— À quel propos ?

— Au sujet de Noah. »

Pour le coup, Kate fut vraiment déroutée ; un sentiment de malaise lui nouait à présent l'estomac. « Quoi donc, au sujet de Noah ?

— Les enfants peuvent être un problème. Je vais vous demander votre aide pour qu'il reste calme tout du long. »

Cette fois, Kate sentit un mauvais présage l'envahir. « Je ne comprends pas, Julia. Au nom du ciel, de quoi parlez-vous ? »

Avec un petit sourire, Julia pointa du doigt l'entrée de la villa. Kate se retourna et découvrit un grand type baraqué aux cheveux châtains. Il portait une chemise en toile, un bermuda, des chaussures de voile, ainsi que des lunettes noires et une casquette de base-ball. Il avait les mains vides mais avançait d'un pas décidé.

Kate jaillit du divan, laissant échapper son verre de vin qui se brisa sur le carrelage du salon. « Que se passe-t-il ? »

Julia s'était levée en même temps que Kate et elle lui saisit le bras sans ménagement. Un couteau apparut dans sa main qu'elle appuya entre les côtes de l'Australienne. Kate baissa les yeux vers le couteau tandis que Julia lui murmurait à l'oreille.

« Écoute-moi bien, salope. On va sortir, puis redescendre vers la mer. Là, on prendra un canot pour rejoindre ce voilier. Tu ne crieras pas et tu tâcheras de faire taire ton petit morveux. C'est compris ? »

En cet instant précis, Kate entendit Noah s'exclamer. « Hé ! »

Elle pivota et vit que le grand type avait arraché la télécommande de la console des mains de son fils pour l'envoyer balader sur le côté. À présent, il saisissait Noah par l'épaule et le mettait debout comme s'il s'emparait d'une poupée de chiffon. Il le fit pivoter avant de le pousser rudement vers la porte.

« Ôtez vos sales pattes de mon fils ! » hurla Kate et elle se débattit pour aller lui porter secours.

Julia la fit se retourner violemment pour la regarder en face et le couteau remonta pour effleurer sa joue gauche. Leurs deux visages n'étaient qu'à quelques centimètres l'un de l'autre. Dans les yeux noisette de la femme, Kate ne vit qu'un froid glacial. « Ils ne veulent pas que je te tue, expliqua Julia, mais je tailladerais bien volontiers ton joli minois. Histoire que Noah ait peur de regarder sa mère… Que Terry soit dégoûté de se trouver en ta présence. »

La voix de Kate devint rauque. « Putain, mais qui êtes-vous ?

— Au bateau, lâcha simplement Julia. Et en silence, ou le sable boira ton sang. »

Kate Walker s'était mise à pleurer mais elle acquiesça, puis se tourna vers son fils. « Tout va bien, Noah. Fais ce qu'ils disent. » Elle se retourna vers Julia. « Nous irons avec vous. S'il vous plaît, simplement, ne nous faites pas de mal.

— Je me disais bien que tu changerais d'avis », constata simplement Julia.

Dix minutes plus tard, on aidait Kate et Noah Walker à débarquer du canot pour monter sur le pont du grand trimaran gris. Julia les suivit. Le type en chemise de toile était resté à la barre du canot. Il l'amarra, avant de grimper à bord à son tour.

Sur le pont, Kate vit quatre grands types, tous en short et tee-shirt, les biceps saillants et tous recouverts de tatouages aux motifs et aux couleurs variés. Silencieux, ils gardaient les yeux rivés sur les nouveaux venus.

Kate se tourna vers celle qui se faisait appeler Julia et demanda : « Qui sont ces hommes ?

— Ce sont vos baby-sitters, ma chérie.

— Pourquoi nous faites-vous ça ?

— Ton mari détient quelque chose que convoite mon employeur. Quand mon employeur l'aura obtenu, vous rentrerez chez vous. Si mon employeur ne l'obtient pas… » Julia sourit. « Tu vois ce que je veux dire ? Mais restons optimistes… »

Les Walker furent alors conduits en bas de l'escalier descendant du cockpit au salon, puis à une vaste cabine principale. Julia était sur leurs talons.

« Vous avez un lit et une salle de bains, leur dit-elle. On vous apportera vos repas trois fois par jour. Vous ne serez pas ligotés, sauf si vous nous donnez une raison de le faire. » Elle regarda Noah. « Un conseil, Kate, surveille ton gamin. Il approche de l'âge où ils se croient invincibles. Ne force pas mes hommes d'équipage à lui prouver le contraire. »

Noah se contenta de jeter à cette femme bizarre un regard ébahi.

« Vous ne restez pas avec nous ? demanda Kate.

— Non, ma chère. Je ne suis pas ta nounou. Je te confie à ces hommes. »

Elle tourna les talons et sortit, mais alors que la porte de la cabine se refermait, Kate entendit distinctement coulisser un verrou. Elle vérifia la porte et constata que le verrou intérieur avait été démonté, manifestement pour être installé de l'autre côté.

Martina Jaeger remonta sur le pont tout en sortant un mobile de son sac. Elle se dirigea vers l'avant du pont principal, juste à côté de la chaîne d'ancre qui s'enfonçait dans l'eau depuis le milieu de la proue.

Elle composa un numéro local et bientôt la voix d'un homme à l'accent russe se fit entendre. Elle ignorait la véritable identité de celui qui se faisait appeler Popov mais elle supposa qu'il appartenait au FSB.

« Oui ?

— On les a.

— Des problèmes ?

— Bien sûr que non. Ils sont sur le bateau avec vos sous-traitants. Mon mari et moi allons immédiatement regagner l'Europe.

— Très bien. Laissez aux hommes à bord le téléphone de Kate Walker. Je serai là dans moins d'une heure. »

On coupa.

Martina se retourna et découvrit Braam tout près d'elle. Là, à la proue du bateau, ils se tapèrent dans la main avec un grand sourire avant de retourner dans la cale récupérer leurs sacs à dos qu'ils balancèrent dans le canot avant d'y descendre et de s'éloigner. Les quatre hommes restés à bord n'avaient pas dit un mot, et eux non plus.

Tout en mettant les gaz, Braam se pencha vers Martina. « C'est sympa, comme coin. J'y reviendrais volontiers.

— Ce boulot était indigne de nous. Je ne reviendrai que s'ils ont autre chose à nous proposer. »

Braam haussa légèrement les épaules. « C'était payé pareil. »

Martina contempla longuement son frère. « Tu continues de faire ça pour le fric ? Braam, mon chou, il y a des moments, franchement, tu m'inquiètes. »

43

Terry Walker quitta des yeux l'écran de son ordinateur pour vérifier l'heure à la pendule murale. Presque dix-neuf heures, ce qui voulait dire qu'il n'avait plus que quelques minutes avant que le Robinson ne se pose sur l'héliport pour le ramener à la maison.

Il massa ses paupières fatiguées et s'apprêtait à éteindre ses ordis pour la nuit quand son mobile sonna. Il vit sur l'écran s'afficher le numéro de Kate. « Allô, chérie. Je suis dans les temps. Je serai à la maison d'ici une demi-heure. »

À sa grande surprise, ce fut un homme qui répondit. Il reconnut d'emblée l'accent russe de M. Popov. « Nous sommes absolument désolés d'avoir dû prendre ces mesures, monsieur Walker, mais vous nous avez forcé la main.

— Quoi ? » Il regarda de nouveau l'écran du smartphone, pour s'assurer que c'était bel et bien du numéro de Kate qu'on appelait. « Où… où est ma femme ?

— Elle est en parfaite santé. Je vous le promets. Et elle le restera, aussi longtemps que vous vous plierez à nos exigences. »

Terry Walker était submergé par l'incrédulité. Qu'on ose lui jouer un pareil tour, un tel canular. Il toussota même un petit rire étranglé. « Là, vous m'avez bien eu, Popov. Sacrée putain de blague, mec. Je ne sais pas comment ou pourquoi… »

Il entendit un bruissement au bout de la ligne, puis une nouvelle voix. Douce, lointaine, mal assurée.

« P'pa ? »

Le sang de Walker se glaça. « Noah ?

— Ils disent que tu as un boulot à faire pour eux, que ça ne prendra qu'une quinzaine de jours. Tu le feras, hein ? Maman et moi, on a besoin que tu le fasses. Ils voulaient que je te le dise. »

Les larmes ruisselaient maintenant sur le visage de Walker et sa voix se brisa : « Où est ta mère, Noah ? Qu'ont-ils fait ?

— Elle a la bouche couverte d'adhésif. P'pa, je crois que c'est des pirates. Dis-moi que tu feras bien tout ce qu'ils te demandent.

— Oui, bien sûr. T'inquiète pas, fiston. »

On frappa à la porte de son bureau. Walker se leva d'un bond, indécis.

« Vous pouvez répondre », dit Popov.

Puis il raccrocha.

Walker se précipita, pensant que Kate serait de l'autre côté. Il ouvrit le battant à la volée, mais ce fut pour découvrir le dénommé Ivanov planté devant lui. Deux types baraqués à la mine patibulaire se tenaient derrière, les mains dans le dos.

« Je suis désolé, monsieur Walker, dit Ivanov. Mais je dois vous parler. »

Quelques minutes plus tard, Ivanov et Walker se dévisageaient, assis face à face, de part et d'autre du bureau de Terry. Les yeux de l'Australien étaient bouffis par les larmes qu'il n'avait même pas cherché à essuyer.

Les deux grands types étaient restés dans l'entrée. Ils n'avaient pas dit un mot.

Ivanov s'expliqua :

« Donc, monsieur Walker, la situation est très simple. Nous connaissons vos procédures de sécurité. Vous avez ici des scanners de rétine et d'empreintes digitales qui vous sont indispensables pour vous connecter. Vous ne pouvez effectuer d'achats et de transactions que depuis l'ordinateur de votre bureau, de telle sorte que personne ne peut dérober vos identifiants et opérer ailleurs en votre nom. Pour cette raison, nous ne pouvons pas non plus vous conduire ailleurs pour exécuter le travail. Ce qui complique les choses mais nous avons un plan. Vous et moi allons nous installer dans une résidence particulière, ici même sur cette île. Nous nous rendrons simplement au travail chaque jour mais vous ne travaillerez pour aucun autre de vos clients. Juste pour notre seul compte. Vous achèterez chaque jour pour deux cent soixante-six millions de dollars de Bitcoins, par petits incréments successifs automatiques, que vous échangerez ensuite contre des dollars, là aussi par petits incréments automatiques, via votre système de lessiveuse. Les dollars seront déposés sur des comptes que j'ai déjà pris soin d'ouvrir un peu partout dans le monde. À l'issue de chaque transaction, je vous donnerai les relevés d'identité bancaire pour effectuer les virements. »

Walker ne dit rien.

« Évidemment, ajouta Ivanov, plus vite nous mènerons cette opération, mieux ce sera pour tout le monde. J'espère que cet afflux d'argent sur le marché va le booster et que nous pourrons dès lors accroître notre volume de transactions. » Il sourit. « Et plus vite vous serez débarrassé. »

Walker resta néanmoins muet.

« Vous signalerez également au personnel de la station balnéaire de l'île Tarpon que votre épouse et votre fils ont été contraints de rentrer pour s'occuper d'un parent tombé malade. Nous prendrons bien soin d'eux mais nous les détiendrons jusqu'à ce que vous ayez accompli votre part du marché. »

Lentement, Walker s'essuya le visage et se redressa sur sa chaise. « Je ne séjournerai pas avec ma famille ?

— Non. Ils seront détenus ailleurs.

— Je vais travailler avec vous. Je ferai tout ce que vous voulez. Mais je veux que ma famille reste dans les parages. Je ne veux pas que vous les expédiiez en Sibérie.

— Certainement. Personne n'ira en Sibérie.

— Ramenez-les sur l'île.

— Pas question. »

Walker n'en démordit pas.

« Écoutez. Vous avez besoin que je sois docile. Vous l'avez prouvé par votre manière de procéder. Vous obtiendrez ce que vous voulez mais vous devez me donner quelque chose en retour.

— Je vous rendrai votre famille. Ça ne vous suffit pas ?

— Non, ça ne me suffit pas. Je veux les voir pendant que je travaille. Vous me les rendez, tous les soirs. Je me fiche de ce que vous devrez faire pour, je me fiche de ce que je dois faire pour.

— Mon collègue, monsieur Popov, m'avait dit que vous réclameriez ça, dit Ivanov. Alors voici comment nous allons procéder : je vais vous confier un talkie-walkie. Sa portée est de quarante kilomètres. Vous pourrez communiquer une fois par jour avec votre famille. S'ils répondent, vous saurez alors qu'ils sont toujours dans le secteur. »

Ivanov sortit de sous son pardessus la radio qu'il alluma aussitôt. Il la tendit à Walker qui la prit.

Aussitôt, il pressa le bouton d'émission. « Kate ? Est-ce que tu es là ? »

La voix de son épouse sortit du haut-parleur au bout de quelques secondes. Elle semblait immensément loin mais Terry se demanda si ce qu'il percevait là n'était pas simplement sa peur. « Je suis là, Terry.

— Comment vas-tu ? Ont-ils posé la main sur toi ? »

Il décela qu'elle avait dû pleurer. « Ça va. Ils m'ont scotché la bouche pendant quelque temps mais autrement je vais bien. »

Terry s'était remis à pleurer à son tour. « Bon. Tout ira bien. Ces hommes ont besoin de moi juste pour une quinzaine.

— Ils me l'ont dit. Je t'en prie, fais ce qu'ils te disent.

— Je leur ai promis. Où es-tu ?

— Je n'ai pas le droit de te le dire. Ils me l'ont interdit.

— Es-tu sûre que tout va bien ?

— Je… je me sens mieux qu'au début, en fait. Cette fichue nausée a disparu, ce qui est plutôt une surprise, vu les circonstances. »

Soudain, Walker comprit que sa femme essayait de lui faire passer un message. Il ne savait pas trop lequel. Il réfléchit un instant mais déjà Ivanov lui faisait signe de conclure la conversation.

« Il faut que j'y aille, ma chérie, mais on se reparlera demain. Ils m'ont dit que je pourrai te parler tous les soirs. »

Ce à quoi elle répondit d'un simple « OK ».

« Je t'aime, Kate, je suis désolé, mais tout ceci sera bientôt terminé. »

Au lieu de sa femme, ce fut Popov qui se manifesta. « Vous commencez dès demain matin. »

Terry Walker regarda Ivanov. Le Russe semblait mal à l'aise d'avoir dû écouter la conversation entre Walker et son épouse retenue prisonnière. Son visage était pâle, ses paupières plissées, comme s'il prenait pour la première fois conscience des événements.

« Je remplirai ma part du marché, mec, dit Walker. Tâchez juste de veiller à remplir la vôtre. »

Le regard d'Ivanov se détendit et il hocha vigoureusement la tête.

« Monsieur Walker, je veux que vous compreniez que, malgré les dispositions désagréables que nous avons dû prendre, nous continuons de vous payer, et de vous payer une incroyable somme d'argent. Quand vous serez de nouveau réunis, vous et votre petite famille, j'espère que vous prendrez cet argent et garderez le silence sur toute cette histoire. Ce que je sais de votre petit trafic pourrait vous ruiner. D'un autre côté, ce que vous savez nous concernant pourrait très concrètement, tout simplement vous coûter la vie. Vous allez voir la police et des hommes comme monsieur Popov vous auront retrouvé bien avant que la police nous ait retrouvés, nous. »

Walker décida de jouer une dernière carte pour mettre fin à cette prise d'otages.

« Je comprends et j'accepte entièrement vos conditions. Alors, laissez simplement ma famille en dehors de tout ça. »

Le doute manifesté peu auparavant par Ivanov au sujet de l'arrangement s'évanouit aussitôt. Walker vit que ce type n'était pas prêt à céder.

« Monsieur Walker, répondit le Russe, vous êtes un homme d'affaires… en quelque sorte. Vous saisissez le principe des garanties et de l'indemnisation. Eh bien, votre famille, hélas, est notre police d'assurance. Rien de plus. »

Walker vit qu'il n'avait plus aucune raison de protester. Il se dit qu'il ferait tout ce qu'ils lui demanderaient. Quel autre choix lui restait-il ?

Walker et Ivanov quittèrent ensemble le bureau quelques instants plus tard, toujours suivis par les deux gorilles, et ils rejoignirent une voiture qui les attendait.

Terry Walker fut conduit dans une luxueuse villa construite en haut de la colline Saint-Bernard, à l'extrémité ouest de l'île. Il y pénétra, entouré de trois gardes, par une entrée carrelée, traversa une salle à manger conventionnelle avec vue sur la mer, et parcourut un couloir pour gagner la chambre principale du rez-de-chaussée. En chemin, il ne compta pas moins de six hommes, tous en tenue décontractée. Des Blancs, quelques Noirs, d'autres apparemment latinos. Il était certain que bien peu, pour ne pas dire aucun, étaient russes en dehors de Popov et d'Ivanov. Il n'avait aucune idée de leur identité mais il savait sans aucun doute qu'ils étaient armés et n'hésiteraient pas à obéir à leurs maîtres russes.

Walker fut palpé intégralement par un garde, puis enfermé à clé dans la chambre principale. Il la parcourut et constata que toutes les fenêtres étaient verrouillées, puis il entendit le pas régulier d'une sentinelle sur la galerie qui longeait l'extérieur de sa chambre. Il ne doutait pas un instant qu'un autre garde était posté devant sa porte.

Walker s'étendit sur le lit, juste sous le ventilateur brassant l'air au plafond.

Il repensa à sa conversation avec Kate. Qu'avait-elle dit ? Un truc au sujet de son estomac barbouillé qui allait mieux, ce qui l'avait surpris, compte tenu de la situation. Or elle ne s'était pas une seule fois plainte de l'estomac depuis la fois où ils avaient loué un voilier, plusieurs mois auparavant. L'idée avait été que Terry prenne quelques jours de congé pour rallier l'île d'Anegada, mais la croisière avait tourné à la catastrophe. Kate avait eu un mal de mer si violent qu'ils avaient dû restituer le bateau après seulement une journée en mer.

Pourquoi serait-elle surprise de ne pas avoir ressenti le même malaise ? Maintenant ? Clairement, déduisit Terry, parce qu'elle n'était pas à terre.

Et qu'avait dit Noah, déjà ? Une histoire de pirates ?

Mais bien sûr ! comprit soudain Terry. Son épouse

et son fils étaient manifestement retenus prisonniers à bord d'un navire.

Il roula sur le lit et enfouit son visage dans l'oreiller, blotti en position fœtale. Peu importait où ils se trouvaient, se dit-il, puisque personne ne viendrait les sauver. Son seul moyen de sauver sa famille était de satisfaire Ivanov et Popov en s'acquittant de sa part du marché.

Andreï Limonov gagna le patio devant le séjour avec une bouteille de vodka et un verre. Il s'assit au bord de la piscine à débordement, contempla le flanc de la colline, les lumières de la baie de West End en contrebas. Les eaux du côté opposé de la baie étaient plus noires que le ciel.

Il but deux gobelets de vodka tiède, coup sur coup, pour se calmer les nerfs. Il venait de se servir le troisième quand il avisa les phares d'un SUV qui approchait par la longue rampe en lacet de l'allée. Les phares disparurent de l'autre côté de la maison et bientôt Vlad Kozlov le rejoignait au bord de la piscine et s'installait sur une chaise de l'autre côté de la petite table. Le Russe aux cheveux gris se versa une petite dose de vodka dans un verre pris sur le bar au passage. Il le descendit rapidement avant de se tourner vers Limonov.

« Comment ça s'est passé avec Walker ?

— Il est ici, répondit Limonov. Il va obéir. On n'aura pas besoin de lui très longtemps. Je pense que tous les transferts seront achevés d'ici trois semaines, maximum. On pourra alors relâcher la famille et les laisser continuer leur vie.

— Je comprends, dit Kozlov.

— Cet homme sait ce qui est en jeu. S'il en parle à quiconque, même dans des années, il a compris que vous le tuerez. »

Kozlov ne répondit rien.

Limonov décida de s'en tenir là. À la place, il se resservit une vodka. Tout en buvant, il se demanda si, malgré toutes les dispositions déjà prises et comprises par chacune des parties, l'Australien bouclé dans la chambre principale de cette villa n'était rien d'autre qu'un homme mort.

44

Juste après minuit, John Clark monta dans le canot amarré à son voilier, laissant derrière lui Adara Sherman à bord de l'Irwin. Il coupa le moteur alors qu'il était encore à un demi-nautique au large de l'île Tarpon, ce qui signifiait qu'il allait devoir ramer durant près d'un quart d'heure, mais les eaux dans cette baie étaient aussi calmes que celle d'une piscine et il avait l'avantage de pouvoir se guider directement grâce aux lumières venant des grosses villas bâties à flanc de colline, pile au-dessus de l'endroit où il avait prévu de toucher terre.

Cela faisait un sacré bail que l'ex-SEAL avait accosté sur une plage à bord d'une petite embarcation, mais il était certain de n'avoir jamais conduit de débarquement nocturne sur une station balnéaire cinq étoiles. Il se dit qu'il aurait pu demander à Adara de lui faire livrer une piña colada et un homard grillé sous cloche qui l'auraient attendu sur la plage sitôt à terre, à l'évident petit détail près qu'il n'était pas sur la liste des clients de cette retraite insulaire privilégiée.

Il hissa son canot sur le sable blanc et le traîna sous un bosquet entretenu avec un soin méticuleux, derrière deux transats en bois exotique. Puis il dépassa un petit pédiluve en cuivre où il pouvait plonger ses pieds pour se débarrasser du sable mais il déclina l'invitation. En silence, il remonta le sentier sur la colline en direction de son objectif.

Parvenu à mi-chemin, il entendit un bruit, droit devant. Il se dirigea vers une aire sablonneuse sous la mangrove juste à sa gauche et s'y tapit derrière un jacaranda. En dehors des craquements sonores de ses articulations quand il se mit à genoux, il était resté parfaitement silencieux.

Quinze secondes plus tard, deux jeunes gens passèrent, chacun muni d'un râteau. L'un d'eux portait un filet à l'épaule ; sans doute devaient-ils descendre sur la plage y récupérer les moindres bouts d'algue drossés par le ressac. Les hôtes de Tarpon ne voulaient pas découvrir au réveil leur impeccable paradis maculé par la nature.

Clark hocha la tête. Ancien membre des unités spéciales de la marine, il avait traversé à la nage des marécages si gorgés de vase verdâtre et collante qu'il aurait pu du bout du doigt écrire son nom à leur surface. Il était décidément taillé dans une étoffe bien différente de celle du client moyen de ce coin huppé.

Quand les deux hommes eurent disparu en contrebas, il sortit de sa poche un monoculaire de vision nocturne qu'il chaussa pour le guider sur le reste du sentier de pierre sinueux qui menait directement à la porte coulissante située à l'arrière de l'immense villa.

Il y avait de la lumière au premier – il l'avait vue depuis la baie –, mais le rez-de-chaussée s'avéra plongé dans une obscurité totale. John y chercha des yeux les minuscules points rouges trahissant la présence d'un système d'alarme ou de détecteurs de mouvements, mais il ne remarqua rien.

Il essaya d'ouvrir la porte vitrée et, surprise, découvrit qu'elle n'était pas verrouillée. Il l'entrouvrit de trente centimètres, puis battit en retraite vers un épais fourré bordant le patio.

Quelques minutes plus tard, n'ayant vu personne s'inquiéter à propos de cette brèche, il eut la quasi-certitude qu'aucun système de sécurité n'avait été activé, aussi retourna-t-il vers la porte de service et, lentement, s'introduisit dans la villa.

Il lui fallut près de cinq minutes de progression lente et régulière pour parcourir le rez-de-chaussée dans toute sa longueur. Les pièces étaient bien rangées mais trahissaient clairement une occupation des lieux, même si personne n'était présent pour l'instant.

Finalement, il rebroussa chemin vers l'escalier à l'entrée du séjour et gravit les marches, toujours de son train de sénateur. Il avait son monoculaire de vision nocturne à la main mais ses yeux s'étaient habitués à la pénombre, si bien qu'il n'eut pas à l'utiliser.

Au premier, il trouva une chambre d'enfant. Une fois encore, il semblait bien y avoir les traces d'une occupation récente, mais le lit était vide et il n'y avait personne dans la salle de bains attenante. On lui avait dit que Walker avait un jeune fils, et il fut surpris de ne pas trouver le gamin au lit à minuit passé.

Il se rendit ensuite dans la suite parentale dans un parfait silence et s'approcha du lit. Pas besoin de vision infrarouge pour constater que celui-ci aussi était vide.

Il prit encore une minute pour finir d'inspecter soigneusement l'étage et il redescendit.

C'est à son second tour du propriétaire qu'il nota le verre de vin brisé à côté du divan. Que quelqu'un l'ait laissé là comme ça, avec le liquide encore répandu sur le carrelage, ne tenait pas debout, sauf si ce quelqu'un avait dû quitter précipitamment les lieux.

Sauf s'il était survenu un incident sérieux.

En redescendant les escaliers, Clark avait repéré au plafond une caméra de surveillance. Un moment, il avait craint que l'appareil ne fût relié à la centrale de sécurité de la station, mais l'hypothèse ne tenait pas vraiment debout. Il avait du mal à imaginer un client millionnaire louer cette villa chic en sachant pertinemment qu'il serait constamment observé comme quelque spécimen rare.

Il examina la caméra de plus près. Elle était visiblement connectée par radio. Une antenne minuscule saillait de quelques centimètres à l'arrière du boîtier.

Clark avait déjà vu ce genre de modèle. Leur portée était limitée à une trentaine de mètres.

Il comprit aussitôt que c'était un système privatif. À destination des gardes du corps personnels du client susceptibles de l'accompagner dans ses déplacements.

Clark fouilla toute la villa à la recherche d'un poste de sécurité qu'il trouva en fin de compte à l'extérieur, dans un petit cabanon d'une seule pièce construit tout au bout de l'allée. La porte en était verrouillée, mais Clark força rapidement la serrure pour se glisser à l'intérieur, évitant d'allumer et maintenant la tête sous le niveau des fenêtres, au cas où quelqu'un se trouverait dans les parages.

Il constata que cinq caméras pouvaient s'afficher sur les moniteurs mais que les trois installées à l'intérieur de la villa avaient été coupées, à l'évidence pour préserver l'intimité des clients. Les deux autres, l'une devant, braquée sur l'allée d'accès, l'autre à l'arrière du terrain, embrassant le sentier qui descendait vers la plage, étaient en fonctionnement et transmettaient en direct des images en noir et blanc capturées par une caméra infrarouge.

Clark baissa les yeux pour examiner la console de contrôle. Il ne semblait pas que la pièce soit réellement utilisée, aussi ignorait-il si les enregistreurs vidéo étaient en route, mais, à sa grande surprise, il découvrit que l'ordinateur connecté au système procédait à un enregistrement numérique en boucle sur une durée maximale de huit heures.

Il sélectionna aussitôt la caméra de la porte principale, remonta jusqu'au début de la séquence qu'il regarda sur un des moniteurs. L'estampille temporelle indiquait qu'il était quatre heures de l'après-midi et l'image montrant l'allée et la végétation luxuriante qui la bordait était en couleurs et parfaitement nette. Il passa en défilement accéléré seize fois, à la recherche d'un indice quelconque.

Parvenu à six heures trente, il repassa en lecture normale. Une voiturette de golf s'était arrêtée devant la maison et une plantureuse femme noire en descendit, lestée de tout un tas de casseroles, poêles et plateaux. Apparemment, une cuisinière engagée pour l'occasion. Elle disparut à l'intérieur, puis fit plusieurs allers-retours pour ramener toute sa batterie de cuisine.

Clark accéléra encore une fois le défilement, pour

s'arrêter quand la femme ressortit à sept heures trente, son mobile collé à l'oreille. Il l'observa quelques secondes, puis reprit le défilement accéléré.

À huit heures précises, la femme remballa toute sa batterie de cuisine et repartit avec sa voiturette.

Clark reprit le défilement à seize fois la vitesse normale tout en surveillant l'image jusqu'au point où il apparut lui-même en train de fouiner autour de l'allée et de la cabane du poste de sécurité. Il tâtonna un peu avec les commandes de la console pour effacer cette vidéo, puis il passa au visionnage de l'enregistrement pris à l'arrière de la maison.

Il le regarda pendant un moment, puis passa en accéléré de huit fois. Ne notant toujours rien de spécial, il passa à seize, mais à ce point précis, il vit du mouvement sur le sentier. Il rembobina, pressa la touche lecture, cette fois à vitesse normale.

Un petit garçon aux cheveux bruns, Clark estima qu'il devait avoir sept ou huit ans, apparut sur le sentier montant de la plage et fila sous la caméra, en direction de la maison. Derrière lui, deux femmes, l'une aux cheveux châtains, l'autre à la toison auburn, coiffée d'un large chapeau et portant de grosses lunettes noires, apparurent à leur tour, serviette et verre à la main.

Clark attendit une minute pour voir si Terry Walker les suivait mais il n'y avait personne d'autre. Il attendit une minute encore, puis accéléra, le doigt effleurant la touche qui lui permettrait de repasser en lecture normale. Il pressa dessus quand apparut un grand type aux cheveux auburn, lunettes noires et casquette de base-ball, en train de gravir le sentier d'un pas décidé.

Moins d'une minute plus tard, l'homme réapparut. Cette fois, il tenait le garçon par l'épaule. Derrière lui, les deux femmes marchaient collées l'une contre l'autre.

Clark se rendit compte d'emblée que c'était sans doute l'enlèvement le plus bizarre auquel il ait pu assister, mais ce qu'il voyait ne laissait place au moindre doute. Le couple de Blancs athlétiques s'était emparé de l'épouse et du fils de Terry Walker et les emmenait de force vers la plage.

John Clark passa les cinq précieuses minutes qui suivirent à jurer dans sa barbe en essayant de trouver le moyen de transférer cette séquence vidéo vers un enregistreur de CD déniché sur une étagère. Il abandonna finalement en continuant de pester contre la technologie, puis il se rabattit sur la caméra de son smartphone pour filmer l'écran. Il entendait déjà Gavin Biery le tancer d'avoir recouru à cette solution low-tech pour un problème high-tech, mais Clark ne pouvait pas non plus passer toute la nuit là.

Il effaça ensuite la seconde vidéo et quitta le cabanon.

Son exfiltration de la propriété, puis de l'île lui prit plus de vingt minutes. Sitôt de retour à bord du voilier, il appela Jack Junior qui se trouvait en Virginie.

Ryan attendait cet appel tardif, aussi Clark ne le réveilla-t-il pas.

« Mauvaises nouvelles, Jack. La famille de Walker vient de se faire enlever. »

Après un léger silence, Jack laissa échapper un soupir.

« Bon, voilà qui complique sérieusement la situation. Je présume que c'étaient Limonov et Kozlov.

— Je ne doute aucunement qu'ils sont à l'origine du coup, mais ils ont travaillé par procuration. J'ai une vidéo des ravisseurs, un homme et une femme, au visage dissimulé par un chapeau et des lunettes.

— Une idée de leur destination ?

— Je suppose qu'ils se sont servis d'un bateau pour les évacuer, mais les événements sont survenus à dix-sept heures trente, ils ont donc sept heures d'avance.

— Bref, ils pourraient déjà être à mi-chemin de Moscou si c'est ce qu'ils avaient prévu.

— S'ils ont quitté le pays, alors c'est sans utiliser l'avion de Limonov. Adara a quelqu'un à l'aéroport qui surveille pour nous l'avion du Russe et il est toujours garé. Hors de question qu'ils aient pu embarquer avec les Walker sur un vol commercial. Soit ils auront pris la mer pour rallier Porto Rico, et là pris un jet d'affaires, soit ils sont toujours dans le secteur. Si c'est le cas, ils sont soit dans une location, soit à bord d'un bateau. »

Jack réfléchit à la question.

« J'étais justement en train de faire des recherches sur Walker. S'ils comptent recourir à BlackHole pour blanchir de l'argent, ils auront besoin de le garder sous la main, au bureau ou à proximité. Selon la configuration de ses systèmes de sécurité, il est possible qu'il doive effectuer un grand nombre de transactions via son propre serveur. Si tel est le cas, ils s'y mettront probablement dès demain. » Puis Jack d'ajouter : « Peut-être a-t-il refusé d'obtempérer, ce qui expliquerait pourquoi ils viennent d'enlever sa femme et son enfant. Pour faire pression sur lui et le convaincre.

— Ouais, fit Clark. Et quand ils n'auront plus besoin de lui…

— Exact. Des idées ?

— Ouais. Je vais examiner son installation au bureau. Si Adara et moi retournons tout de suite à Tortola, je peux être sur place dès potron-minet. Peut-être alors que je verrai arriver Walker et trouverai un moyen de le tirer des pattes de Limonov.

— Je peux de mon côté prendre le premier avion.

— Non, Jack. Tu restes là-haut. Passe la vidéo que je t'ai envoyée, poursuis ton enquête sur Salvatore et, surtout, continue d'essayer de découvrir ce que mijotent Limonov et Walker.

— OK, convint Jack. Je fais ça, mais c'est drôle, j'ai l'impression que si vous parvenez à accéder à Walker, vous en apprendrez bien plus que moi au siège du Campus. »

Clark et Sherman filèrent au moteur dans la nuit pour rallier Tortola à plein régime. Clark avait d'abord pris la barre, mais au bout d'une heure environ Sherman lui demanda si elle pouvait le relever.

« Ça ne me fera pas de mal de prendre une ou deux heures de repos avant de débarquer, convint-il. La journée de demain risque d'être longue.

— Vous devriez descendre dans la cabine, dit Adara. Le lit dans la suite principale est déjà prêt. Nous serons au port à cinq heures du matin. Et il n'y a que cinq minutes en voiture du port de plaisance au bureau de Walker.

— Merci, mademoiselle Sherman. »

Adara hésita un instant avant de répondre enfin.

« Monsieur Clark, je sais que vous voulez me voir retourner à Washington dans la matinée, mais je redoute un peu que la situation ici devienne dangereuse pour un seul agent.

— Me proposez-vous de rester dans les parages ?

— C'est un grand voilier que vous barrez là, un coup de main ne sera pas de trop.

— Je suis sûr que vous avez raison, mais je ne veux pas vous distraire de vos autres tâches. Ding et Dom pourraient à tout moment nécessiter une extraction. Même en restant à Washington, vous êtes déjà cinq heures plus près d'eux qu'en restant ici. Sans compter que le Gulfstream peut se rendre là-bas d'un coup d'aile. Si vous devez filer en Lituanie depuis ici, vous devrez faire une escale pour ravitailler, ce qui rallongera le trajet d'encore quatre-vingt-dix minutes, au bas mot. »

À sa mine, il voyait bien qu'elle était soucieuse. Il insista : « C'est à eux que vous devez apporter votre soutien, pas à moi. Mon boulot ici n'est pas aussi ardu que leur mission là-bas.

— J'espère que vous avez raison.

— Moi aussi. »

Clark descendit dans les cabines et Adara Sherman prit la barre, l'œil rivé sur les eaux noires.

45

Les pneus d'Air Force One touchèrent la piste de l'aéroport de Copenhague juste après dix-huit heures. Une averse persistante garantissait une foule clairsemée à l'arrivée et un comité de réception réduit au minimum, pourtant Ryan fut accueilli sur le tarmac par l'ambassadeur américain au Danemark, un haut fonctionnaire de l'OTAN ainsi qu'un membre du cabinet du Premier ministre danois.

Les amabilités terminées, on rejoignit le cortège officiel qui s'ébranla aussitôt.

Le sommet de l'OTAN devait s'ouvrir à l'Eigtveds Pakhus, une salle de conférences située en plein centre de la capitale, à deux pas du ministère des Affaires étrangères. Ryan et sa délégation passeraient la nuit dans le même hôtel. Puis dès le matin, il se rendrait au palais d'Amalienborg pour un petit déjeuner amical avec la famille royale, il rejoindrait ensuite le palais des congrès où dès midi on passerait enfin aux choses sérieuses.

La réunion de l'après-midi s'ouvrirait avec une courte allocution d'Eglė Banytė, la présidente de la Lituanie, pour demander l'aide de l'OTAN en mer

Baltique, mais aussi le long de ses frontières terrestres afin de parer à la menace d'une invasion. Par la suite, la présidente Banytė avait accepté de consacrer une partie de son temps à Jack Ryan pour lui permettre de mieux appuyer sa demande d'un déploiement de l'OTAN.

La présidente regagnerait alors sans plus tarder son pays menacé ; elle insistait sur le fait qu'elle devrait être dans sa capitale si les Russes arrivaient ; il n'était pas question pour elle d'être plus en sécurité que ses concitoyens.

La véritable bataille de Copenhague devait commencer le jour suivant. Ryan retrouverait alors tous les autres chefs d'État pour discuter de cette proposition d'intervention urgente. Le débat se déroulerait sous forme de table ronde et Ryan s'attendait à une intense résistance de la part de bon nombre de pays européens.

Il n'y avait toutefois, selon les dispositions officielles, jamais de vote au sein de l'OTAN. L'organisation se vantait de prendre ses décisions selon le principe du consensus, à savoir qu'en gros tous les membres devaient parvenir à un accord avant de décider quoi que ce soit, à l'exception des cas de riposte à une action clairement définie dans la charte de l'organisation. En théorie, cela signifiait qu'une violation de l'article 5 – telle qu'une attaque avérée contre la Lituanie – entraînerait une réponse automatique des vingt-huit États membres mais, dans les faits, c'était bien plus flou.

Ryan voulait déplacer des troupes dès maintenant, avant le début des hostilités, mais à dire vrai, il n'était même pas convaincu que l'organisation accepterait de bouger des troupes *après* une violation du susdit article.

Une réunion finale était prévue l'après-midi suivant, durant laquelle un sondage auprès des membres permettrait de voir si tous étaient d'accord sur la proposition. En temps normal, si un ou deux États membres constataient qu'ils étaient en nette infériorité numérique avec leur désaccord, ils s'abstenaient pour le bien de l'institution et laissaient se dérouler l'action décidée, mais ce principe de prise de décision par consensus avait pour conséquence de donner un droit de veto effectif à chacune des vingt-huit nations membres.

Ç'avait peut-être été par le passé une excellente façon d'éviter la guerre, Ryan l'admettait volontiers pourtant aujourd'hui, ce n'était certainement pas la meilleure d'en livrer une.

Sitôt qu'il fut de retour à l'abri dans sa suite du Radisson Blu, Ryan se mit à réviser son discours avec son équipe, en aplanissant toutes les aspérités. Dès qu'il eut terminé, il assigna à son ambassadrice à l'OTAN le rôle du représentant permanent des États-Unis auprès de l'organisation, et à sa chef de mission adjointe, numéro deux de l'ambassade américaine au Danemark, la tâche de jouer le rôle des membres de l'OTAN prêts à flinguer chacune de ses propositions.

Tous trois s'assirent autour d'une table dans la salle à manger de la suite. L'ambassadrice et l'adjointe au chef de mission avaient des classeurs et des carnets bourrés de références, mais le président Ryan n'avait pour sa part qu'un calepin vierge et un stylo devant lui.

Après la première séance de simulacre de discussion, Ryan demanda une pause et tança ses deux diplomates sur la qualité de leur prestation. « Mesdames, nous allons devoir reprendre depuis le début. Vous vous adressez à moi comme si j'étais le président et vous, deux personnes que je peux virer à ma guise. »

La chef de mission jeta un regard confus à sa collègue ambassadrice, puis à Ryan. « Ma foi, monsieur le président, c'est bien le cas.

— Personne ne se fait virer pour m'avoir malmené, rétorqua Ryan. Ne prenez pas de gants et dites-moi franchement ce que je risque d'entendre demain. »

L'ambassadrice auprès de l'OTAN répondit :

« Oui, monsieur, mais n'allez pas dire ensuite que l'on ne vous aura pas prévenu. »

Ils passèrent une heure encore à cet exercice puis, quand ils eurent terminé, Ryan eut la nette impression d'avoir franchi l'obstacle. Ses deux pseudo-chefs d'État européens avaient soulevé toutes les protestations envisageables que Ryan avait pu imaginer et quantité d'autres auxquelles il n'aurait même pas songé.

Son ministre des Affaires étrangères avait assisté en silence à la répétition, installé dans un divan à proximité, prêt à offrir son verdict à la fin.

Ryan se tourna vers Adler et prit sur la table une bouteille d'eau minérale pour humecter sa gorge desséchée. Il avait l'impression d'avoir parlé sans interruption. « Que penses-tu de ma prestation, Scott ?

— Très bon travail, monsieur le président. Vous saurez parfaitement défendre notre cause. »

Ryan crut sentir dans son commentaire comme un sous-entendu négatif. « Mais tu penses que nous n'obtiendrons pas leur vote, pas vrai ?

— Si j'étais joueur, expliqua Adler, je parierais que les Européens choisiront la prudence de préférence à l'action et qu'ils vous répondront qu'ils doivent constater d'abord une violation de l'article 5 avant de se déployer en Lituanie.

— Et s'il y a bel et bien violation de cet article ? Est-ce qu'ils se bougeront enfin ? »

Adler étouffa un soupir.

« J'espère me tromper mais je me demande s'ils ne laisseraient pas passer un incident isolé en le mettant sur le compte d'une poignée de têtes brûlées chez les militaires qui auraient outrepassé leurs attributions, avant d'exiger la preuve d'une seconde violation de l'article pour daigner enfin intervenir.

— Tout ça, bien sûr, une fois que les officiers supérieurs du renseignement russe se congratuleront autour de chopes de bière, dans la salle à manger d'honneur du palais présidentiel de Vilnius.

— Encore une fois, j'espère me tromper, insista Adler, et j'espère bien qu'on débouchera sur un consensus.

— Une idée pour doper mes chances ?

— Faites simplement de votre mieux, n'en faites pas une affaire personnelle entre eux et vous, et tenez-vous prêt à encaisser les coups. »

Ryan savait Adler préoccupé à l'idée que son président oublie le sens du décorum et se mette à ergoter. Ryan s'aperçut qu'il partageait les inquiétudes de son ministre des Affaires étrangères. « Et toi, sois prêt à traiter les retombées diplomatiques si jamais je fais le con.

— Croyez-moi, monsieur le président, je suis prêt. Et franchement, si vous n'aviez pas une grande gueule, je serais au chômage », dit Adler en riant.

La rencontre démarra plus ou moins à l'heure, même si la réunion au même endroit de vingt-huit dirigeants mondiaux avait pour résultat ce que Ryan considérait comme un délirant étalage de protocole, en fait non officiel, pour savoir qui devait serrer la main le premier ou quel Premier ministre avait la préséance pour accueillir quel président, et ce dans quel ordre. Il y avait des caméras pour filmer l'entrée de chaque chef d'État dans la salle de conférences, puis la pose pour une photo de groupe.

Ryan savait que n'importe quelle chaîne de télé nationale se couvrirait de ridicule si jamais ses images révélaient que le comportement des autres leaders montrait que le leur n'était pas traité avec la déférence voulue.

Les photographes accrédités avaient droit à quinze minutes pour immortaliser la chronique de l'absurdité de tout ce cirque, puis on pria enfin caméras et appareils photo de quitter la salle et les vingt-huit hommes et femmes, flanqués de leurs principaux conseillers, se mirent au travail.

Le secrétaire général de l'OTAN était l'ancien Premier ministre norvégien et il était fort apprécié de tous. Ryan n'était pas trop fan de ses choix politiques, mais enfin, le bougre lui était sympathique. Après sa brève allocution pour lancer la réunion d'urgence, il donna la parole à la présidente lituanienne qui lut à l'assistance une déclaration.

Eglė Banytė était une oratrice éloquente, ses paroles étaient pleines d'une passion que, dans l'oreillette de Ryan, l'interprète simultanée transmettait avec un talent incroyable.

Au bout de dix minutes, elle céda la place à Ryan et le secrétaire général donna officiellement la parole au président américain. Debout au pupitre, Ryan se racla la gorge tandis que les regards des vingt-sept autres dirigeants nationaux convergeaient vers lui.

« Mesdames et messieurs, je suis heureux d'avoir l'occasion de m'adresser à vous aujourd'hui. Mes collaborateurs ont déposé devant vous une plaquette d'information résumant ce que je vais vous expliquer de manière plus détaillée. J'aimerais juste réclamer quelques minutes de votre temps afin de pouvoir défendre mon point de vue directement devant vous.

« Quand le président russe Valeri Volodine profitait d'un secteur énergétique puissant, c'était un homme dangereux. Il accrut alors de vingt pour cent ses dépenses militaires, décida ou renouvela des initiatives provocantes, voire menaçantes, qui impliquaient le renseignement, les forces militaires et même ses programmes d'armement nucléaire ; il plaça sa marine en position de combat ; se mit à survoler des pays de l'OTAN, ses bombardiers stratégiques sillonnant le ciel des frontières de son pays jusqu'à celles des États-Unis. Puis il menaça le commerce maritime international avec sa marine de guerre, les routes commerciales aériennes avec son armée de l'air. Il harcela les dissidents, assassina des ennemis et emprisonna ceux avec qui il avait des différends en affaires. Il transforma sa police, ses espions et ses soldats en manieurs de matraque, pour accroître son pouvoir, tant à l'intérieur qu'à l'extérieur du pays.

« Encore une fois, il fit tout ceci alors qu'il était au sommet de sa réussite. Lorsque les temps lui étaient favorables.

« Aujourd'hui, en revanche, Volodine est en train d'échouer sur tous les fronts et c'est pourquoi, permettez-moi de vous le dire, il n'en est devenu que plus dangereux.

« Au temps où tout allait bien pour lui, il semblait être intouchable. À coup sûr, il se croyait invincible et l'une des conséquences de cet état d'esprit fut l'invasion de l'Ukraine.

« L'Ukraine lorgnait vers l'Occident pour renforcer ses liens économiques et culturels, et Volodine paniqua. D'autres ex-républiques de l'Union soviétique ayant choisi la liberté avaient connu la prospérité, et le Kremlin voyait en ces nations une menace existentielle à ses méthodes autocratiques et rétrogrades. Il ne pouvait se permettre de laisser ses sujets assister à la réussite de leurs voisins, car ils exigeraient de se voir appliquer ces mêmes changements.

« Volodine fit le calcul que nous ne réagirions pas s'il attaquait l'Ukraine, alors il attaqua l'Ukraine. Nous ne nous sommes pas totalement abstenus de réagir, aussi n'envahit-il pas tout le pays. Mais nous n'en avons pas fait assez, si bien qu'aujourd'hui une bonne fraction du pays est devenue guère plus qu'un État fantoche de la Russie.

« Nous avons donc perdu l'est de l'Ukraine mais cette perte illustre un point important : aux yeux de Valeri Volodine, la sécurité de la Russie dépend de l'insécurité de ses voisins.

« Et maintenant, voici qu'il découvre une nouvelle menace : les États baltes, désormais dans l'OTAN, en train d'accroître leur indépendance énergétique vis-à-vis de la Russie. Il voit, en particulier dans la Lituanie, un pays qui a réussi son indépendance, soulignant a contrario les échecs de sa politique ; par ailleurs, elle forme désormais un corridor potentiel vers sa province enclavée de la Baltique. Or Volodine a besoin d'une victoire. Elle aiderait l'économie du pays, renforcerait le pouvoir du Kremlin et atténuerait la pression engendrée par cette succession d'échecs.

« La guerre hybride menée par la Russie contre l'Ukraine est délibérément ambiguë. Aussi longtemps que l'agression russe demeure au-dessous d'un certain seuil, il y aura toujours assez de spécialistes et de pacifistes en Occident pour nous expliquer que les vraies menaces ne se trouvent pas à l'Est mais à l'Ouest. Ils continueront de le répéter jusqu'au jour où la situation sera devenue tellement différente de ce qu'ils affirment que le monde sera bien forcé de convenir que tous ces pacifistes avaient finalement tort, mais à ce moment-là, il sera bien trop tard pour y changer quoi que ce soit.

« Les gens parlent de guerre hybride comme si c'était un phénomène nouveau. Mais il n'y a rien de nouveau là-dedans. Le Kremlin de Valeri Volodine est en train de répéter un plan bien rodé tout au long de l'histoire, qui consiste à exploiter toute la gamme des manifestations de la puissance. Aux États-Unis, nous le désignons par l'acronyme DIME : *Diplomacy, Information, Military, Economics*. Le recours aux forces de la diplomatie, du renseignement, des armées et de l'économie.

« La première phase est celle de la diplomatie. La Russie de Volodine s'affranchit de toutes les normes internationales, elle viole les traités et conclut des pactes avec nos ennemis pour accroître son pouvoir aux dépens des démocraties, des organismes internationaux et des règles communément admises. Elle s'est retirée de la Cour européenne des droits de l'homme et a enfreint presque tous les accords et garanties de sécurité conclus au cours des vingt dernières années.

« Volodine est aujourd'hui isolé diplomatiquement à cause de l'hostilité que manifeste son régime, mais ses diplomates n'en continuent pas moins de poursuivre cette politique agressive au sein de toutes les institutions qui leur restent encore ouvertes.

« Sur le front du renseignement, il pousse le bouchon le plus loin possible. Pour commencer, je crois que le FSB s'est lancé dans une opération à l'échelle planétaire destinée à faire flamber les prix de l'énergie. S'il y parvient avec le pétrole et le gaz, cela accroîtra sa puissance, à l'intérieur comme sur la scène internationale. L'assassinat du procureur vénézuélien qui enquêtait sur les fonctionnaires corrompus du secteur des mines et de l'énergie, l'attaque de la plate-forme de forage au Nigeria. Sans oublier l'attentat contre les installations de GNL en Lituanie. Ce n'est pas une coïncidence si tous ces événements sont survenus au cours des dernières semaines, et ce n'est pas non plus une coïncidence si tous ont eu pour effet de profiter à Volodine. Nous avons vu les prix du gaz s'envoler de quatorze pour cent le mois dernier et ceux du brut augmenter de près de dix.

« Sur le front militaire…, eh bien, nous avons tous pu voir ce qui s'est passé hier avec la perte du vol SA44. Volodine positionne ouvertement une force d'invasion aux frontières de ses voisins, il menace le trafic maritime dans la Baltique et envahit le ciel avec ses appareils militaires, engendrant les résultats catastrophiques que l'on sait. S'il agit ainsi, c'est parce qu'il a fait le pari que l'Ouest n'a pas vraiment l'intention de l'affronter, que nous le laisserons englober la Baltique dans sa sphère d'influence.

« C'est toutefois sur le dernier point – l'économie – que nous avons constaté l'échec le plus flagrant. Il a commencé par là et, durant un temps, il s'en est contenté. Quand les prix du pétrole et du gaz étaient élevés, Volodine s'est servi de ses compagnies énergétiques, Gazprom et Gazprom Neft comme armes. Mais les cours ont dégringolé après les records de l'année dernière et l'Europe se révèle un marché inamical car Volodine utilise depuis si longtemps Gazprom contre vous que vous avez fini par vous tourner vers d'autres sources d'énergie.

« Cette notion que l'énergie ne transite que de l'est vers l'ouest est désormais périmée. Aujourd'hui, ce sont les pays occidentaux qui approvisionnent l'Ukraine, via la Pologne et la Slovaquie. Le Nord Stream, ce gazoduc qui relie la Russie à l'Allemagne en traversant la Baltique, est désormais en service, et les nations d'Europe centrale sont soulagées parce que le gaz naturel liquéfié arrivant directement en Allemagne pourrait être renvoyé vers l'est si jamais la Russie leur fermait à nouveau les vannes.

« Au pic du marché, Gazprom était valorisé à trois cent soixante milliards de dollars. Aujourd'hui, il n'en vaut plus que cinquante. Je n'irai pas par quatre chemins : le modèle économique de Gazprom est mort.

« Quant au modèle économique russe en général : utiliser les revenus de l'énergie pour renforcer les forces armées et exploiter les besoins de l'Europe en énergie pour la menacer… ce modèle également est mort. »

Ryan but une gorgée d'eau avant de poursuivre : « Alors, que fait Volodine pour retrouver sa puissance ? Eh bien, il a décidé que s'il ne peut maintenir sa grandeur, alors il doit diminuer son adversaire. Il essaie d'enfoncer un coin entre les États-Unis et l'Europe, d'émasculer l'OTAN en arrachant la Lituanie à l'organisation, afin d'en démontrer la faiblesse. Il veut que celle-ci ne soit plus qu'un chiffon de papier. S'il y arrive, cela fera de son pays la première puissance militaire d'Europe et il y sera parvenu sans même avoir à livrer de guerre par procuration.

« La Russie ne peut, en effet, gagner un tel conflit mais elle peut, en revanche, harceler, provoquer un blocus, répandre la menace terroriste. Je vous demande à tous de considérer l'état du monde aujourd'hui. C'est très exactement la conséquence des actions de la Russie.

« Le président Volodine sait que nombre de pays d'Europe occidentale ont choisi le dialogue de préférence à la confrontation. On palabre en contemplant l'échiquier mais sans bouger la moindre pièce. Or les pays Baltes sont alliés de l'Amérique et membres de l'OTAN. S'ils sont attaqués et que nous ne réagissons pas, nos partenaires sauront que l'organisation qu'ils respectaient naguère n'est plus qu'une coquille vide.

« La dissuasion ne peut fonctionner que si Volodine est convaincu que l'Occident réagira. Pour l'heure, il ne le croit pas, et c'est pourquoi il n'y a aucune limite aux plans qu'il pourrait mettre en œuvre. En tant qu'alliance, nous devons montrer aux Russes notre résolution collective. »

Ryan parcourut lentement la salle du regard, prenant tout son temps avant de continuer :

« Alors, comment nous y prendre ? Quelle est la solution à la crise ? Étape numéro un, reconnaître et admettre le fait que les actions russes de l'an passé ont à jamais changé la sécurité en l'Europe et que nous ne reviendrons jamais au *statu quo ante*. La prise de conscience de la nouvelle réalité est cruciale si nous voulons adopter les mesures hardies devenues indispensables.

« Deuxième étape, renforcement des sanctions économiques contre les élites russes. Des milliers de citoyens russes de premier plan font leurs courses en Occident, leurs banques sont en Occident, ils envoient leurs enfants dans des écoles occidentales. Accroître les sanctions contre les puissants et les privilégiés serait aisé pour nous et sans grand impact sur eux, mais dévastateur pour leurs élites économiques et, surtout, politiques.

« Troisième étape… nous demandons à l'OTAN le déploiement immédiat en Pologne de la Force de réaction rapide. Une décision prise dans les tout prochains jours pourrait permettre de positionner sur zone en moins d'une semaine des effectifs considérables, et en l'affaire d'un mois le risque d'une invasion russe serait grandement réduit.

« La quatrième étape, mesdames et messieurs, est la plus urgente et la plus importante de toutes. Nous demandons à l'OTAN de déployer *immédiatement* la Force de réaction rapide en Lituanie, en la positionnant tant à sa frontière occidentale, côté Kaliningrad, qu'orientale, côté biélorusse. Elle pourrait s'ébranler dans les vingt-quatre heures et être en position dans les soixante-douze. Quand bien même elle n'est pas en mesure de contrer une véritable attaque russe, elle pourrait servir de fusible et amener le président Valeri Volodine à réfléchir aux conséquences d'une telle attaque. Elle lui montrerait que l'OTAN est bel et bien prête à défendre la Lituanie.

« Je vous parle ici d'une présence temporaire de l'OTAN en Lituanie et en Pologne, pas de l'installation de bases permanentes. Sitôt la crise désamorcée, nous retirerons les unités de la Force de réaction rapide de ces deux pays.

« Je ne me fais aucune illusion. Je m'attends tout à fait à une réaction négative des Russes à ces propositions. Ils réagiront effectivement à notre initiative, et nous n'aimerons pas cette réaction. Mais je crois fermement que les initiatives que nous allons prendre aujourd'hui sont la conséquence de notre inaction passée, et nous ne pouvons pas continuer ainsi. »

Ryan marqua une nouvelle pause pour contempler l'assistance.

« Volodine n'a pas de meilleures forces armées, une meilleure économie ou de meilleures idées que l'Ouest. Jusqu'ici, son seul avantage sur les nations du monde libre est la possession d'une denrée de valeur. » Ryan leva un doigt. « Seulement une. » Après une pause pour marquer son effet, il reprit : « Pour dire les choses simplement. Il possède la volonté. Le président Volodine a cette volonté que nous ne possédons pas. Et il en a à revendre. »

Et Ryan d'enchaîner : « On se figure en Occident, et même après tous les événements que je viens d'évoquer, qu'aujourd'hui encore l'ordre et la sécurité en Europe sont stables. Nous avons des règles auxquelles chaque nation se conforme et ces règles garantissent la paix. Et puisque la paix est dans le meilleur intérêt de tous, pourquoi cela changerait-il ?

« Eh bien, mesdames et messieurs, la Russie est en train de réécrire sous nos yeux la règle du jeu. Elle n'attend pas demain. Et nous ne devrions pas attendre non plus. »

Jack Ryan se rassit. Un grand silence suivit son allocution, mais on n'était pas non plus au carnaval et il ne s'attendait pas à des jets de confettis.

À l'issue de la réunion, Ryan discuta quelques minutes en privé avec la présidente Eglė Banytė pour lui assurer qu'il ferait tout ce qui était en son pouvoir pour défendre la Lituanie. Elle le remercia et lui exprima sa confiance en l'approbation de la motion avant de regagner l'aéroport.

Ryan appréciait son optimisme et son cran.

Mais il était loin d'avoir ses certitudes.

46

Terry Walker avait renvoyé ses employées sitôt leur arrivée à huit heures du matin. Il leur expliqua que ses nouveaux clients avaient exigé un surcroît de discrétion, aussi s'occuperait-il d'eux tout seul. Il régla trois semaines d'avance à ses deux employées autochtones, leur souhaita de bonnes vacances, puis les regarda récupérer leurs affaires en jubilant et filer sans demander leur reste. Une des femmes en pleurait même de joie.

À peine s'était-il débarrassé de son personnel que Kozlov et l'un de ses gorilles de Steel Securitas débarquaient et venaient s'installer dans la minuscule salle d'attente. Les deux hommes étaient armés d'un pistolet et laissaient la crosse de leur arme dépasser bien en évidence sous leur veste tandis qu'ils frôlaient Walker, histoire d'accroître le facteur d'intimidation et de réduire les risques que le jeune Australien caresse l'idée de les doubler.

Walker passa la première heure de cette matinée à consulter les notes que Limonov avait préparées en vue d'organiser l'échange. La transaction devait s'effectuer par incréments de huit millions de dollars. Comme il leur faudrait convertir chaque jour en Bitcoins un total de deux cent soixante-six millions de dollars en devises issus de plusieurs comptes dans le monde entier, via la lessiveuse de BlackHole, puis reconvertir ces Bitcoins en dollars que Limonov déposerait sur un nouvel ensemble de comptes, les deux hommes auraient à réaliser le jour même trente-deux transactions séparées.

À dix heures, Limonov et Walker s'assirent l'un à côté de l'autre devant le terminal installé sur le bureau de Walker et ils entreprirent aussitôt la première transaction de la journée. Walker procédait quotidiennement à ce genre d'opération ; même le montant individuel de chacune ne sortait pas de l'ordinaire. Les seules différences majeures avec tous les autres jours demeuraient la quantité de transactions à opérer pour le même client, ce bras armé menaçant au-dessus de lui, et le fait que Kate et Noah étaient retenus prisonniers quelque part sous bonne garde.

Il avait les mains tremblantes tout au long de cette première transaction. Quand il s'écarta du bureau pour permettre à Limonov d'entrer ses références de compte afin d'y redéposer les nouveaux dollars blanchis de frais, Walker dut s'appuyer au mur pour garder son équilibre et il dut retenir une nausée.

Bientôt, Limonov lui lança, depuis le bureau, tout sourire : « C'est fait, Walker ! Et d'un. Plus que neuf cent quatre-vingt-dix-neuf. » Le Russe semblait positivement radieux.

« Ouais, mais juste trente et une pour aujourd'hui. »

La procédure avait été lancée et bientôt ils avaient trouvé leur rythme. En lançant une nouvelle opération toutes les vingt minutes, les deux hommes pouvaient remplir leur quota de deux cent soixante-six millions dans la journée. Chaque transaction ne prenait en tout et pour tout que de trois à cinq minutes, aussi Walker passait-il le reste du temps à fixer le mur, tandis que Limonov parlait avec Kozlov dans l'autre pièce.

Après avoir bouclé la septième transaction de la journée, Walker leva les yeux et vit qu'il était juste onze heures passées. Il se leva pour se dégourdir les jambes et annonça : « Je vais aux toilettes. »

Kozlov l'entendit depuis le divan du hall où il était assis. Quand Walker passa devant lui, se dirigeant vers la porte, l'agent du Kremlin fit signe à son garde du corps canadien et lui demanda en anglais de l'accompagner après l'avoir fouillé.

« Oui, monsieur. »

Walker et son gorille armé parcoururent un bref couloir, saluant au passage un avocat local qui les croisait pour descendre l'escalier vers la sortie, puis ils parvinrent aux toilettes du premier. Le Canadien ouvrit la porte et put constater qu'il n'y avait là que deux urinoirs et deux cabinets, ainsi qu'un lavabo et une poubelle. La petite pièce était dépourvue de fenêtres mais il ouvrit rapidement les deux cabinets, qui étaient vides, avant de se retourner vers Walker.

« Ça va être long ?

— Fichtrement, surtout si tu restes planté là à me reluquer, vieux. »

Le gros bonhomme lorgna Walker d'un air chagrin, tourna les talons, ressortit. « Je patiente dans le hall. »

Walker fit ses petites affaires et regagna le bureau, son gardien sur les talons.

À une heure de l'après-midi, un homme de Steel Securitas à l'accent germanique entra dans le bureau, leur apportant des saucisses-riz sur des plateaux en carton, achetées au restaurant du coin et accompagnées de bouteilles de soda provenant du distributeur installé dans le hall de l'immeuble. Les deux hommes mangèrent sans cesser de poursuivre leurs opérations. Walker n'avait guère d'appétit mais Limonov finit rapidement son plat et demanda au garde armé d'aller leur chercher du café.

Walker s'était suffisamment détendu pour ne plus trembler et il se surprit à passer le plus clair de son temps entre deux transactions à répondre sereinement au torrent de questions du Russe sur les divers aspects technologiques de BlackHole et plus généralement du marché des Bitcoins. Limonov semblait fasciné et sincèrement impressionné par l'incroyable intelligence de Terry Walker.

Ce dernier, de son côté, aurait juste voulu que ce Russe la ferme une bonne fois pour toutes et continue son boulot.

À seize heures, Walker annonça une fois encore qu'il avait besoin d'une pause-pipi. Le même vigile canadien l'escorta de nouveau, cette fois au rez-de-chaussée, ouvrit la porte des toilettes et regarda à l'intérieur. Les deux cabinets étaient grands ouverts et visibles depuis le seuil, aussi l'homme se contenta-t-il de faire signe à Walker d'entrer tandis qu'il restait dans le hall.

Walker entra et quand la porte se referma derrière lui, il entendit un déclic. Il se tourna pour découvrir un homme aux cheveux gris. C'était lui qui avait verrouillé la porte.

L'homme, nettement plus âgé que lui, se retourna. « Pas un bruit, Walker, lui dit-il à voix basse. Je viens vous aider. »

John Clark examina soigneusement Walker, jaugeant sa réaction. S'il appelait le garde, sans doute le ferait-il dans les toutes premières secondes, aussi Clark savait qu'il devait se tenir prêt à se précipiter pour couvrir le mètre cinquante qui les séparait afin d'étouffer ses cris. Mais Walker resta juste planté là, l'air hébété, les yeux congestionnés, conséquence manifeste de la fatigue et du stress de la veille.

Au grand soulagement de Clark, il lui répondit dans un murmure : « Qui êtes-vous ?

— Nous savons que les Russes détiennent votre famille. »

Le murmure de Walker devint alors presque un cri. « Ouais, même qu'ils les tueront s'ils croient que je parle aux Américains ! Putain, tirez-vous d'ici, merde, avant que Popov vous découvre !

— Il ne saura pas que je suis ici. Vous devez me faire confiance.

— Vous êtes du FBI ?

— Non.

— De la CIA ?

— Écoutez, monsieur Walker. Nous sommes experts dans ce genre d'opération, tout en demeurant dans l'ombre. Nous savons que vous convertissez en Bitcoins des devises pour le compte d'un personnage important du Kremlin. Nous savons également que vous le faites pour protéger votre famille. »

Walker inclina la tête sur le côté. « Le Kremlin ?

— Oui.

— Vous voulez dire… genre Volodine ? L'autre psychopathe à la con qui dirige la Russie ?

— J'espérais que vous pourriez nous le confirmer. »

Walker se massa les paupières. « Je savais que c'était un Russe fortuné, évidemment. Je m'étais seulement imaginé que ce devait être un ponte de la mafia.

— On peut dire ça, admit Clark.

— Popov, le gros dur, se comporte comme un gangster.

— Ce doit être Kozlov. Il travaille pour le Kremlin. Un ancien du FSB. Un type très dangereux. »

Walker s'assit lentement sur le siège des toilettes.

« Et l'autre ? Le financier ?

— Andreï Limonov. Il transfère des fonds pour une huile du Kremlin. J'ignore qui, mais ce pourrait bien être effectivement Volodine. Quel est le montant en jeu ? »

Walker prit sa tête dans ses mains.

« Huit milliards. De dollars.

— Waouh ! lâcha Clark.

— Popov va les tuer, dit Walker. Noah et Kate. Il va vraiment le faire n'est-ce pas ? Si je ne lui donne pas ce qu'il veut, il tuera ma femme et mon gosse. »

Clark entra dans l'autre cabinet dont il referma la porte. Il s'assit sur le siège, prêt à lever les deux jambes pour bloquer la porte si le gorille revenait. « Je ne vais pas vous mentir, Terry. Même si vous faites exactement ce qu'ils disent, ils ne seront pas du genre à vous quitter sur un simple merci. Ils ne vous laisseront pas repartir, vous et votre famille. Vous ne le savez que trop bien. »

Clark entendait à présent Walker sangloter doucement. « Putain, mais alors, qu'est-ce que je vais faire ?

— Vous allez nous laisser retrouver Kate et Noah et les ôter des pattes des Russes, puis vous allez nous aider. »

Après un sanglot plus fort, Walker demanda : « Vous pouvez réellement faire ça ?

— On peut et on le fera. Vous, vous continuez comme si de rien n'était. Arrangez-vous pour ne susciter aucun soupçon. Nous aurons également besoin que vous nous aidiez à retrouver votre famille. Avez-vous le moindre indice sur l'endroit où ils sont détenus ?

— Quelque part dans ces îles, dans un rayon de quarante kilomètres. Sur un bateau. C'est tout ce que je sais.

— Comment savez-vous qu'ils sont à bord d'un bateau ? »

Walker expliqua les indices que Kate et Noah avaient pu lui glisser.

« Elle a le mal de mer, en temps normal ? s'enquit Clark.

— Oui. Et violent. J'ignore ce qu'il peut y avoir de différent avec ce bateau-là. Bon, il faut que j'y retourne. Écoutez, n'en parlez à personne. Ni à la CIA ni au FBI. Sinon, ils vont débarquer et tout foutre en l'air. »

Clark le rassura. « Je suis d'accord avec vous là-dessus. Combien de temps vous faut-il avant de terminer le transfert des fonds ?

— Je ne sais pas. Ça dépendra de la réaction des marchés. Si le volume général des transactions quotidiennes s'accroît, nous augmenterons les nôtres en proportion.

— Quelle est votre meilleure estimation ?

— Nous aurons probablement fini d'ici quinze jours. »

Clark considéra cette information. « Pouvez-vous faire traîner les choses, pendant que l'on recherche votre famille ?

— C'est impossible. Ivanov… celui que vous appelez Limonov… Il n'est pas très au courant de la crypto-monnaie mais c'est une pointure en finance. Il connaît vraiment son sujet. Il me surveille constamment, épluche mes moindres faits et gestes. M'interroge sur tout ce qu'il ne comprend pas. Je ne pourrai rien changer à la procédure sans qu'il s'en aperçoive aussitôt.

— OK. Ne tentez rien. On récupère d'abord votre famille, ensuite seulement vous pourrez nous aider à capturer ces types. »

En fait de gratitude, Walker lâcha : « Vous avez intérêt à être certains de votre putain de plan. Vous faites tuer ma famille et je refile aux Russkofs tout ce qu'ils veulent, merde. Vous m'avez compris ?

— Ne vous gênez pas », se contenta de répondre Clark.

Walker tira la chasse, puis il se dirigea vers le lavabo et ouvrit le robinet. Tout en s'examinant dans la glace, il avoua : « Et merde, j'y arriverai jamais. »

Clark ouvrit la porte de son cabinet. « Mais si, vous y arriverez, Terry. Vous n'avez pas le choix. Le sort de Kate et de Noah est entre vos mains. » Et d'ajouter : « Vous devez retourner là-bas. »

Walker hocha distraitement la tête. « Je n'avais pas vraiment besoin d'aller aux toilettes. » Et il sortit.

Terry Walker regagna ses bureaux quelques instants plus tard, toujours suivi de son ange gardien canadien. Limonov leva à peine les yeux à son entrée mais Kozlov le suivit depuis la réception.

S'interposant devant la porte du bureau, il aboya : « Qu'est-ce qui vous a pris tout ce temps ?

— J'étais aux chiottes. Je vous laisse imaginer la suite. »

Le Russe s'avança brusquement et saisit le petit Australien par la peau du cou. Il le serra violemment.

« Et pour faire quoi ?

— Putain, je dois vraiment vous faire un dessin ? »

Kozlov se retourna vers le Canadien. « T'étais avec lui dans les toilettes ?

— Non, mais je les avais fouillées auparavant et je suis resté devant la porte. »

Kozlov indiqua leur prisonnier.

« Fouillez-le-moi. Une fouille approfondie. » Il tourna les talons et sortit comme un ouragan, direction les toilettes. Il avait dégainé son flingue et le tenait plaqué contre la cuisse.

Les vigiles plaquèrent Terry Walker contre le mur, sans ménagement, sans trop savoir quel était le problème, mais soucieux de montrer au client leur docilité. Alors qu'ils relevaient la chemise de Walker et abaissaient son pantalon, ce dernier regarda en direction de la porte donnant sur le couloir, terrifié à l'idée que Kozlov découvre l'Américain dans les toilettes. Son estomac se serra et il se demanda s'il n'allait pas s'évanouir de terreur.

Il se tourna vers Limonov. Le Russe était en train de taper un courriel sur son portable, c'est tout juste s'il lui prêtait attention. L'Australien lui lança : « Votre copain est complètement cinglé, je tiens à vous le signaler. »

Limonov ne daigna pas lever le nez de son écran. « Ce n'est pas mon copain, mais à part ça vous avez parfaitement raison. »

Kozlov rouvrit sur ses entrefaites la porte du bureau et regarda les deux hommes qui finissaient de déshabiller Walker. Il avait rengainé son arme. « Quelque chose ?

— RAS, patron. »

Tandis que Walker se rhabillait, Kozlov pointa le doigt vers l'agent de sécurité qui avait accompagné l'Australien aux toilettes. « À partir de maintenant, tu restes aux chiottes avec lui en permanence. Est-ce clair ? »

Le vigile canadien répondit : « Tout ce que vous voudrez, monsieur. »

Kozlov regagna la petite réception et s'installa de nouveau dans le canapé.

Limonov héla Walker. « C'est l'heure d'une nouvelle transaction, Terry. »

Il avait fallu à Clark près d'une heure pour neutraliser les caméras de vidéosurveillance et crocheter les serrures de l'immeuble un peu plus tôt dans la matinée, et il n'y serait pas arrivé sans l'aide de Gavin Biery depuis Alexandria. Et maintenant qu'il en avait fini, il allait devoir encore attendre plusieurs heures, jusqu'à la fin des horaires de travail, pour pouvoir ressortir.

Il était allé se planquer, à genoux au fond de la guérite du concierge, à une dizaine de mètres des toilettes, un peu plus loin vers l'intérieur du bâtiment. Il avait pris avec lui deux bouteilles d'eau et une barre chocolatée ; il ne s'était pas vraiment attendu à devoir passer toute la journée dans l'immeuble et il voulait, de plus, ne pas s'encombrer outre mesure, même si ça devait être le cas. Mais Gavin lui avait envoyé un texto peu après son arrivée pour lui faire savoir que deux vigiles s'étaient pointés à la réception et qu'il ne voyait pas d'issue dégagée apparaître sur le circuit de vidéosurveillance qu'il venait de pirater.

Même cela n'aurait pas été un problème si cet immeuble de bureaux avait reçu des clients ordinaires, comme n'importe quel autre immeuble équivalent de par le monde. Mais Gavin avait signalé toute la journée que c'était sans doute l'immeuble d'affaires le plus mort qu'il ait jamais espionné durant les heures de bureau. En dehors du personnel qui y travaillait, à peu près personne n'était entré ou sorti.

Clark s'installa donc pour sa longue attente, puis il envoya un texto à Gavin, puis un autre à Jack, pour leur raconter ce qu'il venait d'apprendre. Il se pouvait bien qu'il doive encore poireauter trois heures avant de pouvoir regagner son bateau, mais ce n'était pas une raison pour empêcher ses collègues de commencer, à distance, leurs recherches sur l'enlèvement.

Il ne savait pas vraiment ce qu'ils parviendraient à obtenir depuis le Campus mais Clark pensait avoir ses chances, dès qu'il pourrait enfin se tirer d'ici. Si les Walker se trouvaient bien à bord d'un navire et que ledit navire était toujours quelque part au milieu des îles Vierges britanniques, Clark savait très précisément où il devait commencer ses recherches pour les retrouver.

47

Chavez, Caruso et Herkus Zarkus étaient juchés sur le toit du préau d'un lycée situé dans la ville de Pabradė, qui leur offrait une vue sur la frontière biélorusse, au loin vers l'est. Ils prirent des photos des champs entre celle-ci et leur position depuis trois angles différents sur le toit, ce qui était pour eux un grand soulagement puisque cela permettait de cocher d'un coup trois objectifs de plus sur leur liste sans devoir entre-temps recharger puis décharger leur véhicule et avoir à se déplacer vers un nouveau site.

Les deux Américains étaient dorénavant plus certains que jamais que leur travail contribuait au soutien de la défense militaire lituanienne. Il leur semblait quand même bizarre que ce soit la directrice du renseignement national qui les ait expédiés ici, ou même qu'ils aient dû s'y rendre, vu que le ministère de la Défense avait son propre service de renseignement pour s'acquitter en principe de ce genre de tâche.

Cela dit, aucun des deux ne se plaignait de l'aspect technique de cette activité de collecte de données. Elle leur offrait l'occasion de jauger le secteur.

Un peu plus tôt et après s'être assuré d'être hors

de portée de voix de Herkus, Dom avait ironisé sur le fait que le travail qu'ils effectuaient pourrait à l'avenir aider aux missions de la CIA derrière le « nouveau rideau de fer ». Les deux hommes savaient en effet que le sol qu'ils foulaient pouvait aisément devenir, d'un jour à l'autre, territoire russe, tout comme le sol qu'ils avaient foulé en Crimée l'année précédente était désormais devenu partie intégrante de la Russie, au même titre que la place Rouge.

Ils terminèrent leur imagerie de précision, redescendirent du toit du préau et remercièrent d'un signe de la main un responsable de l'entretien aussi perplexe que serviable.

Alors qu'ils remballaient pour se rendre sur le site suivant, le mobile de Chavez pépia dans sa poche.

« Chavez.

— Greg Donlin, l'APP de Branyon. »

Chavez se souvenait d'avoir rencontré l'agent de protection personnelle de Pete Branyon la semaine précédente, quand le chef d'antenne était passé à l'improviste les voir à leur planque. « Eh Greg, tout baigne ?

— Je me rappelle que vous m'aviez suggéré de nous filer un coup de main à vos heures perdues. J'espère que l'offre tient toujours.

— Bien sûr. Nous nous arrêtons en général quand il ne fait plus jour pour bosser, soit aux alentours de dix-neuf heures. Mais si vous êtes dans le pétrin, on peut toujours faire une exception.

— Ça serait pour dix-sept heures : Branyon doit se rendre ce soir dans l'est du pays pour y retrouver un agent au village de Tabariškės. C'est à huit cents mètres, maxi, de la frontière biélorusse.

— Ah, merde !

— Ouais. J'ai bien essayé de l'en dissuader mais il dit que c'est vital. Son réseau dans le secteur signale la présence de nouveaux Petits Hommes verts. Il veut les rencontrer en personne pour voir ce qu'ils fabriquent ici.

— Ça me paraît risqué.

— Ça se pourrait bien, mais nous avions un agent illégal[1] dans ce village la nuit dernière qui nous a envoyé un RAS. Nous ne nous faisons pas trop de souci pour le patelin mais c'est le trajet pour s'y rendre qui nous préoccupe un brin : la route étant située loin des grands axes, il n'y a quasiment pas de présence policière ou militaire et les hommes qui patrouillent sur zone sont vraiment trop dispersés.

— On serait ravis de vous escorter tous les deux jusque là-bas, mais comme vous le savez, nous n'avons pas la moindre arme.

— Ça peut s'arranger. Si vous nous accompagnez, je vous refilerai quelques flingues. Un détail, toutefois. Branyon ne veut pas que vous entriez dans le village. Il craint de compromettre les membres de son réseau si des étrangers se pointent là-bas. Alors il vous demande juste de nous suivre, de vous trouver un coin où vous garer à l'ouest de la ville, puis d'attendre notre appel vous signalant qu'on s'apprête à regagner Vilnius.

---

1. En fait, un agent tout ce qu'il y a de légal mais qui, contrairement aux officiers de renseignement « officiels » et déclarés, travaille sous couverture, et donc dans la clandestinité.

— Vous êtes sûr qu'il est bien prudent de vous retrouver tout seul à assurer sa sécurité dans ce village si proche de la frontière ? demanda Chavez.

— Putain, non, sûrement pas. Si ça ne tenait qu'à moi, j'y entrerais avec un char Abrams, mais ce n'est pas moi qui décide.

— D'accord, convint Chavez. Bon, eh bien, on vous surveillera de près lors des trajets aller et retour. Et dans le patelin, restez en communication avec nous au cas où vous auriez besoin d'un coup de main.

— Ça me paraît un bon plan. Retrouvons-nous à dix-sept heures pile, pour que je puisse vous donner des armes et qu'on ait le temps de nous organiser. »

Branyon et Donlin entrèrent sur le parking d'un supermarché IKI situé à Nemėžis, un faubourg au sud-est de Vilnius. Il était dix-sept heures, il faisait encore clair, toutefois de lourds nuages d'orage roulaient dans le ciel et la météo prévoyait des averses dans la soirée. Alors qu'ils finissaient de se garer à bonne distance de l'entrée, un Toyota Land Cruiser noir vint manœuvrer pour se ranger juste à côté d'eux. Chavez et Caruso en descendirent pour monter aussitôt à l'arrière du véhicule des hommes de la CIA.

Branyon était assis à la place passager. Après un rapide échange de poignées de main, le chef d'antenne remarqua : « Votre compagnie est la bienvenue, les gars, merci.

— De rien, répondit Dom. Mais vu l'heure, ça va être ric-rac, les enfants. Je ne sais pas combien de temps vous comptez rester avec votre contact, mais on dirait bien qu'on va revenir dans la nuit et sous l'orage. »

Donlin ne dit rien. Les deux hommes du Campus avaient l'impression que ce scénario ne lui plaisait pas du tout, ce qui impliquait qu'eux-mêmes n'étaient pas trop chauds non plus pour y participer.

Branyon vit leur expression.

« Écoutez, je ne fais pas ça pour le plaisir. Il y a tout un tas de gens là-bas près de la frontière qui comptent sur nous autres Américains pour les protéger. Ils travaillent pour moi et ils sont super nerveux, mais j'ai encore besoin d'eux pour faire le boulot. Je ne peux pas les rappeler comme ça, puis filer à l'abri de l'ambassade en leur garantissant que j'assure leurs arrières. Je dois descendre là-bas pour les convaincre au contraire que je continue de veiller sur eux et qu'ils peuvent continuer de me fournir des renseignements. » Il haussa les épaules. « Pour ce que ça pourra servir… L'autre enculé de Volodine vient d'annoncer à la télé qu'en gros, leur région lui appartient, ce qui a généré plus d'anxiété que ne peut en exprimer mon joli minois. »

Sourire de Chavez et Caruso.

Greg Donlin poursuivit : « Vous trouverez sur le plancher à l'arrière une AK et un pistolet pour chacun, avec quelques chargeurs de rab. Les flingues sont un peu âgés mais ils fonctionnent assez bien pour faire des trous dans les gens s'il faut en venir là. Vous nous collez au cul pendant le trajet, mais vous décrochez dès qu'on entre dans le patelin. Je vous signalerai par radio dès qu'on s'apprêtera à repartir.

— Reçu cinq sur cinq », dit Chavez.

Les deux Américains récupérèrent leurs nouvelles armes. Elles étaient rangées individuellement dans un sac de sport bleu, ce qui leur éviterait de brandir un arsenal sur le parking du supermarché. Ils mirent simplement les sacs à l'épaule et regagnèrent leur véhicule.

Une fois remontés à bord du Land Cruiser, ils prirent quelques minutes pour inspecter fusils et pistolets. Les AK avaient une crosse pliante évidée et une simple mire métallique. Les pistolets, d'imposants Glock 17, étaient du même acabit : visiblement beaucoup utilisés mais bien entretenus. Ils les glissèrent à la taille, sous leur blouson, puis les sacs contenant les fusils allèrent rejoindre sur le plancher à l'arrière leurs affaires personnelles : les sacs renfermant matériel de surveillance, trousse médicale et autres bricoles dont ils savaient qu'ils auraient besoin lors de ce genre de mission d'escorte.

Alors qu'ils emboîtaient le pas au SUV Mercedes blanc, Dom examina sur l'écran de son téléphone une carte de la région frontalière, à la recherche d'un emplacement proche de Tabariškės où attendre Branyon et Donlin pendant qu'ils discuteraient avec leur contact. En même temps, il observa : « Ding, tu le sens, ce truc ?

— Côté sécurité personnelle ?

— Ouais.

— Pas du tout, admit Chavez. Je respecte Branyon pour son désir de ne pas se contenter de jouer les ronds-de-cuir, mais comme il l'a dit lui-même, je ne sais pas si c'est bien utile qu'il descende là-bas. Si les Russes se mettent à balancer la sauce, ces obus de mortier se ficheront bien de savoir si la CIA est présente dans ce village.

— D'après la carte, précisa Dom, on dirait qu'il y a une exploitation agricole surplombant le village à environ cinq cents mètres au sud-ouest. Qu'est-ce que tu dirais qu'on se trouve une planque en hauteur pour mieux surveiller la position de Branyon ?

— Ça me plaît bien. Ce n'est pas qu'on pourra faire grand-chose à une telle distance, mais j'imagine qu'on pourra toujours le prévenir si on découvre un truc pas catholique dans le secteur.

— Genre chars russes T-90 ou salve de roquettes ? »

Rire de Chavez. « Oui, par exemple. D'ici là, gardons l'œil sur la route. Ça ne fait pas cinq minutes qu'on a démarré et on a déjà passé une demi-douzaine de coins idéaux pour une embuscade. »

Un léger crachin se mit à tomber sur le SUV alors qu'ils mettaient le cap sur la frontière.

48

Le SUV de Branyon et Greg Donlin entra dans le village de Tabariškės, tout près de la frontière biélorusse. Branyon était au volant et le gros Mercedes blanc traversait sous la pluie les rues étroites et plates, ne croisant que quelques rares véhicules. Après quelques minutes, il quitta la rue pour s'engager sur l'allée gravillonnée desservant une église en bois peint couleur moutarde. Un petit cimetière sinistre occupait le parvis, avec des pierres tombales de chaque côté du sentier reliant le parking à la porte de l'édifice.

Branyon y gara sa voiture, puis il attendit en scrutant la pluie dans toutes les directions.

Il n'y avait qu'une seule autre voiture garée là, mais Branyon ne la reconnut pas.

Il était venu rencontrer l'agent qui dirigeait sa cellule dans cette zone frontière. Albertas Varnas était le prêtre du village et il signalait à Branyon les événements survenant dans le secteur en même temps qu'il dirigeait sa cellule. Branyon l'avait recruté tout juste un mois auparavant et, jusqu'ici, la seule chose qu'il leur avait demandée avait été d'installer quelques caméras pilotées à distance par Internet pour retransmettre à l'antenne de la CIA installée à l'ambassade des images de la route menant à la frontière, ainsi que de recueillir des infos sur l'activité régnant là-bas.

Branyon avait décidé de venir ce soir parce qu'il voulait interroger personnellement Varnas sur ses signalements d'étrangers dans le secteur.

Langley avait suggéré à son chef d'antenne de contacter Varnas au téléphone pour le cuisiner à ce sujet, mais Branyon avait préféré juger sur place la véracité de ses dires. En outre, si de Petits Hommes verts étaient présents dans le coin, il voulait le constater de visu. Il savait que si c'était le chef d'antenne qui signalait en personne à Langley que les Russes avaient violé la frontière, cela aurait plus de poids que si un quelconque petit prêtre de paroisse inexpérimenté le signalait indirectement.

Greg Donlin était assis à sa droite, les yeux fixés vers l'est. La frontière était située derrière un rideau d'arbres à l'autre bout d'un champ qui s'étendait juste à la sortie du village, mais celle-ci formait également une saillie vers l'ouest, à un peu plus de deux kilomètres derrière eux. « Plus près que nécessaire, patron, remarqua-t-il. On se retrouve avec la Biélorussie sur deux points cardinaux de notre position.

— Je sais, Greg, je sais », soupira Branyon qui n'avait toujours pas quitté des yeux la voiture non identifiée garée là. Il vérifia s'il n'aurait pas manqué un texto, puis il appela Varnas. Au bout de vingt secondes, il remarqua : « Allons bon. Pas de signal. »

Donlin fit de même. « Pareil pour moi. Je me demande si les Russes ne brouillent pas le secteur depuis l'autre côté de la frontière. »

Branyon étouffa un rire. « À présent, c'est vous qui devenez parano. Je l'ai eu au téléphone il y a une heure, la connexion marchait très bien. Ça m'est déjà arrivé par ici. On se calme. »

Il prit son parapluie, ouvrit la portière, descendit.

Donlin l'imita, non sans remarquer : « C'est une Honda Civic. Varnas a une vieille Skoda. Il n'est pas là, Pete. Pourquoi ne pas attendre encore un peu ?

— Et pourquoi ne pas aller aussi allumer un cierge ? rétorqua Branyon. Ça peut pas faire de mal, merde.

— J'aime pas ça. À qui appartient cette bagnole ? »

Mais Branyon, qui s'était déjà mis en mouvement, se retourna vers son agent de protection.

« Laissez-moi vous poser une question, Greg. Si la sixième armée s'est bien décidée à envahir la Lituanie, vous croyez vraiment qu'ils vont tous s'entasser à l'arrière d'une Honda Civic ? »

Comme d'habitude, Greg Donlin ne partageait pas la désinvolture du patron. Il le rattrapa sur le sentier menant à l'église. Les deux hommes s'arrêtèrent devant la porte, sous la pluie.

« Pete, je vais rentrer le premier, voir s'il est là. Vous, vous remontez en voiture et vous m'attendez au volant, au cas où. »

Soupir de Branyon.

« Franchement, Greg ? C'est vous qui prenez les choses en main ?

— C'est juste histoire de me rassurer. D'accord, patron ? »

Branyon retourna vers la Mercedes mais il ne s'installa pas au volant. Il préféra rester appuyé au capot et, de sa main libre, il sortit de sa veste un paquet de clopes qu'il tapota pour en faire passer une dans sa bouche. Il remit en place le paquet et sortit un briquet de sa poche de pantalon.

Donlin lui lança un regard légèrement contrarié, puis il tourna les talons pour se diriger vers l'église.

De son côté, Branyon tira une longue bouffée de sa cigarette et, non sans maladresse à cause du parapluie, il leva le coude pour regarder sa montre. Il était presque sept heures du soir, mais avec les nuages il faisait déjà sombre et il savait qu'il ferait nuit noire au moment de repartir, même si Varnas était déjà arrivé.

Il avait pris des airs nonchalants, aussi bien avec son garde du corps qu'avec les deux extras chargés de le chaperonner ce soir, mais le fait est qu'il ne prenait pas du tout cette situation à la légère. Il savait qu'il forçait sa chance à se risquer ici à pareille heure, et la dernière chose qu'il voulait, c'était s'y attarder après la nuit tombée. Mais sa cellule d'agents près de la frontière était plus importante que jamais. Non seulement parce qu'ils pouvaient lui transmettre des informations juste avant une invasion mais, au cas où l'OTAN ne se dépêcherait pas de sauver les meubles et où les Russes feraient des trous dans le grillage de deux mètres cinquante qui était la seule barrière séparant une centaine de villages comme celui-ci de la sixième armée, le travail de sa cellule deviendrait alors crucial derrière les lignes, dans une Lituanie désormais occupée par les Russes.

Il devait absolument être ici, il devait absolument agir ainsi, et s'il devait au passage se faire trouer la peau – eh bien, se dit-il après tout, c'est lui qui avait ignoré l'avis paternel de faire l'école dentaire, aussi ne pourrait-il que s'en prendre à lui-même.

Dom Caruso et Ding Chavez étaient assis dans leur Toyota noire garée sur une éminence, cinq cent cinquante mètres à l'ouest de l'église couleur moutarde. Chavez avait quitté la route principale menant au village pour escalader un chemin desservant une décharge abandonnée, puis il avait continué à travers champs pour finalement s'arrêter dans un bosquet. Il avait alors coupé le moteur pour écouter la pluie clapoter sur le toit du véhicule.

À travers le téléobjectif de cinq cents millimètres qu'il avait calé sur la vitre entrouverte, Dom pouvait sans difficulté embrasser la scène au nord-est de leur position : Branyon appuyé au capot du SUV blanc, un parapluie dans une main, une cigarette dans l'autre, et son agent de protection rapprochée qui venait à l'instant de disparaître à l'intérieur de l'église.

« Putain, c'est pas croyable, observa-t-il. Le chef d'antenne de la CIA en personne qui se radine ici, en pleine cambrousse ? »

Chavez opina.

« Je sais bien pourquoi il fait ça, mais ce n'était pas à lui de le faire.

— J'imagine qu'il se croit invincible.

— On n'a plus qu'à espérer que ce soit vrai. Parce que s'il y a des Petits Hommes verts dans le secteur, ou simplement un des civils pro-russes, et qu'ils apprennent que le responsable de l'espionnage américain de leur pays vient jouer les cibles vivantes dans ce coin perdu, l'occasion sera trop bonne pour eux.

— Tu veux qu'on se rapproche un peu ? Au cas où ? » demanda Dom.

Chavez avait à son tour pris son appareil photo pour le braquer sur l'église au loin. « Non. Branyon avait raison de nous ordonner de rester à l'extérieur du village. S'il y a des méchants dans le coin, on est faits en moins de deux secondes. En plus, j'aime bien la vue d'ici. Si on redescend pour se rapprocher, on le perdra de vue pendant deux ou trois minutes. Non, on continue notre surveillance. »

Au bout de quelques secondes à peine, toutefois, Dom remarqua que deux gros camions bâchés émergeaient soudain d'une rangée d'arbres, plein sud. Ils se mirent à progresser à travers champs ; ils n'étaient plus qu'à trois cents mètres à l'est de l'église. Ils semblaient se diriger droit vers Branyon et Donlin et ils accéléraient dans la boue et la terre labourée.

« Putain, c'est quoi, ce truc ? » s'exclama-t-il. Chavez, qui surveillait la route du côté opposé, réorienta rapidement son objectif vers les camions. Très vite, il lança : « Appelle Donlin. »

Caruso reposa son appareil et se hâta de sortir son mobile. Il composa précipitamment le numéro de l'agent de sécurité. Il garda le téléphone plusieurs secondes collé à son oreille, puis vérifia l'écran.

« Pas de signal.

— Prends le téléphone satellite. »

Dom se retourna pour saisir son sac de randonnée qu'il cala entre ses jambes devant lui. Le téléphone Thuraya était rangé dans une poche intérieure, dans sa mallette étanche. « Ça va me prendre une minute pour établir la communication », avertit-il.

Ding continuait d'observer les camions progressant sous la pluie. « Essaie quand même. On ne sait pas ce qui se mijote. »

Branyon se redressa et se tourna légèrement pour regarder par-dessus son épaule. Il vit une rangée de maisonnettes avec une clôture blanche côté rue et un rideau de vieux chênes derrière. Il crut entendre un bruit de moteur quelque part au-delà, ce qui était bizarre. Il était déjà venu dans le coin, il avait étudié la carte et il savait qu'il n'y avait que des champs, sans aucune route, du côté sud des arbres.

Juste en cet instant, un bref coup de feu claqua à l'intérieur de l'église et Branyon tourna brusquement la tête en direction du bruit. La cigarette lui échappa des lèvres et il jeta son parapluie. Sa main se glissa à l'intérieur de sa veste pour se refermer autour de la crosse de son Glock 26 compact mais, avant qu'il ait pu le sortir, la porte de l'église s'ouvrait à la volée et Greg Donlin apparut, fuyant au pas de course. Il hurla : « Tirez-vous d'ici ! »

Branyon courut côté conducteur, sauta au volant, lança le moteur. Juste devant lui, il voyait Donlin traverser en courant le cimetière devant l'église, son propre pistolet pointé derrière lui, vers la porte.

De l'embrasure obscure jaillit un éclair, suivi du claquement d'un unique coup de fusil. Donlin tituba, puis il s'étala sur les gravillons de l'allée. Son corps demeura immobile.

« Merde ! » hurla Branyon puis il embraya et, faisant patiner les pneus, fonça pour tenter de rejoindre son garde du corps. Il n'avait pas de plan précis pour hisser le malabar dans son véhicule sous le feu d'un tireur posté à moins de trente mètres, mais il agissait désormais de façon impulsive.

Une nouvelle salve jaillit de l'église. Branyon supposa que c'était lui la cible désormais, vu que le Mercedes n'était déjà plus qu'à vingt-cinq mètres du portail de l'édifice. Mais en regardant, illuminée par ses phares, la silhouette toujours immobile de Donlin allongé à plat ventre dans l'allée, Branyon nota la terre et les cailloux qui jaillissaient tout autour de lui.

Quelqu'un tirait à l'arme automatique, non pas sur Branyon ou son 4 × 4, mais sur le corps de Donlin.

Peter Branyon vit la forme sans vie de son garde du corps soulevée par l'impact des balles. Du sang éclaboussait le gravier brun tout autour de lui.

Le chef d'antenne de la CIA poussa un nouveau cri de colère, puis il écrasa la pédale de frein, dérapant sur le gravillon et les flaques d'eau. Il enclencha la marche arrière, accéléra à fond pour redescendre l'allée et regagner la rue, puis il fit un deux cent soixante-dix degrés et repassa la première. Cette fois, pied au plancher, il fila vers l'ouest.

Il parcourut moins de soixante-quinze mètres. Au premier carrefour, un gros camion bâché surgit de derrière un bâtiment sur sa gauche et vint percuter l'avant droit du SUV Mercedes, l'envoyant tournoyer. La tête de Branyon heurta le montant de la portière avec une telle violence qu'il en vit trente-six chandelles.

Le Mercedes cala au milieu de l'intersection. Branyon était étourdi mais il fut encore capable de sortir son Glock. Il visa les phares devant lui mais, au même moment, il entendit exploser la vitre droite. Il pivota pour braquer son arme vers la source du bruit, s'attendant à voir un homme armé le viser mais ce fut un autre spectacle qui s'offrit à lui.

Posée sur le siège passager, à moins de trente centimètres de lui, il avisa une grenade paralysante. Dégoupillée.

Elle explosa dans cet espace confiné, l'aveuglant et l'étourdissant. Ses oreilles carillonnèrent.

Chavez et Caruso assistèrent, impuissants, à la scène qui se déroulait à un peu plus d'un demi-kilomètre de là. Il n'était pas aisé de l'embrasser complètement, entre la faible lumière et la pluie battante, mais quand le chef d'antenne de la CIA fut traîné hors du véhicule par plusieurs hommes en civil et passa devant les phares du gros Mercedes, les deux Américains virent ses membres bouger.

« Il est vivant ! » s'exclama Chavez.

Caruso répondit, les mâchoires crispées par la frustration :

« Un putain d'enlèvement !

— Et ce ne sont pas les péquenauds du coin. C'est du travail de pro.

— Des Spetsnaz, observa Dom.

— Ou assimilé, confirma Chavez. On ne peut pas les lâcher tant qu'on ne saura pas dans quelle direction ils se rendent.

— Et ensuite, on fait quoi ? »

Chavez démarra. « Donlin est mort. On poursuit Branyon.

— Reçu cinq sur cinq. »

Les deux camions bâchés sortirent du village par la

rue principale, cap à l'est, droit vers la rangée d'arbres qui n'était plus visible depuis la tombée de la nuit. Mais les Américains n'avaient pas besoin non plus de les voir pour savoir que la clôture séparant les deux pays était située juste derrière, et ils n'avaient pas besoin de calculs compliqués pour deviner ce qui allait se passer.

On emmenait de force Peter Branyon de l'autre côté de la frontière.

Chavez enclencha le levier de vitesse, écrasa l'accélérateur et le Land Cruiser bondit, dévalant la colline à travers les champs qui s'étendaient au sud du village.

« Si on ne heurte pas un obstacle naturel, on peut les rejoindre avant la frontière.

— Est-ce qu'on va déclencher une fusillade avec des Spetsnaz ? demanda Dom.

— Si les Russes récupèrent notre chef d'antenne, ils sauront les noms de tous les agents opérant en Lituanie. Quand ils s'en seront emparés, ils pourront ratisser le pays pour le débarrasser de tous nos yeux et de toutes nos oreilles. »

Dom acquiesça tandis qu'ils cahotaient sur le sol inégal, plongeant dans les flaques de boue et rebondissant sur les talus séparant les parcelles. Il eut du mal à récupérer l'un des fusils posés sur la banquette arrière. Une fois qu'il l'eut en main, il ajouta : « Et on ne va pas laisser faire ça. »

49

Chavez et Caruso avaient passé les cinq dernières minutes à se cogner dans l'habitacle de leur Land Cruiser qui fonçait à présent dans un pré que la pluie avait gorgé d'eau ; ils n'étaient désormais plus qu'à quatre cents mètres de la frontière avec la Biélorussie. Malgré les ceintures de sécurité, leur torse et leurs extrémités avaient sérieusement souffert des impacts consécutifs aux cahots, rebonds et dérapages continuels de leur véhicule.

Ils roulaient tous feux éteints, ce qui n'avait pas été un gros problème jusqu'à ces cinq dernières minutes avec la tombée de la nuit, et Chavez se rendit compte, tout en scrutant les ténèbres derrière le pare-brise, qu'il ne devait plus leur rester qu'une minute avant de quitter le terrain découvert pour pénétrer dans une forêt dense et qu'à ce moment il allait devoir soit allumer les phares, soit ralentir considérablement.

Il ne voulait pas ralentir mais il ne voulait certainement pas allumer les phares parce que les deux gros camions étaient juste devant eux, suivant une route qui avait tourné plein sud pour rejoindre la frontière et qu'ils étaient apparemment les trois seuls véhicules aux alentours. Allumer les phares trahirait aussitôt leur présence.

TABARIŠKĖS

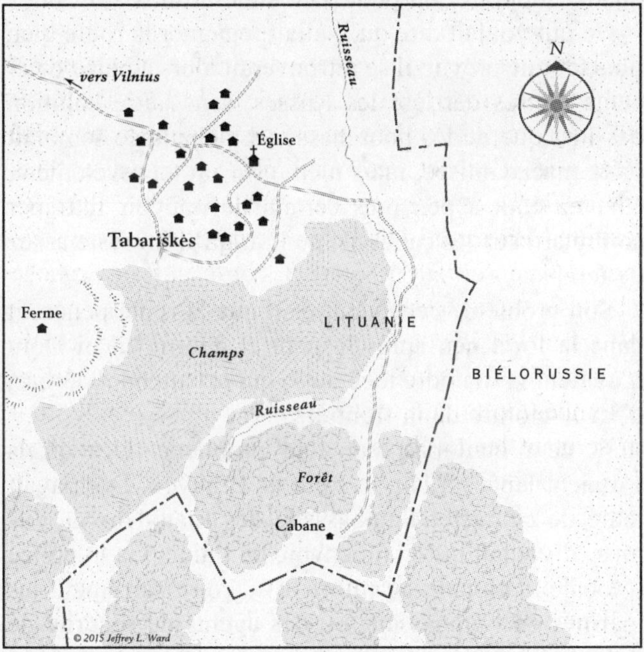
Ruisseau
N
vers Vilnius
Église
Tabariškės
Ferme
LITUANIE
Champs
BIÉLORUSSIE
Ruisseau
Forêt
Cabane
© 2015 Jeffrey L. Ward

Ding savait leur destination et il aurait bien voulu obliquer sur la droite pour continuer en terrain découvert jusqu'au point de convergence avec les camions pour les intercepter sur la route. Mais il se rendit compte que c'était impossible : une modeste rivière, large de cinq mètres à peine, qui serpentait à travers champs, lui barrait le passage pour rejoindre les ravisseurs de Branyon, et Ding n'avait plus d'autre solution que d'emprunter un petit pont situé droit devant lui.

Ce qui voulait dire qu'il allait regagner la route bien plus tôt que prévu ; il se retrouverait alors à peine deux cents mètres derrière les Russes, sans autre solution dès lors que de les pourchasser. La chaussée semblait juste macadamisée, mais même sur un tel revêtement, Chavez était à peu près certain de pouvoir rattraper son retard sur les camions, pourvu qu'il lui reste assez de temps.

Son problème cependant était que la route pénétrait dans la forêt peu après le pont et que ni lui ni Dom n'avaient la moindre idée de ce qui les attendait là-bas, d'ici la clôture de la frontière.

Et ce n'était pas leur seul problème. Dès qu'ils s'étaient lancés à la poursuite de Branyon, Dom avait tenté de contacter l'ambassade des États-Unis à Vilnius. Il voulait qu'on lui envoie de l'aide, via la police – locale, nationale ou militaire –, voire carrément les marines de l'ambassade ou des agents de sécurité de la CIA.

Mais son téléphone ne captait toujours pas de signal. Après deux vaines tentatives tandis qu'il n'arrêtait pas d'être secoué sur son siège, il rangea son mobile et sortit le téléphone satellite. Il l'alluma et composa le numéro de l'ambassade mais, à sa grande surprise, le signal ne passait pas non plus.

« Putain, j'y crois pas ! Aucun signal satellite, là non plus. Est-ce qu'on est sur la Lune, merde ? »

Chavez continuait de foncer, les yeux écarquillés pour récupérer le plus de lumière possible au cas où il aurait besoin d'éviter un obstacle dans le pâturage qui s'étendait devant lui. « Ils l'ont brouillé.

— *Brouillé ?*

— Ouais. Ils doivent avoir un sacré matos pour brouiller un téléphone satellite, ou alors c'est qu'ils sont tout près. »

Dom réfléchit : « Voilà peut-être ce qui explique tous ces signalements bizarres rapportés par les gens du coin. Ils pourraient bien avoir installé dans toutes les villes longeant la frontière tout un réseau de brouilleurs pilotés à distance. Prêts à être enclenchés en cas de crise. » Il rangea également le téléphone satellite dans sa poche de pardessus. « Bref, nous voici livrés à nous-mêmes.

— Ouaip ! confirma Chavez.

— Combien sont-ils dans ce commando, à ton avis ? »

Ding réfléchit une seconde. « En incluant les chauffeurs… huit à dix.

— C'est à peu près ce que j'avais calculé. » Il poussa un gros soupir. « Nom de Dieu. »

Depuis trente secondes, à cause de la piètre visibilité, Chavez avait dû ralentir avant de rejoindre la chaussée juste avant le petit pont enjambant la rivière, mais une fois traversé le pont, alors que la route prenait une direction nord-sud, il pouvait reprendre de la vitesse sur le revêtement macadamisé. Les feux arrière du second camion étaient à près de trois cents mètres devant eux à présent, aussi accéléra-t-il. Avec cette pluie toutefois, la visibilité était quasi nulle mais il faisait de son mieux pour garder sa trajectoire, tout en s'assurant que devant lui les feux ne disparaissaient pas brusquement.

Dom reprit la parole :

« S'ils ont préparé leur coup et qu'un passage est ouvert dans la clôture, ils vont traverser sans s'arrêter. Est-ce qu'on continue de les poursuivre de l'autre côté ?

— Non, dit Chavez. Ce serait suicidaire. Tu te doutes bien qu'ils ont là-bas des complices prêts à refermer le passage, et on foncerait droit sur eux. »

Cela dit, il appuya un peu plus sur le champignon du Land Cruiser, prêt à tout pour rejoindre Branyon et ses ravisseurs avant qu'il ne soit trop tard.

Dom, qui pendant ce temps observait la carte de la région, reprit la parole quand ils n'étaient plus qu'à quelques centaines de mètres des premiers arbres. « La frontière est juste deux cents mètres plus loin. Tu penses que ces ravisseurs auront assuré leurs arrières ? »

Chavez réfléchit quelques secondes avant de ralentir progressivement. « Ouais. Bien vu. Ces gars sont des clients sérieux. S'ils doivent se garer avant de franchir la clôture, ils auront prévu une sécurité. »

Au lieu de se garer sur le côté, Ding s'immobilisa au beau milieu de la route, la calandre du Toyota à la hauteur du premier rideau d'arbres. Ils restèrent ainsi un moment, fenêtres baissées pour détecter le moindre bruit suspect.

Ils n'entendirent rien d'autre que la pluie battante.

Caruso coupa le plafonnier avant qu'ils n'ouvrent silencieusement leurs portières ; puis chacun descendit, un fusil dans la main et un Glock 17 coincé à la taille. Tous deux piochèrent dans leur sac de gym deux chargeurs supplémentaires pour le fusil et un pour le pistolet, répartissant le tout dans plusieurs poches.

Chacun des deux agents du Campus disposait désormais de quatre-vingt-dix cartouches pour son fusil et de cinquante-deux pour son arme de poing. Soit une capacité de feu considérable dans n'importe quel scénario imaginable, mais ni Caruso ni Chavez n'étaient sûrs de leur aptitude à surclasser dans une fusillade huit à dix agents parfaitement entraînés.

Et pourtant, ils savaient qu'ils devaient continuer d'avancer. Ils s'enfoncèrent dans les bois côté ouest dans l'intention de contourner une éventuelle sentinelle postée sur la chaussée.

L'averse s'était mise à tomber dru. Elle brouillait toute visibilité, mais d'un autre côté ils savaient que la pluie handicapait également la vue et l'ouïe de l'adversaire, aussi n'étaient-ils pas si mécontents d'avoir cette météo pourrie.

Après quelques minutes de progression silencieuse, Caruso empoigna l'avant-bras de Chavez et tous deux se mirent à genoux. « Des lumières, droit devant », souffla-t-il.

Ding loucha pour percer l'obscurité ; il ne vit rien mais il faisait confiance à la vue supérieure de Caruso, après tout, Dom était de quinze ans son cadet.

Les deux hommes firent passer leur fusil dans le dos et, tâtonnant dans leur paquetage, ils sortirent des monoculaires. Celui de Ding était un gros appareil au revêtement caoutchouté qui ressemblait à une petite paire de jumelles, avec en dessous le logement pour une batterie. C'était une lunette à amplification infrarouge, capable de détecter les sources de chaleur dans l'obscurité ou derrière une protection suffisamment mince.

L'appareil utilisé par Dom était un monoculaire à vision nocturne de quatrième génération, à imagerie infrarouge frontale. Grossissant trois fois, il restituait l'image de la zone visée en dégradé de verts. Une image certes bidimensionnelle mais qui offrait une excellente luminosité dans le noir.

Au début, l'un et l'autre ne virent que des arbres, encore des arbres, mais au bout de deux minutes de plus, nécessaires pour se mettre en position, ils se retrouvèrent à moins de cinquante mètres des deux camions, garés devant une petite cabane en bois au milieu de la forêt. Tout près de la cabane, une grange ouverte de chaque côté.

Et plus loin derrière les véhicules et les deux constructions, Dom découvrit la clôture métallique haute de deux mètres cinquante qui séparait la Biélorussie de la Lituanie.

Les hommes du Campus rampèrent quelques mètres encore, jusqu'à ce que chacun ait atteint une position correcte. Ding derrière un gros pin, Dom caché derrière un enchevêtrement de racines qui sortait de la boue, à la base d'un érable à moitié couché.

Ils se trouvaient à quatre mètres l'un de l'autre mais

assez près pour se faire des signes de main ou converger rapidement s'ils avaient à se parler.

Chavez leva l'appareil d'imagerie infrarouge frontale et le porta à son œil. Dès qu'il l'eut convenablement orienté, il découvrit plusieurs hommes qui longeaient en courant la cabane. Le mouvement avait attiré son attention mais quand ils eurent disparu de l'autre côté il les perdit, aussi revint-il vers l'endroit où étaient garés les deux camions. Le premier véhicule semblait vide, à l'exception du chauffeur resté au volant. Le second avait également toujours son chauffeur, mais à l'arrière, à travers la bâche, Ding put distinguer sur son afficheur une grosse tache luminescente. Il savait qu'elle devait représenter plusieurs hommes, au moins trois ou quatre, assis côte à côte sur une des banquettes transversales à l'arrière du véhicule.

Il supposa que Branyon devait se trouver au centre, encadré par ses ravisseurs.

Chavez estima en fin de compte qu'il y avait dix hommes en tout, sans compter Branyon, ce qui était la marge haute de leur estimation antérieure, mais au moins les ravisseurs n'avaient pas récupéré d'autres éléments qui seraient restés sur place en attendant le retour des camions.

Pendant que Chavez scrutait le chemin d'accès, la cabane et la grange avec son imageur infrarouge, Caruso s'était servi de son monoculaire pour inspecter la clôture. Elle n'était qu'à soixante-dix mètres environ de sa position actuelle, de sorte qu'il pouvait l'embrasser presque complètement – hormis la fraction cachée par la cabane.

Au premier abord, il n'y avait pas la moindre brèche dans le grillage.

Il rejoignit Chavez en rampant. « Tu ne peux pas voir la clôture avec ton bidule, n'est-ce pas ?

— Non, effectivement. Je distingue les individus, les moteurs des véhicules encore chauds. C'est tout. »

Caruso hocha la tête. « Eh bien, je n'ai pas l'impression que ces enculés aient découpé un trou dans la clôture. Tu crois qu'ils vont l'escalader ? »

À l'instant précis où il posait la question, tous deux purent entendre un bruit de moteur, un grondement sourd qui recouvrait le bruit de l'averse.

Les deux hommes chaussèrent à nouveau leurs monoculaires et les braquèrent sur la scène. Deux hommes étaient en train d'extraire Branyon du second véhicule. Il avait les mains ligotées dans le dos et la tête couverte d'un sac.

De l'autre côté de la clôture apparut un gros camion tirant une remorque. Sur celle-ci, une nacelle élévatrice. Le camion entreprit avec lenteur la tâche délicate de reculer dans la boue et sous la pluie battante pour positionner la remorque à l'aplomb de la clôture métallique.

« Eh bien, voilà ta réponse », dit Chavez.

Caruso lâcha un juron. « Merde. Ils vont le faire passer par-dessus le grillage. Il va falloir intervenir tout de suite.

— Ouais », répondit Chavez.

Il glissa rapidement la main dans son sac pour en retirer un rouleau de toile adhésive. Il posa son fusil sur le sol humide, déroula en silence un long ruban d'adhésif et, à l'aide de celui-ci, entreprit de fixer son monoculaire au côté gauche de son arme.

Caruso le regarda faire un moment avant de demander : « Putain, mais qu'est-ce que tu fabriques ?

— Un viseur nocturne du pauvre, j'imagine. Toujours mieux que rien.

— Si t'essaies de te confectionner un viseur, observa Caruso, pourquoi ne pas le fixer au-dessus du canon ?

— J'ai toujours besoin de garder la visée métallique, pour le tir à distance. Là, c'est pour le combat rapproché. Je n'aurai qu'à décaler mon tir légèrement sur la gauche. »

Caruso haussa les épaules, prit à son tour une longueur de toile adhésive au rouleau de Ding et fixa de la même manière son monoculaire de vision nocturne à sa bien banale Kalachnikov.

Pendant qu'il s'affairait, Chavez remarqua : « Il faut qu'on se sépare. Ça tendra à leur faire croire que nous sommes plus nombreux.

— OK, opina Caruso. T'es meilleur tireur que moi. Je vais me décaler vers l'ouest, tâcher de m'approcher pour les prendre par le flanc.

— Et moi, je vais me mettre près de la route, murmura Chavez. De là, j'aurai une meilleure vue sur leur position. Je les engagerai à soixante-quinze mètres de distance, à peu près ; vu les conditions de visibilité, si je recule plus, je risque de toucher le chef d'antenne. J'attendrai qu'il y en ait le plus possible près d'une lampe et là, j'ouvrirai le feu, en les balayant de gauche à droite. Toi, tu enchaîneras, mais de droite à gauche.

— Et on fait gaffe à Branyon, d'accord ? »

Caruso regarda Chavez. « On ne peut pas se permettre de le laisser tomber aux mains des Russes. »

Chavez hocha la tête.

« N'y pense même pas. Hors de question que je descende un agent de la CIA, et c'est pareil pour toi. Tu as le feu vert, en revanche, pour tous les combattants que tu verras. Fais ce que tu as à faire. »

Dom acquiesça lentement.

« Bien reçu, Ding. » Puis, tendant la main vers lui : « C'est parti. »

Les deux hommes se claquèrent les paumes, puis les poings. Chavez annonça : « Soixante secondes. À mon signal. Et déconne pas. »

Dom roula sur la droite puis s'éloigna rapidement en rampant, le fusil passé dans le dos.

50

Pete Branyon savait qu'il avait plusieurs côtes brisées, toutes du côté droit. Il sentait un drôle d'élancement douloureux chaque fois qu'il respirait, même avec précaution. Il avait également au moins une dent cassée, ce qui n'était déjà pas agréable en soi, mais devenait encore pire avec un bâillon : il s'était échiné cinq bonnes minutes à essayer de l'expulser à travers le tissu pour ne pas risquer de l'avaler. Tout cela, plus un coup sur le nez, devenu tout gonflé et ensanglanté, l'avait conduit ces dernières minutes à ne pas se concentrer sur grand-chose sinon tâcher de respirer.

Il réussit finalement, à l'aide de sa langue, à chasser de sa bouche le fragment de dent cassée qui, contournant le bâillon, échoua sur sa lèvre inférieure où il resta collé par le sang qui avait pissé de son nez.

Dix minutes plus tôt, il s'était pris un coup de crosse sur la tempe pour avoir tenté de s'échapper par l'arrière du camion pendant qu'il roulait. Les côtes cassées provenaient de l'assaut initial, quand on l'avait extrait, estourbi, du Mercedes et que son flanc avait heurté le marchepied du 4 × 4.

Il ne se souvenait plus comment il s'était esquinté

le nez, ce qui devait vouloir dire que c'était survenu avant que la grenade assourdissante le laisse complètement hébété une bonne dizaine de secondes. Merde, pour autant qu'il sache, il s'était peut-être bien pris un coup de poing ou de crosse dans le blair au moment même où les types se précipitaient pour s'emparer de lui.

Et à présent, malgré la douleur et la désorientation complète, il commençait à saisir le plan de ses ravisseurs. Ils allaient abaisser la nacelle après qu'elle eut enjambé le grillage séparant les deux pays, le fourrer dans le godet et le ramener de l'autre côté.

Putain de merde ! s'exclama mentalement le chef d'antenne. Son sort personnel passait au second plan ; en fait, il n'y songeait même pas en cet instant. Non, ce qui lui traversait l'esprit, c'était la liste de tous les agents de son réseau, des clandestins de la CIA sous ses ordres, des officiers du SSD, le renseignement lituanien avec qui il avait collaboré dans le pays, sans compter les dizaines d'autres espions, ressources, indics et bien sûr les codes, les planques et autres informations sensibles.

Il savait qu'il ne pouvait pas se laisser emmener de l'autre côté de la frontière. Du moins, tant qu'il était encore vivant.

Alors qu'ils le poussaient vers la nacelle, les épaules à moitié déboîtées tant ses liens dans le dos étaient serrés, il décida de tenter une nouvelle fois de s'échapper, prendre la fuite, cette fois dans l'obscurité de ces bois. Il savait qu'il ne ferait pas quinze mètres, mais il se dit qu'avec un peu de chance, il amènerait un de ces types armés aux nerfs à vif à lever par réflexe son arme et à l'abattre.

Les morts ne racontent pas d'histoires, et Branyon savait qu'il en avait la tête farcie.

À cinq ou six mètres du grillage, l'un des deux hommes qui le maîtrisaient, une main sur son épaule, relâcha un instant sa prise. Branyon s'était montré docile depuis qu'ils l'avaient tabassé après sa tentative d'évasion avortée depuis le camion, ce qui avait conduit le bonhomme à baisser quelque peu sa garde, maintenant que l'entourait au moins une demi-douzaine de ses camarades.

Branyon fit encore deux pas dans la gadoue, puis il baissa la tête et donna un violent coup d'épaule gauche contre le type, se libérant du coup de l'autre ravisseur. Sous le choc, le type de gauche s'effondra dans la boue, ce qui lui permit de tourner les talons, pour s'éloigner de la clôture et des hommes armés postés là ; il se mit à dévaler le chemin d'accès à la cabane, en sens inverse de celui emprunté par les camions.

Ding avait sorti de sa poche la télécommande du Land Cruiser. De l'autre main, il avait braqué son arme sur le groupe de quatre hommes postés près du grillage, à sept ou huit mètres de la nacelle élévatrice, puis pressé le bouton de démarrage à distance du moteur.

Une seconde plus tard, les phares du 4 × 4 resté garé deux cents mètres en retrait derrière les arbres illuminèrent la scène, projetant des ombres fantomatiques à travers la végétation. Instantanément, plusieurs des hommes postés près de la clôture se retournèrent pour regarder en direction de la lumière.

Les autres s'étaient lancés à la poursuite d'un homme en train de courir sur le chemin en direction de Chavez.

Ding comprit qu'il s'agissait de Branyon et que ses poursuivants seraient sur lui d'ici quelques secondes.

Les phares éclairaient moyennement mais c'était suffisant pour permettre à Chavez de voir le guidon et le cran de mire de l'AK-47 et de viser le groupe d'hommes. Il abaissa le sélecteur de tir sur semi-automatique et ouvrit le feu.

Dom Caruso savait que les phares du Land Cruiser étaient le signal de Chavez pour passer à l'action. Dom s'était pour sa part écarté beaucoup plus à l'ouest qu'il n'en avait eu l'intention, mais le bruit de l'averse et le sol de la forêt relativement dégagé en cet endroit lui avaient permis d'évoluer bien plus aisément que prévu.

Tandis que la fusillade avait commencé du côté de Chavez, Caruso s'apprêtait à engager l'homme le plus proche de lui. Mais c'est à cet instant que les deux camions s'ébranlèrent. Ils se dirigeaient en cahotant vers le groupe d'hommes réunis autour de la nacelle élévatrice, soit pour leur permettre de grimper dessus ou alors pour leur servir de protection.

Très vite, Caruso eut une idée. Il centra son canon sur le chauffeur du premier véhicule et tira un seul coup. À cinquante-cinq mètres, il atteignit le chauffeur à la tempe droite et celui-ci s'effondra contre la vitre de son côté, avant de glisser vers le plancher de la cabine.

Son engin continua de rouler vers le groupe. Caruso

savait que ça constituerait une distraction supplémentaire pour ces neuf tireurs, distraction dont Chavez, Branyon et lui pouvaient aussitôt tirer parti.

Il glissa le pouce droit sur le sélecteur de tir et le bascula vers le haut, sur la position tir en rafale. Alors que des tirs de riposte se dirigeaient vers Ding Chavez, Dom Caruso aligna un groupe d'hommes accroupis devant la clôture et appuya sur la détente.

Chavez se retrouva derrière un arbre, face contre terre. Il était bougrement impressionné par la qualité de tir de ces types, à soixante-dix mètres de distance. Ils avaient repéré à travers les arbres les éclairs à la bouche de son canon et l'avaient parfaitement épinglé en l'affaire de quelques secondes.

Conscient de n'avoir plus d'autre choix que le repli, il se releva précipitamment pour se mettre à courir en zigzag à travers bois, battant en retraite. Il entendait le crépitement des rafales derrière lui, les balles siffler à ses oreilles, mais il continua de courir quelques mètres encore avant de plonger et de glisser au sol entre deux arbres. Là, il s'aplatit, se retourna, et cette fois se servit du viseur infrarouge scotché contre le flanc de son arme.

Il distingua aussitôt des hommes tapis au loin, en vit d'autres à genoux, la plupart en train de tirer vers l'ouest, en direction de Dom Caruso. Les lueurs de départ des armes étaient éblouissantes sur l'écran de son viseur électronique.

Il distingua également une autre forme qui gisait du côté est du chemin forestier, tapie dans un étroit fossé.

L'homme avait les deux mains ligotées dans le dos. Peter Branyon, sans aucun doute.

Ayant embrassé toute la scène, Chavez roula de l'autre côté du pin derrière lequel il s'était caché et vida son chargeur en tir automatique, arrosant tout le secteur proche de la clôture où se trouvaient les autres tireurs. Quand son chargeur fut vide, il se blottit contre le tronc pour en introduire un autre. Son dernier.

Lorsqu'il ne lui resta plus que quelques cartouches dans le second chargeur, Caruso jeta un bref coup d'œil à l'écran de son monoculaire et vit un homme sortir de la cabine de la plate-forme élévatrice pour passer la tête par-dessus la clôture. Il pointa un pistolet dans la direction empruntée par Branyon pour s'enfuir, vers le chemin gravillonné. Caruso regarda dans son viseur électronique pour l'aligner sur l'éclair de l'arme de poing du type, puis il décala le canon de quelques millimètres vers la droite. Il pressa trois fois la détente, aussi vite que le lui permettait le recul de l'AK, tout en continuant de maîtriser la direction de son tir.

Nouveau coup d'œil au viseur électronique ; il ne vit plus personne lorgner par-dessus la barrière. Il ne pouvait être certain d'avoir touché l'opérateur de la plate-forme élévatrice ou si quelqu'un d'autre savait se servir de la machine, mais il avait bien l'impression d'avoir offert à Branyon un répit.

Dom enclencha l'ultime chargeur tout en filant à travers bois pour rejoindre Chavez, Branyon et le Land Cruiser.

Pete Branyon gisait face contre terre dans la boue du fossé tandis que les rafales crépitaient tout autour de lui. Juste devant lui, un de ses ravisseurs gisait sur le flanc, plaquant désespérément la main contre son cou tandis que le sang jaillissait par saccades entre ses doigts.

Branyon ne s'était jamais retrouvé en plein combat ; il n'avait jamais vu mourir quelqu'un. Il ne pouvait pas se faire aux bruits immondes qu'il entendait tout autour de lui et il ne voyait absolument pas comment s'en sortir. Il ne savait pas au juste qui ripostait contre ses agresseurs mais il songea un bref instant à se relever au milieu de la fusillade, avec l'espoir de recevoir, qui sait, une balle dans la tête pour ne pas être traîné de l'autre côté de la frontière.

Mais il chassa cette idée. Quelqu'un derrière les arbres se battait comme un beau diable pour le défendre ; il comprit alors que le moins qu'il pût faire en retour était à coup sûr de ne pas commettre un putain de suicide, là, en pleine bataille.

Chavez avait joué à saute-mouton d'un arbre à l'autre, toujours vers sa droite, pour s'éloigner de Branyon et ainsi détourner les tirs de l'homme ligoté étendu dans le fossé. Ding ne pouvait progresser que de trois ou quatre pas à chaque fois, puis se jeter à terre, faire un roulé-boulé jusqu'à une nouvelle planque improvisée et aussitôt relever la tête, juste le temps de viser. La forêt était en effet si épaisse qu'il ne pouvait pas simplement attraper l'arme calée dans son dos pour la braquer vers la cabane et les camions afin de les arroser : ses balles n'auraient touché que d'autres troncs d'arbres. Non, il devait sélectionner ses cibles, se guidant à l'éclair des coups de feu, avant de tirer trois ou quatre cartouches dans leur direction. Il savait qu'il épuisait ses munitions trop vite par rapport au nombre d'adversaires, mais en créant lui-même toute une série de coups de feu depuis quantité de positions différentes dans les fourrés, il espérait leur donner l'impression d'être confrontés à une opposition plus nombreuse, ce qui pourrait les encourager à garder la tête baissée et ainsi ralentir leurs tirs de riposte.

Il fit un nouveau bond sur la droite, glissa au sol, visa les éclairs au loin. Il pressa la détente de l'AK-47… et l'arme resta muette.

Il était à court de munitions.

C'est à cet instant qu'il entendit un bruit dans les arbres à sa droite. Il saisit le Glock passé à sa ceinture et le sortit, mais avant qu'il ait pu le braquer dans la direction des pas qui approchaient, une voix lui lança : « Tire pas, frangin ! C'est moi. »

Caruso vint se couler à ses côtés sur le tapis de feuilles humides et boueuses. Il avait lui aussi son flingue à la main.

« T'es touché ?

— Non, ça va, mais ces salauds savent tirer, c'est sûr ! »

Juste à cet instant, un gros morceau d'écorce de pin se détacha, un mètre au-dessus de Caruso. Les deux hommes rentrèrent encore un peu plus la tête dans les épaules.

« Sans blague, reprit ce dernier, on a sacrément réduit le cheptel. Je crois bien qu'il n'en reste plus que quatre ou cinq. As-tu vu le chef d'antenne ?

— Ouais. Il est dans un fossé, le long de la route. Vivant, enfin, la dernière fois que je l'ai aperçu.

— Que veux-tu faire ? »

Chavez n'hésita pas. Il sortit de sa poche la télécommande et la posa dans la main de Caruso. « Tu cours plus vite, je tire mieux.

— Et donc ?

— Je récupère Branyon. Tu récupères le 4 × 4. Éteins les phares et avance jusqu'à cinquante mètres de la cabane. Je serai là avec lui. Ou bien tu ne verras personne. Si c'est le cas, tu files sans te retourner.

— Entendu », répondit simplement Dom, et il se releva pour courir rejoindre le Land Cruiser garé derrière les arbres.

Chavez ne croyait absolument pas que Caruso les abandonnerait, Branyon et lui, si jamais ils ne se pointaient pas à l'endroit prévu. Non, Caruso se battrait jusqu'à son dernier souffle pour sauver son compagnon et le chef d'antenne.

Chavez rechargea le Glock, se releva d'un bond et se remit à sauter d'un arbre à l'autre pour revenir vers Peter Branyon.

Profitant d'une pause dans les tirs, Branyon réussit à s'extraire du fossé, les bras toujours ligotés dans le dos, puis il roula vers les arbres sur sa droite. Il se trouvait désormais à une quinzaine de mètres de l'endroit d'où il avait entendu provenir les derniers tirs derrière lui, près de la clôture ; pas bien loin, certes, mais en tout cas, c'était vers l'avant que la voie était libre.

Alors qu'il s'apprêtait à se relever pour détaler, il

entendit de nouvelles rafales, provenant de plusieurs armes, mais toutes situées derrière lui.

Il décida d'interrompre sa fuite et de se tapir au sol, mais il devait agir avec précaution, entravé qu'il était. Alors qu'il commençait à se baisser, les détonations des balles et le crissement des fragments d'écorce arrachés aux arbres redoublèrent autour de lui.

Il tomba à genoux, se laissa basculer vers l'avant. C'est à ce moment qu'il ressentit un coup incroyable à hauteur de l'épaule droite – si violent qu'il le fit pivoter et qu'il atterrit sur le dos sur le sol mouillé.

Il lui fallut un instant pour comprendre qu'il avait reçu une balle mais quand il s'en fut rendu compte, son calme le surprit. Il resta étendu sans bouger, contemplant les ténèbres au-dessus de lui, sentant la pluie frapper son visage, attendant que la douleur s'éveille là où il n'avait jusqu'ici ressenti qu'un choc sourd.

Mais il n'y eut pas de douleur.

Il entendait à présent une nouvelle fusillade, plus près cette fois, et de l'autre côté. Quelques secondes plus tard, il vit des éclairs lumineux alors que quelqu'un se tenait juste au-dessus de lui pour tirer. Il n'en voyait guère plus, la lueur l'avait aveuglé mais il sentait les douilles rebondir sur son torse et il se demanda encore une fois pourquoi il ne réagissait pas aux balles criblant son corps.

Ce qu'il sentait à présent, en revanche, c'était une main, qui l'empoignait par son épaule blessée. Aussitôt, une décharge électrique jaillit de nulle part et l'aveugla, tandis qu'on le soulevait en l'agrippant par l'épaule.

Il se retrouva debout. On le tirait de force vers l'arrière, et les tirs continuaient, venus cette fois du pistolet de l'homme qui l'emmenait.

Branyon courait du mieux qu'il pouvait, chancelant, se servant de l'inconnu pour garder son équilibre.

Tous deux avaient dû courir trente secondes quand l'homme le fit brutalement s'arrêter au bord du chemin.

Des tirs sporadiques venaient à présent de la cabane dans leur dos, mais le chef d'antenne prit conscience que l'homme à côté de lui avait cessé de riposter.

« Tirez, enfin ! s'écria Branyon.

— Je suis à court de munitions. Notre chauffeur devrait arriver dans une seconde. Eh, vous êtes touché ? J'ai la main couverte de sang. »

Branyon reconnut alors la voix de Domingo Chavez.

Dans l'obscurité, un véhicule noir s'immobilisa en dérapant légèrement juste à leur hauteur. Aussitôt, Branyon entendit s'ouvrir une portière, puis le bruit d'une balle pulvérisant le pare-brise.

Chavez le jeta sur la banquette arrière, puis il l'enjamba précipitamment pour s'installer de l'autre côté, percutant au passage son épaule blessée.

Le chef d'antenne de la CIA poussa un hurlement de douleur.

Chavez lança : « Démarre ! »

Le moteur s'emballa, le véhicule noir fit une embardée, projetant des gerbes d'eau et de boue, puis se mit à reculer en vrombissant en direction du nord.

Branyon essaya de se redresser pour s'asseoir mais Chavez le couvrit aussitôt de son corps pour le maintenir couché. « Arrêtez de gigoter, Branyon ! On n'est pas encore sortis de ce merdier ! »

Le Land Cruiser avait pris cinq balles dans la calandre, le moteur et le pare-brise, avant que Caruso ait pu, toujours en marche arrière, ressortir de la forêt et opérer enfin un demi-tour, rallumer les phares et écraser l'accélérateur. Ils filèrent sur le macadam pour rejoindre Tabariškės ; de là, ils retrouveraient la route à deux voies goudronnée qui les ramènerait droit à Vilnius.

Chavez s'occupa de l'épaule de Branyon avec sa trousse médicale. Un pan entier de peau ensanglantée, de la taille d'une peau de pêche épluchée, pendouillait du deltoïde arrière droit.

« Putain ! Ça fait mal ! hurla Branyon.

— Je veux bien le croire, répondit Chavez. Mais ça ira. Vous avez peut-être une fracture de la clavicule, mais vous n'en mourrez pas.

— Putain ! » répéta Branyon, la douleur occasionnée par les trifouillages de Chavez dans sa blessure ouverte était presque insupportable. Puis il annonça : « Donlin est mort.

— Ouais, confirma Chavez. On l'a tous vu s'effondrer. J'ai essayé de vous prévenir mais ils brouillaient toutes les communications, mobiles comme satellites. »

Branyon regarda Chavez, étonné. « Vous plaisantez !

— Non. Pourquoi ? Ils ont essayé de vous enlever, vous, un responsable de la CIA, et vous faire passer de l'autre côté de la frontière. Pourquoi cela vous surprend-il que les Russes brouillent également les communications dans le secteur ? »

De nouveau, Branyon grimaça de douleur quand Chavez enfouit une compresse coagulante dans la plaie ouverte. Quand il eut retrouvé ses esprits, il expliqua : « Parce que ce n'étaient pas des Russes. »

Ding, assis à ses côtés, tout comme Dom, au volant, s'exclamèrent en chœur : « Qu'est-ce que vous racontez ? »

Branyon hocha la tête. « Ce n'étaient pas des Russes. Pas non plus des Biélorusses.

— Vous avez perdu pas mal de sang, vieux. Vous n'avez plus les idées claires. »

Branyon esquissa un haussement d'épaules, mais la douleur le fit presque vomir. Après quelques secondes, il répondit :

« J'ignore quelle langue ils parlaient mais ce n'était pas du russe. Ça aurait pu être du tchèque, du bulgare, du serbo-croate, enfin une autre langue slave. Mais sûrement pas du russe.

— Vous ont-ils adressé la parole ?

— Pas un mot. Avec moi, c'était coups de crosse et compagnie. »

Le 4 × 4 continuait de foncer sous la pluie, s'éloignant à présent de la frontière. À la lumière des infos données par Branyon, Dom et Ding se rendirent compte qu'ils n'avaient pas la moindre idée de ce qui venait de se passer.

51

Le canot de John Clark pénétra dans la baie pour rejoindre l'appontement en bois, à côté d'une goélette de trente mètres frappée du nom *Willie T* peint en blanc sur sa coque noire.

Le *William Thornton 2* était un vieux cargo converti en bar, amarré devant la plage de l'île Norman. C'était devenu une institution parmi les plaisanciers des îles Vierges britanniques, un bouge qui servait de la gnôle et de la friture à quiconque pouvait rallier son mouillage.

Le porteur initial de ce nom avait coulé en cette même place alors qu'il n'était guère plus vieux que sa présente incarnation, et ce n'était qu'une question de temps avant que celle-ci ne le rejoigne au fond, mais ce soir il était bruyant et bien vivant, si vivant d'ailleurs que Clark avait entendu les flonflons dès son entrée dans la baie.

Pour l'heure en tout cas, il semblait que la majorité des clients du navire bondé était jeune ; des filles en bikini sautaient dans la mer depuis le pont supérieur de la proue, un plongeon de guère plus de quatre mètres mais qui soulevait à chaque fois des applaudissements frénétiques, comme si elles venaient de se jeter d'une falaise d'Acalpulco.

Clark sortit du canot, passant devant un vaste groupe d'ados en train de se démener sur un appontement qui ne lui semblait pas avoir été vraiment prévu pour servir de piste de danse et il dut se frayer un chemin dans la cohue braillarde du pont principal pour rejoindre le bar. Il y avait facilement une centaine de personnes dans cette zone incroyablement exiguë et Clark regretta de ne pas être venu plus tôt pour ne pas avoir à pousser tout le monde. Mais il parvint toutefois au but, simplement parce que la plupart des clients étaient saouls et joyeux, et par conséquent fort dociles, surtout devant un homme habitué à utiliser sa carrure et son regard pour se faire obéir des autres.

Parvenu au bar, il commanda un rhum-bière au gingembre, puis il se fraya un chemin en sens inverse dans la foule de clients qui s'efforçaient d'attirer l'attention du pauvre barman solitaire pour commander un autre verre.

Il sirota son cocktail pendant quelques minutes, le temps d'embrasser ce spectacle qui n'aurait pu à ses yeux être plus désolant, avant d'escalader un escalier en colimaçon pour rejoindre le pont supérieur du *Willie T.*

C'était la cohue ici aussi, mais un peu moins dense, et au bout d'une minute il réussit à se trouver un coin à lui, le long du bastingage rongé par la rouille. Il s'y accouda pour contempler les lumières des bateaux mouillés à proximité.

Il en compta vingt-quatre au total, dont neuf trimarans et catamarans et se demanda si l'un d'eux ne serait pas celui qu'il recherchait.

En procédant par élimination, il était arrivé à la conclusion qu'il devait s'agir d'un trimaran de grande taille. Walker avait mentionné qu'il était surveillé par un groupe de quatre malabars, en plus des deux Russes. Même si Clark n'avait vu que deux individus enlever Kate et Noah, il avait du mal à imaginer un commando laissant derrière lui une demi-douzaine de cadavres pour contraindre un type docile à travailler, et ne laisser les deux victimes d'un enlèvement sous la garde d'un ou deux gus seulement. Non, ils devaient être au moins aussi nombreux pour surveiller Kate et Noah qu'ils l'étaient pour Terry, Clark en était certain.

Donc, quatre à six méchants, plus deux victimes, cela voulait dire que le navire qu'il cherchait devait pouvoir accueillir huit passagers, pour un séjour pouvant atteindre un mois.

Bref, cela nécessitait un bateau de bonne taille.

Terry avait dit que Kate avait manifesté sa surprise de ne pas être malade à bord et c'est ce qui avait mis Clark sur la piste d'un trimaran. Si ses expériences antérieures avaient eu lieu sur un monocoque, il trouverait ce bateau-ci bien plus stable et, par conséquent, elle y serait moins susceptible d'avoir le mal de mer.

Restait un détail. Les ravisseurs étaient arrivés dans les îles à bord d'un avion privé, ils étaient là pour conclure coûte que coûte une affaire d'un montant de huit milliards de dollars, donc, si les suppositions de Clark étaient correctes, ils devaient être au moins dix.

Il était raisonnable de penser qu'ils n'hésiteraient pas à dépenser de l'argent pour leur bateau. Et donc l'acheter, plutôt que le louer, et ce serait un navire bien équipé et sans doute rapide.

Clark inspecta les mouillages en prenant en considération tous ces éléments.

Il y avait là deux voiliers aux alentours de quinze mètres de long, ce qui, aux yeux de Clark en faisait des navires de bonne taille mais l'un et l'autre arboraient sur leurs flancs le nom d'une société de location. Et aucun d'eux ne semblait plus rapide que ses voisins, il pouvait donc sans grand risque les éliminer.

Son problème, il le savait, était qu'il y avait facilement vingt-cinq mouillages de cette taille, voire encore plus vastes, dans les îles Vierges britanniques, ainsi que des douzaines d'autres de taille plus modeste. Et par-dessus le marché, aucune loi n'imposait à des ravisseurs de venir mouiller dans un port. Non, Clark se dit qu'il était possible, sinon probable, qu'ils aient réussi à trouver une anse isolée, tranquille et bien sombre dans l'une des quelque soixante-dix îles formant l'archipel pour y jeter l'ancre.

Clark ne risquait pas de les retrouver rien qu'en les parcourant une à une. Même avec une année de recherches devant lui.

Donc, il avait besoin de renforts.

Dans la cohue de jeunes gens assis ou debout sur le pont supérieur, Clark releva un groupe d'individus qui n'avaient pas l'air de touristes. Ils étaient plus âgés que la moyenne, même si ce n'était pas si évident que cela au jugé car aucun ne dépassait non plus la quarantaine ; il y avait toutefois quelque chose dans leur tenue et leur stature qui l'amena à s'intéresser à leur conversation, depuis l'autre côté du pont. De l'endroit où il se trouvait, il essaya de capter des bouts de conversation mais échoua misérablement. Certes, il disposait d'un dispositif d'écoute discret à glisser dans l'oreille qui lui permettait de capter des voix jusqu'à trente mètres de distance, mais s'il l'utilisait maintenant, le bruit de la fête et de la musique rap lui exploseraient le tympan, un tympan qui avait pourtant survécu, tant bien que mal, à un nombre incalculable de fusillades.

Même s'il ne pouvait les entendre parler, Clark observa les gesticulations des clients pour essayer de deviner *de quoi* ils parlaient.

Les deux premières minutes, le sujet était à coup sûr les femmes : plus précisément, des femmes aux formes généreuses – limite caricaturales. Mais par la suite, leurs gestes révélèrent à Clark ce qu'il voulait savoir.

Ces types étaient des capitaines de navires.

Désormais assuré d'avoir trouvé sur le *Willie T* ce qu'il était venu chercher, il s'approcha des cinq hommes et s'invita dans leur conversation. « Bonsoir, messieurs. Je me disais que je pourrais peut-être vous offrir une tournée. »

Les types le regardèrent avec perplexité mais sans aucune méfiance, ni la moindre animosité. On était aux Antilles ; ils barraient des navires, de sorte que leur réaction était quasiment mécanique. Certains opinèrent, d'autres répondirent oui. Clark les laissa donc et revint quelques minutes plus tard s'asseoir avec eux avec un plateau et six verres de rhum. Il faisait désormais partie de la bande, tout du moins tant que les verres ne seraient pas vides.

Les capitaines se montraient de fait plutôt cordiaux, mais tout en admettant Clark dans leur conversation, ils ne s'intéressaient pas franchement à lui. Il les interrogea sur leurs voiliers en se disant qu'a priori l'un d'eux pourrait au moins lui procurer quelque info. Deux autres étaient en vacances mais ils étaient propriétaires de leur bateau, avaient leur anneau sur place et naviguaient régulièrement. Pour les trois derniers, on avait loué leurs services. L'un venait des États-Unis, un autre d'Uruguay, le dernier de Jamaïque. Tous vivaient toutefois sur place à longueur d'année, gagnant leur vie grâce aux touristes qui les employaient pour emmener leurs voiliers de location visiter tous leurs coins favoris. Tous trois étaient pris en ce moment, mais leurs clients étaient à l'heure où ils parlaient tranquillement blottis dans leur cabine à bord, et ces hommes avaient décidé de se retrouver ici pour boire un coup et regarder les filles.

Clark devait presque hurler pour se faire entendre par-dessus cette musique épouvantable ; une femme glapissait une histoire de milk-shakes, pour autant qu'il parvînt à distinguer les paroles du refrain monotone. Il dit aux cinq hommes qu'il avait pour sa part loué un monocoque Irwin et qu'il était passé ici ce soir pour essayer de s'y retrouver au milieu de toutes ces îles.

L'homme assis le plus près de lui, un Américain de Floride, hocha la tête comme s'il n'en avait rien à cirer, puis il lança : « T'y connais quelque chose en navigation ? »

Clark haussa les épaules. « Un petit peu. J'ai eu dans le temps un yacht à moteur de treize mètres, dans la baie de Chesapeake. Et j'ai un peu navigué après avoir servi dans la Navy. »

Les hommes échangèrent des regards entendus. Il savait qu'il ne les avait pas impressionnés.

Un autre, celui qui avait un accent britannique nota : « T'avais une coquille de noix, pas vrai ? »

Clark rit de bon cœur. Il savait que tous ces hommes le classaient dans la catégorie des « locataires », un type qui vient dans les îles une ou deux fois par an louer un bateau, et pour ce qui les concernait pas un véritable capitaine. En fait, ils le voyaient sans doute plutôt comme une forme de menace.

« Une nouvelle tournée ? demanda-t-il, et aussitôt ils se radoucirent.

— Et si on disait oui ? » lança le capitaine jamaïcain, un grand type maigre.

Après être revenu avec six autres verres de rhum, Clark se pencha vers l'Américain assis à côté de lui. Les autres s'étaient mis à discuter entre eux, l'écartant de fait de leur conversation. Il demanda à son voisin où il s'était rendu récemment et le capitaine lui expliqua avoir visité environ deux ou trois îles et marinas chaque jour de la semaine écoulée.

Clark hocha la tête avant d'observer : « Et un grand trimaran, rapide et pas donné ? Avec une bonne demi-douzaine d'hommes d'équipage ? Déjà vu ? »

L'homme regarda Clark. « Euh… Pourquoi ?

— Disons simplement que je cherche un mec. »

La main de Clark gigota sur la table. Elle tenait un billet de cinquante dollars.

Le capitaine regarda la coupure, puis de nouveau Clark. « Quel genre de mec ?

— Pas la moindre idée. Il a dû se pointer cette semaine. Le bateau proprement dit n'est peut-être pas inconnu dans le secteur, mais son équipage à coup sûr. J'aurais tendance à croire qu'ils n'ont pas tous l'air de marins. »

L'homme tendit lentement la main vers le billet, mais Clark l'éclipsa prestement. « Tu me donnes quelque chose, je te rends la pareille.

— Qui es-tu ?

— Je suis le crétin qui t'offre cent sacs pour répondre à une question facile. »

Un autre billet venait d'apparaître dans la main de Clark.

L'Américain hocha lentement la tête. « Je connais un gars qui m'a signalé exactement ce que tu cherches. Sérieux. Le même.

— Il faut que je lui parle.

— Cent dollars de prime et je te mène à lui. Il voudra cent sacs, lui aussi.

— Si le tuyau n'est pas percé, répondit Clark, je t'en filerai cent de plus. »

L'autre arracha les deux billets, le gratifia d'un grand sourire, puis il se tourna vers ses compagnons. « Diego ? »

Un type basané à tresses rasta – celui qui s'était dit uruguayen – leva les yeux.

Le capitaine américain demanda : « La véritable canonnière de vingt et un mètres que tu as doublée l'autre jour. Tu l'as vue où déjà ? »

L'autre répondit. « Hier soir, j'étais à l'extrémité sud de Guana. Elle mouillait dans une petite anse, juste à l'ouest de Monkey Point. »

Clark pencha la tête. « Une *canonnière*, dis-tu ? »

Le capitane américain expliqua en riant : « Rien à voir avec un bâtiment de guerre ou je ne sais quoi. C'est une sorte de navire de compétition. Une vraie bête. Superbe. Imagine le croisement entre un trimaran et un vaisseau spatial. »

Clark haussa les sourcils. Une chose était sûre : il n'avait rien vu d'approchant naviguant dans les alentours.

Il poursuivit son interrogatoire. « De quelle couleur était-il ?

— Gris acier, répondit le dénommé Diego avant de préciser : Il s'appelle le *Spinnaker II*. »

Clark n'avait même pas envisagé d'aller jusqu'à demander le nom du navire. Il ne s'était pas figuré recueillir une telle quantité d'informations. Il tenta le diable. « Et tu as pu voir qui était à bord ?

— Tout un tas de types. Des Blancs, des Noirs. Pas vraiment l'air de plaisanciers. Mais des locataires, à coup sûr.

— Qu'est-ce qui te fait dire ça ?

— Ces connards avaient mouillé au mauvais endroit. Ce genre de rafiot, on tient à l'exhiber. Or, il était ancré là comme s'ils cherchaient à se planquer, ou un truc comme ça. »

Clark hocha la tête avant de poursuivre : « Un trimaran comme ça. À combien peut-il filer ?

— Trente-cinq nœuds, facile. Je te dis, une vraie bête de course. »

Sur quoi, Diego reprit la conversation avec les autres marins.

Clark hocha la tête, histoire de bien montrer qu'il

s'intéressait d'abord aux performances du navire et pas à ses qualités de cible potentielle.

Le capitaine américain lui souffla : « Je vais prendre les cent billets pour Diego. Pour m'assurer qu'il les touche. »

Clark eut envie de lui dire d'aller se faire foutre mais il n'avait pas besoin de se mettre à dos la population locale. Pour autant qu'il sache, il n'aurait plus l'occasion de revoir ce type. Il lui glissa l'argent. « Je compte sur toi pour lui passer le fric, d'accord ?

— Pas de problème. Eh, ça a bien l'air de correspondre à ta description, non ? »

Clark avait en effet l'impression que c'était son bateau. Mais il préféra hocher la tête. « Non, je ne crois pas. N'empêche, j'aimerais bien avoir l'occasion de passer devant un de ces quatre. M'a l'air sympa. »

52

Jack Ryan Junior avait devant lui, sur son bureau, trois moniteurs de grande taille débordant d'informations. Ses yeux passaient de l'un à l'autre, puis il mit la tête dans ses mains, se massa les paupières.

La journée avait été aussi longue qu'entièrement infructueuse, alors qu'au début elle avait paru prometteuse. On lui avait fourni des renseignements solides en apparence, provenant de quantité de sources diverses, or jusqu'ici rien de concret n'en était sorti.

Les images des caméras de vidéosurveillance sur l'île Tarpon n'avaient conduit nulle part. Les deux individus manifestement blancs, manifestement de grande taille, qui avaient enlevé les Walker, savaient à coup sûr dissimuler efficacement leurs traits : tous deux portaient lunettes noires et chapeau, sans doute parce qu'ils savaient qu'un connard quelque part allait s'asseoir à son bureau et scruter les vidéos image par image en quête d'indices, puis passer les séquences au filtre des meilleurs logiciels de reconnaissance faciale disponibles.

Jack était le susdit connard et il n'avait rien trouvé.

Alors qu'il les regardait encore une fois commettre

cette action particulièrement culottée, il fut frappé par leur calme et même leur nonchalance. La femme suivait ses futures victimes jusque chez elles tout en arborant un grand sourire. Puis l'homme, son complice, apparaissait sur l'allée remontant de la plage et pénétrait tranquillement dans la villa comme s'il était chez lui.

Ce couple n'en était pas à son premier forfait de ce type. Ils semblaient être parfaitement dans leur élément.

Ce qui donna à Jack l'idée d'enquêter sur d'autres enlèvements restés non résolus en se servant des bases de données internationales d'Interpol et du SIPR-Net. Il examina les images de vidéosurveillance de soixante crimes, lut les rapports concernant une centaine d'autres, mais aucun ne correspondait au *modus operandi* de celui-ci.

Il sauta le déjeuner pour continuer ses recherches sur l'identité des ravisseurs mais n'en ressortit qu'avec des doutes supplémentaires. Son hypothèse d'avoir affaire à des ravisseurs expérimentés était battue en brèche par le fait qu'il ne trouvait nulle part d'enlèvement dont les suspects auraient correspondu à leur description.

Pourtant, il le sentait, il fallait de l'expérience, quelle qu'elle soit, pour arborer une telle assurance et pouvoir enlever tranquillement, à leur domicile, un gamin et sa mère.

Après avoir passé la matinée à travailler sur les ravisseurs, il consacra son après-midi à Andreï Limonov, essayant de pister pendant des heures son avion avant qu'il atterrisse dans la ville de Luxembourg, pour voir par où il avait pu passer auparavant et trouver avec qui il avait pu discuter. Là aussi, échec sur toute la ligne. Pour autant qu'il le sache, le mois dernier le bombardier appartenant à sa société-écran était resté, la plupart du temps, garé sur une aire d'aviation générale à Biggin Hill, un aéroport d'affaires situé au sud-est de Londres.

L'avion n'avait pas décollé une seule fois, ce qui accréditait sans doute l'hypothèse que Limonov avait séjourné à Londres à ce moment-là, mais sans fournir à Ryan d'autre information exploitable.

Encore un échec.

Il avait également passé plusieurs coups de fil à Christine von Langer tout au long de la journée. Ysabel était sortie du coma artificiel et son état s'était amélioré, ce qui était évidemment une grande nouvelle, mais elle devrait rester hospitalisée au moins deux semaines encore.

Christine était demeurée à son chevet, même si les deux femmes ne se connaissaient pas. La richissime veuve américaine avait dormi sur une minuscule couchette avec un matelas en plastique et mangé les repas de l'hôpital qui, on pouvait le supposer, étaient meilleurs au Luxembourg qu'aux États-Unis, mais enfin, cela restait bien loin des mets auxquels elle était habituée.

Jack la remercia avec effusion et elle lui répondit qu'elle aurait volontiers voulu pouvoir en faire encore plus.

Jack trouvait qu'elle en faisait déjà beaucoup ; en fait, il était certain que Christine en avait fait bien plus que lui aujourd'hui.

C'est au moment précis où il se disait qu'il ferait mieux de renoncer pour la journée et se massait les paupières, assis les coudes posés sur son bureau, que Gavin Biery vint passer la tête dans son box.

« Comment va-t-elle ? »

Jack releva la tête et vit la silhouette de Gavin planer sur lui. Il sursauta presque. « Oh… hein, Ysabel ? Elle va s'en tirer. En fin de compte. Je n'arrive pas à décider si c'est vraiment une chance pour elle. Ou pas. »

Gavin alla s'asseoir de l'autre côté du bureau. « Elle peut déjà s'estimer heureuse d'être en vie. J'imagine que c'est tout ce qui compte, maintenant. Le reste, c'est du passé.

— Ouais. » Jack nota que l'informaticien tenait une chemise. « Je t'en supplie, dis-moi qu'il y a là-dedans un truc que tu veux me montrer.

— OK. Il y a dans cette chemise un truc que je veux te montrer.

— Qu'est-ce que c'est ?

— Le relevé des conversations téléphoniques d'un certain Luigi Vignali.

— C'est qui encore, ce… » Jack s'interrompit et se redressa sur son siège. « Salvatore ?

— C'est ça. Salvatore n'est pas son vrai nom. C'est pas un scoop, si ?

— Qu'as-tu appris à son sujet ? »

Gavin étouffa un rire. « Ce gars est un vrai numéro.

— T'as trouvé quelque chose de compromettant ?

— Ouais, mais je ne sais pas trop par où commencer. Peut-être les histoires de drogue ou de petits larcins. » Gavin consulta son dossier. « Tout un tas d'arrestations pour troubles à l'ordre public, enfin tu vois le tableau, et ce dans toute l'Europe. La plupart en rapport avec le harcèlement de célébrités, mais il a été également impliqué dans des mouvements écologistes et antimondialisation. Il s'est fait arrêter à Paris lors d'une manifestation antinucléaire, à Francfort pour un sit-in devant la BCE, et à Davos, carrément pour une tentative d'incendie criminel lors du Forum économique mondial.

— Une *tentative* d'incendie criminel ? Ça veut dire quoi, au juste ?

— Il a jeté un cocktail Molotov sur un bus rempli de riches participants à la conférence, mais il avait oublié d'imbiber le chiffon d'essence, si bien que le truc s'est éteint avant d'atteindre sa cible.

— Un vrai petit génie », commenta Jack. Tout ça ne semblait pas vraiment concerner sa propre enquête mais révélait néanmoins quelque chose à la fois du caractère et des aptitudes du personnage. Jack était déçu. Il voulait trouver une collusion entre cet homme et le renseignement russe. « C'est tout ? »

Gavin rabaissa les yeux vers son dossier. « En gros, oui. Il a tabassé sa mère une fois, l'a envoyée à l'hosto, et fait deux jours de taule pour ça, mais maman a abandonné les charges.

— Seigneur, marmonna Ryan.

— Ah, ces chères mamans ! ironisa Gavin. Il y a également deux ou trois détails logistiques. J'ai géolocalisé son téléphone et découvert qu'il n'était pas à Rome.

— Où est-il ?

— Il a pris l'avion pour Bruxelles aujourd'hui

même, est descendu dans un hôtel du quartier européen où il a passé la nuit. J'ai récupéré les infos à la réception et il s'est inscrit sous le nom de Salvatore. Pour une réservation d'une semaine. C'est au Stanhope.

— Que se passe-t-il à Bruxelles en ce moment ? s'enquit Jack.

— Comment ça ?

— Son métier, c'est de photographier les célébrités. Y a-t-il à Bruxelles un événement quelconque qui justifierait la présence de paparazzis ? »

Gavin haussa les épaules. « Franchement, je ne sais pas, Ryan. »

Jack réfléchit de son côté. « J'avoue que je n'en sais rien non plus. »

Le geek et l'analyste demeurèrent silencieux face à face durant quelques instants. Aucun d'eux n'était en ce moment vraiment branché sur les frasques des vedettes du showbiz, si tant est qu'ils l'eussent jamais été.

Gavin proposa néanmoins : « Je vais faire des recherches de mon côté.

— Et comment ? »

Jack était curieux.

« J'sais pas. Peut-être en regardant la télé… »

Jack se fendit d'un sourire, son premier depuis l'épisode luxembourgeois. « Je me demande si Gerry accepterait de nous passer en frais de documentation un abonnement à *Gala*.

— Il laisse Clark passer en frais un putain de voilier, observa Gavin, alors je pense qu'il n'y verrait pas d'objection. »

Jack retourna à ses écrans et se mit à chercher les événements programmés dans la capitale belge lors des prochains jours. Il y avait des concerts, des pièces de théâtre, des conférences politiques, des congrès professionnels, mais faute de savoir ce qu'il cherchait au juste, il avait du mal à préciser ses requêtes.

Il haussa les épaules. « Le seul moyen de trouver ce qu'il mijote est de se rendre sur place et de le surveiller. Ou alors, de se rendre sur place, le prendre à la gorge et lui faire cracher tout ce qu'il sait.

— Je sais d'avance la méthode que tu préfères.

— Ouais. Il était en cheville avec les types qui ont attaqué et blessé Ysabel. Je ne sais pas s'il était au courant de ce qu'ils mitonnaient ou s'il n'a été qu'un pigeon. » Jack haussa les épaules. « Je ne suis pas sûr de vouloir savoir. Mais j'ai besoin de lui pour les retrouver. »

Gavin se pencha légèrement. « Bordel, il est totalement exclu que Gerry te laisse retourner tout seul en Europe. »

Jack savait que c'était vrai.

Gavin le surprit en suggérant : « Tu sais quoi ? Je vais lui parler, peut-être qu'il me laissera t'accompagner pour surveiller tes arrières. »

Jack lui adressa un sourire affectueux. Si Gerry ne laisserait pas Jack partir seul, il ne voudrait sûrement pas voir Jack épaulé par un directeur informatique obèse frisant la soixantaine dont l'expérience sur le terrain au cours des années écoulées s'était révélée des plus imprévisibles. Il lui donna une tape sur l'épaule. « J'y suis sensible. Mais j'ai besoin de me débrouiller tout seul sur ce coup-là. Je vais aller de ce pas voir Gerry, lui dire à quel point c'est important.

— Bonne chance. »

Dix minutes plus tard, Jack ressortait du bureau du patron ; son visage affichait une totale frustration. Gerry lui avait dit très exactement ce qu'il redoutait d'entendre : sa requête pour retourner en Europe surveiller en personne Salvatore lui était refusée. Il regagna son bureau, se connecta au réseau de surveillance de l'hôtel Stanhope à Bruxelles et se mit à balayer les images des diverses caméras.

Il se promit d'y passer la nuit s'il le fallait, mais il allait enfin apprendre quelque chose.

53

Barrant son quatorze mètres, John Clark doubla Monkey Point, à la pointe sud de Guana, juste après midi. Il ne savait pas au juste où se trouvait l'anse mentionnée par le capitaine au bar, mais ce n'était pas une bien grande île, aussi en aurait-il fait le tour complet en moins d'une heure.

Ce ne fut même pas nécessaire. En moins de cinq minutes, il avait découvert précisément ce qu'il cherchait. Un trimaran de taille imposante mais à la forme effilée, encore plus gros et plus impressionnant que tout ce qu'il avait pu voir jusqu'ici croiser dans les eaux des îles Vierges, qui oscillait doucement, mouillé dans une petite anse au flanc sud de l'île. Il était ancré en retrait, sans pour autant être difficile à voir depuis la route maritime principale.

Clark était à un quart de mille de l'autre navire quand il le doubla mais il ne sortit pas ses jumelles pour l'examiner. Il se contenta plutôt de passer devant, debout à la barre, en faisant de son mieux pour regarder droit devant lui. Il savait que si c'était le bateau sur lequel étaient détenues les victimes de l'enlèvement, il était fort probable que quelqu'un à bord – sur la passerelle, dans le cockpit ou sur le pont – était en ce moment précis en train de l'observer avec une optique capable de discerner aisément ses moindres mouvements. Tant qu'il garderait un air nonchalant, plus concentré sur sa navigation que sur la recherche d'une anse abritant un navire planqué là, il ne soulèverait aucun soupçon.

Une heure plus tard, le voilier de Clark était également mouillé, trois anses plus loin de celle où il avait remarqué la présence du *Spinnaker II*, et Clark était déjà à bord de son canot à moteur, pour rejoindre une plage isolée, située du côté sud-ouest de l'île.

Dès qu'il eut accosté, il tira le hors-bord au sec sur le sable, puis il passa en bandoulière un petit sac à dos et se mit en route.

L'île était quasiment déserte en dehors d'un hôtel de villégiature et elle était couverte de collines élevées et parfois même escarpées, mais elle était dotée d'un réseau correct de pistes de randonnée. Clark suivit l'une d'elles, qui longeait la côte sud de l'île, et il lui fallut près d'une heure pour couper le cap qui partageait les eaux parfaitement limpides avant de se retrouver tout près de la crête d'une colline escarpée. Là, il vérifia sa position au GPS et quitta la piste sablonneuse pour s'engouffrer carrément dans la végétation.

Au bout de dix minutes de lente progression dans une végétation épaisse, non sans avoir croisé en chemin quelque chose comme une centaine de lézards et avoir caressé de ses mains et de ses jambes tant de pointes de cactus qu'il avait cessé de réagir à la douleur, il s'allongea sur le sable et parcourut en rampant les derniers mètres de son ascension.

Enfin parvenu au sommet, il découvrit en contrebas une petite anse. Tortola était visible au loin, plein sud, et sur sa gauche, un bimoteur Pilatus s'alignait pour atterrir sur le même aérodrome où Sherman et lui s'étaient posés trois jours plus tôt.

Mais il n'était pas venu pour admirer Tortola. Non, car bien plus près, dans la petite anse en contrebas, le *Spinnaker II* était toujours ancré à l'endroit où Clark l'avait découvert deux heures plus tôt. Chaussant ses jumelles, il commença par scruter la plage devant lui. La dernière chose dont il avait besoin, c'était d'être découvert par un des passagers du trimaran assis sur la plage.

Là. Deux hommes étaient installés sous un arbre, dans de petits transats. Chacun avait une paire de jumelles sur les genoux et dans la main une bouteille de bière. Ils avaient l'air plutôt détendus mais Clark se demanda si ce n'était pas simplement parce qu'il n'y avait pas âme qui vive à la ronde, hormis les lézards et les oiseaux.

Certain de ne pas être aperçu des deux hommes, il se mit à examiner attentivement le *Spinnaker II*. La passerelle était déserte, mais il vit deux hommes dans la cabine et un autre sur le pont. Tous étaient torse nu, c'étaient de grands types baraqués, relativement jeunes. L'homme sur le pont était, à l'évidence, une autre vigie : il avait, à deux reprises, braqué ses jumelles vers la passe au sud au cours des cinq minutes où Clark l'observa.

Soit un total de cinq hommes : deux sur la plage et

trois à bord. Tous semblaient décontractés, mais tous donnaient également l'impression d'être prêts à bondir et de constituer une menace formidable. Pour Clark, ils n'étaient pas russes. L'un était noir, et un deuxième bien plus basané que n'importe quel Spetsnaz qu'il ait jamais rencontré.

Il n'avait certes que des preuves indirectes que ces types pussent détenir les Walker, pas assez en tout cas pour poursuivre sa mission. Il décida qu'il lui fallait en savoir un peu plus sur ce qui se passait sur ce bateau.

À quinze heures, il fit demi-tour pour redescendre la colline, avec l'intention de revenir à la nuit tombée pour entamer sa surveillance.

Clark remonta à bord de son Irwin pour dormir quelques heures. Au réveil, il mit un steak sur le gril à gaz de la passerelle et descendit dans la cuisine se préparer une salade. Puis il alla s'asseoir dans le cockpit devant la passerelle pour manger son dîner : il était parti pour une longue nuit.

Aux alentours de vingt-deux heures, il se mit à rassembler son matériel pour gagner sa planque en surplomb du trimaran. Il prit de l'eau, de la nourriture, des jumelles, des lunettes de vision nocturne, une bombe anti-insectes et un couteau.

Il savait aussi qu'il y avait toujours le risque qu'il voie quelque chose à bord qui nécessite de changer in extremis une stricte mission d'exploration en raid improvisé en solo. Tout en sachant qu'il avait peu de chance face à cinq gaillards, il devait bien admettre qu'il serait incapable de rester simple spectateur si jamais l'un des otages était en danger. Il prit donc également ses palmes, son masque et son tuba, et surtout son pistolet, au cas où.

À vingt-deux heures trente, il était fin prêt. Debout dans le cockpit, il finissait une bouteille de boisson énergisante avant de charger son sac à dos dans le canot, quand il entendit le faible bruit d'un petit moteur ronronnant sur les eaux. Il monta sur la passerelle, scruta un bon moment les alentours et se rendit compte que le bruit provenait de l'extérieur de la petite baie où il était. Puisqu'il n'y avait pas d'autre embarcation mouillée alentour et qu'aucun individu sain d'esprit ne prendrait un canot pour effectuer la traversée depuis Tortola, il en déduisit aussitôt qu'il entendait le canot du *Spinnaker II* et que celui-ci approchait de son bateau.

Avec ses phares de mât, il ne pouvait guère voir à plus de quinze mètres dans toutes les directions, aussi alla-t-il prendre une lampe torche qui traînait sur la table à cartes du cockpit et remonta-t-il sur le pont.

Son pistolet SIG Sauer était accroché au côté droit de son short, sous son tee-shirt, et un couteau pliant était glissé dans sa poche gauche. Des chargeurs supplémentaires étaient rangés dans la poche-revolver. Il était prêt à se battre mais il savait que s'il restait sur le pont en pleine lumière, il ferait une cible parfaite pour tout homme armé à bord du canot.

D'un autre côté, s'il courait pour se précipiter à l'abri, il trahirait aussitôt sa couverture de simple plaisancier ayant loué un voilier et venu profiter un peu du calme et de la tranquillité de cette anse.

Quand le canot devint visible, il vit qu'il y avait deux hommes à bord qu'il reconnut aussitôt : c'étaient ceux qu'il avait vus à bord du trimaran gris. Comme ils approchaient, l'un d'eux agita la main dans sa direction avant de lancer en anglais mais avec un fort accent : « B'soir, cap'taine ! »

Ils lui lancèrent une drisse qu'il noua à un taquet sur le pont.

« Bonsoir », leur répondit-il en faisant de son mieux pour prendre un air guilleret, confiant.

Quand les deux types montèrent à bord, Clark put constater qu'ils avaient l'un comme l'autre la trentaine et qu'ils étaient en pleine forme physique. L'un avait des cheveux bruns taillés court et une barbe impressionnante ; l'autre était complètement chauve et ses bras étaient tatoués des épaules aux poignets. Le barbu monta avec la confiance et l'adresse de quelqu'un parfaitement à l'aise dans tous ses mouvements quand le chauve ne semblait pas vraiment dans son élément : il lui fallut un moment pour réussir à se hisser à bord depuis le canot ballotté par la houle, un mouvement naturel pour tout vrai marin.

Clark étudia les tatouages des deux hommes mais ne put rien en déduire.

« Comment va ? » demanda le barbu. Il était, à son accent, manifestement sud-africain, ce qui surprit quelque peu l'Américain. Ils échangèrent des poignées de main et le Sud-Africain se présenta sous le nom de Kip, tandis que le chauve était un dénommé Joe.

« Ça baigne, répondit Clark, toujours dans son rôle de vacancier affable. Bienvenue à bord. Une bière, ça vous dirait ?

— Toujours », répondit Joe.

Clark descendit au salon, sortit du frigo trois bières locales bien fraîches, puis remonta. Alors qu'il les distribuait à ses visiteurs, Kip remarqua : « Joli ketch que vous avez là. Et alors comme ça, vous êtes tout seul ?

— Ça c'est sûr, répondit Clark. J'allais du reste bâcher pour la nuit. »

L'autre type scrutait avec lenteur le bateau. Quand il s'exprima, ce fut avec un accent américain : « Location ?

— Ouais. Je ne suis descendu que pour une quinzaine. »

Clark voyait bien qu'ils étaient méfiants, mais seulement jusqu'à un certain point. Il trouva ça bizarre parce qu'il était certain de ne pas avoir été repéré un peu plus tôt sur la colline et il ne voyait pas par quel autre moyen il aurait pu trahir un quelconque intérêt pour eux.

« Ça fait un peu vacances solitaires, vous trouvez pas ? » observa Kip.

Et Clark d'acquiescer. « M'en parlez pas. Ma copine était censée m'accompagner mais elle a dû se décommander à la dernière minute. »

Clark portait son alliance, mais dans le coin un homme marié à bord d'un voilier et parlant de sa petite amie n'allait pas éveiller les soupçons.

Les deux hommes restaient toujours plantés là sur le pont, toisant Clark sans un mot. Ce dernier se rendit compte qu'ils essayaient de l'intimider, et face à un Monsieur-tout-le-monde ayant passé la soixantaine, Clark se dit qu'ils auraient bien pu avoir leurs chances.

D'un autre côté, l'Américain avait déjà un plan tout prêt pour les tuer tous les deux, si nécessaire. Il n'était pas du tout intimidé, juste agacé.

Cela dit, sa couverture, celle d'un retraité dragueur, voire débauché, venu passer quelques semaines dans le coin pour naviguer et se distraire, ce personnage, donc, devait facilement se montrer intimidé par un duo de gaillards à l'allure menaçante, aussi Clark déglutit-il avec peine, puis sa bouche fut prise d'un tic, comme s'il était nerveux.

« Vous savez, reprit le dénommé Kip, il y a une très jolie marina avec un yacht-club, juste à quelques encablures sur Scrub Island. Ce n'est qu'à vingt minutes d'ici. Il me semble qu'au lieu de s'isoler dans le coin, un gars aurait tout intérêt à s'y prendre un anneau, aller traîner au bar et qui sait, se trouver une gentille petite dame d'âge mûr. »

Clark ne pipa mot.

L'autre avait pris le relais. « Au lieu de venir se planquer par ici, dans cette petite baie loin de tout. »

Clark hocha la tête. « Je n'ai rien à cacher. »

Le Sud-Africain haussa les épaules, but une nouvelle gorgée de bière.

Clark savait qu'il devait les interroger sur leurs origines. « Et vous, les gars, vous êtes du coin ?

— Nous ? Que non ! On a un petit rafiot dans l'anse voisine. »

Ils n'avaient pas du tout un petit rafiot et ils n'étaient pas non plus dans l'anse voisine, mais Clark se contenta de hocher la tête tout en sirotant sa bière.

La gêne ambiante était palpable et Clark en rajouta, s'essuyant le front à plusieurs reprises, comme pour en ôter une pellicule de sueur. Finalement, il lâcha : « Écoutez, les gars. Comme je vous disais, j'étais sur le point d'aller me coucher. »

Les deux hommes finirent leurs bières en silence.

Avant de redescendre dans leur canot, le chauve se retourna et dit : « Cette baie n'est pas vraiment sûre en cas de tempête. Le port de plaisance l'est bien plus.

— C'est sûr que c'est un bien beau bateau, renchérit Kip. J'aimerais pas qu'il lui arrive quelque chose… »

Clark inclina la tête, continuant de jouer son rôle, cette fois celui du retraité nerveux. « Et que pourrait-il donc lui arriver ?

— J'ai entendu dire qu'un grain arrive », dit Joe d'une voix pleine de malveillance.

Clark hocha la tête. Il avait vérifié la météo, bien sûr. Les prévisions n'annonçaient que ciel bleu et vents modérés.

« D'accord, répondit-il. Peut-être que dès demain matin, je lèverai l'ancre pour trouver un autre mouillage. Dans un coin mieux adapté. »

Kip lui adressa un clin d'œil. « Voilà qui me semble un plan raisonnable, pépé. Allez, buvez donc un bon coup. » Il reposa la bouteille et enjamba le plat-bord.

Joe le rejoignit dans le canot et les deux hommes mirent en route le hors-bord. L'embarcation disparut dès qu'elle fut sortie de la lueur des phares de mât de l'Irwin mais Clark entendit le moteur une bonne minute encore.

Il redescendit dans la cabine et s'assit pour réfléchir à leur conversation. Il demeurait convaincu que les hommes n'avaient aucune raison réelle de se méfier de lui. Il était plus probable qu'ils n'étaient que deux connards qui avaient reçu l'ordre d'éloigner toute menace de leur petite cuisine et qui faisaient du zèle.

Ces gars n'étaient pas les têtes pensantes. Rien que des gros bras, mais avec juste assez de responsabilités pour semer leur merdier. Bien entendu, et Clark le savait, ça ne voulait pas dire non plus qu'ils étaient incapables de faire correctement leur boulot quand il s'agirait de se servir de leurs poings ou de leurs flingues, bref, de suivre les ordres du patron.

Clark attendit minuit pour regagner le rivage. Son plan initial avait été bien sûr d'utiliser son canot mais il ne savait pas si les deux gorilles du *Spinnaker II* n'allaient pas revenir inspecter le voilier en son absence. S'ils voyaient le canot accosté sur la plage au beau milieu de la nuit, leurs soupçons que Clark n'était pas ce qu'il semblait être se mueraient aussitôt en certitudes. Aussi, plutôt que d'embarquer, il se déshabilla et sauta dans l'eau en slip, avec son sac, et chaussa ses palmes. Quelques secondes plus tard, ses jambes brassaient les eaux noires en direction de la plage.

Il était hors d'haleine quand il accosta, mais il n'avait pas traîné et il ne lui fallut que quelques minutes pour retrouver son souffle et entamer sa longue marche.

Une heure plus tard, il terminait son ascension et se mit à genoux pour terminer de couvrir les derniers mètres à ras du sol. Quand il jeta un œil par-dessus le sommet de la colline, il lui fallut un moment pour s'orienter. Il baissa les yeux vers l'anse en contrebas, puis sortit de son paquetage les lunettes infrarouges.

Dès qu'il eut scruté les alentours, ses épaules s'affaissèrent.

Il constata, résigné, que le grand trimaran avait disparu.

54

Le président Jack Ryan se rassit à la table ronde de la salle de conférences à Copenhague, entouré des trente-six autres dirigeants nationaux – tous présents à l'exception de la présidente lituanienne qui avait regagné son pays pour s'occuper de la crise qui le frappait.

Il venait de perdre sa meilleure alliée dans toute cette affaire, songea-t-il.

Avant que ne commence la discussion, il essaya d'évaluer son socle de soutiens. Il était certain d'avoir celui de la Pologne, de la Lettonie et de l'Estonie, ainsi que des autres pays d'Europe centrale membres de l'OTAN. Pour ce qui était de l'Europe occidentale, il pouvait compter sur le Royaume-Uni et l'Allemagne, même si cette dernière ne lui avait pas donné de signe tangible d'un appui à son plan.

La plupart des autres pays restaient de gros points d'interrogation mais il savait qu'il n'allait pas tarder à être fixé sur leur position.

Même s'il n'avait pas franchement escompté un couronnement après ses dix minutes d'allocution, il eut vite fait de se rendre compte qu'il n'avait pas non plus imaginé qu'on dégainerait les couteaux aussi vite.

Sitôt qu'eut repris la réunion, le secrétaire général donna la parole au président français. C'était un sexagénaire au teint bronzé, aux yeux pétillants de malice. Socialiste, évidemment ; cinq cents fois plus *libéral* que Ryan, au sens du terme outre-Atlantique – les Français diraient évidemment cinq cents fois *moins* libéral que lui –, mais le respect avait toujours marqué ses rapports avec le président américain. Il s'adressa à l'assistance en français mais ses paroles furent aussitôt traduites dans l'oreillette sans fil insérée dans l'oreille gauche de Ryan.

« Nous avons tous lu attentivement, monsieur le président, le résumé que vous nous avez fait parvenir, mais, pour être franc, une bonne partie de vos assertions ne sont assises que sur des conjectures. Vous prétendez ainsi que le FSB est impliqué dans quasiment tous les incidents survenus au cours de ces dernières semaines. »

Ryan répondit en gardant un ton mesuré. « J'ai cité cinq événements en tout et pour tout, pour lesquels j'ai l'impression qu'ils ont été influencés, voire orchestrés par la Russie. Je suis au regret de le dire, mais bien plus d'incidents se sont produits dans le monde en sus de ces cinq-là. Je n'ai pas attribué à Valeri Volodine l'attentat à la bombe advenu mardi dernier dans cette mosquée de Tunis, par exemple, ou la crise du cartel de la drogue au Mexique, pour ne citer que deux faits rapportés par les médias. »

Le président français écarta de la main sa réponse. « Quoi qu'il en soit, toutes ces accusations me semblent un peu grosses. Et même en négligeant cette proposition incendiaire de transférer en Lituanie des forces de l’Alliance, votre demande de sanctions supplémentaires me trouble également. Toutes ces déclarations sur les riches qui viendraient arracher le pouvoir aux masses. Vous accusez en gros la Russie d’être un État voyou. Et ses dirigeants de se comporter comme des criminels.

— En quelque sorte, oui.

— Ce que vous pointez du doigt, c’est la corruption. Allons-nous bannir toutes les nations dont le système est infecté par la corruption ?

— La corruption n’infecte pas le système russe, monsieur le président. Elle *est* leur système.

— Et quand bien même, nous ne sommes pas une force de police agissant par-dessus les lois des autres pays, encore moins quand ils n’appartiennent pas à l’OTAN. Nous devons laisser les Russes combattre eux-mêmes leur mafia.

— Pardonnez-moi, dit Ryan en s’efforçant de garder un ton plus léger que son humeur qui s’assombrissait de seconde en seconde. Mais quand l’État est lui-même une organisation criminelle, il ne sera guère efficace pour lutter contre le crime organisé. »

Le Premier ministre néerlandais intervint alors. C’était un bel homme, presque quinquagénaire, qui parlait anglais aussi bien que Ryan. « Monsieur le président, vous avez parlé comme si la Russie aurait encore à montrer sa force après son invasion de l’Ukraine. Je suis en désaccord avec cette affirmation. Nous les avons bel et bien tenus à leur place depuis un an. Ils n’ont pas gagné. »

Ryan acquiesça. « Par rapport à leur objectif originel ? Non, vous avez raison, ils n’ont pas réussi. Mais comparez avec la carte de l'Europe il y a deux ans, et dites-nous si la Russie n'est pas en meilleure position aujourd'hui. Si l'on fait cette comparaison, alors ils sont gagnants.

— Certes, monsieur le président, admit le dirigeant néerlandais. Mais vous nous demandez de risquer une guerre avec la Russie pour la Lituanie.

— Monsieur le Premier ministre, je vous demande simplement de vous conformer à la charte de l'OTAN, dont votre nation est signataire. »

Le Hollandais esquissa un haussement d'épaules, un rien dédaigneux. « Pour un corridor russe à travers la Lituanie permettant de faire la jonction avec une de leurs propres provinces. Écoutez, j'adorerais pouvoir vous aider. La responsabilité russe dans cette catastrophe aérienne est épouvantable et leurs agissements comme leur rhétorique sont tout aussi déplorables. J'ajoute que si l'OTAN n'agit pas, ce sera vu comme un signe de faiblesse de notre part. Mais il n'y a pas eu à ce jour de violation de l'article 5, donc nous ne sommes en rien obligés de faire quoi que ce soit.

— Mais quand surviendra cette violation, nous n'aurons alors plus aucune possibilité de faire quoi que ce soit, comme vous dites, rétorqua Ryan. La Russie pourra s'emparer de la Lituanie à sa guise.

— Et mon pays ne pourra pas l'en empêcher. Écoutez… regardons les faits : la Russie dispose de sept cent cinquante mille fantassins. Les Pays-Bas en ont dix-sept mille. Dix-sept mille. Ils ont sept cent soixante chasseurs et intercepteurs. Nous en avons soixante-neuf. Ils ont trois cent cinquante-deux bâtiments de guerre. Nous en avons vingt-trois. »

Le Premier ministre néerlandais observa une pause, se racla la gorge, puis il reprit : « Ils possèdent quinze mille chars d'assaut. Nous n'en avons pas un seul. » Il sourit, comme s'il venait de mettre Ryan échec et mat, avant de répéter, avec insistance. « *Pas un seul*, monsieur le président. »

Et à qui la faute, putain de merde ? s'abstint de rétorquer Ryan, mais il le pensait si fort qu'il redouta que les interprètes simultanés n'aient capté ses sentiments et ne les transmettent à toute la salle. L'Europe dans son ensemble avait fait un pari osé sur la perpétuation de la paix internationale, ou à tout le moins de la paix sur le continent, mais ce pari n'avait rien rapporté. À présent, Ryan devait les convaincre d'accepter de déployer quelques milliers de leurs hommes pour éviter une guerre en Europe, tandis que l'Amérique ferait le plus gros du boulot.

Il répondit : « Je reconnais que votre nation comme bien d'autres autour de cette table est irrémédiablement surpassée par la Russie en matière d'armement. Raison de plus pour accepter cette proposition. Si Volodine entre en Lituanie sans réponse de notre part, il poursuivra, avec ou sans combats, sa route jusqu'en Pologne. Le reste des États baltes pourra dès lors tomber comme un fruit mûr. Parvenus à ce point, nous serons en guerre, j'en suis certain, mais la question est, combien de chars aurez-vous à ce moment-là ? Toujours aucun ? Ou aurez-vous entrepris un effort de défense tous azimuts pour en construire vingt-cinq ? »

Le Premier ministre néerlandais le fusilla du regard.

Ryan poursuivit : « Vous pouvez prévenir une

conflagration plus importante en montrant dès maintenant votre fermeté. »

Le Premier ministre britannique eut alors la parole, juste le temps pour lui d'assurer le président Ryan que le Royaume-Uni était derrière lui et qu'il soutenait ses propositions, avant d'implorer le reste des participants de peser avec soin le coup porté à l'OTAN si jamais elle perdait un de ses États membres devant les chars russes. Dès qu'il eut terminé, le jeune président polonais se fit l'écho de la déclaration britannique, assurant à son tour Ryan que les Polonais étaient à ses côtés dans ce combat et qu'ils le resteraient jusqu'au bout.

Mais juste après lui, le président français reprit la parole : « Mes services de renseignement ne décèlent pas d'attaque imminente contre la Lituanie. Oui, c'est une provocation que la Russie conduise des manœuvres de cette ampleur en ce moment précis, mais il semble qu'ils font de tels exercices tous les deux ans. »

Ryan avait envie de répondre : *Ouais, et il semble qu'ils envahissent un de leurs voisins tous les deux ans aussi*. Mais il se domina et tint sa langue.

Le président français poursuivit : « Donc, nous ne pensons pas qu'il y ait une crise comme celle que vous nous décrivez. En outre, c'est actuellement la France qui prend en charge le plus gros pourcentage des effectifs et du matériel dévolu à la Force d'intervention rapide de l'OTAN, plus gros encore que celui des États-Unis. Nous estimons que notre charge est disproportionnée si jamais cette invasion russe se produisait. »

Ryan songea un instant à faire preuve de diplomatie. Juste un instant…

« Monsieur le président, répondit-il, vous dites que la Russie n'attaquera pas et donc qu'il n'est pas nécessaire de déployer en Lituanie la Force d'intervention rapide, et puis, dans la foulée, vous nous dites que vous ne voulez pas la déployer parce qu'en cas d'attaque russe, ce seraient vos forces qui essuieraient l'essentiel des coups. »

Ryan regarda le président français, puis il regarda la chancelière allemande, sa grande amie Marion Schöngarth. À voir l'expression du visage des deux dirigeants, il déduisit bien vite qu'il avait perdu la France mais gagné l'Allemagne.

Un point pour lui.

La Première ministre danoise n'avait jamais porté Ryan dans son cœur, il le savait par ses relations antérieures avec elle, et il en avait eu la confirmation avec tout ce qu'elle disait de lui dans la presse. Parmi toute l'assistance, c'était sans doute elle qui nourrissait la haine la plus manifeste pour le président américain. Elle approcha le micro de sa bouche avant de prendre la parole et Ryan en profita pour boire une gorgée d'eau, sachant à l'avance qu'il allait avoir besoin de réagir avec vigueur à tout ce qu'elle pourrait dire.

La chef de gouvernement danoise commença : « Si nous déployons des troupes en Lituanie, nous incitons Volodine à envahir le pays. Nous lui donnons l'excuse dont il a besoin. Est-ce vraiment ce que vous voulez ? Essayez-vous réellement de nous entraîner dans un conflit ? »

Ryan hocha la tête. « C'est en ne faisant pas barrage avec une force militaire en Lituanie même que nous donnons à Volodine le signal de l'invasion, parce qu'il ne verra là que faiblesse et la preuve du succès de ses tentatives d'intimidation. Vous croirez ne rien faire, mais en réalité vous aurez fait quelque chose : battre en retraite, de manière tout à fait concrète. Plus vite nous aurons compris sa vision du monde, plus vite nous saurons comment le contrer.

— Vous me pardonnerez, monsieur le président, reprit la Première ministre danoise, de vous avouer tout haut ce que beaucoup dans cette salle pensent tout bas, mais je dirais que c'est là *votre* vision du monde. C'est *vous*, président Ryan, oui, *vous*, le fanatique réactionnaire. Valeri Volodine ne présente aucune menace. C'est un dictateur en fer-blanc à la tête d'une armée inefficace et vieillissante. »

Ryan se demanda combien de temps le Danemark réussirait à tenir face à une armée russe « inefficace et vieillissante ». Il supposa que leurs cinquante-sept chars se défendraient vaillamment mais s'ils réussissaient à survivre une demi-semaine contre la Russie, on évoquerait encore dans cinq siècles les exploits de leurs tankistes.

« Permettez-moi de manifester respectueusement mon désaccord, fit Ryan. Non, il n'a pas une main terrible, mais il l'exploite comme le meilleur joueur de poker de la planète. »

La dirigeante danoise ne se démonta pas. « Volodine n'a rien fait contre le peuple du Danemark et rien de ce qu'il a pu faire en Lituanie, pas même ses menaces, n'a atteint le niveau d'une violation de l'article 5. Je soutiendrai un durcissement des sanctions – que nous pouvons justifier en partie avec la collision aérienne. Mais je ne veux pas me mettre à dos un homme comme Volodine. »

Cette fois, ce fut Marion Schöngarth, la chancelière allemande, qui intervint :

« Nos services de renseignement sont très efficaces, monsieur le président. Peut-être pas autant que votre CIA pour espionner ses alliés, mais ils connaissent bien la Russie. »

Ryan ignora la pique. Un lanceur d'alertes avait révélé les opérations d'espionnage de la CIA en Allemagne et Ryan se doutait bien qu'il en entendrait parler. Il se garda de répondre, il s'était déjà abondamment excusé pour cet incident et n'avait pas envie de remettre ça sur le tapis.

La chancelière poursuivit.

« Et mes services de renseignement me disent que Volodine attend un signe de notre part. Il fera tout ce dont vous avez parlé, jusques et y compris passer à l'attaque, avec l'espoir d'y trouver la preuve évidente que nous ne riposterons pas. Quand notre attitude lui révélera que nous ne sommes pas prêts à défendre la Lituanie, alors seulement il entrera dans le pays. »

Le Premier ministre espagnol hurla presque dans son micro : « Donc, il bluffe ! Vous venez de le dire. Tout ce qu'il nous reste à faire, c'est affirmer avec force que nous riposterons et il reculera. Nous ne devrions pas déployer nos forces car le geste serait jugé trop provocant. Cela inviterait une réponse alors qu'il n'y aura aucune réaction de sa part si nous gardons tous la tête froide. »

Ryan devait lutter maintenant contre l'exaspération. « Quand nous avons fait entrer dans l'OTAN les anciens pays du bloc soviétique, nous savions que cela pourrait arriver. L'OTAN n'est pas un partenariat économique. Ce n'est pas un accord d'échanges culturels. C'est une alliance militaire. Nous n'avons pas décidé de nous unir pour échanger nos fromages. Non, mais pour nous défendre les uns les autres. » Il marqua un temps. « Et l'un des nôtres court le risque d'être effacé de la carte.

— L'alliance est destinée à empêcher une guerre en Europe, intervint le président français. Les anciens pays du bloc de l'Est veulent se venger de la Russie. » Il but une gorgée d'eau. « La vengeance, ce n'est pas le but premier de l'OTAN.

— Il ne s'agit pas ici de venger des crimes datant d'un quart de siècle, rétorqua Ryan. Mais de protéger des gens, un mode de vie et l'avenir contre une menace concrète, imminente, existentielle. »

Puis il ajouta, toujours avec patience : « Je crois fermement que déployer des troupes en Lituanie réduira de façon spectaculaire les risques d'escalade vers la guerre. C'est la raison de ma présence ici aujourd'hui. »

La Première ministre danoise avait repris la parole. Tout cela commençait à prendre des allures de guet-apens, avec Ryan pour victime.

« Si ce que vous dites est correct, répondit-elle, à savoir qu'il essaie de nous mener à la guerre, alors nous ne devons pas nous alarmer. En dehors de vous, personne ici ne veut de guerre. On ne pourra pas nous y entraîner. »

La remarque était si prévisible que Ryan en resta pantois. Il s'était attendu à de meilleurs arguments pour défendre une non-intervention, quand ce qu'il venait d'entendre était quasiment une capitulation en rase campagne.

Ryan se pencha vers son micro. « Ça vous gêne peut-être tous d'avoir accepté au sein de l'OTAN des nations qui aujourd'hui seraient susceptibles de vous appeler à l'aide, mais de quoi aurons-nous l'air si nous ne réagissons pas avec fermeté à une violation de l'article 5 ?

— Et de quoi aurons-nous l'air si nous le faisons ? » aboya, furieuse, la Première ministre danoise.

Le chef du gouvernement italien prit alors la parole : « Vous avez dit que l'invasion menée par Volodine se déroulera sans combats s'il voit qu'il peut parvenir à ses fins. En résumé, il envahit la Lituanie et nous sommes entraînés dans un conflit, ou il envahit la Lituanie et nous restons en dehors de tout ça. Ma foi… je penche nettement pour rester en dehors. Bien sûr, nous interviendrons au niveau diplomatique, voire économique. Nous exprimerons avec fermeté que ce n'est pas ainsi qu'on doit se comporter à notre époque, et ferons ainsi la preuve de notre supériorité morale.

— Une démonstration de supériorité morale n'aidera pas autant les Lituaniens que ne le fera une démonstration de notre supériorité aérienne », observa Ryan.

Une heure plus tard, le président Ryan, Scott Adler et son ambassadeur auprès de l'OTAN ressortaient de la réunion, tout comme les autres dirigeants nationaux, et après une série de poignées de main il rejoignait sa limousine blindée. Sur le trajet vers l'hôtel, il se massa les yeux sous ses lunettes tandis que son vice-chef de cabinet parlait au téléphone avec le ministre de la Défense. Ryan lui prit des mains l'appareil tout en regardant dehors par la vitre.

« Bob ? Eh bien, on a réussi à décrocher l'Allemagne. Marion Schöngarth ne m'aime pas mais elle sait que je fais le bon choix.

— Bien, répondit Burgess. L'Allemagne, c'est important. » Mais il attendait avec impatience d'autres résultats de la réunion. « Monsieur le président ?

— Mes incroyables pouvoirs de persuasion m'ont également permis de sauver la mise avec la Pologne. »

Évidemment que les Polonais allaient accepter la motion : ils étaient embarqués dans la même galère que leurs voisins lituaniens.

« Ce n'est pas drôle, monsieur le président. Dites-moi que vous nous en avez ramené d'autres…

— Quantité de pays jouent petit bras. Le Canada nous suivra, tout comme le Royaume-Uni. La plupart des pays d'Europe centrale ont manifesté un soutien minimal. » Jack haussa les épaules. « Mais l'ambiance était électrique. »

Assis en face de lui dans la limousine, Adler se pencha vers le président. « Personnellement, je pensais également que vous feriez mieux. »

Ryan haussa un sourcil. « Apparemment, ici aussi, l'ambiance est électrique.

— Je suis désolé, monsieur le président. Je ne voulais pas sous-entendre que c'est votre faute. Presque tous les participants à cette réunion s'étaient déjà forgé une opinion.

— Je sais, Scott. J'avais l'impression d'être un dompteur dans une ménagerie. Commençons par éliminer ceux dont on peut être sûr qu'ils voteront contre : l'Espagne, le Danemark, la France… hors de question qu'ils déploient des troupes à l'avance dans le cadre d'une violation de l'article 5.

— Résultat, comme ce fut le cas en Ukraine, conclut Adler, l'invasion devient quasiment un fait accompli.

— Exactement. L'Italie semble dubitative, l'Islande paraissait douter des avantages d'une telle solution, mais nous pourrions quand même leur arracher une voix parce qu'ils n'ont pas non plus exprimé la crainte que cela pût nous porter tort. »

Soupir de Ryan. « Il nous faut le consensus de tous. Ce n'est pas parce que quelqu'un est contre qu'on doit déduire qu'il n'aura pas changé d'avis demain. S'ils tiennent à conserver intacte la cohérence de l'organisation, ils pourraient se raviser malgré leurs réserves. Mais franchement… je ne pense pas que nous allons pouvoir déployer nos troupes. »

Bob Burgess avait écouté leur échange via l'ampli du smartphone. Il annonça : « Je me suis personnellement entretenu avec le commandant des marines pour la zone Europe. Il sait que nous espérons déployer les troupes de l'OTAN en Lituanie, mais si ça ne devait pas se produire…

— Il est prêt ? le coupa Ryan.

— Il est prêt, confirma Burgess. La Force de rotation de la mer Noire est prête à se positionner sur la frontière orientale. »

Ryan inclina la tête. « Et l'occidentale ? Celle avec Kaliningrad ?

— Nous avons notre unité de réaction rapide interarmées qu'on peut aéroporter depuis la BA de Morón en Espagne. Environ sept cents hommes en tout. On y ajoutera une équipe du FETA[1] basé à Rota, également en Espagne. C'est une unité antiterroriste composée d'environ cent vingt hommes de l'infanterie de marine, mais exceptionnellement bien entraînés.

— Soit huit cents marines en tout ? avait compté Ryan. Ce n'est même pas l'équivalent du bataillon de la mer Noire chargé de protéger le flanc est.

— Certes, admit Burgess, mais nous n'attendons pas vraiment d'invasion russe depuis Kaliningrad.

— Et pourquoi donc ?

— C'est simple, monsieur le président : la Pologne. Si les Russes attaquent la Lituanie depuis leur enclave, cela affaiblira les défenses de celle-ci. Les Polonais, qui ont également une frontière commune avec Kaliningrad et une armée solide, pourraient l'attaquer à leur tour. »

Ryan pouffa. « C'est ridicule. La Pologne n'a aucune intention d'envahir le territoire russe.

— Nous, nous le savons, mais les Russes sont paranoïaques. »

Ryan y réfléchit quelques instants avant de hocher la tête.

« Un point qu'on pourrait peut-être retourner contre eux. » Mais il écarta l'idée d'un geste de la main. « Combien de temps les unités déjà présentes sur place à la frontière de Kaliningrad vont-elles rester livrées à elles-mêmes avant qu'on parvienne à les renforcer ?

— Le corps expéditionnaire des marines au large des côtes de l'Écosse possède un navire porte-

1. *Fleet Antiterrorism Security Team.*

hélicoptères. Ils ont également deux bâtiments de transport un peu plus petits. Nous allons leur adjoindre d'autres navires de guerre pour les encadrer avant qu'ils pénètrent dans la Baltique. Ils peuvent être dans les eaux lituaniennes d'ici cinq jours. Après cela, nous avons à Camp Lejeune une brigade prête à décoller. Elle pourrait atterrir à Vilnius dans dix jours. »

Ryan continuait de réfléchir.

« Au sujet du corps expéditionnaire en Écosse… une chance qu'ils puissent embarquer tout le monde et rallier la mer du Nord juste pour une journée. Histoire que ça passe pour la poursuite normale de leur exercice ? Ça les rapprocherait déjà pas mal si jamais nous décidons de presser la détente, sans pour autant donner l'impression que nous avions envisagé de les engager.

— Je vais en parler à Nate Bradford, dit Burgess. Le commandant des marines. Je pense que ça peut être une mesure raisonnable. Si la situation à l'est devait s'aggraver, toutes les heures compteront.

— Si quelqu'un tue des agents de la CIA ou essaie d'éclipser nos chefs d'antenne de l'autre côté de la frontière, elle s'est déjà bel et bien aggravée. Je pense que l'unique façon de nous préparer au succès en Lituanie est d'aller de l'avant et de nous préparer à digérer un échec, ici à Copenhague. Sauf hypothèse d'une violation flagrante de l'article 5 avant le vote final de demain, l'affaire est pliée, les enfants. Nous avons perdu. »

Au moment précis où Ryan s'exprimait, juste douze kilomètres plus à l'est, le *Kazan*, un sous-marin russe de classe Severodvinsk, passait sous le pont reliant la ville de Malmö, en Suède, à Copenhague.

Juste au-dessus du vaisseau silencieux, les voitures des travailleurs frontaliers européens se croisaient, ignorant, heureux hommes, qu'un énorme prédateur fendait les eaux glaciales au-dessous d'eux.

Le *Kazan* n'était plus qu'à vingt-quatre heures de déclencher les hostilités au large de Kaliningrad et encore personne à l'Ouest n'était au courant qu'il avait quitté son port d'attache dans l'Arctique.

55

Vingt-quatre heures après la tentative d'enlèvement de Peter Branyon, personne en Lituanie n'avait le moindre détail sur le déroulement précis des événements.

Les deux hommes du Campus avaient passé des heures à s'échiner, depuis ce moment où Chavez et Caruso avaient éloigné Branyon de la frontière. Une fois hors de portée de la technologie non élucidée qui avait brouillé toutes leurs communications téléphoniques à proximité de la Biélorussie, Ding avait appelé l'adjoint de Branyon à l'ambassade des États-Unis. Dès qu'il eut le planton, il lui passa son supérieur et Branyon fournit à son adjoint un résumé de la situation et lui donna des ordres, tout en luttant contre les nausées consécutives à la douleur et en s'efforçant de ne pas perdre conscience suite à l'hémorragie.

Les hommes du Campus déposèrent Branyon à l'hôpital en le confiant à un groupe d'agents de sécurité de la CIA dont une autre unité ralliait déjà en hâte Tabariškės, en compagnie d'un contingent de soldats lituaniens, pour récupérer le corps de Donlin et inspecter le site proche de la frontière où s'était déroulée la fusillade.

Une fois que Chavez et Caruso furent ressortis de l'hôpital, ils gagnèrent leur planque, non sans de multiples détours pour déjouer toute filature.

Chavez en profita pour appeler Mary Pat Foley. Il n'eut pas besoin de lui narrer l'incident car elle s'était déjà entretenue au téléphone avec l'adjoint de Branyon, mais il put lui fournir quelques détails clés.

Quand il eut achevé son rapide débriefing, Mary Pat lui demanda son avis.

« Qu'en pensez-vous, Domingo ? La première impression est qu'on va devoir vous exfiltrer tous les deux dès ce soir.

— Bien sûr, répondit Chavez, nous ferons tout ce que vous voudrez mais je pense qu'on a encore un point à régler ici.

— Je suis tout ouïe.

— À l'heure qu'il est, vous n'avez plus de chef d'antenne dans la capitale. Je sais déjà que Branyon et Donlin ont été grillés, apparemment par le réseau d'agents opérant à partir de Tabariškės. J'ignore combien d'autres officiers travaillant à l'ambassade sont eux aussi connus de ce réseau et donc compromis, mais nous n'avons aucune raison de croire que ce soit également notre cas, que ce soit de la part des Russes ou même de cet autre groupe opérant manifestement pour leur compte. Donc, restons sur le terrain, continuons de travailler sous la couverture de DataPlanet et consacrons la journée de demain à terminer notre tournée. Le soir venu, peut-être pourrons-nous donner un coup de main à la station locale, ne serait-ce que pour surveiller la capitale.

— D'accord, convint Mary Pat. Ça pourrait être utile, en effet, mais je veux que vous ayez tous les deux un plan de repli.

— Faites-moi confiance, répondit Chavez. Avec les Russes qui nous matent de chaque côté, nos valises sont déjà prêtes. »

Le lendemain matin, Chavez et Caruso étaient récupérés par la camionnette de DataPlanet dès six heures du matin, comme à l'accoutumée depuis qu'ils étaient en Lituanie. Toutefois, lorsqu'ils montèrent dans le véhicule, ils purent noter d'emblée quelque chose d'anormal : Herkus Zarkus était assis au volant, le regard fixe. Disparu, son côté relax habituel.

Caruso et Chavez en déduisirent aussitôt qu'il était plus ou moins au courant de ce qui s'était déroulé la veille au soir et qu'il avait dorénavant la trouille de se déplacer en compagnie de deux Américains qui avaient pris part à une fusillade avec une espèce de commando de forces spéciales étrangères.

« Qu'est-ce qui ne va pas ? » s'enquit Dom, mais il se doutait déjà de la réponse.

Herkus laissa tourner le moteur sans démarrer et se tourna vers les deux hommes.

« Les mecs, ça m'embête de vous faire ce coup-là, mais je venais juste vous amener le fourgon. Je ne peux pas venir avec vous aujourd'hui. »

Dom hocha la tête avec bienveillance, certain désormais que leur compagnon ne voulait pas poursuivre sa relation avec les deux espions américains.

« Je comprends », répondit-il.

Mais il n'avait rien compris du tout.

Herkus s'expliqua :

« Le président a demandé à tous les hommes entre dix-huit et quarante ans de rejoindre la milice de défense nationale. Je pars aujourd'hui. Je ne pense pas qu'ils aient la moindre idée de ce qu'ils vont faire de nous mais j'imagine que puisque j'ai une expérience militaire américaine, ils pourraient me bombarder général, ou un truc dans le genre. »

Il rit de sa propre blague mais les deux agents du Campus voyaient bien qu'il avait les nerfs à vif.

Chavez comprit qu'il s'était mépris. Herkus n'avait pas du tout peur de rester auprès des Américains. Tout au contraire, il allait se porter volontaire pour être encore plus près du danger.

« C'est très noble de ta part mais tu es "à l'origine" un technicien de maintenance électronique. À quoi peux-tu bien servir contre une invasion russe ?

— Il s'agit à présent de notre patrie, les gars, dit Herkus. Je ne peux pas vous demander de comprendre mais je ne peux pas l'abandonner aux Russes. J'aime mieux mourir l'arme à la main que continuer à me balader en camionnette pour réparer l'Internet. »

Chavez posa la main sur son épaule.

« Et moi, j'aimerais mieux que tu ne meures pas, l'ami. Une idée de l'endroit où ils t'envoient ? »

Herkus se contenta de hausser les épaules.

« J'ai entendu dire qu'ils distribuent les M16 vieux de trente ans sortis de leurs stocks militaires, et qu'ils envoient des hommes dans les tranchées qu'on creuse à la frontière. Je ne sais pas encore de quel côté ce sera,

Kaliningrad ou Biélorussie. » À nouveau, un haussement d'épaules. « Ça n'a pas grande importance.

— Ce n'est pas avec un M16 qu'on arrête un tank, Markus, observa Dom.

— Je sais. »

Dom voyait bien que l'Américano-Lituanien était effrayé mais demeurait résolu.

« Les gars, ma décision est prise. J'espère que, quoi que vous soyez venus bricoler par ici, ça pourra nous aider. »

Herkus conduisit la camionnette jusqu'à un arrêt de tram près de la Neris qui sinuait au centre de Vilnius, puis il descendit du véhicule, suivi par les deux agents du Campus. Il avait déjà préparé son paquetage à l'arrière. Il alla le récupérer puis serra la main des deux Américains avant de grimper dans un tram à l'arrêt sans même se retourner.

Ding se mit au volant et les deux hommes démarrèrent pour une journée d'imagerie en haute résolution.

« Est-il courageux ou cinglé ? demanda Caruso.

— Courageux, indéniablement, répondit Chavez. Je suis très sceptique sur ses chances de survie, mais si c'était mon pays, et si je savais que ma famille était à vingt-quatre heures de passer sous la coupe d'un dirigeant fantoche téléguidé par les Russes, j'aime à penser que je prendrais la même décision. »

Caruso hocha la tête.

« Je me battrais, moi aussi, mais certainement pas avec une vieille pétoire dans une tranchée boueuse. »

Chavez haussa les épaules.

« Quoi qu'on fasse de notre côté, je dois me convaincre que nous servons à multiplier les forces.

Que nous allons faciliter le combat pour Herkus et son camp. Plus nous bosserons dur, plus lui et les quelques milliers de gars comme lui auront de chance de sortir vivants de ce bourbier. »

John Clark avait entamé dès potron-minet sa deuxième journée de capitaine à plein temps. La veille, juste après l'aube, il était entré dans le port de plaisance de Scrub Island et avait mouillé au bout d'une file imposante de voiliers, au moins soixante-quinze, sagement alignés, bercés par les eaux paisibles. Il prit son canot et il dut parcourir la moitié de l'appontement avant d'avoir la certitude que le *Spinnaker II* n'était pas au mouillage. Il amarra malgré tout son canot pour rejoindre la plage, où il s'assit pour attendre tranquillement l'ouverture de la capitainerie.

Dès qu'il vit arriver le personnel, Clark se mit à remplir le réservoir de son hors-bord et, du ton le plus nonchalant possible, il leur demanda s'ils n'avaient pas vu par hasard une canonnière de vingt et un mètres. Les hommes avaient entendu parler du *Spinnaker II* ; ils lui dirent que c'était le voilier le plus rapide de toutes les îles Vierges, en ajoutant que son port d'attache était Saint-Thomas.

Mais ils ajoutèrent qu'ils ne l'avaient pas vu depuis des mois.

Clark regagna son voilier, puis il largua les amarres. Il avait encore une douzaine d'escales prévues pour la journée.

Sa première journée de recherche du grand trimaran gris acier n'avait rien donné, tout comme les six premières étapes du deuxième jour. Mais à la septième, cette fois dans un bar sur les quais de Spanish Town à Gorda, on lui dit que le trimaran en question avait mouillé aux petites heures avant l'aube et qu'il venait tout juste de repartir, une heure et demie avant que lui-même n'arrive. Clark demanda s'ils avaient vu quelle direction il avait prise. Comme de juste, il était exclu qu'il franchisse la ligne entre conversation anodine et interrogatoire, mais il redoutait de ne pas rencontrer un autre témoignage aussi solide.

Le capitaine assis au comptoir répondit qu'il n'y avait pas prêté attention, avant de se remettre à siroter son verre.

Clark prit congé et un homme qui était demeuré assis à portée de voix glissa la main dans sa poche pour en ressortir son téléphone mobile.

Il était dix-huit heures, au bout d'un long après-midi passé à inspecter les criques, les baies et les ports de plaisance tout autour des côtes de Gorda, quand Clark remarqua un bateau de plongée qui retournait vers les quais de Little Dix Bay. Il se dit qu'il avait dû conduire des plongeurs vers l'un de ces sites les plus éloignés de la côte, aussi fit-il avec précaution entrer son Irwin dans la baie, dans le sillage du bateau de plongée.

Son obstination finit par payer. Le capitaine du bateau de plongée lui dit qu'il avait vu le *Spinnaker II* pénétrer dans une anse retirée sur la minuscule île de West Seal Dog, un rocher inhabité à quelques milles au nord-ouest de la baie.

Clark savait qu'il allait devoir approcher avec précaution. Loin de lui de se pointer comme une fleur devant des matelots déjà soupçonneux. Il envisagea même de louer à Spanish Town un nouveau voilier pour explorer le secteur, mais il redoutait que cela ne fasse que révéler aux hommes à bord du *Spinnaker II* qu'il avait des intentions louches s'ils le reconnaissaient à bord d'un navire différent.

Après avoir réfléchi un bon moment, il décida de se rendre vers un autre îlot proche et d'y jeter l'ancre pour la nuit, assez loin de l'endroit où les ravisseurs détenaient la famille Walker pour qu'il leur fût matériellement impossible de le détecter. Puis, dès le lendemain, il irait se positionner au milieu des autres visiteurs, venus au large de l'île déserte de West Seal Dog passer une journée de plongée, de pêche, voire de plongée en apnée.

Il serait ainsi protégé par le nombre. Il tâcherait de surcroît de se faire discret en se mêlant à la foule des touristes.

Clark avait ravitaillé à Spanish Town, aussi décida-t-il de passer la nuit dans un coin retiré, au cas – certes improbable – où le *Spinnaker II* lèverait l'ancre pour aller s'abriter pour la nuit dans le port de Gorda. Il trouva un endroit convenable sur l'île Moustique, juste avant la tombée de la nuit et y jeta l'ancre.

Clark avait décidé d'entamer dès le lendemain sa surveillance du trimaran, sans doute depuis le rivage de l'île de West Seal Dog, puis de s'en approcher en plongée, non pas de nuit, mais en plein jour. Certes un raid nocturne sur le voilier aurait pu sembler lui offrir les meilleures chances de succès mais Clark supposait que les cinq hommes qu'il avait comptés lors de son repérage préalable seraient tous à bord durant ces heures-là.

Alors que s'il s'approchait suffisamment dès le lendemain dans la journée, il pourrait fort bien constater qu'au moins deux d'entre eux étaient à terre. Affronter trois hommes, certes bien réveillés, mais ne s'attendant pas à une attaque, était préférable à cinq gars, même si certains étaient encore assoupis, surtout si l'un d'entre eux était resté faire le guet.

Clark était quasiment épuisé après une journée entière de traque au trimaran mais il avait atteint son objectif. Maintenant, il ne lui restait plus qu'à profiter d'une bonne nuit de sommeil et se préparer mentalement à cette prochaine confrontation.

56

Tatiana Molchanova avait déjà interviewé des dirigeants internationaux mais jamais encore un leader dont le pouvoir approchait celui de son propre président. Aujourd'hui, tout cela allait changer et c'était assez excitant, mais le piment supplémentaire apporté par sa rencontre avec le président américain l'avait positivement électrisée.

Molchanova parlait un excellent anglais ; ses parents avaient immigré au Royaume-Uni au début des années quatre-vingt-dix, comme tous ceux qui à l'époque en avaient le désir et, surtout, les moyens. Elle avait passé neuf ans à Sheffield et elle n'était revenue dans son pays natal que pour poursuivre ses études universitaires. Elle était restée en Russie depuis, de sorte que son russe était mâtiné d'un accent britannique tout en conservant les voyelles chantantes de sa langue d'origine.

Qu'elle eût regagné son pays natal avait bien sûr ajouté à son pouvoir de séduction auprès de ses compatriotes : elle avait renoncé aux sirènes de l'Ouest grâce à cette fierté d'être une femme russe qu'elle ressentait au tréfonds de son cœur.

C'était certes un excellent avantage promotionnel mais cela n'avait rien à voir avec la véritable raison de son retour au pays. Elle voulait travailler dans l'audiovisuel et elle savait que son accent russe, si discret fût-il, l'aurait empêchée de faire carrière en Angleterre parce que l'anglais n'était pas sa langue maternelle.

L'entretien devait avoir lieu dans le séjour d'une suite à l'hôtel Radisson Blu Royal de Copenhague. Pas l'appartement occupé par le président mais un autre, réservé traditionnellement aux chaînes télé. On avait monté un décor très simple en déplaçant le mobilier. Derrière, une fenêtre offrait une vue sur les jardins de Tivoli.

Le président Ryan apparut à l'heure dite, entouré d'un grand nombre d'assistants et de membres de son service de sécurité.

Molchanova fut d'emblée frappée par la taille de Ryan – il faisait une demi-tête de plus que Volodine – mais aussi par son calme, son attitude décontractée, là encore, par comparaison avec celle de son propre dirigeant. Ryan souriait, détendu, et il vint lui serrer la main avec délicatesse et déférence.

Elle avait déjà préparé son laïus pour briser la glace.

« Monsieur le président, je sais que le peuple de Russie apprécie que vous preniez le temps de lui donner votre avis sur des affaires importantes pour nos deux nations. »

Ryan se contenta de hocher la tête et répondit : « Ravi d'être en votre compagnie, mademoiselle Molchanova.

— Avec votre permission, nous mènerons notre

entretien en anglais et des interprètes la traduiront avant sa diffusion demain soir. »

Ryan surprit alors la présentatrice de Canal 7 en passant au russe, avec une diction lente mais parfaitement compréhensible. « Malheureusement, je l'oublie de plus en plus chaque année. On a besoin de pratique, et je n'ai guère de temps. »

Molchanova ignorait totalement que Ryan parlait sa langue et elle fut désarçonnée, mais elle eut la présence d'esprit de réagir aussitôt et de lui répondre en russe.

« Très impressionnant, monsieur le président. J'imagine que vous avez appris notre langue quand vous étiez à la CIA ? »

Ryan repassa à l'anglais pour répondre, avec un hochement de tête.

« Non, m'dame. À l'université. » Il sourit. « Mais puisque votre anglais est impeccable, restons à votre idée première de recourir aux interprètes. »

Tandis qu'on équipait Ryan d'un micro et que Tatiana se préparait, assise sur une chaise à côté de lui, la jeune femme se rendit compte qu'elle n'avait pas vraiment su à quoi s'attendre avec le président américain. Elle avait pensé qu'il essaierait d'emblée de lui faire confirmer que sa chaîne diffuserait ses réponses sans coupure aucune, ou du moins que ses assistants les pousseraient, elle et son équipe, à s'y engager. Mais le personnel de la Maison-Blanche s'était plié de bonne grâce aux exigences des réalisateurs et de l'équipe technique, se révélant même bien plus accommodant que lorsqu'elle devait interviewer dans leur bureau des politiciens russes de seconde zone.

Et le président n'avait absolument pas abordé la question des sujets évoqués. Elle se demanda si elle ne s'était pas imaginée rencontrer une sorte de brute, ou si ce n'était pas elle qui avait peut-être pris l'habitude d'interroger des individus de cet acabit.

Les caméras se mirent à tourner et Tatiana lut son intro. Ensuite, avec un large sourire et les yeux pétillants de plaisir, elle se tourna vers le président Ryan.

« Monsieur le président, d'abord merci de nous consacrer votre temps ce soir, en un jour qui a manifestement été très important pour vous.

— C'est un plaisir pour moi de m'adresser aux citoyens russes chez eux. Encore merci de m'en avoir offert l'occasion.

— Je vous en prie. » Son sourire s'évanouit et elle lut sa première question. « Vous êtes ici, à Copenhague, pour demander à l'OTAN de déployer des forces de combat vers la frontière russe de la Lituanie. Comment pensez-vous que cette action sera perçue en Russie ?

— Des forces défensives, j'insiste, mademoiselle Molchanova. Il y a une différence.

— Seront-elles armées ? Leurs armes ne peuvent-elles pas servir aussi bien à la défense qu'à l'attaque ?

— Une arme, quelle qu'elle soit, n'est jamais qu'un instrument. Mais l'OTAN est une alliance strictement défensive. Si elle avait des visées belliqueuses, j'imagine qu'elle serait passée à l'offensive une fois au moins en Europe depuis soixante-sept ans que son traité a été signé. Or, elle n'en a rien fait. J'espère que vos téléspectateurs en sont conscients. Contrairement à tous les bruits alarmistes disant que l'Ouest est à votre porte et s'apprête à vous écraser, la présence militaire dans les pays de l'OTAN frontaliers de la Russie est absolument minimale.

— Mais vous désirez modifier cela en envoyant des troupes en Lituanie.

— J'ai en effet demandé à l'OTAN de déployer en Lituanie sa Force opérationnelle interarmées à très haut niveau de préparation. La Russie dispose de vingt-cinq mille hommes à la frontière est de la Lituanie, et vingt-cinq mille autres à sa frontière ouest. La Force interarmées, c'est cinq mille sept cents hommes et femmes. » Il sourit. « Ne vous inquiétez pas, mademoiselle Molchanova, si votre leader désire réellement envahir et conquérir la Lituanie, comme il l'a fait en Géorgie, comme il l'a fait en Crimée et dans le Donetsk, comme il a tenté de le faire en Estonie... je suis sûr qu'il peut le faire. Vous n'aurez qu'à venir à la télévision parler à sa place, pour expliquer à vos téléspectateurs pourquoi ils sont tout à coup en guerre avec l'Occident, pourquoi les sanctions ont été renforcées au point que vos seuls partenaires commerciaux sont désormais Cuba, l'Iran et la Corée du Nord, et pourquoi aucun Russe n'a plus le droit de voyager librement en dehors de ses frontières nationales. »

Ryan le vit sans peine dans ses yeux : elle pensait tenir la riposte idéale à sa déclaration.

« Toute cette longue litanie de menaces contre le peuple russe, monsieur le président ? Est-ce bien raisonnable ?

— Les menaces ne se concrétiseront que lorsque la sixième armée russe pénétrera sur le territoire d'un État indépendant. Si la Russie demeure dans ses frontières, ou seulement même chez son vassal, la Biélorussie, personne à l'Ouest n'engagera d'action militaire contre vous. Et c'est là une promesse. »

Ryan devina ce qu'elle pensait rien qu'à sa mimique quand les caméras étaient braquées sur lui. Elle n'avait pas encore réussi à démonter l'argumentation de Ryan ou le calme de son attitude et elle était en train de se ressaisir en vue de sa prochaine attaque. Il s'agissait de continuer à garder son calme.

« Vous dites que la Russie est à l'abri d'une action de l'Ouest s'il n'y a pas de guerre en Lituanie mais…

— Eh bien, vous avez également cinquante mille soldats à la frontière de la Pologne, aussi nous préférerions que vous n'envahissiez pas, non plus, la Pologne. »

Elle ignora le trait.

« Mais dans toute l'Europe et même dans votre pays, vous en appelez aux représailles après la catastrophe aérienne survenue en début de semaine au-dessus de la mer Baltique. Je ne vois pour ma part personne menacer la Suède, l'autre pays impliqué dans l'accident. Seulement la Russie est menacée. Pourquoi cela, monsieur le président ?

— Parce que l'appareil militaire russe volait sans transpondeur, ce qui signifiait qu'il était invisible des autres avions et des contrôleurs du ciel.

— Les règlements internationaux de navigation aérienne sont parfaitement clairs, monsieur le président. Les appareils militaires n'ont pas besoin de voler avec leur transpondeur en service. Bien souvent, des appareils américains volent clandestinement, tout comme leurs homologues russes. Vous devez certainement le savoir, alors pourquoi deux poids, deux mesures ?

— Parce que aucun appareil américain n'est jamais entré en collision avec un appareil commercial. Il est de la responsabilité du pilote de surveiller les autres avions, à condition qu'ils se conforment à ces règles. Or la Russie a conduit ces derniers temps ce genre de vols à haut risque sur un rythme resté sans précédent. Le président Volodine devrait en être tenu pour responsable. »

La journaliste roula des yeux.

« Vous pensez que le président Volodine a demandé à son pilote de sciemment éperonner un avion de ligne suédois ?

— Bien sûr que non. Mais je crois, et je sais, de source sûre, qu'il a ordonné à son aviation d'augmenter ses incursions et à sa flotte de la Baltique de harceler le trafic marchand croisant dans les eaux internationales au large de Kaliningrad. Et qu'il a pour ainsi dire converti cette dernière enclave en base militaire, avec des batteries de missiles sur tout son périmètre.

— Je me suis rendue à Kaliningrad, monsieur le président. Ce n'est pas une base militaire. C'est un endroit superbe, habité par des gens admirables. L'avez-vous visité vous-même ?

— Non, mademoiselle Molchanova, je confesse que vous avez vécu bien plus d'expériences que moi. »

Elle redressa légèrement la tête, triomphante.

« Par exemple, je n'ai jamais vécu sous un régime totalitaire. C'est pour cette raison que, à l'instar d'autres personnes de par le monde, je considère les actions unilatérales du président Volodine comme dangereuses pour l'ordre international. »

On doit mettre au crédit de la journaliste russe qu'elle ne se laissa pas démonter par cette humiliation. Elle se contenta de répondre, d'une voix égale :

« Le président Volodine ne dirige pas un régime totalitaire. Ses partisans diraient qu'il désire simplement la prospérité pour chaque citoyen russe. Certains en Occident semblent avoir de grandes difficultés à l'admettre.

— Cent onze Russes sont milliardaires, quand quatre-vingt-dix pour cent du pays vit sous le niveau de vie moyen des Occidentaux. Apparemment, et en contradiction avec certaines informations qui me sont parvenues de Russie, les désirs de Valeri Volodine ne se concrétisent pas forcément. Je prends un autre exemple : l'Estonie. Il voulait se l'approprier et il ne l'a pas eue. Nous savons maintenant qu'il convoite la Lituanie. C'est la raison de ma présence à Copenhague pour cette réunion d'urgence.

— Ce que le président a dit lors de mon émission, et il s'est montré très clair, c'est que puisque les Lituaniens n'ont pas réussi à protéger un mouvement de troupes russes vers notre Oblast de Kaliningrad, il était de son devoir d'assurer lui-même la sécurité de nos concitoyens.

— Les événements survenus à la gare de Vilnius sont en cours d'enquête, mademoiselle Molchanova. À votre place, j'éviterais des conclusions hâtives quant aux auteurs de cette attaque.

— Je pense qu'on peut aisément tirer ces conclusions. Les coupables sont des rebelles polonais œuvrant en collusion avec le gouvernement lituanien pour attaquer un transport de troupes russes.

— Il y a eu récemment quantité d'attaques qui ne sont pas ce qu'elles semblent être de prime abord.

— J'ignore d'où vous tenez vos éléments », rétorqua Molchanova, et elle s'apprêtait déjà à passer au sujet suivant.

Mais Ryan poursuivit :

« Et moi je sais, en revanche, d'où vous tenez les vôtres : directement du Kremlin. La désinformation est un élément-clé de la campagne de guerre hybride que mène Volodine.

— Vous pensez que ce que je fais relève de la guerre ? » protesta Molchanova.

Avec un sourire, Ryan lâcha : « C'est très exactement cela. La guerre de l'information. »

Elle sourit à son tour en fixant la caméra.

« J'avoue que c'est la première fois qu'on m'accuse de ressembler à un soldat. » Elle revint vers le président. « Vous avez récemment déclaré que la Russie d'aujourd'hui était plus dangereuse pour le monde que l'Union soviétique des années quatre-vingt. Voudriez-vous l'expliquer au peuple russe ?

— L'Union soviétique était potentiellement plus dangereuse, mais dès l'aube des années quatre-vingt les Soviétiques se montraient en gros satisfaits de l'ordre mondial. Ils avaient leur zone d'influence, nous avions la nôtre. Il y avait certes, aux marges, des guerres par procuration, mais aucun bouleversement majeur susceptible de renverser l'ordre établi. La Russie d'aujourd'hui est plus impétueuse, moins satisfaite de sa position, et par conséquent plus imprévisible. Volodine est la manifestation de ce malaise, tout aussi sûrement que Hitler était la manifestation du mécontentement de l'Allemagne après la Première Guerre mondiale.

— Donc, maintenant, nous sommes plus dangereux que les nazis…

— Non, j'ai dit…

— Hélas, monsieur le président, le temps qui nous était imparti touche à sa fin. Merci infiniment pour cet entretien. »

Ryan hocha la tête et sourit, impavide jusqu'au bout. À vrai dire, il savait à l'avance qu'elle allait vouloir terminer sur un scoop polémique, et à cet égard il n'était pas déçu.

Les projecteurs s'éteignirent, signalant la fin de l'interview. Tatiana Molchanova attendit qu'on lui ôte son micro, puis elle se leva et serra la main de Ryan.

Jack lui adressa un bref « merci » et il s'apprêtait déjà à tourner les talons mais la journaliste russe le surprit.

« Monsieur le président, encore tous mes remerciements pour m'avoir accordé de votre temps, mais j'aimerais vous demander une autre faveur. »

Il était plus que soupçonneux devant une proposition venant de cette marionnette manifestement décérébrée par l'État russe.

« Laquelle ?

— Je me demandais si nous ne pourrions pas trouver un endroit plus discret pour parler. »

Ryan en rit presque. « Non. C'est hors de question. »

Elle se rapprocha un peu plus et il savait que Joe

O'Hearn n'était qu'à deux pas, prêt à jeter au sol cette superbe créature, comme un défenseur plaque un attaquant sur le terrain. Mais son garde du corps se contint et Molchanova put respirer.

« Je vous apporte un message personnel et privé du président Volodine. »

Ryan la contempla un instant, incrédule, avant de répondre :

« Vous savez, il y a des procédures pour ce genre de chose. Les affaires d'État ne se règlent pas par le truchement des journalistes de la télé. »

Molchanova sourit, exhibant l'éclat de sa denture impeccable.

« Je le sais, et je conviens que la situation est inhabituelle. Mais le message est bien réel. On m'a dit que vous pouviez contacter l'ambassadeur de Russie qui se portera garant de ma personne. Il sait seulement que l'on m'a confié la tâche de vous faire parvenir un message. Il en ignore entièrement la teneur. »

Soupir de Ryan. Il n'avait pas spécialement envie d'un message de Volodine. Il aurait été le bienvenu s'il offrait la moindre chance d'éviter la catastrophe imminente en Baltique, mais Ryan présumait que tout ce qu'avait à lui dire cette femme n'allait être qu'encore une de ces tactiques dilatoires bien rodées typiques du Kremlin, entre rideau de fumée et diversion.

« Pouvez-vous m'accorder un moment ?

— Bien sûr, monsieur. »

Ryan s'approcha d'Arnie Van Damm. Il était au milieu d'un petit groupe, qui attendait pour l'accompagner à sa réunion suivante – un café avec le Premier ministre canadien –, mais à la surprise manifeste d'Arnie, Ryan s'adressa à lui à voix basse : « J'ai besoin d'avoir Canfield au téléphone. Tout de suite. »

Le président était en train de dire à son chef de cabinet qu'il avait besoin de contacter le directeur de la CIA, sur un mobile, au beau milieu d'un hôtel au Danemark.

Arnie obéit sans discuter. Il fallut une minute pour établir la connexion cryptée, et comme il était pile cinq heures du matin en Virginie, Canfield ne s'attendait certainement pas à un coup de fil. Ryan ne s'excusa même pas pour l'heure matinale, il était trop pressé.

« Jay, j'ai besoin d'avoir une chambre sécurisée dans ce bâtiment. Je veux qu'elle soit tapissée de haut en bas et de gauche à droite par des dispositifs d'écoute audio et de capture vidéo. Et j'en ai besoin tout de suite. »

Canfield n'hésita pas une seconde.

« Chambre 1473. Je les préviens de votre arrivée. »

Ryan ne comprenait pas.

« Hein ? Enfin, mais comment…

— Nous avons entièrement équipé d'écoutes deux des chambres de cet hôtel. Sans blaguer, n'essayez même pas d'avoir des pensées impures, une fois à l'intérieur, parce que la moitié des techniciens de la NSA sera aussitôt au courant.

— À quoi ça sert ? Je veux dire, à quoi servent-elles quand le président n'appelle pas pour qu'on les mette à sa disposition ?

— Vous avez été de la maison, monsieur le président. Ce genre de choses peut arriver, vous vous rappelez ? »

Jack sourit.

« Chambre 1473. Merci, Jay. »

Il coupa et se pencha vers Van Damm.

« Retarde de quelques minutes mon prochain rendez-vous. La journaliste russe et moi allons nous rendre dans la chambre 1473. »

Les yeux de Van Damm devinrent ronds comme des soucoupes. Il se pencha à son tour et murmura, sur le même ton de conspirateur : « Et moi qui pensais que l'interview était déjà une mauvaise idée.

— T'inquiète. Tout se passera bien.

— Nixon a dit pareil, un jour, pas vrai ? »

Nouveau petit sourire de Jack.

« Je crois bien qu'il l'a dit quantité de fois. »

57

John Clark avait décidé de dormir dans la cabine de son voilier pour mieux rester à l'écoute des bruits environnants de l'anse où il avait mouillé. Il y avait certainement des pieux plus confortables dans la cabine de luxe, mais en bas il risquait de ne pas relever une présence inopportune ou l'apparition d'une menace quelconque. Il faisait un peu plus chaud dans le poste de pilotage mais Clark décida de renoncer à ce léger surcroît de confort au profit d'un léger surcroît de sécurité. Il s'allongea donc sur le sofa rembourré longeant le bord de la cabine.

Il savait que sa mission aux Antilles aurait été plus efficace avec plus de personnel, mais même avant la mort de Sam Driscoll ils avaient déjà eu du mal à conduire de multiples opérations en simultané. Depuis la disparition de Sam, toutefois, le concept même d'engager les agents actifs du Campus sur trois zones à la fois était devenu ridicule. N'empêche… Clark devait bien admettre que l'ennemi avait voix au chapitre et donc il se retrouvait ici, tandis que Jack était en Virginie occupé à une tâche, et le duo Ding et Dom en Lituanie occupé à une autre.

Clark se dit qu'il avait la plus facile des trois, du moins, tant qu'il n'avait pas abordé le trimaran gris et confirmé la présence à bord des Walker. Ensuite, ça risquait de devenir… intéressant.

Mais pas cette nuit. Cette nuit, il devait se contenter de dormir pour être prêt à attaquer le *Spinnaker II*.

Il était au bord du sommeil quand il entendit un bruit et rouvrit aussitôt les yeux.

Il demeura plusieurs secondes immobile, essayant de définir ce qui l'avait dérangé. Mais il n'entendit rien d'autre que les bruits naturels d'un bateau en bon état mouillé dans une petite anse paisible.

Il allait se rendormir, et puis il se redressa, décidant qu'il avait besoin d'aller aux toilettes.

Il se leva, les jambes lourdes, fit deux pas pour traverser le cockpit ; le troisième l'aurait conduit sur la première marche de l'escalier des cabines. Mais il décela de nouveau quelque chose, tout près. Pas comme auparavant : cette fois, il était suffisamment sûr de lui pour pivoter brusquement, tout en sortant le pistolet de son pantalon de toile.

Il n'acheva pas son mouvement.

Il ne sut même pas que c'était une clé de marine de 35 en acier chrome vanadium qui l'assomma. Il entendit le craquement, sentit l'impact juste derrière son oreille droite, perçut la perte d'équilibre – une sensation de chute. Il ne se rendit même pas compte qu'il avait lâché son arme. Ses mains ne lui obéissaient plus et il était incapable de tenir debout.

Comme en apesanteur, il ne comprit pas comment il pouvait mettre si longtemps à tomber sur le plancher du poste de pilotage qui s'était trouvé juste là, sous ses pieds, quelques secondes à peine auparavant.

Le coup à la tête, asséné sauvagement mais avec une perfection redoutable, le plongea dans l'inconscience en un peu plus d'une seconde, si bien qu'il était déjà évanoui avant même son premier impact sur les marches de l'escalier, à mi-descente. Il reçut des coups aux bras, à la hanche et en travers du dos, tandis que son corps dévalait les marches pour terminer en un tas inerte sur le plancher verni du salon.

Durant plusieurs secondes, Clark resta seul, toujours complètement groggy, mais bientôt le rejoignirent deux hommes qui venaient de descendre l'escalier. Ils étaient en combinaison de plongée, sans autre équipement ; ils étaient pieds nus, leurs visages étaient recouverts d'une cagoule en néoprène qui ne révélait que les yeux, le nez et la bouche. C'est à la seule lueur des quelques diodes vertes sur la radio et des autres appareils électroniques équipant la console de navigation qu'ils se guidèrent dans le salon.

Ils s'arrêtèrent au-dessus du corps et le contemplèrent.

Au bout de quelques secondes, l'Américain sortit son couteau de plongée de l'étui fixé à sa cheville, s'agenouilla au-dessus de l'homme torse nu en pantalon de toile blanche et lui souleva la tête, en empoignant une touffe de cheveux argentés. Il approcha le couteau de son cou, plaquant la lame de dix centimètres sur l'artère carotide.

« Attends, l'interrompit le Sud-Africain, tout en parcourant des yeux la cabine.

— Mais tu m'as dit de…, protesta l'Américain.

— Oublie ce que je t'ai dit. Voici qui est encore mieux : quand ils le retrouveront, ils croiront que le vieux débris s'est fracassé le crâne en dévalant l'escalier, paniqué. Ça paraîtra une mort naturelle, de sorte qu'il y aura moins de flics à courir dans toutes les îles en posant des questions.

— Pourquoi cette panique ?

— En se rendant compte qu'il était en train de couler. »

À son tour, l'Américain contempla la cabine. Il savait qu'il était un subordonné dans cette mission, c'était le mercenaire de Joburg qui était aux manettes, mais le gars de Cincinnati était assez futé pour voir que le bateau n'était pas en train de sombrer.

Avant qu'il ait pu soulever cette objection assez évidente, le Sud-Africain lui intima l'ordre de couper l'alarme de la pompe de relevage.

— Ça se trouve où ? »

L'Américain n'y connaissait rien en marine, contrairement à son collègue.

« Laisse tomber. Je m'en occupe.

— Tu veux que je lui brise le cou ?

— Il est toujours H.S. ?

— Il est H.S. mais il pourrait bien être toujours en vie.

— Je ne veux pas de nouvelles marques bizarres sur son corps. Laisse-le tel qu'il est.

— Je pense qu'on devrait le tuer.

— Et moi, je pense que tu devrais faire ce qu'on te dit de faire, mec. Je lui ai fendu le crâne comme on brise un œuf, et un type de son âge a dû se rompre tous les os du corps en dégringolant jusqu'ici. Si même il retrouve ses esprits, il ne rejoindra sûrement pas la côte à la nage. »

Ils soulevèrent la trappe d'accès à la pompe de relevage qu'ils coupèrent. Puis ils localisèrent l'alarme de panne et la coupèrent aussi. Le Sud-Africain en trouva une seconde, placée sous la table au milieu du salon, et il la débrancha avant de la jeter au sol.

Pendant ce temps-là, l'Américain avait trouvé une caisse à outils dans le placard de la chambre principale et il s'était mis à fouiller dedans.

Revenus sur le pont, les deux mercenaires passèrent un moment à inspecter le poste de pilotage, à la recherche d'indices éventuels. L'Américain trouva sur le plancher de la cabine le pistolet calibre .45 SIG Sauer qu'il récupéra en guise de récompense, et en moins d'une minute le Sud-Africain était redescendu pour arracher deux tringles à rideaux dans la cabine de luxe. Il rejoignit son partenaire sur le pont et tous deux se servirent de la chaîne d'ancre pour regagner la surface. Leur équipement de plongée était arrimé là où ils l'avaient laissé, accroché à la chaîne et ils se harnachèrent de nouveau avec bouteilles, masque et détendeur, puis enfilèrent leurs palmes.

Puis ils passèrent sous la coque, et après avoir introduit leurs tringles métalliques dans les tuyaux d'aspiration, ils les secouèrent violemment pour mettre hors d'état les vannes de coque en délogeant de son axe le papillon de fermeture.

Ils en profitèrent pour défoncer également le clapet

antiretour, envoyant l'eau finir d'envahir le fond de la coque.

Tous les dégâts étaient occasionnés sous le niveau du plancher de la cabine, de sorte que quiconque plongerait le lendemain pour examiner l'épave n'y trouverait aucune trace visible de brèche ou de trou dans la coque.

Il fallut aux deux hommes bien plus de temps qu'ils n'auraient voulu ; ils mirent dix bonnes minutes à bloquer les tringles dans les divers sabords, mais au bout du compte ils avaient provoqué une douzaine de brèches importantes.

Le voilier gîtait déjà sérieusement sur bâbord quand les mercenaires s'éloignèrent pour rejoindre leur canot, dissimulé dans une crique à quatre cent cinquante mètres de là.

58

Tatiana Molchanova se leva à l'entrée du président Ryan. Il y avait dans son attitude une réelle déférence, ce qui n'avait guère été le cas durant l'interview. Ryan ignorait si elle était consciente d'avoir été manipulée ou si son comportement devant les caméras n'était qu'un numéro pour rester dans les bonnes grâces du Kremlin. Il se dit qu'il n'avait pas le temps d'y réfléchir. Il n'allait pas changer les idées ou le comportement des journalistes des médias gouvernementaux, et ce serait ridicule de perdre son temps à essayer.

Ryan traversa la chambre mais en restant à trois mètres de la femme, comme si c'était une pestiférée. Il se sentait bien moins à l'aise qu'il ne l'avait escompté et il savait qu'il ne pouvait pas le montrer.

« Très bien, me voici, je vous écoute, mademoiselle Molchanova », se contenta-t-il de dire.

La journaliste semblait exceptionnellement excitée et fière d'avoir été choisie comme émissaire entre les deux dirigeants. Le menton relevé, elle annonça : « Le président Volodine propose la tenue d'un mini-sommet. En vérité, une réunion secrète. Entre lui, vous, et les chefs d'État ou de gouvernement allemand, français et britannique. Rien que vous cinq. Le président Volodine sera ravi de vous retrouver à Zurich, sitôt que vous pourrez tous organiser vos agendas pour vous y rendre. Si vous préférez un autre endroit, il est prêt à accueillir vos propositions.

— Je ne comprends pas, dit Ryan. Pourquoi en secret ?

— Il dit que la rencontre traitera d'affaires d'État concernant l'avenir de la région. Il vous assure qu'il se montrera prêt à faire des concessions pour le bien mutuel de toute l'Europe.

— Des affaires concernant toute l'Europe ne peuvent-elles pas être discutées devant toute l'Europe ? »

Bien vite, Ryan nota dans les yeux de la femme qu'elle n'avait pas été « préchargée » de réponses toutes faites à ses questions. Elle avoua piteusement : « Je suis désolée, monsieur le président. C'était le message. Dois-je vous le répéter ?

— Je pense que j'ai compris, fit Ryan en hochant la tête. Encore une question, toutefois. A-t-il également présenté cette offre en secret aux quatre autres leaders ?

— Il a demandé que vous transmettiez aux autres le message. »

Jack se contenta d'un léger hochement de tête. Il ne dit rien, fixant simplement le mur pendant quelques secondes.

Molchanova semblait à présent mal à l'aise. Enfin, elle reprit la parole :

« Avez-vous un message que vous voudriez qu'à mon tour je transmette au président Volodine ? Si oui, je vous promets que je garderai le secret absolu et n'en parlerai à personne d'autre que lui. »

Ryan la dévisagea un long moment avant de répondre par l'affirmative.

Elle eut une brève inspiration, les lèvres serrées, visiblement excitée. Hochant la tête, elle demanda aussitôt : « Quel est votre message, monsieur le président ?

— Mon message est celui-ci : transmettre par le truchement d'une journaliste la proposition d'un sommet tenu en secret n'est pas une façon pour des dirigeants nationaux de conduire les affaires. J'ai connu une meilleure gouvernance lors de mes tractations avec des tribus togolaises. S'il désire être traité comme le chef d'une nation de premier rang, encore faudrait-il qu'il se comporte comme tel. »

Elle écarquilla les yeux, crispa les mâchoires, mais ne répondit rien.

« Vous avez mon message, mademoiselle Molchanova.

— Monsieur le président, je ne peux pas lui dire ça. »

Ryan haussa les épaules. « Eh bien, ne lui dites pas. » Et sur ce, il la salua d'un bref signe de tête, tourna les talons et quitta la chambre d'hôtel.

Arnie Van Damm et Scott Adler l'attendaient dans sa suite quand il la rejoignit cinq minutes plus tard.

« J'espère que vous avez entendu, tous les deux.

— Jusqu'au moindre mot, confirma Van Damm. Tu l'as sacrément mouchée. Elle doit être en train de frissonner sur ses talons aiguilles en essayant de se demander comment elle va pouvoir annoncer ça à Volodine. »

Ryan ôta son veston et l'accrocha au dossier d'une chaise avant de s'installer dans le divan en face des deux hommes.

« Il veut s'adresser à un panel de membres de l'OTAN. Les États-Unis, la France, l'Allemagne, le Royaume-Uni. Manifestement au sujet de l'Europe centrale. Mais il ne veut pas de la présence des pays directement concernés.

— Pourquoi ? » demanda Van Damm.

Jack Ryan connaissait la réponse.

« Si vous n'êtes pas autour de la table, alors c'est que vous êtes au menu.

— Dieu tout-puissant ! s'exclama Van Damm. Il veut découper l'Europe, comme au bon temps de la guerre froide ! »

Ryan acquiesça.

« C'est Yalta *bis*.

— Tu ne vas pas te rendre en Suisse, n'est-ce pas ? demanda Adler.

— Bien sûr que non. S'il veut proposer un sommet, il peut le faire en passant par les canaux officiels. S'il doit se tenir, il inclura des délégués désignés par l'OTAN. On n'est plus en 1945 et je ne suis pas Roosevelt.

— Mais lui, il se prend pour Staline, observa Adler.

— Il pense que nous pensons qu'il se prend pour Staline. Toute cette embrouille n'est qu'un bluff pour booster artificiellement ses pouvoirs de négociation quand nous nous assiérons autour de la table. »

Ryan contempla la ville de Copenhague qui s'étendait derrière la baie vitrée et il hocha la tête, incrédule.
« Mais quel connard. »

Une heure plus tard, Ryan était assis dans la suite de la chancelière allemande. Tous deux ignorèrent le service à café disposé devant eux, tandis que Jack relatait à Marion Schöngarth sa conversation avec la journaliste de Canal 7.

« Il cherche à repartitionner l'Europe centrale, observa Marion quand il eut terminé. Une nouvelle répartition, pour compenser ce que la Russie a perdu à l'issue de la guerre froide. Il y a trente ans, ils n'avaient aucun moyen de pression pour faire autre chose qu'accorder l'indépendance à quasiment tous ceux qui la demandaient. Mais aujourd'hui que Volodine est aux affaires, il croit pouvoir récupérer une partie de ce que la Russie a perdu à l'époque. »

Ryan acquiesça.

Elle poursuivit :

« Il veut les États baltes et, pour les obtenir, il multiplie les effets de levier. Il menace la Pologne, mais la Pologne est en fait sa monnaie d'échange. C'est comme s'il disait : "Donnez-moi les États baltes, je détournerai mes chars de la Pologne."

— Parfaitement exact. »

La chancelière songeait à des ramifications plus profondes.

« Mais tout cela veut dire que ce n'est qu'un vaste bluff, n'est-ce pas ? Jusqu'ici, il s'est contenté d'essayer de faire monter les enchères, d'affoler l'Occident pour l'amener à accepter plus docilement un compromis. »

Ryan secoua lentement la tête.

« Hélas, peu importe que ce soit ou non un bluff de sa part. Disons qu'il ne veut pas attaquer, mais juste remporter cette guerre hybride en la réduisant à un jeu de poules mouillées géopolitique avec l'Occident. Si ça échoue, si nous refusons de lui laisser la voie libre, les bruits de bottes ne cesseront certainement pas pour autant. Il s'attend à nous voir ciller, mais si ce n'est pas le cas, il ne peut pas reculer. Il a accumulé trop d'énergie potentielle aux portes de la Lituanie. Comment pourrait-il décemment préparer le terrain pour une agression, puis soudain s'en détourner ? C'est un individu instable qui exploite son instabilité pour renforcer son pouvoir. Il a mobilisé ses troupes, préparé sa marine au combat, il est passé à la télévision pour annoncer que les pays Baltes sont des entités illégitimes. Si nous ne reculons pas, il sera forcé d'attaquer en espérant qu'une fois que les cadavres auront commencé à s'accumuler, l'Occident lâchera l'affaire. »

La chancelière prit le relais. « Et tout cela ne pourra déboucher que sur une seule issue. » Elle marqua un temps. « Nous allons entrer en guerre avec la Russie.

— Ça m'en a tout l'air, effectivement.

— Les Russes ont cinq cents Iskander à Kaliningrad. Ces missiles ont des capacités nucléaires, même si nous ignorons s'ils sont bien armés de telles charges. Leur portée nominale est officiellement de quatre cents kilomètres, ce qui les place au-dessous de la limite inférieure du traité sur les Forces nucléaires intermédiaires. Mais la plupart des experts s'accordent à dire que l'Iskander est en réalité capable d'atteindre des cibles distantes de sept cents kilomètres. Une décision de Valeri Volodine et le Bundestag part en fumée.

— Je sais, dit Ryan. Et en ce moment même, un sous-marin nucléaire russe croise quelque part au large des côtes américaines. Sa présence à cet emplacement réduit la probabilité de nos défenses antimissiles balistiques d'intercepter un de ces Boulava. Il s'est positionné là parce que Volodine veut embarquer les États-Unis dans le même bateau que l'Europe après avoir lancé sa proposition de mini-sommet territorial.

— Donc, vous êtes dans une situation similaire à la nôtre, observa la chancelière.

— Similaire mais pas identique. Nous ne sommes soumis à aucune menace d'attaque conventionnelle comme c'est le cas ici, je l'admets volontiers. Mais j'enverrai en Lituanie tous les hommes dont je dispose en Europe pour arrêter ce cinglé. »

À cet instant précis, Arnie Van Damm présenta ses excuses à la chancelière avant de se pencher vers l'oreille de Ryan.

« Vous avez le président français au téléphone. Vous devez le prendre. »

Ryan s'excusa à son tour pour se diriger vers une table sur laquelle un combiné l'attendait, déjà décroché.

« Allô, Henri ?

— Allô, Jack, répondit le président français. Je voulais vous parler personnellement. Nous allons nous opposer au déploiement en Lituanie des forces de l'OTAN. »

Ryan n'était pas surpris mais il se sentit déprimé.

Il avait consacré près d'une semaine à cet objectif et il avait échoué.

Le président français poursuivit :

« Les pays Baltes n'ont pas leur place au sein de l'OTAN. Du temps où la Russie appartenait encore à l'organisation[1], eh bien oui, c'était parfaitement logique. Mais à présent que la Russie constitue une menace, et avec tous ces petits pays qui tendent plus naturellement à tomber dans la sphère d'influence russe que sous celle des idéaux du monde occidental… ma foi, mon unique préoccupation, c'est la Pologne. Nous allons donc faire une contre-proposition, pour demander que l'OTAN augmente son niveau d'alerte en Pologne. Cela rendra moins probable une attaque.

— Et plus probable une attaque en Lituanie, contra Ryan. Nous dirons à Volodine que la Baltique est à lui, aussi longtemps qu'il ne cherche pas à s'approprier la Pologne.

— Telle est ma décision, coupa le président français. J'ai le soutien de plusieurs États membres. »

Je n'en doute absolument pas, s'abstint de répondre Ryan. Il remercia son interlocuteur de l'avoir appelé et lui dit au revoir ; il ne pouvait rien faire de plus pour l'instant.

Il retourna auprès de la chancelière et lui donna les nouvelles. Quelques minutes plus tard, ses assistants et lui regagnaient sa suite.

---

1. Faut-il préciser que ce fut bien le cas dans le *Ryanverse*, et que par ailleurs les pays Baltes n'y ont pas non plus encore intégré l'Union européenne et la zone Euro. Relire entre autres, *L'Ours et le Dragon*, Albin Michel, 2000.

Ils n'échangèrent pas un mot durant le parcours parce que les couloirs et les ascenseurs n'avaient pas été déclarés sûrs par les techniciens du contre-espionnage. Mais sitôt revenus à l'intérieur de la suite de Ryan, Adler lui demanda : « Que vas-tu faire, maintenant ?

— Je vais me rendre en Suède. Je veux en appeler aux États non membres de l'OTAN, obtenir d'eux un minimum de soutien pour nos actions. Leur montrer que nous nous soucions également de leur sort. »

Scott Adler l'interrompit aussitôt :

« Tu penses pouvoir compter sur des clients sérieux. Mais la Suède n'a quasiment plus d'armée digne de ce nom. Et ils ne veulent sûrement pas froisser un peu plus Volodine. Le fait que la Russie ait abattu leur Airbus les a certes mis en pétard, mais en dehors d'un embryon d'aviation à peu près potable, ils ne représentent plus vraiment une force.

— C'est à ce point ?

— Comme je te l'ai dit, leur armée de l'air est correcte mais ça s'arrête là. Notre évaluation de leurs capacités actuelles de défense n'est guère optimiste.

— Ce qui signifie ?

— Ce qui signifie que si la Suède décidait d'entamer aujourd'hui un programme intensif d'investissements en matière militaire, d'ici cinq ans ils seraient tout juste capables de se défendre… une semaine.

— Donc, reprit Ryan, la Russie peut traverser à toute vapeur la Baltique depuis Kaliningrad ou venir par le sud-ouest et la mer du Nord et s'emparer de la Suède.

— À leur guise, en effet. »

Le président Jack Ryan se massa les paupières sous

ses lunettes, appuyant avec insistance, comme pour contenir une frustration débordante.

« On va aller les voir et leur demander une autorisation de survol. Un accès à leurs bases aériennes. Réclamer un soutien logistique pour notre marine en mer Baltique. Et on demandera le soutien de leur aviation pour notre mission en Lituanie. Si on déclenche les hostilités et qu'on déploie nos forces, alors on aura besoin de toute l'aide possible.

— Ça ne fera pas grand-chose, Jack.

— Eh bien, on fera avec. Et j'aimerais au passage les persuader de rejoindre l'OTAN. S'ils peuvent nous aider aujourd'hui, je pense alors que la Suède et le reste de l'organisation pourraient envisager un tel rapprochement. »

59

Clark rêva de la douleur avant de s'éveiller et de l'éprouver pour de bon. Dans son cauchemar, il était au lit, à la maison ; Sandy devait se trouver à côté de lui mais il était incapable de se tourner pour vérifier. Un camion était alors entré dans la chambre, lentement, comme si de rien n'était, et il était carrément passé sur le lit, le clouant au sol. Il avait les jambes croisées l'une sur l'autre, c'était ce qui le faisait le plus souffrir, mais les gros pneus lui avaient plié le dos et la chaleur du tuyau d'échappement brûlé le côté de la tête, juste sous l'oreille droite.

C'était un affreux cauchemar, assurément, pourtant il le trouva préférable à ce qu'il ressentit à son réveil. Son esprit embrassa la sensation, celle d'un corps envahi par la souffrance, et ses membres étaient tout aussi lents à réagir que lorsqu'il rêvait.

Son regard était braqué vers le haut de l'escalier, de sorte qu'il distingua le vague carré de pénombre venue d'une nuit presque sans lune, mais en dehors de cela, il était toujours enveloppé par les ténèbres.

Il ne savait pas depuis combien de temps au juste il gisait là, tout comme il n'avait aucune idée de la gravité de son état, mais le pire était encore cette douleur derrière l'oreille droite, aussi se força-t-il à lever la main pour effleurer l'emplacement, en espérant que l'ecchymose était située à l'extérieur du crâne, et non à l'intérieur, car dans ce cas son pronostic vital serait engagé, même plusieurs heures après la blessure.

Son doigt effleura le centre de la douleur et, effectivement, il sentit une bosse imposante, ce qui en soi aurait dû être une bonne nouvelle, mais Clark n'était pas rassuré pour autant, parce qu'en ramenant la main vers sa tête, il s'était éclaboussé le visage d'eau de mer.

S'il ne venait pas de subir une commotion, s'il n'avait pas tout juste repris conscience à la suite d'un coup violent porté à la tête, alors Clark aurait compris bien plus vite que son lit de douleur se trouvait dans les entrailles d'un bateau en train de sombrer. De fait, il lui fallut plusieurs secondes pour décrypter l'information ; seul le goût du sel sur ses lèvres et la sensation que de l'eau s'infiltrait dans ses oreilles, bloquant les bruits de l'extérieur, réussirent à lui faire mesurer la gravité de la situation.

Désormais, le mal de crâne et les douleurs au dos et aux jambes étaient passés à l'arrière-plan. Peu importait la gravité de ses blessures, ou son état dès qu'il se fut mis à bouger, il n'avait plus qu'une idée en tête.

John Clark était un gars de la marine, certes, mais il ne se sentait d'aucune obligation de couler avec son navire.

Ses jambes n'avaient sans doute subi que des ecchymoses ; le mollet droit et le genou gauche avaient heurté le nez des marches. Il n'avait pas besoin de se repasser au ralenti les événements pour le savoir. Son dos lui faisait un mal de chien, il s'était bloqué dans un spasme et il ne savait vraiment pas comment il allait réussir à nager quand l'une des plus importantes séries de muscles de son corps refusait d'obtempérer aux ordres envoyés par son cerveau mais enfin, c'était un problème qu'il aurait à régler d'ici une minute ou deux. Pour le moment, il s'agissait de quitter le salon, puis de s'extraire du cockpit et enfin de sauter par-dessus bord avant que l'Irwin ne chavire et ne l'entraîne par le fond.

Il réussit à s'extraire de l'eau et à remonter les marches dans l'obscurité. Sur sa droite, les circuits électriques de la radio et de la station météo cramaient dans une succession de claquements et d'étincelles, alors que l'eau de mer lui arrivait déjà à mi-cuisse.

John avait déjà assisté à des naufrages et il savait qu'il était impossible de prévoir la vitesse de descente. Un bateau qui s'emplissait au rythme de trente centimètres d'eau par minute pouvait brusquement voir ce taux multiplié par deux ou trois quand l'eau atteignait de nouvelles ouvertures non étanches, d'autres voies pour chasser l'air de sous la ligne de flottaison. C'était précisément ce qui était en train de se produire, en fait. Il n'avait repris conscience que depuis deux minutes tout au plus, et déjà le niveau de l'eau était passé de quelques centimètres au-dessus du plancher du salon à près d'un mètre.

Il réussit à gagner le cockpit ; il fit porter son poids sur ses deux jambes et se redressa pour la première fois. Il se sentait faible et instable, l'impression d'avoir été drogué, mais il savait que c'était dû au coup reçu sur la tête.

Mais pas entièrement. Alors qu'il traversait en titubant le poste de pilotage à la recherche de son flingue et de son téléphone mobile, il sentit que le voilier s'était mis à gîter sérieusement sur bâbord. Il résista pendant un moment, le temps de continuer à chercher les deux objets qu'il ne voulait absolument pas laisser à bord derrière lui, mais bientôt il retrouva ses esprits et décida qu'il avait un peu trop poussé sa chance ces temps derniers pour la risquer une fois encore.

Juste en pantalon et sandales, il sortit sur le pont principal et plongea dans l'eau noire, luttant contre la douleur qui lui vrillait le dos, pour s'éloigner de l'épave à la nage, suffisamment au moins pour éviter d'être assommé par un des mâts lorsqu'il s'abattrait.

Souffrant du dos, il renonça à la brasse ou au crawl et choisit la nage indienne. Il fut heureux de constater que ses facultés n'avaient pas été entamées au point de l'empêcher de progresser avec efficacité et rapidité.

Il marqua une pause avant de rallier la plage, le temps de voir encore de nouvelles étincelles crépiter sur le pont, puis le fanal du mât clignoter et s'éteindre dans une gerbe d'étincelles.

Enfin, le voilier se retourna comme un animal mourant, dévoilant sa quille sous la chiche lumière de la lune.

Par-delà le triste spectacle qui se déroulait à cent mètres de lui, il aperçut un détail qui l'excita quelques instants : les feux d'un navire au loin. Il se déplaçait, mais sans autre point de référence, il était difficile de savoir s'il s'approchait ou s'éloignait.

Bien vite toutefois, Clark dut modérer son enthousiasme. Les feux au loin ne constitueraient pas son salut. À la disposition des fanaux, il reconnut la configuration des mâts et comprit qu'il observait en fait le *Spinnaker II*, derrière la pointe septentrionale de l'île de West Seal Dog. Du fait même qu'il n'apercevait que le feu blanc de la poupe, il en déduisit que le trimaran s'en allait, cap au nord-est, peut-être pour l'île d'Anegada.

Pas un bruit ne lui parvint sur les flots alors qu'il perdait bientôt de vue le navire.

Ces feux qui s'évanouissaient dans le noir emportaient avec eux une femme et un enfant détenus contre leur gré et dont la vie était la clé pour débloquer un puzzle aux ramifications internationales.

Clark reprit sa nage indienne, en se forçant à se concentrer sur sa situation personnelle. Il s'avisa qu'il n'avait aucun moyen de prouver ce qui venait de se dérouler. Ses blessures le feraient simplement passer pour un locataire de bateau un peu âgé qui avait glissé dans l'escalier des cabines en se précipitant dans la cale pour inspecter une voie d'eau. Le fait que l'alarme de la pompe ne se soit pas déclenchée pour hurler à cent quarante décibels ne révélerait rien de particulier à la plupart des enquêteurs, car pour autant qu'ils pussent le savoir, le vieux locataire de l'Irwin n'avait sans doute même pas pris la peine de la tester avant d'appareiller.

Bien avant les premières lueurs de l'aube, le corps rompu et couvert d'ecchymoses d'un homme encore en vie mais trop brisé, trop épuisé pour nager, termina les deux cents derniers mètres de sa traversée, porté par une douce houle qui vint le déposer sur la plage, tel un vulgaire tas de détritus.

Clark remonta en rampant la plage de sable, parmi les coraux et les coquillages déposés par la marée, se prenant au passage les bras et les jambes dans les algues marines.

Il était épuisé, il était blessé et, pour l'heure, dépourvu de tout plan. Mais tandis qu'il s'asseyait, crachant le sable qui lui encombrait la bouche, il se promit de retourner au combat. Il n'avait pas besoin d'hôpital. Il avait juste besoin des trois éléments les plus essentiels perdus cette nuit : son téléphone, sa cible et son putain de flingue.

Jack Ryan Junior était tranquillement assis, le corps aussi immobile qu'une statue, les yeux rivés sur Salvatore en train de s'installer au bar dans le hall du Stanhope. Le *paparazzo* italien avait un verre posé devant lui sur le comptoir, et il tenait son mobile dans la main.

Jack examina avec attention le visage de l'homme pour essayer de jauger son humeur le mieux possible, ses intentions. Était-il blasé, concentré, excité, effrayé ? N'était-ce pour lui qu'une journée de travail comme les autres, ou bien l'avait-on envoyé en mission ?

Jack se pencha en avant, s'approchant le plus possible du visage de cet homme tout en continuant de le détailler attentivement.

Rien. C'était trop difficile de se faire une opinion, rien qu'à contempler un homme devant un écran d'ordinateur.

Jack était installé dans son box et le signal de la caméra de vidéosurveillance de l'hôtel était transmis en temps réel sur son portable, récupéré par les soins de l'équipe d'informaticiens de Gavin Biery.

Ce n'était pas vraiment de la surveillance. En fait, il y voyait plutôt comme une plaisanterie. À moins que, et jusqu'à ce que Salvatore se lève et fasse quelque chose de tangible, Jack n'avait strictement aucune fichue idée de ce qui pouvait bien se passer.

Il avait consacré le plus clair de sa journée de travail à Salvatore, sous une forme ou sous une autre. En commençant par sa bio. Au cours de sa carrière, Salvatore avait visité quantité de lieux, pris et vendu des milliers de photos d'un bout à l'autre de l'Europe, presque toutes de célébrités essayant vainement de vaquer à leurs occupations. Bref, l'activité typique du *paparazzo* rentre-dedans. Mais parmi tous ces déplacements, Jack n'en avait pas trouvé un seul à Bruxelles.

Jack avait également parcouru l'activité présente de dizaines d'autres *paparazzi* installés en Europe, en les localisant grâce aux réseaux sociaux. Sur la cinquantaine qu'il était parvenu à repérer, pas un seul ne s'était rendu récemment à Bruxelles, ce qui le renforça dans sa conviction que ne s'y déroulait en ce moment aucun événement particulier susceptible d'intéresser cette catégorie de photographes.

L'Italien semblait passer les vacances les plus mornes du monde, se contentant de traîner au bar de l'hôtel en soirée et de se balader dans la journée, mais sans itinéraire précis, comme lorsqu'on a une activité et des horaires réguliers. Non, il s'éclipsait simplement une heure ou deux dans l'après-midi, puis regagnait son hôtel.

Jack n'avait décidément aucune idée de ce qui se passait, mais il avait la nette impression que Salvatore ne serait pas venu ici s'il ne travaillait pas d'une manière ou d'une autre pour les Russes, comme ç'avait été le cas de toute évidence à Rome.

Il avait donc répercuté tous ces détails à Gerry, ne les présentant toutefois qu'à titre d'information, une simple mise à jour de son enquête sur Salvatore. Devant l'absence de réaction du patron quand Jack lui avait suggéré subtilement qu'il pourrait être utile qu'il se rende à Bruxelles finalement, il tenta le tout pour le tout et, à brûle-pourpoint, lui avait demandé à nouveau son aval.

Et, comme auparavant, il avait essuyé un refus.

Jack revint à son bureau et passa le reste de la journée à surveiller les images de vidéosurveillance de l'hôtel où était descendu Salvatore et c'est là qu'il devait finalement le retrouver, à vingt-deux heures, heure locale. L'Italien était seul, il buvait de la vodka glacée et jouait avec son mobile, soit pour attendre un message, soit pour le consulter distraitement – impossible à préciser avec la faible définition de la caméra de surveillance.

Jack ne pouvait de toute façon pas préciser grand-chose via ce genre de caméra.

Il se rendit compte soudain qu'il devait absolument savoir ce que mijotait son bonhomme et qu'il n'y avait qu'un seul moyen d'y parvenir. Il ne pouvait pas attendre que Ding et Dom aient fini leur boulot en

Lituanie, ou Clark le sien aux Antilles. Quoi que pût mijoter Salvatore à Bruxelles, le temps pressait.

Jack décida donc de défier les ordres directs de Hendley de se tenir à carreau et d'attendre le renfort de ses collègues.

Sa décision allait lui coûter son poste ; à ses yeux, ça ne faisait aucun doute. Certes, par le passé, Gerry lui avait autorisé quelques écarts. Ainsi le Ryan débutant avait-il parfois dû demander conseil lors de missions qui n'étaient pas vraiment dans l'esprit des ordres donnés par Hendley mais c'était toujours dans le feu de l'action et, surtout, incontestablement pour le plus grand bien de la mission.

Mais il en allait tout autrement dans le cas présent. On lui avait expressément ordonné de quitter le théâtre européen pour regagner le siège du Campus, or il avait demandé à retourner en Europe pour surveiller en solo Salvatore, et Gerry Hendley, le directeur du Campus, lui avait refusé tout net cette requête.

Pas possible de tourner autour du pot : dès que Jack monterait dans un avion pour la Belgique, il serait illico considéré comme déserteur du Campus et coupable d'insubordination.

Il serait fini.

Mais Jack savait qu'il le ferait malgré tout.

60

Assis dans le salon d'un petit voilier, John Clark souriait au couple allemand d'âge mûr qui l'avait recueilli, échoué sur la plage de l'île de West Seal Dog, une heure auparavant. Le mari ne portait qu'un slip de bain ; il était rose comme une écrevisse et rond comme un ballon, et même si elle était vêtue de manière bien plus pudique, son épouse n'était pas plus svelte.

Ils rendirent à Clark son sourire, ce qui lui suggéra qu'ils n'avaient pas capté le signal qu'il aurait désiré un peu plus d'intimité.

Ils l'avaient récupéré sur ce rocher désert après qu'il fut resté assis au soleil six bonnes heures, sentant les crampes le gagner, les plaies et bosses gonfler et devenir de plus en plus douloureuses, tout en ruminant le plaisir qu'il éprouverait à tenir en joue les ravisseurs de la famille Walker.

Et puis, quand le couple d'Allemands l'eut fait monter à bord de son Catalina de douze mètres, la *Frau* avait soigné ses blessures avec la trousse de secours du voilier et le *Herr* lui avait apporté une bouteille de bière bien fraîche, servie dans une vraie chope.

Pendant une minute, Clark crut que sa blessure à la tête était si grave que son cerveau s'était mis à lui jouer des tours pendables, aussi cruels que bizarres.

Presque aussitôt, le couple lui demanda de prendre un selfie avec eux, leur prise du jour, en quelque sorte ; ils étaient si fiers de leur sauvetage que Clark crut un instant qu'il allait faire les gros titres dans la bourgade bavaroise où ils vivaient. Il céda, à contrecœur, puis il leur demanda s'il pouvait utiliser leur téléphone mobile pour appeler son épouse.

Et les voilà donc, Clark, un téléphone dans la main et le numéro de Gerry Hendley déjà composé, et les deux Allemands, sourire épanoui, rayonnant de fierté, le couvant du regard comme s'ils comptaient le confier à un taxidermiste pour l'exhiber ensuite sur leur cheminée.

Clark leur rendit un sourire encore plus radieux.

« Je suis désolé. Je me demandais si je ne pourrais pas avoir un minimum d'intimité. Je risque de craquer en parlant à ma femme, vu que j'ai quand même failli mourir la nuit dernière. Ça me gênerait de fondre en larmes devant vous.

— *Ach so !* » s'exclama le mari tandis que sa femme inspectait rapidement la vessie à glace et le pansement posés sur le côté de sa tête, puis il la poussa vers l'étroit escalier avant de la suivre, refermant même la porte derrière lui.

Clark émit un gros soupir avant de presser la touche appel du mobile, puis de couper l'application « face time » pendant qu'il sonnait.

Gerry répondit bientôt.

« Hendley.

— Hé, Gerry, c'est John.

— Bon Dieu, John, j'ai passé la matinée à essayer de vous joindre.

— Ouais, mon mobile est sans doute en train de se faire sauter par des langoustes, à l'heure qu'il est.

— Je suis désolé… mais qu'entendez-vous par là ?

— Il est au fond de l'océan. »

Et John de lui résumer en moins d'une minute les événements parce qu'il ne savait pas quand le couple d'Allemands allait redescendre jeter un œil sur lui et qu'il ne se sentait pas vraiment porté à faire mine de pleurer.

Sitôt qu'il eut terminé, Gerry s'exclama : « Bon Dieu, John, faut qu'on vous tire de là !

— Non, je vais bien. J'ai juste besoin d'être rééquipé et il me faudrait également une nouvelle localisation du *Spinnaker II*.

— Je rappelle les garçons de Lituanie et je vous les envoie.

— Non, je vous en prie ! Ce qu'ils font là-bas est important. Ça l'est ici aussi, mais sauver les Walker n'est pas dans le même registre, du point de vue géopolitique. Je peux me débrouiller tout seul. »

Clark s'avisa qu'il était en train de se comporter comme Jack Junior. Il avait quelque chose à prouver qui, quelque part, transcendait la logique. Jack devait se montrer à la hauteur de la légende paternelle, Clark à la hauteur de la sienne. Il se rendit compte que l'un comme l'autre se trouvaient confrontés à des blocages qu'ils s'infligeaient eux-mêmes.

Mais ça ne les rendait pas moins réels.

Cela l'énervait en même temps que ça l'amenait à modérer ses critiques à l'égard de son jeune agent.

Gerry répondit :

« Écoutez, quand vous n'avez pas donné signe de vie dès l'aube, je me suis inquiété. J'ai aussitôt envoyé Adara aux nouvelles. Elle devrait atterrir chez vous aux alentours de treize heures trente.

— Gerry, je n'ai pas besoin…

— Chut, on m'écoute. C'est fait. Adara vous épaulera. Pas de discussion. Vous connaissez ses états de service lors d'opérations précédentes. Elle est plus que capable de vous apporter un soutien opérationnel. »

Gerry ne voulait pas de discussion et Clark ne discuta pas.

Sa matinée avec le couple d'Allemands s'acheva quand Adara Sherman vint le récupérer avec un hélicoptère pour le ramener à Spanish Town, sur l'île de Gorda. Clark leur avait expliqué que la séduisante jeune femme aux commandes du Robinson rouge était une employée de la société pour laquelle il travaillait, mais il s'abstint d'expliquer sa soudaine apparition.

Alors qu'ils retournaient vers Tortola, Adara lui expliqua qu'elle avait loué près de l'aéroport une petite villa de trois pièces et qu'elle y conduisait à présent Clark pour pouvoir examiner ses blessures.

Clark protesta machinalement, mais tout son corps était perclus de douleurs et il était épuisé à en vomir.

Sitôt qu'ils furent entrés dans la villa, c'est une Adara Sherman très affairée qui déroula dans la cuisine la trousse médicale rangée dans un sac à dos, tout en ordonnant à John Clark d'ôter sa chemise.

Adara examina aussitôt ses bleus et ses éraflures. « Seigneur, vous êtes tombé dans l'escalier ?

— Il se trouve que oui. » Il grimaça quand elle lui tamponna le dos avec une compresse imprégnée d'alcool. « Est-ce le moment où les gamins et vous allez évoquer le placement en résidence médicalisée ? »

C'était une plaisanterie et Adara avait le rire facile, même dans les situations délicates, mais ce coup-ci, elle ne rit pas. Elle nota la bosse derrière son oreille. « Oh… pigé. Il semble que quelqu'un vous a encouragé à tomber.

— C'est ma version, et je m'y tiens.

— Était-ce un nerf de bœuf ?

— Plutôt comme un marteau, mais sans certitude. J'imagine que tous les coups sur le crâne font la même impression. »

Adara lui mit une vessie à glace derrière l'oreille, avant de se consacrer de nouveau à ses autres blessures. Dès qu'elle eut terminé, Clark reprit la parole : « Il faut qu'on retrouve ce bateau. J'ai l'impression qu'ils sont toujours dans le secteur mais ça pourrait prendre des jours pour les situer.

— John… nous avons un avion. Nous pouvons survoler tout l'archipel en quelques minutes.

— Le Gulfstream ne peut pas survoler toutes les îles Vierges à basse altitude à la recherche d'un voilier. Ça attirerait par trop l'attention.

— Alors je louerai le Robinson. Pendant le vol aller, le pilote m'a dit qu'il passait ses journées à trimbaler ses clients au-dessus des îles.

— Que va-t-il dire si on lui demande d'effectuer une mission de reconnaissance ? »

Adara se contenta de sourire.

« Faites-moi confiance, monsieur Clark. Je lui concocterai une belle histoire. Il m'a dit qu'il avait deux brèves courses demain, alors je vais l'appeler dès qu'on sera installés, et dès l'aube, lui et moi, nous serons partis à la chasse au trimaran. »

Clark grimaça encore une fois quand elle lui enroula autour du crâne une bande Velpeau pour maintenir une vessie à glace. « Et moi, là-dedans ?

— Si on veut avancer, il faut que vous preniez deux jours pour récupérer. Je vois bien que vous souffrez. Vous pouvez vous estimer heureux de ne pas être sur un lit de traction à l'hosto ou pire.

— Mais…

— Je peux me débrouiller toute seule pour la reco. Je sais ce que je dois chercher. Et j'ai une meilleure vue que vous. Pardon, mais c'est la vérité. Je retrouverai le voilier s'il est dans les parages et je vous le signalerai. Vous, vous restez allongé quarante-huit heures en gardant votre vessie à glace et vous me remercierez quand vous reprendrez le taf.

— Madame Sherman, je vais tout à fait bien.

— Tout le monde dit ça le lendemain d'une blessure. C'est le surlendemain, quand les ecchymoses se diffusent vers les tissus mous que la douleur est pire. »

À la longue, John l'avait appris à son corps défendant. Rétrospectivement, il regrettait de ne pas s'être contenté d'un savoir livresque.

« Laissez-les s'imaginer que vous êtes mort, ajouta Adara. Si vous retournez dans les ports et les marinas poser de nouvelles questions, il ne leur faudra pas longtemps pour saisir que vous êtes toujours en vie et toujours à leurs basques. »

Clark s'avisa que Sherman avait raison. Néanmoins, il demanda : « Et moi, qu'est-ce que je vais faire pendant deux jours ?

— Pour commencer, vous allez appeler votre épouse et votre fille pour leur dire que vous les aimez. »

Clark baissa le nez, un peu gêné.

« Évidemment.

— Bien. Et vous n'avez pas besoin que je vous dise ce que vous avez à faire d'autre.

— Quoi donc ? »

Adara Sherman le regarda dans les yeux, l'air sévère. « Vous allez préparer votre prochaine rencontre avec ceux qui vous ont fait ça. »

Clark acquiesça. Mais il n'avait besoin de personne pour le lui dire.

61

Valeri Volodine regarda l'hélicoptère emmenant Tatiana Molchanova s'envoler de sa pelouse et disparaître dans le ciel nocturne piqueté de bourrasques de neige pour regagner Moscou.

Elle venait de lui transmettre le message de Jack Ryan. Elle l'avait livré d'une voix lente, chevrotant de nervosité.

Putain de salope. Il avait vu l'entretien à la télévision : Ryan lui avait cloué le bec lors de l'interview ; sur la fin, elle avait paru quasiment en état de choc, malgré quelques piques destinées à le déstabiliser. *Et maintenant, elle me sert les conneries du président américain ?* Manifestement, si Ryan se sentait en mesure de faire une proposition aussi culottée, c'était uniquement parce que la femme devant lui s'était liquéfiée sous ses yeux.

Volodine veillerait à ce que Molchanova soit remplacée sur Canal 7. Avant la fin du mois, elle allait se retrouver correspondante « faits divers » à Grozny.

Il n'avait pas réagi ouvertement à l'insulte quand elle lui avait transmis le message du président américain lui demandant de commencer par se comporter en vrai chef d'État. Non, il la remercia simplement avant de la congédier, masquant sa fureur.

À présent, Volodine allait lui montrer comment se comportait un véritable chef d'État.

La porte de son bureau s'ouvrit et il devina la présence de sa secrétaire. Elle se tenait immobile et silencieuse, attendant qu'on la remarque, sachant trop bien que son président regardait par la fenêtre quand il désirait ruminer en paix.

« Qu'y a-t-il ? demanda Volodine.

— Je suis désolée, monsieur. Le directeur Grankine est ici pour son rendez-vous. »

Volodine ne se retourna pas. Il se contenta d'un bref hochement de tête avant de répondre. « Faites-le entrer. »

Grankine était déjà installé devant son bureau quand le président russe se retourna enfin pour l'accueillir. Volodine se rassit, tendit la main vers sa tasse de thé, but une gorgée, sans jamais cesser de dévisager son directeur du Conseil de sécurité.

Mikhaïl Grankine était visiblement nerveux.

« Quelles nouvelles ? demanda Volodine.

— L'OTAN ne déploiera pas de troupes en Lituanie sauf violation attestée de l'article 5. »

Volodine hocha la tête.

« Ils savent que la Lituanie est sans défense, ce qui veut dire qu'ils savent pertinemment que lorsqu'une violation de l'article 5 sera devenue manifeste, il sera pour eux trop tard pour réagir. C'est ce que je dis depuis le début. Nos pressions les ont convaincus qu'ils ne veulent surtout pas se mouiller dans une guerre avec la Russie. On n'a plus qu'à se baisser pour récupérer la Lituanie. »

Mikhaïl Grankine resta impavide mais il acquiesça lentement.

« Le président américain accepte-t-il le sommet ? »

Volodine hocha la tête.

« M'a juste bredouillé une histoire incohérente de passage obligatoire par les canaux nécessaires. » Volodine brassa l'air de la main, comme si cet aspect essentiel de leur plan n'était qu'une broutille, comme s'il n'avait soudain plus d'importance. « Oublions le sommet. Nous nous emparerons de la Lituanie en quelques coups de feu. Ce sera encore plus facile qu'avec la Géorgie.

— Donc, nous entamons la phase suivante ?

— La phase finale de l'opération *Hiver baltique 16* va commencer immédiatement. »

Grankine acquiesça. Puis : « La collision aérienne n'aura été qu'une complication inutile, crut-il bon d'observer. On aurait pu s'en passer. »

Volodine secoua la tête, exprimant ouvertement, fait rare, une authentique frustration. « Mon seul regret est que cet enculé de pilote de l'Iliouchine ne soit pas encore en vie, que je le fasse fusiller. À l'échelle de l'histoire, ce n'est qu'un non-événement. Une complication, certes, mais toutes les opérations aériennes que nous avons conduites l'an dernier ont au moins rempli leur objectif : on craint la Russie et, par conséquent, on la respecte. Un seul incident négatif n'est qu'un bien faible prix à payer en contrepartie de la puissance que nous en avons retirée. » Il agita de nouveau la main. « Quoi qu'il en soit, à cette même heure la semaine prochaine, plus personne ne parlera d'un accident d'Airbus au-dessus de la Baltique, je peux te l'assurer. »

Grankine s'éclaircit la voix, il hésitait. Volodine vit bien qu'il voulait dire quelque chose, mais craignait que le moment ne fût mal choisi.

« Qu'y a-t-il, Micha ?

— L'un de mes meilleurs hommes. Vladimir Kozlov. Il est en mission spéciale pour la présidence depuis déjà un mois.

— Tiens donc ? Oui… je crois bien avoir entendu quelque chose à ce sujet… »

Grankine se racla de nouveau la gorge. « Eh bien, avec l'opération de Bruxelles qui tourne à plein régime, l'Hiver baltique qui démarre… je m'attends à une augmentation imminente de nos besoins en capacités de renseignement. J'ai vraiment besoin de récupérer Kozlov.

— Tu as d'autres agents au Conseil de sécurité.

— Tout à fait, monsieur le président. Mais nous avons dû compartimenter les principaux aspects de notre plan, tenir les informations hors d'atteinte du FSB comme du GRU. Morozov est à Bruxelles. Mon agent Kozlov devient désormais crucial pour d'autres aspects de l'opération. »

Volodine hocha la tête.

« Kozlov sera ton homme quand je te le rendrai. Pour l'instant, il est à moi. Tu devras te passer de lui. »

Grankine n'insista pas. Il posa les mains sur les accoudoirs de son fauteuil.

« Dans ce cas, si vous voulez bien m'excuser, je

m'en vais passer des coups de fil aux personnels indispensables pour entamer les opérations. »

Volodine acquiesça, Grankine sortit, puis le président retourna poursuivre ses ruminations devant la fenêtre. La chute de neige s'était légèrement accentuée.

Il cessa de penser à l'opération en mer Baltique pour réfléchir à celle qui se déroulait aux Antilles. Ce matin, il avait reçu de Kozlov un texto très bref lui indiquant que tout se déroulait conformément au plan. L'homme ne donnait aucun détail mais Volodine n'en demandait pas et n'en avait pas non plus l'utilité. Tout ce qu'il avait besoin de savoir, c'était que d'ici deux ou trois semaines, sa fortune serait définitivement à l'abri de toutes les menaces intérieures et invisibles pour toutes les menaces extérieures.

Il espérait ne pas avoir à toucher à ce magot avant longtemps, mais il savait que ses actes allaient faire de lui soit un héros de la Fédération de Russie, soit le criminel le plus recherché de la planète.

Et il savait aussi qu'il devait se préparer à jouer les deux rôles.

C'est dans un hôpital du centre de Vilnius que Peter Branyon avait reçu les premiers soins, pour sa blessure par balle à l'épaule et ses côtes cassées, puis on l'avait transféré par avion vers la base aérienne de Ramstein, dans l'ex-Allemagne de l'Est, à bord d'un Learjet de l'Agence, trente-six heures après la tentative d'enlèvement.

Ding supposa que le chef d'antenne de la CIA était resté H.S. depuis l'incident mais quand, avec Dom, ils parcoururent les dernières photos que Mary Pat Foley leur avait demandé de prendre, Ding découvrit que Branyon avait été très affairé, continuant de travailler par téléphone jusqu'au moment où on l'avait anesthésié en vue de l'opération pour traiter sa fracture de la clavicule.

Le mobile de Ding sonna à dix-neuf heures, alors qu'ils étaient sur la nationale pour regagner Vilnius. Il regarda l'écran et découvrit un numéro lituanien qu'il ne reconnut pas.

« Allô, oui ? »

Son correspondant s'exprimait en anglais avec un accent lituanien.

« Monsieur Chavez. Je m'appelle Linus Sabonis. Je suis le directeur du Service de sécurité de l'État. »

Chavez comprit qu'il recevait un appel de l'équivalent lituanien du directeur de la CIA. « Comment puis-je vous aider, monsieur ? »

Après un bref silence, la voix répondit : « Je pense qu'on devrait se voir. »

Chavez, Caruso et Linus Sabonis se rencontrèrent dans une chambre de l'hôtel Kempinski, sur la place de la Cathédrale. Sabonis avait une douzaine de gardes du corps armés, aussi Chavez et Caruso furent-ils surpris quand ils ne furent ni fouillés, ni passés au détecteur, ni invités à franchir un quelconque portique de sécurité avant de se retrouver assis devant le patron de l'espionnage lituanien. Ils entrèrent simplement dans la chambre, serrèrent la main des quelques personnes présentes et s'assirent.

« Mon ami Peter Branyon m'a dit ce que vous avez

fait. » Sabonis haussa les épaules. « Mais presque rien sur votre identité réelle, hormis que vous n'appartenez pas vraiment à son organisation. »

Les Américains s'abstinrent de réagir.

Sabonis poursuivit : « Je vous remercie pour tout ce que vous avez déjà fait pour mon pays, mais j'aimerais vous demander autre chose encore.

— Nous serons heureux de vous aider dans toute la mesure du possible, dit Chavez.

— Nous savons que nous avons ici plus de cent éléments russes, agents ou informateurs… et je parle uniquement de Vilnius, même pas du reste du territoire. Des hommes du FSB et de leurs informateurs opérant dans la capitale. Ils ont un excellent service exclusivement dévolu à la surveillance des fonctionnaires de l'ambassade, comme moi, mais aussi des agents de la CIA, du MI6 et des autres pays favorables à notre cause. C'est bel et bien leur rôle principal sur notre sol : neutraliser l'opposition. Nous contraindre de ce fait à nous focaliser sur les seules missions de contre-surveillance. »

Dom intervint :

« Vous êtes en train de nous dire que vous vous retrouvez bloqués, mais que la situation est à leur avantage parce qu'ils peuvent simplement se contenter d'attendre une invasion, et à ce moment rafler tous les espions identifiés comme ennemis.

— C'est exactement cela, confirma Sabonis. À l'exception d'une intéressante ridule dans la mer étale du statu quo : la présence d'un autre groupe d'opposants, ici même dans la capitale. Mes hommes ont tenté de les localiser et de cerner leurs activités. Manifestement, ils sont pro-Russes mais ce ne sont pas des Russes et ils ne viennent pas non plus d'une autre ambassade.

— Comment avez-vous eu connaissance de leur existence ?

— Nous avons entendu des rumeurs, tant dans les villes frontières qu'ici même dans la capitale. Ce ne sont pas de Petits Hommes verts – qui en fait appartiennent à l'armée russe. Non, il s'agit d'une sorte de force téléguidée de l'étranger.

— Comme les gars auxquels nous nous sommes frottés hier soir ?

— Exactement comme ces hommes dont vous parlez, confirma Linus Sabonis. Je me demande si vous ne seriez pas les deux seuls dans notre camp à les avoir rencontrés pour de bon.

— Une idée de ce qu'ils viennent faire ici ? demanda Dom.

— J'aurais tendance à croire qu'on nous les a servis sur un plateau parce que le FSB sait fort bien qu'on a eu vent de leur existence. Cette autre force est maintenue dans la capitale, prête à se manifester en soutien de l'invasion. De quelle manière et à quel titre, je l'ignore.

— En tout cas, ils étaient bougrement bien entraînés, observa Ding. J'étais convaincu qu'ils étaient des sortes de Spetsnaz jusqu'à ce que Branyon nous soutienne qu'ils ne sont même pas russes. J'en viens à supposer qu'ils sont là pour perturber tout effort de défense : assassinats politiques, actes terroristes. Sans oublier les enlèvements : ils ont prouvé leurs aptitudes de ce côté. Vous avez des problèmes, monsieur le directeur.

— Raison pour laquelle je désirais vous parler. J'aimerais que vous trouviez un moyen de faire sortir ces hommes de l'ombre. Juste assez pour les identifier. Si vous réussissez à démontrer la présence d'un nouvel acteur, nous pourrons le révéler aux médias internationaux. Et peut-être faire pression sur le pays d'où viennent ces forces pour qu'il les retire.

— Pigé, dit Chavez. Vous voulez nous utiliser comme appâts. »

Sabonis haussa les épaules.

« Il y a quelque intérêt par ici à ne pas être connu de l'adversaire. Mon idée première était d'agir sans vous demander la permission. Puisque les Russes me connaissent, il m'aurait suffi de vous rejoindre dans un café et de m'y asseoir pour attirer sur vous les yeux du FSB. Dès lors, on vous aurait rangé dans l'opposition. »

Dom appréciait modérément l'idée émise par ce type les contraignant à jouer les appâts. Il contra :

« Et la seule raison qui vous en a empêché est que vous ne saviez pas si cela aurait suffi à amener les agents du FSB déjà connus de vous à nous coller aux basques, plutôt que ces autres types.

— Pour tout dire, oui. La situation de mon pays est désespérée, vous l'imaginez sans peine. Ma seule intention est ici de défendre les intérêts lituaniens. » Il se pencha vers l'Américain. « Mais maintenant que je vous ai expliqué comment je comptais vous utiliser, vous serez sans doute intéressés d'apprendre que j'ai un plan pour vous permettre d'attirer la curiosité de l'unité qui convient. Toujours à seule fin de la faire sortir de l'ombre.

— Comment ?

— Depuis la fusillade à la frontière, un groupe d'hommes s'est posté en surveillance autour de l'immeuble de Peter Branyon. Nous en avons été informés par un voisin qui a bien insisté sur le fait que ces individus parlaient une langue différente du russe. Je ne peux que supposer qu'ils ont découvert l'adresse personnelle de Branyon lors de son enlèvement. Un jeu de clés, un ticket de caisse, le reçu d'un pressing, quelque chose sur lui. Ils ne sont pas du FSB, ça nous en sommes certains, parce qu'ils n'ont aucune relation avec les agents russes déjà identifiés dans la capitale et, par ailleurs, le FSB ne peut pas bouger en ce moment.

« Notre idée première était de demander à la police locale de les appréhender pour vérifier leur identité, voire de les interroger, et puis je me suis dit que s'ils étaient ici, ils devaient forcément avoir des papiers en règle et une couverture solide pour justifier leur présence sur notre sol. Non, nous devions les pincer en flagrant délit… un truc qui nous permettrait de faire pression sur eux.

— Encore une fois, vous voulez nous utiliser pour les prendre au piège. »

Sabonis acquiesça. « Si vous vous rendiez tous les deux chez Branyon et forciez l'entrée de son appartement, révélant de fait que vous cherchiez à y recueillir des informations ou préparer un coup, alors il serait possible de vous identifier comme les deux individus impliqués dans la fusillade à la frontière. À ce moment, je ne peux que supposer que vous seriez filés par cette fameuse force auxiliaire. Ils voudront savoir qui vous êtes. Après tout, c'est parce qu'ils ignoraient votre existence que cinq d'entre eux sont morts, l'autre jour.

— Et quand ces types se mettront à nous suivre, termina pour lui Dom, vos hommes interviendront pour les neutraliser. »

Le directeur Sabonis alluma une cigarette. Les hommes du Campus n'avaient jusqu'ici toujours pas rencontré un seul Lituanien qui ne fume pas. Il remarqua : « Si c'était aussi simple, c'est en effet ce que nous ferions. Mais comme je l'ai dit, c'est tout mon personnel qui est filé. Si mes hommes se portent à votre secours, vous attirerez illico vous aussi l'attention du FSB. »

Cette fois Dom n'aimait plus du tout le tour que prenait cette conversation.

« Bref, vous voulez que nous nous dévoilions à un groupe de malfaiteurs que vous n'avez pas réussi à identifier et puis… quoi donc ? Qu'on les élimine à votre place ?

— Non, bien sûr que non, protesta Sabonis en secouant la tête. Vous servez juste de carottes. Vous n'aurez qu'à recourir à d'autres membres de votre organisation pour jouer les bâtons. »

Dom, qui s'était jusqu'ici tenu assis au bord du divan, se laissa choir contre le dossier et détourna les yeux pour masquer sa frustration.

Chavez se contenta d'un sourire. « À toutes fins utiles, directeur Sabonis, je tiens à vous signaler que les deux types présentement assis devant vous représentent l'ensemble des capacités opérationnelles de notre organisation. »

Le patron du renseignement lituanien soupira, sans plus. Puis il se tourna vers l'un de ses collaborateurs et s'adressa à lui, en lituanien bien sûr, avant de reporter son attention sur les deux Américains.

« Si vous parvenez à amener ces types à vous suivre, nous pouvons établir un barrage routier. Le FSB n'est pas sur les talons de chaque policier de cette ville. »

Coup d'œil de Caruso à Chavez.

« Les types de notre fusillade à la frontière, c'étaient des pros. Sans aucune pitié… votre barrage de police, ils vous le massacreront en un rien de temps.

— Absolument, renchérit Chavez. Ils n'hésitent pas à tuer et ils ont été parfaitement entraînés à le faire. »

Sabonis agita les mains en signe de protestation.

« Je ne vous parle pas d'agents qui dressent des contraventions. Je peux obtenir des hommes de l'ARAS, l'unité antiterroriste du ministère de l'Intérieur. Ils ne sont pas bons aux tâches de surveillance, on n'y peut rien, mais ce sont des clients sérieux pour ce qui est de défourailler. Si vous leur amenez ces mystérieux intrus, ils seront tout à fait capables de les arrêter… ou de faire le nécessaire pour éliminer la menace. »

Chavez hocha la tête.

« J'ignore quel choix nous avons, ou plutôt quel choix a la Lituanie. Quelle que soit la mission de cette force dans votre pays, en éliminer tout ou partie vaut bien le risque encouru. »

Cette fois, ce fut au tour de Dom Caruso d'intervenir.

« Si on s'en charge pour vous, j'estime que la moindre des choses serait de nous fournir des armes. »

Sabonis opina.

« Aucun problème de ce côté. Vous pourrez choisir parmi ce dont dispose l'ARAS. » Il se leva. De toute évidence, d'autres rendez-vous l'attendaient. « Très bien. Je vous laisse avec mon assistant pour peaufiner les détails de l'opération. Je vous remercie pour le service que vous rendez à la Lituanie. J'espère, quand cette crise sera derrière nous, que vous pourrez revenir chez nous, voir comme notre pays est beau et paisible. »

Les trois hommes se serrèrent la main et les agents du Campus exprimèrent leur vœu de revenir un jour, même si l'un comme l'autre se demandaient si cette ville n'était pas à quelques jours de se retrouver derrière le nouveau rideau de fer.

62

Le président Jack Ryan avait fait de son mieux pour dormir autant que possible lors du vol de retour d'Europe pour être opérationnel dès son arrivée dans la capitale fédérale. Il avait réussi à se reposer quatre heures un quart, ce qui était moins que ce qu'il avait espéré ; toutefois, son horloge interne demeurait en vrac à cause des sept heures de décalage horaire.

La presse internationale n'avait pas été tendre au sujet de l'escale en Suède du président Ryan après son échec au sommet de l'OTAN. Beaucoup d'éditorialistes jugeaient sa démarche cynique, voire assimilaient son attitude quasiment à une capitulation en rase campagne. Dans la moitié des journaux du continent, les insultes pleuvaient, on l'accusait d'exploiter les victimes du vol de la compagnie aérienne suédoise et d'en faire de vulgaires pions dans son jeu de rôle militaire.

Mais sa rencontre avec le Premier ministre suédois s'était fort bien passée. Ryan avait omis de signaler qu'il envisageait une action unilatérale en Lituanie, mais il laissa entendre toutefois qu'il était prêt à aider les pays Baltes à résister aux Russes, d'une manière ou d'une autre. Le Premier ministre exprima sa colère envers les Russes pour la mort de ses compatriotes dans la catastrophe du SA44 et, sur une dernière poignée de main, il confia à Ryan qu'à titre personnel il ferait tout son possible pour encourager sa représentation nationale à soutenir l'Amérique si elle était conduite à intervenir dans la Baltique.

Il était maintenant seize heures trente et Ryan était installé dans le Bureau ovale et les dernières lumières d'un jour d'octobre traversaient encore la baie vitrée dans son dos, mais, avec le décalage horaire, il avait l'impression qu'il était minuit après une journée bien chargée.

Et pour ajouter à sa fatigue, il y avait ses inquiétudes au sujet des deux mille marines qu'il envisageait d'envoyer au casse-pipe. Deux mille contre cinquante mille, c'était certes par trop schématique. Les Lituaniens disposaient de leur côté de l'équivalent d'une brigade de quatre mille hommes et quelques, plus une milice de cinq mille volontaires qu'on pouvait affecter aux tâches de l'arrière : barrages routiers, maintien de l'ordre et ainsi de suite…

Par ailleurs, les deux mille marines auraient le renfort de l'armée de l'air qui enverrait ses appareils de toute l'Europe, voire les B-52 et d'autres plates-formes en provenance des États-Unis.

Il n'en restait pas moins que les marines qui se dirigeaient vers la zone balte allaient se trouver en sérieux état d'infériorité et que bon nombre d'entre eux y perdraient la vie.

Ryan saisit sa tasse de café et il en avait bu le tiers

quand la voix de sa secrétaire se fit entendre dans l'interphone :

« Monsieur le président, la directrice Foley et le ministre Burgess sont là. »

Ryan pressa sur la touche micro.

« Faites-les entrer, je vous prie. »

Tous trois s'installèrent dans les canapés disposés devant le bureau du président. Ryan pensait qu'ils auraient à lui présenter les premiers résultats de leurs services de renseignement en lien avec la défense ; il ne savait pas trop pour quelle raison ils avaient demandé cette rencontre impromptue mais il avait supposé que ça ne devait concerner que les photos satellitaires prises au-dessus de la Biélorussie.

Mais ils n'avaient rien apporté.

Mary Pat commença :

« Monsieur le président, des techniciens de la NGA, notre Agence nationale de renseignement aérospatial, travaillent depuis maintenant trois ans et demi sur un projet que nous aimerions porter à votre attention parce que nous pensons qu'il pourrait nous être utile en ce moment.

— J'ai eu des rapports sur les projets en cours de la NGA. Duquel s'agit-il ?

— En fait, intervint Burgess, c'est un que vous ignorez encore. Basé sur une idée qui paraissait encore farfelue il y a deux ans, du point de vue du ministère de la Défense, de sorte qu'il n'a pas vraiment reçu de financement ou d'attention. Mais à présent qu'au Pentagone nous avons pu voir ce que peut réaliser ce système, nous aimerions avoir votre aval pour l'employer. »

Ryan haussa les sourcils.

« Racontez-moi. »

Mary Pat n'avait toujours rien à lui montrer, ce qu'il trouva plutôt bizarre. Elle prit le relais.

« Le projet s'appelle *EARLY SENTINEL* – "Sentinelle avancée". Il conjugue les dernières données accessibles par l'imagerie satellitaire, le réseau GPS, les données issues des interceptions de signaux et du renseignement électronique, en même temps que l'imagerie à haute résolution du matériel dévolu à la guerre spatiale, les données sur la puissance des charges et la trajectoire des missiles balistiques.

— Et dans quel but, au juste ?

— Pour accélérer radicalement le processus de déploiement de nos troupes dans les zones de combat, et pour accroître leur efficacité.

— C'est… un logiciel informatique ?

— Oui, monsieur le président.

— Et il doit accélérer le déploiement dans quelle proportion ?

— Comparé à la situation d'il y a quatre ans seulement, d'un facteur cinq. Ce qui exigeait alors une journée entière peut désormais être réalisé en cinq heures. »

Ryan était incrédule.

« Vous plaisantez.

— Je l'ai vu à l'œuvre. Il tient toutes les promesses qu'avait faites la NGA dès le début.

— Comment ça marche ? »

Mary Pat prit le relais : « Je vais vous en donner la version la plus simple possible, n'y voyez aucune condescendance, monsieur le président, c'est simplement parce que je n'y comprends pas tout moi-même. La NGA a entré dans son système l'ensemble des données concernant les troupes russes en position aussi bien à Kaliningrad qu'en Biélorussie, y compris les systèmes d'armes, les besoins logistiques et des dizaines d'autres critères additionnels. Et elle y a également inclus toutes les caractéristiques balistiques, trajectoires et forces d'impact de toutes les armes à disposition de nos troupes. La NGA a récupéré les informations du Pentagone et de la CIA en rapport avec nos hypothèses sur le plan d'attaque russe ainsi que sur la morphologie du terrain, ses caractéristiques géographiques, la météo, la composition du sol, le bâti, et des centaines d'autres éléments analogues.

— Même l'humidité, le pourcentage de feuilles restant aux arbres à cette période de l'année, renchérit Burgess, jusqu'à la fréquence des pluies et la force des vents.

— Poursuivez, ordonna Ryan.

— Toutes ces données, reprit Mary Pat, génèrent des ordres de positionnement spécifique lors du déploiement, jusqu'au niveau de chaque combattant pris individuellement. Nous pouvons, par exemple, dire à un fantassin des marines à quelle fenêtre de tel bâtiment il doit se placer pour avoir dans sa ligne de mire à la fois un clocher bien précis où pourrait s'être tapi un sniper russe, et une route, ce qui lui permettra de signaler à son commandant le passage de poids lourds. Nous avons cartographié toutes les géométries de tir pour toutes les armes engagées sur le champ de bataille, y compris les armes à tir direct, les systèmes de visée laser et autres dispositifs encore plus techniques.

— De sorte que, intervint à son tour Burgess, au moment du déploiement, nous puissions fournir toutes ces informations au commandant du bataillon, qui à son tour donnera ses ordres en conséquence à ses chefs de compagnie qui eux-mêmes les transmettront à leurs sous-officiers, et cetera, et cetera, et cetera. Lorsque les hélicos, les Osprey et les C-130 se poseront en Lituanie, nous disposerons d'un bataillon de marines dont chaque élément saura très exactement où il devra se positionner.

« La NGA a calculé que les options d'attaque des Russes sont extrêmement limitées. La faute essentiellement au terrain. Leurs chars ne peuvent pas choisir à leur guise leur itinéraire pour franchir la frontière. Ils doivent emprunter un passage suffisamment élevé et sec s'ils veulent éviter de s'embourber.

« Ce seront bien entendu les équipes logistiques qui auront le plus de travail, mais une fois tout le monde en place, ce sera à chaque fantassin de dix-huit ans de savoir que s'il s'oriente précisément dans la bonne direction, il sera le mieux placé pour exploiter pleinement sa position. »

Ryan demeurait sceptique. « Fort bien, mais ce n'est pas une carte. Nous avons depuis deux semaines des agents en Lituanie qui ont pris des centaines d'images à haute résolution qu'on a entrées dans votre système pour en accroître encore la précision. »

Burgess s'était préparé à cette contre-attaque de Ryan.

« La NGA avait trouvé pas mal de sceptiques au

Pentagone, vous l'imaginez, moi compris. Et, bien évidemment, nous avons intégré le fait qu'il reste dans l'équation un certain nombre de facteurs que nous ne pouvons pas maîtriser. Mais nos stratèges qui ont étudié ces dernières semaines la zone en Lituanie où doivent se dérouler les opérations, affinant encore leurs paramètres juste comme nos satellites nous dévoilaient les effectifs présents lors de leur exercice improvisé... ces stratèges sont convaincus que Sentinelle avancée peut nous procurer le plan de déploiement le plus performant pour faire de nos marines une force de blocage efficace contre un ennemi largement supérieur en nombre.

— L'élément le plus important de ce programme, monsieur le président, précisa Mary Pat, c'est le facteur tromperie.

— Tromperie ?

— Oui, monsieur. Avec une vitesse de déploiement multipliée par cinq, nous pouvons garder nos unités en réserve jusqu'au moment où l'attaque sera imminente. Les Russes ne verront aucun obstacle devant eux et ils procéderont à leur déploiement en conséquence.

— Et puis, sitôt qu'ils ont traversé la frontière, voilà qu'ils se retrouvent soudain face à des marines parfaitement entraînés qui n'étaient pas là quatre heures plus tôt.

— Correct.

— Je veux voir comment ça marche », dit Ryan, toute fatigue soudain effacée par l'excitation devant ce nouveau programme.

Mary Pat n'eut pas l'air surprise.

« Je serais ravie de m'en charger, monsieur le président. Je peux faire préparer un PowerPoint que je me ferai un plaisir de vous présenter moi-même. »

Ryan hocha la tête.

« Il y a malentendu, Mary Pat. Non, je veux me rendre au Pentagone, tout de suite, ou au siège de la NGA à Springfield, s'il le faut. Je veux m'asseoir devant un écran et voir ça de mes propres yeux. Ne vous inquiétez pas. Pas question pour moi de m'ingérer dans les décisions de notre armée. Si le Pentagone veut utiliser Sentinelle avancée, à la bonne heure. Mais je tiens absolument à voir ça », répéta-t-il.

Mary Pat acquiesça, toujours pas surprise que Ryan, ancien analyste à la CIA, demande à avoir sous les yeux les données brutes pour décider de la meilleure façon de procéder.

Le *Granite* était un pétrolier qui transportait du kérosène de Houston à Tallinn, la capitale de l'Estonie, avec une escale en Pologne, à Gdańsk. Il venait de quitter ce port trois heures plus tôt et faisait maintenant route, cap au nord-est, dans les eaux internationales, passant juste à l'ouest de Kaliningrad.

Le capitaine du navire était sud-coréen et son équipage presque exclusivement malaisien. Il avait dérivé délibérément à l'est des sillons navigables réguliers, espérant ainsi éviter la grosse mer qui s'annonçait avec l'arrivée d'une tempête venue de l'ouest. Il avait gardé l'œil sur ses ordinateurs de navigation, tout en se maintenant à bonne distance des écueils et du reste du trafic et en prenant soin de se maintenir dans les eaux internationales.

Il était vigilant mais jamais il ne vit le bateau qui

devait le tuer, pas plus que l'instrument de son trépas. Le bateau était le *Vyborg*, sous-marin russe de classe Kilo, en service depuis trente-cinq ans. Et l'arme était une torpille de Type 53-65, longue de huit mètres et pesant plus de deux tonnes.

Le Kilo avait fait route à l'arrière du *Granite*, ce qui n'était pas la meilleure position pour attaquer mais l'énorme bâtiment ne croisait qu'à vingt nœuds. La torpille 53-65, le commandant du *Vyborg* le savait, filait à quarante-huit nœuds et son système de guidage acoustique n'aurait aucun mal à capter la signature du gros et bruyant navire de transport, naviguant seul dans ces parages.

C'était le onzième bâtiment que le sous-marin russe traquait depuis deux jours. Les ordres du capitaine avaient été de trouver un navire commercial effleurant, dans l'idéal, les eaux de Kaliningrad, dérivant manifestement du côté intérieur, et de le détruire. Et s'il mesurait plus de cent mètres, c'était d'autant mieux.

Le *Granite* en mesurait cent quatre-vingt-cinq, il se trouvait à moins de deux cent soixante mètres des eaux territoriales russes et le capitaine du sous-marin savait qu'une fois qu'il aurait perdu ses capacités à manœuvrer, son épave dériverait nettement à l'intérieur de la zone d'exclusion maritime.

Donc, le *Granite* devait mourir.

Il tira une seule torpille. Si le bâtiment de surface avait constitué la moindre menace, le capitaine aurait lancé une salve d'au moins deux torpilles, mais le navire voguant cinq mille mètres devant sa proue était une proie tellement facile… Aussi facile qu'au tir au canard, sauf qu'un canard pouvait toujours s'enfuir à tire-d'aile.

La torpille était conçue pour échapper à toutes les formes de contre-mesures, de sorte que ça revenait à tirer au fusil sur un poisson en caque. Elle se dirigea vers la signature acoustique caractéristique de sa cible, puis en s'approchant de celle-ci, elle se cala dans son sillage.

Dans la phase ultime de l'attaque, la torpille plongea de dix à vingt mètres de profondeur pour se glisser sous la coque du *Granite* et se positionner à sa verticale avant de déclencher son détonateur électromagnétique.

L'explosion fut spectaculaire. Le Kilo n'y assista pas en temps réel. Non, il avait suivi le protocole et plongé aussitôt après le tir, et il se trouvait quatre-vingts mètres sous la surface, soit bien au-delà de la profondeur d'immersion périscopique, mais les opérateurs sonar entendirent la détonation, puis la mort du grand navire.

Nul à bord ne connaissait la raison de ce qu'ils venaient de faire. Les ordres spécifiques de traque et de destruction étaient venus du commandant de la flotte de la Baltique à Kaliningrad et, comme d'habitude, nulle explication n'avait accompagné cet ordre. Mais une rumeur circulait parmi l'équipage selon laquelle le renseignement russe avait pu déterminer que le bâtiment qu'ils attaquaient était en fait un navire-espion américain bourré d'électronique, dérobant des informations sur le personnel de la marine russe en interceptant les communications radio qui encombraient les airs si près de la côte de Kaliningrad.

D'autres – guère nombreux, mais un certain nombre quand même – pensaient que Valeri Volodine était devenu fou et qu'il cherchait à se prendre une raclée.

Conformément à ses ordres, le Kilo mit le cap au sud, laissant derrière lui l'épave du *Granite* sombrer avec tout son équipage, pour se rapprocher du port de l'enclave russe.

63

L'USS *James Greer* (matricule DDG-102) ne cherchait pas à se faire remarquer ; en fait, le capitaine du destroyer lanceur de missiles guidés, le commandant Scott Hagen, aurait donné un mois de solde pour rôder en silence n'importe où ailleurs en mer Baltique que pile au centre géographique de celle-ci, entouré de bâtiments civils et survolé par les appareils d'une bonne demi-douzaine de pays, sans compter les hélicos loués par une douzaine des plus grandes chaînes d'info internationales.

Mais enfin ils étaient là, à la fin de leur quatrième journée sur la zone où s'était abîmé le Vol 44 des Swedish Airlines et le gros destroyer à la recherche de l'épave au milieu d'une mer proprement bondée devait constituer un plan sacrément impressionnant pour les équipes vidéo.

C'eût été déjà bien assez pour Hagen, la concrétisation de ses pires craintes de perdre l'élément de surprise dans des eaux débordant de menaces bien réelles, ô combien, mais voilà que le mess des officiers de son navire s'était à l'improviste transformé en salle de conférence de presse. En ce moment même, vingt journalistes, photographes et techniciens audio s'entassaient, tandis que les trois jeunes opérateurs sonar, deux hommes et une femme, les contemplaient, mal à l'aise, les yeux écarquillés, assis derrière une table.

Trois marins – un maître de seconde classe, un maître de première classe et un maître principal, tous techniciens sonar – avaient, grâce à un ordinateur portable connecté au sonar du bâtiment, créé un « Détecteur de boîte noire » capable d'explorer les profondeurs à la recherche de l'enregistreur de données de vol du SA44. Ils avaient pour ce faire utilisé la signature acoustique du signal renvoyé par la boîte noire en l'envoyant vers le sonar du *James Greer* avec pour instruction d'ignorer tout autre écho – navire, banc de poissons, baleine et autres sons marins – pour ne localiser que ce bruit caractéristique.

Il leur avait fallu passer deux jours à ratisser méticuleusement la zone, mais la boîte avait bel et bien été retrouvée. Un navire de recherche océanographique qui travaillait sur le site de l'épave d'un avion de la Seconde Guerre mondiale au large des côtes finlandaises s'était joint à la chasse et ils avaient utilisé leur submersible d'exploration pour récupérer l'enregistreur de vol, ce qui avait permis du même coup de libérer les autres matériels pour leur permettre de se concentrer sur la récupération des fragments plus importants de l'épave.

Et maintenant, les marins qui avaient contribué au succès de cette recherche d'un équipement crucial avaient droit à leurs vingt minutes de gloire médiatique internationale avec cette conférence de presse, même si les trois hommes auraient visiblement préféré se trouver à cent lieues des projecteurs, répondant avec prudence aux questions sans jamais révéler la moindre bribe d'information confidentielle, le tout sous le regard attentif du capitaine les lorgnant depuis la coursive.

Et si les trois techniciens sonar n'appréciaient pas particulièrement ce moment, le commandant Hagen était encore moins à l'aise. Il avait dû boucler des sections entières de son bateau, positionner des gardes aux portes des coursives, fermer les écoutilles et redoubler de précaution pour éviter à tout prix qu'un journaliste trop intrépide ne s'échappe du troupeau, sans compter qu'il devait en même temps surveiller ses trois jeunes matelots et s'assurer qu'ils n'aillent pas dériver dans le no man's land de l'information confidentielle ; pas évident quand on n'avait pas la moindre expérience en matière de briefing aux médias.

Mais l'Amirauté avait ordonné la tenue de cet événement et l'équipage faisait de son mieux pour obtempérer tandis que le commandant Hagen ne cessait de regarder sa montre, impatient de voir enfin s'achever la journée.

Le pire dans tout cela n'était pas l'exposition médiatique ou le risque de perdre un reporter au bas d'un escalier de coupée, ou les efforts déployés pour retrouver la boîte noire, détournant ainsi ses hommes de leur mission principale dans les eaux de la Baltique.

Non, c'étaient les corps qui tracassaient le plus Hagen, désormais, et c'étaient les corps qui allaient le plus longtemps peser sur lui. Le *Greer* avait en effet récupéré trente et un cadavres ou débris humains au cours de la semaine écoulée, même si cela n'avait pas été leur tâche principale sur zone. Mais les vigies n'avaient cessé de signaler la présence de débris flottants qui semblaient être des débris humains, et même si, à maintes reprises, les chaloupes envoyées sur place avaient découvert des vêtements, des valises ou les sièges colorés de l'avion, il restait qu'en trente et une occasions, ses matelots avaient dû récupérer des dépouilles. Hommes, femmes, enfants… ou restes impossibles à identifier.

Hagen savait l'importance de cette mission, il savait que son bateau était l'outil approprié à cette tâche, mais il n'en demeurait pas moins… qu'il détestait ce bordel.

Une tape sur l'épaule le ramena à la réalité ; il se retourna pour découvrir son second, un dossier bleu dans la main et le visage grave. L'homme se pencha pour s'adresser à son supérieur :

« Message du chef des opérations navales, capitaine. »

Surpris, Hagen, qui ne s'y était pas du tout attendu, suivit le capitaine de corvette Kincaid jusqu'à sa cabine personnelle. Là, il ouvrit prestement le dossier et se mit à en lire le contenu.

Au bout d'une bonne minute, il releva les yeux vers son second.

« Un Kilo de la marine russe a frappé un pétrolier battant pavillon maltais, a priori engagé dans les eaux russes au large de Kaliningrad.

— *Frappé*, dites-vous, capitaine ?

— Torpillé. Et coulé.

— Putain de merde ! Délibérément ? »

Hagen fixa son second sans répondre. L'autre officier leva les deux mains comme en signe de dénégation.

« Désolé, capitaine. Mais on ne tire pas accidentellement une torpille. C'est juste… Enfin, pourquoi ?

— Pas la moindre idée. Nous devons en tout cas faire route le plus vite possible vers les eaux lituaniennes. Pour l'heure, il s'agit d'affirmer notre présence. D'autres ordres doivent suivre.

— Ils ont deux Kilo dans leur flotte de la Baltique, capitaine. Je recommande qu'on envoie nos UH-60 Romeo le plus loin possible devant nous, à leur recherche, par mesure de précaution.

— Je suis d'accord. Ces deux sous-marins n'ont aucune raison de mettre le cap aussi loin vers le nord mais ils n'avaient aucune raison non plus de couler un pétrolier maltais. Retrouvons-les avant qu'eux-mêmes nous repèrent. »

Hagen regarda vers l'extrémité de la coursive, là où s'était réunie la presse.

« Phil, on sonne la fin de la récré. Je veux que tous ces types m'aient débarrassé le plancher et aient débarqué dans moins de dix minutes. On a du pain sur la planche.

— À vos ordres, capitaine. »

Une demi-heure plus tard, le *James Greer* avait entamé son transit en mer Baltique, mais aucune annonce n'avait été faite dans les haut-parleurs pour informer l'équipage de leur nouvelle mission.

Le lieutenant Damon Hart, trente et un ans, officier de tir, nota bien le changement de régime des moteurs, perceptible même depuis le quartier des officiers, plusieurs ponts au-dessous de la passerelle. Il était presque midi mais il venait tout juste de quitter sa couchette.

Il avait bossé toute la semaine en travail posté. Cinq heures de quart, dix heures de repos. Là, il avait travaillé de nuit ; puis mangé seul dans le mess avant de rejoindre sa couchette pour essayer de rattraper quelques heures de sommeil.

Il était maintenant reposé, mais pas encore tout à fait réveillé. Alors que, tout en se frottant les paupières, Hart était en train de s'installer au minuscule bureau qu'il partageait avec un autre officier, il entendit une cavalcade dans la coursive. Il releva les yeux vers la porte de sa cabine au moment où celle-ci s'ouvrait à la volée.

L'un de ses compagnons de chambrée, un officier de transmissions du nom de Tim Matsui, hurla quasiment : « Weps, tu vas pas le croire ! »

Comme Hart était un officier de tir, et donc responsable des armements – *weapons* en anglais –, tout le monde à bord l'appelait Weps, même le commandant.

Hart bâilla. « Mec, je sais. On est mercredi. Mercredi, c'est mini… trop bien ! » Le mercredi était traditionnellement le jour des mini-hamburgers. Ceux au cheddar du maître coq étaient devenus légendaires.

L'officier de transmissions hocha la tête en faisant le masque. Jamais Hart ne l'avait vu ainsi.

« C'est pas le jour des minis ? »

Matsui vint s'asseoir sur la couchette la plus proche de lui.

« Un sous-marin russe a torpillé un pétrolier au

large de Kaliningrad à sept heures ce matin. N'en reste plus qu'une grosse nappe de mazout. »

Hart plissa les yeux, stupéfait.

« Putain, merde. T'es sûr ?

— Une corvette polonaise était dans les parages : elle a repéré la signature de la torpille avant qu'elle ne touche au but. En l'identifiant comme une 53-65. Forcément tirée de l'un des Kilo russes. Et dans les eaux internationales, aucun doute là-dessus. On fait route vers la Lituanie pour protéger le trafic maritime au large de Kaliningrad et on pourrait bien être envoyés dans les eaux internationales traquer le Kilo. »

Hart s'était entraîné à cette éventualité chaque jour des neuf années depuis qu'il était entré dans la Navy. Mais il s'avisa que jamais il n'avait imaginé que cela pût vraiment arriver.

« T'as entendu ce que je viens de dire ? insista Matsui. Apparemment, cette fois, c'est la bonne. »

Hart avait toujours du mal à croire qu'ils étaient sur le point de se lancer aux trousses d'un sous-marin russe. Il pensait qu'ils se contenteraient de faire jouer leurs muscles. Presque *in petto*, il lâcha : « Je peux tuer un Kilo. »

C'était sans réplique, mais son compagnon de cabine réagit néanmoins au quart de tour.

« Tu l'as dit, Weps. Un peu que tu vas le tuer ! T'as pas gagné tous ces insignes et ces galons en bouffant des minis. »

La voix du capitaine se fit entendre peu après dans la sono, pour répéter son ordre de faire route vers la Lituanie. Il conclut son intervention à destination de l'équipage par un avertissement sur la sécurité opérationnelle. « À partir de maintenant, nous sommes en silence communications. Aucune info ne doit sortir concernant notre position, notre destination, notre mission. Interdiction à quiconque d'utiliser les réseaux sociaux. Rappelez-vous… tweet lancé, croiseur coulé. »

64

La salle de conférences du PC de crise était bondée. Les fonctionnaires de la Sécurité nationale directement rattachés au gouvernement étaient assis autour de la table et, derrière eux, conseillers et officiers de l'armée s'alignaient contre les murs. Six autres hommes et femmes occupaient les angles.

Jack Ryan contempla la nombreuse assistance et se dit qu'il devrait être le président ayant réussi à faire réaménager la pièce. Ce n'était pas parce que les problèmes internationaux avaient pris une telle ampleur que les lieux dépassaient leur capacité d'accueil depuis sa construction en 1961 ; c'était plutôt que la quantité d'informations qui s'y déversait était devenue plus difficile à gérer. Il fallait plus de personnel, plus d'experts dans chaque discipline, plus d'écrans et plus de place pour les présentations visuelles que lors de crises analogues survenues quelque vingt ou trente ans plus tôt.

Ryan se retrouvait avec trente personnes devant lui et il se faisait l'effet de l'arrière d'une équipe de foot trop nombreuse et trop indisciplinée essayant de jouer dans un stade bien trop petit.

C'était une sensation paralysante.

La parole était au ministre de la Défense ; assis à la gauche de Ryan, Bob Burgess était en train de s'adresser à lui mais en veillant à parler assez fort pour être entendu de toute la salle.

« Les Russes prétendent que le pétrolier naviguait dans les eaux de leur enclave de Kaliningrad et qu'il aurait refusé de répondre à leurs sommations par radio. »

Ryan considéra la carte affichée sur le moniteur à l'autre bout de la salle. C'était le seul écran visible pour lui, avec cette foule le long des murs.

« Que disent les Russes des intentions qu'ils prêtaient au navire coulé ?

— Ils parlent de terrorisme. Ils prétendent avoir craint une nouvelle attaque, cette fois contre leurs forces basées à Kaliningrad, dans le prolongement de l'attentat de Vilnius.

— C'est crétin.

— Le message est à usage interne, précisa Mary Pat. Volodine est sur le sentier de la guerre, il le sait et il martèle à ses concitoyens le sempiternel message nationaliste "Nous sommes attaqués", déjà employé l'an dernier. Mais aujourd'hui, il renforce cette assertion en prétendant que, cette fois-ci, on s'en prend directement à ses soldats.

— Selon vos instructions, reprit Burgess, j'ai déjà ordonné au chef des opérations navales de diriger vers la Lituanie toutes nos forces de surface croisant dans la région. Le premier à arriver sur zone sera le *James Greer*, un destroyer lanceur de missiles guidés.

— J'ai vu le *Greer* ce matin sur CNN, intervint Ryan. Il participe aux recherches sur la catastrophe du SA44.

— Participait. Il a déjà quitté le site du crash et fait maintenant route à toute vapeur vers sa nouvelle position. Il sera sur zone ce soir à dix-neuf heures. Le capitaine attend les ordres. Il sait qu'il doit soit protéger les eaux lituaniennes, soit jouer un rôle plus actif dans les eaux internationales. »

Ryan hocha la tête. Il savait que la décision lui revenait au bout du compte, mais il n'allait pas se précipiter.

Burgess reprit :

« Et il y a des infos du renseignement militaire concernant les trois généraux que nous avons mentionnés. Deux appartiennent au district militaire ouest, le dernier à celui du sud.

— Vous m'avez dit, nota Ryan, que le renseignement militaire avait la quasi-certitude que ces hommes apparaîtraient sur le théâtre avant tout déclenchement d'une attaque contre la Lituanie.

— C'est exact et nous avons bel et bien repéré les trois hommes. L'un d'eux se trouve en Biélorussie, l'autre à Kaliningrad.

— Et le troisième ?

— Croyez-le ou non, il est en vacances à Odessa.

— *En vacances ?*

— Dans un nouveau centre balnéaire exclusivement dévolu aux officiers de l'armée. Il y avait même un reportage dessus ce matin sur Canal 7. On y mentionnait son nom à côté de celui d'autres haut gradés. »

Au premier abord, Ryan trouva que ça ne tenait pas vraiment debout.

« Que serait censé être son rôle lors de l'invasion ?

— L'artillerie lourde. C'était en tout cas son affectation lors de toutes les autres opérations militaires. »

Jack se mit alors lentement à sourire. Pas par plaisir : juste d'admiration pour l'habileté de l'adversaire.

« Qu'est-ce qu'il y a ? demanda Adler.

— Ce général… c'est leur Patton. »

Burgess saisit aussitôt.

« Une diversion.

— Pardon ? fit Scott Adler. Patton ? »

Ryan lui expliqua.

« Avant le débarquement de Normandie, les Allemands avaient à l'œil un seul homme : le plus audacieux des généraux américains. Ils considéraient comme acquis qu'il participerait à l'invasion.

« Eisenhower l'avait compris, aussi expédia-t-il Patton tout au nord de l'Angleterre, il lui donna une armée fantôme, bref la diversion parfaite. Patton ne prit aucune part dans le Débarquement, parce que Ike avait décidé qu'il serait bien plus utile en détournant le regard de l'ennemi de la véritable opération.

« Ce général russe, poursuivit Ryan, a sous ses ordres un état-major parfaitement capable de prendre sa place. Les Russes l'envoient au "Club Med" d'Odessa, ils insistent lourdement sur le fait qu'il est à mille lieues du théâtre, pour nous porter à croire qu'il ne va rien se produire. »

Scott Adler avait saisi toutes les implications de la nouvelle.

« Au cours des dernières semaines, ils ont fait tout leur possible pour renforcer la conviction qu'ils s'apprêtaient à traverser la frontière. Et puis, tout d'un coup, ils appliquent une ruse. » Il ne demanda pas pourquoi, car il le savait. « L'invasion est décidée. L'Occident lâche l'affaire, comme escompté, et ils peuvent donc lancer leur offensive. »

Jack Ryan opina.

« Ils n'ont pas le choix. Ils veulent juste que nous baissions notre garde pour un jour ou deux, pendant que leur vieux bouc se dore la couenne sur la plage, ce qui sera le signal de leur passage à l'action.

— Je vais alerter notre délégué à l'OTAN. Il pourra insister à nouveau pour obtenir un déploiement.

— Non, rétorqua aussitôt Ryan. L'OTAN ne se déploiera qu'une fois qu'il sera trop tard. L'affaire est pliée. Ils n'agiront – si même ils agissent – qu'en cas de violation avérée de l'article 5.

— Que voulez-vous faire ? demanda Adler.

— Nous allons déployer en Lituanie la Force de rotation de la mer Noire. » Il se tourna vers Burgess. « Je veux qu'ils partent toutes affaires cessantes. Et mets également en branle les unités de marine basées en Espagne, puis donne le feu vert au régiment de Camp Lejeune. Tu as dit qu'ils pouvaient être en Lituanie dans les dix jours. Eh bien, le chrono tourne. »

Burgess se tourna vers un assistant, un colonel en uniforme dont le badge portait le nom BROWN. « Brownie, tu t'y colles », puis il se retourna vers Ryan :

« Le corps expéditionnaire de marines en exercice en mer du Nord ? »

Ryan acquiesça.

« Eux aussi. Tu les rabats sur l'est. Vers la Baltique. Évidemment, il va nous falloir éliminer quelques sous-marins russes avant que je puisse placer deux mille de nos marines dans leurs eaux territoriales. Mais il leur faudra plusieurs jours pour y parvenir. » Il se tourna vers le ministre de la Marine. « Assurez-vous que nos bâtiments qui traquent ces sous-marins disposent de tout le nécessaire. Si vous voulez que je contacte par téléphone la Suède, ou la Pologne, ou… qui vous voudrez, pour être épaulés par nos alliés, vous n'avez qu'à demander.

— Merci, monsieur le président.

— Et Bob… »

Il s'était retourné vers Burgess.

« Monsieur ?

— On tient à l'œil ce général à Odessa. Si vous vous souvenez, Patton n'avait peut-être pas participé au Débarquement mais on l'a certainement retrouvé sur le front quelques mois plus tard, tuant des Allemands pendant la bataille des Ardennes.

— Ça n'est pas tombé dans l'oreille d'un sourd, monsieur le président. »

Le déploiement de la Force de rotation de la mer Noire avait fait l'objet de plusieurs jours de discussion, aussi quand l'ordre descendit par la voie hiérarchique jusqu'au QG en Allemagne du MARFOREUR – acronyme de la Force des marines en Europe –, le lieutenant-colonel à la tête de la force n'eut qu'à donner l'ordre de marche.

Le lieutenant-colonel Rich Belanger commandait le 3e bataillon du 5e régiment de la 1re division de marines. Plus connue sous le nom de *Bataillon Darkhorse* $^{3}/_{5}$, l'unité avait passé les quinze dernières années à participer à la lutte contre les divers mouvements insurrectionnels au Moyen-Orient. À quarante-sept ans, Belanger était d'un quart de siècle plus âgé que ses hommes. Avoir passé tout ce temps à défendre son pays aurait déjà tendu à lui faire apprécier les situations sous un autre jour qu'eux mais, de surcroît, cette différence d'âge revêtait ici une importance toute particulière. Quand il n'était encore qu'un lieutenant « frais émoulu », il s'était quasiment fait une spécialité de l'étude détaillée de la doctrine militaire soviétique et du matériel militaire du bloc oriental. À l'époque, fin des années quatre-vingt, nul ne doutait de l'identité du principal ennemi des États-Unis et de la région où se déroulerait le prochain conflit.

Mais pour les jeunes gens qui composaient de nos jours son bataillon, le monde était bien différent. Ceux de ses hommes qui avaient connu le feu avaient appris la sauvagerie de la guerre en Afghanistan et en Irak ; or il s'agissait là d'un ennemi, d'un terrain non comparables et d'une expérience du combat tous bien différents de ce qu'ils risquaient de connaître ici en Europe centrale, si jamais les Russes envahissaient un pays de l'OTAN.

Dès que Belanger avait su que son bataillon devait assumer les missions de la Force de rotation en mer

Noire, il s'était aussitôt attelé à la tâche de reprendre l'entraînement de ses hommes, de modifier leur disposition d'esprit et de les imprégner des nouvelles formes de combat qu'ils allaient devoir livrer, parce que lui seul savait apprécier ce à quoi ils devaient s'attendre.

L'Afghanistan, ça craignait à mort. L'ennemi était bien réel et les menaces, de tous les instants. Cela dit, jamais personne en Afghanistan ne vous aurait parlé de chars ennemis ou, pis encore, d'aviation ennemie.

Alors qu'ici, en Europe, face à la Russie, les chars et l'aviation formaient l'essentiel des préoccupations.

Bref, une tout autre sorte d'ennemi.

Un commando d'insurgés afghans pouvait décimer une escouade, mais une batterie de canons 2S19 russes pouvait emporter toute une compagnie.

Sitôt informé que sa force – et elle seule – risquait d'être positionnée dans l'est de la Lituanie, Belanger eut un comportement inattendu. Il consacra presque tout son temps à s'occuper de logistique et d'approvisionnement, laissant les derniers détails des préparatifs du combat à ses commandants de compagnie.

Il fournit aux chefs de l'infanterie le détail de ce qu'il désirait leur voir faire, se fiant à eux pour s'acquitter de la tâche. Puis il se concentra sur la mise à disposition de l'équipement critique dont il savait que personne dans la zone d'opérations européennes ne voudrait se séparer.

Il n'ignorait pas que les combats à venir allaient en

exiger en quantités bien supérieures aux disponibilités sur place.

Il ordonna donc à ses officiers responsables de la logistique et des approvisionnements de récupérer toutes les armes antichars sur lesquelles ils pourraient mettre la main. Il gourmanda personnellement le responsable de la logistique pour son manque d'audace lors des douze premières heures, le menaça de corvée de chiottes pour avoir pris son temps, puis lui dit qu'il avait tout intérêt à se manier et se montrer créatif, *illico*.

Ça marcha.

Une semaine plus tard, l'unité Darkhorse était supérieurement approvisionnée en missiles antichars filoguidés, lance-roquettes Stinger, munitions pour mitrailleuses, obus de mortiers à charge brisante de quatre-vingt-un et cent vingt millimètres, sans oublier quantité de projectiles fumigènes. L'officier logistique avait même réussi à récupérer un stock de vieilles mines roumaines.

L'officier logistique du lieutenant-colonel Rich Belanger avait passé quasiment l'intégralité de la semaine écoulée à « augmenter » son bataillon, tant par les voies officielles, en obtenant une dotation supplémentaire de chars positionnés à Stuttgart mais non rattachés à l'OTAN, que par des voies plus souterraines, en se procurant à peu près tout le reste, des radios à cryptage renforcé aux pansements, partout où lui et son personnel en trouvaient à piquer. Ils « empruntèrent » même un complément de missiles antichars Javelin stockés dans des casemates à munitions avancées appartenant à l'armée américaine.

Belanger éplucha la liste définitive de toutes les bonnes surprises rapportées par son officier, avant de relever la tête avec un sourire.

« Vous voulez que je signe pour tout ça, capitaine ? »

L'officier fit un signe de dénégation. « Vaut sans doute mieux éviter.

— Vous, vous me plaisez bien, rit Belanger avec un clin d'œil. Je vous retire de ma liste de corvées. »

Belanger savait qu'il allait recevoir pas mal de coups de fil dans les prochaines heures mais il savait aussi qu'il était toujours plus facile d'implorer le pardon que de réclamer une permission.

Quand vint enfin le moment de sonner le départ vers la Lituanie, le bataillon Darkhorse qui s'ébranla était plus rapide et plus imposant que tout ce qu'aurait pu rêver Belanger. Quelques jours plus tôt, ils s'étaient installés en Pologne, à moins de quatre cent cinquante kilomètres de leurs positions de déploiement avancé, ce qui leur offrait l'option d'un transfert héliporté intégré. Belanger avait pour ce faire organisé son bataillon pour qu'il puisse se présenter dans la zone de combat déjà prêt à se déployer pour combattre aussitôt, si nécessaire.

Le bataillon consistait en une compagnie de QG et Service, une compagnie d'armements et de trois compagnies d'infanterie : India, Kilo et Lima. Leurs chars avaient déjà rejoint l'avant-veille la frontière polonaise, en même temps que les véhicules attachés au QG & S, de sorte qu'ils n'étaient plus qu'à trois heures de route de Vilnius.

Une douzaine d'appareils à rotors basculants V.22 Osprey et six avions-cargos C-130 Hercules se posèrent dès minuit sur des aéroports situés à Vilnius, Paluknys et Molėtai, accompagnés durant le transfert par des chasseurs-intercepteurs Harrier et des hélicoptères Cobra chargés du soutien de combat aérien pour assurer leur protection si jamais la chasse russe prenait l'air de l'autre côté de la frontière. Belanger ignorait combien de temps encore il bénéficierait de cette couverture aérienne mais il était ravi d'en profiter durant leur progression, vu qu'il ne savait pas trop ce qu'il risquait de rencontrer une fois positionné.

Le reste de la compagnie de QG & S, en même temps que les « fayots, cartouches et pansements » – ces « trois B » : *Beans, Bullets and Band-Aids* qui forment l'indispensable du paquetage d'un marine –, traversa la Pologne à bord de Humvee blindés et de camions de sept tonnes. Cette force terrestre n'était pas accompagnée d'une compagnie d'infanterie, mais dans toutes les unités de marines les effectifs étaient entraînés à se protéger eux-mêmes, y compris les mécanos et les spécialistes carburant qu'on avait affectés à la conduite des camions du QG & S. Chez les marines, on considérait que chaque homme était d'abord un fantassin et les chauffeurs se considéraient toujours d'abord comme des fantassins mais aussi des artilleurs capables de manier un treuil et pas l'inverse.

Rich Belanger ne voyageait pas avec la compagnie du QG. Il entra en Lituanie à bord du troisième Osprey à pénétrer dans l'espace aérien du pays, et il était équipé du même paquetage que le reste de ses hommes : une carabine M4 avec huit chargeurs de trente cartouches, un pistolet M9 et un gilet pare-balles.

La sécurité de cette opération était aussi maximale que le permettait l'organisation militaire, mais il était impossible de déplacer mille deux cents marines avec tout leur équipement dans un pays de la taille de la Lituanie en empruntant les aéroports civils, en survolant des agglomérations et avec des colonnes de chars et de Humvee sillonnant les routes sans que l'ennemi en ait connaissance. Belanger savait que les Russes seraient avertis de ce déploiement surprise bien avant que le jour se lève au-dessus de Moscou et il se demanda quelles en seraient les conséquences pour lui et ses hommes. La sixième armée allait-elle quitter la Biélorussie pour retourner dans la mère patrie, côté est, et rejoindre ses casernes à Kaliningrad, côté ouest, ou bien l'arrivée des marines aurait-elle l'effet opposé, encourageant les Russes à attaquer quand ils n'en auraient rien fait en leur absence ?

On avait donné à Belanger les coordonnées GPS destinées à positionner ses forces créées par le logiciel Sentinelle avancée, même si, à sa connaissance, il ne s'agissait là que d'informations pondues par des planificateurs au Pentagone, le genre de gadget typique lors de ce genre de déploiement. Malgré tout, la précision et la spécificité des données fournies constituèrent une surprise pour lui, ses commandants de compagnie et leurs lieutenants.

Belanger rapatria toutefois ses hommes depuis ces positions pour les disposer plutôt juste au nord de Vilnius. Il y avait trois camps en tout, un pour chacune des compagnies d'infanterie ; chaque camp abritait, en outre, les chars d'assaut du soutien blindé, des canons automoteurs Cobra et des pelotons d'armes antichars et de mortiers fournis par la compagnie d'armement. De là, ils pourraient aisément se projeter vers des positions encore plus avancées, à mesure que s'affineraient les informations sur le positionnement des troupes russes de l'autre côté de la frontière.

Dès qu'on aurait décidé de l'endroit précis où l'avant-garde blindée russe allait faire une brèche dans la frontière, Belanger répartirait ses trois compagnies en conséquence, remplissant les trous entre les maigres forces lituaniennes déjà positionnées à la lisière orientale du pays et faisant de leur mieux pour se préparer à l'assaut des Russes.

Trois heures après être entré dans le pays, Belanger visitait son centre de commandement. Installé dans le gymnase d'un lycée, l'endroit était considérablement plus agréable que la plupart des PC d'où il avait dû opérer lors de sa demi-douzaine de rotations en Irak et en Afghanistan. Néanmoins, Rich demeurait parfaitement conscient d'être à portée des batteries de missiles ennemies installées en Biélorussie, tout comme de celles disposées à Kaliningrad.

Tout en parcourant les lieux, il réfléchit à sa situation tactique. Il était le commandant de l'espace de combat mais en réalité il savait que s'il demeurait sur des positions fixes pour combattre, ses mille deux cents hommes et lui ne seraient guère plus efficaces qu'un ralentisseur posé sur la route de l'attaque russe.

Les forces politiques dicteraient ses perspectives à

long terme, mais à court terme il était en charge de son destin et il savait qu'il n'y avait qu'une seule voie vers le succès, une seule chance de survivre à ses opposants au cours des soixante-douze prochaines heures.

Tirer, puis se tirer.

Il savait que lui et son bataillon vivraient plus longtemps s'ils bougeaient sans cesse mais, pour l'heure, il leur manquait juste cet élément critique d'information qui leur permettrait enfin de savoir… *dans quelle direction.*

65

À vingt-trois heures trente, Chavez était devant une grille métallique verrouillée sous le porche de la demeure de Peter Branyon à Ligoninės, dans la vieille ville de Vilnius. Derrière lui, un parking en plein air, et au-delà un petit parc aux arbres dénudés dans le froid. De l'autre côté du parc, une rangée de vieilles bâtisses et dans l'une d'elles, Ding l'avait appris du renseignement lituanien, se trouvait un certain nombre d'étrangers qui surveillaient le bâtiment.

On ignorait si ces hommes guettaient le retour de Branyon ou s'ils ne cherchaient pas plutôt à s'informer sur les deux individus qui, la veille, avaient réussi à sauver le chef d'antenne. Ding penchait pour cette dernière hypothèse, vu que ces types travaillaient manifestement avec les Russes et que ces derniers leur avaient probablement assuré qu'ils cherchaient à identifier tous les groupes d'agents étrangers opérant dans la région.

Ils avaient dû être surpris de la vitesse avec laquelle avait été sauvé l'agent de la CIA et sans aucun doute fort troublés de constater qu'ils ne connaissaient pas aussi bien l'adversaire qu'ils l'avaient cru.

La demeure de Branyon n'était en définitive pas le plus mauvais endroit pour identifier ses mystérieux protecteurs.

Ding prit tout son temps pour examiner de bout en bout la rue tranquille, juste éclairée par des réverbères ; puis il déverrouilla la grille avec la clé que lui avait procurée l'adjoint du chef d'antenne. Il dégaina son pistolet, puis entra, seul, avant de disparaître sous le porche. Il se retrouva dans la petite cour centrale du bâtiment et là emprunta un escalier pour gagner l'appartement de Branyon, au premier étage.

Dans son oreillette, il entendit : « OK, tu viens de sortir de mon champ visuel.

— Bien reçu », répondit Ding qui continua de monter.

Dom Caruso était planqué sous un porche recouvert de graffitis, situé dans la même rue que la planque d'où les inconnus surveillaient la maison de Branyon, une trentaine de mètres un peu plus bas et à droite de leur position. Il était assis en tailleur, avec dans la main une bouteille de bière à moitié vide et trois autres qui l'attendaient, posées sur le trottoir à côté. Il s'était déguisé en clochard, enfin, ce qu'il se figurait être un clochard en Lituanie – il n'était pas ici depuis assez longtemps pour s'en faire une meilleure idée. Il portait un vieux pardessus acheté dans l'après-midi dans une brocante et une vieille casquette de feutre, et il s'était grimé une barbe de trois jours à l'aide de charbon de bois.

Le plus clair du temps, Dom se contentait de rester planté là, à siroter sa bière, mais il jetait néanmoins à intervalles réguliers des coups d'œil à l'aide de ses jumelles ou de son monoculaire infrarouge, sortis discrètement de sous son pardessus. À son premier examen suivant l'entrée de Ding dans l'immeuble, Dom avait pris le temps de centrer ses jumelles sur le Land Cruiser à bord duquel était venu Chavez. Il était garé sur le parking à l'entrée de l'immeuble et Dom avait pu, malgré la distance, distinguer parfaitement les impacts de balles sur la carrosserie. Sa discrète oreillette était dotée d'un micro intégré perfectionné qui lui permettait de s'adresser à Dom sans élever la voix. Portant d'abord la bière à sa bouche, il chuchota :

« Se pointer avec une bagnole criblée de balles, c'est un peu trop, tu crois pas ? »

Chavez, toujours dans la cage d'escalier, étouffa un rire.

« Jamais personne ne m'a dit que j'étais subtil. On sait qu'on a pas mal d'adversaires, on sait qu'ils ont un bon entraînement tactique… mais on ne sait rien de leur niveau intellectuel.

— Pas faux, admit Dom. Continue… »

Dès qu'il fut dans l'appartement de Branyon, Ding alluma, pour bien signaler à leurs mystérieux adversaires qu'il était rentré, au cas où ils ne s'en seraient pas encore aperçus.

Veillant à demeurer dans le noir, Dom se mit à scruter les lieux, guettant un éventuel signe de vie.

Cinq minutes après l'entrée de Chavez dans l'appartement, Dom vit soudain deux hommes traverser le parc. L'un avait une bouteille à la main, et tous deux avançaient en titubant légèrement mais Dom continua de les observer malgré tout, au cas où il s'agirait d'une ruse.

Les hommes continuèrent d'avancer et bientôt ils avaient disparu, sans même s'être une seule fois retournés dans la direction de Chavez.

Quelques minutes s'écoulèrent. Dom alternait jumelles, parfaitement utilisables grâce à l'éclairage public, et monoculaire amplificateur qui l'aidait à surveiller les fenêtres, les toits et les recoins sombres autour de la place, pour y repérer une signature thermique qui aurait trahi une présence humaine.

Ding ouvrit les volets au premier, puis il regarda dehors pour inspecter le parc.

« Mec, avec ta silhouette, t'es en train de leur offrir une cible idéale, l'avertit Dom.

— Justement, j'essaie de les appâter », expliqua Ding.

Il referma les volets après quelques secondes, puis éteignit une lampe dans la cuisine.

Caruso ne remarqua rien de suspect. Il indiqua : « Si les guetteurs installés dans l'appartement sur ma gauche sont vraiment intéressés, ils devraient te regarder en ce moment précis. »

Pile à cet instant, Dom entendit une voiture démarrer sur le parking situé du côté opposé du porche, dans son dos. Il savait que s'y garaient les habitants de tout ce côté de la rue, ce qui signifiait que l'un des membres de l'équipe adverse pouvait se trouver au volant. Dom vérifia rapidement que tout son matériel était bien rangé, puis il se glissa vers l'abri de l'entrée du salon de coiffure jouxtant le porche.

Quelques secondes plus tard, un véhicule s'engagea dans le tunnel d'accès au parking derrière lui. Tous feux éteints, il s'arrêta au bout du tunnel, moteur tournant au ralenti.

« OK, Ding. Ils ont mordu. J'ai une espèce de camionnette bicorps planquée dans le noir près de ma position actuelle. Avec apparemment deux personnes à bord mais sans que je puisse le confirmer.

— Merde, il était temps, ronchonna Ding. Je songeais à me faire un sandwich. » Avant d'ajouter : « Continue de garder à l'œil les autres.

— T'as été repéré par l'opposition… t'attends quoi, qu'il en débarque tout un car ?

— Je veux que ça ait l'air réaliste. Je vais encore poireauter deux minutes, puis je me tirerai. Toi, tu suis ceux qui me filent.

— Pigé. »

Et Dom but une gorgée de bière.

Dom avait un trail Honda de 2011 garé le long du trottoir, un pâté de maisons plus haut. C'était une moto d'entrée de gamme, pas le genre de meule à semer un chasseur à réaction, mais pour les rues sinueuses de Vilnius c'était une machine agile, de taille réduite et, le plus important, discrète.

Au bout de cinq minutes, Ding finit d'éteindre les lumières dans l'appartement de Peter Branyon, puis il apparut sous le porche d'entrée de l'immeuble, lesté de deux valises. Qu'il mit à l'arrière du Land Cruiser avant de monter s'installer au volant.

Dom, qui l'avait regardé faire, murmura derrière le goulot de sa canette :

« Il y a quoi, dans ces valises ?

— Juste quelques livres pour les lester un peu. Ils me surveillent toujours ?

— Affirmatif. La voiture est garée sur ma gauche, à sept ou huit mètres, pas plus, mais je suis planqué sur le seuil de la boutique, hors de leur champ visuel. Toutefois, je ne vais pas pouvoir récupérer ma moto avant qu'ils se soient lancés à tes trousses.

— Compris, répondit Chavez. Méfie-toi tout de même d'autres bagnoles. S'ils ont assez de personnel et s'ils s'intéressent suffisamment à moi et à mes activités, alors ils auront organisé une surveillance tournante avec plusieurs véhicules. Honnêtement, je ferais aussi bien d'attirer le plus possible de ces connards au même point, au même moment, genre droit sur le barrage de police.

— Bien compris », répondit Caruso qui, à ce moment précis, entendit claquer plusieurs portières de voitures au fond du parking derrière lui.

« T'avance pas trop, Ding. T'es sur le point de conduire un cortège. »

Quelques minutes plus tard, Chavez débouchait de l'autre côté du parking pour se diriger, avec son Land Cruiser criblé de balles, dans la direction de Caruso et des véhicules de l'ennemi, passer devant eux en trombe et filer vers la droite.

Sitôt qu'il eut disparu au bout de la rue, trois voitures jaillirent de sous le porche sous l'immeuble à gauche de Dom. Un break Skoda, une berline Ford et un gros 4×4 de loisir BMW, de couleur noire.

« OK, Ding, je compte trois véhicules à tes basques. » Puis il les décrivit tout en se précipitant pour récupérer sa moto.

« La BMW ferme la marche, c'est ça ? demanda Chavez.

— Comment tu le sais ?

— Une Skoda et une Ford, ça sent le prolo, la BMW, c'est pour la direction. T'imagines un peu le boss assis à l'arrière d'un break pourri pendant que ses gros bras se pavanent en BM ? »

Dom siffla doucement sous son masque.

« Toi, t'es dans ce métier depuis trop longtemps.

— À qui le dis-tu. Bon, tu nous rattrapes mais t'évites de te faire voir. »

Chavez dut se taper toute la traversée de Vilnius de nuit, en faisant mine de ne pas remarquer les trois véhicules derrière lui. Ses poursuivants, à supposer qu'ils appartenaient bien au même groupe que celui rencontré la nuit d'avant à la frontière, avaient fait la preuve qu'ils savaient manier les armes. En revanche, ce n'étaient pas des flèches, côté surveillance.

Chavez ne pouvait pas se permettre de les semer. Tout le but de cette mission était de les conduire droit vers un barrage de police installé sur la route de Drujos, à la sortie est de la vieille ville. L'endroit avait été choisi parce qu'il était situé assez près de la capitale pour garantir aux deux Américains qu'il y avait peu de risques que leurs poursuivants lâchent l'affaire et s'en retournent chez eux, mais assez loin tout de même des zones fortement urbanisées pour qu'une éventuelle fusillade ne provoque pas un massacre parmi les civils.

Sans élever la voix, sachant que Dom l'entendrait parfaitement dans son oreillette, Chavez donna sa position.

« Je suis à deux kilomètres du barrage. Toujours trois véhicules à mes trousses ? »

Vu qu'il chevauchait sa moto, Dom devait parler plus fort, même si son casque atténuait fortement les bruits du moteur et du vent.

« Affirmatif. Ils te suivent tous bien sagement comme si t'étais le Joueur de flûte.

— Bien, surveille s'ils ne reçoivent pas du renfort. On ne sait toujours pas combien ils peuvent être et j'ignore leurs relations opérationnelles avec les Russes dans le secteur, s'ils en ont.

— Reçu cinq sur cinq. »

Le plan que Chavez et Caruso avaient peaufiné avec leurs homologues lituaniens responsables du barrage, en vue d'éliminer les agents étrangers, consistait pour Chavez à passer sous la passerelle pour piétons enjambant la route à quatre voies, puis de continuer après l'embranchement de Vitebsko, une petite rue qui partait sur la gauche. Aussitôt franchie l'intersection, six voitures de police, chacune avec deux agents, en déboucheraient pour s'engager derrière lui sur la nationale et la bloquer. Une autre demi-douzaine d'hommes seraient postés sur la passerelle, armés de puissants projecteurs, de fusils HK G36 et Benelli.

Cela faisait dix-huit policiers au total, pas vraiment idéal aux yeux de Chavez, mais il semblait que le groupe lancé à sa poursuite à bord des trois voitures ne s'attendait pas à une embuscade, si bien qu'il estimait le plan raisonnable, compte tenu de l'ampleur de la menace.

Le trafic était à présent quasi nul sur ce tronçon de la nationale, ce dont se félicitaient Chavez et Caruso.

Une fois dressé, le barrage établi par les policiers lituaniens allait intercepter quiconque se présenterait, aussi, dans l'hypothèse où les hommes lancés à la poursuite de Chavez décidaient de faire parler les armes, des civils auraient pu être pris dans la fusillade s'il y avait eu plus de circulation.

Ding contacta Dom. « OK, j'aperçois la passerelle devant moi. Tu vas ralentir à présent pour ne pas te trouver à portée de tir si jamais une fusillade se déclenche. »

Caruso obéit, freinant pour se retrouver presque à l'arrêt. Il vit les feux arrière du gros SUV allemand qui fermait la marche s'éloigner de plus en plus.

Dom décida de prendre les devants en bloquant lui-même la route pour éviter aux autres usagers de s'approcher. Il fit demi-tour pour braquer son phare en direction du trafic. Et il sortit de son blouson une torche électrique. Il descendit de sa machine, se posta sur l'autre file et se mit à attendre.

Chavez passa sous le pont qui représentait la mâchoire supérieure du piège ouvert par la brigade antiterroriste lituanienne et il poursuivit sa route en laissant sur sa gauche la rue de Vitebsko. Un coup d'œil dans son rétro lui montra les phares du premier véhicule lancé à sa poursuite, quelque cent cinquante mètres derrière lui. Il fonçait droit dans le piège.

La Skoda grise s'engagea la première sous la passerelle pour piétons, et en cet instant précis une file de voitures de police se présenta devant elle et s'immobilisa dans un crissement de freins, bloquant les quatre voies de circulation. La Skoda s'arrêta, en crabe, au beau milieu de la route, et derrière elle la berline noire fit de même.

Des hommes jaillirent des voitures de police, agitant des fusils qu'ils braquèrent sur les deux véhicules, tandis que juste derrière la BMW X3 noire s'immobilisait plus en douceur, juste avant la passerelle qui franchissait la nationale. Les hommes sur la passerelle braquèrent leurs projecteurs sur les trois véhicules, deux côté est, vers les deux premiers, et les autres côté ouest, sur la BMW qui fermait la marche.

Dix-huit hommes en combinaison pare-balles noire et armés de fusils se mirent à hurler aux trois chauffeurs de couper le contact.

La BMW fut le premier véhicule à bouger. Dans un crissement de pneus, elle partit en marche arrière, pied au plancher. Des hommes sur la passerelle ordonnèrent au chauffeur de s'arrêter mais le SUV continuait de reculer, dans un nuage de gomme brûlée. Sur le pont, un agent tira sur le capot pour tenter d'atteindre le moteur mais le gros véhicule poursuivit comme si de rien n'était.

Le commandant des opérations voulut donner l'ordre d'ouvrir le feu sur la BMW mais avant qu'il ait pu terminer, une fusillade éclata simultanément en provenance des deux véhicules de tête, qui ne se trouvaient respectivement qu'à huit et douze mètres du barrage. À l'intérieur des voitures, des tireurs répliquèrent à travers le pare-brise ou par les vitres latérales, surprenant les forces de police, tant par leur audace que par ce tir nourri.

Debout derrière leurs voitures, des hommes de l'ARAS en combinaison noire ripostèrent, ceux postés sur la passerelle se retournèrent tous vers l'est pour arroser d'en haut la Skoda et la Ford, tandis que la BMW, après avoir essuyé sans dégâts une rafale, était désormais quasiment oubliée. Elle s'éloigna, toujours à reculons, de la zone de tir, accélérant vers l'ouest.

Ding Chavez gara le Land Cruiser sur le bas-côté, quatre cents mètres après le barrage. Il entendit le premier coup de fusil puis un crépitement d'armes automatiques et enfin une cacophonie d'armes de tout calibre, vingt-cinq, facile, tirant toutes à la fois.

« Putain de merde, Dom ! Ça pétarade sec !

— J'entends », confirma Caruso.

Il était à huit cents mètres du barrage et donc à mille deux cents de son collègue.

« On ne peut s'approcher plus sans courir le risque de se prendre une balle perdue de l'un ou l'autre camp.

— Pas faux. Tu restes où tu es. Veille à ce que personne ne s'échappe.

— Trop tard, Chavez, répondit aussitôt Caruso. La BM noire m'arrive dessus ! »

Chavez frappa du plat de la main son volant. Il n'avait à sa disposition qu'une malheureuse mitraillette MP5 de neuf millimètres posée sur le siège à côté de lui tandis que Dom, sur sa moto, ne disposait que d'un Beretta neuf millimètres, et Chavez n'avait aucun moyen de le rejoindre pour lui donner un coup de main sans devoir traverser le champ de bataille.

« Dégage le passage, conseilla-t-il à son ami. Si tu peux, file-les mais surtout, pas d'engagement.

— Compris. »

Chavez frappa de nouveau le volant, il se sentait

impuissant, garé au bord de la route, et puis soudain lui vint une idée. Il démarra, écrasa le champignon, cherchant un endroit où quitter la nationale par la gauche. Dans le même temps, il avait allumé l'écran multifonctions du Toyota. « Dom, je vais tâcher de te rejoindre par un itinéraire détourné. Tu me tiens au courant de la situation.

— Compris, ils viennent de passer juste à ma hauteur. Je vais leur coller au train. »

Le X3 avait fait demi-tour pour se remettre en marche avant à la hauteur de Dom une minute plus tôt, mais il continuait de rouler à contresens. Il y avait quelques voitures sur la route et toutes avaient dû changer de voie précipitamment ou freiner en catastrophe en voyant débouler sur eux le SUV et la moto lancée à ses trousses.

Chavez avait donné ordre à Caruso de rester hors de vue des hommes qu'il poursuivait mais c'était bien sûr peine perdue. Le phare de sa moto était le seul visible derrière la BMW, toute circulation ayant été bloquée par le barrage mille cinq cents mètres plus loin. Dom demeurait donc à distance suffisante pour donner du fil à retordre aux occupants du SUV si jamais ils s'avisaient de lui tirer dessus à travers la lunette arrière, tout en restant assez près pour ne pas les perdre de vue. Il espérait qu'ils allaient quitter cette grande artère pour s'enfoncer dans le dédale de rues plus étroites de la ville où il pourrait les filer un peu plus discrètement.

Et le souhait de Dom fut presque aussitôt exaucé. Le X3 tourna brutalement à droite sans presque ralentir pour s'engager dans Aušros Vartų, une rue à sens unique qui traversait comme une épine dorsale le dédale vallonné qui formait le centre de la vieille ville. Dom vira derrière eux dans la ruelle, puis il se rapprocha pour ne pas les perdre. L'appartement qu'ils avaient loué ne se trouvait qu'à quelques centaines de mètres, si bien qu'il connaissait assez bien le quartier pour savoir qu'il y avait des dizaines, pour ne pas dire des centaines de passages voûtés, de ruelles étroites, de voies transversales et de parking couverts où ils pouvaient se cacher.

Dom haussa la voix dans son casque pour être entendu de Ding :

« On a quitté la grand-rue pour filer vers le nord à travers la vieille ville. Je ne sais pas si c'est leur destination ou s'ils cherchent juste à me semer. »

La voix de Chavez se fit entendre presque aussitôt :

« Je fonce dans ta direction. Si tu peux me guider pour m'amener devant eux, je pourrai essayer de prendre le relais de la poursuite.

— Vieux, c'est toi qui as le GPS, moi je suis le mec à moto qui essaie de déchiffrer sur les panneaux des noms de huit syllabes en roulant à soixante-dix.

— Bon, j'ai rien dit. Donne-moi juste les points cardinaux et dis-moi ce que tu vois. J'essaierai d'en déduire l'itinéraire avec ma carte. »

Dom continua de suivre la grosse BMW qui filait vers le nord. Il avait ralenti jusqu'à la vitesse limite mais cherchait manifestement à sortir du quartier car il effectua toute une série de virages contradictoires qui menaient dans plusieurs directions. Dom les annonçait successivement à Ding et ce dernier réussit même à repérer l'itinéraire sur l'écran de son GPS, ce qui lui permit de guider Dom et de le réorienter pour faire croire aux occupants du SUV qu'ils avaient réussi à le semer.

Dom suivit donc scrupuleusement les instructions de Ding, cheminant sur des rues parallèles à celles empruntées par le X3, mais quand enfin il ressortit de l'autre côté de la vieille ville, le SUV noir avait disparu.

« Merde ! s'exclama Dom. Je l'ai perdu. »

Ding continuait d'aider Dom à l'aide de sa carte tandis qu'il se rapprochait du quartier. « Pas de souci, il n'y a qu'un seul point où ils auraient pu quitter cet itinéraire. Fais demi-tour, prends à gauche sur Subačiaus, puis tout de suite encore à gauche sur Kazimiero. »

Dom suivit les instructions, pour se retrouver au bout du compte dans un étroit passage pavé, obscur et sinueux.

« Il n'est pas là.

— Reste dans cette rue, il doit être devant toi. Obligé. »

Dom mit les gaz et traversa les pavés à toute berzingue. Il fila sous deux passages couverts formés par la réunion de deux bâtiments qui se dressaient au ras de l'étroite chaussée.

Au bout d'une trentaine de secondes de course dans le noir, il jeta un coup d'œil à droite et aperçut le reflet des feux arrière de la BMW garée dans la cour d'un immeuble. Il ralentit pour virer, mais à peine avait-il entamé sa manœuvre que le SUV démarrait en trombe pour regagner la rue à reculons et repartir dans la direction opposée. Au moment où il tournait, vingt-cinq mètres à peine derrière Caruso, un coup de feu retentit dans l'étroit passage. Quelques dizaines de centimètres au-dessus de la tête de Dom, un pan de maçonnerie vieux de deux siècles explosa sur la façade d'un immeuble.

Dom se lança de nouveau à leur poursuite, rebroussant chemin. Une nouvelle salve souleva une gerbe d'étincelles sur les pavés devant la moto. Dom ralentit, puis il vira sec pour s'engager sous un porche et lorsqu'il déboucha de l'autre côté, il tomba sur un escalier qui descendait dans la direction manifestement empruntée par la BMW, aussi Dom se mit-il à son tour à rebondir sur les marches.

« Ils me tirent dessus, annonça-t-il. Tu vois un autre itinéraire où je ne serais plus dans leur ligne de mire ? »

Ding le guida vers une rue parallèle aux escaliers et se dirigeant vers le sud. Au moment où, l'ayant enfin rejointe, Dom accélérait, il avisa la BMW à moins de cinquante mètres devant lui, sur un étroit passage pavé, longé de part et d'autre de murailles antiques. « Je les ai ! Cap au sud sur Dvasios, ils foncent comme des malades !

— Vers le sud, sur Dvasios ? demanda Ding. T'es sûr ?

— Ouais, pourquoi ?

— Parce que je suis en train de filer cap au nord sur Dvasios, et que moi aussi, je fonce comme un malade !

— Je ne sais pas quelle longueur fait cette rue mais tu ferais bien de… »

Dom s'interrompit quand il regarda par-delà la

BMW devant lui et vit déboucher d'un virage un gros SUV qui fonçait dans leur direction, tous feux éteints. Les deux véhicules roulaient à près de quatre-vingts et ils étaient désormais trop proches pour s'éviter.

Cela faisait cinq minutes que Ding Chavez sillonnait la vieille ville pour arriver à se positionner devant Caruso et le véhicule qu'il filait. Et maintenant qu'il y était parvenu, il n'était plus trop sûr de son plan. Alors qu'il n'était plus qu'à vingt-cinq mètres de l'impact, il lâcha le volant, se laissa glisser sur le côté par-dessus la console centrale du Land Cruiser et plaqua la tête sur l'assise du siège passager. Dans le même temps, il appuya sur la pédale de frein mais sans l'écraser. Il voulait juste ralentir la vitesse de l'impact – pour y survivre.

Le choc avec le gros 4 × 4 de loisir fut violent. Le corps de Chavez prit l'impact de biais ; les glaces explosèrent, le métal se déchira comme du papier. Les airbags du Toyota s'étaient déployés, mais au-dessus de Chavez qui gisait allongé en travers des sièges avant. Ils se dégonflèrent instantanément, ce qui lui permit de se redresser rapidement, la MP5 dans la main. Il la pointa au-dessus du tableau de bord, droit sur le véhicule encastré dans le sien.

Le radiateur du gros Land Cruiser avait éclaté, libérant dans les airs un nuage de vapeur brûlante qui obscurcissait la vue entre Chavez et des cibles potentielles, mais après quelques secondes, le temps d'embrasser la scène, il avisa le chauffeur de la BMW, à deux mètres à peine devant lui, en train de se battre avec l'airbag dégonflé qui lui recouvrait le visage, et son pistolet levé à travers le pare-brise explosé.

Chavez bascula la sécurité de son pistolet-mitrailleur et ouvrit le feu, criblant la tête de son adversaire d'une volée de balles de neuf millimètres chemisées.

Le passager avant de l'autre véhicule tira sur Chavez mais le rata. L'Américain se repéra dans la vapeur et la fumée grâce à l'éclair de la bouche du canon et tira à plusieurs reprises, avant de se planquer derrière le tableau de bord pour éviter une éventuelle riposte.

Il déboucla sa ceinture, ouvrit la portière côté chauffeur et se laissa glisser à terre. Dès qu'il eut heurté le pavé, dans l'air froid de la nuit imprégné des odeurs mêlées de liquide de refroidissement et d'huile de moteur, il fit pivoter son MP5 pour le diriger vers la BMW.

Un type en jean et vêtu d'un lourd pardessus s'était extrait de l'arrière de l'épave et il se relevait déjà, tout en dégainant d'une poche intérieure son flingue. Chavez le braqua en criant : « Plus un geste ! »

Le type bougea et Ding le descendit d'une balle en plein front, l'envoyant valdinguer sur les pavés.

« Merde ! » s'exclama l'Américain. Il lui fallait en garder au moins un en vie.

Il se redressa en chancelant, s'estimant heureux de constater que son corps obéissait et de ne pas avoir été blessé dans l'accident, puis il s'approcha avec précaution de l'épave de la BMW, la contournant pour gagner l'arrière, légèrement penché, l'arme toujours pointée.

Un homme s'était extrait de l'épave en rampant à

quatre pattes et il se trouvait à présent au beau milieu de la ruelle, à dix mètres de là.

Dom Caruso était agenouillé au-dessus du blessé, un genou lui bloquant le dos, le Beretta pressé contre sa nuque. Il leva les yeux vers Ding.

« Eh, regarde ce que j'ai trouvé. »

Les cinq dernières minutes avaient été un cauchemar logistique mais Chavez et Caruso avaient récupéré le tireur blessé, comme prévu à l'origine.

Le seul véhicule en état de marche était la moto, aussi Dom alla-t-il la chercher pour revenir auprès de l'homme gisant sur les pavés. Il avait une cheville brisée – il avait dû se blesser lors de la collision – et il était incapable de marcher et même de tenir debout, aussi, une fois que les deux Américains l'eurent fouillé à terre à la recherche d'une arme, Ding lui ligota les mains avec du ruban adhésif, lui banda les yeux, puis le jucha à l'arrière de la moto de Dom. Ce dernier repartit aussitôt en direction du sud, avec instructions de leur trouver un endroit pour procéder à un interrogatoire impromptu.

Juste de l'autre côté de Daukšos, une artère principale qui traversait la ville d'est en ouest, à un pâté de maisons du lieu du sinistre, Dom remonta un passage privé desservant un groupe d'appartements anciens en assez piteux état. Au bout de celui-ci, au fond d'un parking et derrière une rangée de poubelles, il trouva une bâtisse isolée de la taille d'un box à voitures qui semblait abandonnée depuis des décennies : elle était entourée d'herbes folles et les vitres des fenêtres étaient brisées, mais quand il eut ouvert d'un coup de pied la porte branlante en bois et inspecté l'intérieur avec sa lampe torche, il vit que les lieux conviendraient parfaitement pour une brève conversation.

Ding, qui les avait suivis au petit trop, apparut cinq minutes plus tard, un peu essoufflé par sa course. Dans l'intervalle, Dom avait débarrassé le prisonnier de son pardessus et de sa chemise et braqué sur lui une torche électrique posée en équilibre sur l'appui d'une fenêtre occultée par des planches.

L'homme frissonnait et gémissait de douleur à cause de sa cheville grotesquement enflée, mais Dom n'avait rien fait pour lui porter secours.

Ding entra dans la pièce exiguë, l'inspecta du regard, puis ôta le bandeau du prisonnier. L'homme cligna plusieurs fois les yeux, puis son regard à son tour balaya les lieux.

Pour autant que pût en juger Ding, le type avait l'air d'un Russe. La trentaine, barbe et moustache hirsutes, d'un auburn tirant nettement sur le roux. Ses mâchoires carrées étaient discernables même sous la pilosité et son nez cassé lui donnait des airs de boxeur au palmarès peu convaincant.

Il ne portait aucun tatouage ou autre marque distinctive sur les bras ou le torse.

« Est-ce que tu parles anglais ? » demanda Chavez. L'autre se contenta de regarder les deux Américains sans répondre, clignant toujours des yeux à cause des cent quatre-vingts lumens de la torche braquée sur son visage.

Dom s'était à présent agenouillé pour se mettre à sa hauteur. D'une voix lourde de menace, il répéta sa question en détachant les mots.

« Est-ce. Que. Tu. Parles. Anglais ? »

L'autre se contenta de hocher un peu la tête, comme s'il ne comprenait pas, mais il resta muet.

Dom soupira. « Qu'est-ce qu'on en fait ? »

De derrière, Chavez lâcha : « C'est un poids mort. Tranche-lui la bite, loge-lui une balle dans la tête et balance-le dans la rivière. »

Dom acquiesça.

« Excellent plan.

— Non ! Je parler anglais ! » hurla le type avec un accent épouvantable, les yeux écarquillés d'épouvante.

« Voyez-vous ça ? railla Dom avec un sourire. Mais c'est qu'il apprend vite.

— Ça fait trente ans que je donne des cours accélérés d'anglais en dix secondes chrono, répondit Chavez en venant à son tour s'agenouiller devant le blessé. OK, chef. Tes potes ont tous fait leur choix, à présent c'est ton tour. Veux-tu vivre ou veux-tu mourir ?

— Je vouloir vivre. »

Il semblait sûr de sa décision.

« Bien, fit Chavez. Primo, tu es russe ?

— Russe ? Non. De Serbie. Nous être tous serbes. » Il baissa les yeux quelques secondes. « Été serbes.

— Serbes ? »

Dom était surpris. On était à quinze cents kilomètres de Belgrade.

« Mais vous travaillez pour le FSB ? intervint Chavez.

— Non.

— Qui vous a entraînés ?

— Armée serbe.

— Mon cul ! s'exclama Chavez. T'as l'entraînement d'un Spetsnaz. »

L'homme resta sans rien dire jusqu'à ce que Dom ajoute : « La rivière n'est qu'à deux rues d'ici. »

Le blessé changea de refrain aussitôt.

« Oui, on était trente, entraînés en Russie. Dixième brigade de Spetsnaz du GRU à Krasnodar.

— Qu'est-ce que vous fichez ici ? »

L'homme haussa les épaules.

« Nous nous sommes battus pour Russie en Ukraine. Bataillon Tchetnik. Les meilleurs de notre unité ont été transférés en Russie pour recevoir entraînement Spetsnaz, puis on nous a dit d'aller dans pays Baltes pour opérations déstabilisation. » Il releva les yeux vers les deux Américains. « Vous avoir dit que vous ne pas tuer moi.

— Tu nous dis la vérité et on t'emmène à l'hôpital.

— Comment je pouvoir compter sur vous ?

— Tu sais que tu peux compter sur moi pour te loger une balle dans l'œil comme je l'ai fait avec tes petits camarades. »

L'homme baissa de nouveau la tête.

« Ils ont dit nous que Russie allait attaquer. Nous étions avant-garde.

— Vous avez tenté d'enlever l'Américain, l'autre soir à Tabariškės. »

Signe de dénégation. « Autres hommes de mon unité. Pas moi. »

Au tour de Dom, cette fois : « As-tu fait sauter l'*Independence* ?

— Le quoi ? »

Chavez et Caruso se dirent qu'il semblait réellement désarçonné par la question.

Chavez reprit :

« Et le train ?

— Que… quel train ?

— Là, franchement, c'est trop, observa Caruso, confirmant ce que pensait déjà Chavez.

— Ton nom ? demanda Chavez.

— Luka.

— Écoute, Luka. Tu ne peux pas nous mentir. Je viens de tuer trois hommes. Au point où j'en suis, en tuer un de plus nous faciliterait plutôt la tâche. Nous n'avons pas de voiture. Et je me sens vraiment pas de te trimbaler à l'hôpital. »

Luka demeurait tête baissée.

« On a ordonné nous tirer sur transport de troupes russes. De porter insigne Lanciers du peuple polonais.

— Gagné ! » marmonna simplement Dom.

Une minute plus tard, Ding sortit de la bâtisse. Seul dans la nuit, il appela Linus Sabonis sur son mobile, prêt à lui dire de récupérer le prisonnier serbe et à lui transmettre les informations qu'il venait de recueillir, mais Sabonis ne répondit pas. Il rappela, et une fois encore tomba sur sa boîte vocale.

Dépité, Ding appela son adjoint. Ce dernier répondit à la cinquième sonnerie. Ding se mit à lui exposer la situation, mais avant même d'en arriver à la course-poursuite après le barrage routier, l'homme l'interrompit :

« Je suis désolé, je dois y aller. »

La nonchalance de son interlocuteur surprit Ding.

« Vous avez quelque chose de plus important en cours ?

— À vrai dire, oui. » Une brève pause. « Des troupes russes de Kaliningrad viennent d'entrer en Lituanie. »

L'homme raccrocha.

Ding réintégra la bâtisse et regarda Dom.

« C'est parti, frangin. Nous sommes officiellement dans un pays envahi. »

Dom reporta son regard sur Luka.

« Tu te débrouilles tout seul, connard. Rampe jusqu'à la rue et hèle un taxi pour te conduire à l'hosto, ou bien attends que les chars russes te sauvent la couenne. Nous, on se barre.

— Je être blessé ! Je pas pouvoir marcher !

— Dommage », lâcha Caruso, et, sans ajouter un mot, les deux Américains abandonnèrent le blessé à son sort.

66

Tout le monde pensait que l'attaque russe sur la Lituanie débuterait par un tir de roquettes lancées depuis la Biélorussie et l'enclave de Kaliningrad, suivi ensuite seulement par l'entrée des chars et des troupes par les postes-frontières sur la route nationale. Des avions et des hélicoptères viendraient en appui-sol, tandis que l'artillerie leur ouvrirait la voie.

Mais la salve d'ouverture se révéla bien différente.

Un train militaire russe déjà programmé pour traverser la Lituanie fit un arrêt non prévu dans une gare de triage située dans la forêt de Paneriai, au sud-ouest de la capitale, non loin de l'aéroport. À cause du passage du train russe, le dispositif de sécurité habituel du triage avait été renforcé par un peloton de fantassins de l'armée lituanienne, mais ces trente hommes, ajoutés à la bonne douzaine de vigiles armés légèrement, ne pesaient guère face aux quatre-vingt-seize commandos parfaitement entraînés de la direction « A » du Centre d'intervention spéciale du FSB qui se trouvaient à bord du convoi. L'unité antiterroriste spécialisée était connue en Russie sous le nom de *Spetsgruppa A* – « Équipe spéciale Alpha », mais partout ailleurs dans le monde on les appelait simplement le « Groupe Alpha ». C'étaient les fameux « Petits Hommes verts » apparus l'année précédente en Ukraine orientale, ces mêmes hommes dont des Lituaniens avaient ces dernières semaines signalé la présence à proximité de leurs frontières. La plupart de ces signalements étaient erronés : certes, il y avait eu quelques rares intrusions mais les Petits Hommes verts avaient en fait attendu jusqu'à maintenant pour entamer leur action directe en territoire lituanien.

Les quatre-vingt-seize membres du groupe Alpha s'étaient vu attribuer deux missions cruciales pour cette première nuit d'invasion. La moitié allait grimper dans les véhicules qui attendaient au triage et se rendre directement dans la capitale. Là, ils se diviseraient en équipes de six hommes pour bloquer rapidement les routes, établir des checkpoints, et surtout manifester leur présence aux citoyens de Vilnius se rendant au travail dans la matinée. Les Russes voulaient instiller le chaos dans leur pays, donner l'impression que l'invasion proprement dite avait déjà gagné la capitale avant même que les gens n'apprennent qu'ils étaient en guerre. Huit groupes différents occupant huit points de blocage prédéterminés avec soin pouvaient faire les gros titres dès l'aube, immobiliser la capitale, voire tout le pays avant le milieu de la matinée.

Comme dans la plupart des guerres hybrides russes, l'opération visait essentiellement au spectacle, à *faire croire* à une situation au sol en vue de modifier *réellement* celle-ci.

Les membres de l'autre moitié du groupe Alpha avaient une mission plus directe. Ils monteraient aussi dans des véhicules qui les attendaient à cette gare mais eux se dirigeraient vers l'est, traversant la forêt par des routes secondaires pour rallier l'aéroport international de Vilnius, à quatre kilomètres de là. Parvenus sur place, ils se diviseraient en quatre unités de douze hommes, chacune avec son objectif propre. Deux attaqueraient les extrémités opposées du terrain pour attirer les gardes et fixer une éventuelle présence militaire, tandis que les groupes trois et quatre attaqueraient l'aérogare proprement dite, là aussi par des entrées opposées, pour s'emparer du bâtiment et installer des positions de défense dans cet espace aussi vaste qu'un centre commercial. Les deux premiers groupes tenteraient alors de faire la jonction pour s'emparer ensemble de la tour de contrôle, s'assurant ainsi la maîtrise totale de l'aéroport.

Si tout se déroulait comme prévu, le reste des troupes russes des unités appartenant au renseignement militaire atterrirait avant l'aube afin de réapprovisionner et renforcer les hommes du groupe Alpha déjà sur zone.

Mais tout d'abord, les Russes devaient descendre du train et rallier l'aéroport. Les troupes lituaniennes défendant le secteur restèrent d'abord confondues en voyant l'imposant convoi russe sembler ralentir à l'approche du petit bâtiment de la gare desservant le triage. Aussitôt, le commandant du peloton demanda à son second de contacter immédiatement la base pour savoir ce qui se passait. Ce n'est que lorsque les vigiles gardant le triage, habitués à voir le train russe traverser en trombe les installations à cent à l'heure, plongèrent au sol ou se planquèrent, qui derrière un wagon, qui à l'abri d'un mur en parpaings, que les fantassins eurent enfin l'intuition de courir un danger.

Les soldats rejoignirent donc les vigiles sur leurs positions défensives, mais trop lentement, et quand les hommes en noir commencèrent à sauter du train encore en marche en tirant sur tout ce qui bougeait, le commandant du peloton lituanien, un sous-officier d'à peine vingt-trois ans, comprit enfin qu'il n'avait pas besoin d'attendre les instructions de sa base.

C'était clair. La putain de guerre dont tout le monde parlait dans le pays venait de commencer, là, juste sous ses yeux.

Les tireurs d'élite du groupe Alpha montèrent sur le toit de plusieurs wagons et braquèrent leurs armes, des fusils Sako TRG 22 dotés de viseurs infrarouges qui se mirent à balayer la scène. En quelques secondes, ils avaient localisé leurs cibles aux abords de la gare et un peu plus loin sur les voies du triage, tandis qu'au niveau du sol les troupes d'assaut du groupe Alpha entamaient une progression par à-coups pour s'éloigner du train.

Une mitrailleuse lituanienne installée sur le toit de la gare se mit à aboyer, arrosant le train de ses balles de 7.62 millimètres. Un Russe fut touché au coude, le projectile lui arrachant l'avant-bras et l'envoyant au sol où en quelques minutes il mourut, vidé de son sang.

Mais la grosse mitrailleuse FN-MAG, l'arme lituanienne la plus puissante sur la scène face aux désormais quatre-vingt-quinze envahisseurs, fut réduite au silence après un seul et unique coup au but. Depuis le sol, un assaillant tira une grenade explosive de quarante millimètres avec le lanceur fixé sous le canon de sa Kalachnikov et son projectile atterrit précisément sur la position protégée par des sacs de sable, tuant sur le coup le servant et blessant son pourvoyeur.

Moins de deux minutes après le premier coup de feu tiré dans la gare de triage, l'escouade en avant-garde du groupe Alpha avait atteint la gare principale après avoir traversé plusieurs voies. Les Russes n'étaient plus que deux, quatre de leurs compagnons gisaient morts ou blessés sur les voies derrière eux, mais une fois qu'ils eurent pénétré dans le bâtiment, les Lituaniens – soldats comme vigiles – battirent en retraite, filant vers deux vastes entrepôts situés au nord-est des installations avant de gagner la forêt derrière.

Les Russes ne se fatiguèrent pas à les poursuivre ; leurs ordres étaient d'économiser les munitions ; seuls les tireurs d'élite restèrent sur le toit des voitures pour continuer à surveiller les alentours à la lunette infrarouge, guettant une éventuelle contre-attaque. Pendant ce temps, les assaillants se précipitaient vers une grille d'accès au nord-ouest du site, qu'ils ouvrirent d'un tir de carabine, pour gagner une vaste aire de chargement. Là, chargés sur quatre semi-remorques, vingt luxueux SUV Volvo XC-90 flambant neufs attendaient leur livraison aux concessionnaires dans tous les pays Baltes. Les hommes du FSB travaillant pour une entreprise suédoise de logistique s'étaient fort opportunément occupés des formalités douanières, retenant les véhicules dans le port de Klaipėda jusqu'à l'avant-veille, afin de caler leur arrivée à la gare de marchandises juste avant celle du train russe.

Le commandant du groupe Alpha disposait de

plusieurs jeux de clés de contact qu'il fit passer aux chauffeurs désignés. Les hommes s'entassèrent dans les SUV avec leur lourd équipement, occupant les trois rangées de sièges et jusqu'au moindre centimètre cube des espaces de rangement avant de quitter la gare, abandonnant sur place les morts et les blessés perdus lors de l'opération.

Le lieutenant-colonel Rich Belanger apprit la réussite de l'infiltration des forces spéciales russes par les mêmes voies que se propageait le reste des renseignements sur le terrain : tout un mélange de faits, associant conjectures et rapports erronés aux informations exploitables bien réelles. Ses marines étaient tous positionnés à l'est de Vilnius, de sorte qu'ils n'apprirent l'attaque de la gare de triage que trente minutes après son déclenchement, et à ce moment-là le commando russe avait quitté les lieux depuis belle lurette. Nul ne savait où ils étaient passés mais le lieutenant-colonel s'avisa qu'aussi déroutante que fût l'action ennemie dans son dos, il devait rester concentré sur sa mission, la seule chose qu'il pouvait encore contrôler. La frontière biélorusse était à seize kilomètres devant lui, avec vingt-cinq mille soldats russes positionnés derrière.

Les Lituaniens n'auraient qu'à se débrouiller tout seuls avec l'opération de pénétration avancée de l'ennemi.

67

Chavez et Caruso arrivèrent aux abords de l'aéroport à deux heures trente du matin, juchés tous les deux sur la moto, seulement lestés des sacs de randonnée qu'ils avaient utilisés toute la journée pour leur mission. Le reste de leur équipement était resté à leur planque dans la vieille ville, mais ils avaient décidé de s'en passer pour ne pas retarder leur exfiltration du pays. Les deux hommes connaissaient suffisamment les procédures de sécurité pour savoir qu'ils ne laissaient rien derrière qui pût les conduire à eux ; quant aux portables et autres équipements électroniques, tous étaient cryptés et configurés par Gavin Biery pour qu'on pût si nécessaire effacer à distance leur disque dur.

Abandonner une planque sans la nettoyer intégralement n'était pas optimal, mais compte tenu des nouvelles fragmentaires évoquant une attaque en cours quelque part dans le pays, Chavez avait choisi de mettre un terme à l'opération et de se concentrer sur leur exfiltration tant qu'il en avait encore la possibilité.

Les deux hommes s'arrêtèrent le long d'un large conduit d'évacuation pluviale qui se trouvait non loin de l'aéroport ; là, ils démontèrent les armes que leur avait procurées le renseignement lituanien. Alors que Ding lâchait le récepteur de sa mitrailleuse MP5, après l'avoir entendu tomber dans l'eau derrière lui, il remarqua : « Je regrette qu'on n'ait pas le temps de retrouver Herkus Zarkus pour lui refiler ces armes. Ça ne peut pas faire de mal d'en avoir une ou deux de rechange. »

Caruso balança lui aussi dans l'eau son pistolet, en pièces détachées.

« En fait, le mieux pour lui, vraiment, ce serait de lui flanquer un bon coup sur le crâne, puis de l'embarquer avec nous. »

Ils abandonnèrent leur moto sur le parking proche du terminal, qu'ils rejoignirent à pied pour se rendre aussitôt au poste de sécurité ; là, les visages inquiets des agents armés prouvaient à l'évidence qu'ils étaient déjà au courant de l'agression contre leur pays. Mais tout comme les deux Américains, ces hommes ne disposaient pas d'informations concrètes. Ils supposaient simplement que l'invasion venait de débuter tout à l'ouest, à la frontière avec l'enclave de Kaliningrad, ou bien juste à quarante kilomètres à l'est de la capitale, à la frontière biélorusse. De mauvaises nouvelles, assurément, mais aucun ne se doutait de l'imminence du danger qu'ils couraient.

Les Américains expliquèrent qu'ils avaient un jet privé garé dans la zone d'aviation générale et, après un coup de fil de vérification, on les fit passer sous un portique détecteur de métaux et admettre dans la zone d'embarquement.

Caruso nota les regards envieux de ces hommes qui

manifestement auraient bien voulu pouvoir monter à bord d'un jet privé et quitter eux aussi le pays.

Une fois les deux Américains ressortis du terminal pour rejoindre le Gulfstream garé sur le tarmac à deux cents mètres de là, ils furent surpris par la plainte soudaine d'un signal d'alarme. Au début, Caruso crut qu'ils avaient pris la mauvaise porte et l'avaient déclenché eux-mêmes, mais bien vite un message se fit entendre dans la sono, en lituanien. Aucun d'eux ne comprit ce qu'on disait mais, au ton de sa voix, l'annonceur semblait bougrement plus agité que s'il avait signalé à la cantonade que deux nigauds venaient d'emprunter la mauvaise porte dans l'aérogare assoupie.

Dom et Ding pressèrent le pas pour rejoindre leur avion qu'ils apercevaient au loin, sous la lumière des projecteurs face au hangar d'aviation générale.

Ils en étaient encore à cent mètres quand ils entendirent un unique coup de feu, loin vers le sud, par-delà l'extrémité de la piste. En scrutant l'obscurité dans cette direction, ils virent d'autres flashes lumineux, et un instant après leur parvint le bruit d'une fusillade.

« Putain, c'est quoi ça ? s'exclama Dom. Ça ne peut pas déjà être les Russes.

— Et pourquoi pas ? » répondit Dom avant de se mettre à courir vers l'avion.

Une explosion derrière eux dans le terminal leur fit penser à la détonation d'une grenade explosive de quarante millimètres et celle-ci fut suivie d'une alternance du staccato de rafales et des coups brefs tirés par des armes automatiques et semi-automatiques.

Ils n'étaient plus qu'à cinquante mètres du but quand leur parvint le bruit soutenu d'une autre fusillade, celle-ci en provenance de la partie nord de l'aérodrome.

« Ils tiennent les deux bouts de la piste ! dit Caruso. Quel que soit le sens qu'on choisira, on va essuyer des coups de feu ! »

Ding regarda le poste de pilotage et reconnut derrière la vitre Helen Reid, la pilote du Campus, déjà aux commandes, et, alors qu'il se précipitait pour contourner le nez de l'appareil et rejoindre l'autre côté, il vit le copilote Chester « Country » Hicks posté à la porte d'accès, une mitraillette HK UMPS posée contre les jambes. Il regardait vers le sud, en direction de la fusillade la plus proche.

Même si Country n'avait pas la formation de l'agent chargé de la sécurité en vol du Campus, Adara Sherman, il avait été pilote dans les marines et il savait parfaitement manier quantité d'armes.

Les deux hommes du Campus escaladèrent au galop l'échelle de coupée et Country referma aussitôt la porte derrière eux. Chavez baissa la tête pour entrer dans l'étroit cockpit du luxueux jet d'affaires.

« Il y a des fusillades au terminal et aux deux bouts de la piste. Qu'est-ce que vous allez faire ?

— Ont-ils des SAM[1] ? interrogea le capitaine Reid.

— Aucune idée.

— Des RPG[2] ?

— Aucune idée non plus. J'ai juste entendu des armes automatiques de petit calibre et des grenades de quarante millimètres. »

---

1. Missiles sol-air.
2. Lance-grenade antichars.

Chavez dut sortir à reculons pour laisser Country s'installer dans le siège de droite, puis il se pencha de nouveau vers le poste de pilotage. Reid poussait déjà les gaz du moteur gauche pour faire pivoter l'appareil sur tribord. À sa droite, Country était en train de boucler son harnais tout en scrutant dehors par tous les angles du pare-brise, afin de décider de la meilleure direction à prendre.

« Le plus gros de la fusillade se déroule en ce moment côté sud, annonça-t-il. Un vrai feu d'artifice. Mais une fois que les autres auront traversé le terminal, le milieu de la piste sera à son tour directement sous le feu.

— Alors, on ne traîne pas, conclut Helen Reid. Je vais prendre la voie d'accès rapide au milieu de la piste, m'arrêter, mettre les gaz à fond tout en gardant les freins serrés. Et je tenterai un décollage court vers le nord.

— Vous pensez être assez haut pour éviter les tirs en bout de piste ? »

Elle avait déjà commencé le roulage à une vitesse qui força Ding à se retenir des deux mains à l'accès au cockpit.

« Non, répondit la capitaine Reid. On sera encore très bas quand on les survolera.

— On peut virer à droite toute juste avant, suggéra Country.

— À droite toute, opina-t-elle. Dès que les roues auront quitté la piste, on va grimper cap à l'est. » Un coup d'œil à Chavez. « Dom et vous, vous avez intérêt à boucler vos ceintures. »

Chavez rejoignit précipitamment la cabine et s'assit

dans le fauteuil pivotant voisin de celui de Caruso. Ce dernier regardait dehors par le hublot près de son siège.

« Qu'est-ce qu'ils ont dit ?

— Ils ont dit que le repas à bord serait servi en retard. »

Dom rigola malgré la tension.

« Pas de problème. J'ai dans l'idée que je ne vais pas tarder à perdre l'appétit. »

Le Gulfstream n'attendit pas l'autorisation de décoller de la tour parce que Reid apercevait distinctement les flashes de la fusillade derrière les baies vitrées de la tour de contrôle. Comme elle n'avait jamais vu d'aiguilleurs du ciel lourdement armés, elle en conclut que les installations seraient d'un instant à l'autre aux mains des Russes. Alors elle serra les freins, poussa les deux réacteurs à fond et attendit qu'ils se mettent à hurler.

Elle relâcha les freins, l'appareil au fuselage blanc élancé fit une brusque embardée et elle le maintint dans l'axe de la piste à l'aide du palonnier. Chester « Country » Hicks lui annonçait sa vitesse tandis que ses yeux passaient de la ligne médiane pour garder son cap aux éclairs lumineux déchirant l'obscurité tout au bout de la piste. La fusillade semblait se rapprocher d'eux à chaque seconde et leur appareil fonçait vers le cœur d'une bataille qu'il ne pouvait plus éviter.

Reid gardait normalement sa cabine « stérile » pendant toute la phase de décollage : aucune conversation, rien d'autre que les brefs messages indispensables au bon maniement de l'appareil. Mais ce n'était pas un décollage banal. Elle observa : « Si jamais on est touchés, il faut qu'on sache où faire un atterrissage d'urgence dans le sud.

— Quatre-vingt-dix nœuds, annonça Country. Euh… si c'est vraiment grave, il faudra qu'on se trouve une grande route. Si on arrive à se traîner jusqu'à la Pologne, c'est encore la meilleure option. Cent nœuds. »

Reid avait besoin d'atteindre cent vingt nœuds pour tirer sur le manche mais, droit devant, une averse d'étincelles se mit à exploser en travers de la piste. « Ils nous tirent dessus. » Elle appuya sur le palonnier pour quitter l'axe de la piste et foncer vers le côté droit tandis que l'appareil accélérait toujours.

« Cent dix, annonça Country avant d'ajouter : tu sors de l'épure. »

Les étincelles crépitaient maintenant tout autour d'eux. Reid n'avait aucune idée des raisons qu'avait l'armée russe de lui tirer dessus, mais elle supposa que les agresseurs avaient reçu l'ordre d'empêcher tout appareil de quitter le pays.

Quand elle ne put apercevoir la lisière droite de la piste sous le nez de son appareil, elle attendit encore un bref instant, puis se mit à tirer sur le manche.

À sa droite, Country prononça d'un trait son annonce suivante : « *Centvingtdécollage.* »

Reid tira plus fort, le nez se souleva quelques mètres à peine avant que la roulette avant ne quitte le tarmac et ne s'enfonce dans l'herbe. Le train arrière quitta le béton encore plus près de celle-ci, mais l'avion était désormais dans les airs, trois cents mètres à peine avant l'extrémité nord de la piste.

Sitôt qu'ils furent assez haut, mais sans doute pas à plus de quinze mètres du sol, Reid inclina son appareil de vingt degrés sur la droite.

« Train remonté », annonça Country en se chargeant lui-même de la manœuvre.

Les vingt degrés devinrent trente, les trente, quarante et bientôt ils avaient mis le cap au sud-est.

L'éclat des balles traçantes rasait la fenêtre gauche de Reid.

Une minute plus tard, Dom Caruso apparut entre les deux pilotes.

« Je vous paye une bière mais pas avant qu'on ait rejoint notre destination. »

Hicks éclata de rire, faisant de son mieux pour se la jouer détendu. Helen Reid, en revanche, n'avait pas le douteux privilège de jouir de l'assurance bravache de l'ancien marine et de l'espion, aussi se contenta-t-elle de remarquer : « Messieurs, si nous laissions tomber les fanfaronnades jusqu'à ce que nous ayons quitté l'espace aérien lituanien ? Pour autant qu'on puisse dire, deux MiG sont peut-être lancés à nos trousses au moment où nous parlons.

— Vous avez raison, reconnut Caruso, mais nous serons dans l'espace polonais d'ici deux minutes.

— Corrigez-moi si je me trompe, rétorqua-t-elle, mais il y a une demi-heure, vous ne saviez même pas que la Russie avait attaqué la Lituanie. Qu'est-ce qui vous dit qu'ils n'ont pas attaqué aussi la Pologne ? »

Mouché, Caruso quitta le poste de pilotage.

Reid lui lança : « On se posera à Bruxelles dans

trois heures. Vous feriez mieux de vous reposer un peu. »

Caruso se retourna. « Bruxelles ? Pourquoi Bruxelles ? »

Country claqua les doigts. « Avec toute cette agitation, j'ai oublié de vous prévenir. Appelez Gerry, il a besoin de vous en Belgique, les gars. »

68

Jack Ryan Junior attendait à la porte d'embarquement C3 de l'aéroport international Dulles son vol Lufthansa de dix-sept heures cinquante à destination de Bruxelles. Il était en complet-veston et tirait une valise à roulettes, plus pour renforcer la crédibilité de sa couverture de cadre supérieur en voyage d'affaires que pour des raisons opérationnelles. Il se dit qu'il ne resterait sans doute pas en costume une fois sur place ; il s'attendait plutôt, sitôt dans sa chambre d'hôtel, à devoir se changer pour adopter une tenue décontractée aux tons neutres pour pouvoir discrètement et confortablement filer sa cible dans la capitale belge. Après tout, il allait agir en solo et donc il devait parer à toute éventualité.

Les écrans de télévision dans la salle d'embarquement diffusaient CNN et tous les bulletins ne parlaient que de l'intervention russe en Lituanie. Un journaliste venait de relayer l'information, non confirmée, que les forces armées américaines étaient déjà au sol à l'est et à l'ouest de la capitale, ce qui, si c'était avéré, ne manqua pas de surprendre Jack, puisque les journalistes n'avaient cessé de répéter en boucle depuis deux jours comment les tentatives paternelles pour envoyer des troupes de l'OTAN en Lituanie avaient lamentablement échoué.

Jack se demanda si son père avait pris la décision unilatérale de venir en aide à la Lituanie. Cela lui ressemblerait assez. *Seigneur, Jack, je te souhaite bien du courage.*

Un agent demanda aux familles voyageant avec des enfants de se présenter à la porte d'embarquement. Jack était en première ; on n'allait pas tarder à l'appeler, aussi se leva-t-il et sortit son mobile pour ouvrir l'application d'embarquement, mais quand il regarda l'écran, il vit que Gerry était en train de l'appeler.

Il ferma les yeux.

Au début, il songea à ne pas répondre, mais il ne pouvait pas esquiver ainsi ses responsabilités. Il savait qu'il allait se faire virer mais il savait aussi que Gerry ne lèverait pas non plus le petit doigt pour l'empêcher physiquement de se rendre en Europe. Ce n'était donc pas comme s'il pouvait, sous la menace, obliger les flics à venir le chercher dans la cabine et le conduire manu militari à la Maison-Blanche pour un tête-à-tête avec son père.

Quoique ?

Jack prit la communication, en essayant de faire passer dans sa voix une insouciance qu'il n'éprouvait aucunement, car il savait que c'était le moment où tout ce qu'il avait bâti au cours de ses cinq années de présence au Campus était sur le point de tomber en poussière.

« Salut, Gerry.

— C'est ton jour de chance, Jack. »

Jack ne se sentait pas si chanceux.

« Comment ça ?

— Ding et Dom sont en train de quitter Vilnius au moment où l'on se parle. Je viens de les avoir au téléphone, je les ai informés de ta situation. Ils te retrouveront à Bruxelles dès ton arrivée là-bas. Tu as le feu vert pour mener une surveillance sur Salvatore. »

Jack sentit ses genoux se dérober au point qu'il dut chercher un mur à tâtons pour garder son équilibre. Son cerveau était noyé sous un flot d'informations qu'il essayait de traiter aussi vite et aussi pertinemment que possible. Il s'était senti un bref instant soulagé, mais à présent il s'agissait avant tout d'avoir l'air le plus relaxé possible. Finalement, il lâcha une réponse mesurée.

« OK. Content d'apprendre que les gars sont loin de la zone de combat. C'est le plus important.

— Certes », admit Gerry.

Il y eut un silence au bout du fil. Jack leva les yeux et vit que l'écran au-dessus de la porte affichait : « Premières classes, bienvenue à bord. » Il demanda au patron : « Autre chose, Gerry ? »

Après une pause, le directeur du Campus remarqua : « Je sais parfaitement où tu te trouves, Jack. J'espère pour toi que tu sais ce que tu fais. »

Jack referma les yeux. *Et merde*. « Oui, monsieur. Je suis désolé, vraiment. J'aimerais mieux être ailleurs, mais je suis convaincu de faire ce qui convient le mieux.

— Pour cette mission, peut-être. Mais pas dans une perspective à long terme. Tu cours le risque de révéler ton identité.

— La seule chose qui importe, répondit Jack, c'est la mission. À la minute où le mandat de cette boîte inclura ma protection sous prétexte que je suis ce que je suis, c'est à cette minute que je devrai quitter le Campus. Il y a trop de choses en jeu dans cette mission pour transformer le Campus en garderie pour le fils du président. »

Le ton sudiste traînant de Gerry resta doux et calme mais on y sentait une pointe d'irritation. « File à Bruxelles. Fais ce que tu dois y faire, tout en gardant à l'esprit que c'est Ding Chavez le chef opérationnel sur cette mission. À ton retour… on discutera tranquillement.

— Oui monsieur. Au revoir. »

Jack coupa et rejoignit sa file pour embarquer dans le 777 et gagner son fauteuil de première. Sitôt installé, il sortit un carnet et se mit à prendre des notes en vue de la mission. Chavez pouvait certes prendre la tête des opérations mais il aurait besoin de lui pour le mettre au fait des derniers rebondissements.

Jack Ryan Junior se rendit compte à ce moment-là qu'il pouvait bien s'agir de son ultime opération au sein du Campus, aussi voulait-il qu'elle marque les esprits.

Le président Jack Ryan ne s'était encore jamais entretenu avec Sémionov, son homologue biélorusse ; il n'en avait pas franchement vu l'intérêt. La Biélorussie avait choisi son rôle dans les affaires internationales : celui de marionnette des Russes. Ryan ne leur en tenait pas forcément rigueur, ils étaient liés par la culture et l'histoire, c'était une nation frontalière sans possibilité de se protéger de son encombrant voisin et les problèmes chroniques de ses voisins occidentaux avec les pouvoirs en place à Moscou et à Minsk avaient renforcé une méfiance suffisant à justifier que Sémionov penchât plutôt vers l'est pour assurer sa protection.

Les États-Unis avaient une ambassade à Minsk, les deux gouvernements entretenaient des relations diplomatiques, mais Ryan n'avait pas voulu accorder à l'État vassal le poids politique d'entretiens directs avec les plus hautes instances du gouvernement américain.

Quant au but de son coup de téléphone, rien de tout cela ne faisait la moindre différence pour Ryan. Il avait bien l'intention de s'adresser de vive voix au président biélorusse et il n'allait pas mâcher ses mots.

Il ne s'agissait pas de diplomatie ; mais de guerre.

Dès que l'interprète eut confirmé que Sémionov était au bout du fil, le président Ryan fit les politesses d'usage auxquelles répondit le président biélorusse, non sans y ajouter une brève déclaration évoquant l'inquiétude de ses concitoyens à l'annonce de l'arrivée de troupes américaines aux confins de son territoire souverain.

Ryan ne voulut rien entendre.

« Monsieur le président, je ne vous ai pas appelé pour écouter vos critiques. Je vous ai appelé pour qu'on parle. Vous avez autorisé vingt-cinq mille soldats d'élite russes à pénétrer dans votre pays dans le seul et unique but d'attaquer un voisin pacifique. Voire deux. Vous avez parfaitement le droit d'admettre chez vous qui vous voulez, mais j'estime qu'il est de ma responsabilité de vous informer des conséquences potentielles de vos actes. J'ai déjà donné à mes forces armées mes instructions sur les règles d'engagement applicables dans le cadre de cette crise. Je leur ai dit qu'à l'instant où tout appareil volant, missile, roquette, ou projectile sera tiré ou lancé depuis le territoire biélorusse, les forces américaines auront l'autorisation de tirer sur toute cible militaire située en territoire biélorusse. Ça ne veut pas dire qu'ils s'arrêteront à un unique lance-missiles. Non, monsieur le président. Cela veut dire qu'à l'instant même où un seul lance-missiles tirera sur les forces de mon pays, toutes mes forces auront l'autorisation d'engager toutes les cibles militaires sur votre territoire. Nous ne ferons aucune distinction entre forces russes et biélorusses, matériel russe et biélorusse, postes de commandement russes et biélorusses. Nous ciblerons vos ponts, vos routes et vos aérodromes si nous les considérons comme des objectifs militaires.

« Vous avez choisi de faire allégeance à la Russie dans cette crise, monsieur le président, et vous devrez accepter la responsabilité des conséquences pour votre pays si votre partenaire menace les forces des États-Unis ou de nos alliés lituaniens. »

Le président Sémionov avait manifestement pensé que la raison de l'appel de son homologue américain était de lui demander son aide pour atténuer le passage des troupes russes sur son territoire, de lui offrir une porte de sortie pour refuser à l'armée russe sa liberté de mouvements.

Mais il se rendait compte à présent qu'il n'en serait

rien. Ce n'était qu'attitude belliqueuse chez Jack Ryan. Menaces et agressivité.

Sémionov répondit :

« Monsieur le président, vous savez pertinemment que mon petit pays n'est pas en capacité de refuser quoi que ce soit au district militaire occidental russe.

— Je vois surtout que c'est une décision politique, président Sémionov, répondit Ryan. Vous avez accueilli les Russes à bras ouverts, et par conséquent vous avez facilité les crimes du président Volodine. Je ne vois rien en vous qui puisse vous distinguer de lui. »

Le ton de Ryan se fit grave et il espéra que l'interprète saurait transmettre ce sentiment. « Monsieur le président, il serait très dangereux et très coûteux pour mes forces de pénétrer dans l'enclave de Kaliningrad car c'est un territoire russe. Mais nous pouvons entrer en Biélorussie, et nous ne nous en priverons pas, si nous estimons que c'est indispensable.

— *Quoi ?* Envahir mon pays ?

— Si nous l'estimons nécessaire pour réduire la menace pesant sur la Lituanie. »

Il y eut un silence au bout du fil, le président biélorusse cherchait manifestement quoi répondre.

Ryan remplit le blanc :

« Une dernière chose, monsieur le président. Les chefs de ma diplomatie me rappellent que vos bureaux privés se trouvent dans le palais présidentiel. Et mes généraux m'ont signalé que c'est également là qu'est installée une partie de votre appareil militaire. » Ryan laissa sa menace en suspens, bien après que l'interprète eut fini de traduire ses propos. Il ajouta alors :

« Pour toute la durée de votre conflit avec votre voisin, je vous suggère un déménagement, pour votre sécurité personnelle. » Nouvelle pause, puis : « Je ne voudrais pas avoir à renouveler ce coup de fil avec votre successeur, si jamais devait survenir un malheur.

— Votre remarque est scandaleuse ! » s'écria le président biélorusse.

À présent, Ryan agita la carotte. « Si vous prenez publiquement vos distances avec Valeri Volodine, pas avec la Fédération de Russie, uniquement avec l'actuel président russe, et si vous menez des actions tangibles pour limiter l'accès des Russes à la partie occidentale de votre territoire, ne fût-ce que par des mesures politiques, administratives ou logistiques, je considérerai le rôle de votre nation dans ce pays sous un jour entièrement différent et les actions des forces américaines seront ajustées en rapport. »

Après un temps d'arrêt, il poursuivit :

« Mais jusqu'à ce jour, vous vous êtes révélé comme le leader d'un État vassal, aussi ai-je quelques doutes sur votre capacité à penser par vous-même. J'espère juste me tromper parce que la vie de millions de personnes dans votre région est dans la balance. »

La communication s'acheva sur ses mots.

Ryan raccrocha et se tourna vers Scott Adler qui, durant toute la durée de l'entretien, était resté assis à côté de lui dans le Bureau ovale. Adler n'avait pas entendu les traductions mais il en aurait d'ici peu la transcription écrite.

Cependant il avait entendu les répliques de Ryan, qui suffirent à lui tirer un mince sourire.

« Ça, monsieur le président, c'est un tabassage en règle ou je ne m'y connais pas.

— Il fut un temps où j'étais chef de l'exécutif. Faute de succès, je suis devenu le chef de la diplomatie de ce pays. La diplomatie a, là aussi, marqué ses limites. Mon rôle désormais est celui de commandant en chef des armées. Je suis à fond pour que les Affaires étrangères travaillent nuit et jour pour tenter d'arrêter cette guerre, mais mon seul souci désormais est de la remporter. Sémionov n'est qu'un voyou de bas étage et il ne respecte que des voyous plus gros que lui. Raison pour laquelle il est devenu le sous-fifre de Volodine. Je devais lui montrer que je n'étais pas le type souriant et décontracté qu'on voit à la télé, que je peux aussi fendre des crânes si c'est nécessaire. »

Adler opina.

« Ce n'est pas vraiment la méthode qu'on m'a enseignée à l'Institut du service extérieur[1], mais je dois bien admettre que quasiment rien de ce que j'ai pu y apprendre ne m'a servi avec la Biélorussie. »

Ryan sourit, puis se leva.

« Tout ce que j'ai réussi à faire jusqu'ici, c'est de foutre en rogne un leader slave corrompu de plus. On va voir ce que ça donne. » Il regarda sa montre. « Désolé, Scott. J'ai une réunion avec l'état-major interarmées, puis je file à l'ONU annoncer que j'ai engagé des troupes hors du cadre de l'OTAN. J'ai dans l'idée que cet entretien téléphonique avec Sémionov

1. Foreign Service Institute (FSI), institut de formation pour les employés des Affaires étrangères aux États-Unis.

va se révéler la conversation la plus amicale et la plus enjouée de ma journée.

— Monsieur le président, répondit son chef de la diplomatie, si nous voulons que ce conflit demeure isolé, bref et limité, nous devons convaincre les forces polonaises de traverser la frontière pour aller aider la Lituanie et nous devons convaincre l'OTAN de se joindre à nous puisqu'on est désormais devant une violation manifeste de l'article 5. Il serait également bougrement utile que la Suède nous fournisse un soutien aérien. Je considère que c'est sur ces trois questions que je dois me concentrer maintenant.

— Entièrement d'accord. On en reparle ce soir, voir quelle position nous devons adopter. »

69

L'initiative suivante des Russes en Lituanie ne se déroula pas sur terre mais en mer. Avec l'envoi par le fond du pétrolier battant pavillon maltais la veille, la minuscule marine lituanienne avait quitté ses ports et ses côtes pour gagner les limites des eaux territoriales, dans une démonstration de force contre toute incursion éventuelle des Russes sur le territoire national.

Cela signifiait que les Lituaniens avaient très exactement fait ce que les Russes voulaient qu'ils fassent. Vilnius n'avait pas compris que le naufrage du *Granite* n'avait eu pour but que d'attirer le plus possible de bâtiments lituaniens vers les eaux internationales où ils pourraient être détruits sans que les sous-marins russes ne courent le risque d'être détectés dans les eaux lituaniennes.

Le premier bâtiment à être victime d'un Varchavianka – nom pour la version améliorée des classes Kilo selon la désignation OTAN – fut le *Kuršis*, un dragueur de mines de classe Hunt que les Lituaniens avaient racheté au Royaume-uni cinq ans plus tôt. Avec ses soixante mètres de long, c'était un bâtiment impressionnant, doté d'un sonar, certes d'une ancienne génération mais parfaitement fonctionnel, mais, en dehors de mitrailleuses et de canons de petit calibre, il n'avait aucune véritable puissance de feu et rien à bord pour contrer une menace sous-marine.

Le *Kuršis* avait été envoyé en mer pour montrer aux Russes que la Lituanie ne plaisantait pas et, ce faisant, il fut prestement torpillé trois heures à peine après le début de sa patrouille au sud-ouest des côtes lituaniennes.

À peu près au moment précis où le *Kuršis* était coulé, le *Žemaitis* fut la cible d'un autre Kilo russe. Contrairement au *Kuršis*, le patrouilleur rapide de la classe Poisson volant acheté aux Danois avait de notables capacités anti-sous-marines, y compris un sonar moderne et des torpilles MU90 dernier cri. Mais l'équipage du *Žemaitis*, distrait par l'attaque contre le *Kuršis*, s'était positionné pour attaquer le sous-marin qui avait tué leurs compatriotes, ce qui devait se révéler une erreur fatale.

Le *Žemaitis* détecta le Varchavianka qui avait détruit le dragueur de mines et polarisa aussitôt son attention sur le contact identifié, se préparant à lancer par-dessus bord une torpille dans cette direction. Mais avant que le capitaine ait pu donner l'ordre de tir, son technicien sonar hurla l'avertissement que deux nouveaux contacts torpilles venaient d'être détectés et que leur trajectoire révélait que le tir était parti des eaux internationales.

Et qu'il était dirigé sur le *Žemaitis*.

Le bâtiment lituanien était doté d'un certain nombre de contre-mesures et le capitaine avait appris à disperser sur une vaste zone des signaux simulant de multiples sillages pour saturer les capteurs de guidage des Type 53, mais le cerveau électronique des torpilles russes savait faire le tri parmi ces tentatives de brouillage. La première des deux torpilles se glissa sous la coque longue de cinquante-trois mètres du patrouilleur rapide et l'explosion qui s'ensuivit la coupa carrément en deux, puis la seconde torpille détona sous l'épave en train de couler, garantissant que pas une âme ne survivrait au naufrage.

À cinq heures du matin, quatre bâtiments de la marine lituanienne – deux anciens dragueurs de mines, le patrouilleur rapide et un autre patrouilleur rapide de la classe Storm – reposaient sur le sable au fond de la Baltique. Les deux sous-marins Varchavianka avaient à eux deux tiré seulement huit torpilles, tuant quatre-vingt-quatre hommes et en laissant cinquante-sept autres naufragés, dont certains avec de graves blessures.

Et tandis que ces événements se déroulaient en mer Baltique, juste au nord-ouest du port de Kaliningrad, donc tout à l'ouest de l'oblast et loin dans les eaux internationales, l'arme secrète de la Russie attendait, soixante mètres sous la surface. Le *Kazan*, un sous-marin de la classe Severodvinsk de la flotte du Nord venait d'arriver en position avec ordre de rester à l'écart de toute action au premier jour des combats car il devait se réserver pour de plus gros poissons.

Les techniciens sonars à bord du *Kazan* repéraient et identifiaient des dizaines de contacts actifs, mais seul un petit nombre mobilisait leur attention. Au sud de leur position, la marine polonaise voguait à proximité de ses eaux territoriales. Deux grosses frégates classe Oliver Hazard Perry et une corvette classe Kaszub constituaient les seules menaces notables pour la flotte russe de la Baltique, mais jusqu'ici aucun de ces bâtiments n'avait eu d'attitude agressive en direction de Kaliningrad aussi le *Kazan* continuait-il d'attendre patiemment en silence.

La Pologne avait également un sous-marin susceptible de présenter un danger, mais le GRU, le renseignement militaire russe, avait des photos récentes le montrant entrant en cale sèche pour subir un mois de réparations.

Le capitaine du *Kazan* avait parcouru tout ce chemin pour se battre et il attendait avec impatience les défis qui l'attendaient, mais il ne regretta pas le moins du monde d'avoir été tenu en réserve tandis que ses aînés de la flotte de la Baltique, les Varchavianka, pouvaient aujourd'hui s'illustrer dans la plus grande bataille navale qu'on ait connue depuis des décennies.

Non, il ne le regrettait pas du tout. Parce qu'il savait que le vrai défi allait se présenter sous la forme de la marine de surface américaine, et des avions américains de lutte anti-sous-marine. Il se réservait donc pour les Polonais et les Américains, et s'il faisait correctement son boulot, nul n'aurait vent de sa présence avant qu'il ne soit trop tard pour permettre à ces deux nations de l'arrêter.

Les Varchavianka de la flotte de la Baltique ne survivraient pas à cette guerre, cela ne faisait pour lui le moindre doute. Mais il avait, lui, bien l'intention de survivre et de rentrer au port de Kaliningrad accueilli en héros dès que l'Occident réclamerait un armistice.

Jack Ryan Junior franchit l'immigration belge après avoir fait tamponner son passeport, puis il passa devant les carrousels à bagages sans s'y arrêter. Il n'avait pris avec lui qu'un sac à dos et une valise à roulettes, ce qui lui permit de gagner vingt minutes sur les procédures de débarquement.

Il fut soulagé de passer la douane sans fouille, même si son sac ne contenait que quelques dispositifs de surveillance, caméras infrarouges, lunettes de vision nocturne et jumelles haut de gamme. Il s'était dit qu'une fouille en règle de ses affaires l'aurait fait classer comme une espèce de cinglé mais rien de ce qu'il avait sur lui n'était en quoi que ce soit illégal, aussi n'avait-il pas été vraiment inquiet. Il n'empêche, il avait hâte d'entamer sa mission de surveillance et fut donc ravi de ne pas être retardé.

Une fois sorti du hall d'arrivée, Jack sourit de son plus large sourire depuis quinze jours. Dom et Ding l'attendaient, tous deux à côté d'un SUV Audi Q3 flambant neuf. Cela faisait six semaines qu'il n'avait pas vu les deux hommes, aussi échangèrent-ils force accolades et tapes dans le dos, avant de tout charger dans l'Audi, tandis que Chavez se glissait derrière le volant pour quitter l'aéroport.

« Quand êtes-vous arrivés ? s'enquit Jack.

— Juste le temps de récupérer la bagnole et de décharger à la planque. On a eu quelques péripéties pour sortir de Lituanie.

— Ç'a été difficile ?

— Eh bien, on va dire ça, répondit Ding. Le G550 est bloqué au sol jusqu'à ce qu'on ait rebouché les six trous percés par des balles dans son empennage horizontal.

— Tu plaisantes.

— Les Spetsnaz russes ont attaqué l'aéroport de Vilnius au moment précis où l'on pliait bagage. »

Là encore, Jack regretta de ne pas avoir été avec ses camarades quand ils avaient besoin de lui. Un sentiment pas si différent de celui qu'il éprouvait désormais à l'égard d'Ysabel. Elle était à moins de deux cents kilomètres de là, sur un lit d'hôpital, mais il ne prévoyait pas de la voir avant que toute cette affaire soit réglée.

Elle n'était pas en sûreté à proximité de lui, après tout.

Jack se reprit et expliqua : « Ma foi, cette mission va sans doute vous paraître un peu ennuyeuse, les mecs, comparé à ce que vous venez de vivre. En fait, nous allons filer un junkie dans l'espoir qu'il aille rencontrer un groupe de connards sur lesquels je suis tombé la semaine dernière au Luxembourg.

— Nous n'avons rien contre une petite surveillance peinarde. Sherman nous a loué un appartement à quelques rues au sud de l'hôtel où est descendu ton Salvatore. Le Stanhope. De là où nous sommes, on voit la façade de l'immeuble, mais bien entendu Gavin nous a déjà connectés aux caméras de surveillance de l'établissement. Nous l'avons surveillé sur un portable en attendant ton arrivée ici, en enregistrant tout, au cas où un détail serait passé à la trappe.

— Qu'a-t-il fait aujourd'hui ?

— Il n'a pas encore quitté sa chambre.

— Ouais, il s'est couché tard, la nuit dernière. Je

l'ai regardé un moment dans l'avion. Plusieurs verres au bar de l'hôtel, puis il est sorti aux alentours de vingt-deux heures. J'ignore quand il est rentré.

— Trois heures du matin, précisa Chavez. Mais il n'était pas de service hier soir.

— Comment le sais-tu ?

— Le mec est rentré en titubant, fin saoul. Apparemment, il a fini de se pinter dans un bar quelque part en ville. Je ne sais pas ce qu'il fabrique ici, mais visiblement, ça exige de poireauter un max. S'il est ici pour shooter une célébrité, j'imagine que celle-ci n'est pas encore arrivée. Et si sa visite a une raison plus importante, il est pour l'instant en mode pause. Attendant des ordres, peut-être. »

Une fois réunis dans l'appartement du second étage qui leur servait de planque, les trois hommes s'installèrent autour d'une table. Chavez prit la parole :

« Nous voulons connaître tes résultats et, de notre côté, nous avons pas mal de trucs à te raconter sur les événements dans la Baltique, mais mon analyse de cette opération me donne l'impression que nous ne savons pas vraiment de quel délai nous disposons. Raison pour laquelle mieux vaut épargner notre salive et nous mettre au boulot illico. »

Jack était d'accord.

« Ouais. Salvatore a réservé sa chambre pour trois jours encore, mais quoi qu'il nous mijote, ça peut se produire à tout moment. Nous devons agir avant qu'il passe à l'action. Je n'ai aucune idée de ce que ça pourra être mais je veux qu'on soit en mesure de le filer. J'ai pris à cet effet une balise GPS et un RAT à introduire dans son mobile pour nous permettre d'écouter ses conversations et de lire ses textos.

— T'as une idée du moyen d'y parvenir ? demanda Chavez.

— Je songeais à une approche directe. Le confronter à propos de ce qui s'est passé à Rome et en profiter pour télécharger le RAT et poser sur lui le mouchard. Le seul problème… »

Chavez finit pour lui : « … est que ta présence ici risque de lui flanquer la trouille au point qu'il abandonne sa mission. Auquel cas, nous perdrons toute chance de découvrir ce qu'il prépare.

— Exactement, confirma Jack. Certes, je pourrais toujours lui forcer la main pour qu'il me livre les infos dont j'ai besoin mais il est toujours possible qu'il refuse de parler ou simplement qu'il mente.

— J'ai une idée, intervint Caruso, mais pour ça, il faudra attendre sa prochaine biture.

— On va profiter de la journée d'aujourd'hui pour s'installer, répondit Chavez. Explique-nous ton plan. »

Salvatore vida le reste de sa Stella avant d'essuyer la mousse collée à ses lèvres ; puis il récupéra son sac à dos posé par terre et le passa à l'épaule. Il descendit du tabouret et se dirigea vers la porte du petit bistrot.

Sur le trottoir, il s'appuya contre un réverbère et contempla la vaste sélection de brasseries, bars à vin, pubs à bière, restos italiens et même marchands de hamburgers qui se présentaient alentour, en essayant de décider où se rendre ensuite. Il n'était que onze heures du soir, aussi le photographe italien se dit-il qu'il avait le temps de passer par un autre bar, voire deux, dans ce quartier de l'Europe, avant de regagner sa chambre.

Il se rendit compte qu'il avait besoin de se soulager et visa donc le bar le plus proche, un établissement rustique dans une allée piétonne. Il entra, vit quelques vieux accoudés au bar et tout un tas de tables vides ; il passa devant, suivant le signe indiquant les toilettes au sous-sol.

Il descendit un étroit escalier de pierre, contourna, arrivé en bas, une pile de fûts de bière et fit coulisser la porte-accordéon des minuscules toilettes. Il se dirigea vers l'unique W.-C., crasseux, défit sa braguette, ferma les yeux.

Il n'avait entendu aucun bruit jusqu'à ce que la porte s'ouvre dans son dos. Les toilettes ne pouvaient accueillir qu'une seule personne, aussi s'apprêtait-il à dire à l'intrus d'aller se faire foutre, mais avant même d'avoir pu distinguer qui était derrière lui, on éteignit la lumière et il se retrouva plaqué au mur.

Il sentit le couteau contre ses reins.

L'homme lui murmura à l'oreille, d'une voix furieuse, mais il s'exprimait dans une langue qu'il ne comprenait pas. Salvatore lança : « Anglais ? Anglais ? » et l'homme se remit aussitôt à lui gueuler dessus.

« Ton fric ! Donne-moi ton fric ! »

Salvatore n'arrivait pas à croire qu'on le braquait avec un couteau. Il sentit qu'on lui subtilisait le portefeuille rangé dans son pantalon, qu'on lui arrachait le sac des épaules et il entendit le bruit de quelqu'un fouillant dans ses affaires. Il garda les yeux hermétiquement fermés, ne dit pas un mot, et retint une furieuse envie de pisser contre le mur où il était plaqué.

Et puis, aussi vite qu'il était apparu, l'homme se volatilisa. Il sentit tout d'abord se relâcher la pression contre son dos, puis entendit le bruit de son portefeuille jeté dans la cuvette à sa droite. Enfin, la pression du couteau contre ses reins disparut. Avant qu'il ait pu même songer à se retourner pour identifier son agresseur, il entendit le bruit de son sac qu'on laissait tomber sur le carrelage.

Une minute plus tard, il quittait le bar, son sac à l'épaule. Il ne s'était pas plaint au patron et n'allait certainement pas signaler le vol. Il était en ville pour des raisons qui excluaient tout dépôt de plainte à la police.

Vingt minutes plus tard, quand il put enfin s'asseoir dans sa chambre d'hôtel, il inspecta son portefeuille et constata qu'en effet, tout son argent avait disparu. Mais ses cartes de crédit étaient toujours là, de même que son permis de conduire italien. Il ouvrit son sac à dos et vit qu'on l'avait soulagé des quelques euros qu'il conservait dans une pochette extérieure, mais ses appareils photo n'avaient pas été touchés, non plus que son mobile. Voilà qui aurait réconforté la plupart des gens, mais l'Italien se souciait bien moins de tous ces objets que de l'autre article contenu dans son sac. Sa main plongea frénétiquement au fond et en ressortit son sachet de came. L'Italien poussa son premier soupir de soulagement depuis son agression en constatant qu'on n'avait pas touché à son héroïne.

Dom Caruso effectua un parcours de surveillance-détection d'une demi-heure après avoir fixé le mouchard sur le sac à dos de Salvatore et installé le logiciel de surveillance sur son téléphone mobile. Son itinéraire le fit passer devant Chavez, puis Ryan, chacun d'eux installé, seul, à la terrasse d'un café devant une bière.

Une fois les hommes convaincus que Dom ne faisait pas l'objet d'une filature, tous trois regagnèrent leur planque dans la rue du Commerce.

« Ce n'est pas la façon la plus discrète de planter un mouchard sur quelqu'un, observa Dom, mais c'est efficace. J'ai réussi à lui faire croire que j'étais juste un petit voleur à la tire qui l'avait suivi jusque dans les chiottes.

— T'as eu une excellente idée et t'as fait du bon boulot, commenta Chavez.

— Merci. » Sur quoi, Dom brandit une liasse de billets. « Et je me suis fait soixante-cinq euros. À votre avis, je dois le dire à Gerry ou je peux vous offrir des pizzas à dîner demain soir ? »

C'était une blague, qui fit marrer Chavez, mais Jack était déjà en train de vérifier la position de Salvatore sur l'écran de son portable. « Il a regagné sa chambre au Stanhope. » Puis il consulta sur son mobile l'application qui l'informait de l'activité du mobile de leur cible. « Le RAT a fait son boulot. On a accès à son téléphone et à sa messagerie, mais il n'a encore utilisé ni l'un ni l'autre.

— Et les photos, les mails et le reste ? » demanda Chavez.

Jack parcourut l'ensemble des applications installées sur le téléphone de Salvatore, désormais visibles sur l'écran de son ordinateur.

« Il n'y a pas une seule photo de Bruxelles sur son téléphone. Mais il a sur lui plusieurs appareils photo, ce qui laisse ouverte la possibilité qu'il soit quand même ici en reconnaissance. Et il n'a même pas d'application de courrier électronique sur ce smartphone. Soit c'est un sacré luddite…

— Soit il applique à la lettre les procédures de sécurité en opération, termina Dom.

— Exactement, dit Jack. À Rome, il ne m'avait pas du tout impressionné par ses talents en ce domaine, mais il pourrait s'agir ici d'une opération entièrement différente. On doit continuer à le surveiller, voir dans quoi il se lance. »

70

Vlad Kozlov resta sur le seuil de la chambre de Terry Walker, le visage impavide, tandis que l'Australien souhaitait, d'une voix larmoyante, bonne nuit à sa femme et son fils dans le talkie-walkie.

La routine avait été fixée dès la deuxième nuit de Kozlov dans les îles. Tous les soirs à dix-neuf heures trente, ses quatre gorilles et lui ramenaient Walker et Limonov dans la villa louée située au sommet de la colline de Saint-Bernard, où Kozlov s'enquérait aussitôt de la situation auprès des deux hommes chargés de garder la planque. Puis les six hommes de Steel Securitas se répartissaient par groupes de deux. Deux hommes dormaient pendant que deux autres se chargeaient de la surveillance intérieure de la villa tandis que les deux derniers patrouillaient dehors.

Limonov mangeait un morceau avant de se retirer dans sa chambre, puis Kozlov pénétrait dans la chambre de Walker, lui confiait le talkie-walkie pendant trois minutes, le temps pour lui d'appeler sa famille. Une fois le délai écoulé, il récupérait l'appareil et quittait la chambre, y bouclant Walker pour la nuit.

Ce soir n'avait pas été différent de tous les autres

jusqu'à ce qu'il retourne à la cuisine se servir une vodka sortie du congélateur. Il la portait à ses lèvres quand le téléphone sonna.

Il s'éclaircit rapidement la voix.

« Tout se déroule comme prévu, monsieur le président.

— Walker ne vous pose pas de problème ?

— Aucun.

— Et Limonov ? Il se comporte comme prévu ?

— Oui, monsieur.

— Donc… pas le moindre problème ?

— Non, monsieur. Enfin… si. Nous avons eu un pépin de sécurité mais il a été réglé.

— Je vous paie pour que nous n'ayons *aucun* problème de sécurité.

— Toutes mes excuses, monsieur le président, mais vous me payez pour les régler. Un homme, un Américain, s'est pris d'une curiosité particulière pour le bateau à bord duquel nous détenons la famille de Walker. J'ai envoyé des mercenaires le dissuader mais il a persisté. Quand il est devenu clair qu'il allait devenir un problème, nous avons très discrètement éliminé celui-ci.

— Qui était-ce ?

— Mystère, mais on s'est assuré qu'il était seul. Il est sorti de l'histoire, plus de souci à se faire.

— Ne sois pas idiot, Kozlov ! aboya furieusement Volodine. Il aura des complices qui vont se lancer à sa recherche.

— Même si c'est le cas, jamais ils ne nous suspecteront et ils ne risquent pas de nous retrouver.

— Écoute-moi ! Je t'ordonne de demander des

renforts. Tu sais que cette affaire est pour moi d'un intérêt tout particulier. Si jamais il devait arriver quoi que ce soit…

— Il ne peut rien arriver et il n'arrivera rien, monsieur le président.

— Tu m'interromps encore une fois et je demande à Grankine d'envoyer quelqu'un te trancher la langue. »

Une brève pause. « Извините. *Izvinitie*. Pardon.

— Si jamais il arrive quoi que ce soit, je t'en tiendrai responsable. Je te laisse imaginer ce que cela signifie.

— J'imagine, monsieur le président. Je vais contacter des spécialistes qui viendront apporter du renfort, une *nouvelle* couche de renfort, à nos activités aux îles Vierges britanniques.

— Tu le fais maintenant.

— Oui, monsieur le président. »

L'hélicoptère Sikorsky MH-60 Romeo progressait lentement, cent cinquante mètres au-dessus des eaux bleues de la Baltique orientale. La couleur grise de sa carlingue se fondait dans le gris du ciel, un aspect bien pratique pour une machine qui ne voulait surtout pas se faire remarquer depuis la surface ou même de sous la surface, via un périscope.

Cet hélicoptère, indicatif Casino-Un-Un, n'était pas seul en vol ; il partageait le ciel avec son frère jumeau, Casino-Un-Deux, qui patrouillait à vingt-trois nautiques plus à l'ouest.

Leur rôle était la détection de sous-marins, leur pistage et, en définitive, leur destruction. Pour parvenir à cet objectif, à intervalles de quelques minutes,

Casino-Un-Un s'approchait à moins de cent cinquante mètres de la surface, puis faisait descendre au bout d'un ombilic un sonar basse fréquence AN/AQS 22 qu'il plongeait sous les eaux. Le signal du sonar actif traversait le milieu liquide pour essayer d'y repérer les deux submersibles identifiés la veille au soir.

Jusqu'ici, aucun des deux appareils n'avait détecté le moindre contact sous les bâtiments de surface croisant dans le secteur, bâtiments qui étaient fort nombreux.

Chaque fois que Casino-Un-Un retournait vers l'est poursuivre son balayage de la zone, l'équipage, deux hommes et une femme, avait une vue imprenable sur les opérations de sauvetage en mer qui se poursuivaient au large des côtes lituaniennes. La veille, quatre navires avaient été coulés sur une période de trois heures et découvrir ainsi la preuve manifeste du massacre qui s'était déroulé à la surface la veille au soir instillait chez l'équipage un surcroît de motivation pour la mission en cours.

Ils vivaient eux aussi à bord d'un bâtiment de surface, après tout, et du reste leur « bercail » serait bientôt en vue.

Le *James Greer* (DGG-102) ne jouait aucun rôle dans les opérations de sauvetage et récupération des quatre bâtiments de guerre lituaniens : la tâche incombait à d'autres. Le destroyer lanceur de missiles guidés constituait la menace la plus dangereuse pour les submersibles russes croisant dans ces eaux, si bien qu'en parallèle avec les deux MH-60 Romeo il concentrait ses efforts pour détecter, contrôler et engager l'ennemi.

Cette recherche se basait sur un certain nombre

d'hypothèses. Pour commencer, la flotte russe de la Baltique était connue pour avoir un sous-marin Lada, mais ce dernier était en ce moment en radoub dans le port de Kaliningrad. Ce qui signifiait que deux Kilo améliorés, baptisés Varchavianka par les Russes, étaient les auteurs probables des cinq torpillages effectués les deux jours précédents.

Connaître l'identité des cibles signifiait qu'on connaissait leurs capacités d'attaque et de défense. Le Kilo tirait des torpilles de type 53-65, d'une portée effective de vingt-cinq kilomètres. Ce qui obligeait les deux MH-60 Romeo à scruter les eaux sur un arc de plus de vingt-cinq kilomètres de rayon depuis la proue du destroyer pour s'assurer que leur navire était à l'abri de chasseurs en maraude.

Pour l'heure, le *Greer* se trouvait à près de trente kilomètres au nord-ouest des deux hélicoptères, de sorte que les MH-60 Romeo lui servaient en même temps d'avant-garde, avec pas mal de marge.

Le *James Greer* était par ailleurs doté de sa propre batterie impressionnante d'équipements destinés à traquer les menaces sous-marines.

Un sonar de coque, une flûte sismique multifonction – antenne acoustique remorquée portant une série de détecteurs en grappe fixés sur un câble immergé pouvant atteindre plusieurs kilomètres – ainsi qu'un sonar à profondeur variable qu'on pouvait immerger sous les diverses couches hydrothermiques derrière lesquelles les submersibles se dissimulaient. Tous ces systèmes étaient pour l'instant configurés en mode passif pour éviter que le *James Greer* ne dévoile à l'ennemi sa position, mais comme les Romeo utilisaient de leur côté des sonars actifs, il était à peu près certain que les Kilo savaient déjà qu'un nouveau composant s'était ajouté aux navires de surface lancés à leur poursuite et qu'ils réagiraient en conséquence.

À savoir qu'ils allaient soit fuir, soit se cacher, soit passer à l'attaque.

Casino-Un-Un plongea une fois encore son détecteur dans la mer et une fois encore l'opérateur de bord annonça un résultat négatif. Les hélicos se rapprochaient des eaux russes au large de Kaliningrad et le pilote du premier soupçonna les Kilo d'avoir filé à l'abri de leur territoire, mais il n'en relâcha pas sa garde pour autant. Un Kilo planqué juste au-dessous de lui pouvait très bien entendre ses rotors et soit descendre plus bas, soit s'enfuir, soit attaquer l'hélico. On savait que ces submersibles russes embarquaient des SA-14, des lance-missiles portables, en fait des roquettes anti-aériennes tirées à l'épaule par un opérateur installé dans le kiosque.

Les Kilo n'étaient donc pas qu'une menace pour les navires de surface. Le commandant de Casino-Un-Un savait fort bien que son appareil pouvait également être la proie d'un sous-marin russe.

Le commandant Scott Hagen lut le tout dernier ordre de mission envoyé depuis Naples par le commandant de la sixième flotte et il poussa un long soupir. Il devait classer cette information à la fois comme une bonne et une mauvaise nouvelle, mais il se dit qu'à tout le moins elle allait lui mettre le feu au cul – et au cul de tous les membres de son équipage.

Comme s'ils avaient besoin d'un aiguillon supplémentaire pour retrouver une paire de sous-marins qui pouvaient à tout instant les couler.

L'USS *Normandy*, croiseur de la classe Ticonderoga, et l'USS *Mustin*, un destroyer lanceur de missiles guidés de la classe Arleigh-Burke, une génération plus ancienne que le *James Greer*, se dépêchaient de rejoindre un bâtiment d'assaut amphibie croisant en mer du Nord. Ce dernier était déjà flanqué d'un transport de chalands de débarquement de classe San Antonio et d'un autre de classe Harpers-Ferry. Une fois réunis, les cinq bâtiments allaient former une unité d'assaut amphibie et contourner ensemble la péninsule du Jutland, emprunter le détroit de l'Øresund séparant le Danemark de la Suède et finalement pénétrer en mer Baltique.

Il leur faudrait deux jours et demi pour arriver au large de la Lituanie et le commandant Hagen savait que si d'un côté la présence d'un gros croiseur et d'un puissant destroyer lanceur de missiles guidés apporterait une aide incommensurable dans le combat imminent contre la flotte russe de la Baltique, le fait que ces deux bâtiments précèdent deux mille marines embarqués sur les trois autres navires amphibies signifiait aussi que Hagen avait bougrement besoin d'être dans des eaux suffisamment sûres pour autoriser un débarquement amphibie quand cette unité arriverait.

Et dans ce but il avait convoqué l'un de ses subalternes. Un coup frappé à la porte de sa cabine détourna son attention et, levant les yeux, il découvrit un jeune lieutenant blond rasé de près, l'air nerveux. Hagen avait relu cet après-midi le dossier de l'homme et il savait qu'il était âgé de trente ans, mais à ses yeux il aurait aussi bien pu en avoir seize.

Maintenant, même les sous-officiers ont l'air de mômes, se dit-il. *Tu vieillis, Scott.*

« Entrez, Weps. Asseyez-vous. »

Le lieutenant Damon Hart obtempéra et s'installa sur la chaise en face du bureau de son capitaine.

« Je vous ai vu au PC-coms vers minuit. Vous avez travaillé toute la nuit ?

— Affirmatif, capitaine.

— Alors je serai bref, et quand j'en aurai fini, je veux que vous alliez manger quelque chose avant de vous pieuter. J'ai besoin que vous soyez en forme quand nous approcherons des eaux russes.

— Nous allons les pourchasser, capitaine ?

— Pas tout de suite. Mais puisqu'ils s'en sont pris aux Lituaniens, on n'a aucune raison de penser qu'ils vont sagement rester dans leurs eaux territoriales à notre approche.

— Non, capitaine. Mais je n'arrive pas à croire qu'ils veuillent réellement s'en prendre à nous. Nos torpilles sont meilleures, nous avons des forces aériennes qui peuvent les éliminer à distance de sécurité. Je sais que leurs moteurs diesel sont difficiles à détecter mais s'ils se démasquent, ne serait-ce qu'une seconde, on les annihilera. Ils le savent parfaitement, donc il est hors de question qu'ils prennent un tel risque.

— J'aime votre optimisme, mais vous devez renoncer ici à vous fier à toute logique. Je suis sûr que les capitaines de ces Kilo sont conscients que nos plates-formes d'armement sont plus performantes que les leurs. Mais vous ne savez pas quels sont leurs ordres.

Pour autant qu'on sache, Moscou est en ce moment même au bigophone avec ces Kilo pour qu'ils lancent une charge, ambiance kamikaze sous-marin, assez forte pour nous éventrer. »

Le lieutenant acquiesça, refroidi. Damon Hart était diplômé du tout récent Centre de développement au combat par navire de surface et pose de mines de la marine américaine, un programme à la *Top Gun* destiné aux officiers des bâtiments de surface sélectionnés parmi la crème de la crème pour les entraîner à affûter leurs aptitudes. Puis on les renvoyait en poste, avec pour mission de relever le niveau du combat naval dans l'ensemble de la marine.

La mission présente de Hart à bord du *James Greer* était celle d'instructeur aux tactiques de combat naval. Son boulot était de s'assurer que tous les officiers combattants à bord sachent tout ce qu'il fallait savoir sur toutes les armes, tactiques et procédures de l'ennemi, ainsi que la doctrine de la marine américaine pour trouver et détruire les menaces sous-marines.

Le fait que Hart ait gobé sans ciller tous ces détails ne signifiait pas forcément qu'il comprenait la psychologie de son ennemi, et son capitaine voulait s'assurer qu'il était prêt au combat. La guerre ne suivait pas toujours la sagesse populaire, ou même un comportement rationnel.

Hagen reprit : « Weps, vous êtes l'officier spécialiste de guerre anti-sous-marine le mieux entraîné de la flotte et vous êtes sur mon bateau. Je vais vous dresser comme un putain de molosse jusqu'à ce que cette histoire soit terminée et vous allez, vous aussi, pousser tout le monde, moi compris, si nécessaire, pour qu'on combatte ces Russes comme il convient. Est-on d'accord là-dessus ?

— Affirmatif, capitaine.

— Bien. Maintenant, ces Kilo ont coulé les quatre bâtiments une fois la nuit tombée. Ça ne veut pas dire non plus qu'ils vont attendre le crépuscule pour frapper de nouveau, mais ils vont chercher à tirer parti du moindre avantage. S'ils frappent encore, il se pourrait bien que ce ne soit pas avant ce soir. Alors, je veux que vous soyez reposé. »

Quelques minutes plus tard, Hart cassait la croûte au mess des officiers. Il s'était planqué tout seul dans un coin, un sandwich poulet-salade à moitié mangé dans son assiette, et deux gros livres de poche sur les genoux. Au-dessous, son vieil exemplaire corné du RP 33, *Fleet Oceanographic and Acoustic Reference Manual*, sorte de bible de la science sous-marine pour les équipages de sous-marins et ceux des moyens de lutte anti-sous-marine selon le côté où l'on se trouvait. Il le connaissait quasiment par cœur mais il le gardait quand même toujours à portée de main lorsqu'il voulait rapidement vérifier un détail.

Sur le dessus, c'était la dernière édition d'*Introduction to Physical Oceanography*. Il le parcourut en mangeant son sandwich, à la recherche d'équations sur la salinité dont il pourrait avoir besoin dans cette zone de la mer Baltique.

Hart comptait lire plusieurs heures, en faisant de son mieux pour ranger dans sa cervelle, prête à l'emploi, jusqu'au moindre fragment d'information nécessaire à la traque dans ces eaux d'une cible sous-marine.

La guerre anti-sous-marine se déroule vite, il le

savait, et chaque seconde comptait. S'il tombait ce soir sur un de ces Kilo, Hart n'avait pas envie de devoir sortir deux épais bouquins cornés pour se rappeler la marche à suivre.

Le train de transport de troupes ayant servi à l'infiltration des Spetsnaz dans la région de Vilnius était arrivé depuis maintenant dix-huit heures, et même si les résultats obtenus étaient encore loin d'avoir atteint les objectifs prévus pour H+18 dans la chronologie de l'opération, le plan russe avait eu l'effet désiré : semer la confusion parmi la population lituanienne. Des rumeurs faisant état de la présence dans la capitale de bataillons de Russes s'étaient répandues à la radio et à la télévision, sur les réseaux sociaux et dans toute la presse étrangère.

Comme c'était souvent le cas avec les nouvelles de « dernière minute », la vérité était bien différente de la réalité. Dès sept heures du matin, à l'aérogare et dans la tour de contrôle, les troupes russes furent défaites après une brève escarmouche avec une force combinant des éléments de l'antiterrorisme fédéral lituanien et une compagnie de soldats d'élite des forces spéciales de l'armée. Les Russes étaient mieux entraînés, ils avaient également de solides positions défensives mais les Lituaniens avaient l'avantage du nombre et de l'équipement, sans oublier des gaz lacrymogènes à foison.

L'aéroport demeura fermé presque toute la journée, suite aux dégâts subis par les radars placés sur le toit de l'aérogare ainsi qu'à cause du nuage persistant de gaz lacrymogènes qui avait envahi l'escalier de la tour de contrôle, mais une fois que les Russes eurent perdu la maîtrise des installations, leurs avions de transport qui décrivaient à l'est des cercles dans le ciel biélorusse furent contraints de regagner l'aéroport de Smolensk sans avoir pu débarquer leurs troupes.

L'action des Spetsnaz, destinée à tenir temporairement les points de contrôle dans toute la capitale, s'était mieux passée que celle de l'aéroport. Plus de quarante hommes avaient rejoint leurs objectifs, provoquant le chaos durant l'heure de pointe matinale. On eut l'impression qu'avaient éclaté dans toute la ville des escarmouches à l'arme automatique entre le groupe Alpha russe et la police lituanienne.

Mais là aussi, l'opération ennemie avait été loin d'atteindre ses objectifs. Les ordres de l'unité avaient été de passer deux heures dans les rues à créer le chaos, puis de disparaître dans un vaste parc situé au nord de la ville, où un groupe de paramilitaires serbes, spécialement entraînés, les attendraient avec des véhicules volés, des vêtements, du matériel médical et autres fournitures de rechange. Les Serbes avaient été infiltrés une semaine auparavant grâce à des visas touristiques et, à peine douze heures avant l'arrivée dans le pays du train militaire russe, ils avaient signalé qu'ils étaient fin prêts. Mais quand les vingt-six survivants des forces spéciales russes avaient enfin rejoint leur point de ralliement sur le parking jouxtant la forêt, ils n'avaient trouvé que six Serbes à bord de trois véhicules, un minimum de ravitaillement, et le récit du détricotage de leur mission par la faute d'une embuscade de la police locale la veille au soir, embuscade au cours de laquelle ils avaient perdu douze de leurs hommes, blessés ou tués.

Alors que les survivants des Spetsnaz russes et serbes s'apprêtaient à disparaître dans le parc, ils se retrouvèrent nez à nez avec un groupe, de la taille d'une compagnie, de volontaires de l'armée lituanienne, jeunes gens mal entraînés et pauvrement équipés qui n'avaient pour eux que leur nombre.

Dans le bain de sang qui s'ensuivit, les deux unités de Spetsnaz tuèrent plus de cinquante hommes mais subirent elles aussi de lourdes pertes. Les quelques survivants, tous russes, battirent en retraite, brisés et sanglants, sous le couvert des arbres, dès qu'ils furent à court de munitions.

71

Le lieutenant-colonel Rich Belanger avait passé le plus clair de sa première journée à bord d'un blindé léger, issu de son peloton de reconnaissance, pour superviser les préparatifs de tous ses marines. Il s'arrêta à chaque poste de commandement de ses compagnies pour rendre visite à chacun de leurs officiers.

Le PC de la compagnie India, baptisé « Diesel », était installé dans une vieille ferme gardée par des hommes enterrés dans des positions à l'entrée des bois. Le PC de la compagnie Kilo, « Masse », était situé à l'arrière, en réserve, avec les chars d'assaut, prêts à s'élancer dès que serait ordonnée la contre-attaque. La compagnie Lima, dite « Chienlit », se trouvait au sud des autres, dans les bois, en position d'embuscade dominant l'E28, la principale route est-ouest qui, selon la sagesse populaire, serait empruntée par les Russes pour foncer droit sur Vilnius.

La compagnie d'armement qui utilisait l'indicatif « Vandale » avait réparti ses mitrailleuses lourdes M 2.50 sur trois compagnies avec les mortiers de 81 et 120 placés bien à l'arrière du bataillon, prêts à faire pleuvoir un déluge d'acier sur les lignes avancées des

Russes. Durant le combat, le commandant de Vandale rejoindrait le centre de commandement Darkhorse d'où il dirigerait l'ensemble de ses moyens d'artillerie, y compris l'aviation et les mortiers. Également présent dans le PC, l'officier de renseignement de Darkhorse venait de mettre en service le système de communications satellite et il était maintenant en train de télécharger les toutes dernières infos en provenance de l'EUCOM, le Haut Commandement pour l'Europe.

En début d'après-midi, le lieutenant-colonel Belanger, dont l'indicatif personnel était « Darkhorse Six », était confiant : son bataillon était prêt au combat mais ses préoccupations s'étendaient au-delà des mille deux cents hommes placés sous ses ordres. De petites poches sporadiques de troupes de l'armée lituanienne continuaient de surgir et de passer à l'attaque dans toute la partie orientale du pays, sans véritable plan d'ensemble, d'après ce qu'il pouvait discerner via leurs officiers de liaison.

Elles évoluaient du sud de Vilnius jusqu'à mi-distance de la frontière lettone, au nord, et Belanger s'inquiétait de recevoir l'ordre de se lancer dans l'action juste pour que lui et ses hommes se retrouvent ralentis par des routes encombrées de leurs guimbardes se traînant pour rejoindre les régions frontalières ou, pis encore, par des flots de réfugiés refluant devant l'avance des troupes russes.

Et ce n'était qu'un des nombreux écueils de la journée. Son supérieur, un colonel de marines, également commandant de la Force de rotation en mer Noire, avait assigné à son officier chargé du renseignement tout un tas de tâches supplémentaires de collecte de données. Parmi les plus urgentes, il y avait celle de fournir en permanence aux divers PC des régiments de la BSRF les toutes dernières informations en provenance de Vilnius.

Finalement, l'officier de renseignement appela Belanger à bord de son blindé léger, alors que ce dernier était en train d'inspecter les zones d'engagement de la compagnie, pour lui suggérer que les rapports concernant l'armée lituanienne avaient commencé à coïncider avec les dépêches d'actualité qu'ils suivaient sur Internet et sur CNN. Seuls subsistaient quelques petits groupes de saboteurs russes ; le reste avait été nettoyé ou bien avait fui dans les bois au nord de la capitale. Leur petite manœuvre d'infiltration en Lituanie semblait avoir tourné court.

À la télévision, le gouvernement lituanien exhibait deux douzaines de prisonniers russes à l'aéroport. Vaincus, tête basse, les mains ligotées dans le dos avec des bracelets en plastique.

Belanger n'eut qu'à leur jeter un coup d'œil pour reconnaître des hommes du groupe Alpha, l'élite des forces spéciales russes. Alors que la majorité des profanes voyait dans cette victoire sur le commando le signe que leur nation pouvait se défaire de tout ce que pouvaient leur envoyer les Russes, le lieutenant-colonel de marine avait une analyse bien plus mesurée de ce scoop.

Le fait que les Russes disposent d'une centaine d'hommes du groupe Alpha à sacrifier dans ce qui ressemblait surtout à une mission suicide lancée au beau milieu du pays avant même le déclenchement des hostilités, révélait en réalité à Belanger que la Russie disposait de milliers d'autres commandos de Spetsnaz du ministère de l'Intérieur et du GRU à mobiliser sur les lignes de front. Des troupes qu'il était certain d'affronter dans les heures ou les jours à venir parce qu'il savait que quantité d'autres de ces salopards en combinaison noire l'attendaient juste de l'autre côté de la frontière, devant lui.

Parmi les personnels affectés au renseignement, le mot se répandit que des analystes du Pentagone avaient repéré que l'armée russe se massait sur une largeur de près de soixante-quinze kilomètres à la frontière biélorusse ; c'était sans doute là qu'ils ouvriraient une brèche. Plus loin au nord ou au sud, ils se retrouveraient loin des grandes voies praticables et surtout trop loin de Vilnius, leur principal objectif.

Sur cette étendue, quatre artères principales traversaient la frontière et, tandis que les chars russes n'avaient pas besoin de se cantonner aux routes pour attaquer, l'infanterie, avec ses camions, la logistique et l'artillerie lourde, devait obligatoirement emprunter celles-ci, de sorte qu'il paraissait logique que l'attaque débuterait dans un de ces secteurs. Sans l'infanterie, l'artillerie et une source d'approvisionnement régulier, les chars se retrouveraient bien vite en difficulté entre les épaisses forêts et les mosaïques de champs séparés par des haies de la campagne lituanienne.

Tout cela resserrait encore la localisation de l'attaque, estimaient Belanger et son officier de renseignement. Compte tenu du fait que Belanger avait divisé son bataillon en trois sections autosuffisantes, placées sur trois positions distinctes à proximité des quatre routes identifiées, ils s'estimaient parés.

Certes, une seule compagnie de fantassins ne pouvait pas arrêter l'équivalent d'une division blindée russe, mais Belanger devait avoir quelqu'un prêt à engager l'ennemi le temps que son service de renseignement vérifie les données des satellites et puisse lui confirmer que oui, il s'agissait bien du fer de lance de l'invasion, alors le reste de ses forces pourrait manœuvrer pour contrer l'avance ennemie.

L'appel de l'EUCOM, qu'il attendait depuis maintenant douze heures, lui parvint enfin au crépuscule. Les plates-formes de surveillance survolant les troupes ennemies en Biélorussie indiquaient qu'une poussée en direction de la frontière était en cours et qu'elle se déroulait simultanément en deux points : à la hauteur de la ville lituanienne de Magunai, au nord, et carrément sur la nationale E28 reliant Minsk à Vilnius.

Belanger comprit aussitôt que son bataillon allait devoir livrer bataille sur deux fronts distants de cinquante kilomètres. C'était l'hypothèse qu'il redoutait : il allait devoir diviser ses forces.

La moitié de la maigre résistance lituanienne était déjà à peu près positionnée sur le passage à la frontière de l'E28 ; c'était le point du territoire biélorusse le plus proche de Vilnius, aussi la zone était déjà défendue par des soldats de l'armée de terre, équipés d'obusiers de 105 mm datant de la Seconde Guerre mondiale, de quelques obusiers de 155 plus récents de fabrication allemande et de dizaines de mortiers de tout calibre. Des milliers d'hommes étaient déjà retranchés et des sacs de sable barraient les routes, mais la voie restait grande ouverte pour les chars russes, à travers champs et pâturages, pour gagner la capitale.

Belanger savait qu'ils allaient hacher menu les Lituaniens sauf si les défenseurs recevaient une aide massive de Darkhorse.

Certes, la défense locale était insuffisante mais Belanger ne pouvait pas se passer de sa compagnie India, de même qu'il devait conserver un peloton de sa compagnie d'armement, quelques chars et hélicos de combat Cobra, postés au sud sur des positions qui avaient été prédéfinies grâce au programme de déploiement Sentinelle avancée. Chaque missile antichars, chaque mortier, chaque mitrailleuse lourde et chaque escouade de fantassins s'était vu assigner une position précise par GPS et un angle de tir. On avait creusé des trous de combat, mis à couvert les équipements et dessiné des cartes de disposition des nids de mitrailleuses et d'armes lourdes destinées au soutien des défenses intégrées.

Quant aux compagnies d'infanterie Kilo et Lima, équipées d'une certaine quantité de mitrailleuses, missiles et roquettes antichars fournis par la compagnie d'armement, elles furent dépêchées vers le nord à Magunai, où on leur assigna des positions défensives dans toute la ville, et dans les fermes et forêts environnantes. Lima était à l'avant, à portée de vue de la frontière, et Kilo demeurait au sud-ouest, prête à jouer la force de contre-attaque pour Belanger ou de redescendre en hâte vers le sud épauler India en cas d'absolue nécessité.

L'agent de renseignement de Belanger avait conclu que la zone où l'on s'attendait à voir les Russes effectuer une percée côté nord était quasiment non défendue par les Lituaniens, de sorte que les marines auraient à se taper la part du lion pour bloquer l'attaque ennemie.

Belanger transféra son poste de commandement avancé vers une position de soutien derrière sa compagnie Lima, puis il ordonna aux contrôleurs aériens, épaulés par un certain nombre de jTAC – des contrôleurs aériens avancés récupérés d'autres unités – de se répartir entre les principales positions défensives de sa compagnie.

À vingt et une heures, les marines de la compagnie India – celle positionnée au sud – furent informés par leurs homologues lituaniens que les phares de centaines de véhicules avaient été repérés de l'autre côté de la frontière. Sur le front nord, près de la zone de Lima et du PC de Belanger, on avait aperçu une vaste zone éclairée derrière les collines couvertes de terres agricoles, révélant que les blindés russes se mettaient en position.

Belanger se trouvait dans le labo de sciences naturelles installé au deuxième étage d'une école primaire de Magunai, aussi près de la ligne de front que pouvait se l'autoriser un commandant sur le champ de bataille. Les éléments de pointe de son bataillon, ses éclaireurs tireurs d'élite, se trouvaient à Prienai, quinze cents mètres plus à l'est, mais le plus gros de ses forces était dispersé dans les rues, les maisons et les boutiques de la ville, ainsi que dans les fermes et les hameaux alentour. Ses mortiers lourds et moyens étaient installés à l'abri d'un bosquet, sur une route gravillonnée, un kilomètre en retrait.

Juste en face de Darkhorse, les estimations du renseignement suggéraient qu'il pouvait y avoir jusqu'à quatre-vingts chars russes T-90, tous équipés d'ordinateurs de tir dernier cri, d'amplificateurs nocturnes, de détecteurs infrarouges, de blindage réactif explosif et de viseurs et d'optiques permettant une détection à plus de dix kilomètres. Belanger avait étudié dans le temps la doctrine antisoviétique et, dans le combat à venir, il allait avoir besoin de tout ce que lui avaient enseigné ses vieux maîtres à l'école de guerre. La plupart étaient des vétérans de la guerre du Golfe qui avaient affronté des T-72 de seconde génération. Merde, lui-même avait vu son content de T-72 quand il se battait contre les rebelles en Irak, mais ceux-ci n'étaient plus que des épaves cramées et nettoyées par les Bédouins.

Belanger se rendit compte qu'il avait tout de même un élément en sa faveur. Le même qui avait sauvé la couenne de ses frères d'armes de l'armée à Bastogne. Un incroyable soutien aérien de l'Amérique et de ses alliés. Des Harrier, des F-18, des Cobra, des Apache, qu'il pouvait mettre à contribution. Et maintenant que pointaient les premières lueurs de l'aube, il était bougrement certain qu'il allait avoir du boulot pour eux.

Une voix lui parvint du sac à dos de son radio.

« Chienlit Six pour Banshie Deux, à vous ? »

Belanger était en train de consulter une carte numérique avec son chef des opérations mais il se retourna en entendant l'appel et saisit le casque accroché au sac. Il savait que Banshie Deux était l'une de ses meilleures équipes d'éclaireurs tireurs d'élite, placée sous les ordres du sergent McFarland. Les hommes étaient installés dans un bosquet à l'orée d'un champ, à deux kilomètres des positions défensives de Prienai et à un kilomètre de la position actuelle de son PC avancé.

Le commandant de la compagnie Lima était un capitaine du nom de Ludlow et son indicatif était Chienlit. Belanger écouta la réponse de Ludlow.

« Banshie Deux pour Chienlit. C'est bien Six[1] en fréquence.

— Compris. Question : Requête à Six en fréquence confirmation absence ventilos allées sud-ouest ligne progression Rouge[2].

— Compris, Banshie. C'est bien Six en fréquence. Reçu et confirmé. Darkhorse conduite de tir signale ensemble aviation amicale toujours au sol sur base avancée ravitaillement ou en pré-alerte décollage.

— Bien reçu. Dans ce cas, information : Contact drone ennemi. Drone ennemi trajectoire cap est, au-dessus ligne progression Blanche. Va traverser ligne progression Rouge dans approx. trois minutes. Alti-

---

1. Dans les forces armées américaines, et entre autres pour les communications radio, on utilise une série d'indicatifs numérotés où :

- 6, désigne le commandant de l'unité,
- 5, son second,
- 4, les officiers chargés de la logistique et de l'approvisionnement,
- 3, ceux des opérations,
- 2, ceux du renseignement,
- 1, les hommes de troupe [source : http://www.mrfa.org/callsign.htm].

2. Ou *Phase line*, terme repris de la cartographie, définissant la représentation sur une carte de l'évolution dans le temps d'un facteur donné (source : *NATO Glossary of Terms and Definitions*).

tude six cents niveau mer. Vitesse progression approx. vingt-cinq kilomètres-heure. »

Belanger continua d'écouter le dialogue, tandis que Ludlow demandait des précisions supplémentaires sur le drone : son comportement, s'il était ou non assez gros pour embarquer des armes ou s'il s'agissait d'un simple appareil de reconnaissance.

Au bout de plusieurs minutes d'échange, Belanger laissa échapper un long soupir de frustration en rendant le casque à son opérateur radio.

« Banshie Deux pour Darkhorse. Pouvez-vous engager avec les SASR ? » Il faisait référence aux fusils anti-matériel Barrett M82 calibre .50 BMG équipant ses tireurs d'élite.

« Négatif, mon colonel. Sa vitesse est trop élevée. Suggestion recours arme lourde ou lance-missiles Stinger. Sinon, il aura visuel parfait sur toutes les positions alliées compagnie Lima dans approx. deux minutes.

— Banshie Deux pour Darkhorse, reçu cinq sur cinq. Poursuivez mission, scannez et reportez activité dans votre zone sur ce réseau. Urgent, urgent, Vandale Trois pour Darkhorse Six. »

Vandale Trois était la section mitrailleuse assignée à la couverture de la compagnie India.

« Vandale Trois écoute, lança la voix du chef de section mitrailleuse.

— Vous avez ce drone en visuel ?

— Affirmatif, Darkhorse ! »

Belanger n'hésita pas. « Éliminez ! »

Le lieutenant-colonel eut vraiment l'impression d'entendre le sourire de l'artilleur quand il lui répondit : « Bien reçu. Engagement ; mise en œuvre immédiate. »

Le grondement rauque et grave du M2 résonna dans les bois et les rues du village. Il tirait par brèves salves de cinq cartouches. Pause. Nouvelle salve. Belanger n'avait pas de visuel sur le tir mais ses vingt ans d'expérience lui disaient que l'artilleur utilisait la séquence de quatre balles traçantes sur les cinq d'une salve pour guider visuellement son tir sur la cible. C'était le genre de discipline de tir qu'il avait toujours prêchée à sa compagnie et à ses commandants de peloton. Il réfléchit une minute, cherchant à se rappeler l'identité du servant. Il connaissait assez bien tous ses hommes mais ils étaient si nombreux qu'il lui fallait parfois y réfléchir un moment.

Ça y est, ça lui revenait. C'était le sergent Ascherbrock, le chef de section de cette mitrailleuse. Ascherbrock connaissait son boulot.

En moins de dix secondes, les salves s'arrêtèrent.

« Darkhorse avancé ou Darkhorse Six, demanda le sergent.

— Darkhorse Six en fréquence, à vous.

— Compris, mon colonel. Drone éliminé, au tapis à un kilo ouest de votre position. Besoin coordonnées ?

— Négatif, avons la position approximative. »

Belanger hocha la tête et se permit un léger sourire. Les hommes qui l'accompagnaient au PC avancé Darkhorse brandirent le poing de concert.

Le lieutenant-colonel leva les yeux au ciel.

« Félicitations, les gars. Maintenant, on se calme. On vient de détruire la plus petite miette de rien du tout de l'arsenal russe. »

L'officier de renseignement leva les yeux de son poste et remarqua : « Faut un début à tout, mon colonel, et ça ne me dérange pas qu'on élimine une partie de leurs yeux.

— Ouais, Deux, compris, mais je parie que leurs chaînes d'info sont en ce moment même en train de repasser en Technicolor les vidéos de nos lignes de front.

— Pas grave, mon colonel, ces enculés viennent de se faire darkhorser ! » s'exclama l'opérateur radio.

Belanger rit sous cape. S'il survivait à cette nuit, il savait que jamais il ne l'oublierait.

Son rire ne dura pas, parce qu'il identifia aussitôt ce qui leur arrivait dessus. Direct. Tout de suite.

Le hurlement des roquettes l'assourdit.

72

Ces six derniers jours, Martina Jaeger n'avait cessé de se plaindre auprès de son frère, répétant qu'elle s'ennuyait à mourir parce qu'il n'y avait rien à foutre à Amsterdam. Ce à quoi son frère Braam avait obligeamment remarqué qu'elle était sortie dans tous les clubs techno de la ville, qu'elle avait dégusté les meilleurs plats et pris les meilleures drogues. Elle avait fait une virée de cent kilomètres en vélo dans la campagne environnante et elle avait usé sa carabine à air comprimé au stand de tir.

Certes, avait-elle admis, mais il n'empêche qu'à force d'enchaîner sans interruption les missions pour les Russes toutes ces dernières semaines, ce temps d'arrêt était particulièrement lent et futile.

Elle avait besoin de se bouger pour de bon.

Quant à Braam, il avait apprécié de se retrouver à Amsterdam. Il s'était entraîné dans sa salle de gym, avait combattu dans son dojo habituel, fait du vélo avec sa sœur et pas mal regardé la télé. Il s'imaginait sans mal passer encore une semaine à profiter de la vie avant d'éprouver l'impatience que Martina avait ressentie dès le deuxième jour de leur retour au pays.

Ce soir, pourtant, il fut ravi pour elle de découvrir l'annonce de l'arrivée d'un nouveau message instantané sur l'application TOR de son ordinateur. Il savait que ce devait être les Russes et il savait aussi que lorsqu'ils se manifestaient, ce n'était pas pour leur demander le temps qu'il faisait.

Non, sa sœur et lui étaient sur le point d'avoir un nouveau contrat.

Braam ouvrit la messagerie instantanée et lut. Pour sa part, il était ravi de l'ordre reçu, mais il savait qu'il allait falloir devoir convaincre Martina.

Il l'appela – elle était à l'autre bout du séjour – en prenant un ton faussement enjoué.

« *Goed nieuws, sis !* » Bonnes nouvelles, frangine ! « Ils veulent qu'on retourne aux îles Vierges ! »

Martina laissa échapper un grognement de contrariété.

« Non ! Dis-leur qu'il n'en est pas question. On en revient juste et c'était aussi mort qu'ici. »

Braam lui lut tout haut le message.

« *Nous requérons votre retour immédiat comme renfort pour une opération en cours aux îles Vierges britanniques*. » Il leva les yeux. « Moi, ça m'a l'air de promettre plus d'action que la dernière fois. »

Martina se redressa sur le canapé.

« Non, pas pour moi. Quand il s'agit d'une opération de nettoyage, ils identifient toujours très clairement la cible.

— Je demanderai plus de détails, tempéra Braam.

— Comme tu voudras, mais moi, j'y vais pas. »

Braam tapota quelques minutes sur son clavier, sous

le regard de Martina, toujours assise dans le canapé. Finalement, il précisa leur réponse.

« Voilà ce qu'ils disent : "La direction s'inquiète de la présence sur zone d'acteurs hostiles qui tentent d'infiltrer nos activités. Votre expertise est requise pour éliminer la menace." » Braam regarda sa sœur. « C'est bien une opération de nettoyage.

— Non, c'est encore une mission de baby-sitting.

— "Éliminer une menace". Qu'est-ce que ça peut bien signifier d'autre ? »

Elle dévisagea longuement son frère, soupira, puis se laissa rouler hors du divan, avec un mouvement aussi mélodramatique que lorsqu'elle s'y était laissée choir. Braam voyait bien qu'elle n'était pas ravie d'accepter le contrat mais qu'elle le remplirait néanmoins.

Elle reprit : « Ça veut dire soit qu'il a quelqu'un à nous faire éliminer, soit que je vais l'éliminer, lui, pour m'avoir fait perdre mon temps. »

Braam haussa les épaules.

« Moi, je suis content qu'on y retourne. Ce coup-ci, tu devrais essayer la langouste Anegada. Franchement, ça vaut le voyage. »

Martina Jaeger hocha la tête, incrédule.

« Parcourir la moitié du globe pour un dîner, c'est idiot. Couvrir cette distance pour aller tuer un type contre de l'argent, là, c'est un voyage qui vaut le coup.

— Je te laisserai presser la détente si tu me laisses déguster ma langouste. Comme ça, on sera contents tous les deux. »

Elle ébouriffa les cheveux de son frère quand elle passa derrière lui pour gagner sa chambre et faire ses bagages.

Il était midi et Jack Ryan Junior dormait comme un loir, entortillé dans les couvertures, un gros oreiller sur la tête pour bloquer la lumière. Il s'était tapé le quart de nuit, seul, huit heures d'ennui passées en surveillance, pendant que les deux hommes tout juste de retour de Lituanie s'étaient accordé une vraie nuit de sommeil, et maintenant ils étaient debout, en pleine forme, et lui totalement flapi, effondré sur l'un des deux lits jumeaux de la chambre du fond de leur appartement au deuxième étage.

Sa cible s'était encore saoulée la nuit précédente après être restée tout l'après-midi à son hôtel. Jack avait même réussi à mater son type au bar de l'hôtel du bas de la rue en utilisant sa lunette de visée, même si le signal vidéo récupéré de la caméra de surveillance de l'établissement lui procurait en gros la même information. Malgré tout, c'était sympa de se retrouver ici, à cent mètres à peine de Salvatore, après des journées passées à l'observer depuis la Virginie, à cinq mille kilomètres de distance.

Toute la nuit, Jack avait écouté d'une oreille la BBC sur son ordinateur, afin d'avoir les derniers développements de la situation en Lituanie. Bien entendu, il aurait préféré voir les nouvelles à la télé mais il ne l'allumait jamais de nuit dans la planque parce que les lueurs fluctuantes filtrant par les fenêtres auraient attiré l'attention des guetteurs effectuant leur contre-surveillance depuis la rue ou l'immeuble d'en face.

Mais la BBC était une bonne source d'informations et quand il alla se coucher à sept heures du matin, on avait confirmé aux infos que les marines américains et l'armée de terre lituanienne étaient engagés dans d'intenses combats avec les forces armées russes sur le sol du minuscule État balte. L'armée de l'air américaine et l'aéronavale effectuaient des sorties constantes et même la Pologne s'était mise de la partie, avec ses F-16, ses MiG-29 et jusqu'à de vieux Su-22, pour des raids sur les batteries de missiles installées dans l'enclave de Kaliningrad.

Jack se demanda si les avions américains n'avaient pas de problèmes pour se repérer entre tous ces MiG volant pour les deux camps.

Les experts de la BBC avaient exprimé leur surprise en constatant que l'invasion russe provenait exclusivement du flanc est ; l'oblast de Kaliningrad avait pourtant vingt-cinq mille combattants prêts à envahir la Lituanie par l'ouest mais, jusqu'ici, ils étaient restés de leur côté de la frontière. Certains suspectaient que ce n'était qu'une question de temps avant qu'ils ne s'ébranlent quand d'autres expliquaient doctement que la Russie estimait qu'en attaquant depuis la Biélorussie, ils protégeraient Kaliningrad des frappes de représailles de l'OTAN si l'organisation venait finalement à s'impliquer.

Quand Chavez et Caruso s'éveillèrent, Jack passa à chacun une tasse de café avant de leur rapporter les nouvelles concernant la Lituanie. Puis il leur annonça qu'ils n'avaient absolument rien raté du côté de Bruxelles pendant qu'ils récupéraient. Peu après, il allait au lit à son tour, espérant être reposé et prêt à l'action quand Salvatore se déciderait enfin à faire quelque chose, n'importe quoi, pouvant enfin justifier le déplacement des trois Américains en Belgique.

Il espérait que ce serait dans la journée et s'endormit, les doigts croisés.

Il dormait depuis quatre heures quand il sentit quelqu'un lui secouer la jambe. Il se rassit vivement, les poings serrés, un bras replié, prêt à frapper.

« Relaxe, cousin. C'est moi. »

Ses yeux chassieux firent enfin le point sur Dominic, qui se tenait près du lit dans la chambre plongée dans l'obscurité, blouson noir et bonnet marron.

« C'est parti. Salvatore vient juste de recevoir un coup de fil de quelqu'un qui pourrait bien être son contact russe. »

Jack enfila son jean à tâtons tout en sortant précipitamment de la chambre, pour retrouver Ding dans le séjour, quelques secondes plus tard. Chavez était lui aussi vêtu d'un blouson matelassé de couleur foncée, assorti d'un bonnet tricoté noir. Les clés de sa voiture étaient posées à côté de lui, sur le bureau devant la fenêtre.

« Écoute ça », dit Chavez. Il repassa un fichier audio enregistré sur l'ordinateur ouvert devant lui. Une voix au fort accent s'exprimait en anglais. « Vous allez vous rendre immédiatement au Sofitel Bruxelles Europe, quatrième étage. Là, quelqu'un vous retrouvera pour vous donner vos instructions. Restez simplement attendre dans le couloir. » Puis Jack reconnut la voix de Salvatore. « Je comprends. Où est-il ?

— Prenez un taxi. Le chauffeur connaîtra l'itinéraire. C'est à dix minutes de votre hôtel.

— J'y vais. »

Ding regarda dans la lunette de visée installée devant

la fenêtre. Elle était réglée sur l'entrée du Stanhope en haut de la rue.

« Il vient de monter dans un taxi. Faut qu'on se bouge. »

Jack chaussa ses tennis puis enfila son blouson marron et coiffa un bonnet gris.

Chacun des trois hommes saisit son 9 millimètres Smith & Wesson M&P Shield et le glissa dans l'étui discret placé sous sa chemise. Chacun avait également une pochette de premiers secours et deux chargeurs de huit cartouches glissés sous le bandeau d'étoffe qui plaquait leur revolver au corps.

En moins de trente secondes, ils avaient récupéré leur sac à dos posé près de la porte et dévalaient l'escalier. Une fois sur le parking derrière l'immeuble, ils montèrent dans leur SUV Audi noir. Chavez se mit au volant, Caruso à ses côtés et Jack s'assit derrière. Dom et Jack ouvrirent le portable posé sur leurs genoux.

Alors qu'ils démarraient, Jack envoya rapidement à Gavin un texto. « *Liste des clients du Sofitel. À comparer avec adresses connues Mikhaïl Grankine, adresse connue Andreï Limonov plus FSB, Kremlin ou mafia russe*. »

Jack savait que Gavin avait déjà créé des bases de données pour toutes les relations identifiées des divers participants à cette opération et leur informaticien avait également un vaste fichier parfaitement à jour des personnalités de la mafia russe. En moins de vingt secondes, il recevait un accusé de réception de Gavin.

Pendant que Jack attendait ses résultats, il se rendit sur le site du Sofitel et y consulta la liste des conférences prévues dans les prochains jours. Il y avait une réunion des contributeurs d'un orchestre symphonique local, une rencontre des notaires européens et une conférence sur la thérapie génique. Rien qui fût d'ordre à susciter l'intérêt soit de *paparazzi* ou d'espions russes.

Au volant, Chavez remarqua : « Eh, Jack, je ne sais pas s'il y a un rapport, mais on arrive quasiment au cœur de l'Union européenne. »

Jack quitta des yeux son écran et, de fait, il reconnut derrière les vitres la forme massive du bâtiment Berlaymont, le siège de l'Union. De l'autre côté de la rue, ils passèrent devant le bâtiment Charlemagne, qui accueillait plusieurs organes de la Commission.

« Certes, observa Jack, et côté cibles, par ici, le renseignement russe a l'embarras du choix. Je suis sûr qu'ils aimeraient bien, s'ils le pouvaient, espionner tous les bureaux de la dizaine de pâtés de maisons qui nous entourent. On va devoir se contenter de voir ce que mijote Salvatore. »

Gavin rappela sur ces entrefaites et Jack répondit aussitôt.

« Du nouveau, Gavin ?

— *Nada*, Ryan. Désolé. Si un complice connu ou un espion russe est descendu à cet hôtel, il s'est inscrit sous un faux nom et pas un seul de nos cinq services d'espionnage ne l'a repéré.

— Merde. OK, Gav. On se reparle. » Ryan releva les yeux : ils passaient au pied du Lex, qui accueillait le Conseil des ministres de l'Union. Au pied de l'immeuble ultramoderne, un groupe de manifestants brandissait des pancartes. Jack ne put les déchiffrer mais ça venait de lui donner une idée. « Attends ! T'es toujours là ? »

Gavin Biery n'avait pas encore raccroché.

« Qu'y a-t-il ?

— Laisse tomber les Russes. Regarde plutôt si l'un des associés de Salvatore est descendu au même hôtel. Un membre d'un de ces groupes protestataires avec qui il a partie liée. Greenpeace, les mouvements antimondialisation, ce genre de truc.

— Putain, Ryan, ça va prendre des plombes. Je n'ai pas automatisé ce champ de recherche comme je l'ai fait pour les Russes.

— C'est important, Gavin. Tu peux déjà m'envoyer la moitié des noms et je commencerai de les examiner.

— Non, ce que je vais faire, c'est regrouper tous les clients de l'hôtel dans le même fichier et le croiser avec celui d'Interpol, voir lesquels, éventuellement, ont été arrêtés. Il faudra ensuite que je les examine un par un pour découvrir le motif de cette arrestation. Il y a deux cent vingt clients, alors tu me laisses à peu près… »

Gavin s'interrompit soudain. Quand il reprit, ce fut sur un ton interloqué.

« Eh bien, voyez-vous ça !

— Quoi donc ?

— Une des chambres du Sofitel. La 514. Elle est au nom de Luigi Vignali. »

Jack avait déjà entendu ce nom.

« Attends… mais c'est le vrai nom de Salvatore. »

Cette fois, la voix de Gavin exprimait la perplexité.

« D'accord. Qu'est-ce que ça veut dire, selon toi ? »

Jack réfléchit rapidement, conscient que le temps

lui était compté. Il avait entendu Salvatore récupérer le message l'envoyant au Sofitel. Il n'avait pas eu l'air de savoir où se trouvait l'établissement. Ça ne tenait pas debout qu'il y ait déjà pris une chambre, en plus de celle au Stanhope.

Jack regarda de nouveau dehors. L'hôtel était droit devant.

« Ça veut dire, reprit-il, que Salvatore s'est fait piéger. Quelqu'un l'a appelé pour l'attirer à un endroit précis. Après l'y avoir associé en prenant une chambre à son nom.

— Mais qui ? » intervint Chavez.

Caruso tourna la tête pour regarder Jack.

« La bombe au terminal de gaz liquéfié, en Lituanie.

— Oui, et alors ?

— Le corps rejeté par la mer. La plongeuse. Les Lituaniens pensaient à un maquillage. Une diversion montée par les Russes pour la faire passer pour une manifestante écologiste qui aurait été tuée. Juste pour brouiller les pistes, éviter qu'on découvre qu'il s'agissait de bout en bout d'une opération du FSB. »

Jack ne savait pas grand-chose de l'attentat de Klaipėda. Il n'avait pas du tout suivi l'affaire. Pour ce qu'il en savait, la présente mission n'avait strictement aucun rapport.

« Es-tu en train de suggérer que quelqu'un aurait appâté Salvatore pour lui faire porter le chapeau d'un nouvel attentat ?

— On sait que les Russes se sont déjà servis de lui. »

Jack baissa les yeux vers son portable et tapa dans

un moteur de recherche « conférences UE Bruxelles » en rajoutant la date du jour.

Un bref coup d'œil lui montra que plus de deux douzaines d'événements se déroulaient aujourd'hui dans la capitale européenne, la plupart ici même, dans le quartier de l'Europe, dans toutes les salles de réunion ou de conférences des divers bâtiments de l'Union. Il fit lentement défiler la liste et l'une des manifestations attira soudain son regard. Il annonça : « La conférence européenne sur le pétrole et le gaz vient de débuter, ce matin même. Il est précisé qu'il s'agit d'une rencontre annuelle avec trois cents participants, dirigeants de l'industrie gazière et pétrolière européenne, comme ministres de l'Énergie de tous les États membres.

— Où se tient-elle ? » demanda Caruso.

Jack tapa sur Google Maps le nom du Centre de conférences où se tenait la réunion. Pendant ce temps, Chavez avait trouvé à se garer sur la place Jourdan, pile devant le Sofitel.

Jack quitta des yeux son ordinateur.

« Le Centre de conférences jouxte le Sofitel. Là, juste au coin. » Il recolla de nouveau le smartphone à son oreille. « Gavin, passe-moi les images vidéo du quatrième étage de l'hôtel. »

Rien n'apparut sur son écran.

« Gavin ?

— Je n'ai rien du tout. Quelqu'un d'autre aurait piraté le signal ? Non, ce n'est pas… En fait, c'est tout le système de vidéosurveillance de l'hôtel qui a été coupé. Ça n'a pu être réalisé que depuis l'intérieur du bâtiment. Les mecs, j'ignore ce qui se passe, mais vous avez intérêt à faire gaffe. »

Les trois Américains sortirent aussitôt de l'Audi, sans trop savoir ce qu'ils allaient découvrir au quatrième étage de l'hôtel qui se dressait devant eux ; leur seule certitude était que Salvatore n'était pas venu pour prendre des photos de célébrités.

73

Assis au bord du canapé installé au milieu de la suite, Salvatore affichait sa perplexité. Il n'avait pas la moindre idée de ce qui se passait, juste le soupçon qu'on l'avait sans doute manipulé et qu'il se retrouvait à présent sérieusement dans la panade.

Trois minutes auparavant, il attendait dans le couloir quand la porte de la suite s'était ouverte, révélant une petite brune séduisante, vêtue d'un corsage et d'une jupe bleus. Elle lui sourit et le prit par la main.

Il était dubitatif, mais non sans déplaisir car il avait la nette impression de l'avoir déjà vue quelque part, et puis elle avait l'air tellement contente…

Elle l'introduisit dans le séjour de la vaste suite, tout en lui expliquant qu'elle travaillait avec le même intermédiaire russe que celui qui avait contacté Salvatore, avant de lui promettre que ce qu'ils s'apprêtaient à faire ici à Bruxelles constituerait un grand pas en avant pour l'environnement.

L'environnement ?

Elle précisa qu'elle était au courant de son activité passée. Les manifs, les arrestations. Il ne voulait certainement pas en rester là.

Salvatore hocha la tête distraitement, plus intéressé par l'argent promis que par la défense de l'environnement. Et puis, il contempla la vaste suite. On avait déplacé le mobilier ; une table et une chaise avaient été poussées près du mur voisin de la porte de la chambre, sur sa droite, sous un drapeau blanc épinglé au mur. Sur celui-ci, la planète était représentée par un globe formé d'un labyrinthe d'oléoducs enchevêtrés, avec une tour de forage dressée au sommet. Une goutte de sang bien rouge coulait de la Terre au bas du drapeau, juste au-dessus des mots : *Le Mouvement pour la Terre*[1].

Salvatore plissa les yeux, ahuri, quand les autres débouchèrent soudain de la chambre voisine. Les hommes étaient en complet sombre, chemise et cravate, les femmes en tailleur strict. Tous étaient jeunes – aucun ne semblait avoir dépassé les trente-cinq ans – mais, à ces détails près, il ne vit entre eux aucune similitude. L'une des femmes était noire, l'autre asiatique. Sur les six hommes, tous armés, qui étaient entrés dans le salon, la majorité arborait une barbe courte ; les autres étaient rasés de près. Salvatore ne put s'empêcher de noter que deux des femmes étaient très séduisantes.

Au total, ils étaient dix.

Il n'avait pas besoin de voir les flingues empilés contre le mur contigu aux chambres pour deviner ce qui se passait, mais ils étaient bel et bien là : dix fusils. Salvatore n'y connaissait rien en matière d'armes, mais peu importait, car le drapeau était en lui-même

1. En français dans le texte.

explicite. En fait, il constituait la pièce manquante du puzzle.

Il était certain d'avoir déjà vu ce groupe. À la télévision.

L'explosion du terminal de GNL en Lituanie, l'événement qui avait déclenché la cascade d'événements menant à la guerre qui venait de commencer, à seulement deux jours en voiture de l'endroit où il se trouvait, cette explosion avait été l'œuvre de ce groupe d'individus. L'Espagnole qui l'avait récupéré dans le couloir était la femme masquée qui avait lu la déclaration revendiquant l'attentat. Il avait sans difficulté reconnu sa voix. Salvatore n'était pas tellement branché politique internationale, mais il avait été impossible d'échapper à cette info.

Tandis que les autres demeuraient silencieux, la jeune Espagnole s'assit à côté de lui et lui expliqua qu'ils avaient une mission, qu'il avait été choisi par leur « bienfaiteur russe » pour les rejoindre, et que la nouvelle serait révélée dès qu'ils auraient enregistré en vidéo un communiqué de presse.

Mais à la vérité, Salvatore n'avait nul besoin d'autre justification. Il connaissait parfaitement leur mission, peut-être encore mieux qu'eux.

Le contact russe de Salvatore l'avait employé toute la semaine pour photographier les lieux au Centre de conférences Albert-Borschette, en utilisant sa carte de presse pour s'introduire dans d'autres manifestations pour y relever les mesures de sécurité, la disposition des caméras, et jusqu'à l'épaisseur des cloisons et la disposition des dalles des faux plafonds.

Il avait compris d'emblée que les Russes préparaient

quelque chose au Centre Borschette, mais il avait cru qu'ils comptaient simplement placer des micros ou installer leurs propres caméras en vue de la prochaine Conférence européenne sur le pétrole et le gaz.

Il se rendait compte à présent que le groupe qui avait fait sauter les installations de GNL faisait partie du dispositif et il constatait également qu'ils s'étaient installés dans l'hôtel jouxtant le Centre de conférences. Et il comprit, c'était désormais évident : il allait y avoir un attentat terroriste, ici et maintenant, et il allait devenir complice de toute cette opération.

Il bondit du canapé, surprenant plusieurs personnes autour de lui, mais pas toutes. On voulut le rattraper, on le saisit par les bras pour le forcer à se rasseoir. Mais le brusque sursaut d'adrénaline qui l'avait envahi lui permit de se dégager, jetant au sol deux des femmes au passage.

Il se rua vers la porte, l'ouvrit à la volée, cherchant toujours à se libérer de toutes ces mains tâtonnant pour le retenir.

Titubant, il avait presque réussi à sortir quand il découvrit le type baraqué qui lui bloquait le passage, un flingue pointé devant son nez.

Le photographe italien mit les mains et l'air et il sentit dans son dos des mains s'emparer de lui et le ramener brutalement à l'intérieur de la chambre.

Cette fois, la panique prit complètement le dessus. Il agita bras et jambes en tous sens, il voulut crier mais une main couvrit sa bouche.

C'est au même instant qu'il sentit la seringue plongée dans son avant-bras. Il essaya de se dégager mais l'Espagnole pesa de tout son poids sur sa main et son poignet, lui immobilisant le bras. Il baissa les yeux, vit un homme presser sur le piston de la seringue et un liquide transparent disparaître sous sa peau.

Et au bout de quelques secondes, sa terreur disparut, remplacée par une impression de calme. Il comprit qu'on venait de lui injecter une dose d'héroïne, sut aussi que la quantité suffirait à le tuer, mais il se sentait déjà bien, aussi se détendit-il en fermant les yeux.

Tandis que Ding prenait un ascenseur de service, Dom et Jack prirent l'escalier principal jusqu'au quatrième. Aucun des Américains n'avait dégainé son arme mais tous trois avaient ouvert leur veste et sorti leur chemise du pantalon pour, si nécessaire, accéder plus aisément à l'étui qu'ils avaient dissimulé.

Les deux cousins débouchèrent sur le palier et, entrouvrant la porte, jetèrent un coup d'œil. Jack fut le premier à passer la tête pour découvrir un long couloir qui se terminait par un virage à droite. Il n'y avait pas un chat en vue, aussi s'engagea-t-il sans tarder, suivi de près par Dom. Parvenu au bout, il passa de nouveau la tête à l'angle. Cette fois, tout au bout, il vit Chavez lui faire signe. Il indiquait la porte d'une chambre et il avait déjà dégainé son arme.

Jack et Dom le rejoignirent en silence. Ding continuait de pointer son arme sur la porte mais il se pencha pour leur chuchoter : « J'ai vu un homme. La quarantaine, en complet. Il était armé et visait quelqu'un à l'intérieur. J'ignore qui. Il est entré et a refermé la porte derrière lui. Il y a du bruit là-dedans. Apparemment, il y a du monde. »

Les deux autres agents du Campus avaient compris.

Ils se mirent en formation tactique à la droite de la porte, Ding menant le train. Il se pencha pour tâter la poignée et vit que la serrure était bloquée.

Il fit un signe de tête à Jack qui se mit à genoux pour avancer sous le niveau du judas. Là, il récupéra son sac à dos, l'ouvrit pour en sortir le kit de déblocage de Gavin et glissa dans la fente du lecteur la carte qu'il activa aussitôt en pressant un bouton sur le boîtier de commande.

Dès que la diode du verrou passa au vert clignotant, Dom appuya sur la poignée. Jack reprit précipitamment position à l'arrière du train et les trois hommes jaillirent dans la vaste suite.

Le premier qu'ils virent était Salvatore ; étendu, immobile, sur un canapé juste devant eux au milieu du salon. Sur la droite, un groupe d'individus armés et masqués se tenait face à un puissant projecteur. De l'autre côté de la pièce, il y avait une caméra sur trépied et derrière, un homme en complet qui ne portait aucun masque.

Les trois Américains étaient tombés en plein tournage vidéo.

Les hommes du Campus ignoraient totalement ce qu'ils allaient découvrir en entrant dans cette chambre d'hôtel louée pour Luigi Vignali mais aucun ne s'était attendu à se retrouver devant dix gus armés de fusils d'assaut.

Chavez, Caruso et Ryan avaient levé leurs armes en entrant mais tous les types sur leur droite – Ding était encore surpris par leur nombre – étaient armés d'AK-74 à crosse pliante. Voyant la porte s'ouvrir à la volée, ils avaient sursauté de surprise.

Chavez allait crier à tous les individus présents dans la chambre de déposer leurs armes mais, en une fraction de seconde, il comprit qu'il perdrait sa salive. Il était devant un commando terroriste et vu leur comportement, ils n'étaient pas partis pour négocier.

Non, c'était parti pour une fusillade – on n'attendait plus que quelqu'un ouvre le feu.

Un AK crépita – le bruit venait du fond de la pièce –, écartant tout (faible) espoir de résolution pacifique du conflit.

Le premier agent du Campus à riposter fut Chavez, essentiellement parce qu'il avait été le premier à avoir pénétré dans la suite.

Il atteignit un grand type en plein cœur, le projetant contre le mur. D'autres chargèrent leur arme tout en se jetant au sol. Caruso descendit le plus âgé, celui en costume. Il s'était tapi derrière son trépied et la balle l'atteignit à l'omoplate. Il se jeta au sol puis disparut dans la salle de bains, du côté gauche de la suite.

Dès que Jack entra, il se retrouva sous le feu. Un projectile de 5.45 expédia dans sa figure un bout du chambranle de la porte. Il réussit malgré tout à tirer par-dessus le canapé, touchant au torse un des tireurs qui cherchait à se cacher derrière.

Et puis tous les AK se mirent à tirer en rafales, noyant le seuil de la chambre dans un tunnel de feu meurtrier. Les trois Américains se jetèrent au sol pour battre en retraite précipitamment.

De retour dans le couloir, ils restèrent allongés tandis qu'au-dessus de leur tête, les impacts de balles faisaient pleuvoir sur eux une avalanche de plâtre et d'éclats de bois.

Et puis ce fut l'explosion. Une éruption gigantesque qui souffla par la porte débris, poussière et fumée sur les Américains toujours allongés, les forçant à se protéger la tête quand le plâtre du plafond se mit à leur dégringoler dessus.

Chavez crut identifier une bombe artisanale. Le volume sonore de la détonation était bien supérieur à celui d'une grenade, à main ou tirée par un bazooka, même en tenant compte de l'espace confiné de la chambre.

Il fallut une bonne dizaine de secondes pour que la poussière retombe, mais aussitôt Jack glissa un rapide coup d'œil dans la suite. Dès qu'il fut capable de voir quelque chose au milieu de la fumée, il nota que de derrière le divan venait une lumière qu'il n'avait pas remarquée auparavant.

Il attendit quelques secondes encore que poussière et fumée se dissipent, regarda de nouveau, et alors seulement comprit ce qu'il voyait.

Derrière le divan, le mur de la suite avait été soufflé, restait un trou assez large pour laisser passer une petite voiture.

Et les tireurs avaient disparu.

Les mesures de sécurité étaient particulièrement draconiennes cette année pour la Conférence européenne sur le pétrole et le gaz organisée au Centre de conférences Albert-Borschette. Parmi les trois cents invités, on comptait des ministres venus de toute l'Europe et les dirigeants d'entreprises du secteur de l'énergie pesant des millions, voire des milliards de dollars.

Le climat politique de l'événement ajoutait à ce

renforcement visible de la sécurité. Outre la présence de militants écologistes devenue traditionnelle lors de toutes les rencontres sur la politique énergétique de l'Union, les récents conflits en Ukraine et en Lituanie avaient suscité l'inquiétude des milieux officiels concernant la sécurité des participants à ce congrès.

Entrer dans le Centre de conférences exigeait passage sous un portique, contrôle des bagages aux rayons X, ouverture des sacs, distribution de badges d'identité et recours aux chiens détecteurs d'explosifs.

C'était l'Europe en 2016 ; la sécurité était possible, mais seulement au prix de la liberté de mouvement.

Partout dans le bâtiment, les participants profitaient des dernières minutes de pause avant que ne commence le déjeuner de travail prévu à treize heures. Les invités vérifiaient leur courrier électronique dans l'atrium ou bavardaient à la cafétéria. Beaucoup étaient sortis fumer dans la cour, veillant bien à garder leur badge visible en permanence pour pouvoir plus aisément retourner à l'intérieur.

Des dizaines d'autres occupaient les toilettes réparties sur les trois niveaux inférieurs.

L'immense salle de conférences où devait se tenir le déjeuner n'était occupée que par dix pour cent des invités quand une partie de trois mètres sur deux de la cloison sud explosa, projetant jusqu'à vingt mètres à l'intérieur de la salle des fragments de parpaing qui balayèrent les tables à peine dressées pour le repas.

Les personnes présentes réagirent bien sûr à l'explosion, mais plus avec surprise ou incrédulité qu'avec une peur réelle. Après tout, quel terroriste irait placer une bombe derrière le mur d'une salle pour la faire exploser alors que celle-ci est encore quasiment vide ?

Ce n'est que lorsque des silhouettes masquées en costume-cravate apparurent derrière le trou et se mirent à entrer en enjambant les plâtras que les gens commencèrent à manifester des signes de terreur. Une serveuse, qui versait de l'eau à une table proche de l'explosion, avait été jetée à terre et gisait, ensanglantée. Les hommes l'enjambèrent en entrant, ignorant sa forme immobile, mais ils épaulèrent aussitôt leurs armes pour avoir dans leur viseur la vaste salle devant eux.

Des détonations éclatèrent au bout de quelques secondes, déclenchant des cris de panique.

Un groupe de femmes en tailleur, toutes masquées, apparut à ce moment par le trou, traversant le nuage de fumée qui stagnait encore dans la salle. Une participante à la conférence qui était arrivée en avance et s'était installée à table s'était tapie derrière une chaise renversée, mais une des terroristes en jaquette bleue et jupe assortie ouvrit le feu et la tua.

Les huit terroristes avaient atteint trop tôt leur objectif, ils s'en étaient rendu compte en constatant que les tables étaient vides, aussi quelques secondes après le début de leur action plusieurs s'étaient-ils déjà rués vers la sortie donnant sur l'atrium du palais des congrès.

Dans le même temps, deux autres tireurs masqués étaient retournés, eux, vers le trou et, à l'abri derrière la base du mur détruit, ils avaient ouvert le feu sur les trois individus armés de pistolets qui les avaient surpris dans la suite et contraints à déclencher prématurément leur attaque.

74

Ding Chavez avait profité de la poussière et de la fumée pour retourner dans la suite. Cette fois, il se précipita sur la gauche, directement vers la salle de bains où l'homme blessé à l'épaule était allé se réfugier une minute plus tôt.

Quand il y pénétra, il le trouva assis près du siège des toilettes. Un détonateur était abandonné sur le carrelage à côté de lui et le siège des W.-C., les dalles de marbre blanc et les murs étaient maculés de sang. Il était occupé à panser sa blessure à l'aide d'une serviette quand Chavez le surprit.

L'homme tendit la main vers le pistolet ensanglanté posé près de lui.

« Non ! » s'écria Chavez.

Mais l'homme le leva quand même et Ding l'abattit d'une balle en plein visage.

Il retournait dans la suite quand il avisa aussitôt deux tireurs armés d'AK accroupis derrière la partie inférieure du trou dans le mur du fond causé par l'explosion. Ils avaient appuyé leur canon sur le bord pour tirer vers la porte de la chambre, en direction de Dom et de Jack. Ding vit ce qu'ils faisaient, se rendit compte que les types ne l'avaient pas vu entrer, aussi sortit-il de la salle de bains pour se faufiler jusqu'au mur du fond.

Il resta là un moment sans bouger, hors de vue des hommes qui continuaient à tirer, tapis du côté de la salle de conférences, à l'abri derrière la base déchiquetée du mur. Ils n'étaient qu'à cinq mètres de lui, mais avant de se rapprocher suffisamment pour ouvrir le feu il voulait s'assurer que ses deux coéquipiers avaient compris ce qu'il était en train de faire.

Ding n'allait pas se précipiter vers le trou et s'en prendre aux hommes planqués derrière tant que Caruso ou Jack Junior pouvaient à tout moment passer le canon de leur pistolet par la porte et ouvrir le feu.

Du reste, à cet instant précis, Jack Junior apparut sur le seuil pour viser l'ennemi. Il découvrit alors Ding, collé au coin du mur du fond, à gauche. Jack lui adressa un signe de tête, puis il leva son pistolet vers le trou au moment précis où les deux tireurs se redressaient, leurs AK pointées et prêtes à tirer.

Jack tira trois balles, touchant l'un des hommes à la main avant de se planquer à nouveau quand les autres ripostèrent.

C'était pour Chavez l'occasion d'intervenir. Il rengaina son pistolet, s'accroupit contre le mur et, à quatre pattes, s'approcha du trou. Parvenu à sa hauteur, il roula sur le dos, ressortit son pistolet et attendit.

Au bout de quelques secondes il vit apparaître le canon d'une AK, un mètre à peine au-dessus de son visage.

Il ôta son bonnet, l'enroula autour de sa main gauche comme une manique, puis s'empara du canon brûlant, le tira en avant et déséquilibra le tireur. Il se redressa aussitôt pour maîtriser l'arme, tandis que sa main droite braquait son petit pistolet pile sous le menton du type étonné.

Ding lui fit sauter la calotte crânienne d'une seule balle à pointe creuse.

Il arracha la mitraillette.

Depuis la porte de la chambre, Dom lui hurla : « RAS ! »

Les trois Américains se précipitèrent aussitôt vers le trou dans le mur. Dom et Jack enjambèrent le rang de parpaings et Jack vit alors l'homme qu'il avait blessé à la main, assis en tailleur, s'efforçant sans succès de faire glisser son flingue vers sa main valide.

Jack le descendit de deux balles, vidant son chargeur.

Dom s'approcha rapidement.

« Prends son AK mais file-moi tes chargeurs de rechange. »

Jack récupéra la Kalachnikov et repartit à côté de son cousin. Ne lui restait plus qu'un chargeur pour son pistolet mais il le sortit de sous sa chemise et le lança à Dom tandis qu'ils traversaient en courant la vaste salle de conférences pour se diriger vers les bruits de fusillade en provenance de la sortie vers l'atrium. Dom rechargea sans ralentir, laissant Chavez derrière eux.

Nuria Méndez, vingt-cinq ans, était le leader du Mouvement pour la Terre. L'attaque d'aujourd'hui devait être le point culminant d'une vie militante consacrée à lutter contre l'industrie pétrolière et gazière, une action plus imposante encore que celle effectuée en Lituanie un peu plus d'une quinzaine de jours auparavant.

Comme en Lituanie, elle avait le cœur battant de fierté, tant elle était honorée de prendre part à cette action, même si ce n'avait pas été son plan initial. Comme à Klaipėda, son « bienfaiteur » russe avait tout organisé jusqu'au moindre détail ; il avait même trouvé d'autres militants pour l'épauler. En fait, certains des membres de ce groupe – à vrai dire, tous, s'avisa-t-elle – n'étaient pas du tout des écologistes. C'étaient juste des mercenaires venus de quelque coin d'Europe orientale et prenant leurs ordres de Moscou.

Elle traversa l'atrium et tira sur un homme qui remontait une galerie, le ratant de peu, la balle frôlant sa tête. Elle n'avait rien d'une terroriste aguerrie mais elle était suffisamment intelligente pour comprendre enfin que les promesses de son bienfaiteur russe au sujet de l'action d'aujourd'hui avaient été des mensonges. Ils n'avaient pas trouvé dans la salle trois cents hommes et femmes, assis « comme des moutons prêts pour l'abattoir ». Non. Elle se retrouvait donc à dévaler un escalier bien loin de la salle de conférences presque vide où aurait dû se dérouler le massacre, tout en faisant de son mieux pour maîtriser le recul du lourd pistolet qui ne lui était pas du tout familier. Elle avait touché au mieux quatre personnes – bien loin du tir aux pigeons qu'on lui avait promis.

Elle espérait que les types d'Europe de l'Est étaient ailleurs dans ce vaste complexe pour faire payer le plus lourd tribut possible à ces hommes et femmes, symboles du mal absolu.

Alors qu'elle jetait un coup d'œil sur sa gauche, elle

avisa les portes vitrées donnant sur la cour. Dehors, à ce qu'elle pouvait en voir du haut de l'escalier, se trouvaient des dizaines d'hommes et de femmes, bloqués dans cette zone étroite.

Elle tourna les talons et remonta l'escalier, espérant se placer en surplomb pour les descendre tous.

Jack Ryan Junior courait dans un couloir au deuxième étage du Centre de conférences, faisant un signe du bras pour écarter les invités qui se ruaient dans sa direction, les yeux ronds, en état de choc. Jack tenait la même arme que tous les terroristes en train de massacrer les gens dans le bâtiment mais il ne portait pas de masque, aussi bien peu semblèrent remarquer l'arme entre ses mains.

Il avait remonté la moitié de la galerie quand une porte s'ouvrit sur le côté, livrant passage à un homme corpulent et à la chevelure argentée qui se rua dehors et traversa le couloir pour aller s'effondrer, heurtant de la tête le mur opposé. Jack reconnut à la détonation assourdissante que l'homme venait d'être abattu par une AK.

Il s'agenouilla, visa le seuil de la porte et vit une fille masquée, jupe rouge et corsage blanc, sortir et se tourner de l'autre côté pour aligner une femme d'âge mûr qui venait de passer la tête hors d'un bureau de l'administration. Jack toucha la terroriste au flanc gauche avant qu'elle ait pu tirer ; elle bascula sur le côté et tomba, envoyant balader sa mitraillette.

Jack se redressa et reprit sa course, continuant de bousculer d'autres civils, certains gémissaient, d'autres hurlaient, mais la majorité avançait dans un état presque catatonique.

Dom Caruso allait lui aussi s'offrir une AK après avoir descendu d'une balle dans l'occiput un type masqué qui sortait de la cafétéria. Tout en se penchant pour récupérer l'arme gisant près du corps, il en profita pour jeter un œil dans le petit espace et comprit qu'il arrivait trop tard. Il y avait cinq clients à l'intérieur, et manifestement tous étaient morts.

Soudain, il entendit une nouvelle fusillade à proximité et vit une terroriste s'effondrer, presque aussitôt enjambée par des policiers belges qui traversaient à présent le rez-de-chaussée, l'arme haute.

Dom remit l'arme là où il l'avait trouvée, n'ayant pas vraiment envie de se faire descendre par les gentils.

Domingo Chavez rejoignit le rez-de-chaussée plus vite que ses deux coéquipiers, en poursuivant un terroriste dans un escalier ouvrant un peu à l'écart de l'atrium. Sitôt parvenu dans la cage, il entendit une fusillade, aussi s'accroupit-il un instant sur les marches, mais quand il reprit sa descente, il vit un homme et une femme, tous deux blessés aux bras et aux jambes. Il les dépassa en promettant de leur envoyer du secours, puis il pressa le pas après avoir entendu un nouveau coup de feu, cette fois au palier inférieur. Là, il découvrit le cadavre d'un invité, gisant en travers des marches ; près de lui se trouvait la Kalachnikov du terroriste. Chavez la récupéra, s'attendant à trouver le chargeur vide mais il était encore à moitié rempli.

Il demeura quelques instants perplexe, et puis il se

rendit compte que le cadavre étendu près de l'arme n'avait plus son badge autour du cou.

Aussitôt, il comprit. Les terroristes se débarrassaient de leurs armes et de leurs masques avant de récupérer les badges des invités pour se mêler à la débandade des participants à la conférence qui s'échappaient du bâtiment.

Chavez relâcha la mitraillette et rengaina son pistolet, puis il dévala les marches au pas de course.

Il se retrouva au pied de l'escalier une minute plus tard et découvrit alors la cohue d'hommes et de femmes qui se bousculaient pour descendre l'escalier principal. La fusillade se poursuivait à l'étage supérieur. Son regard se porta sur une femme en jaquette et jupe bleues en train de fuir avec les autres, noyée dans la masse d'invités qui cherchaient à s'échapper et s'éloigner des tirs nourris de la police.

Ding vit le badge accroché à son cou, mais elle le portait à l'envers.

Elle arriva au pied des marches et prit la direction de la sortie.

Ding se mit à la suivre jusque dans la rue. Quelque chose dans son comportement avait attiré son attention ; elle était juste un peu trop détendue, comparée au reste de la foule autour d'elle. Il n'aurait su dire si l'une des femmes dans la chambre du Sofitel avait porté la même tenue, mais il ne pouvait pas l'exclure.

Il nota alors que la femme poursuivait sa route quand la majorité des invités à la conférence restait groupée dehors. Elle continua sur le trottoir, passa devant l'entrée du Sofitel et continua sur la place Jourdan et là, elle se retourna pour regarder derrière elle.

Ding la dévisagea, il n'était qu'à vingt-cinq mètres d'elle.

La femme se détourna vivement et il comprit aussitôt qu'elle l'avait reconnu.

C'était l'une des terroristes, aucun doute.

Il se rapprocha alors qu'elle atteignait le bout de la place et tournait sur la gauche.

Dès qu'il l'eut perdue de vue, Ding se mit à courir vers le coin de la rue, de peur qu'elle ne monte dans une voiture et ne s'échappe. En arrivant au coin, il tomba juste sur elle, l'attendant, immobile, un petit couteau dans la main. Elle lança le bras en avant, dans l'intention de lui trancher la gorge, mais il n'eut aucun mal à saisir son fin poignet, à lui tordre le bras derrière le dos et à le remonter brutalement. Elle lâcha son arme avant qu'il ne lui disloque l'articulation, tout en criant à l'aide en français. D'un violent coup d'épaule, Ding la projeta, la tête la première, dans le mur de brique d'une devanture de bistrot.

Elle s'effondra sur le trottoir, estourbie, et il la récupéra et la jeta sur son épaule.

75

Le *Spinnaker II* était resté ces deux derniers jours ancré au large de Salt Island, dans une crique isolée. Le groupe de six gorilles chargés de la garde de Kate et Noah Walker n'avait jusqu'ici relevé aucune menace et ils n'avaient pas hésité à signaler qu'ils se tournaient les pouces à leur employeur, le Russe qui disait s'appeler Popov.

Malgré tout, ce dernier leur avait dit de continuer à monter la garde, c'est pourquoi l'un des hommes de Steel Securitas demeurait constamment sur le pont, une paire de jumelles à la main. Une seconde vigie restait sur la côte, postée sur une colline haute dominant la crique.

En ce qui les concernait, les mesures qu'ils avaient prises étaient déjà absurdement excessives. Oui, ils avaient tué le vieux type qui les suivait d'île en île, mais depuis leur boulot leur avait laissé tout le temps d'entretenir leur bronzage.

Mais quoi qu'il en fût, Popov avait informé les hommes la veille au soir que, dès le lendemain, le couple de Néerlandais qui avait participé à l'enlèvement allait revenir pour en rajouter une couche, question sécurité.

Le Sud-Africain responsable de l'opération fit remarquer au Russe qu'ils n'avaient pas la place pour accueillir deux personnes de plus, mais on l'informa qu'ils resteraient à bord de leur propre voilier, à proximité mais hors de vue, et qu'ils pourraient toujours l'utiliser en cas de nouvelle menace.

Il était à présent six heures du matin et seule une faible lueur derrière les collines de l'île révélait l'approche de l'aube. Le Sud-Africain était de quart sur le pont et le Cubain toujours sur la colline surmontant la baie. Les deux sentinelles étaient debout, mais pas tout à fait réveillées.

Après tout, il n'y avait pas de souci à se faire.

John Clark gravit le dernier mètre de l'échelle sous les eaux noires ; une fois la tête hors de l'eau, il posa la main sur le dernier barreau à proximité des transats disposés à l'arrière du voilier. Il prit le temps de prêter l'oreille pour guetter les bruits, peut-être le son d'une voix.

Quand Adara avait retrouvé le trimaran gris acier, la veille dans l'après-midi, elle avait également remarqué la présence d'un homme assis au sommet de la colline le dominant. Elle avait pris des photos de l'ensemble de la scène qui avaient permis à Clark de confirmer que l'individu était bien l'un des mercenaires embauchés par Kozlov, aussi savait-il qu'il devait aborder le voilier par le flanc opposé au rivage.

Il vit que cela n'allait pas être un problème. Le trimaran avait pivoté, emporté par la marée matinale, si bien que Clark pouvait escalader l'échelle sans aucune crainte d'être repéré par une vigie restée à terre.

Il n'était toutefois pas aussi sûr en ce qui concernait l'homme sur le pont.

Une fois sur l'échelle, il laissa couler son équipement de plongée. La profondeur à cet endroit de la baie n'était que de dix mètres, il pourrait donc le récupérer si nécessaire, mais en attendant, il ne voulait laisser à bord aucun indice jusqu'à ce qu'il soit prêt à révéler sa présence.

Il portait une combinaison de plongée légère qu'il ôta pour se retrouver en bermuda noir et tee-shirt marron. Il avait gardé son couteau de plongeur attaché à la cheville et Adara lui avait confié son Glock-26 compact, qu'il venait de glisser dans l'une des poches latérales du bermuda. Il se hissa jusqu'au niveau du canot suspendu à l'arrière, restant tapi derrière pour inspecter le pont devant lui et la passerelle le dominant.

De sa position, il apercevait toujours le sommet du crâne d'un homme, mais autant qu'il puisse en juger, dès qu'il se redresserait, il n'aurait aucun mal à le voir.

Merde. Il songea à se laisser de nouveau glisser dans la mer pour grimper depuis une autre partie de la coque mais les plats-bords étaient moins accessibles sur les flancs et il ne voyait pendre aucune amarre, aucune autre échelle.

S'il avait eu encore vingt-cinq ans, il aurait pu aborder ce fichu voilier de cinquante façons différentes, mais ce temps était bien loin.

Il resta donc blotti sur le premier échelon, regardant

le ciel s'éclaircir et souhaitant de toutes ses forces que le type au-dessus de lui tourne enfin les talons.

À six heures du matin, son vœu fut enfin exaucé. La sentinelle postée sur le pont se leva, s'étira et adressa un petit signe de main à son collègue, à cent mètres de là sur la colline. Clark ne put voir si l'on avait répondu à son salut, mais bientôt la vigie descendit pour disparaître dans la cabine.

Clark saisit cette chance incroyable. Il dégaina et, gardant la tête baissée, grimpa sur le pont où il resta accroupi, avant de se diriger vers la cabine sur les pas de la sentinelle. Les blessures reçues trois jours plus tôt lui vrillaient le dos.

Il faisait bien plus sombre dans le cockpit, mais Clark se rendit compte que l'homme avait gagné les cabines. Clark braqua son arme vers le salon avant de se tourner vers le poste de pilotage. Il parcourut rapidement les consoles de contrôle et il ne lui fallut que quelques secondes pour s'assurer qu'il saurait piloter ce bateau.

Il entendit des bruits dans l'escalier et se redressa, attendant patiemment dans la pénombre.

Clark reconnut l'Américain qui avait dit s'appeler Joe. C'est lui qui accompagnait le Sud-Africain, monté l'autre jour à bord de son Irwin pour le menacer. À présent, le dénommé Joe avait une tasse de café dans la main et il montait avec précaution pour ne pas en renverser.

Il se trouvait face à Clark, mais il ne le découvrit qu'en relevant les yeux, une fois parvenu sur la dernière marche.

Clark s'adressa à lui d'une voix calme :

« Posez le café sur la table. Levez les mains en l'air. »

L'homme obéit mais ses mains s'arrêtèrent au niveau du torse.

Clark eut un petit sourire. « Et si l'on commençait par mon pistolet ? »

L'Américain baissa les yeux vers son short et vit ce à quoi Clark faisait allusion : dépassait de sa ceinture la crosse du gros SIG Sauer récupéré à bord du voilier en train de couler, la nuit même où il avait abandonné à son triste sort l'homme qui se tenait à présent devant lui.

Le dénommé Joe était dans l'impossibilité de nier qu'il se trouvait à bord quand l'homme avait été attaqué et cela signifiait, pour le mercenaire américain, qu'il allait devoir jouer serré pour justifier la possession du flingue.

« Écoutez, monsieur, commença l'Américain, jouant la montre, espérant trouver une échappatoire.

— Vous allez me dire que vous êtes allé nager et que vous avez découvert un petit kilo d'acier en train de dériver gentiment sous votre nez ?

— Non, monsieur. »

Clark vit sans peine que le bonhomme cherchait une ouverture. Il reprit :

« Si vous me rendez l'arme et que vous me dites où sont les Walker, sans élever la voix, je vous laisse la vie sauve. »

L'homme ne dit rien.

« Ou pas. Vous devinez sans peine ce qui va se produire alors. »

L'Américain parut se détendre légèrement. Clark le

vit glisser un coup d'œil en douce vers la tasse de café pleine posée à sa droite. « Vous n'allez pas tirer. Ça ferait bien trop de bruit.

— Je vais tirer. Puis je resterai là, avec mon arme, attendant patiemment en haut des marches pour descendre le prochain connard qui se présentera. »

L'Américain hocha la tête. Continuant de soupeser la situation. « Ils tueront les otages.

— Non, rétorqua Clark, d'une voix calme. Seul un idiot ferait une chose pareille, renoncer à sa seule monnaie d'échange tout en sachant que le tueur les attend toujours ici, avec un avantage tactique. Ils pourraient être effectivement assez cons pour ça, mais mon hypothèse est que c'est vous l'abruti de la bande.

— Qu'est-ce qui vous fait dire ça ? »

Avant d'avoir achevé sa question, l'homme avait dirigé la main vers la tasse de café, il s'en était emparé et s'apprêtait à la balancer vers Clark.

Celui-ci lui logea une balle en plein front. La tête du type fut projetée en arrière et il s'effondra sur le plancher du poste de pilotage.

« C'est en général le premier à mourir. »

L'ex-marine presque septuagénaire se dépêchait maintenant : il s'approcha du cadavre gisant sur le dos pour récupérer le SIG passé à sa taille et la radio rangée dans sa poche de devant. Puis il reprit position devant le poste et se mit à basculer des interrupteurs, alluma les aides à la navigation, démarra le moteur.

Un second type apparut en haut des marches. Clark le descendit sans lui laisser le temps de jauger la situation.

Il entendait à présent des cris en provenance de la

colline, puis, dans la radio, un homme à l'accent hispanique venait aux nouvelles.

Clark passa accroupi de l'autre côté du poste de pilotage, pointa son arme vers l'entrée de l'escalier descendant aux cabines et pressa la touche émission de la radio.

« Balancez vos flingues à l'extérieur du salon. Tous vos flingues. Puis je veux que vous montiez me rejoindre un par un, les mains levées bien haut. J'ai dans l'idée que vous travaillez pour de l'argent. Croyez-moi, maintenant que je suis à bord de votre rafiot, votre salaire ne suffira plus vraiment pour ce genre de connerie, alors je vous propose de donner gentiment votre démission. »

Il doutait d'obtenir la réponse qu'il désirait, mais il attendit quand même. Puis il entendit une femme hurler.

Braam et Martina Jaeger étaient à l'héliport desservant Beef et Tortola et regardaient le pilote du Robinson effectuer le contrôle extérieur pré-vol de son hélico. Frère et sœur s'étirèrent en bâillant de concert ; le vol en Falcon depuis Amsterdam avait duré une éternité.

Le mobile de Braam se mit à sonner.

« Allô ?

— C'est Popov. Écoute-moi bien ! Le bateau est attaqué !

— Où ça ?

— Je vous envoie les coordonnées. L'équipage est pris sous le feu. Ils ont toujours le contrôle des otages mais ils n'ont pas réussi à se débarrasser de la menace. Vous descendez là-bas et vous me réglez ça. »

Braam raccrocha et prit à part Martina. Quelques secondes plus tard, le couple revenait vers lui.

« Où pouvons-nous trouver des parachutes ? » demanda la Néerlandaise.

La question parut surprendre le pilote mais il répondit :

« Il y a un club parachutiste. Leur bicoque est près du terminal, mais aujourd'hui ils n'ouvrent pas avant huit heures. »

Martina fit demi-tour et se dirigea vers le terminal. Cinq minutes plus tard, elle revenait avec deux parachutes pliés. « M'enfin ? s'écria le pilote. Vous les avez volés ? »

Braam sortit alors de son sac un pistolet Steyr qu'il braqua sur le pilote. « Tu nous emmènes là-bas. » De son autre main, il lui tendit le téléphone pour lui montrer un point sur une carte numérique de la carte de Salt.

John Clark vit la tête de Kate Walker apparaître au sommet de l'escalier des cabines. Comme il s'y était attendu, un pistolet était plaqué contre sa gorge. Derrière elle, Clark reconnut le Sud-Africain, qui faisait de son mieux pour rester planqué.

Quand tous deux furent au sommet des marches, le mercenaire lança : « Lâche ton putain de flingue ou j'abats cette salope. »

Clark surgit de derrière le poste de pilotage et visa avec soin.

« Non, sûrement pas, répondit-il.

— Putain que si, mec. Je vais l'abattre ! »

Les larmes ruisselaient sur le visage de Kate. Clark s'en aperçut et s'adressa directement à elle.

« Madame Walker, ne vous inquiétez pas. Il ne va pas vous abattre. Il va se placer dans ce qu'il pense être une meilleure position, puis il va tourner son arme vers moi et se servir de vous comme bouclier. Dès que le canon de son arme s'éloignera de vous… je le descendrai et tout sera terminé.

— Putain, t'es vraiment cinglé, mec ! s'exclama le Sud-Africain. J'ai trois autres gars qui ne te laisseront pas t'échapper d'ici vivant.

— Ils n'attendent que ça, que tu sois mort pour réussir enfin à se tirer de cette mission pourrie, rétorqua Clark. Allez, connard. Vas-y. Pointe ton flingue sur moi. »

Clark ne le regardait pas dans les yeux, il continuait de fixer le guidon de son arme pour s'assurer qu'il était bien centré sur le petit bout de front qu'il pouvait viser, juste à droite de Kate Walker. Il savait ce qu'il aurait vu dans les yeux de l'homme. La panique, l'indécision et puis… lentement… la détermination.

Le canon du flingue pivota brusquement vers Clark. Ce dernier tira juste une seule balle et l'homme eut un sursaut et dégringola à la renverse jusqu'au bas de l'escalier.

Kate Walker s'évanouit.

Quelques secondes plus tard, les deux derniers mercenaires encore en vie balançaient par-dessus le bastingage les corps de leurs trois camarades, puis ils levaient l'ancre avant de plonger d'eux-mêmes dans les eaux de la baie. Clark vira en expert et poussa la manette des gaz, lançant les puissants moteurs à fond, abandonnant derrière lui les trois mercenaires sur l'île déserte.

Kate redescendit pour libérer Noah de ses entraves et Clark appela Adara Sherman pour lui signaler qu'il aurait rallié le port de plaisance de Tortola dans un petit peu plus d'une heure. Puis il appela Gerry pour lui annoncer la nouvelle. Gerry l'informa que les autres agents étaient en train de rentrer de Bruxelles à bord d'un Learjet du gouvernement américain, après avoir capturé un terroriste lié aux services d'espionnage russes.

« Et moi qui croyais être le seul à m'amuser comme un fou », observa Clark.

Gerry rigola avant de raccrocher.

Bientôt, Kate était de retour sur la passerelle avec Clark.

« Noah sera là dans une minute, mais d'abord j'ai quelques questions.

— Je m'en doute.

— Comment dois-je vous appeler ?

— Appelez-moi John.

— Qui êtes-vous ?

— Je suis un ami de votre mari.

— Mon mari n'a pas d'amis comme vous », dit-elle sèchement.

Elle le mettait au défi.

Il ne pouvait pas lui donner tort. Aussi répondit-il plutôt : « Il n'est pas trop tard pour changer ça. Il a fricoté avec des individus dangereux mais ceux qui vous ont enlevée l'ont fait parce qu'il ne voulait rien à voir avec eux. Il peut nous aider maintenant que vous êtes tous les deux sains et saufs ; il en a fait la promesse. Je vais vous sortir d'ici, puis il ne nous restera plus qu'à libérer Terry de ses ravisseurs. »

Elle le contempla un long moment. Clark avait l'impression de deviner ce qu'elle pensait, et quand elle parla ses soupçons furent confirmés :

« À vous seul ? »

Clark reporta son regard sur la mer libre devant lui, tout en tenant fermement la barre.

« Bon Dieu, j'espère bien que non. »

Vingt minutes plus tard, Kate apportait à John une tasse de café, puis, accompagnée de Noah, elle redescendit. Clark sirota lentement la boisson chaude tout en s'efforçant de tirer des moteurs le maximum de puissance. Le compteur de vitesse sur l'affichage multifonction indiquait trente nœuds, soit deux fois et demie la vitesse maximale de l'Irwin à bord duquel il avait navigué dans l'archipel la semaine précédente. C'était une machine impressionnante, songea-t-il, si l'on oubliait le sang maculant le pont et cette odeur tenace qu'avaient laissée les mercenaires.

Il venait juste de boire une gorgée de café quand il entendit un choc sourd, bien reconnaissable, en provenance de l'arrière. Plus curieux qu'inquiet, il enclencha le pilote automatique, scruta pendant quelques instants les eaux devant lui, puis se rendit à l'arrière pour en avoir le cœur net.

Il venait de sortir par la porte du cockpit quand il sentit quelque chose l'attraper par-derrière. L'écoute d'une des voiles avait été passée autour de son cou et l'étranglait ; l'inconnu qui tenait l'autre extrémité tirait si fort que ses pieds quittèrent le pont…

Droit devant, à la poupe, juste devant le canot, il vit une femme aux cheveux auburn en train de dégrafer le harnais de son parachute. Elle tenait un pistolet qu'elle pointa sur Clark.

Clark se débattait avec l'écoute qui l'étranglait et tandis qu'il projetait la tête en arrière pour essayer, en vain, de se dégager, il vit un homme allongé sur le pont supérieur juste au-dessus de lui, les bras tendus vers le cordage et le tirant de toutes ses forces.

La femme lança : « Qui d'autre à bord ? »

Clark n'aurait pas pu répondre même s'il l'avait voulu : les mains serrées autour du cordage, il essayait juste de ne pas mourir étouffé. Un bref instant, il réussit à atteindre sa poche de bermuda pour en sortir le Glock mais la femme devina ce qu'il voulait faire et s'avança aussitôt pour lui subtiliser l'arme avant qu'il ait pu la saisir. Elle fit glisser la coulisse pour s'assurer qu'une cartouche était engagée puis, pointant le canon sur le visage de Clark, elle répéta sa question :

« Combien d'autres à bord, à part toi ? »

Les mains de Clark revinrent au cordage, griffant sa propre peau pour tenter d'atténuer cette pression qui lui écrasait la trachée. Il était sur le point de perdre connaissance. Il avait laissé le SIG dans le cockpit et le couteau à sa cheville était hors d'atteinte.

Soudain, comme sorti de nulle part, Noah Walker apparut derrière Clark, les yeux soudain agrandis de terreur quand il reconnut la femme qui l'avait enlevé, bien des jours auparavant.

Martina Jaeger vit le gamin et leva les yeux au

ciel. Elle fit un pas de côté et braqua vers le garçon le Glock de Clark ; elle n'en avait plus rien à cirer que les Russes aient insisté pour qu'il reste en vie quand, c'était maintenant évident, ces mecs n'étaient pas fichus de gérer le moindre putain d'aspect de cette opération.

Son bras armé se trouvait à la hauteur de Clark, à trente centimètres de son épaule gauche, quand ce dernier le constata, il prit un appel des deux pieds, se balançant le plus possible vers la gauche. Dans le même temps, ses mains lâchèrent le nœud coulant qui l'étranglait et se projetèrent vers le Glock, surprenant la femme trop occupée à viser le garçon.

Clark lui agrippa les poignets, tira vers l'arrière tout en les faisant pivoter pour projeter les mains, et le pistolet qu'elles tenaient, vers le surplomb du pont supérieur ; la crosse de l'arme heurta le plafond du cockpit, pile sous le grand type qui tenait le cordage enroulé autour de son cou.

Le grand type lâcha prise et Clark tomba lourdement ; il n'avait pas lâché les poignets de la femme et contrôlait suffisamment l'arme pour la tenir écartée de lui ou du garçon.

Noah disparut au bas de l'escalier.

Clark et Martina luttaient sur le pont arrière, mais ils s'arrêtèrent quand le grand type au-dessus d'eux cria d'une voix rauque : *« Ik ben neergeschoten ! »* J'ai reçu une balle !

Martina lâcha l'arme et se releva pour foncer vers l'échelle et grimper sur le pont supérieur pour s'agenouiller au-dessus de son frère.

Il fallut à Clark près d'une demi-minute pour se

relever car il peinait encore à respirer. À genoux, il récupéra le Glock, et c'est alors qu'il vit le sang dégoutter dans le cockpit par un trou d'impact au plafond.

Juste au-dessus, la femme agenouillée auprès du blessé était secouée de sanglots hystériques qui bien vite se muèrent en cris de rage.

Putain de merde ! Ces deux assassins sont-ils en couple ?

Clark ne pouvait pas la voir, juste l'entendre. Il était incapable de dire s'il y avait un autre flingue là-haut, aussi préféra-t-il battre en retraite à l'intérieur du cockpit, juste au-dessous d'elle.

Kate apparut à son tour dans l'escalier, elle voulait monter sur le pont, mais Clark lui fit signe de redescendre et lui dit de ramener Noah dans la cabine principale et d'en verrouiller la porte.

On n'était pas sorti de l'auberge.

Clark savait qu'il pouvait de nouveau tirer à travers le plafond et peut-être atteindre la femme mais s'il ratait son coup, il aurait surtout réussi à dévoiler sa position exacte. Aussi choisit-il de se déporter plutôt vers le côté bâbord du cockpit pour essayer de jeter discrètement un œil au-dessus. Il vit alors que la femme s'était relevée, un pistolet automatique argenté entre les mains. Clark se carapata vite fait dans la cabine au moment où claquait un coup de feu. Il avait le Glock dans la main et il le braqua vers le plafond, mais il n'osait toujours pas tirer car elle pourrait aisément riposter et le tuer. Il formait pour elle une cible facile.

Alors qu'il envisageait de se rabattre vers les cabines,

la femme se mit à tirer vers le bas et les balles transpercèrent le divan du cockpit.

Clark visa l'origine des tirs et il tira à son tour, transperçant d'une grêle de balles les lattes de bois laqué du plafond.

Au neuvième coup de feu, il entendit le pistolet de la femme tomber et rebondir sur le plancher du pont supérieur. Quelques secondes plus tard, la femme glissa et tomba brutalement sur le pont avant. Clark s'approcha d'elle sans cesser de la garder en joue, mais bientôt il rabaissa son arme. Elle était désarmée, gisait sur le dos, blessée d'une balle à l'estomac et de deux autres aux jambes. Les larmes ruisselaient de ses yeux, sa bouche était emplie de sang.

Clark s'agenouilla, posa le Glock sur le pont derrière lui, prudemment hors d'atteinte, et lui souleva la tête.

Elle le regarda, plissa les paupières pour chasser les larmes.

« Aidez-moi, monsieur. S'il vous plaît. Je vous en prie. »

Clark ne savait s'il pouvait faire quelque chose mais il laissa retomber la tête de la jeune femme et sortit sa trousse de secours. Il devait y avoir d'autres fournitures médicales quelque part à bord mais il ne voulait pas courir le risque d'aller à leur recherche. Il ouvrit une grosse pochette de pansements pour exercer une pression sur son estomac, puis il regarda la femme, vit qu'elle lui rendait son regard à travers les larmes. Elle avait manifestement compris qu'elle était secourue par l'homme qu'elle venait juste d'essayer de tuer, qu'elle était apparemment surprise, mais heureuse aussi.

« Merci, vous êtes si gentil. Merci beauc… »

Ses yeux quittèrent Clark pour se fixer vers un point au-dessus de son épaule, agrandis par la terreur.

« Non ! »

Clark pivota rapidement. Debout derrière lui, il vit Kate Walker, le Glock dans la main, posément braqué vers la femme blessée gisant sur le pont du *Spinnaker II*.

« Personne ne menace mon fils et s'en tire vivant. Personne. »

Elle tira une seule fois ; l'arme tressauta, crachant des flammes et de la fumée. Clark rentra les épaules et s'écarta de la blessée. Quand il regarda de nouveau, il vit que Kate l'avait touchée au sommet du torse. Elle avait les yeux toujours ouverts, rivés sur la mère australienne debout au-dessus d'elle, tandis qu'un gargouillis émanait du fond de sa gorge.

Puis ses yeux se révulsèrent et elle cessa de respirer.

« Donnez-moi cette arme, Kate », dit Clark, la main tendue.

Elle obéit, puis tourna les talons, regagna le cockpit et s'assit sur le divan.

76

Rich Belanger se tenait au balcon du premier étage de la petite ferme qu'il avait choisie pour installer son poste de commandement. Il sentait le froid humide de la nuit caresser sa peau nue. À sa droite, son sergent-chef avait lui aussi des jumelles. Les deux hommes scrutaient l'obscurité, dans la direction de l'arrivée des blindés russes prévue par Sentinelle avancée.

Il n'y avait pas grand-chose à voir. Même si la lune perçait les nuages, l'essentiel du paysage environnant était obscurci par une épaisse couche de brouillard matinal montant du lit de la rivière et des champs gorgés d'humidité.

D'une voix rauque, le sergent-chef rompit le silence :

« Qu'est-ce que vous en pensez, mon colonel ?

— Ce n'est pas l'endroit que j'aurais choisi, répondit Belanger. On a pas mal de terrain à protéger mais pour le village sur l'autre rive, la vue n'est pas terrible, même quand le brouillard se sera levé.

— C'est un peu tard pour changer de place », observa le sergent.

Ils avaient passé les quatre dernières heures à se mettre en position et s'y retrancher.

Belanger gardait les yeux collés aux jumelles.

« Et même si j'avais voulu, on n'aurait pas pu. Ce sorcier de Sentinelle avancée nous a dit de venir ici, quoi y faire – et mes ordres sont d'obéir à Sentinelle avancée, même s'ils m'enjoignent de jeter mon véhicule du haut d'une falaise.

— Vous inquiétez pas, mon colonel. Si Sentinelle avancée s'avère être un merdier total et qu'on se retrouve tous réduits en chair à pâté par le hachoir slave, je parie que cet ordinateur saura tourner une très belle lettre à envoyer à tous nos proches.

— Vous avez toujours le chic pour me rassurer, Garcia. »

Le sergent-chef Garcia était dans les marines depuis plus longtemps que Belanger, c'était le plus âgé du bataillon. Il avait connu quantité de commandants et son devoir était de toujours leur rappeler le prix d'une décision tactique malencontreuse. Le sergent-chef était sous les ordres de Belanger depuis assez longtemps pour pouvoir se permettre de blaguer avec lui sur à peu près tout, depuis les pénuries chroniques d'équipement dans le corps des marines, jusqu'aux bizarreries individuelles des soldats. Mais quand le sergent-chef ôta les yeux de ses jumelles, il vit bien que quelque chose turlupinait son supérieur.

« Qu'est-ce qui vous tracasse, mon colonel ?

— Hier, quand nous avons rencontré les Russes à la frontière, leurs missiles nous ont repoussés avant toute possibilité de réel engagement. Depuis, nos Harrier et nos F-18 sont venus à la rescousse et nous pensons avoir neutralisé une bonne partie des capacités ennemies à nous frapper de loin. Les Russes sont bloqués du côté sud, principalement à cause de l'aviation américaine et de l'aviation polonaise. Mais nous serons privés d'appui aérien dans l'heure qui vient. Si jamais les Russes s'en aperçoivent, ils vont se radiner et frapper fort.

— Ce pont forme un goulet d'étranglement, observa Garcia. Ils ne se hasarderont à le traverser que s'ils pensent ne rencontrer aucune opposition. »

Belanger opina. « C'est ce que je pensais. »

Sentinelle avancée leur avait dit de concentrer leurs tirs sur les garennes au nord et sur le pont à deux voies au nord-est. Ce qui les avait amenés dans la bourgade de Punžonys. Le village jumeau de Punžionys – avec un *i* – s'étendait sur l'autre rive de la Neris, côté est. Les nombreuses tourbières du secteur rendaient le sol meuble et les épaisses forêts de pins donnaient un net avantage à l'infanterie. Belanger avait traversé le plus possible de forêt durant la journée et lui et ses spécialistes des opérations avaient passé quatre heures à inspecter personnellement toutes les positions de tir que les deux compagnies avaient creusées derrière la lisière des arbres autour de lui.

Belanger n'était pas trop certain que l'ordinateur leur ait déniché le meilleur emplacement, mais si c'était le cas, il estimait qu'ils étaient désormais prêts.

Le Centre opérationnel avancé de Darkhorse avait grillé du café dans le four de la cuisine de la ferme, après avoir récupéré quelque part une vieille cafetière. Tous les paysans du coin avaient fui, laissant tout en place, y compris leur café doux et insipide.

Un vice-caporal en apporta deux bols à Belanger et Garcia, toujours installés sur le balcon. Belanger but une gorgée avant de héler le caporal qui regagnait déjà la cuisine.

« Je devrais vous faire passer en cour martiale pour nous avoir servi cette merde. »

Le jeune sous-off de dix-neuf ans vit un sourire se dessiner sur le visage du lieutenant-colonel et il quitta le balcon, rassuré de savoir que sa vie n'était pas encore finie.

Belanger retourna à l'intérieur pour examiner une carte électronique de la zone. Le terrain semblait correct. Le pont reliant Punžonys à Punžionys semblait capable de supporter des blindés lourds, mais les petits villages étaient loin de toutes les grandes artères. Toutefois, si leurs informations étaient correctes, il pouvait bien y avoir quelque part une sacrée quantité de chars et de blindés de combat prêts à percer leurs lignes, et dans pas longtemps.

Belanger savait que sa tâche paraissait compliquée, avec un millier de pièces mobiles, mais pour l'essentiel, sa responsabilité était simple : il était là pour détruire des tanks.

Et ça, il en était certain, c'était dans ses cordes.

Le missile antichars Javelin pouvait être tiré par un lance-missiles servi par un unique marine, l'ensemble tube plus munition ne pesant que vingt-deux kilos. C'était un engin à guidage infrarouge du type « tire et oublie », comme le TOW[1], mais ce dernier était

1. Acronyme de *Tube-launched Optically tracked Wire-guided missile*.

filoguidé et exigeait que son servant le dirige tout au long de sa trajectoire jusqu'à la cible. Ce qui rendait leurs servants vulnérables pendant tout le temps de leur engagement avec le char ennemi.

Belanger avait positionné la compagnie Lima – nom de code « Chienlit » – sur deux zones d'engagement autour du pont situé à l'est de Punžonys. L'une, du côté est de l'ouvrage, l'autre, du côté ouest. Il avait de même placé la compagnie India – nom de code « Diesel » – de part et d'autre d'un pont ferroviaire enjambant lui aussi la Neris, au sud des deux villages.

La compagnie d'armement – nom de code « Vandale » – avait réparti les effectifs de ses deux pelotons antiblindés combinés[1] CCAT-1 et 2 entre ces diverses positions, tandis que leurs mortiers étaient installés suffisamment en retrait pour que leurs obus puissent arroser les deux villages ainsi que toute la rive est.

Belanger avait demandé à ses sapeurs de se tenir prêts à poser des mines et à ses deux compagnies d'infanterie de pouvoir se placer en position d'embuscade d'un instant à l'autre, mais à présent il n'avait guère mieux à faire qu'attendre.

Il se força à terminer son bol de café tout en examinant à nouveau la carte. Alors qu'il reposait le bol vide, son radio l'appela.

---

1. Acronyme pour *Combined Anti-Armor Team*. Le terme souligne que ce peloton, caractéristique de la doctrine de combat des marines américains, combine des artilleurs et des tireurs de missiles antichars, du lance-grenades au lance-missiles.

« Mon colonel, vous avez Diesel Six en fréquence.

— OK, merci. »

Belanger se dirigea vers la pièce aménagée pour les transmissions et saisit le casque-micro. « Six » était le commandant de l'unité, en l'occurrence le capitaine responsable de la compagnie Lima, la force que Belanger avait positionnée nettement plus au sud que les villages, près du pont de chemin de fer.

« Diesel Six, ici Darkhorse Six, envoyez votre trafic.

— Reçu, mon colonel. Nous voyons du mouvement le long de notre ligne de progression Jenna. »

Belanger tira sur le cordon du casque pour retourner à la carte de son officier de renseignement. Ce dernier lui indiquait la zone mentionnée par Diesel Six.

« Bien reçu, Diesel, j'ai les yeux dessus. Pas d'alliés à cette position. Vous confirmez, Chienlit ? »

Une voix nouvelle se fit entendre :

« Reçu, mon colonel, Chienlit Six en fréquence, nous en sommes encore à mettre en place tous les éléments du côté est du pont. »

Suivit un nouveau trafic sur la fréquence.

« Darkhorse Six pour Diesel Six. Mon chef de peloton me signale qu'ils entendent un bruit de blindés en approche du côté de Punžonys… ou Punžionys… enfin, bref, le village avec un *i*, du côté du secteur de Chienlit.

— Merde ! » s'exclama Belanger. Il s'adressa au Six de Chienlit. « Chienlit, je me fiche de l'état de préparation de vos positions du côté est. Filez de l'autre côté du pont et dressez votre embuscade. L'ennemi arrive. »

Il fit signe à l'officier d'opérations et au commandant d'armement de se tenir prêts à entamer le suivi de la bataille.

L'attaque ennemie était lancée.

Quelques minutes plus tard lui parvint un rapport de l'équipe en train de dresser son embuscade sur la rive est. « Chienlit Six pour Chienlit Deux. J'ai un SPOTREP[1] à suivre. J'identifie un élément de reconnaissance de quatre BTR-90 avec approximativement quarante, je dis bien quatre-zéro, soldats traversant le village oriental, en approche de ma zone, de la ligne de progression Jenna à la ligne de progression Hanna. »

Les BTR-90 étaient des blindés de transports de troupes. Le fait qu'il y ait quarante fantassins autour des véhicules indiquait à Belanger qu'ils étaient descendus pour patrouiller dans le petit village et dans les parages du pont, pour repérer positions ennemies ou objets piégés. Tout en contemplant l'aube qui pointait derrière la fenêtre, il parla dans son micro :

« Chienlit Six. Je veux que vous les laissiez passer à travers vos lignes.

— Mon colonel ?

— Votre couverture dans les bois adjacents au pont les empêchera de voir vos positions. Ils vont faire une reconnaissance du pont, puis remonter dans leurs blindés et poursuivre vers l'ouest. Je veux attirer les chars. Je veux que leur rapport au commandement signale

1. Rapport d'exploitation des données transmis aux commandements par les unités de renseignement en opération.

que la voie est libre. Laissons-les se vanter d'avoir pris le pont de Punžonys.

— Bien reçu. Quelles sont mes instructions ensuite ?

— Eh bien… si j'ai raison, alors vous serez le premier marine sur ce continent à détruire un paquet de chars russes.

— Reçu, mon colonel », dit Chienlit Six, visiblement moins enthousiasmé par la seconde tâche qu'il ne l'avait été pour la première.

Un autre appel se manifesta. Belanger savait que la matinée allait être emplie de questions et d'instructions. « Darkhorse Six ici Téméraire Six. » C'était le commandant de la compagnie HQ & S, mais c'était un capitaine d'infanterie et il avait dû avoir tout un tas de trucs variés à faire aujourd'hui.

« Allez-y, Téméraire.

— Reçu, mon colonel. L'officier de sapeurs et moi venons de finir de poser toutes les mines. Je pense qu'en plein jour elles vont devenir visibles, mais toujours est-il qu'elles sont disposées là où vous vouliez.

— OK. Bon boulot. Retournez derrière les lignes amies. Je veux que vous commandiez les calibres cinquante et que vous soyez prêts à gérer les réparations.

— Reçu cinq sur cinq. Téméraire Six terminé. »

Quelques minutes plus tard, le commandant du premier contingent d'infanterie revint en fréquence. « Darkhorse pour Chienlit Six, vous avisons qu'une unité de reconnaissance ennemie a dépassé nos positions et traversé le pont. Ils sont remontés dans les BTR-90 et se dirigent vers vous. En outre, nous entendons maintenant ces chars. Ils sont à la hauteur du cimetière, sur la rive est de la rivière. Au nord-est du pont. »

Jamais Belanger n'aurait eu l'idée d'aller regarder du côté du petit cimetière sur l'autre rive de la Neris. Il y avait aux environs tant d'autres sites apparemment plus propices à l'approche de blindés russes. Il lui vint à l'esprit que si cette observation correspondait bien à un contact avec les chars ennemis, alors Sentinelle avancée avait déjà fait la preuve de son efficacité sur le terrain.

La même voix se fit entendre à nouveau sur le réseau tactique du bataillon : « Urgent, urgent. Silence radio général. Rapport urgent. Ici Chienlit Six. Confirmé. Identification positive blindés ennemis… et ce ne sont pas des T-90. Ce sont des putains de T-14 ! Je répète… des T-14 russes ! »

Personne encore n'avait affronté de T-14 au combat ; le T-14 était un char tout nouveau et ses capacités n'étaient pas encore entièrement connues des forces de l'OTAN. Il était de notoriété publique que l'une de ces armes était tombée en panne à la première sortie mondiale de l'engin, lors du défilé du 1er Mai sur la place Rouge, mais Rich Belanger ne se berçait pas d'illusions : le nouveau char russe de cinquième génération n'allait sûrement pas caler et se retrouver HS à son premier contact avec l'ennemi.

« Bien reçu, Chienlit. Combien ?

— Trois… négatif, quatre. Je crois qu'il y a aussi des T-90 derrière. Ceux-là sont encore dans le village de Punžionys et je ne peux pas encore les compter. »

Belanger contacta le commandant de sa compagnie India.

« Diesel, avez-vous vous aussi des chars dans votre zone ?

— Négatif, mon colonel. Pas sûr que le pont de chemin de fer soit capable de supporter les T-14 mais on poursuit la surveillance et nos hommes sont en embuscade. »

Belanger se figura mentalement l'ensemble de l'espace de bataille.

« OK, Chienlit, écoutez bien. Je veux vous voir détruire ces T-14 par un tir nourri. Assurez-vous que vos équipes de CAAT utilisent leurs TOW en association avec vos Javelin. Si ces connards disparaissent soudain de la fréquence, ça va pousser le commandant russe à s'arrêter pour réfléchir à la situation. À ce moment, déplacez toutes vos forces sur notre rive pour occuper vos positions d'engagement finales.

— Compris, Darkhorse. Reçu cinq sur cinq. »

Belanger régla sa deuxième radio sur la fréquence du réseau de la compagnie Chienlit. Maintenant que l'ordre était donné, c'était comme si la partie avait véritablement commencé : il n'avait plus qu'à écouter pendant que le commandant de la compagnie India faisait le boulot avec ses hommes.

L'artilleur en chef de Chienlit disposait de mitrailleuses M27. La M27 était une arme géniale face à des troupes à découvert, mais elle n'arriverait même pas à érafler la peinture d'un char de combat russe.

« Chienlit Un, quelle est votre distance du T-14 de tête ? demanda le commandant de la compagnie au lieutenant Munyon, commandant son premier peloton.

— Chienlit Six, distance estimée à huit-zéro-zéro. Mais mon capitaine, j'ai un sacré brouillard, par ici.

— Vous avez des balles traçantes ?

— Affirmatif, mon capitaine.

— Bousillez-moi ce putain de tank, Chien du Diable. Ouvrez la voie pour les gars de l'anti-tank. AT, recevez-vous tous mon trafic ? »

Le chef du peloton antichars vint à son tour en fréquence.

« Mon capitaine, ici Chaton Chassieux. Tout bien reçu. Je n'y vois pas grand-chose dans ce brouillard avec mes thermiques mais s'ils sont à portée pour atteindre la cible avec des balles traçantes, on se guidera dessus. »

Belanger courut au balcon. Son sergent-chef s'y trouvait déjà et indiquait la direction est. Depuis leur point de vue en hauteur, les deux hommes auraient pu sans aucun problème voir jusqu'au pont tout au nord, mais l'obscurité et le brouillard limitaient sérieusement la visibilité.

Au bout de quelques secondes, Belanger vit un trait de lumière rouge filer soudain vers le village situé de l'autre côté des bois. L'impact semblait s'être produit à proximité du cimetière sur l'autre rive de la Neris. Un autre trait rouge suivit juste après. Le bruit du tir de mitrailleuse roula sur le paysage pour leur revenir en écho comme une éructation rageuse.

Les balles traçantes se mirent à rayer le ciel après l'impact sur le métal près du cimetière. Belanger savait qu'ils étaient en train de cribler les chars de plomb.

« Chienlit Six pour Chaton Chassieux. Vous avez un visuel sur le site ?

— Reçu, nous distinguons du mouvement dans le brouillard au point d'impact des balles traçantes.

— À mon commandement, je veux que vous tiriez une volée de filoguidés sur les deux chars de tête. Chienlit Deux, vos Javelin sont-ils prêts ?

— Prêts à danser, chef.

— À mon commandement… » Il y eut un léger blanc, puis l'ordre vint : « Feu ! »

Vu depuis la ferme à deux kilomètres de la rivière, le ciel à l'est s'illumina de quantité d'éclairs, en trop grand nombre pour permettre à Belanger de les compter. Il vit les traits de feu de multiples Javelin, mais comme les missiles filoguidés suivaient leur trajectoire au ras du sol, il était incapable de suivre celle-ci à cause du paysage vallonné qui le séparait du pont.

Un seul et unique immense éclair rouge se prolongea, illuminant le brouillard aux abords du cimetière. Le lieutenant-colonel savait qu'en réalité quantité de cibles étaient touchées quantité de fois, mais de là où il se trouvait on aurait dit une seule explosion interminable.

Puis des dizaines de détonations sourdes parvinrent enfin au PC Darkhorse.

Sa radio reprit vie. « Darkhorse Six, ici tacticien bataillon de Chienlit. On dirait bien que le blindage actif des T-14 s'est déclenché. Seuls les deux chars visés par les Javelin ont été détruits. Aucun des filoguidés n'a atteint sa cible : tous ont été détruits en vol par le système antimissile des Russes. Attendez… il reste encore deux T-14 en action. Ils s'apprêtent à riposter. »

Cette fois, Belanger vit des balles traçantes sortir du village de l'autre côté de la Neris et, par-dessus les bois, filer vers la position de Chienlit.

« Ici Chienlit Deux ! Nous essuyons des tirs ! »

Belanger pressa la palette du micro pour ordonner à Chienlit Six de déplacer ses hommes. « Repliez-vous sur vos positions défensives secondaires, sur notre rive. »

À ce moment précis, Belanger entendit le crépitement d'une fusillade intense, à deux cents mètres seulement de la ferme qui lui servait de PC. L'élément de reconnaissance ennemi avait trouvé ses mitrailleuses secondaires, celles que servait sa compagnie de QG et Service.

Il avait entendu le commandant du QG & S ordonner un tir de mortiers de 81 millimètres sur les éclaireurs russes en train de descendre de leurs transports de troupes, et la compagnie Vandale lui répondre que des obus explosifs à haute puissance allaient arriver sous peu.

On tira de nouveaux Javelin sur les chars russes du cimetière mais une fois encore, ils survécurent au massacre en recourant à leurs dispositifs antimissiles automatiques et en activant le blindage réactif qui détonait devant le nez des missiles tirés sur eux, les détruisant juste avant l'impact.

La radio signala également l'apparition de T-90 au niveau du cimetière, un peu plus loin que les T-14. Le bruit des combats, proches et lointains, donnait une poussée d'adrénaline à Belanger mais il devait garder son calme, continuer à diriger ses forces.

« Mon colonel, ici Chienlit, attention : ces chars sont en train de traverser le pont et nous ne sommes pas encore prêts. Permission de balancer un max de fumigènes.

— Bien reçu. Je vais contacter Vandale pour transmettre votre demande de tir. » Belanger ne pouvait se permettre de perdre ce pont. Sentinelle avancée avait bien dit que le point de pénétration était situé là et le logiciel avait eu raison. C'était désormais à lui de faire son boulot et de s'y tenir.

Il entendit trois brefs chuintements successifs, suivis de cinq craquements caractéristiques.

Le canon d'un char ennemi, se dit aussitôt Belanger. *Merde*.

Les combats continuèrent à faire rage partout autour de lui pendant encore une bonne douzaine de minutes, jusqu'à ce que Belanger reçoive enfin l'appel qu'il attendait.

« Chienlit Six pour Darkhorse Six. Nous avons épuisé les Javelin. L'ennemi continue d'envoyer des chars. J'ai des pertes. Leurs canons de 120 millimètres tirent sur mes positions. Mon colonel, je n'ai de mon côté que des AT-4 et des SMAW[1] et je doute qu'ils fassent le poids contre les T-90.

— Compris. Tenez bon. »

Belanger savait que les grenades antichars et les bazookas pouvaient avoir un impact réel contre toutes sortes de menaces blindées, mais ces chars russes étaient tout simplement trop gros et trop perfectionnés techniquement pour craindre quoi que ce soit de telles armes. Il se tourna vers son observateur d'artillerie qui lui confirma que leurs rangs tiraient au canon de 120

---

1. Acronyme pour *Shoulder-launched Multipurpose Assault Weapons* (lance-roquettes multitâche porté à l'épaule).

un feu continu de fumigènes et d'obus à charge creuse sur la rive opposée de la Neris, mais que ça n'aurait guère d'effet sur des T-90 sinon peut-être ralentir leur progression.

Belanger se rendit compte alors qu'il allait devoir amener ses réserves à se mettre en position pour épauler Lima.

Il reporta le micro à ses lèvres.

« Marteau-Pilon Six, Marteau-Pilon Six, ici Darkhorse Six.

— Ici Pilon Six, mon colonel, j'ai lu dans vos pensées. Je suis déjà *Oscar Mike*[1], annonça le commandant de la compagnie, manifestement pressé d'en découdre. Avec votre feu vert, nous pouvons rejoindre le pont en cinq minutes avec nos chars et mettre en action leurs canons de tourelle.

— Allez-y !

— Compris, en avant, Hourrah ! » s'écria le chef de la compagnie Kilo. Belanger savait qu'il n'y avait qu'un marine au volant d'un Humvee pour s'exciter à l'idée de se jeter dans la gueule du loup. Au moins avait-il la consolation de savoir qu'il allait mettre ses chars M1A1 sur une bonne position.

Chienlit intervint sur le réseau du bataillon. « Darkhorse Quatre, je me replie en ce moment hors des bois. J'ai besoin d'une évacuation médicale pour quantité de blessés. Je peux les héliporter moi-même jusqu'au poste médical avancé mais pas plus loin. J'ai besoin que vous les preniez en charge. Les chars ennemis n'arrêtent pas de débouler. »

1. Soit *OM*, pour *On the Move* (en mouvement).

Cinq minutes plus tard, le chef de la compagnie Kilo revint en fréquence. « Chienlit Six pour Pilon Six. Je prends le relais. Les gars, vous dégagez maintenant. Les T-90 seront sur vos talons attirés par l'odeur du sang et je vais leur faire leur fête ! »

Belanger se reporta sur la carte et calcula pour son commandant de compagnie d'armement une solution de tir finale pour les mortiers de 81 et de 120. Il savait qu'ils allaient avoir besoin d'un putain de rideau de fumée pour à la fois exfiltrer Chienlit et masquer les chars de Marteau-Pilon, le temps qu'ils se mettent en position à la sortie ouest du pont.

S'ils pouvaient simplement démolir rien qu'un peloton de chars ennemis, Belanger savait que ça pourrait suffire à entraver l'avancée des Russes. Personne, pas même eux, ne pouvait digérer de perdre d'un coup un peloton entier. Cela forcerait l'ennemi à se replier et à se ressaisir ; avec un peu de chance, ça permettrait à Belanger de se repositionner et de refaire le plein de munitions.

« Mon colonel, Pilon en fréquence. Nous voyons des T-90 sur les talons de Chienlit. Ils se sont placés en éventail et quittent leur position près du cimetière, ils nous arrivent dessus mais mes chars sont prêts.

— OK, autorisation d'ouvrir le feu.

— Bien reçu, les obus arrivent. »

Belanger écouta. Il y eut un silence terrible, durant lequel il imagina qu'ils avaient de nouveau perdu leurs cibles à cause du brouillard ou bien peut-être que les fumigènes les dissimulant avaient été chassés par le vent.

Puis il y eut un *clac*, suivi d'un *clac-clac-clac*.

La bataille de chars s'était engagée, indécise pendant une bonne minute, au loin, et dans le même temps le commandant de la compagnie HQ & S signalait que les quatre blindés de reconnaissance russes BTR-90 avaient été détruits, avec leurs quarante hommes. De son côté, il évacuait de nombreux blessés vers l'arrière et le poste médical du bataillon.

Enfin, Marteau-Pilon Six vint en fréquence. « Darkhorse Six pour Pilon Six. J'ai trois chars russes en flammes et un quatrième qui s'est arrêté et reste immobile. Je répète, quatre T-90 neutralisés. Attendez… le reste bat en retraite vers le cimetière ! Leur blindage réactif ne peut rien contre les obus tirés par nos tourelles de chars. Mon colonel, requiers permission d'avancer et de contre-attaquer.

— Compris, autorisation d'avancer. Mais pas au-delà de notre côté du pont. Frappez-les jusqu'à ce que vous ne les voyiez plus battre en retraite.

— Reçu, mon colonel. »

Encore une fois, Belanger parcourut du regard son PC. À la lueur rouge des lanternes de combat, avec le poids de l'épuisement qui s'installait, les hommes avaient l'air de zombies, mais ils avaient fait le boulot. Et plus important, ils étaient prêts à en remettre une couche.

Quelques minutes plus tard, Belanger quittait l'étage de la ferme et, accompagné du sergent-chef Garcia, ils montaient dans leur Humvee et se dirigeaient vers l'infirmerie du bataillon. Il savait que les toubibs s'échineraient pour soigner les blessés des compagnies Kilo et Lima, mais il espérait que ses autres personnels fournis par la marine, en particulier les aumôniers, n'auraient pas à donner l'extrême-onction.

Espoir vain, il le savait pertinemment. On ne vainc pas des chars sans essuyer de pertes.

77

Terry Walker n'avait pas été informé de l'évasion de sa famille mais il vit la panique sur les traits de Limonov et de Kozlov, et il comprit qu'il était arrivé quelque chose. Assis devant son ordinateur, il effectuait ses transactions, expédiant des milliards de dollars sur des comptes invisibles, fort probablement pour le président russe. Mais dans le même temps, il gardait un œil sur ses ravisseurs, cherchant à deviner ce qui se passait.

Bientôt Kozlov prit à part les quatre agents de sécurité, puis ces derniers sortirent dans le couloir. Au début, Walker ignora ce qu'ils mijotaient, mais quand il demanda à se rendre aux toilettes, Kozlov dégaina son pistolet et le conduisit lui-même au bout du couloir, en passant devant les quatre hommes ; tous avaient dégainé et braquaient leurs armes sur l'ascenseur et la cage d'escalier.

Il avait demandé à Limonov ce qui se passait mais le comptable russe refusait de lui adresser la parole. Il se contentait d'effectuer ses calculs tout en se rongeant les ongles, de discuter en russe avec Kozlov, avec l'air d'être au bord de l'apoplexie.

Quand vint le moment de vider les lieux, la journée achevée, les sept hommes descendirent pour regagner leurs véhicules. Walker marchait au milieu de la file ; il était le seul à ne pas être armé.

Dès que l'un des vigiles eut introduit sa clé dans la serrure de portière d'un des Land Rover, les faisceaux rouges de lasers de visée surgirent de plusieurs directions ; les vigiles brandirent aussitôt leurs pistolets ; puis les hommes se mirent à tournoyer et à s'effondrer, l'un après l'autre.

Les quatre agents étaient morts en moins de deux secondes ; les éclairs venus de l'autre bout du parking étaient le seul indicateur de l'origine des tirs mais Walker n'avait pas entendu la moindre détonation. Il se jeta au sol. Au-dessus de lui, Kozlov n'eut le temps de tirer qu'une fois avant de s'effondrer, tête la première, sur le sol du parking.

Walker resta allongé près de lui, les yeux hermétiquement fermés ; ceux de Kozlov étaient restés ouverts, vacants dans la mort.

Limonov voulut fuir mais des éclats de bitume jaillirent du sol devant lui et il s'immobilisa, leva les mains en l'air. Son torse était constellé de points rouges de lasers.

Walker referma les yeux en priant pour que ce soit la fin de l'horreur.

Peu après les avoir rouverts, il se retrouva assis avec sa femme et son fils dans un canapé à bord d'un luxueux avion d'affaires Gulfstream. Ils n'auraient pas pu se tenir plus serrés les uns contre les autres et Walker promit à ses accompagnateurs fort intimidants qu'il répondrait à toutes leurs questions, procurerait toute l'aide voulue, révélerait tous les détails possibles qu'ils pourraient lui réclamer. Il quitterait les îles Vierges britanniques et n'y reviendrait plus jamais ; il ne voulait surtout plus avoir affaire au type ligoté à son siège, à l'avant de la cabine.

Jack Ryan Junior était assis en face d'Andreï Limonov. Ce dernier aurait pu reconnaître le fils du président, après tout, ça arrivait de temps à autre, si ce n'était qu'il avait les yeux bandés.

Comme il était pâle de terreur, Jack avait décidé de jouer là-dessus.

« Limonov, vous n'avez pas le choix, commença Jack. Vous êtes fichu. »

Le Russe humecta ses lèvres desséchées.

« En fait, j'ai bel et bien un choix. Pour moi, c'est assez simple. Je redoute infiniment plus Valeri Volodine que Jack Ryan. »

Jack fut un instant désarçonné. Puis il comprit que l'homme parlait de son père.

S'étant ressaisi, il reprit : « Tu te méprends sur la situation, mon gars. On ne te conduit pas aux États-Unis. Tu ne vas pas à Guantánamo. Tu retournes chez toi. À Moscou. »

Limonov releva légèrement le menton et Jack crut déceler que sa lèvre tremblait. « Je ne comprends pas.

— Non ? Je parie que tu vas finir par trouver. Nous allons déposer ton gros cul au beau milieu de la place Rouge, le jour même où l'on apprendra aux nouvelles qu'un important financier russe en liens étroits avec le Kremlin est allé aux îles Vierges britanniques transférer huit milliards et qu'il a refilé les numéros de compte au FBI.

— Quoi ? Attendez, ce n'est pas comme ça que ça s'est passé. Je n'ai rien donné du tout ! »

Jack se pencha vers lui. « Ton patron possède peut-être les médias en Russie, mais il ne possède pas ceux du reste du monde. Il ne faudra pas longtemps à Volodine pour apprendre ce qui s'est passé, ou peut-être devrais-je préciser, selon *notre version* des faits. Mais peu importent les détails… À ton avis, que va-t-il faire de toi ? »

Clark les avait écoutés depuis l'autre bout de la cabine mais il les rejoignit pour quelques instants et, se penchant derrière l'oreille gauche du Russe, il lui susurra : « Non, Limonov, on n'a même pas besoin de ton avis, parce que tu es encore loin du compte. Volodine a passé des décennies à apprendre les meilleures méthodes pour exercer sa vengeance sur qui le laisse tomber et je suis à peu près certain que lorsqu'il découvrira que les États-Unis ont accès à son fric, il sera bien plus en rogne qu'il ne l'a jamais été.

« Ta fin ressemblera à un putain de film d'horreur, mec, enchaîna Clark. Et ta mort sera ce qui te sera arrivé de mieux de toute ta vie.

— Non !

— Si tu collabores avec nous, si tu nous donnes les comptes et les détails de ton réseau, tu seras protégé. Sinon… ma foi, comme j'ai dit, pour toi, c'est retour à Moscou. À cette heure-ci, la semaine prochaine, quelqu'un sera en train de t'arracher un œil avec une paire de pinces. »

Limonov hocha lentement la tête. « Emmenez-moi

en Amérique. Je vous dirai tout sur l'argent de Volodine. »

Ryan regarda vers le fond de la cabine et leva le pouce à l'adresse des autres. Personne ne comptait se rendre à Moscou mais la menace avait atteint son but.

L'USS *James Greer* faisait route au sud à vingt-deux nœuds. Il était en mode navigation silencieuse mais son allure relativement élevée annulait pour partie les efforts des ingénieurs mécaniciens pour rendre le bâtiment furtif. Les deux hélices du destroyer de la classe Arleigh-Burke étaient dessinées pour réduire le bruit, même à bonne allure, mais à une telle vitesse, les oreilles opérant sous les eaux de la Baltique au-devant d'eux pourraient détecter sa venue.

Le commandant Scott Hagen était conscient de prendre avec cette tactique un risque calculé mais il estimait que ça valait le coup. Après avoir patrouillé des jours durant dans les eaux lituaniennes, à essayer plus ou moins de se substituer aux bâtiments de la marine de ce pays, coulés dans la première moitié de la semaine, il avait finalement reçu l'autorisation d'aller patrouiller en haute mer. Sitôt l'ordre venu du commandant de la sixième flotte, il envoya ses hélicos Sea-Hawk devant lui dégager la route et il ordonna aux machines de lui fournir la vitesse maximale sans rendre parfaitement inutiles leurs mesures anti-sonar. La doctrine aurait voulu qu'il progresse plus lentement et redouble de précautions – de fait, la portée effective du sonar SQS-53 fixé sur la coque était réduite des deux tiers –, mais Hagen estimait que l'objectif de ce soir était moins une traque au sous-marin qu'une course contre la montre, d'où son insistance.

En outre, il avait la nette intuition de savoir où rôdait le danger dans la Baltique, et c'était droit devant, encore hors de portée de son navire, du moins pour quelques minutes encore.

Trente milles nautiques au sud du *James Greer*, la marine polonaise était en pleine bataille navale, et même si les Polonais pensaient avoir l'avantage, si l'on avait demandé à Hagen son opinion, il aurait répondu qu'ils venaient juste de prendre un tigre par la queue.

Les premiers jours du conflit, les Polonais étaient restés dans leurs eaux mais la côte nord-est de leur pays ne vivait et ne respirait que grâce à ses ports de la Baltique, et depuis que la guerre sous-marine avait débuté par le naufrage du cargo maltais *Granite*, bien peu d'autres bâtiments de commerce avaient osé s'aventurer dans les parages sud-est de la mer Baltique. Constatant qu'il était impératif pour leur économie de réouvrir les côtes de la Pologne au commerce, le gouvernement avait donné l'ordre à sa marine de sortir assurer la sécurité du trafic maritime.

On envoya donc un groupe de recherche et d'attaque – la réunion de bâtiments de surface et d'aéronefs aux capacités de lutte anti-sous-marine – balayer les eaux à l'ouest de Kaliningrad à la recherche de sous-marins russes. Un navire d'attaque rapide de la classe Orkan avait été positionné à l'est du reste du groupe. Dans les airs au-dessus de lui, l'un de leurs Mi-14 aux capacités de sonar « trempé[1] » avait détecté un contact sous-marin mais n'avait pas été en mesure de le désigner comme menace avec un degré suffisant de fiabilité, aussi l'Orkan décida-t-il de se rapprocher pour se joindre à l'hélico dans sa traque.

Sans avertissement, deux torpilles furent lancées depuis l'emplacement du contact possible, et même si le capitaine de l'Orkan réussit à en éviter une grâce à des manœuvres d'évasion, la seconde Type 53-65 propulsa hors de l'eau le petit bâtiment, tuant jusqu'au dernier ses trente-deux membres d'équipage.

Les Polonais avaient un autre hélico sur zone, un SH-2G Super Seasprite. Il se verrouilla sur le contact sous-marin, le déclara hostile et largua dans les eaux noires deux torpilles Mark 46.

Dans le même temps, une corvette polonaise avait reçu de l'hélico les données extraites de son système de guidage intégré et lancé à son tour une paire de torpilles vers l'objectif. Avec quatre armes convergeant simultanément sur ses coordonnées et provenant de deux directions différentes, le Kilo n'avait guère de chances d'en réchapper.

Les techniciens à bord du *James Greer* entendirent dans leur casque la fin du submersible russe et même s'ils étaient encore à quelque vingt-six mille nautiques de l'action, ils avaient l'impression de se retrouver dans la coque du sous-marin aux côtés de ses hommes condamnés.

Même s'il était naturel d'éprouver de l'empathie

1. Sonars actifs à moyenne fréquence, treuillés et immergés en vol stationnaire par les hélicoptères de lutte anti-sous-marine.

pour les mourants, tous les techniciens sonars à bord du *Greer* savaient que les sons horribles entendus dans leur casque étaient ceux de la justice. Après tout, c'étaient les Russes qui avaient commencé cette connerie, et ils avaient tué quantité d'innocents.

Le commandant Hagen ne prit aucunement part à ces célébrations. C'est avec flegme qu'au poste de commandement et de renseignement, il écouta les haut-parleurs au plafond et regarda la table traçante numérique disposée devant lui annoncer la fin du sous-marin russe, car il songeait déjà à la seconde menace sous-marine, le second Kilo. Au cours de leurs attaques précédentes, les deux vaisseaux ennemis avaient travaillé en tandem, aussi s'attendait-il à ce qu'à tout moment l'une des deux frégates Oliver Hazard Perry de la marine polonaise ne détecte que l'autre sous-marin russe se trouvait lui aussi en plongée au nord de Gdańsk.

Il savait aussi que la seule raison pour laquelle l'hélico polonais avait détecté le Kilo était qu'il était en train de se mettre en position pour tirer sur l'Orkan, aussi Hagen voulait-il être assez près de l'autre Kilo pour détecter quand il attaquerait à son tour.

Hagen fut ravi de constater que le lieutenant Damon Hart, son officier analyste de guerre sous-marine présentement de quart, n'avait pas non plus pris part à la liesse. À la place, il était resté penché sur la table traçante, scrutant rapidement des yeux les contacts et les trajectoires, assimilant caps, vitesses, directions et jusqu'aux détails des côtes.

Le commandant constata que Weps était tout aussi

concentré que lui sur la tâche de trouver, localiser et détruire l'autre submersible russe.

Hagen s'approcha du jeune homme et scruta l'écran à son tour. En tant que membres de l'OTAN et proches alliés des États-Unis, les Polonais étaient sur le même réseau d'échange de données tactiques que la marine américaine, ce qui rendait la coordination entre flottes et aéronavale des deux pays aussi fluide que pouvait le souhaiter Hagen. Le réseau Link-16 de Northrop Grumman permettait aux trajectoires désignées de tous les contacts de surface ou sous-marins – amis, ennemis, civils ou inconnus – d'être immédiatement partagées par tous les systèmes alliés participant à la traque. Les hélicoptères et les bâtiments polonais, les bâtiments et les hélicoptères américains, tous bénéficiaient de la même approche visuelle du théâtre des opérations, rendue en temps quasiment réel sur la carte numérique de la vaste table traçante.

Le lieutenant Hart leva rapidement les yeux vers son supérieur.

« Cet autre Kilo est dans le secteur, capitaine.

— Je le sais, Weps. La question est : va-t-il attaquer toute cette flottille alors qu'il est seul ? »

Le lieutenant lâcha : « À sa place, je ne foutrais rien du tout », suivi d'un : « Capitaine.

— Moi non plus, sauf si j'avais reçu de Naples un petit dossier des transmissions à couverture bleue m'ordonnant de le faire. N'oubliez pas : il ne s'agit pas seulement de la psychologie du capitaine russe ou de la doctrine conventionnelle de guerre sous-marine. Il s'agit de ses ordres. C'est la politique qui mène ce combat. Pas les cerveaux des militaires sous la mer. »

Hart acquiesça.

« La manœuvre correcte, pour lui, s'il était seul à décider, serait de jouer la prudence. S'il attaque effectivement, ça veut dire à coup sûr qu'il y a un autre élément en jeu dans cette bataille que je n'ai pas encore réussi à définir. »

En cet instant précis la voix du contrôleur aérien tactique se fit entendre dans les haut-parleurs. « À toutes les stations, Casino Un-Deux rapporte contact passif large bande, gisement zéro-zéro-huit. Classification initiale du contact : Possibilité Sub, niveau confiance élevé. »

Hart annonça : « Désignation contact sous-marin ennemi Un-Un. » Un pointeur rouge en forme de V apparut quelques secondes plus tard sur la table traçante numérique, à l'est de la flottille russe et à huit degrés tribord de la proue du *Greer*. Cette mise à jour fut affichée instantanément sur les écrans de toutes les unités connectées au réseau Link-16, ce qui signifiait que tous les bâtiments polonais voyaient à présent le contact identifié par le MH-60 Romeo. Les bâtiments alliés n'avaient toutefois qu'un seul et unique gisement, pas suffisant pour localiser les coordonnées du sous-marin.

Au bout de quelques secondes supplémentaires, Hart entendit une voix dans son casque. « USWE[1], ici Sonar. Contact polonais identifié. Bâtiment surface amical Zéro-Cinq a déclenché sonar actif.

— USWE, bien reçu. » Hart leva les yeux vers son

1. Acronyme de *UnderSea Warfare Evaluator* : Évaluateur de combat sous-marin.

supérieur. « C'est une des deux frégates polonaises, le *General Košciuszko*. Il s'expose lui-même à ce Kilo. »

Encore quelques secondes, puis la même voix reprit : « USWE pour Sonar. Bâtiment surface amical Zéro-Cinq a lancé deux torpilles. Cap un-un-huit.

— USWE, bien reçu. Ont-ils une acquisition ?

— Sonar, négatif. Pas encore. »

Hart et Hagen restèrent immobiles, espérant de tout cœur que la frégate polonaise élimine le Kilo avant qu'il ait une chance de riposter. Maintenant que la frégate brassait activement les eaux pour récupérer un écho, le Kilo n'aurait plus aucune difficulté à lancer droit sur elle ses Types 53-65.

« La frégate tire ses poissons pour maintenir le Kilo sur la défensive, indiqua Hart. Nous serons en mesure de lancer un ASROC[1] sur le même contact d'ici trois minutes, mais nous sommes encore hors de portée de tir. »

Hagen hocha la tête sans rien dire.

Un opérateur radio assis à moins d'un mètre lança dans son micro d'une voix forte : « À toutes les stations, j'ai un… correction, j'ai deux, je dis bien deux lancements de missiles sous-marins. Ils viennent de jaillir à la surface. Je répète : deux Vampires dans les airs ! »

Un silence de deux secondes se fit au centre de commandement, le temps pour chacun de digérer cette information. Les Kilo russes n'étaient pas connus pour avoir des capacités de lancement de missiles en plongée. Ils n'étaient armés que de torpilles et de mines.

---

1. Pour *Anti Submarine ROCket,* système de missiles de lutte anti-sous-marine américain.

Derrière l'épaule de Hart, le commandant lança d'une voix calme : « Quel gisement ? »

Hart répéta la question dans son micro. « Quel est le gisement du lancement ?

— Gisement zéro, trois, un. »

Hagen et Hart baissèrent les yeux vers l'écran. Le lancement de missiles était venu d'un gisement complètement différent de celui du contact identifié.

Cela ne pouvait signifier qu'une chose : c'était un autre sous-marin.

« Nom de Dieu ! s'exclama Hart. Putain, mais qui est là-bas ?

— On se calme, Weps », fit Hagen avant de reprendre le micro pour s'adresser au réseau 1-MC. « À toutes les stations. Quartiers généraux. Condition Zebra. Missiles arrivant par tribord avant. Placez Ægis en paré-automatique. CWIS en auto-engagement. À tout l'équipage, préparez-vous à l'impact. »

La confirmation de l'ordre fut répercutée sur le réseau un instant plus tard.

Hagen regarda l'un des deux grands écrans du système Ægis fixés à la cloison. Deux missiles étaient en vol, à quarante nautiques du *James Greer*, mais seulement treize de la frégate polonaise qui envoyait à présent les *ping* de son sonar actif. Il lança par radio. « EW[1] pour le capitaine. Pouvez-vous identifier ces Vampires ? »

Le technicien de guerre électronique vint en ligne une seconde plus tard. « Capitaine pour EW. Les missiles en vol semblent être des P-800. Ils ne se dirigent

1. Pour *Electronic Warfare* : guerre électronique.

pas vers nous, mais plutôt vers Bâtiment surface amical Zéro Cinq. »

Hart et Hagen s'entre-regardèrent. « Il doit y avoir erreur, dit Hart. Le P-800, c'est l'Oniks. Le seul sous-marin qui emporte cet engin est le classe Severodvinsk mais la flotte de la Baltique ne possède pas… »

Hagen l'interrompit :

« Fions-nous aux données à notre disposition maintenant, Weps. Pas aux rapports du renseignement.

— USWE pour Sonar, reprit la radio. Sonar passif d'amical Air Zéro Neuf identifie contact au gisement zéro, trois, un. Classification initiale, Possibilité Sub élevée. Aucune contre-vérification. Évaluations acoustiques en cours.

— USWE, bien reçu, dit Hart, mais la distraction dans sa voix était évidente. Nous devons nous rapprocher suffisamment pour avoir une référence croisée sur cette cible.

— USWE, Sonar. Deux torpilles lancées par Bâtiment surface amical Zéro Cinq, échec acquisition, attendez. Avons pistage ferme sur le Kilo.

— Distance à cible Sub ennemi Zéro Un ?

— Distance vingt-quatre mille mètres. »

Hart s'adressa à voix basse, pas spécialement à son capitaine, pas exactement à lui-même : « C'est à peine la fenêtre de tir. » Il prit deux lentes inspirations pour se calmer et répondit : « Contrôle de tir, USWE. Lancement deux ASRPC sur Contact – Sub ennemi Zéro Un. »

Une voix féminine répondit aussitôt : « USWE, Contrôle de tir. Lancement deux ASROC sur Contact-Sub ennemi Zéro Un, bien reçu ! »

Sur le pont du *James Greer*, une écoutille s'ouvrit, laissant échapper un nuage de fumée blanche. Traversant la fumée, un missile anti-sous-marin RUM-139 VL-ASROC[1] long de trois mètres cinquante s'éleva dans l'air froid de la nuit sur une colonne de flammes.

Deux secondes plus tard, une autre cellule lance-missiles sur le pont lança une seconde arme qui alla rejoindre son homologue montant vers les étoiles.

À l'intérieur du logement de chaque missile se trouvait une torpille MK-54, mais elle ne fut pas aussitôt larguée dans l'eau pour commencer sa traque. Au lieu de cela, le missile s'éleva haut dans les airs, passa au-dessus des coordonnées du sous-marin ennemi, directement devant sa proue, et continua de grimper jusqu'à trois mille mètres. Ce n'est qu'à l'apogée de sa trajectoire que le missile s'ouvrit, libérant la Mark-54 qui tomba en chute libre vers les eaux au-dessus du dernier contact avec le submersible. Peu avant que chacune des Mark-54 n'atteignît la surface, des parachutes se déployèrent mais elles touchèrent l'eau avec une énergie suffisante pour plonger nettement sous la surface.

Une fois dans la mer, chaque torpille s'éveilla, démarra, effectua un diagnostic de ses systèmes, se signala au *James Greer* et se mit à chercher les coordonnées exactes du contact qu'on les avait envoyées traquer dans les profondeurs.

Hart se retrouvait à chasser simultanément deux sous-marins ennemis. Sitôt qu'il vit confirmation du

1. Missile anti-sous-marin à lancement vertical, permettant de s'affranchir d'une rampe de lancement spécifique.

bon démarrage de ses armes ciblant le Kilo, il reporta son attention sur les écrans muraux de l'Ægis, à l'instant même où la frégate polonaise *General Košciuszko* était touchée de plein fouet par un Onik. La torpille de deux cent vingt kilos explosa dans le flanc du bâtiment de cent trente-cinq mètres, créant une boule de feu qui illumina le ciel, visible jusqu'au *James Greer*, distant de près de quarante kilomètres.

La caméra située au sommet du mât du *Greer* transmit la lueur de l'explosion aux hommes et aux femmes installés dans le poste de commandement informatique, les amenant à tous s'interrompre momentanément dans leur tâche.

Mais ça ne dura pas. Juste comme le missile atteignait sa cible, leur opérateur radio se faisait à nouveau entendre sur le réseau. « À toutes les stations, j'ai trois échos de missiles, gisement zéro, quatre, deux ! Nouveaux Vampires dans les airs ! Cette fois, je crois qu'ils sont pour nous.

— Dieu tout-puissant », souffla Hart.

78

Le lieutenant-colonel des marines Rich Belanger essuya la sueur de ses yeux, alors qu'il ne devait pas faire plus de un degré à l'arrière du véhicule chenillé de commande et contrôle LAV-C2. Il avait ouvert l'écoutille pour laisser entrer un peu d'air frais même si c'était l'exiguïté de l'habitacle et l'incroyable intensité du stress qui le faisaient transpirer.

Il avait perdu quantité d'hommes au cours des dernières soixante heures, mais son bataillon avait fait le boulot. Ils n'avaient pas tenu une ligne quelconque – non, les blindés russes avaient été trop forts et les tirs des batteries mobiles de missiles à lancement multiple trop précis pour permettre au bataillon de Belanger de rester au même point plus de deux heures d'affilée. Mais en cédant du terrain, passant d'un point à un autre sur la grille de positionnements prédéfinie par Sentinelle avancée sur toute la partie orientale du territoire lituanien, sa compagnie d'armement et ses trois compagnies d'infanterie avaient infligé un niveau de dommages à l'invasion russe sans commune mesure avec leur taille.

OFFENSIVES RUSSES

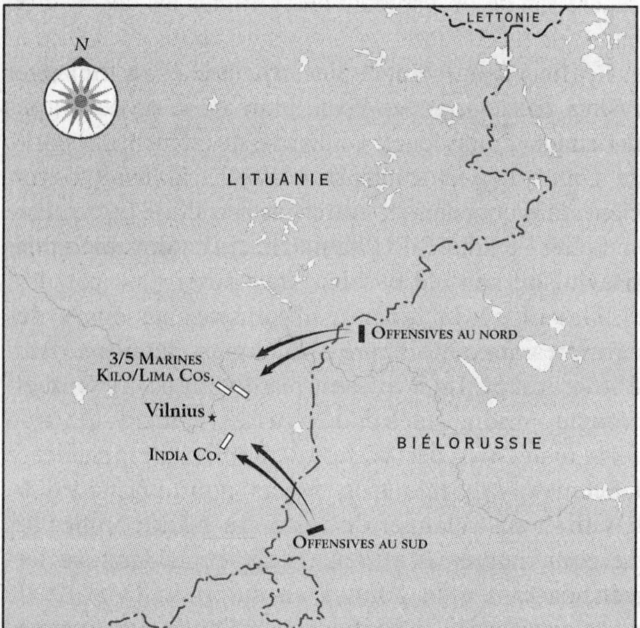

Ils n'avaient pas fait ça tout seul, bien sûr. Le commandant du bataillon savait que deux facteurs avaient agi en sa faveur dans cette aventure. Pour commencer, le programme Sentinelle avancée avait fait croire aux Russes que leur brèche initiale dans la frontière n'allait quasiment pas être contestée, au point qu'ils n'avaient tiré qu'un nombre très limité de roquettes et d'obus d'artillerie dans le cadre de leur préparation de tir, espérant ainsi limiter les dégâts aux routes, ponts et autres infrastructures pour permettre à leur offensive de progresser rapidement en territoire ennemi. Cela s'était révélé désastreux au premier jour de l'attaque, alors que les marines tenaient leurs positions, prêts à riposter sitôt que les blindés russes entreraient dans leurs secteurs respectifs. Dans les quatre premières heures de l'offensive, deux douzaines de chars russes avaient été détruites, aussi bien par des missiles filoguidés que par des frappes aériennes, ce qui avait entravé l'avance des blindés aussi bien sur le front sud que sur celui du nord. Quand les Russes s'étaient enfin décidés à pilonner lourdement le territoire lituanien avec leurs missiles, leur artillerie de 155 et leur aviation, les marines et la majorité des personnels de l'armée de terre lituanienne s'étaient repliés de quelques kilomètres, se rendant indétectables pour les guetteurs russes.

Les épaves de blindés bloquant les routes juste à l'intérieur de la frontière avaient provoqué de sérieux embouteillages pour les Russes, embouteillages qui avaient été exploités par les Harrier et les F-18 américains, ainsi que par les hélicoptères d'attaque tirant depuis une distance de sécurité.

Au bout du deuxième jour, les Russes avaient subi encore plus de dégâts en Biélorussie que le premier en Lituanie.

L'autre composante de la bataille à avoir joué en la faveur de Belanger et de ses hommes avait été la férocité des forces lituaniennes et polonaises. Il n'avait pas vu lui-même un seul appareil polonais mais son réseau bouillonnait de signalements de F-16 polonais frappant loin à l'intérieur de l'enclave de Kaliningrad, derrière le front ouest, perturbant l'offensive russe de ce côté-là et descendant encore plus d'aéronefs russes, réduisant d'autant les menaces pour le front de Belanger.

Et même si les Lituaniens n'avaient pour ainsi dire pas d'armée de l'air, leur infanterie s'était battue avec héroïsme, nonobstant des moyens en armes limités. Ils avaient subi des pertes indescriptibles, en particulier au sud, près de la nationale E28, mais ils avaient détruit quantité de blindés russes et, en s'attaquant à l'avant-garde de l'offensive, ils avaient offert du temps aux marines, ainsi qu'une meilleure vision tactique du plan de bataille russe.

Mais la chance des marines devait tourner avant la fin du deuxième jour de combats, quand un front dépressionnaire apporta de faibles pluies et une épaisse couverture nuageuse à basse altitude qui limita sévèrement les capacités de l'aviation américaine ou polonaise à poursuivre la contre-attaque.

La Force de rotation en mer Noire avait passé les douze dernières heures à se faire pilonner par des chars T-90 qui avançaient toujours plus vite. Le 3e bataillon du 5e régiment de marines s'était repositionné ; il avait contre-attaqué avec une série d'opérations ponctuelles qui avaient été jusqu'à inclure la compagnie du quartier général et services, dotée en urgence de mortiers et engageant ses blessés légers avec leurs M4, mais tout cela ne représentait que de petits pas en avant dans une demi-journée marquée par d'immenses pas en arrière.

Assis à l'intérieur de son véhicule de commandement, l'écoutille arrière ouverte, Belanger examinait à présent la disposition de ses unités sur un écran numérique, tout en profitant de l'odeur des pins. À l'extérieur, il pouvait tout juste entrevoir un bout de la forêt environnante à la lueur de l'éclairage rouge de l'habitacle.

Ils se trouvaient dans un couvert épais à proximité d'un village du nom de Balčiškė, même s'il savait qu'ils n'allaient pas s'y attarder. Les chars russes approchaient par la route vicinale 5227, à quelques kilomètres seulement, et ils seraient sur eux dès l'aube s'ils ne battaient pas de nouveau en retraite.

Il ne voulait pas céder plus de terrain. En consultant sa carte numérique, il reconnut qu'il n'avait plus que deux solutions de repli avant de se retrouver aux abords de Vilnius, et dès lors les Russes auraient le choix parmi une douzaine d'itinéraires pour le contourner et l'encercler, confinant ses forces sur une zone assez réduite pour faciliter leur destruction.

Il avait déjà replié ses hôpitaux de campagne dans les faubourgs de Vilnius mais il ne voulait pas faire entrer dans la capitale ses forces combattantes. Non, il voulait tenir cette position, rester mobile, prêt à continuer à harceler l'ennemi.

En cet instant, il entendit un grondement ; des

éclairs dans le ciel et dans la forêt alentour l'amenèrent à se précipiter vers l'écoutille. Assourdi par les explosions, il reconnut le bruit des obus de 300 russes qui pleuvaient autour de lui, déchiquetant la forêt et le village avoisinant.

Huit explosions en moins de dix secondes : soit ce lance-roquettes multiple 9A52-4 Tornado les avait pris spécifiquement pour cibles, soit il avait reçu l'ordre de raser ce village avant l'arrivée des T-90.

Dans un cas comme dans l'autre, peu importait. Il devait tirer ses hommes de ce guêpier.

Il saisit la poignée de l'écoutille et il commençait à la refermer quand il se retourna brusquement pour regarder à l'intérieur de l'habitacle. Dans la lueur rougeoyante, il ne compta que trois des quatre marines qui l'accompagnaient. Son radio était sorti pisser.

« Flagger ! » hurla-t-il. Le jeune marine apparut dans l'obscurité et monta précipitamment dans le blindé de commandement tandis que les chenilles se mettaient à tourner dans la boue. Belanger referma l'écoutille, ordonna à son chauffeur de partir vers le sud, puis donna par radio l'ordre à tous ses éléments de se replier à nouveau.

Cela n'avait rien à voir avec les combats dont il avait l'habitude. Belanger se retrouvait en gros pourchassé par des chars et des missiles. Il allait devoir rester sur les routes pour garder une avance sur ses poursuivants, sauf que les Russes savaient lire une carte routière. Ils n'avaient dès lors qu'à pulvériser les itinéraires routiers rejoignant Vilnius, puis détruire les marines en retraite.

Belanger savait que, depuis plus de deux jours, sa

force avait tenu, bien que jouant dans une division supérieure à la sienne, mais il suspectait qu'ils ne tiendraient pas jusqu'à l'aube sauf si quelque chose arrêtait les T-90.

Un nouveau bruit déchira le ciel juste à la verticale de son véhicule, si intense que tous les hommes à bord se tapirent au sol. Il se retourna pour regarder l'image de la caméra de toit, la bascula en mode infrarouge, puis effectua un panoramique pour localiser l'origine du bruit.

Deux chasseurs à la silhouette inhabituelle passaient au ras de la cime des arbres, filant vers l'est.

« Putain, c'est quoi, ça, mon colonel ? » s'écria un de ses capitaines pour couvrir le boucan.

À cet instant, des explosions retentirent au nord-est, là où se trouvait précisément le fer de lance de l'offensive de blindés russes.

Belanger regarda l'image des avions qui s'éloignaient et déjà une autre paire passait au-dessus d'eux en rugissant, cette fois sur un cap légèrement différent. Il regarda filer les avions. Ces deux-là larguèrent des bombes sur le fer de lance russe avant de virer sèchement au nord.

« Ce sont des Saab Gripen, dit Belanger.

— Qui pilote ces drôles d'oiseaux ? demanda son capitaine.

— Les Suédois. Il n'y a qu'eux. »

De nouvelles bombes explosèrent au-dessus des Russes.

« La Suède est engagée dans cette guerre ? demanda l'opérateur radio.

— Faut croire, dit le lieutenant-colonel.

— Dans quel camp sont-ils, mon colonel ?

— Ma foi, ils sont en train de tout faire péter côté est. Qu'est-ce que ça te suggère, gros malin ? »

L'opérateur radio considéra son lieutenant-colonel. « Vive la Suède ? »

Belanger retint un sourire, puis il ordonna l'arrêt immédiat du repli de son bataillon. Il pouvait tirer parti de cette attaque pour organiser une nouvelle ligne de défense en exploitant les positions définies par Sentinelle avancée dans le secteur. Avec un peu de chance, et surtout beaucoup d'autres Gripen, il pouvait bel et bien empêcher les Russes d'entrer dans Vilnius jusqu'à ce que le temps s'éclaircisse.

79

Le lieutenant Damon Hart s'était toujours demandé quelle impression cela lui ferait de détruire un sous-marin.

Il s'y était entraîné depuis qu'il était entré dans la Navy, il avait servi à bord de croiseurs, de petits navires de combat, de destroyers lance-missiles avec cet unique objectif en tête, mais il ne savait pas comment il réagirait si jamais cet instant se présentait.

Et voilà que cet instant s'était présenté pour disparaître presque aussitôt. Le superviseur sonar venait d'annoncer dans les haut-parleurs que le second ASROC, dont Hart avait ordonné le tir sur le Kilo russe, avait fait mouche. Les bruits des explosions, des cavitations, du métal tordu sous la pression rapportés par les techniciens sonar dissipaient tout doute sur le fait que Hart venait simplement d'accomplir son devoir pour son pays.

Mais en ce moment de gloire, le lieutenant n'eut pas le temps de s'appesantir sur son droit au but.

Car toute son attention, toutes les synapses de son cerveau s'étaient aussitôt reportées sur autre chose. Il leva les yeux vers l'écran de l'Ægis pour se concentrer sur la trajectoire des missiles dans les airs. Dans le même temps, il activa son micro.

LA BATAILLE DE LA BALTIQUE

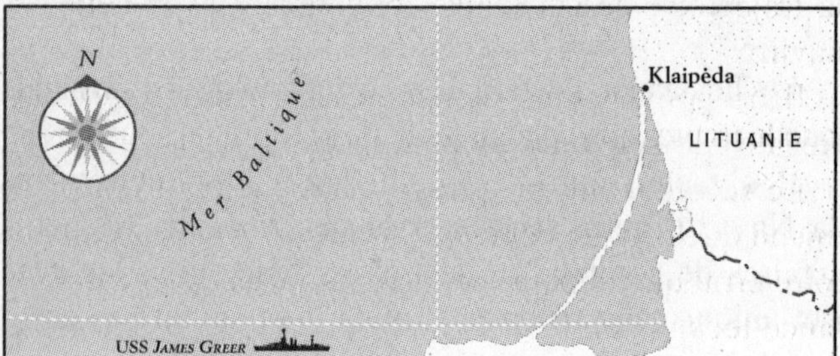

« EW pour USWE. Dites-m'en plus sur les Vampires. »

Il y avait maintenant cinq missiles en vol, tous tirés par le sous-marin au gisement 031, situé maintenant à vingt-six nautiques sur bâbord avant du *James Greer*. Il voyait que l'un d'eux était en fin de trajectoire, fondant sur la deuxième frégate polonaise. Le second affichage Ægis sur la cloison montrait précisément la trajectoire de cet Onik, convergeant avec celle du navire.

Il ne pouvait plus rien faire pour éviter que cette frégate n'essuie une frappe directe.

Le second Onik tiré sur ce bâtiment avait pour une raison quelconque dévié de sa course. À voir sa trajectoire erratique, il paraissait avoir souffert d'une défaillance technique.

Mais il y avait trois autres tirs dont le tracé n'était pas encore apparu à l'écran. Hart avait toutefois la sinistre impression de savoir où ils allaient.

« USWE pour EW. Trois Vampires en approche sur votre position. Ils vous ont accroché, convergence dans quarante-deux secondes. »

À gauche de Hart, le commandant Hagen s'adressa à l'équipage par la sono de bord et sa voix de stentor tonna dans presque tous les compartiments du bateau :

« À tout l'équipage, Vampires en approche. Ceci n'est *pas* un exercice. Préparez-vous à manœuvre d'évitement et impact. »

Hagen appela ensuite le contrôle armements. « WC[1],

---

1. WC pour *Weapons Control*. Contrôle armements.

ici le capitaine. Préparez-vous à larguer leurres. Émettez paquets en bande large.

— Capitaine pour WC. Parés pour leurres. Émission paquets en bande large, bien reçu ! »

Le capitaine ordonna enfin à son second sur la passerelle de virer dans l'axe d'arrivée des missiles afin de réduire la signature radar de son navire, et son ordre fut là aussi confirmé.

Le contrôleur aérien tactique qui surveillait le vol des deux hélicos MH-60 se fit entendre alors. L'un des Romeo venait de larguer une bouée acoustique au nord du second contact désigné Contact Sub ennemi Zéro Trois.

« USWE pour TAC. Casino Un-Deux signale bonne référence croisée et solution de tir sur Contact Sub ennemi Zéro-Trois. Demande autorisation engager. Charge utilisable : deux torpilles Mark-54. »

Hart n'arrivait plus à presser assez vite sa touche d'émission.

« TAC pour USWE. Casino Un-Deux autorisé à larguer batteries. Engagez avec deux Mark-54. »

Le TAC confirma l'ordre.

Hart s'agrippa au bord de la table d'affichage quand le *James Greer* se mit à rouler sur bâbord. En haut, sur la passerelle, le second était en train de positionner son bâtiment de guerre dans la meilleure position défensive contre les missiles arrivant sur lui.

La voix du TAC se fit entendre sur le réseau : « Casino Un-Deux signale deux munitions tirées. »

Un rapport des vigies côté tribord annonça l'apparition de deux points lumineux au-dessus des eaux. Tout le monde au CIC[1] comprit qu'il s'agissait de deux des trois Onik et tous les yeux se tournèrent aussitôt vers l'écran Ægis gauche qui affichait le signal vidéo de la caméra montée en bout de mât.

Mais au lieu des missiles attendus, ils virent une énorme boule de feu déchirant la nuit, lorsque la frégate polonaise fut touchée par un missile.

Quelques secondes plus tard le *James Greer* se mit à vibrer et Hart serra encore plus fort le bord de la table. Il comprit que le système Ægis, réglé en engagement automatique, était en train de lancer des RIM-174, des missiles actifs à portée étendue, depuis sa batterie de tubes arrière. C'était le principal dispositif de défense anti-missiles de croisière du *James Greer*. Cela revenait à tirer une balle pour en arrêter une autre et Hart savait que jusqu'ici aucun RIM-174 n'avait jamais engagé de P-800 Onik russe, ce serait donc une première.

Avec du bol.

Le système Ægis lança au total six missiles en succession rapide et, quelques secondes après le départ du dernier, la radio annonça que tous les tirs avaient été réussis et qu'il n'y avait apparemment aucune victime à bord, message normal après n'importe quel tir.

Hart savait que trois missiles dernier cri fonçaient sur lui à Mach 2,5, mais il devait rester concentré sur sa tâche, qui était d'attaquer le sous-marin classe Severodvinsk au sud-est de sa position. Il ordonna à Casino Un-Un qui se trouvait sur zone de lancer lui

1. Acronyme pour *Combat Information Center*. Centre d'information de combat.

aussi ses deux torpilles, tandis qu'il préparait le *Greer* à un nouveau tir d'ASROC sur cette nouvelle cible. Il escomptait tirer avec toutes les armes restant à sa disposition sur le vaisseau ennemi, y compris son canon de 175 mm, s'il en était réduit à cette extrémité.

Le TAO[1] interrompit Hart dans ses réflexions. « USWE pour TAO. Le second Vampire en approche a perdu de l'altitude à treize mille mètres de nous.

— USWE, bien reçu. »

Hart s'attarda quelques instants sur l'écran Ægis. Il vit la trajectoire des six RIM-174 tirés qui convergeaient sur les deux derniers Onik russes qui continuaient obstinément de se rapprocher du *James Greer*.

Il entendit dans son casque la voix du TAC. « USWE pour TAC. Casino Un-Un signale une bonne solution de tir sur Contact Sub ennemi Zéro-Trois et il demande de tirer à volonté. »

C'était l'autre hélico. Hart lui donna son aval.

« Tir à volonté autorisé. Lancez deux Mark-54. »

L'officier d'action tactique intervint alors : « Un Vampire en approche détruit. Le Vampire restant a traversé le rideau d'ERAM[2] et poursuit son approche. Impact dans douze secondes ! »

Hart fléchit les genoux, décrispa sa mâchoire et agrippa fermement la table mais il garda les yeux

1. *Tactical Action Officer* : Officier d'action tactique, l'une des catégories d'*OS* (Spécialistes des Opérations) œuvrant à bord des bâtiments d'attaque et des escadrons de contrôle aérien tactique de la marine et de l'aéronavale américaines.

2. Acronyme de *Extended Range Active Missile* : Missile [à radar] actif [ou semi-actif] à longue portée.

rivés sur l'affichage numérique disposé devant lui. Il pouvait compter quatre torpilles actives et le sous-marin Severodvinsk qui faisait des manœuvres d'évitement pour essayer lui aussi d'échapper à la destruction.

Dans le même temps, le *James Greer* faisait exactement la même chose.

Et là, à cet instant précis, Hart s'avisa que les deux parties qui se livraient bataille étaient sur le point de s'entre-tuer et que tout le monde allait mourir.

Il entendit alors un gémissement sourd au-dessus de sa tête, assez fort pour qu'il s'accroupisse un instant, dans un réflexe de survie. Il comprit bien vite ce qu'il entendait. Le système d'arme rapproché Phalanx – CIWZ[1], bien vite rebaptisé *C-whiz* – était un système de défense anti-missile sous la forme d'un canon automatique utilisant un radar Ægis pour piloter automatiquement une mitrailleuse Gatling Vulcan de vingt millimètres qui arrosait tout missile antinavire en approche à la cadence de quatre mille cinq cents projectiles à la minute. C'était l'ultime ligne de défense du destroyer et quand il tirait, cela voulait dire que le missile antinavire, arrivant en l'occurrence à deux fois et demie la vitesse du son, n'était plus qu'à quelques secondes de l'impact.

Le C-whiz évoqua pour Hart le bruit que ferait la plus grosse tondeuse à gazon du monde et il gronda au-dessus de lui en quatre salves de deux secondes. Après la dernière, Hart entendit une grêle d'impacts

1. Acronyme de *Close-In Weapon System* ou *whiz*, entendez « sorcier », système de défense rapprochée.

partout sur le navire. Il sentit une secousse, perdit l'équilibre et tomba sur le pont.

Le commandant Hagen s'agenouilla à côté de lui et contacta aussitôt la passerelle, demandant un état des dégâts. Faute de réponse, il laissa tomber son casque et sortit en courant du CIC.

Hart se releva lentement. Il ne savait fichtrement pas ce qui était arrivé mais il était à peu près sûr d'une chose : le *James Greer* n'avait certainement pas été touché par un missile antinavire.

Il y avait du bruit, des perturbations, sans doute, mais ils n'avaient pas été réduits en miettes comme après l'impact direct d'un Onik.

Il venait de consulter de nouveau la table quand il entendit : « USWE pour Sonar. J'ai une cavitation au gisement zéro-zéro-deux. Contact Sub ennemi Zéro-Trois. Impact de torpille ! »

Des vivats jaillirent de toutes parts dans le CIC. Le Severodvinsk avait réussi à esquiver trois des quatre Mark-54 tirées sur lui mais la dernière avait détoné sous sa coque et coupé en deux le submersible alors en plongée à deux cents mètres.

Sur l'écran, Hart vit une corvette polonaise virer vers les coordonnées de l'explosion et s'approcher à toute vapeur pour inspecter l'épave. Elle n'était qu'à trois nautiques et demie et serait sur zone d'ici quelques minutes.

Les festivités dans le CIC furent brèves ; elles s'éteignirent quelques instants plus tard en même temps que les deux écrans du système Ægis. Puis on entendit peu après un appel général réclamant des pompiers et des équipes médicales.

Hart remonta sur le pont principal quelques minutes plus tard et, dans l'intervalle, il avait appris ce qui s'était passé. Le dernier des trois missiles Onik tirés sur le *James Greer* avait été détruit par la grêle de balles du C-whiz à cinq cent vingt-cinq mètres à peine de l'impact, mais l'énergie cinétique du projectile avait projeté des tonnes de shrapnels contre la superstructure du bâtiment, déchiquetant les systèmes radar, détruisant les équipements de communication. Des débris avaient balayé le pont, tuant sur le coup trois matelots et en blessant onze.

Hart découvrit des incendies localisés, des bouts de métal tordus, du sang sur le pont, tandis qu'on évacuait les blessés par les coursives.

Il estima que l'effet n'était que le centième de ce qu'ils auraient subi si les Onik avaient percuté la coque, mais les dégâts étaient néanmoins notables. Son vaisseau était blessé au point de sérieusement compromettre ses opérations jusqu'à ce qu'il parvienne à regagner cahin-caha son port d'attache pour subir des réparations, et surtout, plusieurs hommes et femmes d'équipage avaient été tués ou blessés.

Hart redescendit au CIC, sachant qu'il allait devoir évaluer le statut des capacités de combat du bâtiment de guerre. Il n'avait aucune idée des autres dangers tapis sous les eaux et il savait que les Polonais venaient de perdre leurs deux plus gros bâtiments de guerre.

Épuisé, découragé par ces morts autour de lui, il comprit que sa tâche ne s'achèverait qu'une fois de retour au port ou quand les politiciens à Moscou et à Washington auraient trouvé un moyen quelconque de mettre fin à ce conflit.

Le président Jack Ryan raccrocha le téléphone après s'être entretenu avec son homologue polonais, puis il regarda Scott Adler, assis comme à son habitude à l'angle de son bureau.

« C'est réglé. Ils sont d'accord. »

Adler poussa un long soupir de soulagement. « Bien. »

Puis il se tourna vers Bob Burgess, le ministre de la Défense, et Mary Pat Foley, la directrice du renseignement national, l'un et l'autre assis un peu plus loin, sur l'un des divans du Bureau ovale. « Ça a intérêt à marcher.

— C'est notre meilleure carte, observa Mary Pat. Le moyen le plus direct d'affecter le déroulement des événements là-bas. »

Burgess acquiesça. Puis : « Pendant que vous étiez au téléphone, j'ai parlé avec Hazelton. La bataille navale est terminée. Notre destroyer a été endommagé et les Polonais ont perdu deux frégates et un navire d'attaque rapide. »

Ryan soupira. « Et tout ça nous mène où ? »

Burgess esquissa un sourire. « Trois subs coulés. Pour autant qu'on sache, tout ce qu'ils avaient encore dans les eaux sur zone et susceptible de présenter une menace pour les navires de débarquement de nos marines.

— Dieu soit loué. »

Puis le ministre de la Défense ajouta : « Le destroyer qui a coulé le *Kazan*, leur sous-marin d'attaque le plus perfectionné ?

— Ouais ?

— Le DDG-102… Le *James Greer*. »

L'amiral James Greer avait été le mentor de Ryan à la CIA.

Les lèvres du président dessinèrent lentement un sourire sardonique.

« Ce putain de monde a de ces ironies, pas vrai, Bob ?

— Ça c'est sûr, monsieur le président. Je crois qu'avec un tel exploit, l'amiral Greer aurait vraiment pris son pied.

— Laissons-en le mérite aux Polonais, dit Ryan.

— Je vous demande pardon ?

— Le *Kazan*. On attribuera son élimination à la marine polonaise.

— Un tas d'hommes et de femmes courageux naviguant sur le *James Greer* ont donné tout ce qu'ils avaient pour vaincre ce sous-marin. Le refiler aux Polonais diminue la part de succès de notre marine dans toute cette opération.

— Ils ne s'étaient pas engagés pour devenir célèbres.

— N'empêche, monsieur le président. C'est notre plus belle victoire navale depuis une génération et les Polonais méritent sans aucun doute toute notre reconnaissance, mais voler au *James Greer* son rôle dans la partie me semble une erreur.

— Je ne vole rien à personne, Bob. Je suis juste conscient de l'importance que représenterait ce coup diplomatique, si le monde, et surtout les Russes, croyait que tout le mérite en revient aux seuls Polonais. »

Burgess n'était pas du tout ravi, Ryan le voyait bien. « Bob, tu es en rogne, et je peux le comprendre.

Mais c'est la bonne décision. Quand la fumée se dissipera et que le *James Greer* aura regagné le port, j'irai leur rendre visite pour souligner avec insistance leurs efforts en mer Baltique, sans les préciser outre mesure. Je parlerai du Kilo qu'ils ont coulé. Je sais que, sur ce coup, je vais devenir impopulaire dans la Navy, et je le comprends, mais je ne pense qu'à une seule chose : dissuader la Russie de s'en prendre à ses voisins. »

Burgess poussa un long soupir. « Vous êtes toujours populaire dans la Navy, monsieur le président. » Il eut un petit rire. « Peut-être que vous me laisserez vous accompagner quand le *Greer* regagnera son port d'attache pour que je puisse adresser aux marins un petit clin d'œil, histoire de leur faire comprendre qu'on sait ce qu'ils ont fait. »

Ryan accepta l'arrangement, puis il se leva en regardant sa montre.

« C'est presque l'heure de passer à la télé. Si je dois m'y coller, je veux être prêt au moment du journal du soir à Moscou. Je vais phosphorer une petite heure avec mes plumes, puis je passerai à l'antenne. »

80

Vêtu d'un complet bleu, d'une chemise blanche et d'une cravate rouge, le président Jack Ryan était assis à son bureau dans le Bureau ovale et il regardait la caméra. Son allocution allait être retransmise en direct dans le monde entier et certainement en Russie aussi, même si certains ne seraient pas en mesure de la voir.

Après une introduction pleine de gravité et un court résumé de la brève guerre terrestre qui s'était déroulée en Lituanie, il entra dans le vif du sujet :

« À partir de maintenant, pour faire référence aux actions des forces armées russes en cours dans les pays Baltes, je parlerai d'*invasion de Volodine.* Alors qu'il bénéficie du soutien de la majorité de ses compatriotes, je suis conscient que les informations sur lesquelles la population russe fonde son soutien à Volodine sont soigneusement manipulées. » Ryan posa les mains à plat sur son bureau et les contempla. Durant un instant, on put croire que le téléprompteur s'était bloqué et qu'il était perdu.

Puis il reprit :

« Non. Pas ce soir. Ce soir je vais changer de méthode pour m'adresser à vous. Je vous présente mes excuses à l'avance pour la franchise de mon ton et pour mon manque de nuances diplomatiques, mais des millions de vies dépendent de la compréhension de ce qui se joue en ce moment même.

« Au peuple russe : on vous ment, on vous manipule, on vous gruge, on vous exploite. Valeri Volodine est le produit des services de sécurité soviétiques ; dès sa naissance, on l'a formé à utiliser la tromperie. Il y est très bon… non, il est meilleur que cela. Dans son genre, c'est le meilleur que j'aie jamais vu.

« Mais il n'est pas possible de raconter si bien un mensonge qu'il en devient vrai.

« L'invasion de Volodine a échoué. Ses chars ont été bloqués à l'est de Vilnius. Ses trois plus dangereux sous-marins naviguant dans la zone gisent tous à présent au fond de la mer Baltique. Une vaste coalition de nations, une coalition qui s'élargit sans cesse, s'est dressée contre cette agression contraire à toutes les lois internationales. En ce moment même, des armées entrent en Pologne et maintenant en Lituanie pour apporter leur soutien aux actions défensives des forces locales et du corps des marines des États-Unis.

« Valeri Volodine s'est imaginé que l'OTAN lui offrirait les trois pays Baltes en échange de sa promesse de ne pas toucher à la Pologne et au reste de l'Ukraine. Ce plan a été réduit en fumée, mais au lieu de perdre juste ce conflit, un conflit qu'il a initié, voilà qu'il s'apprête à perdre bien plus.

« Ce que je m'apprête à vous dire pourra susciter la colère de beaucoup. Je vous demande de garder l'esprit ouvert. Au moment où je vous parle, les forces armées polonaises se préparent à lancer une attaque sur Kaliningrad. Un territoire russe. La défense russe est temporairement affaiblie, parce qu'ils ont dû se concentrer sur la Lituanie. Par ailleurs, l'OTAN a accepté aujourd'hui, au cours d'une session extraordinaire, d'envoyer immédiatement sa Force opérationnelle interarmées à très haut niveau de préparation pour défendre la Pologne au cas où elle serait attaquée. Et en mer, au large de Kaliningrad, là où la flotte de la Baltique de Volodine finit de se consumer, une vaste flotte de navires amphibies transportant des milliers de marines américains se met en position en vue d'un débarquement. » Ryan fixa la caméra. « J'avais pensé les envoyer pour défendre la Lituanie. Mais à présent ? À présent, je songe à les faire débarquer dans l'oblast de Kaliningrad. »

Le regard de Ryan se durcit.

« Ce sont décidément des temps difficiles.

« Je vous prie de le comprendre, ces dizaines de milliers de soldats, tous ces avions, ces bateaux, ces engins spéciaux, ces missiles et ces chars, appartenant à l'OTAN et à ses alliés, toutes ces forces commenceront à faire demi-tour pour regagner leurs bases à la seconde même où Valeri Volodine donnera l'ordre à son armée de quitter la Lituanie et la Biélorussie, éliminant la menace d'une invasion de la Pologne. Malgré tout ce que vous avez pu entendre sur les médias russes, et malgré tout ce que vous pourrez sans aucun doute entendre de ces spécialistes de la télévision qui attendent la fin de mon allocution pour pouvoir hâtivement paraphraser pour écarter tout ce que je suis en train de vous dire, nous ne réclamons pas un pouce de territoire russe. Ni aujourd'hui, ni demain, ni jamais. Il vous appartient, à vous, le peuple russe. Mais ne laissez pas un insensé comme Valeri Volodine continuer à menacer ses voisins.

« Nous envahirons Kaliningrad pour arrêter la guerre dans la Baltique, mais nous la restituerons à la Russie dès que nous aurons atteint nos objectifs.

« Mon message à Valeri Volodine est simple : vous avez encore une fois surjoué. Sortez maintenant de Lituanie ou souffrez de perdre un territoire russe détenu depuis longtemps.

« Et si vous osez recourir à toute forme d'arme de destruction massive, qu'elle soit nucléaire, chimique ou biologique, nous serons contraints de répondre en conséquence. Lancez sur nous une arme nucléaire, sur n'importe lesquels des nôtres, où qu'ils se trouvent, et Moscou sera livrée en représailles à des frappes d'une puissance dévastatrice. Je veux vous parler sans détour. Ce n'est pas moi qui frapperai le premier, monsieur le président. Mais à coup sûr, c'est moi qui frapperai le dernier. »

Ryan but une gorgée d'eau.

« Encore un message pour le bon peuple de Russie : comme je l'ai dit plus tôt, à l'instant où j'aurai cessé de parler, vous aurez droit à la leçon de toute une bande de spécialistes patentés de la désinformation affidés au Kremlin, des hommes et des femmes séduisants et particulièrement doués pour vendre les bobards que Valeri Volodine a en magasin. Mais bientôt, quand ils commenceront à parler, vous noterez quelque chose de changé dans leur comportement : une touche de confusion, un brin de prudence dans leur phrasé.

« Pourquoi ?

« Parce qu'au moment où je vous parle, tous les médias russes ont reçu un communiqué émanant d'un banquier du Kremlin opérant à Moscou. Cet homme était l'expert-comptable personnel de Valeri Volodine et sa déclaration est assortie de preuves confirmant ses dires selon lesquels, au cours de ces derniers mois, il a transféré les avoirs personnels de Valeri Volodine, hors de tout contrôle russe, sur toute une série de comptes bancaires numérotés dans des banques de paradis fiscaux. Cet homme a été capturé dans les îles Vierges britanniques, en même temps qu'un fonctionnaire de la sécurité du Kremlin, et il a révélé toutes les informations concernant les crimes perpétrés par Volodine contre son propre pays.

« Mesdames et messieurs, votre président a volé l'argent de la Russie et il dissimule celui-ci dans des banques étrangères à hauteur de plusieurs milliards de dollars. Il a même dissimulé cela aux initiés de son propre gouvernement, se ménageant une porte de sortie au cas où cette guerre ne tournerait pas à son avantage. Bien avant que soit tiré le premier coup de feu dans les régions baltes, Valeri Volodine se préparait déjà à quitter la Russie si jamais le besoin s'en faisait sentir.

« Vos médias continueront de se moquer de moi et d'afficher leur désaccord, sans aucun doute. On ne change pas le dressage d'un perroquet en quelques minutes, mais préparez-vous à lire de la confusion sur leurs visages quand les conseillers en communication du Kremlin, maquillés en journalistes objectifs, pointeront leur nez d'ici quelques secondes. »

Ryan termina son allocution quelques instants plus tard.

Dans toute la Russie, l'image du président Ryan assis à son bureau de la Maison-Blanche s'effaça pour laisser place à un panel de journalistes russes. Comme prévu, ils semblaient perplexes devant les accusations, mais ils firent de leur mieux pour apporter de l'eau au moulin de leur leader.

Du moins, pour l'instant.

Cinq minutes plus tard, les caméras avaient quitté le Bureau ovale et étaient remplacées par les responsables de la Sécurité nationale.

Mary Pat Foley commença :

« Monsieur le président. Tout ceci va mettre à coup sûr la pression sur Volodine. Ajoutez-y l'annonce que vous vous apprêtez à faire et… je pense que vous devriez prendre en considération la réaction éventuelle de Volodine.

— Vous faites allusion au Boreï qui navigue quelque part aux larges de nos côtes, et au fait que Volodine pourrait envisager une frappe nucléaire ?

— Le capitaine du *Kniaz Oleg* est un pro-Volodine fanatique. Très politisé. Il fera tout ce que lui ordonne son président. »

Et Bob Burgess d'ajouter : « C'est littéralement le pire individu qu'on ait envie de voir aux commandes d'un sous-marin nucléaire rôdant au large de Washington.

— Et toujours pas la moindre idée sur sa position ? » s'enquit Ryan.

Ce fut Burgess qui répondit : « Trouver un sous-marin au large de la côte Atlantique, c'est comme vouloir chercher un galet bien précis au fond d'un lac. Tant qu'il restera immobile et silencieux sans attirer l'attention, jamais nous ne pourrons le dénicher, monsieur le président.

— Je pense, ajouta Mary Pat, que vous devriez envisager de quitter Washington jusqu'à ce que cette crise soit passée. »

Ryan fit aussitôt non de la tête.

« Pas question. Je reste ici. Je ne vais pas filer me planquer dans un bunker au Colorado. »

Arnie Van Damm était demeuré sagement assis sans prendre part à la conversation. Il intervint enfin :

« Je pensais à des vacances dans le Dakota du Sud. Ou peut-être en Micronésie. Et je me demande à quoi ressemble la Terre de Feu à cette période de l'année. Oui, j'aimerais bien prendre un long congé sabbatique. »

Jack rigola.

« Demande refusée. Merde, je te protège. Et de toute façon, tu n'as pas la condition physique pour aller camper à la pointe sud de l'Argentine. Mieux vaut encore courir ta chance avec des bombes atomiques en approche.

— Très drôle, Jack. »

Le café dans l'allée Krivokolenny avait accueilli des dizaines de réunions de ce genre mais jamais en automne. D'habitude, ces événements se déroulaient au printemps, chaque année au même moment.

Volodine aurait préféré que la tradition demeure. Il allait s'écouler encore six mois avant la prochaine rencontre programmée, et alors il était certain de se retrouver ailleurs, dans un endroit plus confortable.

Mais il fallait qu'il vienne ce soir. Dibourov était puissant, il avait convoqué la réunion et Valeri Volodine savait que tous les *siloviki*, et pas seulement Dibourov, étaient inquiets, agités et surtout furieux. Les événements des dernières semaines ne feraient qu'attiser cette colère.

Le *Kazan* avait été coulé, c'était vrai, et l'offensive en Lituanie était au point mort. Mais la flotte du Nord avait d'autres sous-marins et des renforts se dirigeaient vers la Biélorussie. Il considérait ces échecs comme de simples ralentisseurs posés sur le chemin de la victoire.

Plus irritant, peut-être, était le fait que les médias occidentaux faisaient tous la roue autour d'une terroriste espagnole qui prétendait que la Russie avait organisé l'attentat contre la Conférence européenne sur le pétrole et le gaz, ainsi que celui contre l'installation de GNL à Klaipėda. Volodine savait que c'était la stricte vérité et c'était du reste dans la ligne de ses assertions lors de la dernière rencontre des *siloviki*, lorsqu'il avait promis de lancer une campagne pour faire grimper les prix de l'énergie afin d'améliorer la position de la Russie sur la scène économique internationale, mais Grankine avait alors assuré Volodine que son contact russe avec le Mouvement pour la Terre ne risquait en aucune circonstance d'être relié au Kremlin.

Volodine pouvait certes faire porter le chapeau à ses *siloviki* et il avait du reste bien l'intention de le faire dès son entrée. Ils ne le croiraient peut-être pas, mais ça valait le coup d'essayer.

Non, Volodine n'avait aucune envie de venir ce soir. Il savait que la situation était dangereuse pour lui du point de vue politique, or il s'apprêtait à affronter la rage des hommes les plus puissants du pays.

Mais il n'avait pas le choix. Il était bien forcé de venir car cet enculé de Limonov avait décampé avec tout son argent.

Au printemps, quand ces affaires avaient lieu au Café F, la sécurité était maximale. Mais ce soir, c'était apparemment une tout autre histoire. Il supposa que l'annonce tardive de la réunion expliquait l'absence de barrage au bout de la rue et les quelques piétons qui déambulaient comme n'importe quel autre soir.

Volodine n'était pas inquiet pour sa sécurité personnelle. Il était entouré de son détachement. Ils protégeraient leur président. Les autres pouvaient bien aller au diable, il n'en avait rien à cirer.

Mais l'absence de filtrage à l'entrée de la rue rendait livide ses agents de sécurité. Ils passèrent des coups de fil pour exiger des explications à ce sujet.

Lorsqu'ils furent garés devant le café, Volodine regarda depuis son siège la porte vitrée du café. Il vit Grankine au comptoir, avec à côté de lui Dibourov.

Les gorilles de Volodine lui dirent d'attendre. Il obéit et resta assis en silence, réfléchissant à ce qu'il allait pouvoir dire une fois entré, pendant que les responsables de sa sécurité discutaillaient au téléphone.

Finalement, Grankine s'approcha de la porte vitrée, reconnut à l'extérieur son président et lui fit signe d'entrer. Volodine se contenta d'un signe de tête, puis il se tourna vers ses agents de sécurité qui patientaient dans la limousine avec lui.

« Bordel, c'est quoi, le problème ? »

Assis à l'avant, le responsable de sa sécurité se retourna pour s'adresser à lui :

« Monsieur le président, je ne veux pas que vous descendiez de voiture avant qu'ils aient bloqué la rue. Je ne sais pas ce qui se passe, mais ce n'est pas la procédure normale. »

Soupir de Volodine. Ça tournait à la farce.

Dibourov revint derrière la porte, regarda Volodine toujours assis dans sa limousine et Volodine lui rendit son regard. Il savait de quoi il avait l'air : d'un type faible, craintif, redoutant de faire face à ses responsabilités.

Volodine engueula ses hommes.

« Bordel de merde ! J'y vais. Personne ne dira que Valeri Volodine a eu peur de rencontrer ses propres partisans.

— Ce n'est pas sûr, monsieur le président.

— Ils ne vont pas me descendre, Pacha. Ils en ont peut-être envie mais jamais ils ne pourraient s'en tirer. Ils le savent. En outre, ce sont des faibles. Jamais ils n'oseraient.

— Je vous accompagne, dit Pacha.

— D'accord, mais toi seul. De toute façon, les gorilles ne sont autorisés que dans la salle de devant, celle du bar. Je ne veux surtout pas donner l'air que j'ai la trouille devant tous ces connards.

— Bien, monsieur. »

Pacha ouvrit la portière de Volodine et les deux hommes traversèrent le trottoir pour rejoindre le porche, à l'entrée du café. En temps normal, l'un des vigiles de l'établissement serait venu tenir la porte pour accueillir le président mais la porte demeura fermée, aussi Pacha dut-il se précipiter pour l'ouvrir lui-même.

La porte semblait fermée à clé.

Pacha appuya de nouveau sur la poignée, au comble de l'embarras. Volodine regarda derrière la vitre Grankine et Dibourov. Ils étaient toujours assis au bar, comme si de rien n'était, et le fixaient, le regard vide. Volodine reporta alors son regard sur la droite, vers la salle principale de l'établissement. Celle-ci n'avait pas été visible depuis la limousine.

Elle était vide. Pas de sécurité, pas de *siloviki*, pas de serveurs.

« Merde, qu'est-ce qui se passe ? »

Pacha se tourna vers le président, le prit par l'épaule et le força à pivoter. « On file. »

Un coup de feu claqua tout près, sous le porche, et Volodine recula précipitamment vers la porte verrouillée. Le gorille imposant sur sa droite trébucha vers l'arrière, du sang éclaboussa la vitre derrière sa tête et il glissa le long de la porte jusqu'au sol.

Une silhouette armée d'un flingue se tenait dans l'obscurité sur le côté du porche, à peine plus d'un mètre derrière le corps ratatiné du gorille. Volodine se figea, terrorisé, mais cela ne dura qu'un instant. Il prit son élan pour rejoindre sa limousine, à quinze mètres de là. Il voyait s'ouvrir les portières de tous les véhicules de son cortège et ses agents de protection se précipiter. Ils l'auraient rejoint en quelques secondes.

Il avait été tellement polarisé par cet homme armé devant lui, puis par son équipe de protection dans la rue, qu'il n'avait pas remarqué l'autre silhouette tapie dans le noir, de l'autre côté du porche. C'est cet homme qui s'approcha de lui comme s'il voulait lui donner l'accolade et le président russe tressaillit quand il prit conscience de sa présence.

Le second homme enfonça un couteau dans le ventre de Valeri Volodine.

Les yeux du président russe s'ouvrirent tout grands, puis son regard s'éteignit, ses jambes se dérobèrent et il tomba à genoux avant de basculer vers l'avant, la lame encore enfoncée dans le corps.

Les deux hommes qui s'étaient cachés sous le porche se dévisagèrent un bref instant ; puis le porteur du pistolet glapit : « *Allah'ou akbar !* » et il abattit son compatriote, l'assassin de Valeri Volodine, d'une balle en plein front. Ensuite, il retourna l'arme contre lui et répéta la profession de foi, mais avant qu'il ait pu terminer, il fut transpercé par une grêle de balles tirées par les agents de protection du président.

Un moment plus tard, Arkady Dibourov et Mikhaïl Grankine quittaient le Café F par une porte de service. Ils montèrent chacun dans une Mercedes et les deux berlines disparurent dans la nuit, partant dans des directions opposées.

Une heure plus tard, Tatiana Molchanova, la présentatrice vedette de Canal 7, apparut dans les foyers de tous les Russes restés devant leur téléviseur à vingt-trois heures trente. Elle avait les yeux bordés de rouge comme si elle avait pleuré.

« Mesdames et messieurs. Une toute dernière nouvelle de Moscou. Le président Valeri Volodine a été assassiné ce soir par des terroristes tchétchènes, à quelques rues à peine de la Loubianka, l'immeuble où, jeune homme, il avait travaillé à bâtir une Russie plus grande. Il semble que le président ait été brièvement séparé des hommes chargés de sa sécurité et qu'il ait alors été agressé en pleine rue. Il a été poignardé à l'estomac, et même si ses gardes du corps ont immédiatement abattu les terroristes barbares et conduit leur président à l'hôpital, il n'a pas pu être sauvé. »

Et Tatiana Molchanova fondit en larmes devant la caméra.

81

Le président des États-Unis était assis à son bureau, le dossier complet d'Arkady Dibourov ouvert devant lui. Le nouveau président russe n'était en fonction que depuis quatre heures et il s'apprêtait déjà à avoir sa première conversation au téléphone rouge avec son homologue américain.

Ryan trouva un peu dérangeant que cet homme soit soumis à des sanctions économiques par le ministère américain de la Justice, mais le dossier était éloquent. Au titre de directeur de Gazprom, il avait été le bénéficiaire des centaines de millions de dollars du règlement de factures pétrolières qui avaient été détournés vers des sociétés-écrans un peu partout dans le monde.

Ce type était un escroc, tout comme son prédécesseur à ce poste, Ryan le savait. Mais Ryan ne savait pas encore si ce type était un escroc susceptible d'accepter un marché.

C'était un *siloviki*, un milliardaire, un personnage douteux, mais peut-être pas autant que Valeri Volodine.

Je peux vivre avec ça, se dit Ryan.

Et Ryan ne savait pas non plus s'il serait capable de faire croire au bonhomme que son sous-marin lanceur d'engins tapi à proximité des côtes américaines était dans le collimateur de la Navy. En vérité, on ne savait fichtre pas où il se trouvait, aussi Ryan estima-t-il que sa meilleure option était encore de feindre une position d'autorité pour négocier avec le nouveau président alors que l'Amérique était au seuil d'une guerre nucléaire.

Un bruit lui parvint dans l'écouteur du téléphone, suivi d'une voix s'exprimant en russe. L'interprète lui transmit quelques mots d'introduction, puis Dibourov lui fit part de son souhait de voir leurs deux nations avoir de meilleures relations.

Ryan lui répondit qu'il partageait ses vœux mais que la situation ne s'améliorerait que lorsque la Russie obéirait aux lois et aux accords internationaux.

Après un silence, Dibourov répondit :

« Président Ryan, je constate avec regret que vous pensez pouvoir me rudoyer dès notre premier entretien.

— Mon intention, répondit Ryan, est d'énoncer des faits, parce que si nous nous accordons l'un et l'autre sur les faits, nos deux pays ne s'en porteront que mieux. Fait numéro un… nous savons où se trouve le *Kniaz Oleg*. Nous pouvons le détruire immédiatement si tel est notre désir.

— Vous avez dit que l'heure était aux faits, rétorqua Dibourov, mais ceci n'est pas un fait. C'est une menace, monsieur le président.

— Si vous faites si peu de cas des menaces, président Dibourov, que vient donc faire votre sous-marin à proximité de nos côtes ? Pourquoi n'a-t-il pas fait demi-tour pour retourner vers la Russie ? »

Le président russe resta silencieux.

Ryan poursuivit :

« Ce serait là un premier pas extrêmement utile dans la voie de la réconciliation.

— Mon sentiment est que nous ne sommes redevables d'aucune réconciliation. Mon administration n'est pas celle de Valeri Volodine.

— Non, certainement pas. Mais c'est bien votre administration qui est dorénavant celle qui a un sous-marin lanceur d'engins positionné à quelques encablures des côtes américaines, et vous devrez accepter ipso facto la responsabilité des initiatives, quelles qu'elles soient, qu'il pourrait prendre. La situation a mal tourné pour Volodine quand le *Kazan* a été coulé. Vous ne pourrez pas vous draper dans l'excuse que c'est la faute de votre prédécesseur quand le second bâtiment le plus perfectionné de votre flotte ira par le fond. »

Après un long silence, Dibourov reprit :

« J'aurai besoin de concessions significatives de votre part si cela devait se produire. Très significatives, à vrai dire. »

Ryan réfléchit et se dit que ce clown n'était pas encore prêt à jouer les vedettes, mais voilà, il était à présent détenteur des codes nucléaires russes, et par ce seul fait, il méritait quelque respect.

« Président Dibourov, cessez d'abord vos attaques sur tous les fronts et nous pourrons alors reparler d'un marché.

— Je suis désolé, monsieur le président, mais je refuse de prendre mes ordres de l'Amérique. »

Et la ligne fut coupée.

Vingt-quatre heures après cette conversation téléphonique pleine d'acrimonie, l'ambassadeur de Russie demanda à être reçu par le président des États-Unis.

Qu'il ait fallu un jour entier pour qu'il se décide préoccupa le président Ryan et son ministre des Affaires étrangères. Dibourov était donc plus roublard qu'ils ne l'avaient pensé. Il ne s'était pas couché comme une vulgaire carpette lors de la conversation téléphonique, il n'avait pas non plus vacillé sous la pression de l'imminence d'une invasion américaine sous vingt-quatre heures. Ryan et Adler commençaient à se dire qu'ils avaient totalement mésestimé sa force de caractère ; aussi s'étaient-ils sérieusement attelés à la tâche de poursuivre leur offensive diplomatique, trouvant le moyen d'élever la gouvernance politique jusqu'au seuil même de la guerre.

La dernière chose que voulait Ryan, c'était perdre les pays Baltes. Mais l'avant-dernière, pour ainsi dire, était d'avoir à envahir un territoire souverain de la fédération de Russie. Il enverrait des troupes de l'autre côté de la frontière s'il estimait que c'était son unique option, mais il était parfaitement conscient de ses conséquences.

Très vite dans leur conversation, l'ambassadeur russe observa : « Je suis fermement convaincu que nous pouvons trouver des points d'accord, monsieur le président. »

Ryan savait où il voulait en venir mais il fit l'idiot.

« Je suis très heureux de vous l'entendre dire, monsieur l'ambassadeur. Je me demande si vous avez une idée en tête, une initiative profitable à la Russie, mais sans pour autant compromettre la sécurité d'autres nations. »

L'ambassadeur s'exprimait comme si les idées lui venaient spontanément, mais Ryan n'était pas dupe. L'homme avait parfaitement mémorisé son laïus.

« Je n'entrerai pas dans le détail des récents déboires de la Russie sur le plan économique. »

Nous y voilà, se dit Ryan.

« Les sanctions économiques touchant des hommes d'affaires russes au rôle majeur entravent la croissance du pays. Nous y voyons une manœuvre illégale et contraire aux usages de la diplomatie. Le président estime que l'arrêt de cette mainmise sur les finances des principaux hommes d'affaires du pays contribuerait grandement à souligner la fraternité entre l'Est et l'Ouest. » L'homme corpulent eut un léger sourire. « Aucun de nous ne veut qu'on se combatte. »

Tu parles, songea Ryan. Dibourov prend les rênes du pouvoir au Kremlin et son premier acte est d'envoyer son ambassadeur dire à l'Amérique qu'il arrêtera une guerre si l'Amérique lui rend tous ses sous.

Les hommes, malgré tous les artifices dont ils s'entourent, peuvent se montrer des créatures si simples, à la base.

Ryan décida dès lors de jouer lui aussi son rôle dans

cette petite comédie. Puisque l'ambassadeur avait fait mine d'avoir eu subitement cette idée, Ryan fit mine de ruminer longuement les conséquences de sa requête. Il laissa donc s'écouler une bonne trentaine de secondes avant de répondre :

« Monsieur l'ambassadeur, dois-je comprendre que vous suggérez qu'un adoucissement des sanctions internationales aurait pour résultat que la Russie retire ses forces de Lituanie pour réintégrer leurs casernes à Kaliningrad et ramène ses forces postées en Biélorussie vers le territoire souverain de la Fédération de Russie ? »

L'ambassadeur opina.

« Autrement dit, monsieur le président, nous avons besoin de relancer notre économie. C'est désormais plus important que les crimes perpétrés par l'Occident contre la Russie. »

Non, se dit Ryan. Ce sont ses avoirs personnels que Dibourov a besoin de relancer. Lui et ses sous-fifres ont placé toute leur fortune dans des paradis fiscaux. Libérer ces fonds aiderait les économies du Luxembourg, de Chypre, de Monaco et de Singapour bien plus que l'économie russe.

Mais l'objectif de Jack Ryan, pour l'instant, n'était pas les perspectives de politique intérieure de la Russie, c'était son expansion internationale. Et il semblait bien qu'il pourrait y avoir une voie de sortie.

Et finalement non, observa Ryan, Adler et lui ne s'étaient pas trompés sur le caractère de Dibourov. L'homme était bien tel qu'ils l'avaient imaginé. Le délai de vingt-quatre heures n'avait rien à voir avec sa résolution à poursuivre la lutte contre l'Occident.

C'était plus probablement juste le temps nécessaire au nouveau leader pour se figurer comment formuler ses véritables desiderata et, surtout, accéder à sa tirelire, révélant ainsi sa vraie personnalité.

Un kleptocrate. Un de plus.

Épilogue

Jack Ryan Junior était assis dans le bureau de Gerry Hendley, les mains croisées. Gerry avait posé les coudes sur le plateau du bureau. Ils parlaient depuis déjà vingt minutes, essentiellement de Bruxelles, mais maintenant que le rythme de la conversation avait ralenti et qu'une certaine tension était apparue sur les traits de Gerry, Jack eut dans l'idée qu'il avait à présent quelque chose à lui dire.

Une chose que Jack n'allait pas apprécier.

Il aurait préféré se trouver ailleurs, très loin. Ysabel était revenue aux États-Unis la veille au soir, mais Jack n'avait pas encore eu le temps de la voir à l'hôpital. Il avait travaillé quasiment toute la nuit et l'entretien particulier de ce matin avec Gerry était, il le savait, impossible à esquiver.

Donc, il était là, soudain conscient que c'était l'heure de vérité.

Gerry reprit la parole :

« Nous avons passé les vingt dernières minutes à parler essentiellement de ce qui s'est passé à Bruxelles. Encore une fois, tu as fait du très bon boulot et c'est une chose que j'apprécie tout particulièrement.

— Mais… ?

— Mais je ne suis pas sûr que tu mesures à quel point tu as mis en danger le Campus au cours de ces dernières semaines. D'abord en t'abstenant de signaler ton contact avec le *paparazzo* italien, puis en outrepassant ton job d'analyste au Luxembourg et, enfin, en décidant unilatéralement d'enfreindre tes instructions de rester tranquille pour, de ton propre chef, retourner en Europe.

— J'ai fait ce que je pensais être pour le mieux, Gerry.

— Exactement, Jack. Mais tu ne fais pas une carrière solo. Tu es un opérateur et un analyste, mais tu n'es pas un agent lancé dans la nature. Ce n'est pas toi qui édictes les règles, tu dois être capable de suivre les ordres et je dois être en mesure de te faire confiance. Ta sécurité personnelle sur le terrain affecte tout le monde au Campus et le bon fonctionnement de notre organisme affecte à son tour la sécurité des États-Unis d'Amérique. »

Jack opina sans rien dire. Il comprenait, en théorie, mais il avait l'impression d'avoir fait les seuls choix raisonnables, compte tenu des circonstances.

« Je sais, Gerry. Et je n'aurais pas dû aller à l'encontre des directives, mais je ne veux pas qu'on me traite ici comme le fils du président.

— Eh bien, c'est le cas. Et ni toi ni moi n'y pouvons rien changer. » Gerry tambourina nerveusement sur son bureau avant de poursuivre. « Je te suspends, Jack. Pour six mois. Prends ton temps, réfléchis à ce que tu veux faire, si tu veux ou non faire partie de cette équipe.

— Six mois ? »

Il avait espéré que sa mise à pied ne durerait que deux semaines.

« Oui. Et j'espère que tu reviendras à l'issue de ce délai avec une nouvelle attitude. La compréhension que les risques que tu prends doivent l'être pour le bien de l'unité dans son ensemble. J'espère que l'homme qui sera assis devant moi dans six mois comprendra son rôle dans l'équipe.

— Clark est-il au courant ?

— Je suis responsable du Campus, répondit Gerry, pas de John Clark. Mais pour répondre à ta question… Oui, il est au courant. Clark et Chavez sont d'anciens militaires, ils savent que les ordres et la chaîne de commandement servent la communauté. Et ils comprennent que tes violations du règlement doivent être prises au sérieux. »

Jack hocha la tête. Il était furieux, il trouvait que Gerry était trop dur avec lui, mais il comprenait aussi que son chef devait retomber sur ses pattes.

Jack se leva, se pencha au-dessus du bureau pour serrer la main de Gerry. « Je suis désolé de vous avoir mis dans cette situation. Je ne sais pas si je serai de retour ici dans six mois, mais je vous suis reconnaissant de l'occasion que vous m'avez offerte. »

Gerry se leva et lui serra la main.

« Dans six mois, le monde aura besoin d'un homme tel que toi qui travaille dans un lieu tel que celui-ci. Garde ça en tête.

— Entendu. »

Jack retourna vers son box pour commencer à ranger ses affaires.

Assise sur la chaise près du lit dans sa chambre à l'hôpital, Ysabel contemplait la soupe dans son bol en polystyrène en fronçant les sourcils.

Assise de l'autre côté, Christine von Langer vit son expression et remarqua : « Je croyais que tu avais commandé une soupe à l'alphabet.

— Effectivement, confirma la jeune Iranienne. On n'a pas ça chez nous. J'avais cru, d'après le nom, qu'elle contiendrait tout un assortiment de légumes, une variété pour chaque lettre : asperge, brocoli, céleri, dolique, épinard, fenouil, haricot… enfin, tu vois. » Elle continuait de fixer sa soupe. « Mais… c'est juste un bouillon dilué à la sauce tomate où nagent des petites lettres en pâte alimentaire. »

Christine éclata de rire. « Ben oui, c'est tout à fait ça. »

Ysabel en goûta une cuillerée.

« Enfin, c'est chaud, en tout cas. Mais on mangeait mieux au Luxembourg.

— Tu es à Baltimore à présent, Ysabel. Je peux t'apporter des beignets au crabe, mais pas de la cafétéria. »

Ysabel ne voulait pas que Christine s'en aille. Cette femme l'aidait si bien pour tout un tas de choses, elle changeait ses pansements mieux que les infirmières, l'accompagnait aux toilettes pour ne pas qu'elle tombe, elle lui tenait compagnie tout au long de ces journées et de ces nuits où elle était enfermée dans une chambre d'hôpital.

Mais elle n'avait jamais entendu parler de beignet au crabe et, contemplant de nouveau sa soupe aux petites lettres, un autre truc dont elle n'avait jamais entendu parler, elle se dit que ça devait être tout aussi incroyable.

Jack Ryan Junior ouvrit la porte, le visage dissimulé derrière deux douzaines de roses. Il vit en premier Christine et lui adressa un clin d'œil, puis il posa son bouquet et regarda Ysabel.

« Eh bien, regardez qui voilà. » Son ton révélait qu'il avait pris tout son temps pour venir la voir.

Il traversa la chambre et l'embrassa passionnément (mais délicatement). Elle avait encore un pansement au cou et les médecins continuaient de surveiller l'évolution de sa commotion.

« Désolé, mais j'ai dû passer par le bureau. Je savais que tu étais en de très bonnes mains.

— Christine a veillé sur moi depuis le début, répondit Ysabel. Je pense que j'ai maintenant une amie pour la vie. »

Christine se leva et se dirigea vers la porte.

« Et cette amie pour la vie sait quand il est temps de s'esquiver quelques minutes. Je m'en vais chasser le beignet au crabe. »

Jack s'agenouilla près de la jeune Iranienne, passa la main dans ses cheveux tandis qu'elle lui souriait. Il lui demanda comment elle se sentait et ses yeux s'emplirent de larmes.

Elle ne répondit pas.

Jack la serra plus fort.

« C'était ma faute. Je suis tellement désolé de t'avoir entraînée dans une histoire que je ne comprenais pas moi-même. »

Elle hocha la tête.

« Je t'ai suivi de mon plein gré, Jack. Tu n'as rien à te reprocher. Toi comme moi nous sentions indestructibles après tout ce que nous avons vécu au Daghestan. » Elle haussa les épaules. « Le Luxembourg a été en quelque sorte un signal d'alarme, j'imagine. » Puis, continuant avec un petit sourire triste : « Nous ne sommes pas indestructibles. Absolument pas. »

Jack acquiesça, l'embrassa de nouveau.

« En tout cas, merci de m'avoir fait transférer ici, reprit Ysabel. J'ai été surprise quand tu l'as suggéré.

— Johns Hopkins a les meilleurs médecins du monde. Je le sais, ma mère y travaille.

— Oui, c'est elle qui m'a déposée ce matin. »

Les yeux de Jack s'arrondirent.

« Quoi ? Comment est-elle…

— Comment est-elle au courant de mon existence ? Quand tu as dû demander à ton père d'intervenir pour m'obtenir un visa et me permettre de venir me faire soigner ici, il lui en a parlé et elle est venue me chercher. C'était gentil. Ils prennent des airs de conspirateurs à l'idée de rencontrer ta petite amie si exotique mais légèrement déglinguée. »

Jack était, en effet, allé voir son père pour lui demander de l'aide pour faire entrer Ysabel aux États-Unis afin d'y être soignée, mais il n'avait jamais évoqué leur relation. Il se dit que sa mère avait dû simplement tomber sur elle pour voir comment elle allait et maintenant que les deux femmes avaient eu le temps de papoter, il ne faisait plus aucun doute que papa et maman étaient au courant de tout.

Ryan bougonna intérieurement, mais il n'en laissa rien paraître.

« Tu n'es pas déglinguée. Tu es juste à l'atelier pour quelques réparations. »

Il l'embrassa et elle rit.

Jack ne savait pas ce qu'il allait advenir de leur relation, mais il savait qu'il ferait tout ce qui était en son pouvoir pour qu'elle se rétablisse complètement et le plus vite possible. Après… Eh bien, il pourrait toujours demander à Clark et Gerry s'ils étaient intéressés par une recrue polyglotte connaissant le métier et qui avait fait ses preuves sur le terrain.

Comme s'il n'avait attendu que cela, John Clark apparut à la porte, après avoir vaguement tapé. Jack resta un instant bouche bée.

« Est-ce qu'il y a encore quelqu'un qui ne soit pas au courant ? »

Clark éclata de rire.

« Je passais pour un contrôle de mon dos. Je suis tombé sur Cathy, elle a mentionné Ysabel. Eh, salut Ysabel. Moi, c'est John. »

Ils se serrèrent la main. Jack se contenta de sourire discrètement tout en lorgnant vers la porte, s'attendant à tout moment à voir débarquer un groupe d'hommes en complet et lunettes noires, signal précurseur d'une visite paternelle.

Ysabel remarqua : « Oh, Jack, au fait. Ta maman nous a invités à dîner. Dès que je peux sortir d'ici. Christine vient, elle aussi. J'espère qu'il n'y a pas de problème. »

Jack se contenta de rire. « Bien sûr que non. Ça me paraît super. »

Du même auteur
aux Éditions Albin Michel :

Romans :

À LA POURSUITE D'OCTOBRE ROUGE
TEMPÊTE ROUGE
JEUX DE GUERRE
LE CARDINAL DU KREMLIN
DANGER IMMÉDIAT
LA SOMME DE TOUTES LES PEURS
SANS AUCUN REMORDS
DETTE D'HONNEUR
SUR ORDRE
RAINBOW SIX
L'OURS ET LE DRAGON
RED RABBIT
LES DENTS DU TIGRE
MORT OU VIF
LIGNE DE MIRE
CYBERMENACE
SUR TOUS LES FRONTS

Avec Mark Greaney :

CHEF DE GUERRE TOMES 1 ET 2

Deux séries de Tom Clancy et Steve Pieczenick :

OP-CENTER 1
OP-CENTER 2 : IMAGE VIRTUELLE
OP-CENTER 3 : JEUX DE POUVOIR
OP-CENTER 4 : ACTES DE GUERRE
OP-CENTER 5 : RAPPORT DE FORCE
OP-CENTER 6 : ÉTAT DE SIÈGE
OP-CENTER 7 : DIVISER POUR RÉGNER
OP-CENTER 8 : LIGNE DE CONTRÔLE
OP-CENTER 9 : MISSION POUR L'HONNEUR
OP-CENTER 10 : CHANTAGE AU NUCLÉAIRE
OP-CENTER 11 : APPEL À LA TRAHISON
NET FORCE 1
NET FORCE 2 : PROGRAMMES FANTÔMES
NET FORCE 3 : ATTAQUES DE NUIT
NET FORCE 4 : POINT DE RUPTURE
NET FORCE 5 : POINT D'IMPACT
NET FORCE 6 : CYBERNATION
NET FORCE 7 : CYBERPIRATES

Une série de Tom Clancy et Martin Greenberg :

POWER GAMES 1 : POLITIKA
POWER GAMES 2 : RUTHLESS.COM
POWER GAMES 3 : RONDE FURTIVE
POWER GAMES 4 : FRAPPE BIOLOGIQUE
POWER GAMES 5 : GUERRE FROIDE
POWER GAMES 6 : SUR LE FIL DU RASOIR
POWER GAMES 7 : L'HEURE DE VÉRITÉ

Documents :

SOUS-MARINS. Visite d'un monde mystérieux : Les sous-marins nucléaires

AVIONS DE COMBAT. Visite guidée au cœur de l'U.S. Air Force

LES MARINES. Visite guidée au cœur d'une unité d'élite

LES PORTE-AVIONS. Visite guidée d'un géant des mers

PAPIER À BASE DE
FIBRES CERTIFIÉES

Le Livre de Poche s'engage pour
l'environnement en réduisant
l'empreinte carbone de ses livres.
Celle de cet exemplaire est de :
350 g éq. CO_2
Rendez-vous sur
www.livredepoche-durable.fr

Composition réalisée par NORD COMPO

Achevé d'imprimer en France par
CPI BRODARD & TAUPIN (72200 La Flèche)
en octobre 2019
N° d'impression : 3035877
Dépôt légal 1re publication : novembre 2019
LIBRAIRIE GÉNÉRALE FRANÇAISE
21, rue du Montparnasse – 75298 Paris Cedex 06

63/0929/1

Lutz Koch

Aus Devon, Karbon und Kreide: Die fossile Welt des nordwestlichen Sauerlandes

v. d. Linnepe Verlagsgesellschaft

1. Umschlagseite

Trilobit *Ductina ductifrons* (RUD. & E. RICHTER), Oberdevon II (Nehden-Stufe), Letmathe. Länge 3 cm.

Foto: Verfasser

CIP-Kurztitelaufnahme der Deutschen Bibliothek

Koch, Lutz:
Aus Devon, Karbon und Kreide: die fossile Welt des nordwestlichen Sauerlandes / Lutz Koch. – Hagen: v. d. Linnepe, 1984.
ISBN 3-921297-56-7

Herstellung: Staats Druck, 5880 Lüdenscheid
Printed in Germany
ISBN 3-921297-56-7

Inhaltsverzeichnis

1. Einleitung

Geologisch gehört das nordwestliche Sauerland – und hiermit ist gemeint das Gebiet der mittleren Ruhr einschließlich der Unterläufe von Lenne, Volme, Ennepe und Hönne – zum Rheinischen Schiefergebirge, dem größten zusammenhängenden Bereich paläozoischer Sedimentgesteine Deutschlands. Es wird gleichzeitig als altes Faltengebirge charakterisiert und umfaßt hauptsächlich die Systeme Devon und Karbon.

Die Erforschung der Gesteine und der darin enthaltenen Versteinerungen aus diesem Bereich begann bereits vor über hundert Jahren und führte im Laufe der zeit zu einer Vielzahl von Veröffentlichungen. Vor allen Dingen in der ersten Hälfte des 20. Jahrhunderts kam es zu einer eingehenden und systematischen Beschreibung geologischer und paläontologischer Erscheinungen.

Namen wie A. DENCKMANN, A. FUCHS, W. PAECKELMANN und H. SCHMIDT sind untrennbar mit der Geologie und Palöontologie des Devon verbunden, ebenso wie R. BÄRTLING, C. HAHNE, P. KUKUK und R. TEICHMÜLLER mit der Beschreibung des Karbon.

Die genannten Geologen gehören aber auch zu jenen, die zu einem Teil ihre Schriften in allgemeinverständlicher Form abfaßten und schon in früherer Zeit Laien für Gesteine und Versteinerungen zu interessieren vermochten.

Andererseits waren es ebenfalls Laien, die die Beschäftigung mit Fossilien auf einer Ebene betrieben, die der Wissenschaft wertvolle Hilfen gaben.

Hier ist besonders der Remscheider Lehrer J. SPRIESTERSBACH zu erwähnen, der bei seiner intensiven Bearbeitung der mitteldevonischen Lenneschiefer eine reiche Fauna beschrieb. Ebenso trug der Iserlohner Arzt K. TORLEY durch seine Erforschung der Fossilien des Schleddenhofes bei Iserlohn erheblich zur Kenntnis der Massenkalkfauna bei.

Nach Ende des Zweiten Weltkrieges ließ zunächst die geologische Forschung nach, lebte aber in den letzten Jahrzehnten erneut auf durch die Tätigkeit an Universitäten, durch Aufträge der Deutschen Forschungsgemeinschaft und Arbeiten des Geologischen Landesamtes Nordrhein-Westfalen. In einer großen Zahl von Einzelveröffentlichungen ging es um detaillierte Erforschung stratigraphischer, tektonischer und paläontologischer Probleme, verbunden mit paläogeographischen und palökologischen Fragestellungen.

In die Zeit um 1960 fällt das Erscheinen von vier geologischen Führern bzw. geologischen Wanderbüchern (C. HAHNE 1958, H. SCHMIDT/W. PLESSMANN 1961, F. MEINECKE 1962, D. RICHTER 1971, 2. Aufl. 1977), die jeweils einen Teil des nordwestlichen Sauerlandes behandeln und auch dem Laien einen guten Überblick über geologische und paläontologische Zusammenhänge vermitteln. Aufgrund der Kurzlebigkeit von Aufschlüssen und eines sich erweiternden geologischen Wissens bedürfen sie jedoch zumindest teilweise der Überarbeitung.

Seit einigen Jahren stehen der Hagener Raum und das nordwestliche Sauerland erneut im Blickpunkt paläontologischer und stratigraphischer Untersuchungen. Mit Lokalitäten wie Hasselbachtal und Hönnetal ist das Bemühen um die Kenntnis der Cephalopodenfauna an der Devon-Karbon-Grenze und einer endgültigen stratigraphischen Festlegung verbunden. Aufschlüsse im Lenne- und Volmetal und die hier geborgenen Fossilien haben das Wissen um die Mitteldevonflora erheblich erweitert. Nicht zuletzt ist die klassische Fundstelle für oberkarbonische Pflanzenfossilien von Hagen-Vorhalle durch zahlreiche Arthropodenfunde zu neuer Bedeutung gelangt.

Die vorliegende Arbeit ist eine Schrift für Sammler und Laien, denen anhand von Fossilfotos, -zeichnungen und -beschreibungen Bestimmungshilfen angeboten werden, um eigene Funde zu identifizieren und einzuordnen.

Dabei ist es nicht möglich, die verwirrende Fülle von Arten auch nur annähernd zu erfassen, vielmehr ist es das Ziel, wichtige und häufig vorkommende Arten vorzustellen, jedoch auch bedeutsame Seltenheiten und Besonderheiten zu erwähnen.

In diesem Zusammenhang werden eine Reihe von Aufschlüssen genannt, in denen bestimmte geologische Schichten oder Stufen gut zu studieren sind und aufgrund ihres Fossilbestandes für Aufsammlungen als geeignet erscheinen.

Mit Hilfe von Fundstellen und typischen Fundstücken wird gewissermaßen ein Gang durch 60 Millionen Jahre wechselvolle und ereignisreiche Erdgeschichte des nordwestlichen Sauerlandes unternommen, der bei der Zeitmarke „vor 370 Millionen Jahren" im Unteren Mitteldevon des Volmetales beginnt und bei den flözführenden Schichten des Oberkarbon im Ruhrtal bei Witten endet. Die am Nordrand des Exkursionsgebietes auftretenden jüngeren Schichten aus dem Perm, der Oberkreide und dem Tertiär werden kurz im Anhang erwähnt.

Dabei soll dieses Buch keinen der erwähnten geologischen Führer ersetzen, vielmehr einige der dort gemachten Aussagen zum Fossilbestand erweitern, ergänzen und anschaulich machen. Insofern nimmt das Fossilbild eine zentrale Rolle ein.

An dieser Stelle möchte ich hervorheben, daß die Entstehung dieser Arbeit ohne die Mithilfe von Sammlern aus dem Hagener Raum und ohne die Beratung von Fachwissenschaftlern nicht möglich gewesen wäre.

Für vielseitige direkte oder indirekte Hilfe habe ich zu danken: Herrn Dr. H. W. J. van AMEROM (Heerlen), Herrn R. BLANK (Schwerte), Herrn W. BLEICHER (Iserlohn), Herrn G. HALLEN (Schwerte), Frau M. HERWIG (Hagen), Herrn H. HÖGER (Hagen), Herrn F. W. HÜTTE (Hagen), Herrn Prof. Dr. H. JESSEN (Köln), Herrn H. J. JUNGHEIM (Erftstadt), Herrn M. KEMPER (Hagen), Herrn U. LEMKE (Wetter), Frau Dr. E. PAPROTH (Krefeld), Herrn H. J. REICHLING (Hagen), Herrn Prof. Dr. W. REMY (Münster).

Für die Fertigung von zwei Lebensbildrekonstruktionen bedanke ich mich bei Frau S. HEIN (Hagen).

Mein besonderer Dank aber gilt Herrn Dr. C. BRAUCKMANN (Wuppertal) für zahlreiche Anregungen, Hinweise und Bestimmungshilfen, wie auch für die Diskussion des Manuskriptes und die Bereitstellung der Fossilzeichnungen. Schließlich danke ich Herrn H. KILLING vom Verlag v. d. LINNEPE für sein großes Verständnis bei der Herstellung des Buches.

Tafel I. Fossilien aus dem Hagener Mitteldevon.

o.l.: Schnecke *Murchisonia bilineata* SANDBERGER, Massenkalk, Hohenlimburg. Länge 4 cm.
o.r.: Koralle *Acanthophyllum* sp., Massenkalk, Delstern. Durchmesser 4 cm.
u.l.: Muschel *Megalodon cucullatus* SOWERBY, Massenkalk, Hohenlimburg. Länge 6 cm.
u.r.: Brachiopoden *Stringocephalus burtini* DEFRANCE (oben) und *Spinatrypa aspera* (SCHNUR), Honseler Schichten, Delstern. Bildhöhe 8 cm.

Tafel II. Ammonoideen.

o.l.: Goniatit *Cancelloceras* [»*Gastrioceras*«] *cancellatum* (BISAT), Sprockhöveler Schichten (Oberkarbon), Silschede. Breite 6 cm.
o.r.: Goniatit *Pseudarietites dorsoplanus* (HERM. SCHMIDT), Kulm I (Unterkarbon), Hönnetal. Breite 3 cm.
u.l.: Clymenie *Wocklumeria sphaeroides* (RH. RICHTER), Oberdevon VI (Wocklum-Stufe), Hönnetal. Breite 3 cm.
u.r.: Goniatit *Tornoceras* sp., Oberdevon II (Nehden-Stufe), Nehden (Brilon). Höhe 3 cm.

Tafel III. Geißelskorpion *Prothelyphonus naufragus* BRAUCKMANN & KOCH, Vorhaller Schichten (Oberkarbon), Hagen-Vorhalle. Länge 4 cm.

Tafel IV. Farnblättrige Pflanzen aus dem Namur B (Oberkarbon).

oben: *Paripteris gigantea* (STERNBERG), Vorhaller Schichten, Hagen-Vorhalle. Länge 7 cm.
unten: *Sphenopteris preslesensis* STOCKMANS & WILLIÈRE, Vorhaller Schichten, Hagen-Vorhalle. Breite 12,5 cm.

2. 370 Millionen Jahre Erdgeschichte

2.1. Am Rande des Old-Red-Kontinentes

Die ältesten geologischen Schichten des nordwestlichen Sauerlandes entstanden in der Devonzeit vor ca. 370 Millionen Jahren. Verwitterungs- und Abtragungsprodukte wurden von einem im Norden gelegenen Festland, dem Old-Red-Kontinent, durch Flüsse nach Süden transportiert. Das Devonmeer, das sich in einem langgestreckten Meerestrog von Südengland über die Bretagne, Belgien, das Rheinland bis nach Mitteldeutschland erstreckte, konnte aufgrund eines langsam absinkenden Meeresbodens (Geosynklinale) diese ungeheuren Schuttmassen aufnehmen.

Die vorkommenden Gesteinsschichten (zu einem großen Teil Grauwacken und Schiefer) zeigen an, daß sich im rheinisch-westfälischen Bereich die Sedimente in einem ca. 300 km breiten Fächer vor deltaähnlichen Flußmündungen ablagerten.

Der Küstenverlauf des Nordkontinentes war aber nicht einheitlich, vielmehr wurde er durch Transgressionen und Ingressionen des Devonmeeres bestimmt.

Zur Zeit des Unteren Mitteldevon verlief die Küste durch das Gebiet wenig nördlich des Hagener Raumes.

2.2. Die Korallenriffe

Gegen Ende des Mitteldevon hatte sich die Küste des Nordkontinentes wieder nach Norden verlagert; die Zufuhr von Festlandschutt nahm ab. In einem flachen Randmeer bildeten sich zunächst

Abb. 1. Paläogeographische Karte. Verteilung von Land und Meer während der Mitteldevonzeit.

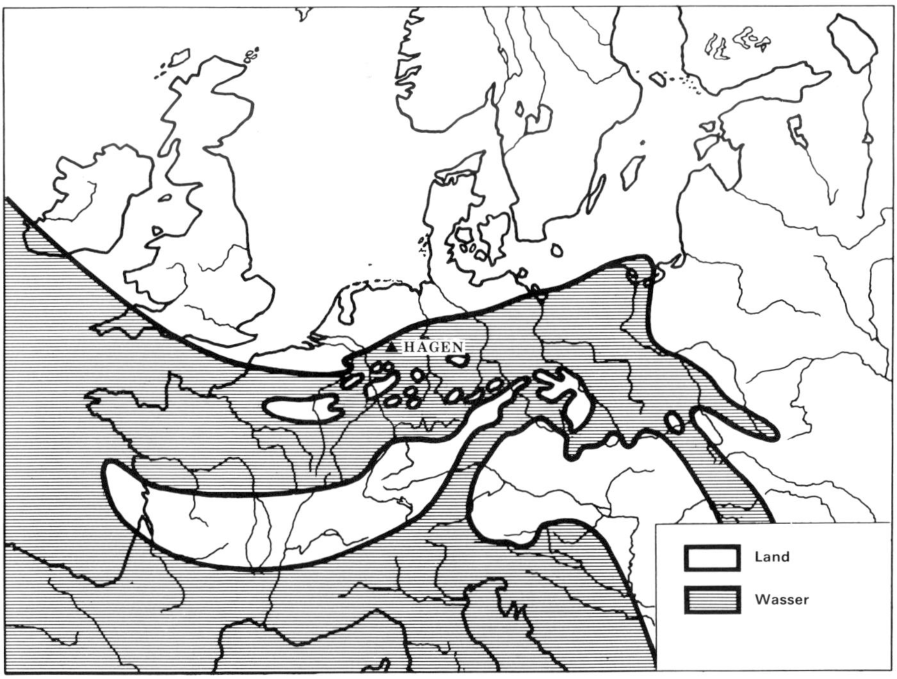

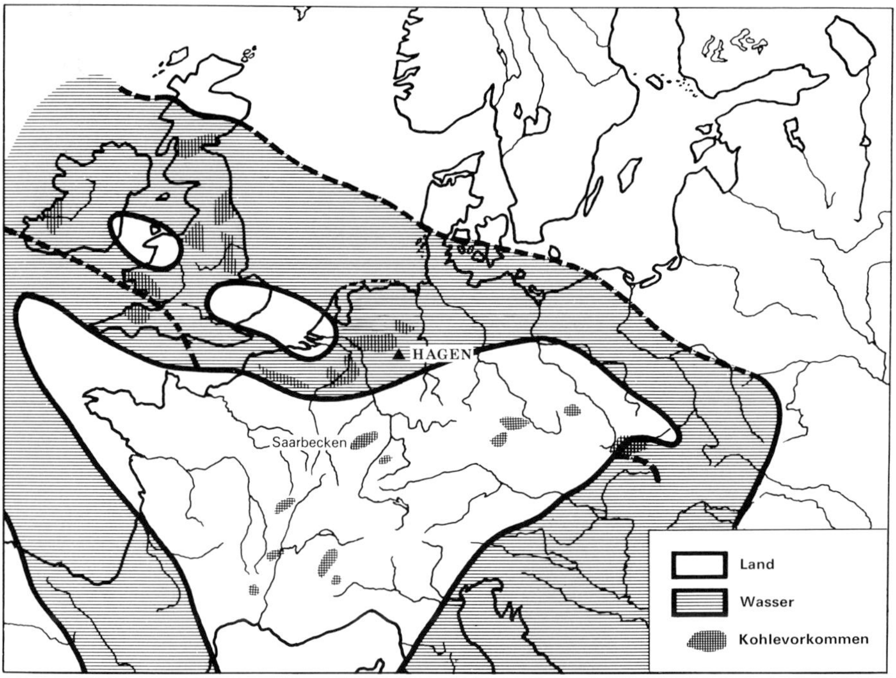

Abb. 2. Paläogeographische Karte. Verteilung von Land und Meer während der Oberkarbonzeit.

kleinere Korallenriffe, später ein langgestrecktes Riff, das der nördlichen Festlandküste vorgelagert war.
Dieses ehemalige Riff stellt sich heute als ausgedehnter Kalksteinzug dar, der sich von Dornap über Wuppertal, Schwelm, Hagen, Hohenlimburg, Letmathe bis zum Hönnetal und weiter nach Warstein erstreckt.

2.3 Die subvaristische Saumtiefe

Während der Oberdevon- und Unterkarbonzeit verschwand allmählich der langgestreckte Meerestrog aus der Zeit der Massenkalkablagerungen zugunsten kleinerer Becken und Schwellen. Schließlich wurde durch weitere Hebung des Meeresbodens das Meer zur Flachsee.
Im Oberkarbon änderten sich die Ablagerungsverhältnisse grundlegend. Erfolgten bisher die Schuttlieferungen von Norden her, so ist die Schüttungsrichtung nun umgekehrt.
Durch eine von Süden nach Norden fortschreitende Auffaltung der devonischen Ablagerungen wurde der Bereich des ehemaligen Devonmeeres zu Festland.
Am Nordrand dieses allmählich sich emporhebenden Gebietes entstand ein Senkungsbereich, die subvaristische Saumtiefe.
Etwa auf Meeresniveau entwickelten sich in Küstensümpfen ausgedehnte Waldmoore mit üppigem Pflanzenwuchs. Nach dem Absterben der Pflanzen verhinderte das nach unten zunehmend sauerstoffärmere Wasser die vollständige Zersetzung der Pflanzenreste. Es entstand ein Torfmoor, dessen Bestandteile zur heutigen Steinkohle inkohlten. Zudem wurden die Moorgebiete in den Mulden und Becken von Flüssen des südlichen Festlandes mit Geröll überschüttet, aber auch vom nördlichen Karbonmeer überflutet.
Durch den häufigen Wechsel von Moorbildung, Süßwasserbedeckung und Meereseinbrüchen kam es zu den wechselnden Gesteinsfolgen des Oberkarbon: Kohleflöze, Konglomerate, Sandsteine, Sandschiefer und marine Tonschiefer.

2.4. Die varistische Faltung

Nach Ablagerung der karbonischen Sedimente in den wasserreichen Trögen der subvaristischen Saumtiefe verfestigten sich die Ablagerungen. Das Wasser wurde aus den Lockermassen verdrängt, Bindemittel kitteten die Lockerteile zusammen. Im jüngsten Oberkarbon erfolgte die Auffaltung der paläozoischen Sedimente zum varistischen Faltengebirge in verschiedenen Schüben, die lange Zeiträume einnahmen. Bei der Auffaltung entstanden große Sättel und Mulden, die von SW nach NO streichen: Lüdenscheider Mulde, Remscheid-Altenaer-Sattel, Wittener Mulde. Die Großsättel und -mulden wurden in kleinere Sättel und Mulden zerlegt; besonders das flözleere Oberkarbon zeigt zahlreiche Spezialfalten.

Außerdem wurde der Faltenbau von einer Reihe von Querverwerfungen durchschnitten und in Form von Schollen gegeneinander verschoben.

Die bedeutendste Störung am Nordrand des Rheinischen Schiefergebirges ist die Ennepe-Störung. Im Bereich Gevelsberg-Hagen wurden noch vor der Hauptfaltungsphase mitteldevonische Schichten auf flözleeres Oberkarbon aufgeschoben, so daß Teile des Massenkalkes, wie auch oberdevonische und unterkarbonische Schichten stark zerrüttet oder völlig unterdrückt wurden.

Westlich von Gevelsberg und östlich Hagens löst sich die Hauptstörungszone fächerartig in zahlreiche kleinere Störungen auf. Bei Letmathe bereits geht das Mitteldevon lückenlos über Oberdevon und Unterkarbon ins Oberkarbon über.

2.5. Abtragung zum Rumpfgebirge

Heute ist das alte varistische Gebirge nur noch zu einem geringeren Teil erhalten; denn unmittelbar bei der Auffaltung begannen schon Verwitterung und Abtragung.

Ein heißes Klima während der Permzeit sorgte für eine tiefgreifende lateritische Verwitterung. Flüsse transportierten den roten Verwitterungsschutt nach Norden. Die Mendener Schichten, das „Mendener Konglomerat", ein isoliertes Vorkommen, wird in das Perm (Rotliegend) gestellt.

Über die geologischen Ereignisse, die sich während der Trias-, Jura- und Unterkreidezeit im Hagener Raum abspielten, läßt sich kaum etwas aussagen. Wahrscheinlich war das Gebiet während dieser Zeit Festland und wurde weiter eingerumpft.

Zu Beginn der Oberkreidezeit war das alte varistische Gebirge eine weitgehend eingeebnete Rumpffläche, die am Nordrand vom Kreidemeer überflutet wurde. Wenn auch südlich der Ruhr Oberkreide-Sedimente fehlen, muß doch angenommen werden, daß das Meer auch Teile des nordwestlichen Sauerlandes bedeckte, da die Ablagerungen dieses Meeres an ihrer heutigen Südgrenze (Haarstrang) noch keine Anzeichen von Küstennähe erkennen lassen.

2.6. Zerschneidung der Rumpffläche

Die ältere Tertiärzeit ist gekennzeichnet durch eine Reihe neuer Hebungen und Verebnungen; Meeresvorstöße mag es vereinzelt gegeben haben (s. S. 142).

Zum Ende der Tertiärzeit setzte allmählich eine Hebung der Fastebene ein, die sich im Süden stärker auswirkte als im Norden. So kam es zu einer Schrägstellung, die bewirkte, daß sich die Flüsse eintiefen konnten und die Rumpffläche durch Täler zerschnitten wurde. Lenne, Volme, Ennepe und Hönne konnten sich aufgrund stärkerer Hebung kräftiger einschneiden als Ruhr und Möhne. An den Hängen der Täler lassen sich die Talschichten anhand von Schotterterrassen nachweisen. Während der vorletzten, der Saale-Eiszeit, drang das Inlandeis bis zur Haar vor, überschritt westlich von Witten auch die Ruhr; das nordwestliche Sauerland wurde vom Eis nicht mehr erreicht. Hier herrschte eine Tundralandschaft mit Dauerfrostboden vor.

2.7. Das heutige Landschaftsbild

Auch heute noch bilden die devonischen und karbonischen Schichtenfolgen einen Gebirgsrumpf, der von tief eingegrabenen Tälern zerschnitten wird.

Die bereits im Tertiär begonnene Her-

aushebung setzt sich weiter fort, so daß sich Flüsse und Bäche immer stärker einschneiden können. Flüsse und Bäche und die dazwischen liegenden Bergrükken oder Hochflächen gliedern die Landschaft. Nicht ohne Grund wird das Sauerland „Land der tausend Berge" genannt. Die Berghänge sind meist bewaldet, während die Einebnungsflächen überwiegend landwirtschaftlich genutzt werden.
Im äußersten Norden des Sauerlandes, wo der Faltenbau des varistischen Gebirges unter einer Decke von Kreidesedimenten verschwindet, wird das Landschaftsbild durch sanft gewellte Ackerflächen beherrscht.

Heutige Landschaftsformen werden aber auch bestimmt durch die unterschiedliche Widerstandsfähigkeit der Gesteine gegen Abtragung und Verwitterung. Schichtfolgen, die aus harten Gesteinen wie Grauwacken, Sandsteinen, Lyditen und Kieselschiefern bestehen, überragen in der Landschaft solche, die aus Massenkalk oder Tonschiefer aufgebaut sind.
Der geologische Bau der Landschaft tritt im Bereich des Karbon stärker in der Oberflächengestaltung hervor als im Gebiet devonischer Ablagerungen. In den obermitteldevonischen Massenkalken entstanden vielfältige Karsterscheinungen wie Höhlen, Dolinen und Trockentäler.

3. Das Leben zur Devon- und Karbonzeit

3.1. Die Eroberung des Festlandes

Im Meer der Devonzeit gab es zahlreiche Lebewesen, deren Nachkommen auch heute noch anzutreffen sind: Korallen, Schwämme, Muscheln, Schnecken, Seesterne, Tangalgen. Darüber hinaus lebten andere, die im Devon artenreich vertreten waren, heute aber nur noch in wenigen Gattungen vorkommen, wie z.B. die Brachiopoden. Viele Klassen und Ordnungen von Meerestieren der Devonzeit sind heute gänzlich ausgestorben:
Stromatoporen, Tentaculiten, Eurypteriden, Trilobiten und Panzerfische.
Heute vorherrschende Lebensformen des Festlandes wie Blütenpflanzen, Insekten, Vögel und Säugetiere existierten noch nicht. Außer einigen Küstenstreifen und Binnenseebereichen waren die Kontinente ohne jegliches Leben.
Dennoch vollzog sich auf und am Rande dieser Kontinente ein wichtiger Schritt der Evolution: Pflanzen, Gliedertiere und Wirbeltiere eroberten das Festland.

3.2 Die ersten Landpflanzen

Der Old-Red-Kontinent, dessen Südküste wenig nördlich des heutigen Sauerlandes verlief, war eine heiße, unbelebte Sandsteinwüste. Vergleichbare Festlandsbedingungen herrschen heute noch in Teilen der Erde, wo Flüsse nie das Meer erreichen und in Seen münden, die zeitweise durch Verdunstung austrocknen.
In einigen Binnenseen und vom Meer abgeschlossenen Lagunen im Gebiet des heutigen Schottlands, Grönlands und Irlands jedoch entwickelte sich ein reiches Pflanzenleben. Ebenso boten die in Nähe der Südküste gelegenen Schwellen- und Senkungsgebiete, Inseln, Brackwasserbezirke, Wattzonen, Überflutungsbereiche und Flußdeltaräume mit ihren teils marinen, teils limnisch-brackischen, teils festländischen Bedingungen, verbunden mit einem gleichmäßig warmen Klima, günstige Voraussetzungen für die Entwicklung der Pflanzen und ihren Schritt vom Wasser aufs Land.
Um diese Entwicklung vollziehen zu

Abb. 3. Lebensbildrekonstruktion der Mitteldevonflora. a. Psilophyten. b. *Aneurophyton* (nach MUSTAFA ident. mit *Protopteridium*). c. *Duisbergia*. d. *Cladoxylon*. e. *Hyenia*. f. *Protolepidodendron*. g. *Calamophyton*.

können, mußten sie eine Reihe von Eigenschaften erwerben, die ihnen das Leben auf dem Lande ermöglichten.
Erste Landpflanzen, die allerdings noch nicht auf zeitweilige Überflutung ihres Lebensraumes verzichten konnten, waren frühe Psilophyten (Nacktpflanzen), die sich bereits im Silur vor ca. 430 Millionen Jahren aus im Brackwasserbereich lebenden Algen entwickelten. Sie bildeten noch keine echten Wurzeln aus, sondern hatten einen Wurzelstock, von dem gabelig verzweigte Achsen ohne Blattorgane ausgingen. Jedoch besaßen sie eine erste wichtige Neuerwerbung: das zentrale Leitbündel, durch das Flüssigkeit und aufgenommene Nährstoffe an alle Zellen herangeführt werden konnten.
An verkieselten Stücken aus dem Unterdevon von Rhynie (Schottland) konnten das zentrale Leitbündel und weitere Einzelheiten des inneren Aufbaues der Pflanze nachgewiesen werden.
Durch Mutation erwarben die Pflanzen bis zum Mitteldevon weitere Eigenschaften, die sie vom feuchten Millieu unabhängig machten.

Wichtige Differenzierungen waren Verankerungsvorrichtungen (Wurzeln) und ein Stützsystem gegen mechanische Belastungen, die Ausbildung eines Gasaustausch- und Wasseraufnahmesystems und die Entwicklung eines Verdunstungsschutzes.

Die Psilophyten, die ihre Hauptverbreitung im Unterdevon hatten und im Mitteldevon eine weniger bedeutende Rolle spielten, starben bereits im Oberdevon aus.

Im Mitteldevon vorkommende Pflanzen gehörten zu einem Teil zu den Bärlappgewächsen (Lycophyta), hauptsächlich

aber zu den Vorläufern der Samenpflanzen (Prospermatophyta).
Bei letzteren vollzog sich bereits der erste Schritt von der Sporen- zur Samenvermehrung. Sie besaßen kleine blattartige, gegabelte Organe oder spreitige Blättchen in größeren Wedeln; teilweise waren sie baumförmig und verästelt. Die Prospermatophyta werden als unmittelbare Ahnen der Samenpflanzen angesehen, aus denen einerseits die Farnsamer und Palmfarne, andererseits die Coniferen und Gingkogewächse hervorgingen.

Im Bereich des Rheinischen Schiefergebirges, besonders im Bergischen Land, sind eine Reihe von Fundstellen für devonische Pflanzenfossilien zu nennen, die teilweise weltberühmt geworden sind: Elberfeld (Kirberg), Lindlar, Wahnbachtal, Gräfrath (Oben zum Holz).
Mit der Erforschung und Bearbeitung dieser Fossilien sind vor allen Dingen die Paläobotaniker R. KRÄUSEL und H. WEYLAND verbunden, wobei insbesondere WEYLAND aus den nur in Bruchstücken vorhandenen Pflanzenfossilien hervorragende Rekonstruktionszeichnungen gefertigt hat. Aber auch im Bereich des Hagener Raumes sind zwei Fundstellen zu erwähnen, deren reiche Mitteldevonflora in den letzten Jahren eingehend untersucht und beschrieben wurde: Ambrock im Volmetal und Lasbeck im Lennetal (MUSTAFA 1975, 1979, 1980), s. S.31.

3.3. Panzerfische und Quastenflosser

Wie für die Entwicklung der Pflanzen, so auch für die Evolution der fischartigen Wirbeltiere, boten die Binnenseen, Küstenstriche und Deltaräume des Old-Red-Kontinents günstige Voraussetzungen.
Durch eine häufige Veränderung der Wasserstände, zeitweiliges Trockenfallen einerseits, Überflutungen andererseits, bestand die Notwendigkeit der Anpassung an sich verändernde Lebensbedingungen.
So wurde das Devon die morphologische Blütezeit fischartiger Wirbeltiere mit einer großen Zahl von Arten, die häufig schnell wieder ausstarben. Nur die am zweckmäßigsten ausgestatteten Formen konnten überleben.
Die fischartigen Lebewesen besitzen einen so unterschiedlichen Körperbau, daß sie in vier verschiedene Wirbeltierklassen aufgeteilt wurden und insofern weniger miteinander verwandt sind als sämtliche Säugetiere untereinander.
Klassen der Wirbeltiere (Vertebrata)
1. Klasse: Kieferlose Fische (Agnatha)
2. Klasse: Panzerfische (Placodermi)
3. Klasse: Knorpelfische (Condrichthyes)
4. Klasse: Knochenfische (Osteichthyes)
5. Klasse: Lurche (Amphibia)
6. Klasse: Kriechtiere (Reptilia)
7. Klasse: Vögel (Aves)
8. Klasse: Säugetiere (Mammalia)

Die vier Klassen der Fische im weiteren Sinne sind allesamt mit zahlreichen Formen im Devon vertreten. Zu den Kieferlosen Fischen (Agnathen), den primitivsten Wirbeltieren überhaupt, die erstmals im mittleren Ordovizium vorkamen, gehören in der Gegenwart noch zwei Ordnungen: Neunaugen und Schleimfische.

Die im Mitteldevon formenreichste Wirbeltierklasse waren die Panzerfische (Placodermen), die im Perm wieder ausstarben. Panzerfische hatten einen mit Panzerplatten umhüllten Kopf und Rumpf. Der Rumpfpanzer war vorn und hinten offen und gelenkig mit dem Kopf verbunden. Am vorderen Teil des Rumpfpanzers befanden sich stelzenartige Vorderextremitäten, die als Ruderorgane dienten. Der Hinterrumpf, der mit großen, gleichartigen Schuppen besetzt war, endete in einem Schwanz. Eine Dorsalflosse war vorhanden, die Bauchflosse fehlte.
Die Placodermen entwickelten sich im Süßwasser der Binnenseen, lebten aber auch in Flußdeltabereichen. Die wichtigsten Unterklassen der Placodermi sind Antiarchi, Arthrodira und Acanthodii. Verbreitete Gattungen bilden *Asterolepis, Bothriolepis* und *Pterichthyodes* (Antiarchi) und *Coccosteus* (Arthrodira).
Auch die ältesten Knorpelfische (Chondrichthyes) entwickelten sich im Mitteldevon; zu ihnen gehören die heute

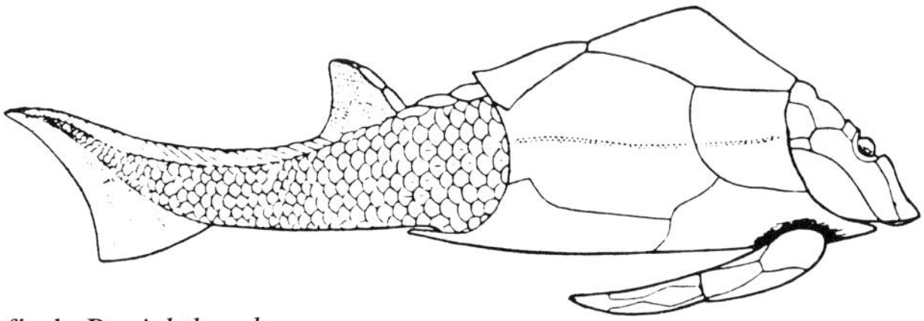

Abb. 4. Panzerfisch *Pterichthyodes.*

noch lebenden Haie und Rochen.

Die Knochenfische (Osteichthyes) erschienen erstmals im Unterdevon. Sie sind von besonderer Bedeutung, weil aus ihnen die Unterklasse Strahlflosser (Actinopterygii) hervorging, zu der die meisten der heute lebenden echten Fische gerechnet werden.

Darüber hinaus gehören zu den Knochenfischen zwei altertümliche Ordnungen, die für die Entwicklung der Wirbeltiere und ihre spätere Besiedlung des Festlandes von großer Bedeutung sind: Lungenfische (Dipnoer) und Quastenflosser (Crossopterygii).

Die Lungenfische hatten ihren größten Artenreichtum im Devon und kommen heute noch mit drei Gattungen in Afrika, Australien und Südamerika vor.

Allerdings können die Lungenfische aufgrund anatomischer Abweichungen nicht als Entwicklungsquelle der Landwirbeltiere angesehen werden.

Demgegenüber sind die Quastenflosser hinsichtlich ihres Körperbaus am meisten mit den ersten Landwirbeltieren (Stegocephalen) verwandt.

Quastenflosser traten erstmals im Unterdevon auf und hatten ihre artenreichste Verbreitung im Mittel- und Oberdevon. Heute kommen sie noch mit einer Gattung *(Latimeria)* vor der Küste Südostafrikas vor (erst 1938 entdeckt). Quastenflosser waren Raubfische mit gut entwickeltem Gebiß. Wie die Dipnoer besaßen sie Lungen, die sie in die Lage versetzten, außerhalb des Wassers zu überleben. Beim Austrocknen von Gewässern konnten sie mit ihren quastenförmigen Flossen stakend über Land laufen, um sich neue Gewässer zu suchen. Sie begannen ihre Entwicklung in Binnenseen und wanderten später ins Meer ab.

Die meisten devonischen Arten der Crossopterygier gehören zur Familie Osteolepididae.

Die fossil besterhaltenen devonischen Fische stammen aus den klassischen Old-Red-Gebieten Schottlands, Irlands, Grönlands und Kanadas, während sich die Funde aus dem Rheinischen Schiefergebirge dagegen bescheiden ausnehmen.

Bei den meisten Stücken handelt es sich um Knochen und Panzerteile von Panzerfischen und um Schuppen von Quastenflossern und Knorpelfischen.

Aus dem Gebiet um Lüdenscheid sind Funde von Panzerfischplatten *(„Pterichthyodes" luedenscheidensis)* bekanntgeworden, die aus den Oberen Honseler Schichten stammen (GROSS 1933).

Im Hagener Gebiet sind vor allen Dingen die Brandenberg-Schichten des Unteren Mitteldevon bei Lasbeck und Ambrock zu nennen (PFEIFFER 1938, MUSTAFA 1977, LANGENSTRASSEN et al. 1979). Allerdings fand man in dieser Schichtenfolge bislang weder ein vollständiges Exemplar noch mehrere miteinander verbundene Platten von Panzerfischen (s. S. 31).

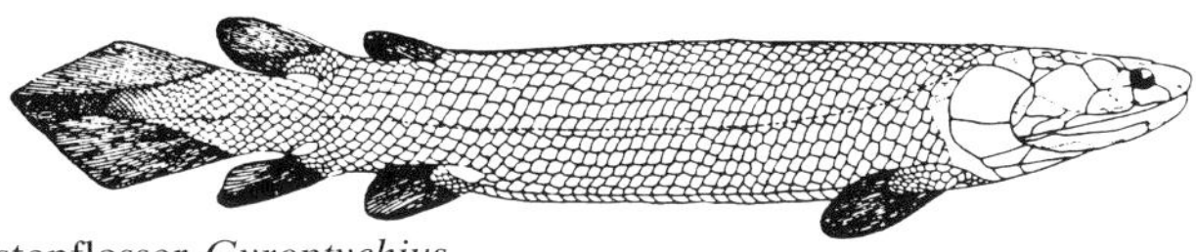

Abb. 5. Quastenflosser *Gyroptychius.*

3.4. Leben im Riff

Eine der bemerkenswertesten geologischen Erscheinungen am Nordrand des Bergischen Landes und des Sauerlandes ist der langgestreckte Massenkalkzug, dessen Ursprung auf die Bildung von ausgedehnten Korallenriffen während der Mitteldevonzeit zurückgeht.
Während kleinere Riffe in der Eifel und im Oberbergischen schon im Unteren Mitteldevon auftraten, stammen die Riffe im Sauerland weitgehend aus dem Oberen Mitteldevon, stellenweise auch aus dem untersten Oberdevon, und wurden im wesentlichen von Korallen und Stromatoporen aufgebaut.
Jedoch nur ein Teil der Massenkalkvorkommen sind autochthone, organisch gewachsene Riffe, während gebankte Kalke, Plattenkalke und Flinzschiefer aus Riffschutt, Kalkmergel, Mergel und Tonschiefer bestehen, die am Rande der Riffe und in Stillwasserbereichen zwischen den Riffen abgelagert wurden.
An Stellen, wo sich ausgedehnte und nahe benachbarte Riffe ausbildeten, kam es zur Entstehung der Massenkalke. Im Raume Hagen – Hohenlimburg – Letmathe befinden sich zahlreiche Massenkalkaufschlüsse; hervorzuheben ist das lückenlose Massenkalkprofil des Hönnetales zwischen Binolen und Oberrödinghausen (JUX 1960).
Eine besonders reichhaltige Massenkalkfauna ist im Aufschluß der Hohenlimburger Kalkwerke zugänglich (s. S. 56).

Die mitteldevonischen Riffe des nördlichen Sauerlandes bildeten sich vor der Südküste des Old-Red-Kontinentes, die zu dieser Zeit nördlicher gelegen war als im Unteren Mitteldevon. Zwischen Festland und Riff erstreckte sich eine Flachwasserzone (Lagune).
Im Vergleich mit den Lebensbedingungen rezenter Riffkorallen kann angenommen werden, daß sich die Riffbildung in einer Tiefe von 25 bis 50 Meter in sauerstoffreichem, gut durchlichtetem Wasser bei einer Temperatur von über 25° vollzog. Ebenso war ein bestimmter Salzgehalt des Wassers Voraussetzung, da Korallen in Süßwasser absterben und sich Korallenriffe schon in weiterer Entfernung vor Flußmündungen auflösen.
Aufgrund untersuchter Riffe aus der Eifel und verschiedener Massenkalkprofile im Bergischen Land und Sauerland lassen sich verschiedene Lebensräume innerhalb der Riffe und in Riffnähe unterscheiden (JUX 1960, STRUVE 1961).
Die Landseite bildeten Stromatoporen-Bankriffe und Stromatoporen-Blockriffe mit großen kugeligen bis fladenförmigen Stromatoporen bis zu einem Meter Durchmesser.
Stromatoporen zählen wie die Korallen zu den Hohltieren (Coelenterata), jedoch zur Klasse der Hydrozoen, werden aber auch von einigen Autoren zu den Schwämmen gestellt (FLÜGEL 1976). Sie erlebten im Devon ihre Blütezeit und starben in der Oberkreide aus. Ihre Stöcke wurden durch parallel zueinander verlaufende und durch Säulchen miteinander verbundene Lagen gebildet. Häufig vorkommende Arten waren *Actinostroma clathratum, Actinostroma verrucosum* und *Stromatopora concentrica* (s. S. 41 ff.).
Neben den Stromatoporen siedelten im Blockriff koloniebildende Korallen wie *Hexagonaria, Heliolites, Favosites* und *Thamnopora*. Sehr häufig in dieser Zone fanden sich auch Brachiopoden der Art *Stringocephalus burtini* (s. S. 47).

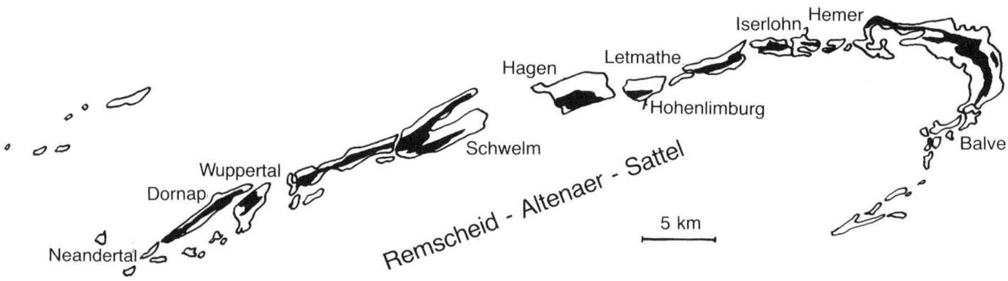

Abb. 6. Verlauf des Massenkalkzuges am Nordrand des Sauerlandes und des Bergischen Landes.

QUERSCHNITT DURCH EIN MITTEL-DEVONISCHES RIFF
IM RHEINISCHEN SCHIEFERGEBIRGE

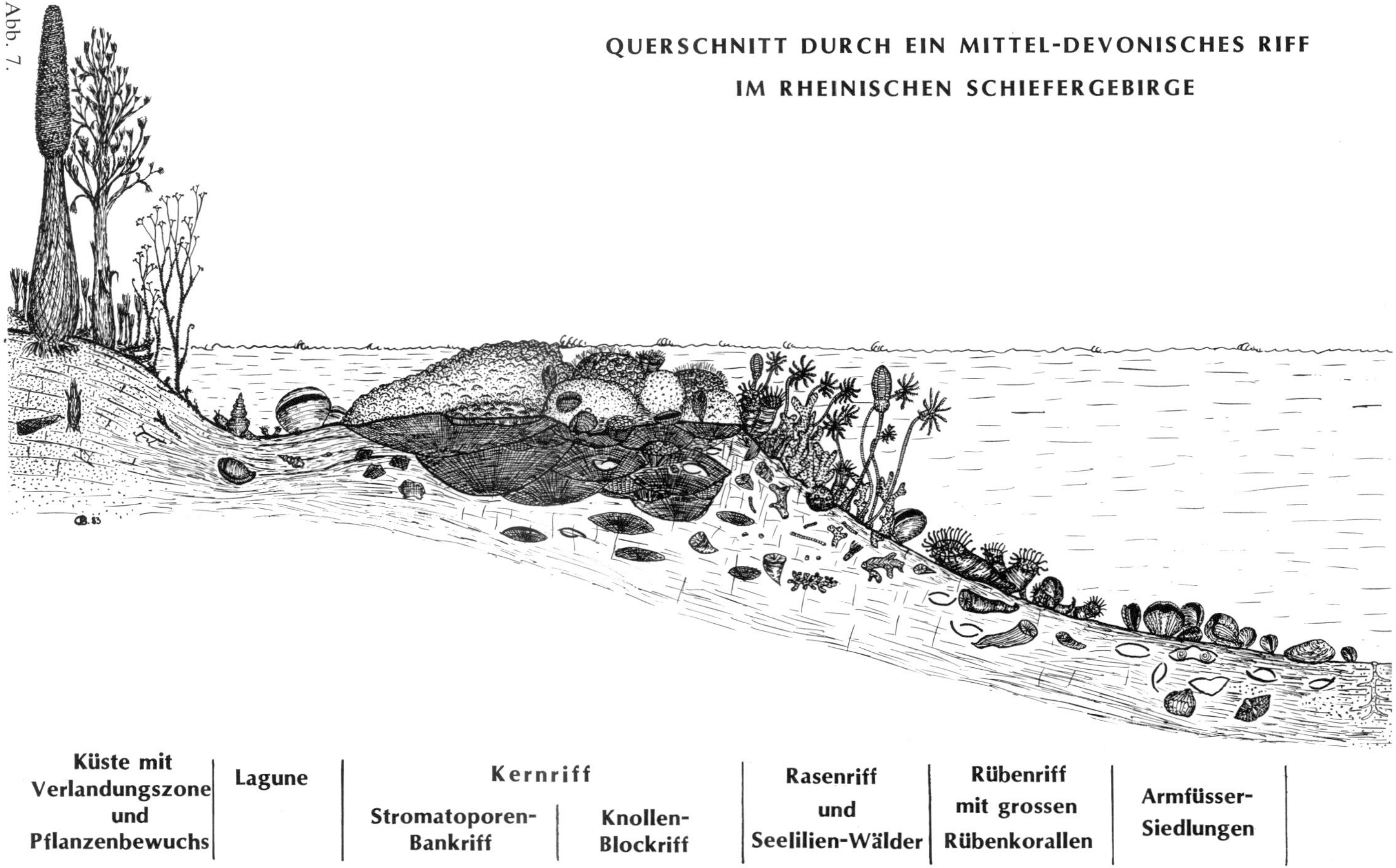

Abb. 7.

Mit dem Blockriff verzahnten sich die Korallen-Hydrozoen-Rasen (Rasenriff), eine Zone, die aus ästigen Stromatoporen wie *Amphipora ramosa* und verzweigten Korallen wie *Disphyllum caespitosum* besteht.
Dieser Bereich stellte auch häufig Siedlungsplätze für Seelilien (Crinoiden) dar, deren Rhizome sich in den Korallenflechtwerken verankern konnten. Neben *Amphipora* und *Disphyllum* sind Crinoidenstielglieder häufig gesteinsbildend. Der Hauptanteil der Gesteine, die den Massenkalk bilden, wurden in Riffnähe oder zwischen verschiedenen Riffbereichen sedimentiert. Hier war der Hauptsiedlungsraum rugoser Korallen (Rübenriff) mit Arten wie *Acanthophyllum, Ceratophyllum, Mesophyllum.*
Dem Rübenriff folgte allmählich der Bereich, in dem zahlreiche Brachiopodengattungen ansässig waren (*Gypidula, ,,Atrypa", Uncites* u. a.). Ebenso war diese Zone Lebensbereich von Lamellibranchiaten (*Megalodon*), Gastropoden (*Murchisonia, Strobeus, Bellerophon* u. a.) und Trilobiten (*Scutellum, Phacops*).
Die letztgenannten, nicht sessilen Faunengruppen waren jedoch auch teilweise in anderen Riffzonen anzutreffen, ebenso Cephalopoden (Nautiliden, Goniatiten) und Fische.
Schließlich fügte sich an den Hauptsiedlungsraum der Brachiopoden ein schon riffentfernteres Gebiet an, in dem die Sedimente kalkarm bis kalkfrei waren. Zum Teil kamen noch Brachiopoden vor; häufig aber waren nicht seßhafte Faunenelemente, die sich schwimmend, kriechend oder grabend fortbewegten und stärkeren Schüttungen von tonigen oder sandigen Ablagerungen entkommen konnten (Muscheln, Tentaculiten, Trilobiten und wurmartige Lebewesen).

Die zwischen Hagen und Iserlohn vorkommenden Flinzkalke und Tentaculitenschiefer, die aus mergeligen und tonigen Ablagerungen gebildet wurden, vertreten die riffentferntere Fazies des obersten Mitteldevon. Die fossilen Faunengemeinschaften der Korallenriffe des Mitteldevon zeigen zwar teilweise lokale Unterschiede; typische Tiergemeinschaften aber lassen sich gleichermaßen im Sauerland, im Bergischen Land, in der Eifel und den Ardennen nachweisen. Dies bedeutet, daß sich gleiche ökologische Bedingungen zonenartig über mehrere hundert Kilometer erstreckten und die Bildung von gleichartigen Faziesbändern möglich wurde.

3.5. Goniatiten und Clymenien

Eine Tiergruppe, der seit dem Devon besondere Bedeutung zukommt, sind die Cephalopoden (Kopffüßer), die nicht nur die höchstentwickelten Weichtiere (Mollusken) sind, sondern auch die größten bekannten Tierformen unter den Wirbellosen stellen.
Der einzige heute noch lebende gehäusetragende Kopffüßer ist der im Pazifischen Ozean vorkommende *Nautilus;* andere rezente Formen wie Kraken und Kalmare besitzen kein Gehäuse, sondern lediglich eine hornartige Platte (Schulp) unter der Haut.
Die Tierklasse der Cephalopoden wird in zahlreiche Unterklassen und Ordnungen gegliedert (LEHMANN 1976), von denen hier nur drei Gruppen erwähnt werden sollen:
1. Nautiloidea (Nautiliden), zu denen u. a. der rezente *Nautilus,* aber auch die im Devon und Karbon vorkommenden gestreckten Orthoceren gehören.
2. Ammonoidea (Ammoniten im weiteren Sinne) mit den im Devon und Karbon bedeutungsvollen Goniatiten und Clymenien und u. a. den aus der Trias bekannten Ceratiten und den in der Jura- und Kreidezeit häufig vorkommenden Ammoniten (im engeren Sinne).
3. Coleoidea, zu denen u. a. die ausgestorbenen Belemniten und alle rezenten Tintenfische wie Kalmare und Kraken zählen.
Von besonderem Interesse im Bereich des nordwestlichen Sauerlandes sind die Ammonoideen mit folgenden Ordnungen:
Bactritida (oberes Silur – oberes Perm)
Clymeniida (Oberdevon)
Goniatitida (Mitteldevon – oberes Perm)
Prolecanitida (Oberdevon – obere Trias)
Von diesen entwickelten Clymenien und Goniatiten zahlreiche Leitformen (s. S. 26 ff.).
So wird das gesamte Karbon mit Hilfe von

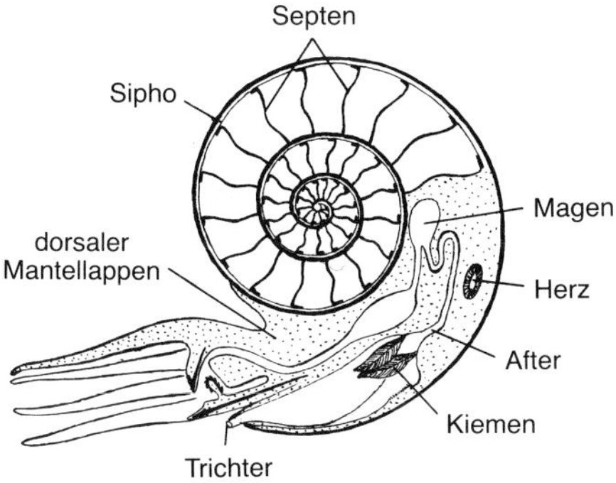

Abb. 8. Medianschnitt durch einen Ammoniten mit rekonstruierten Weichteilen.

Goniatiten gegliedert; Clymenien tauchten erst im Oberdevon III auf, starben mit Ende des Oberdevon wieder aus, brachten aber in dieser vergleichsweise kurzen Zeit ihres Vorkommens zahlreiche Leitgattungen und -arten hervor.
Durch das häufige Vorkommen von Goniatiten und Clymenien gelangten die Ammonoideen im Oberdevon zu einer ersten Virenzphase (Blütezeit) innerhalb ihrer stammmesgeschichtlichen Entwicklung.
Goniatiten und Clymenien besaßen, wie auch viele andere Gruppen der Cephalopoden, ein spiralig aufgerolltes, gekammertes Gehäuse (Phragmokon). Nur in der äußersten Kammer, der sog. Wohnkammer, die den nach vorn offenen Teil des Phragmokons darstellte, war der Weichkörper des Tieres mit Verdauungs- und Atmungsorganen und den an der Mundöffnung ansitzenden Tentakeln untergebracht.
Die sich anschließenden Kammern, die jeweils durch Kammerscheidewände (Septen) voneinander getrennt waren, waren mit Gas gefüllt. Durch die Zwischenwände führte ein Kanal (Sipho), der alle Kammern miteinander verband und mit dessen Hilfe der Gasdruck und damit die Schwimmtiefe reguliert werden konnte. Die Lage des Sipho ist besonders charakteristisch und verläuft zentral oder peripher.
So haben die Goniatiten und Anarcestiden einen ventral (extern) gelegenen Sipho, die Clymenien einen dorsal (intern) angeordneten Sipho.

Außer der Form des Gehäuses, der Berippung der Schale und der Lage des Sipho ist die sog. Lobenlinie die bemerkenswerteste Eigenschaft der Ammonoideen und wichtiges Merkmal für die Beurteilung und Bestimmung. Die Lobenlinie (Sutur) ist die Verwachsungslinie der Kammerscheidewände mit der Außenwand des Gehäuses.
Bei den im Oberdevon des Sauerlandes häufigen Goniatiten in Steinkernerhaltung wird die Sutur als wellenförmig gebogene oder zickzackförmig geknickte Linie mit Loben und Sätteln sichtbar. Im Unterschied zu später auftauchenden Formen wie Ceratiten und Ammoniten ist die goniatitische Lobenlinie nicht zerschlitzt oder verästelt.
Im Bereich des nordwestlichen Sauerlandes sind die Goniatitenfunde in oberdevonischen und unterkarbonischen Schichten zahlreich; im Oberkarbon beschränken sie sich auf wenige Arten und Fundstellen.
Für die im Oberdevon vorkommenden Clymenien sind Lokalitäten aus der Gegend um Balve wie Beul, Dasberg und Wocklum weltbekannt geworden (PAEKKELMANN 1924, H. SCHMIDT 1924, SCHINDEWOLF 1937).

Abb. 9. Schnitt durch ein Ammonitengehäuse (a.) und ein Orthocerengehäuse (b.).

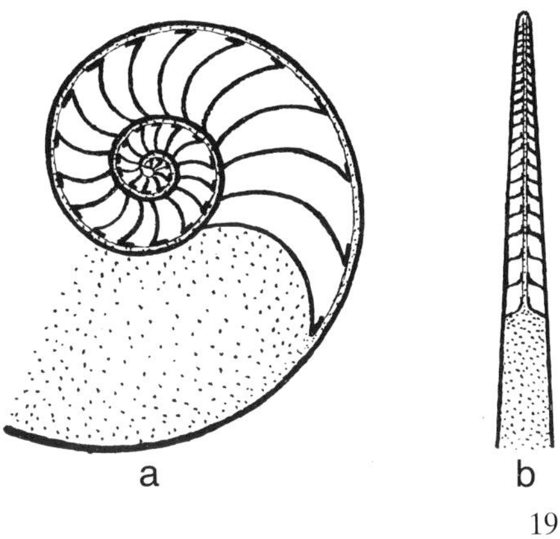

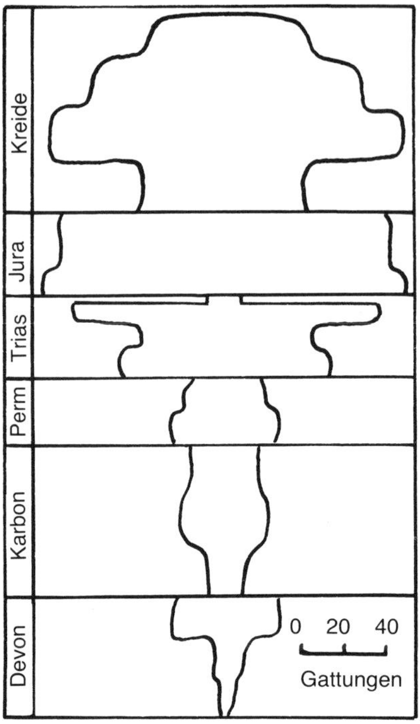

Abb. 10. Zeitliche und zahlenmäßige Verteilung der Ammonoidea.

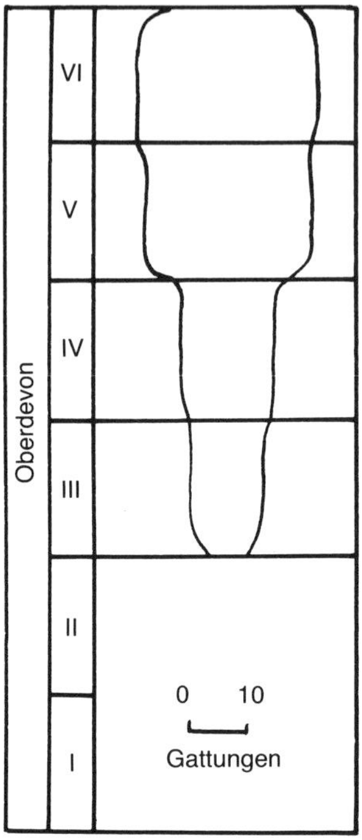

Abb. 11. Zeitliche und zahlenmäßige Verteilung der Clymenien.

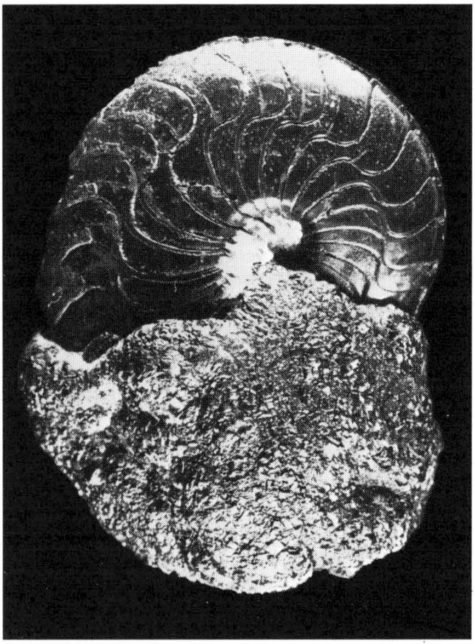

Abb. 12. *Tornoceras*, ein Goniatit aus dem Oberdevon II (Nehden-Stufe) von Nehden (Brilon).
a. Pyritisierter Steinkern mit Lobenlinien.
b. Zeichnerische Darstellung von Gehäuseform und Gehäusemündung.

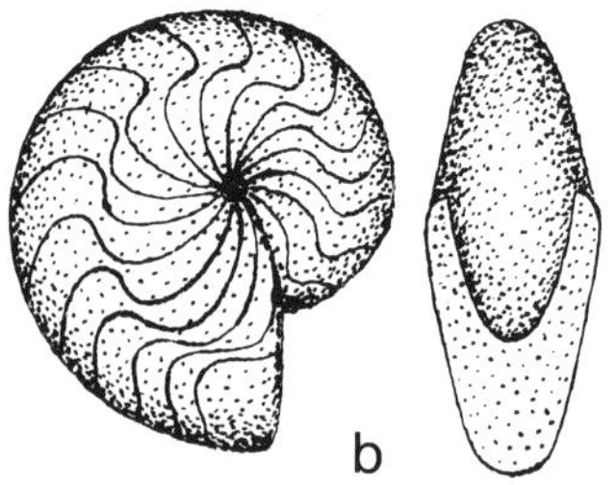

3.6. Der Steinkohlenwald

Nach der Mitteldevonzeit, in der die Pflanzen endgültig das Festland eroberten, entwickelten sich im Oberdevon die Lycophyta (Bärlappe) mit *Cyclostigma* zu baumförmigem Wuchs; die Equisetophyta (Schachtelhalmgewächse) wiesen mit *Pseudobornia* ebenfalls Baumwuchs auf; die ersten *Sphenophyllum*-Arten (Keilblattgewächse) traten auf. Die Prospermatophyta (Vorläufer der Samenpflanzen) herrschten vor mit *Archaeopteris*-Arten, während die Filicophyta (Farnpflanzen) noch nicht erkennbar waren.

Man kann davon ausgehen, daß im Oberdevon nicht nur feuchte Biotope innerhalb der Tiefländer, sondern die Tiefländer in ihrer Gesamtheit mit Pflanzen bedeckt waren.

Im Hagener Raum kommen Pflanzenreste aus dem Oberdevon nur als Häcksel vor, die weite Transportwege hinter sich haben. Oberdevonfloren sind insbesondere bekanntgeworden aus Belgien, Nordamerika und der Bäreninsel. In der Oberkarbonzeit waren im Pflanzenreich, bis auf die Blütenpflanzen (Angiospermen), die erst in der Kreidezeit auftreten, alle wichtigen Gruppen und alle Organisationspläne vorhanden.

Günstige klimatische Verhältnisse, warm, feucht und regenreich, die unseren heutigen tropischen bis subtropischen Breiten entsprachen, ließen am Nordrand des sich emporhebenden varistischen Gebirges im Senkungsbereich der subvaristischen Saumtiefe die Steinkohlenwälder entstehen, Küstensümpfe und Waldmoore, die riesige Flächen bedeckten.

Abb. 13. Lebensbildrekonstruktion eines Sumpfwaldes aus der Oberkarbonzeit.

a. Schuppenbaum (*Lepidodendron*). b. Siegelbaum (*Sigillaria*). c. Baumfarn. d. Cordaitenbaum. e. Farnsamer. f. Verschiedene Schachtelhalmpflanzen (Calamiten). g. Keilblattgewächs (*Sphenophyllum*). h. Amphibium (Batrachosauria). i. Insekt (Palaeodictyoptera). k. Insekt (Schabe, Blattodea). m. Geißelskorpion (*Prothelyphonus*).

Wesentlicher Bestandteil der Steinkohlenwälder waren die Lycophyten mit gewaltigen Schuppenbäumen *(Lepidodendron)* und Siegelbäumen *(Sigillaria)*.
Baumförmige Schachtelhalme (Calamiten) und krautige Keilblattgewächse (Sphenophyllen) hatten ihren Lebensraum in ausgedehnten Verlandungsgebieten, teilweise in Reinbeständen, sog. Calamitenröhrichten.
Farnlaubige Pflanzen (Pteridophyten) waren teilweise echte Farne (Filicatae), die wie die heutigen Farne Sporenvermehrung besaßen. Sie hatten zum Teil baumförmigen Wuchs *(Pecopteris)* und bildeten große Wedel aus.
Die überwiegende Zahl der farnlaubigen Pflanzen gehörte jedoch zu den Farnsamern (Pteridospermen) innerhalb der Nacktsamer (Gymnospermen), die samenartige Fruktifikationen ausbildeten. Farnsamer waren zum Teil Spreiz- oder Stützklimmer, die mit Hilfe von Klimmhaaren oder -haken an anderen Pflanzen lianenartig emporkletterten.
Eine weitere Gruppe der Nacktsamer stellten die Cordaiten dar, die glatte, bis zu 30 Meter hohe Stämme und lange bandförmige Blätter besaßen.
Erste Nadelhölzer (Coniferen) traten erst im unteren Perm artenreich auf (Walchiaceae).
Mit diesem Pflanzenbestand war die Physiognomie der Steinkohlenwälder wesentlich anders als die heutiger Urwälder. Auffallend waren die ungewohnten Verzweigungsarten der Bäume: astlos die dicken Stämme der Sigillarien und einiger Calamitenarten *(Eucalamites, Calamitina)*, gabelig verzweigt die Lepidodendren. Das Unterholz wurde von Boden- und Kletterfarnen und Sphenophyllen gebildet.
Ein wesentlicher Unterschied zu tropischen Urwäldern unserer Zeit bestand jedoch darin, daß es ,,stille Wälder" waren, in denen weder Vogelrufe noch Schreie von Säugetieren ertönten, in denen das Zirpen heuschreckenähnlicher Insekten (Protorthopteren) wohl der einzige Tierlaut gewesen sein dürfte.
Lebewesen dieser Wälder waren weiter primitive Reptilien (Theromorphen), die ersten, die in ihrer Fortpflanzung nicht mehr an das Wasser gebunden waren; daneben hatten Panzerlurche (Stegocephalen) im Karbon und Perm ihr Hauptvorkommen.
Vor allen Dingen aber boten die Steinkohlenwälder den Gliederfüßern (Arthropoden) guten Lebensraum; terrestrische Arthropoden wie Spinnen und Skorpione (Arachniden) und Tausendfüßer (Myriapoden) und deren Verwandte, riesige Arthropleuriden, waren zahlreich vertreten; ebenso erreichten die geflügelten Insekten eine erste Blütezeit.
In den größeren oder kleineren Gewässern wie Seen und Flußläufen, von denen die Sumpfwälder unterbrochen wurden, lebten nicht-marine Muscheln *(Carbonicola)*, Muschelkrebse (Ostracoden) und Fische (Palaeonisciden, Crossopterygier).
Der Hagener Raum ist reich an Fundstellen für Karbonfossilien, in denen fast alle hier erwähnten Floren- und Faunenelemente geborgen werden konnten (s. S. 95 ff.).

3.7. Karbonische Insekten

Eng verbunden mit der Besiedlung des Festlandes durch die Pflanzen ist die Entwicklung der Insekten. Im Karbon lieferte die Landvegetation bereits ein reichliches Nahrungsangebot und ausreichenden Schutz.
Erste noch ungeflügelte Insekten (Apterygota) wurden im Unterdevon Schottlands nachgewiesen und gehören zur Ordnung der Springschwänze (Collembola).
Im Oberkarbon erfuhren die geflügelten Insekten (Pterygota) eine überaus schnelle Entwicklung: Von insgesamt 28 Ordnungen der Pterygota traten bereits 10 im Oberkarbon und Perm auf, darunter die unseren heutigen Libellen ähnlichen Gattungen *Meganeura* und *Meganeuropsis*, die größten Insekten aller Zeiten, mit einer Flügelspannweite von ca. 70 cm. Meganeurinen gehören, wie auch einige weitere Gattungen, zu den Palaeoptera, Insekten, die ihre Flügel horizontal ausgebreitet halten und nicht nach hinten über das Abdomen (Hinterleib) drehen können.
Unter diesen ist die karbonische Ordnung Palaeodictyoptera zu nennen, die mit mehreren Familien nachgewiesen wurde.

Palaedictyoptera besaßen ein Flügelgeäder von komplizierter Struktur. Außer den zwei Vorder- und zwei Hinterflügeln hatten sie am Vorderleib (Prothorax) zwei große flügelähnliche, möglicherweise zum Gleiten dienende Paranotalloben. Da sie sich von Pflanzensäften ernährten, waren sie mit zum Saugen und Stechen dienenden Mundwerkzeugen ausgestattet. Wie die meisten karbonischen Insekten besaßen die Palaeodictyoptera keine vollständige Verwandlung (Metamorphose); das zwischen Larve und fertigem Tier (Imago) eingeschobene Puppenstadium fehlte.

Neben den starrflügeligen Insekten (Palaeoptera) traten jedoch auch schon jene Insekten auf, die ihre Flügel zurückdrehen und über dem Abdomen waagerecht zusammenlegen können (Neoptera) und zu denen die meisten Ordnungen gezählt werden.

Hier sind insbesondere zu nennen die Schaben (Protoblattodea und Blattodea), die Vorläufer der Schrecken und Steinfliegen (Protorthoptera) und die Zikaden- und Blattlaus-Artigen (Homoptera).

Obgleich aus dem Karbon und Perm mittlerweile über 1000 Insektenarten bekanntgeworden sind, gehören Insektenfunde aus dem Karbon immer noch zu den Seltenheiten. Die meisten stammen aus dem oberen Oberkarbon von Commentry (Frankreich) und Mazon Creek (USA).

Neben diesen klassischen Fundstellen gilt als weitere Insekten-Lokalität seit einigen Jahren die Grube der Vorhaller Klinkerwerke in Hagen-Vorhalle (s.S. 104). Sie ist inzwischen nicht nur die reichhaltigste Insekten-Fundstelle des paralischen Oberkarbon Westdeutschlands, sondern auch eine der reichhaltigsten in Gesteinen des unteren Oberkarbon. Darüber hinaus gehören die Funde mit zu den ältesten geflügelten Insekten des Oberkarbon (BRAUCKMANN & KOCH 1982).

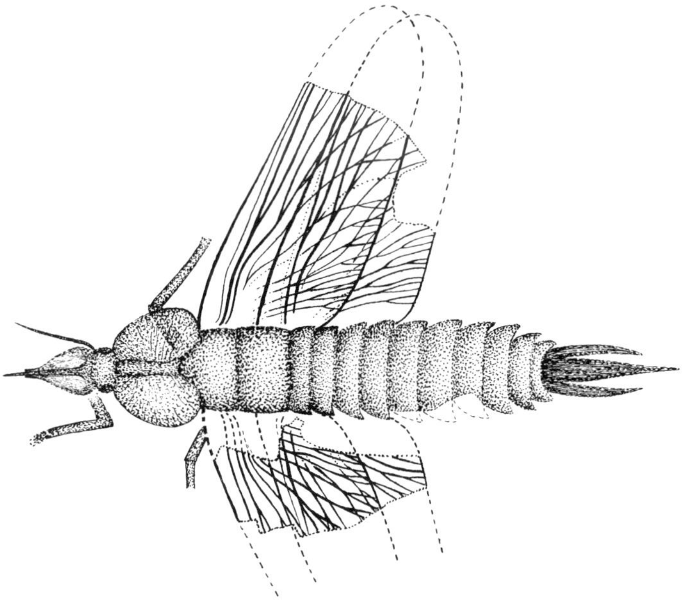

Abb. 14. *Homoioptera vorhallensis* BRAUCKMANN & KOCH (Palaeodictyoptera) aus den Vorhaller Schichten (Namur B, Oberkarbon) von Hagen-Vorhalle. Körperlänge 15 cm.

4. Stufen, Schichten, Leitfossilien

4.1. Zwanzig Schichtkomplexe

Die vom Unteren Mitteldevon bis zum flözführenden Oberkarbon reichende Gesteinsfolge im nordwestlichen Sauerland wird in ca. 20 Schichtkomplexe unterteilt, die wiederum mehr oder weniger stark untergliedert sind.
Die damit zusammenhängenden stratigraphischen Fragen, d. h. eine möglichst genaue Gliederung der Schichtenfolgen, hat zahlreiche Geologen beschäftigt, und die Arbeit daran ist auch heute noch nicht beendet.
Insbesondere ist hier die Devon-Karbon-Grenze von Interesse, da es nur wenige Gebiete auf der Erde gibt, in denen devonische Ablagerungen lückenlos in karbonische übergehen und in Profilen aufgeschlossen sind.
Aus der geologischen Übersichtskarte wird deutlich, daß die Devon-Karbon-Grenze im Exkursionsgebiet südlich der Ruhr in ONO-Richtung verläuft, wobei die im Grenzbereich liegenden Schichten des Oberdevon und Kulm nur einen verhältnismäßig schmalen Streifen einnehmen. Zwischen Hagen und Gevelsberg fallen diese Schichten, wie auch der Massenkalk, aufgrund der Ennepe-Störung fast völlig aus (s. S. 78).
Größere Massenkalkvorkommen finden sich bei Schwelm, Hagen, Hohenlimburg, Letmathe und im Hönnetal.
Das Gebiet südlich des Massenkalkzuges wird von mitteldevonischen Schichten in meist sandig-schiefriger Ausbildung, den sog. Lenneschiefern, aufgebaut. Östlich der Hönne im Balver Raum dagegen sind Oberdevon und Kulm von größerer Ausdehnung. Oberkarbonische Ablagerungen schließen sich nördlich an den Kulm an und beginnen mit dem Flözleeren (Namur A und B).
Bei Menden fällt das isolierte Vorkommen permischer Sedimente, das Mendener Konglomerat, auf.
Im Hagener Gebiet (Hohensyburg) bildet die Ruhr die Grenze zwischen flözleerem und flözführendem Karbon (Namur C), während bei Witten und Hattingen flözführendes Oberkarbon auch südlich der Ruhr zu Tage tritt. Nördlich der Linie Bochum – Fröndenberg (Billmerich) werden oberkarbonische Schichten von Sedimenten der Oberkreide überlagert.
Die Altersbestimmung der vorkommenden Schichten beruht teils auf petrographischer (gesteinskundlicher), zum größeren Teil aber auf biostratigraphischer Grundlage.
In der Biostratigraphie werden Zeit- und Altersbestimmungen mit Hilfe aufgefundener Fossilien durchgeführt, wobei sich eine, bezüglich der zeitlichen Aufeinanderfolge, relative, biochronologische Skala der Erdgeschichte ergibt, die Vergleiche mit anderen Regionen der Erde zuläßt.
Dabei spielen Leitfossilien die entscheidende Rolle.

4. 2. Der Begriff des Leitfossils

Schon früh wurde erkannt, daß in bestimmten Gesteinsschichten nur für sie typische, d. h. »leitende« Fossilien vorkommen.
Als erster beschrieb der Engländer William Smith (1769 – 1839) detailliert die Abfolge bestimmter Schichten und der darin vorkommenden Fossilien und gilt damit als Begründer der Stratigraphie und Leitfossilienkunde.
Drei wichtige Bedingungen müssen Leitfossilien erfüllen, damit sie als Zeitmarke und zur Parallelisierung von Gesteinsschichten herangezogen werden können: Sie müssen weitverbreitet, faziesunabhängig und kurzlebig sein.
Dies bedeutet, daß das vertikale Auftreten einer Tierart bis zu ihrem Aussterben verhältnismäßig kurz sein muß; ihr horizontales Vorkommen aber soll weiträumig, möglichst weltweit sein. Darüber hinaus ist Fazies-Unabhängigkeit eine wichtige Voraussetzung; d. h. das Vorhandensein von Leitfossilien muß in verschiedenen Ablagerungsbereichen wie Tiefsee oder Schelfmeer und in unterschiedlichen Sedimenten (Sandstein, Kalkstein) gegeben sein. Dabei muß das Fossil möglichst leicht erkennbar bzw. bestimmbar sein und häufig vorkommen.

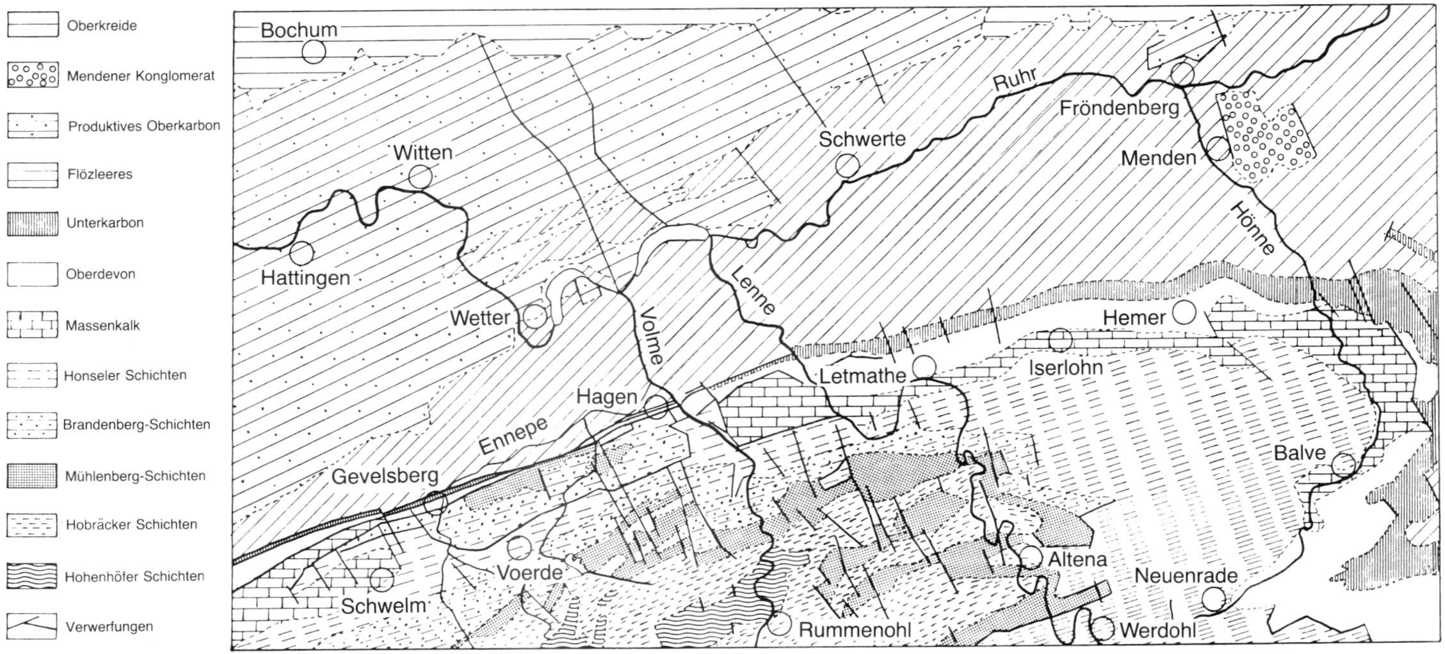

Abb. 15. Geologische Übersichtskarte des nordwestlichen Sauerlandes.

Allerdings besteht zuweilen die Notwendigkeit, auf weniger leicht erkennbare Leitfossilien (z. B. Korallen) zurückzugreifen, wenn andere Formen fehlen. Ebenso ist die Häufigkeit des Vorkommens lokal unterschiedlich, auch das völlige Ausbleiben einer Leitform ist möglich.

Die Grundlage zur Gliederung der meisten Stufen oder Zonen der Erdgeschichte bilden marine Lebewesen, insbesondere Trilobiten, Graptolithen, Ammonoideen u. a., da sie den Begriff des Leitfossils besser erfüllen als Süßwassertiere, Landtiere oder Pflanzen; denn marine Organismen breiten sich schnell aus, haben bessere Überlieferungschancen als terrestrische, sind weltweit verbreitet und lassen daher Vergleiche zu anderen Gebieten zu.

In der Biostratigraphie ist festgelegt, daß als Beginn einer Stufe bzw. Zone das erste Auftreten einer neuen Art gilt. Dabei besteht nicht die Notwendigkeit, daß die Leitform der vorherigen Zone völlig erloschen ist.

4.3. Leitfossilien und Leitzonen

Die Stufen und Schichten vom Unteren Mitteldevon bis zum Oberkarbon sind nicht einheitlich benannt. Teilweise leiten sie ihre Namen von Typus-Lokalitäten her, teilweise von petrographischen Erscheinungsformen, zu einem Teil auch von den für sie bestimmenden Leitfossilien.

Die Stufen des Mitteldevon sind nach der Landschaft Eifel bzw. der französischen Ortschaft Givet benannt, im Oberdevon entsprechend der Lage ihrer Typus-Aufschlüsse im Sauerland und in Hessen (Adorf i. Waldeck, Nehden b. Brilon, Hemberg b. Iserlohn, Dasberg und Wocklum b. Balve), im Unterkarbon (Kulm) nach leitenden Goniatiten *(Gattendorfia, Pericylus, Goniatites)* und im älteren Oberkarbon nach der belgischen Stadt Namur.

Ähnlich ist es bei der Benennung der Schichten: Im Mitteldevon stammen die Bezeichnungen von Ortsnamen aus dem Hagener Raum: Die Hohenhöfer Schichten nach dem Hohenhof bei Dahl, die Hobräcker Schichten nach dem Hobräcker Rücken zwischen Volme und Lenne, die Mühlenberg-Schichten nach dem Mühlenberg nördlich von Dahl, die Brandenberg-Schichten nach dem Brandenberg zwischen Hohenlimburg und Nachrodt und die Honseler Schichten nach Gut Honsel bei Hohenlimburg. Die Namen der Schichten Massenkalk und Flinz sind petrographische Bezeichnungen, ebenso wie Plattensandstein-Horizont und Tonschiefer-Horizont aus dem Oberdevon und Liegende Alaunschiefer, Kulm-Lydite, Kulm-Kieselkalk, Kulm-Plattenkalk aus dem Unterkarbon, während die Schichten des Namur wieder ausnahmslos nach Örtlichkeiten südlich der Ruhr (Arnsberg, Hagen, Vorhalle, Sprockhövel) benannt sind. Einzige Ausnahme bildet das Oberdevon IV, das auch als *annulata*-Zone bezeichnet wird nach der leitenden Clymenie *Platyclymenia annulata.*

Die biostratigraphische Charakterisierung der Schichten erfolgt vom Oberdevon an einheitlich durch Ammonoideen (Anarcestiden, Clymenien, Goniatiten), die vom Beginn des Oberdevon an zahlreiche kurzlebige Arten stellen, die sich gut als Leitfossilien eignen. Besonderes Augenmerk verdienen jene Leitfossilien, durch welche die Grenzen zwischen geologischen Abteilungen bzw. Unterabteilungen festgelegt werden.

So beginnt das Oberdevon mit dem ersten Auftauchen von *Pharciceras;* die Devon-Karbon-Grenze wird durch den Goniatiten *Gattendorfia subinvoluta* gekennzeichnet, der Beginn des Oberkarbon ist durch den Horizont mit *Cravenoceras leion* festgelegt.

Besonders kurzlebige Ammonoideen-Arten sind geeignet, eine Schicht weiter zu untergliedern in Leitzonen. Die unterste Zone des Oberdevon I (to I) z. B. wird nach ihrem Leitfossil *Pharciceras* auch *Pharciceras*-Zone (to Iα) genannt. Ein Beispiel aus dem Unterkarbon (Kulm) verdeutlicht die feinstratigraphische Einteilung der Schichten (s. auch stratigraphische Übersichtstabelle):

Das obere Kulm (cu III) wird mit Hilfe der Gattung *Goniatites* in drei Zonen gegliedert, cu IIIα mit *Goniatites crenistria,* cu IIIβ mit *Goniatites striatus* und cu IIIγ mit *Goniatites granosus.* Durch Unterarten und weitere Goniatiten-Arten werden die einzelnen Zonen wieder-

Abb. 16. Schichtenfolge devonischer und karbonischer Ablagerungen im nordwestlichen Sauerland

Mill. Jahre vor d. Gegenwart	System	Stufe	Symbol	Schicht- bzw. Leithorizont	Leitfossil	Pflanzen-vergesellschaftung
310	Karbon – Oberkarbon – flözführendes	Namur C	G_1	Sprockhöveler Schichten, obere: Sarnsbank-Horizont Schieferbank-Horizont Hauptflöz-Horizont Alte-Haase-Horizont Wasserbank-Horizont Hinnebecke-Horizont	*Donetzoceras sigma*	Namur B/C-Flora *Lepidodendron aculeatum* *Sigillaria elegans* *Mesocalamites cistiformis* *Mesocalamites roemeri* *Mesocalamites undulatus* *Sphenophyllum cuneifolium* *Pecopteris plumosa* *Alethopteris lonchitica* *Paripteris gigantea* *Neuropteris schlehani* *Karinopteris acuta* *Eusphenopteris hollandica* *Cordaites principalis*
				Sprockhöveler Schichten, untere: Besserdich-Horizont Gottessegen-Horizont Bickefelder-Horizont Cremer-Horizont Bernhardt-Horizont Kaisberg-Konglomerat Grenzsandstein	*Gastrioceras* *Reticuloceras superbilingue superbilingue*	
	Karbon – Oberkarbon – flözleeres	Namur B	R_2	Vorhaller Schichten	*Reticuloceras superbilingue metabilingue*	
				Hagener Schichten	*R. bilingue*	
			R_1	Obere Arnsberger Schichten	*R. pulchellum* *R. circumplicatile* *R. todmordenense*	
		Namur A	H	Untere Arnsberger Schichten	*Homoceras*	Namur A-Flora *Sigillaria elegans* *Mesocalamites roemeri* *Sphenopteris adiantoides* *Rhodeopteridium* *Cardiopteridium*
			E	Hangende Alaunschiefer	*Eumorphoceras* *Cravenoceras leion*	
	Karbon – Unterkarbon (Kulm)	*Goniatites*-Stufe	cu III	Kulm-Plattenkalk Kulm-Kieselkalk	*Goniatites*	Unterkarbon-Flora *Calamites radiatus* *Cardiopteridium* *Sphenopteridium* *Diplotmema* *Adiantites*
		Pericyclus-Stufe	cu II	Kulm-Lydite Liegende Alaunschiefer	*Pericyclus*	
345		*Gattendorfia*-Stufe	cu I	Hangenberg-Kalk	*Gattendorfia* *G. subinvoluta*	kaum Pflanzenreste
	Devon – Oberdevon – oberes	Wocklum	to VI	Hangenberg-Schiefer Wocklumer Kalk	*Wocklumeria*	Oberdevon-Flora (im nordwestlichen Sauerland keine bestimmbaren Formen nachgewiesen)
		Dasberg	to V	Dasberg-Schichten	*Gonioclymenia*	
	Devon – Oberdevon – mittleres	Hemberg	to IV	*annulata*-Zone	*Platyclymenia*	
			to III	Hemberg-Schichten	*Prolobites*	
		Nehden	to II	Plattensandstein-Horizont Tonschiefer-Horizont	*Cheiloceras*	
	Devon – Oberdevon – unteres	Adorf	to I	Adorf-Schichten Östricher Kalk Eppenhauser Schichten	*Manticoceras* *Pharciceras*	
	Devon – Mitteldevon – oberes	Givet	tmk	Massenkalk (Flinz)	*Stringocephalus burtini*	wenige Pflanzenreste
			tmh_2	Obere Honseler Schichten	*Maenioceras*	Mitteldevon-Flora *Euthursophyton* *Protolepidodendron* *Honseleria* *Protopteridium* *Pseudosporochnus* *Calamophyton* *Duisbergia* *Hyenia*
			tmh_1	Unter Honseler Schichten		
	Devon – Mitteldevon – unteres	Eifel	tmb	Brandenberg-Schichten	*Calceola*	
			tmm	Mühlenberg-Schichten	*Anarcestes*	
370			tmä	Hobräcker-Schichten		

um in Subzonen unterteilt, z. B. die Zone cu IIIα (*crenistria*-Zone) in cu IIIα_1 mit *Entogonites grimmeri*, cu IIIα_2 mit *Goniatites crenistria schmidtianus*, cu IIIα_3 mit *G. crenistria crenistria* und cu IIIα_4 mit *G. crenistria intermedius* (NICOLAUS 1963).

Neben der meist angewandten und als zuverlässig geltenden Cephalopoden-Stratigraphie lassen sich auch auf anderen Fossilgruppen Gliederungen aufbauen, die in weiten Bereichen mit der Cephalopoden-Stratigraphie korrelieren.

Hier sind vor allen Dingen Conodonten [0,2 – 3 mm lange zahnähnliche Hartteile erst seit kurzem bekannter, wurmartiger Lebewesen (BRIGGS et al. 1983)] zu nennen, die in großem Formenreichtum in devonischen und karbonischen Schichten vorkommen (KAEVER, OEKENTORP & SIEGFRIED 1980). Darüber hinaus aber sind Trilobiten als Leitfossilien hauptsächlich im Oberdevon und Kulm zu verwenden (HAHN & HAHN 1975). So ist z. B. der Trilobit *Trimerocephalus mastophthalmus* in gleicher Weise Leitfossil für das Oberdevon II wie der Goniatit *Cheiloceras verneuili* (s. S. 71, 72).

Lassen sich im Oberdevon und Karbon zuverlässige biostratigraphische Gliederungen durchführen, ist man demgegenüber im Mitteldevon teilweise auf gesteinskundliche Untersuchungen angewiesen. Das liegt zum einen an der uneinheitlichen Ausbildung der Sedimente, zum anderen am völligen Ausbleiben von Fossilien; oder aufgrund der meist nur in Steinkernerhaltung vorliegenden Fundstücke ist eine genaue Bestimmung nicht durchzuführen.

Zwar besteht die Möglichkeit, die Gliederung nach Cephalopoden auch auf das Mitteldevon auszudehnen. Allerdings lassen sich die Stufen-Leitformen *Anarcestes* für das Untere Mitteldevon und *Maenioceras* für das Obere Mitteldevon nur in bestimmten Faziesbereichen verwenden; in anderen, z. B. im nordwestlichen Sauerland, herrschen Korallen-Brachiopoden-Faunen vor. Aus diesem Grunde wurde überprüft, inwieweit sich Brachiopoden als Leitfossilien eignen. Daher gilt der teilweise massenhaft vorkommende Brachiopode *Stringocephalus burtini* als klassisches Leitfossil für das gesamte Obere Mitteldevon (s. S. 50, 51), ebenso können eine Reihe anderer Brachiopoden, insbesondere Spiriferen, zur weiteren Untergliederung herangezogen werden.

Vielfach verwendet man ganze Faunengemeinschaften zur Altersbestimmung einer Schicht. Auch wurden Versuche unternommen, eine Stratigraphie mit Hilfe von Korallen aufzubauen (WALTHER 1928, BIRENHEIDE 1978). Die Bemühungen, brauchbare Gliederungen des nordsauerländischen Mitteldevon vorzunehmen, die Vergleiche mit dem Mitteldevon Belgiens und der Eifel zulassen, sind vielfältig und können hier nicht referiert werden (SPRIESTERSBACH 1942, H. SCHMIDT 1965, H. SCHMIDT & TRUNKO 1965, LOTZE 1956, EISENLOHR 1959).

5. Fossilien aus dem Mitteldevon des Hagener Raumes

5.1. Das Untere Mitteldevon

Schichten des Unteren Mitteldevon (Eifel-Stufe) haben im nordwestlichen Sauerland weite Verbreitung. Vor allen Dingen die Gebiete zwischen Ennepe und Volme und zwischen Volme und Lenne bestehen aus untermitteldevonischen Gesteinen, hauptsächlich Hobräcker Schichten, Mühlenberg- und Brandenberg-Schichten.
In den Tälern von Ennepe, Hasperbach, Volme und Lenne finden sich eine Reihe von Böschungen und Anschnitten längs der Talstraßen, die Einblicke in die Lagerungsverhältnisse gestatten.
Fährt man von Hagen durch das Volmetal in südlicher Richtung, so fallen zahlreiche Aufschlüsse an der Volmestraße und mehrere Steinbrüche auf, die einen guten Überblick über fast die gesamte mitteldevonische Schichtenfolge geben.
Das Profil beginnt mit dem Oberen Mitteldevon (Givet) und zeigt im Bereich des Wasserlosen Tales und bei Delstern Kalksteine und Mergelschiefer der Oberen Honseler Schichten und bei Oberdelstern in alten Steinbruchanlagen die Grauwacken der Unteren Honseler Schichten.
Es folgen dann Aufschlüsse des Unteren Mitteldevon mit roten und grünen Schiefern und Grauwacken der Brandenberg-Schichten bei Ambrock, hellen Sandsteinen der Mühlenberg-Schichten bei Dahl und Tonschiefern und Grauwacken der Hobräcker und Hohenhöfer Schichten im Gebiet zwischen Dahl und Rummenohl. Weiter Volme aufwärts verläßt man den Kern des Remscheid-Altenaer-Sattels mit den hier überwiegend auftretenden Schichten der Eifel-Stufe und gelangt in das Givet der Lüdenscheider Mulde.

5.1.1. Mühlenberg- und Brandenberg-Schichten im Volmetal

Der obere Teil des Unteren Mitteldevon ist gut zugänglich im stillgelegten Steinbruch gegenüber des ehemaligen Bahnhofs Ambrock, in ausgedehnten Steinbruchanlagen am Lange-Berg im Hamperbachtal bei Ambrock (beide in Brandenberg-Schichten) und in alten Brüchen am südlichen Ortsausgang von Schalksmühle (Grenzbereich Mühlenberg-Brandenberg-Schichten).
Die Mühlenberg-Schichten bestehen aus blauen bis blaugrauen Sandsteinen mit zum Teil feinem Korn. In den Aufschlüssen von Schalksmühle finden sich in groberen Sandsteinen, teilweise gehäuft, Steinkerne (ohne Schalenerhaltung) von Brachiopoden (*Athyris* sp.), Schnecken (*Platyceras* sp.), Muscheln (*Grammysia bicarinata* GOLDFUSS), sowie Tentaculiten und Seelilienstielglieder (Crinoiden).
Lockeres Gestein mit mulmig verwitterter Oberfläche enthält in angereicherten Lagen Seelilienstielglieder (Crinoidenschille) mit vereinzelt eingelagerten Brachiopoden.
Die Brandenberg-Schichten dagegen haben eine sehr uneinheitliche Ausbildung und unterscheiden sich dadurch von den gleichförmigeren Ablagerungen der Mühlenberg-Schichten im Liegenden und den Unteren Honseler Schichten im Hangenden.
Man trifft auf blau- und grüngraue Grauwacken, grobkörnige braune Sandsteine, helle Feinsandsteine und rote und grüne bzw. rotgrün gefleckte Ton- und Schluffschiefer.
Kalkige Einlagerungen kommen nur selten vor; auf den Schichtflächen der Grauwacken sind Quarzkristalle sowie Schwefel- und Kupferkies zu beobachten; grobkörnige Sandsteine enthalten Feldspatreste und Glimmerbeimengungen. Die vorherrschende Rotfärbung der Gesteine wird durch feinverteiltes Eisenoxid, die Grünfärbung durch Chlorit verursacht.
Im Gegensatz zum marinen Fossilinhalt der Mühlenberg-Schichten, führen die Brandenberg-Schichten von Ambrock Faunenreste, die aus einem limnischen oder brackischen Bereich (Küste oder Flußdelta) zu stammen scheinen. So kommen in beiden Aufschlüssen von Ambrock lagenweise nicht-marine Mu-

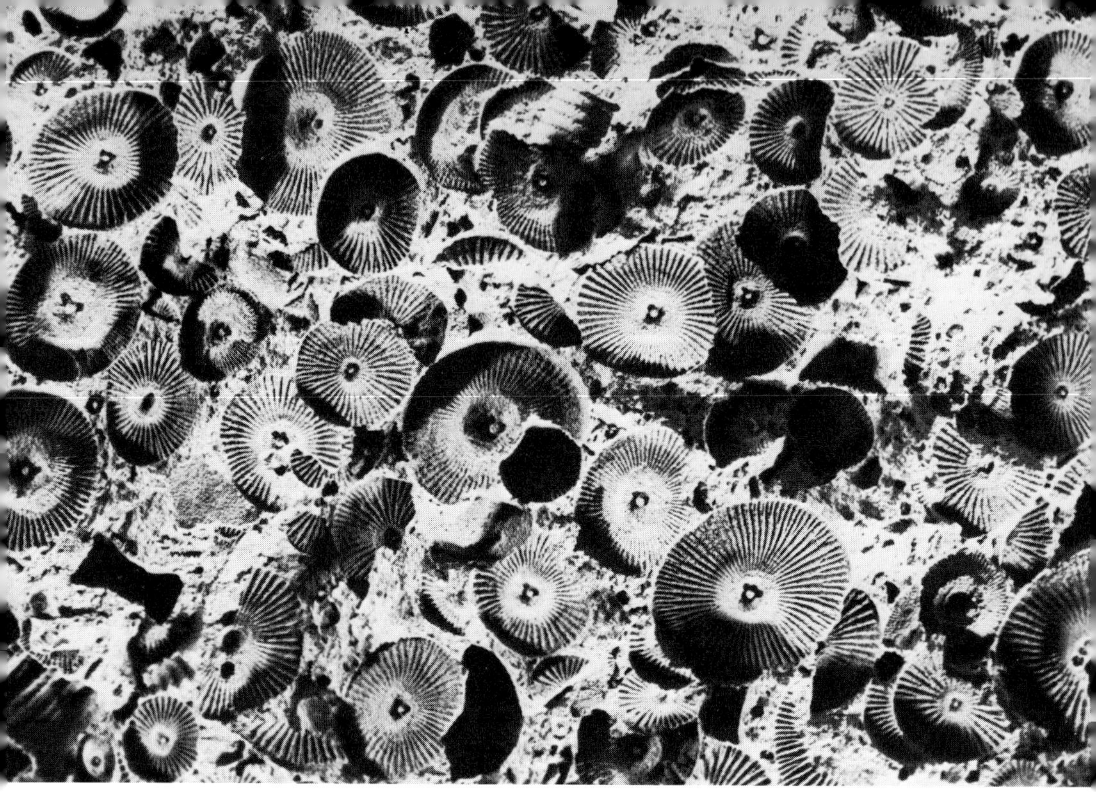

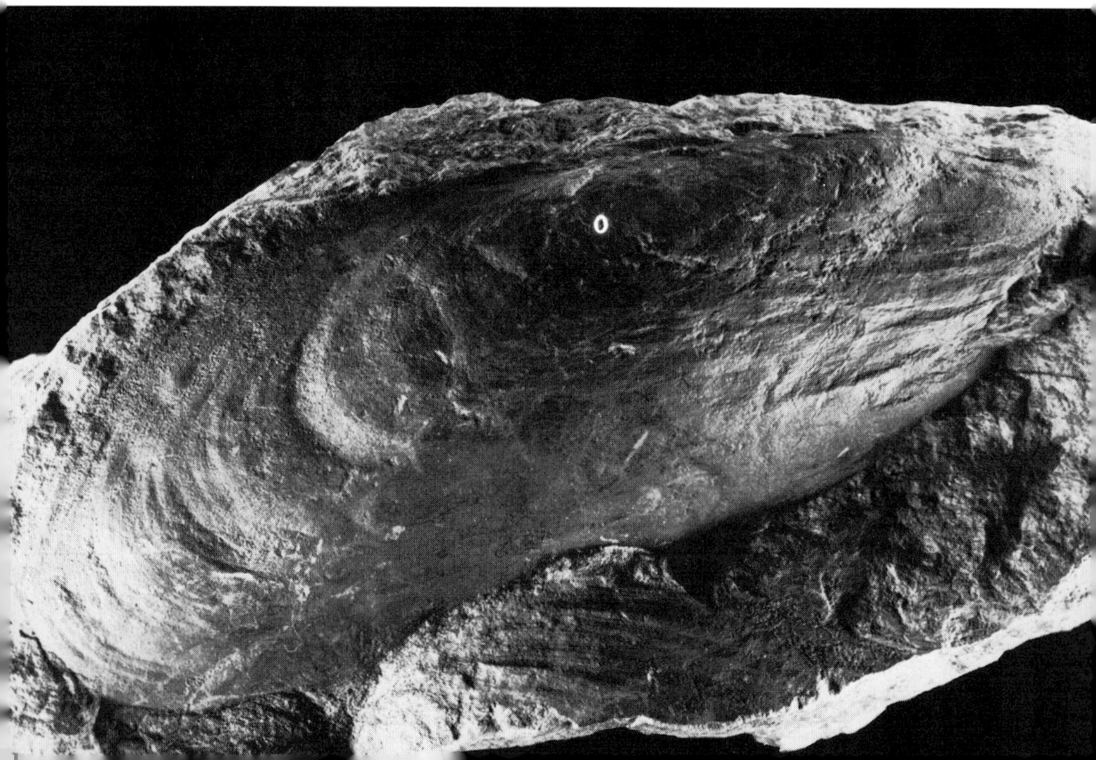

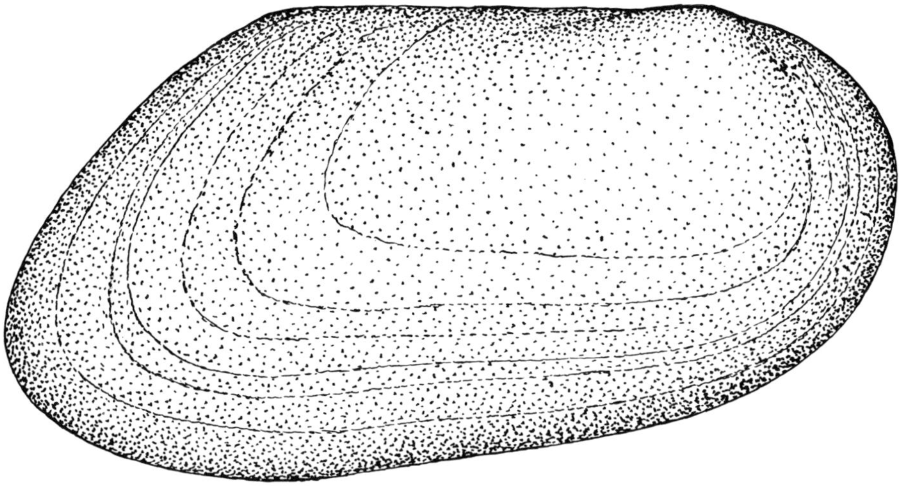

Abb. 18. *Archanodon* (nicht-marine Muschel).

scheln vor. Es sind dies *Archanodon [=Amnigenia] rhenanus* (BEUSHAUSEN) und *Modiomorpha waldschmidti* H. SCHMIDT, wobei besonders *Archanodon rhenanus*, eine ca. 15 cm lange *Unio*-ähnliche Muschel, als typischer Vertreter eines brackisch-fluviatilen Faziesbereiches angesehen wird.
Daneben finden sich in kalkigen und sideritischen Knollen Muschelkrebse (Ostracoden) und Panzerfischplatten.

5.1.2 Die Flora von Ambrock

Die Brandenberg-Schichten liefern bei Ambrock relativ wenig Faunenreste, dafür aber reichlich Pflanzenfossilien. Sie sind in den blau- und grüngrauen Sandsteingrauwacken entweder als kohlige Abdrücke oder in Form von rotem, erdigem Eisenoxid erhalten. In ockergelben oder hellgrünen Sandsteinen bestehen die Pflanzenhäcksel aus Brauneisenstein. Neben diesen meist unbestimmbaren »Zerreibseln« kommen in Ambrock auch gut erhaltene Stücke vor, die eingehend beschrieben wurden, wobei zwei völlig neue Gattungen und drei neue Arten nachgewiesen werden konnten (MUSTAFA 1975, 1978, 1980). Einige bereits vorher erwähnte Arten waren bislang nur aus dem außereuropäischen Raum bekannt.
Fossilliste der Flora von Ambrock:
Nacktpflanzen (Psilophyta): *Sawdonia ornata* HUEBER, *Euthursophyton hamperbachense* MUSTAFA
Vorläufer der Samenpflanzen (Prospermatophyta): *Cladoxylon bakrii* MUSTAFA, *Cladoxylon dawsoni* READ, *Xenocladia medullosina* ARNOLD, *Calamophyton primaevum* KRÄUSEL & WEYLAND, *Pseudosporochnus ambrockense* MUSTAFA, *Duisbergia mirabilis* KRÄUSEL & WEYLAND, *Duisbergia macrocicatricosus* MUSTAFA, *Protopteridium thomsonii* KRÄUSEL & WEYLAND, *Triloboxylon ashlandicum* MATTEN & BANKS

Abb. 17. Faunenelemente aus dem Unteren Mitteldevon des Volmetals.

Anhäufung von Seelilienstielgliedern. Mühlenberg-Schichten. Schalksmühle. Bildbreite 6 cm. (oben).
In pflanzenführenden Horizonten kommt die große nicht-marine Muschel *Archanodon* [= *Amnigenia*] *rhenanus* (BEUSHAUSEN) vor. Brandenberg-Schichten von Hagen-Ambrock. Länge 16 cm. (unten).

Bärlappartige Pflanzen (Lycophyta):
Brandenbergia meinertii MUSTAFA

Mit diesem Fossilbestand gehört Ambrock in die Reihe berühmter Fundorte für mitteldevonische Pflanzenfossilien wie beispielsweise Elberfeld (Kirberg) oder Lindlar.
Über das Sedimentationsmilieu der Brandenberg-Schichten bestehen unterschiedliche Auffassungen: So ist man teilweise der Meinung, sie seien in einer Lagune oder einem Schelfmeer, d. h. am Rande des nördlich gelegenen Festlandes (Old-Red-Kontinent) in flachem Wasser abgelagert worden. Pflanzenreste seien durch Flüsse von Norden her eingeschwemmt und dabei zerrieben worden. Demgegenüber beweisen aufgefundene Wurzelböden in Lebensstellung, daß die Pflanzen nicht von Norden herantransportiert wurden, sondern im Ablagerungsbereich ihre Standorte hatten. Insofern ist anzunehmen, daß das Gebiet des heutigen Volmetales südlich von Hagen zur Brandenberg-Zeit ein auf Meeresniveau liegender Küstenstreifen oder ein Flußdeltabereich war.

Abb. 19. Rekonstruktion einer beblätterten Zweigspitze von *Protopteridium thomsonii* KRÄUSEL & WEYLAND. Länge 13 cm.

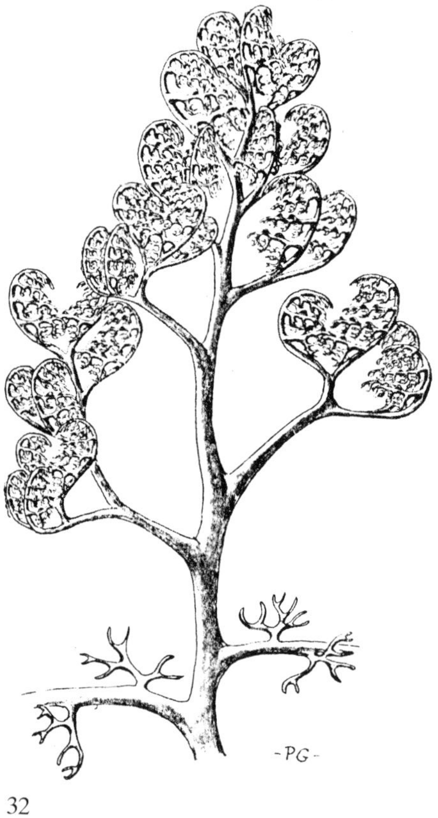

Die in Ambrock vorkommenden Pflanzen zählen zu einem geringeren Teil zu den Psilophyten, hauptsächlich aber zu den Prospermatophyten (s. S. 14).

Nachfolgend eine kurze Beschreibung der am häufigsten vorkommenden Arten:

Euthursophyton hamperbachense MUSTAFA 1977 gehört zu den Nacktpflanzen (Psilophyta) und besitzt Sprosse, die dichotom (gabelig) verzweigt und im unteren Bereich spiralig mit haar- oder dornartigen Anhängen besetzt sind; die Sproßenden zeigen eine hakenförmige Krümmung nach hinten. Es besteht eine habituelle Ähnlichkeit zur Gattung *Thursophyton* NATHORST. Der Artname *hamperbachense* wird vom Hamperbachtal bei Ambrock abgeleitet.

Sawdonia ornata HUEBER 1977, ebenfalls eine Art der Psilophyta, wurde bisher nur aus dem Unterdevon Polens, Kanadas, der USA und der UdSSR beschrieben. Die in Ambrock vorkommenden, bis 6,5 mm breiten und mit 3 mm langen Dornen besetzten Sprosse werden zu *Sawdonia ornata* gestellt; damit sind sie erstmalig im Mitteldevon nachgewiesen. Strukturerhaltende Reste oder Sprosse mit ansitzenden Sporangien sind jedoch bislang nicht gefunden worden.

Protopteridium thomsonii KRÄUSEL & WEYLAND 1932 ist die in Ambrock häufigste Art der Prospermatophyten: eine der ersten Pflanzen mit busch- bis baumförmigem Habitus. Sie besitzt spiralig verzweigte Äste, die mit etwa 9 mm langen und 0,5 mm breiten, einmal gegabelten Blättern besetzt sind. An manchen Ästen sitzen anstelle der Blätter die fruchtbaren Organe mit 5 – 7 mm langen, zigarrenförmigen Sporangien. *Protopteridium thomsonii* war nicht mehr auf wassergetränkten Boden angewiesen und bildete echte Wurzeln aus.

Abb. 20. Psilophyten (Nacktpflanzen) aus den Brandenberg-Schichten (Unteres Mitteldevon) von Hagen-Ambrock.

Gegabelte Achsen von *Euthursophyton hamperbachense* MUSTAFA.
Breite 8 cm. (oben).
Euthursophyton hamperbachense MUSTAFA. Höhe 8 cm. (u.l.).
Sawdonia ornata HUEBER mit dornartigen Anhängen. Bildhöhe 4 cm. (u.r.).

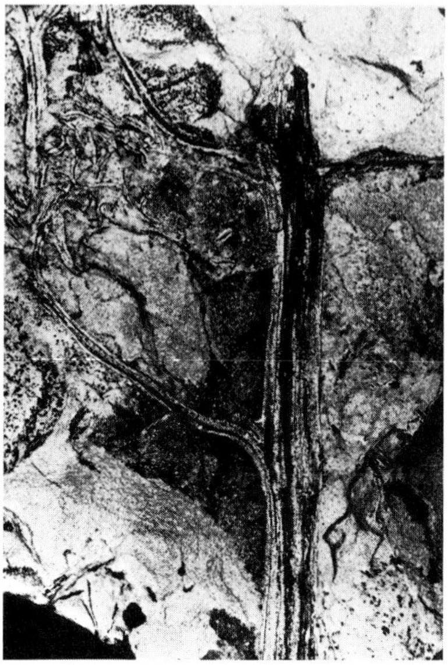

Calamophyton primaevum KRÄUSEL & WEYLAND 1926 gehört ebenfalls zu den Vorläufern der Samenpflanzen. Die am Stamm spiralig ansitzenden Äste verzweigen sich zwei- bis dreimal, zeigen aber keine Symmetrie. An den Zweigenden sind gegabelte Blättchen ausgebildet, an einzelnen Zweigen finden sich an der Spitze die Sporangienstände mit gegabelten Sporangiophoren.

Zu den Prospermatophyten gehört auch die Gattung *Pseudosporochnus* POTONIÉ & BERNARD 1904, zu der MUSTAFA 1977 die neue Art *Pseudosporochnus ambrockense* beschreibt (Speziesbezeichnung nach dem Fundort). *Pseudosporochnus ambrockense* hat einen kräftigen aufrechten Stamm, der spiralig verzweigt ist. Die am Stamm ansitzenden Äste sind handförmig gegabelt. Die Blättchen sitzen im Gegensatz zu *Calamophyton primaevum* nicht einzeln an den Ästen, sondern an wedelartig ausgebildeten Organen. Die gegabelten Sporangienstände sind 2,5 mm lang und 1,3 mm breit.

5.1.3. Die Fauna von Lasbeck

Ähnliche Ablagerungsverhältnisse wie im Volmetal liegen auch im Lennetal vor: Hier gelangt man, von Letmathe kommend, lenneaufwärt bis nach Altena in immer ältere Gesteinsschichten des Mitteldevon. Zwei große Steinbrüche in Brandenberg-Schichten befinden sich südlich von Letmathe im Lasbecker Tal am Osthang des Brandenberges (Typuslokalität) und gegenüber am Nordhang des Wiblingwerder Bergrückens. Im Gegensatz zu den Brandenberg-Schichten bei Ambrock, die einen brackisch-fluviatilen Ablagerungsraum vermuten lassen, sprechen Sedimentstrukturen, Fauna und Flora von Lasbeck für die Entstehung in einem küstennahen Schelfbereich, wobei als Sedimentationsmodell eine vorwiegend subaquatische Deltazone am wahrscheinlichsten ist. Gelegentlich vorkommende Süßwasserablagerungen werden aber nicht ausgeschlossen (LANGENSTRASSEN et al. 1979, GOLDRING & LANGENSTRASSEN 1979).

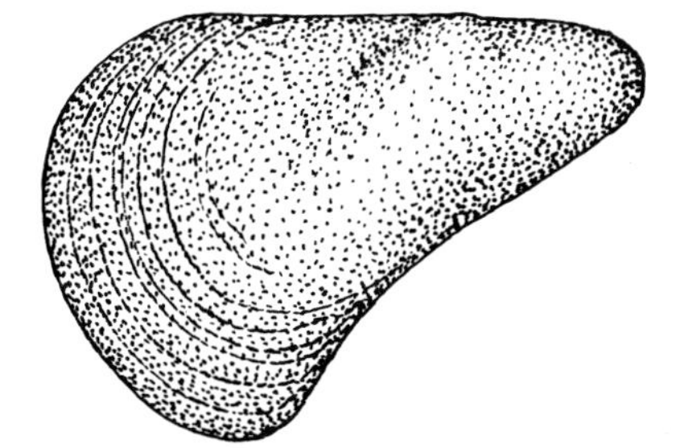

Abb. 22. *Modiomorpha* (Muschel)

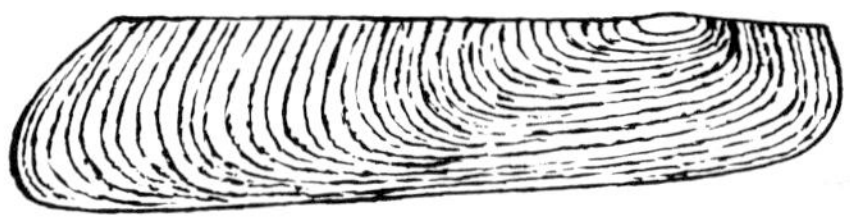

Abb. 23. *Orthonota* (Muschel)

Wie in Ambrock kommen auch hier Pflanzenreste vor, die jedoch weniger gut erhalten und in zusammengeschwemmten Lagen anzutreffen sind: *Duisbergia mirabilis, Calamophyton primaevum, Euthursophyton hamperbachense, Protopteridium thomsonii, Protolepidodendron scharianum* und fragliche Algenreste.

In Nähe der Pflanzenhorizonte finden sich auch Placodermen-Panzerteile, so-

Abb. 21. Prospermatophyten (Vorläufer der Samenpflanzen) aus den Brandenberg-Schichten (Unteres Mitteldevon) von Hagen-Ambrock.

Handförmige Astaufgabelung von *Pseudosporochnus ambrockense* MUSTAFA. Länge 12,5 cm. (o.l.)

Pseudosporochnus ambrockense MUSTAFA. Achse mit beblätterten Zweigen. Länge 4,5 cm. (o.r.).

Zweige mit gegabelten Blättchen von *Protopteridium thomsonii* KRÄUSEL & WEYLAND. Bildhöhe 11,5 cm. (u.l.).

Calamophyton primaevum KRÄUSEL & WEYLAND. Astaufgabelung und einmal gegabelte Blättchen. Höhe 13 cm. (u.r.).

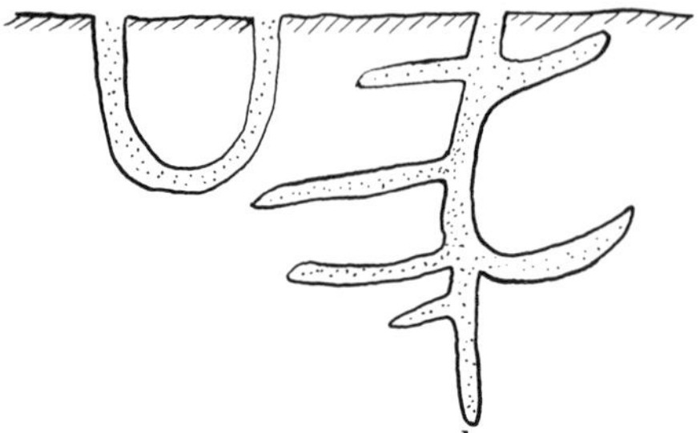

Abb. 24. U-förmige Grabspuren von *Diplocraterion* (a.) und verzweigte Grabbauten von *Lennea* (b.).

wie Ostracoden der Gattungen *Koslowskiella* und *Poloniella*.
Bezeichnend für die Fauna von Lasbeck sind zahlreiche Muschelhorizonte, in denen großwüchsige Formen wie *Modiomorpha waldschmidti* H. SCHMIDT und *Myalina circumcincta* FUCHS überwiegen. Diese Muscheln siedelten flach im Sediment, ihre Gehäuse ragten zum Teil aus dem siltigen Schlamm in das Wasser hinein. Durch diese flachgründige Siedlungsweise waren die Tiere beweglich genug, bei stärkeren Sedimentschüttungen den Standort zu wechseln.
Weiter vorkommende Muschelarten sind: *Orthonota obliqua* (H. SCHMIDT), *Sphenotus elongatus* (SPRIESTERSBACH) und der in Ambrock häufiger aufzufindende *Archanodon rhenanus* (BEUSHAUSEN).
Gegenüber der Häufigkeit von Muscheln treten Brachiopoden und Schnecken stark zurück. Das verhältnismäßig kleine Spektrum an Brachiopodenarten ist typisch für eine küstennahe Fazies (*Lingula* sp., *Mutationella* sp., *Tetratomia* sp.)
Von größerer Bedeutung ist das Vorkommen von Spurenfossilien; vor allem senkrecht zur Schichtung angelegte Wurmbauten *(Diplocraterion, Skolithos, Spirophyton, Lennea)* sind in siltig-tonigen Gesteinen verbreitet (PFEIFFER 1938, LANGENSTRASSEN et. al. 1979). Wurmgänge und Kriechspuren können in allen Richtungen das Gestein durchziehen, manche stecken senkrecht oder wenig geneigt in der Schichtung, andere sind sackförmig erweiterte U-Röhren *(Diplocraterion)*. Mit dem vielfältigen

Abb. 25. Grabgänge von *Lennea schmidti* KRÄUSEL & WEYLAND. Mühlenberg-Schichten. Volmetal. Höhe 8 cm.

Bestand an Spurenfossilien wird die extreme Küstennähe des Ablagerungsraumes weiter belegt.

5.2. Das Obere Mitteldevon

Das Obere Mitteldevon (Givet) gliedert sich in Untere und Obere Honseler Schichten, Massenkalk und Flinz und verzahnt sich zwischen Ennepe und Lenne mit dem Unteren Mitteldevon (Eifel). Der Bereich zwischen Lenne und Hönne südlich von Iserlohn wird bestimmt durch verschiedene Schichtglieder der Honseler Schichten.
Mit Beginn der Givet-Stufe lassen die für die Brandenberg-Schichten charakteristischen Rotschüttungen nach; es treten stellenweise kalkige Sedimente auf. Mit der Ausbildung kleinerer Korallen- und Stromatoporenriffe kündigt sich das Ende der schiefrig-sandigen Ausbildung des Mitteldevon an. Die Lenneschiefer werden abgelöst durch den aus mächtigen Korallenriffen entstandenen Massenkalk (s. S. 9, 16).

Abb. 26. Muscheln aus den Brandenberg-Schichten (Unteres Mitteldevon) von Lasbeck (Lennetal).

Myalina circumcincta FUCHS. Breite 5 cm. (oben).
Modiomorpha waldschmidti HERM. SCHMIDT. Länge 4 cm. (unten).

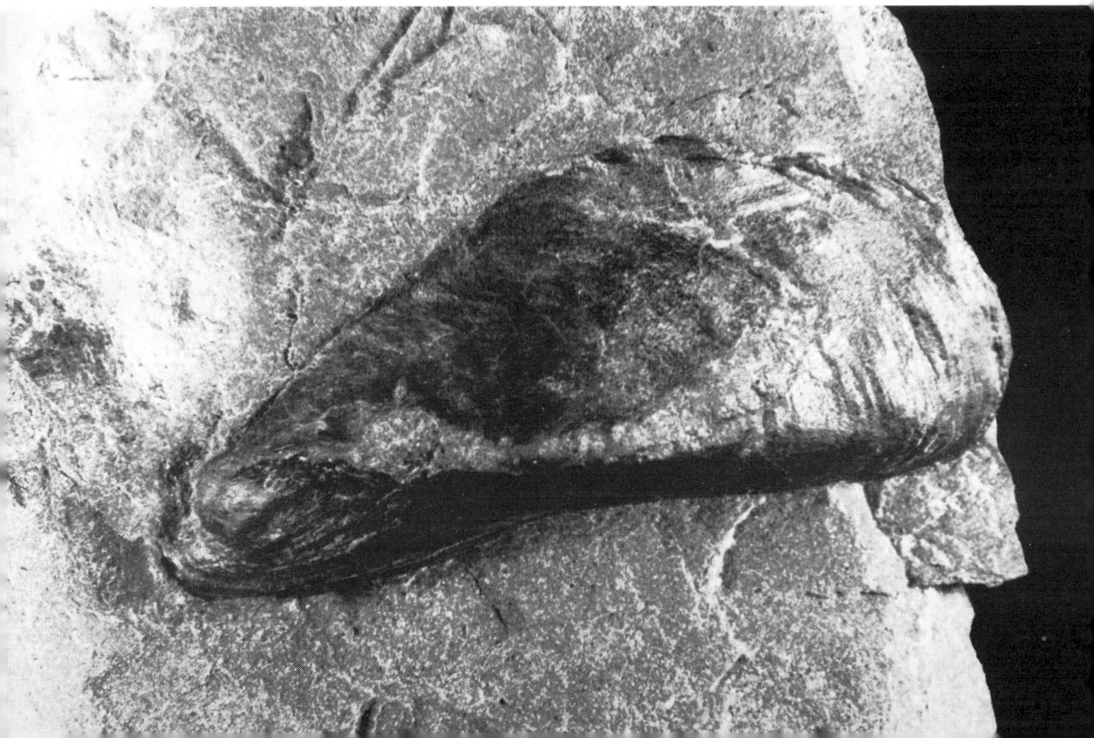

Der über dem Massenkalk lagernde Flinz des Oberen Mitteldevon besteht aus bituminösen, feinkörnigen Kalken in Wechsellagerung mit schwarzen Schiefern.

5.2.1. Die Honseler Schichten

Den untersten Bereich des Givet bilden die Honseler Schichten, die zunächst von DENCKMANN (1907) nach petrographischen Gesichtspunkten in Untere und Obere Honseler Schichten geteilt wurden. LOTZE (1956) nahm eine neue Gliederung vor, die von EISENLOHR (1959) im Gebiet der geologischen Karte Blatt Iserlohn bestätigt und erweitert wurde.
Im Gebiet des Blattes Hohenlimburg (v. KAMP 1972) wird eine davon geringfügig abweichende Gliederung in sieben Horizonte eingeführt, die sich jedoch lediglich östlich der Lenne unterscheiden lassen. Westlich der Lenne ist nur eine Gliederung in drei Horizonte möglich. Die Grenze zwischen Unteren und Oberen Honseler Schichten wird aufgrund von Conodontenuntersuchungen festgelegt.
In der Umgebung von Hagen lassen sich die Unteren Honseler Schichten an der Volmetal-Brücke bei Delstern, in alten Steinbrüchen in Oberdelstern und am Schloßberg in Hohenlimburg untersuchen.
Besonders fossilreich sind sandige Tonschiefer, die mulmig braun verwittern und auch im Gelände auffallen. Die vorkommenden Fossilien sind stets als Steinkerne erhalten; die meist darüber liegenden Kalksteinbänke liefern Fossilien in Schalenerhaltung.
Die Oberen Honseler Schichten sind gut aufgeschlossen am Berghang in Emst und am Klutertberg in Ennepetal und bestehen neben Grauwackensandsteinen und Mergelschiefern aus teils wulstig knauerigen, teils glattwandig brechenden Kalksteinlagen.
Es handelt sich dabei um linsenförmige Korallenriffe, deren Bildung immer wieder von tonigen Sedimentschüttungen unterbrochen wurde.
Am Klutertberg enthält der Kalkstein zahlreiche Versteinerungen (s. S. 42, 43): Korallen (*«Hexagonaria» quadrigemina, Disphyllum caespitosum, Favosites polymorphus, Thamnopora* sp.), Stromatoporen *(Actinostroma verrucosum)*, Brachiopoden *(Stringocephalus burtini, Chonetes* sp.).
Am Berghang in Emst ist vor allen Dingen der unreine mergelige plattige Kalkstein fossilreich und enthält häufig

Gliederung der Honseler Schichten
im Blattbereich Hohenlimburg

<table>
<tr><th colspan="2"></th><th>westlich d. Lenne</th><th>östlich d. Lenne</th></tr>
<tr><td rowspan="9">Honseler Schichten</td><td>obere</td><td colspan="2">Oeger Schichten</td></tr>
<tr><td rowspan="8">untere</td><td rowspan="3">Wesselbacher Schichten</td><td>Saater Sandstein-Horizont</td></tr>
<tr><td>Saater Tonschiefer</td></tr>
<tr><td>Selberger Schichten</td></tr>
<tr><td colspan="2">Selberger Rotschiefer</td></tr>
<tr><td rowspan="3">Kattenohler Schichten</td><td>Stenglingser Schichten</td></tr>
<tr><td>Ihmerter Schichten</td></tr>
<tr><td>Bräkerkopf-Schichten</td></tr>
</table>

Schalenpflaster von Brachiopoden, Muscheln, Trilobiten, Bryozoen u. a. Neben großen Korallenkolonien (*«Hexagonaria» quadrigemina)* kommen auch ästige Korallen wie *Disphyllum caespitosum* und Einzelkorallen vor.
Faunenelemente der Oberen Honseler Schichten von Emst:
Hydrozoa: *Stromatopora* sp.
Anthozoa (Korallen): *«Hexagonaria» quadrigemina* GOLDFUSS, *Disphyllum caespitosum* (GOLDFUSS), *Thamnopora* sp., *Favosites* sp.
Bryozoa (Moostierchen): *Fenestella* sp.
Muscheln: *Pterinea lineata* (GOLDFUSS)
Brachiopoda: *Spinocyrtia [»Spirifer«] ascendens* (SPRIESTERSBACH), *»Spirifer«* sp., *Spinatrypa aspera* (SCHLOTHEIM), *»Atrypa«* sp., *»Chonetes«* sp., *»Athyris«* sp.
Trilobita: *Dechenella burmeisteri* RUD. RICHTER, *Scutellum costatum* PUSCH
Crinoidea (Seelilien): Crinoiden-Stielglieder.

Abb. 27. Schalenpflaster aus den fossilreichen Oberen Honseler Schichten von Hagen-Emst.

Pygidien von *Scutellum costatum* PUSCH (Trilobit), *Athyris* sp. (Brachiopode), *Fenestella* sp. (Moostierchen). Bildhöhe 8 cm. (oben).
Pterinea lineata GOLDFUSS (Muschel), *Dechenella burmeisteri* RUD. RICHTER (Trilobit), *Fenestella* sp. (Moostierchen). Bildbreite 13 cm. (unten).

Abb. 28. Seelilienreste und Moostierchenkolonien aus den Honseler Schichten.

Fangarme von Seelilien. Untere Honseler Schichten. Ennepetal. Höhe 2 cm. (o.l.).
Fächerförmiger Ausschnitt von *Fenestella* sp., Obere Honseler Schichten. Hagen-Emst. Höhe 6 cm. (o.r.).
Abdruck eines fast vollständig erhaltenen Zoariums von *Fenestella* sp., Untere Honseler Schichten. Hagen-Delstern. Breite 3,5 cm. (unten).

5.2.1.1. Stromatoporen und Korallen aus den Honseler Schichten

Teile eines Korallen-Stromatoporen-Riffs der Oberen Honseler Schichten kann man gut am Fuße des Klutertberges in Ennepetal-Milspe studieren. Große Stromatoporen, Korallenkolonien und ästige Korallen sind fest mit dem Gestein verwachsen, die Strukturen aber gut herausgewittert. Ebenso finden sich in der nahegelegenen Kluterthöhle in einem 5 – 8 m hohen Gang, der sogenannten Korallenstraße, zahlreiche Anschnitte von Korallen und Stromatoporen.
Beide Gruppen, Stromatoporen und Korallen, gehören zum Stamm Coelenterata (Hohltiere), Stromatoporen zur Klasse Hydrozoa, die Korallen zur Klasse Anthozoa (Blumentiere).
Bei den Stromatoporen handelt es sich ausschließlich um koloniale Formen mit massiven, knolligen, kugeligen oder ästigen Stöcken mit kalkigem Skelett, das aus parallel zur Oberfläche verlaufenden Lamellen und vertikal dazu angeordneten sogenannten Säulchen oder Pilae besteht. Als besondere Strukturen besitzen die meisten Gattungen kleine Kanäle, die sich dicht unter der Oberfläche sternförmig verzweigen (Astrorhizen). Während die Stromatoporen in der Kreidezeit ausstarben, reichen die Korallen mit neuen Gattungen bis in die Gegenwart.
Korallen sind einfach gebaute Polypen mit einem röhrenförmigen Körper, an dessen oberem Ende sich die von Tentakeln umgebene Mundöffnung befindet. Der Innenraum des Tieres dient zur Verdauung der aus dem Meer gefilterten Nahrung, enthält aber keine speziellen Organe für Kreislauf oder Atmung. Des-

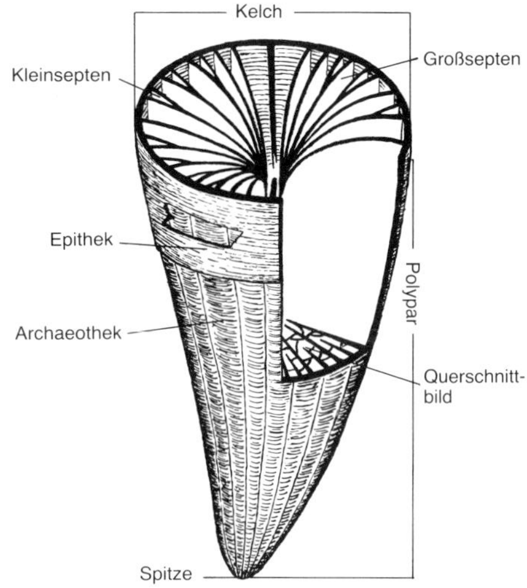

Abb. 30. Aufbau einer rugosen Einzelkoralle.

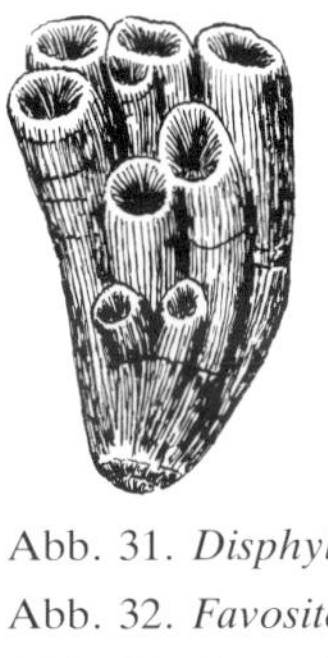

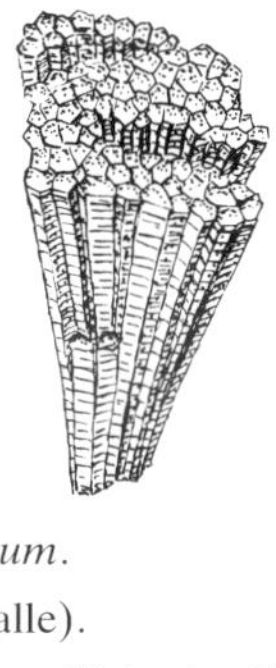

Abb. 31. *Disphyllum caespitosum.*

Abb. 32. *Favosites* (Bödenkoralle).

Abb. 33. Querschnitt durch einen Kolonieteil von *Disphyllum* [»*Hexagonaria*«] *quadrigeminum.*

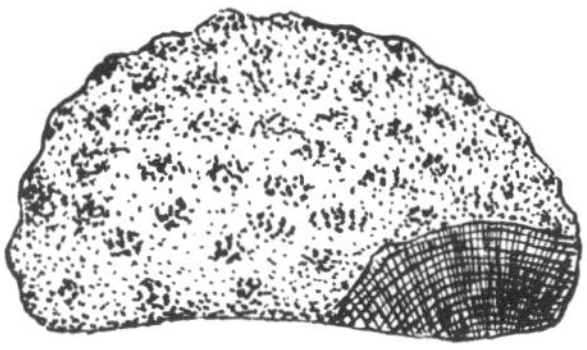

Abb. 29. Stromatopore *Actinostroma.*

gleichen fehlen Ausscheidungsorgane; nicht verwertbare Nahrung wird über den Mund ausgeschieden. Jeder Korallentyp verfügt über ein festes Außenskelett (Corallum) aus Kalk, das aus einer Basalplatte, der Außenwand und den Septen besteht. Die Septen gehen von der Basalplatte aus, wachsen vertikal in die Höhe und unterscheiden sich von Art zu Art nach Anzahl, Länge und Anordnung.
Man unterscheidet als wichtigste Ordnungen der im Devon vorkommenden Korallen die vom mittleren Kambrium bis zum Perm verbreiteten Runzelkorallen (Rugosa) und die ebenfalls vom Kambrium bis zum Perm existierenden Bödenkorallen (Tabulata), bei denen jedoch neuerdings, wie auch bei den Stromatoporen, eine Zugehörigkeit zu den Schwämmen diskutiert wird (FLÜGEL 1976). Eine dritte Korallen-Ordnung, die Steinkorallen (Scleractinia) treten erst in der Trias auf und kommen bis in die Gegenwart vor. Rugose Korallen finden sich als Einzelkorallen und Koloniebildner, während Bödenkorallen nur als Koloniekorallen auftreten.
Allerdings kommt der Siedlungsform rugoser Korallen kein hoher Bestimmungswert zu, da sie stark von ökologischen Bedingungen beeinflußt wird, wie auch die äußere Gestalt des Corallums von Umweltbedingungen abhängt. So ist es möglich, daß Rugosa-Gattungen sowohl solitär als auch kolonial auftreten und dieselbe Korallenart unterschiedlich geformte Kelche oder Stöcke hervorbringt.

Daher setzt die Bestimmung rugoser Korallen Spezialkenntnisse voraus und erfordert meist mehrere An- oder Dünnschliffe bzw. Azetatfolienabzüge von polierten Anschliff-Flächen (BIRENHEIDE 1978).
Die Honseler Schichten wie auch der Massenkalk enthalten eine Vielzahl von rugosen und tabulaten Korallen, die sich teilweise aus Lockergestein herauslösen und für Anschliffe verwenden lassen.

Abb. 34. Stromatoporen aus den Oberen Honseler Schichten.

Ästige Stromatopore. Hagen-Emst. Länge 1,5 cm. (o.r.).
Herausgewitterte Skelettelemente von *Actinostroma verrucosum* (GOLDFUSS). Ennepetal (Klutert). Bildbreite 9 cm. (u.l.).
Herausgewitterte Skelettelemente von *Actinostroma verrucosum* (GOLDFUSS). Ennepetal (Klutert). Bildbreite 6 cm. (u.r.).

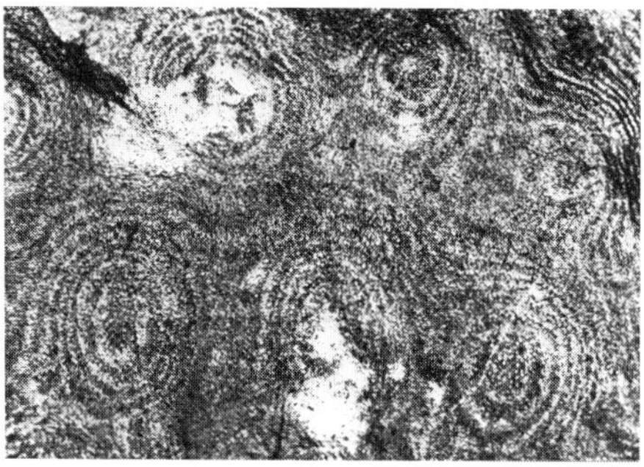

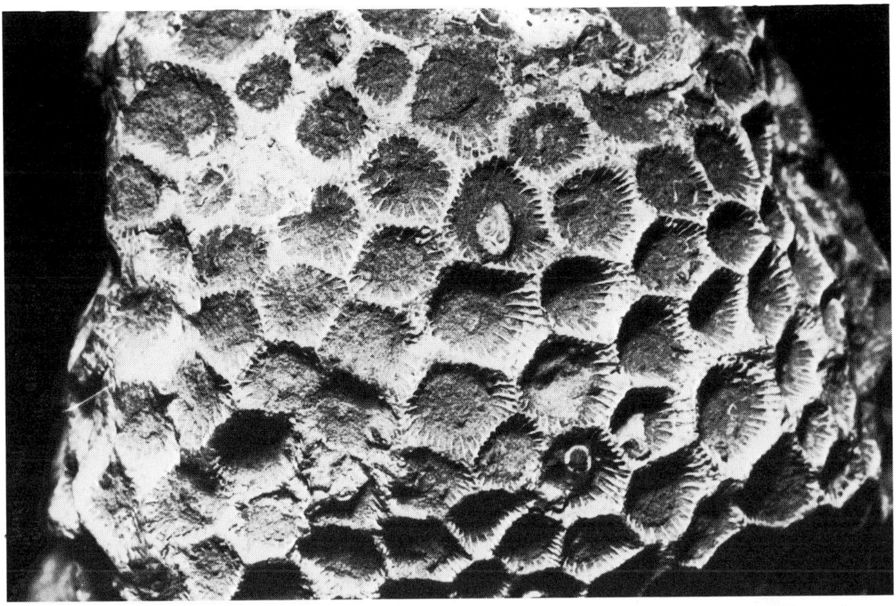

Abb. 35. Korallenkolonien aus den Oberen Honseler Schichten von Ennepetal (Klutert).

Ausschnitt der Oberfläche von *»Hexagonaria« quadrigemina* GOLDFUSS mit aneinandergrenzenden Kelchrändern und gut erkennbaren Septen. Bildbreite 7 cm. (oben).
Herausgewitterte Septen von *»Hexagonaria« quadrigemina* GOLDFUSS. Bildhöhe 6 cm. (u.l.).
Kelche von *»Hexagonaria« quadrigemina* GOLDFUSS im Anschliff. Bildhöhe 3,5 cm. (u.r.).

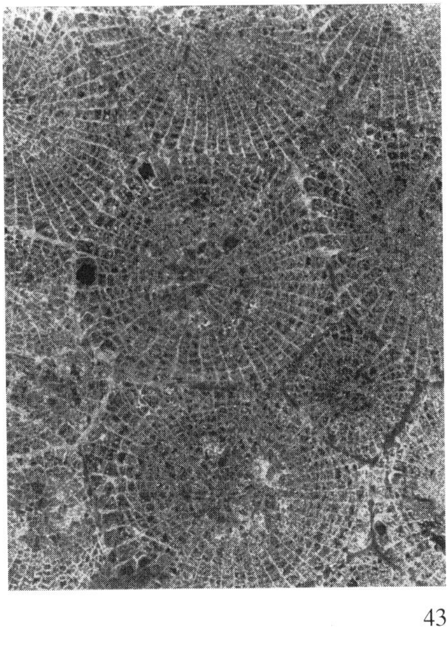

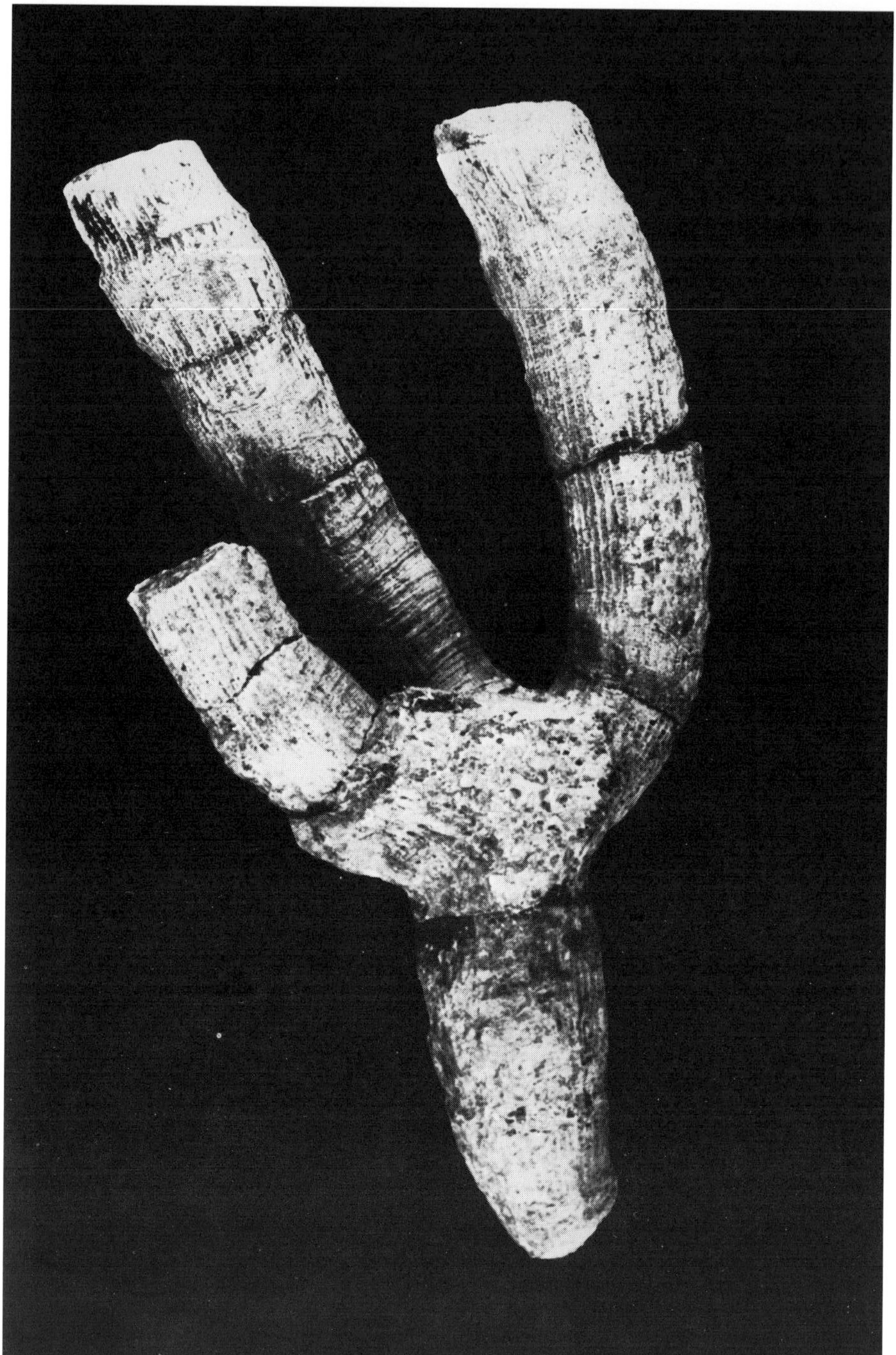

Abb. 36. Ästige Koralle *Disphyllum caespitosum* (GOLDFUSS), die häufig kolonial auftritt. Obere Honseler Schichten. Hagen-Emst. Höhe 6 cm.

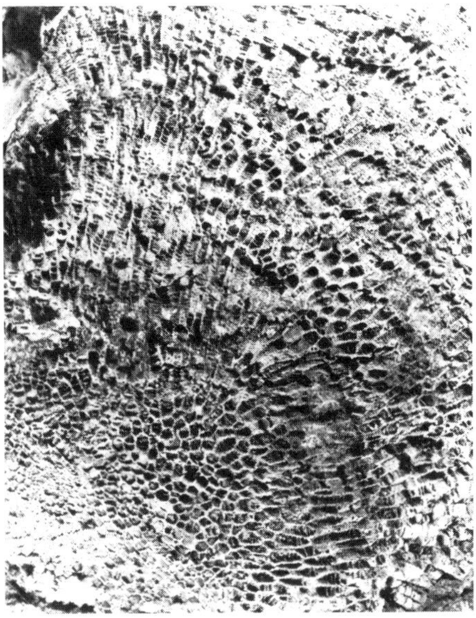

Abb. 37. Korallen aus den Honseler Schichten.

Favosites sp. (Bödenkoralle), mit eng beieinanderstehenden Polyparen, leistenförmigen Septen und engständigen Böden. Obere Honseler Schichten. Ennepetal (Klutert). Bildhöhe 6 cm. (o.l.).
Aus dem Gestein herausgewitterte Strukturen von *Favosites* sp., Obere Honseler Schichten. Ennepetal (Klutert). Bildhöhe 8 cm. (o.r.).
Disphyllum caespitosum (GOLDFUSS), verästelte Koralle, fest mit dem Gestein verwachsen (Anschliff). Obere Honseler Schichten. Ennepetal (Klutert). Bildhöhe 12,5 cm. (u.l).
Heliophyllum sp., Steinkern einer rugosen Einzelkoralle. Untere Honseler Schichten. Hagen-Delstern. Höhe 1,5 cm. (u.r.).

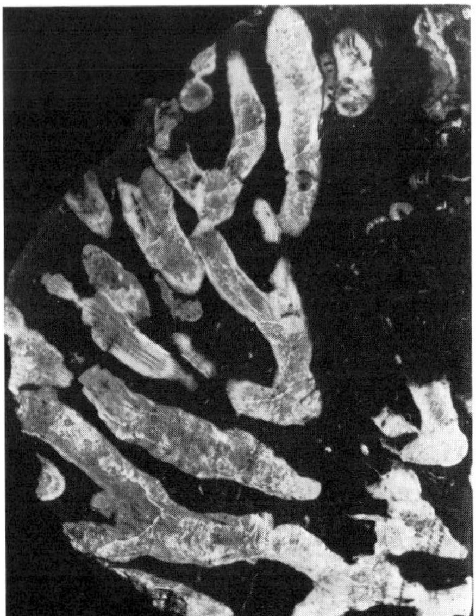

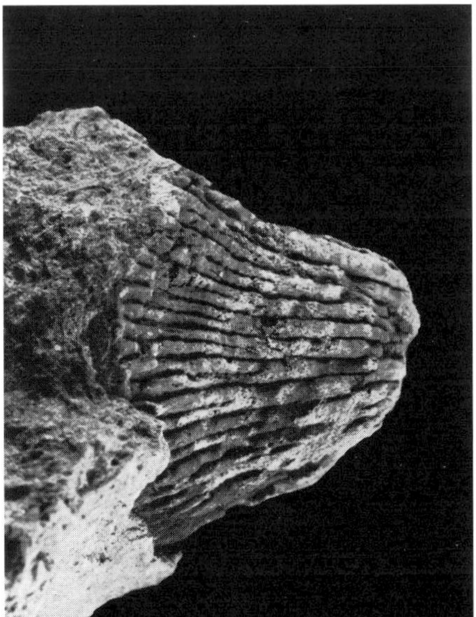

5.2.1.2. Muscheln und Brachiopoden

Neben Korallen enthalten die Schichten des Oberen Mitteldevon überwiegend Brachiopoden (Armfüßer) in zahlreichen Gattungen und Arten. An manchen Fundorten kommen Brachiopoden massenhaft vor, so daß ganze Schichtflächen von ihren Schalen bzw. Schalenabdrükken übersät sind.

Brachiopoden bilden einen eigenen Stamm im Tierreich und werden seit dem Kambrium mit über 1700 Gattungen nachgewiesen. Besonderen Formenreichtum gab es im Erdaltertum mit einem Höhepunkt im Devon. Heute leben nur noch etwa 60 Gattungen.

Wie die Muscheln, mit denen sie häufig verwechselt werden, sind Brachiopoden ebenfalls meeresbewohnende Organismen mit zwei zusammengehörenden Schalen. Wesentliche Unterschiede aber bestehen darin, daß die Brachiopodenschalen im Gegensatz zu Muschelschalen unterschiedlich groß sind und die größere (untere) Schale am Wirbel durchbohrt ist. Aus diesem sog. Stielloch trat zu Lebzeiten des Tieres ein beweglicher Stiel, der sich an einen festen Untergrund heftete oder sich im Schlamm verankerte.

38

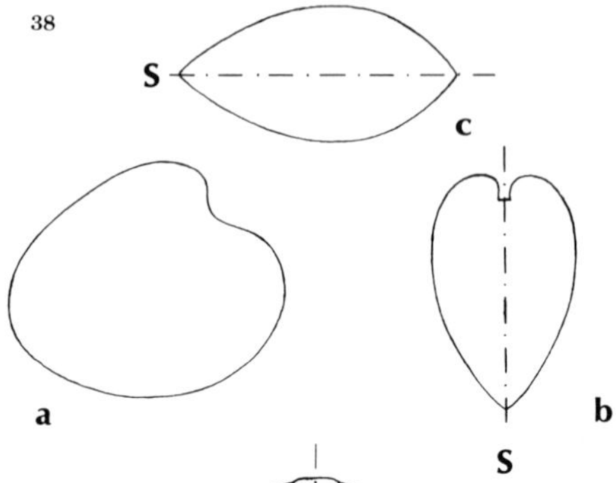

39

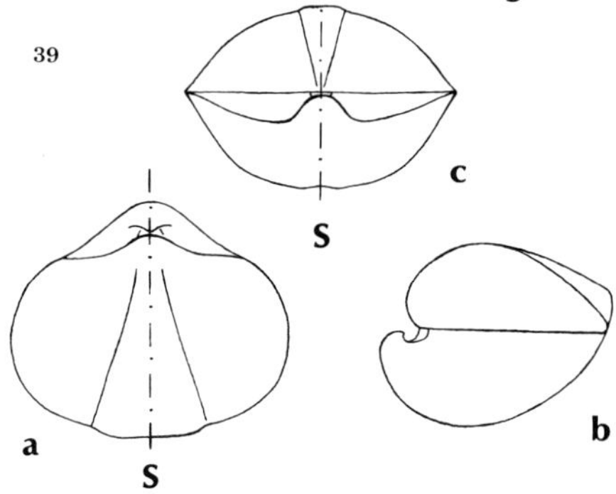

Abb. 38./39. Symmetrie-Verhältnisse an Muschel- und Brachiopodenschalen. – S = Symmetrieebene.

Muschelschale. a. Seitenansicht der linken Klappe. b. Vorderansicht. c. Ansicht von oben auf den Schloßrand. (oben)
Brachiopodenschale. a. Aufsicht auf die obere Klappe, die untere Klappe ragt am Schloßrand vor. b. Seitenansicht. c. Blick auf den Schloßrand. (unten).

40

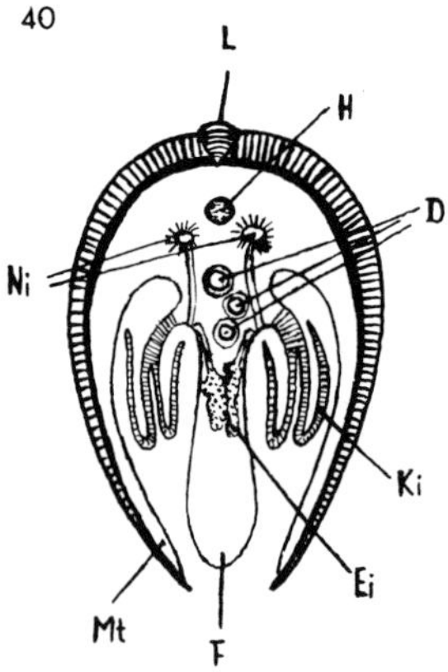

41

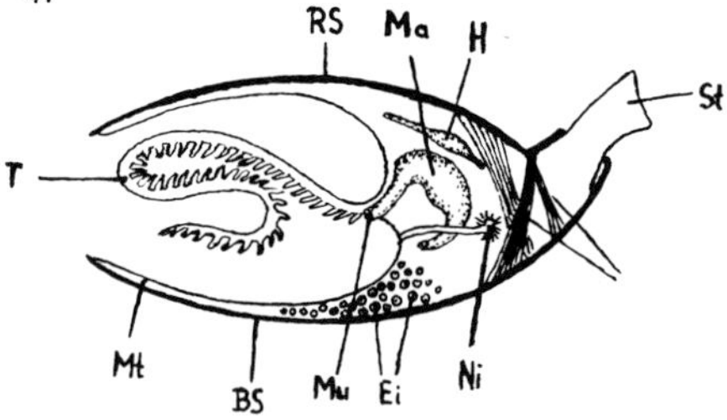

Abb. 40. Querschnitt durch eine Muschel.
L = Ligament. H = Herz. Ni = Niere. D = Darm. Ki = Kiemen. Ei = Keimdrüsen. F = Fuß. Mt. = Mantel.

Abb. 41. Längsschnitt durch einen Brachiopoden.
Rs = Rückenschale. Bs = Bauchschale. Ma = Magen. H = Herz. St = Stiel. Mu = Mund. Mt = Mantel. Ni = Niere. Ei = Keimdrüsen. T = Tentakelkranz, Fangarme.

Betrachtet man die Schalen von Muscheln und Brachiopoden, so erkennt man, daß die Brachiopoden keine rechte und linke Schale besitzen, zwischen denen die Symmetrieebene verläuft, sondern eine obere und untere, die bilateral symmetrisch sind.

Daß Muscheln und Brachiopoden trotz gewisser äußerer Ähnlichkeiten keine verwandten Tiergruppen sind, zeigt auch der innere Bau des Körpers.

Über die Unterschiedlichkeit in Anordnung und Funktion der inneren Organe hinaus sind im Weichkörper der Brachiopoden die sog. Arme charakteristisch, zwei spiralige Mundanhänge, die zur Atmung und zur Nahrungsaufnahme dienen und häufig durch ein an der Schaleninnenseite befestigtes Armgerüst gestützt werden.

Der unterschiedliche Bau des Armgerüstes ist ein wichtiges Merkmal für die Bestimmung und Klassifizierung von Brachiopoden.

Häufig in den Honseler Schichten vorkommende Brachiopoden gehören zur ausgestorbenen Ordnung Spiriferida, deren Vertreter ein spiralig aufgerolltes Armgerüst besitzen. Eine charakteristische Form aus dieser Ordnung (Unterordnung Spiriferidina) ist *Spinocyrtia [»Sprifer«] ascendens* (SPRIESTERSBACH 1935) mit mäßig bis leicht gekrümmter Schale und 13 – 15 dicht stehenden Rippen je Seitenfeld. Der Schloßrand wird vom Wirbel leicht überragt.

Bei dieser Art können Gehäuseform, Breite und Stärke der Rippen wie auch die Ausbildung des Sattels variieren. Eine eingehende Neubearbeitung dieser häufig vorkommenden Art steht noch aus (STRUVE 1982).

Ebenfalls zur Ordnung Spiriferida (Unterordnung Atrypidina) gehören zahlreiche mitteldevonische Gattungen *(Spinatrypa, Planatrypa, Invertrypa, Desquamatia* u. a.) mit mehr als 40 Arten.

In den Honseler Schichten von Delstern und Emst ist vor allem *Spinatrypa aspera* (SCHLOTHEIM) als Abdruck und auch in Schalenerhaltung häufig vertreten. Ihre Stielklappe ist weniger gewölbt als die Armklappe und überragt diese leicht. Die Oberfläche der Schale ist berippt bis schuppig gefaltet. *Spinatrypa aspera* gehört zu den stacheltragenden Brachiopoden und hat große Ähnlichkeit mit *Spinatrypa kelusiana* (STRUVE 1956).

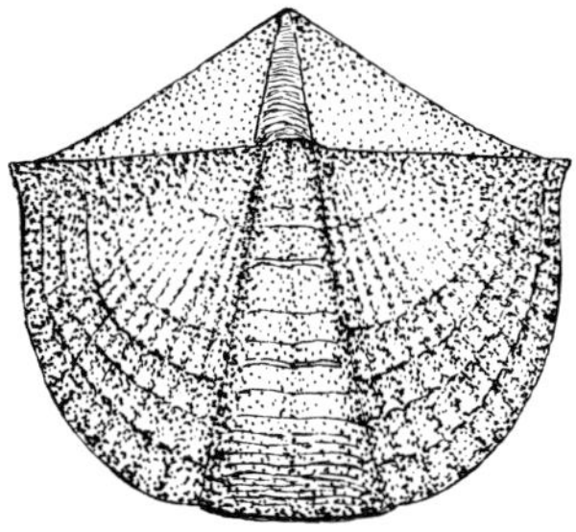

Abb. 42. *Spinocyrtia* [»*Spirifer*«] *ascendens*.

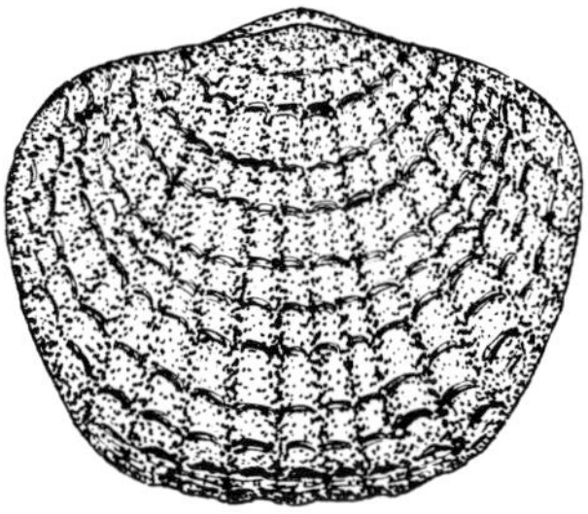

Abb. 43. *Spinatrypa aspera*.

5.2.1.3. »Leitfossil« *Stringocephalus burtini*

Zu den in großer Zahl im Bereich der Korallenriffe angesiedelten Brachiopoden gehört die Art *Stringocephalus burtini* DEFRANCE, klassisches Stufen-Leitfossil für das gesamte Obere Mitteldevon.

Zwar ist *Stringocephalus* in der modernen Stratigraphie kaum mehr brauchbar und wurde von kurzlebigen Brachiopodenarten und vor allen Dingen von Conodonten als Leitfossil verdrängt, dennoch gilt sein Auffinden in einer bestimmten Schicht als sicherer Nachweis dafür, daß diese obermitteldevonischen Alters ist.

Abb. 44. Brachiopoden aus den Honseler Schichten.

Anhäufung von Exemplaren der Art *Spinocyrtia* [»*Spirifer*«] *ascendens* (SPRIESTERSBACH), teilweise in Schalenerhaltung. Obere Honseler Schichten. Letmathe. Bildbreite 10 cm. (oben). Steinkern von *Spinocyrtia* [»*Spirifer*«] *ascendens* (SPRIESTERSBACH) mit *Spirobis* sp., einer Wurmröhre. Untere Honseler Schichten. Hohenlimburg. Breite 4 cm. (unten).

Abb. 45. Brachiopoden aus den Honseler Schichten.

Steinkerne von »*Atrypa*« sp., Untere Honseler Schichten. Hagen-Delstern.
Bildbreite 3,5 cm. (oben).
Schuppig gefaltete Schale von *Spinatrypa aspera* (SCHNUR). Obere Honseler Schichten. Hagen-Emst. Länge 5 cm. (M.l.).
»*Athyris*« sp., Steinkern mit Schalenrest. Obere Honseler Schichten. Hagen-Emst. Breite 2,5 cm. (M.r.).
Feinrippige Schale von »*Chonetes*« sp., Obere Honseler Schichten. Ennepetal (Klutert). Breite 1 cm. (u.l.).

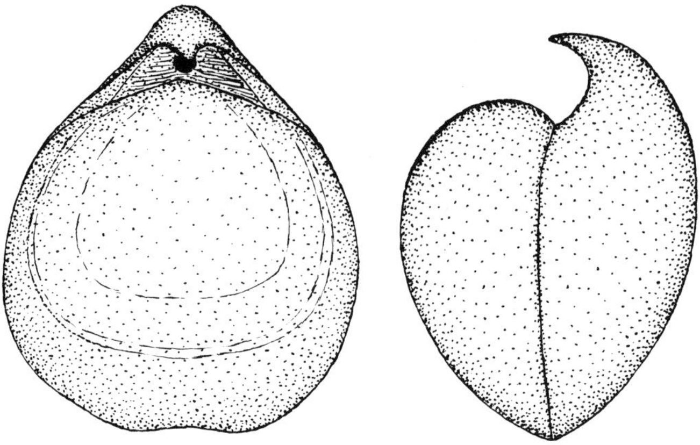

Abb. 46. *Stringocephalus burtini.*

Stringocephalus burtini (»Eulenkopf«) kommt in unterschiedlichen Erhaltungsformen vor:
Die eigentliche Gestalt des Tieres mit den bis faustgroßen glatten und bikonvexen Schalen, wobei die größere schnabelförmig über die kleinere greift, wird nur bei Schalenerhaltung sichtbar.
Liegt Steinkernerhaltung vor, so fallen die Mediansepten auf, breite, von Muskelansätzen an der Klappeninnenseite stammende, furchenartige Eindrücke.
Häufig ist *Stringocephalus* auch mit dem Gestein verwachsen, so daß seine Längsschnitte im Anschliff gut sichtbar werden.
Allerdings handelt es sich nicht bei allen aufgefundenen Stringocephalen um die Art *burtini;* ebenfalls kommen im höheren Givet (z. B. im Massenkalk von Hohenlimburg) die Untergattungen *Stringocephalus (Parastringocephalus) dorsalis* ARCHIAC & VERNEUIL und *Stringocephalus (Stringodiscus) giganteus* (SOWERBY) vor.
Die Untergattung *Stringocephalus (Stringodiscus)* mit Exemplaren bis zu 20 cm Durchmesser brachte die größten Brachiopoden aller Zeiten hervor und läßt sich von *Stringocephalus burtini* nicht nur durch die Größe, sondern auch durch die nur flach gewölbten Schalen und den verhältnismäßig kleinen, wenig gekrümmten Schnabel unterscheiden (STRUVE 1982).

Abb. 47. Verschiedene Erhaltungsformen von *Stringocephalus burtini* DEFRANCE.

Exemplar in Schalenerhaltung mit der charakteristischen schnabelförmigen Stielklappe. Massenkalk. Letmathe. Länge 6,5 cm. (o.l.).
Schale mit dem Gestein verwachsen und im Längsschnitt sichtbar, vergesellschaftet mit der Bödenkoralle *Thamnopora* sp., Obere Honseler Schichten. Ennepetal (Klutert). Bildhöhe 4 cm. (o.r.).
Steinkerne mit Medianseptum und Stielloch. Massenkalk. Hagen-Halden. Größe eines Exemplars 8 cm. (u.l.).
Steinkern mit breitem Medianseptum, Exemplar in Vergesellschaftung mit *Spinatrypa aspera* (SCHNUR). Untere Honseler Schichten. Hagen-Delstern. Bildbreite 6 cm. (u.r.).

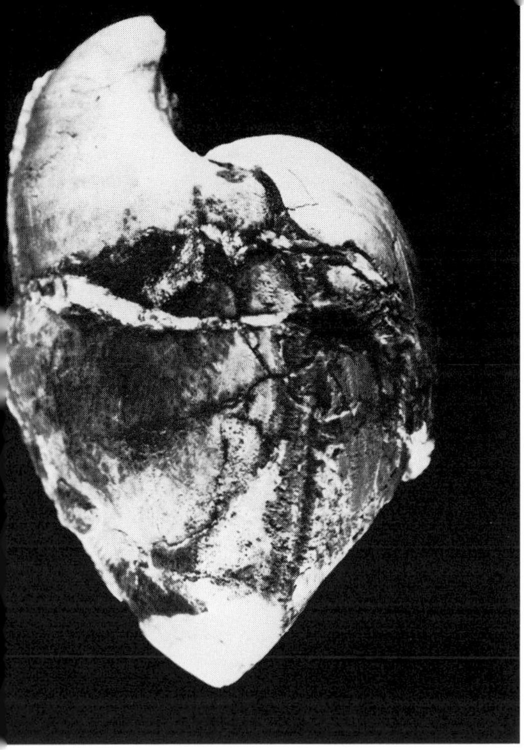

5.2.1.4. Trilobiten aus den Honseler Schichten

Mit nur wenigen Arten, aber stellenweise häufig in Honseler Schichten, sind die Vorkommen von Trilobiten (Dreilapper).

Diese nur aus dem Erdaltertum bekannten Arthropoden (Gliederfüßer) waren im Kambrium und Ordovizium die vorherrschenden Meerestiere; im oberen Perm starben sie aus.

Die gelegentlich verwendete deutsche Bezeichnung »Dreilappkrebs« ist irreführend, da Trilobiten nicht zu den echten Krebsen gehören. Eine gewisse Verwandschaft besteht lediglich darin, daß beide Gruppen zu den Arthropoden zählen (Trilobiten zum Unterstamm: Trilobitomorpha, Klasse: Trilobita; Krebse zum Unterstamm: Crustacea).

Hervorstechendes Merkmal der Trilobiten ist die Dreiteilung ihrer Panzer von vorn nach hinten in Cephalon (Kopfschild), Thorax (Rumpfschild) und Pygidium (Schwanzschild) als auch seitlich in Rhachis (Achse) und zwei Seitenteile.

Der Thorax setzt sich aus einer unter-

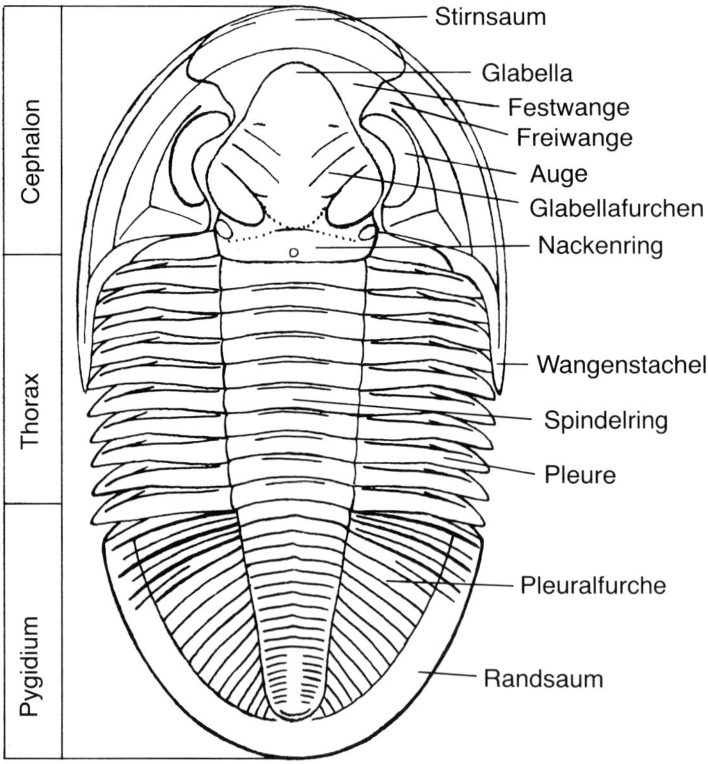

Abb. 48. Dorsalpanzer des Trilobiten *Dechenella burmeisteri* RUD. RICHTER.

schiedlichen Anzahl von beweglichen Segmenten zusammen, die sich in die seitlich gelegenen Pleuren und den mittleren Spindelring gliedern.

Viele Trilobitenarten besitzen deutlich erkennbare Facettenaugen, bei anderen sind die Augen zurückgebildet oder fehlen völlig.

Die unterschiedliche Ausbildung der Augen wurde durch die jeweiligen Lebensbedingungen bestimmt. In flachem durchlichtetem Wasser besaßen die Trilobiten Facettenaugen, während sedimentbewohnende Arten blind waren.

Vom Ordovicium an waren Trilobiten in der Lage, sich zum Schutz gegen Fische und größere Arthropoden einzurollen; oder sie entwickelten Stacheln an Kopf- oder Schwanzschild.

Am häufigsten fossil erhalten ist die Rückenseite (Dorsalseite) der Trilobiten, während die Unterseite (Ventralseite) mit Beinen und Tastorganen nur selten überliefert wurde.

Die häufige Erhaltung des Dorsalpanzers ist hauptsächlich auf die Notwendigkeit wiederholter Häutungen während der Entwicklung des Tieres zurückzuführen. Bei den meisten Trilobitenfunden handelt es sich daher nicht um versteinerte Tiere, sonder um abgestreifte Häutungshemden (Exuvien).

In den Honseler Schichten im Hagener Gebiet kommen zwei Trilobitenarten vor: *Dechenella burmeisteri* RUD. Richter 1909 und *Scutellum costatum* PUSCH 1833.

In den Unteren Honseler Schichten von Delstern finden sich häufig Pygidien von *Dechenella,* selten auch eingerollte Tiere. Der Thorax von *Dechenella* besteht aus 10, die Rhachis des Pygidiums aus 14 bis 19 Segmenten. Am Schwanzschild fällt der breite Randsaum auf.

Pygidien von *Scutellum costatum* sind zahlreich in den Oberen Honseler Schichten von Emst; das Exemplar eines vollständig erhaltenen Dorsalpanzers wurde bisher nur einmal dort aufgefunden (Abb. 51).

Scutellum costatum hat ein großes Cephalon mit nach vorn verbreiterter Glabella und kleinen halbkreisförmigen Augendeckeln. Die dreieckigen Freiwangen laufen in spitzen Wangenecken aus. Der Thorax besteht aus 10 Segmenten, deren Pleuren zugespitzt enden. Das auffallend große halbkreisförmige bzw. halbelliptische Pygidium trägt 7 Seiten- und 1 Mittelrippe. Auf Glabella und Pygidium finden sich hornartige Vorsprünge.

Abb. 49. *Scutellum costatum* (Trilobit).

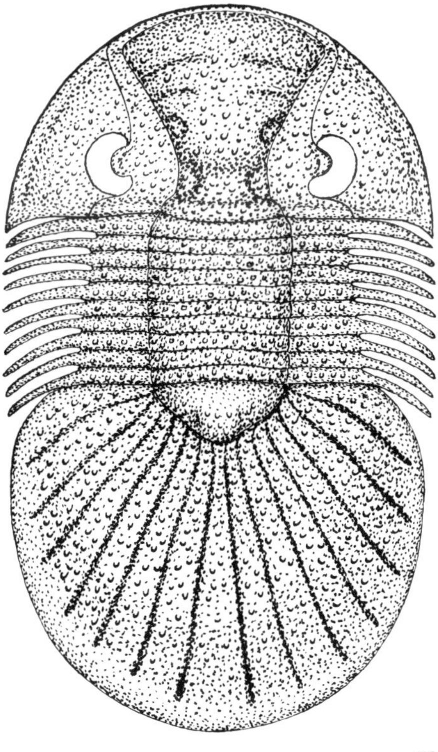

Abb. 50. Trilobiten aus den Honseler Schichten.

Pygidium und Reste des Cephalons von *Dechenella burmeisteri* RUD. RICHTER. Obere Honseler Schichten. Hagen-Emst. Breite 0,7 cm. (o.l.).
Pygidium von *Dechenella burmeisteri* RUD. RICHTER mit breitem Randsaum. Untere Honseler Schichten. Hagen-Delstern. Breite 1,5 cm. (o.r.).
Eingerolltes Exemplar von *Dechenella burmeisteri* RUD. RICHTER mit Cephalon und Thorax. Untere Honseler Schichten. Hagen-Delstern. Länge 1,5 cm. (u.l.).
Pygidium von *Scutellum costatum* PUSCH. Obere Honseler Schichten. Hagen-Emst.
Breite 1 cm. (u.r.).

Abb. 51. *Scutellum costatum* PUSCH in vollständiger Erhaltung mit verhältnismäßig großem Cephalon, kurzem Thorax mit zugespitzten Pleuren und breitem Pygidium. Obere Honseler Schichten. Hagen-Emst. Länge 3 cm.

5.2.2. Der Massenkalk bei Hagen

Stratigraphisch ist der Massenkalk der auffälligste Schichtkomplex im Hagener Raum. Und auch landschaftlich werden durch den härteren Massenkalk, der weniger abgetragen wurde als die Lenneschiefer im Liegenden und die oberdevonischen Sedimente im Hangenden, bemerkenswerte Akzente gesetzt.

Während bei Haßley der Massenkalk bei flacher Lagerung verebnet wurde und eine Hochfläche entstand, haben sich in Gebieten mit steiler Lagerung kegelige Berge mit steilem Abfall zum Lennetal gebildet (Weißenstein, Hünenpforte, Raffenberg). Ein eindrucksvolles Beispiel erhöhten Widerstandes gegenüber den Kräften der mechanischen Verwitterung sind die beiden Massenkalkklippen »Pater und Nonne« bei Letmathe.

Massenkalksteine bestehen fast ausschließlich aus Calciumkarbonat ($CaCO_3$) mit geringen Beimengungen; stellenweise ist der Kalkstein dolomitisiert, d.h. in Calcium-Magnesium-Karbonat ($CaMg(CO_3)_2$) umgewandelt worden.

Aufgrund des intensiven Abbaues gibt es zahlreiche stillgelegte Steinbrüche bei Letmathe und im Wasserlosen Tal bei Emst; große Steinbrüche in Halden (Donnerkuhle) und Hohenlimburg-Oege werden noch heute intensiv bewirtschaftet.

In frisch gebrochenem Zustand erscheint der Massenkalk ungeschichtet; bei angewitterten Felswänden jedoch ist fast immer eine Schichtung zu erkennen.

Ebenso wird dann der innere Aufbau aus Riffschutt, Korallen, Stromatoporen und Brachiopoden sichtbar, so daß seine Entstehung aus Stromatoporen-Blockriffen und Korallenrasen deutlich wird (s. S. 16, 18).

Gut aufgeschlossen sind bei Staplack bankige Rasenriffe mit *Disphyllum caespitosum,* einer kolonial auftretenden Koralle, die dort ganze Gesteinsbänke durchsetzt.

An der Oberkante des Massenkalkes treten stärker gebankte Zonen auf mit zusammengeschwemmten Korallen- und Stromatoporenresten (Letmathe-Grünthal am Fußweg zur Dechenhöhle). Im Steinbruch Donnerkuhle ist die wulstige Oberfläche der letzten Massenkalkbank mit bituminösen oberdevonischen Schiefern gefüllt. Dagegen kommen im Steinbruch in Hohenlimburg-Oege schwarze Schiefer und mergelige Kalksteine vor, die obermitteldevonischen Alters sind.

Der Verlauf des Massenkalkzuges wird durch zahlreiche Störungen beeinflußt (v. KAMP 1972): Das westliche Ende begrenzt eine Querstörung bei Emst, wobei der flachliegende Massenkalk und die Oberen Honseler Schichten gegeneinander versetzt werden. Westlich des Weißensteins bei Holthausen ist die Massenkalkscholle abgesunken, so daß oberdevonische Schichten zutage treten. Bei Eppenhausen (Donnerkuhle) prägt die Ennepe-Störung (s. S. 78) die nördliche Grenze des Massenkalks (THOME 1970). Das Zusammenwirken der Ennepe-Störung und der Herbecker Überschiebung und die dadurch bedingten verwickelten geologischen Verhältnisse an der Grenze des Oberen Mitteldevon und des Oberdevon werden aus einem Stollen im Steinbruch Donnerkuhle beschrieben (KARRENBERG 1955).

Die Ennepe-Störung und die dadurch entstandenen Klüfte sind dort auch Ursache für die völlige Umwandlung des Kalksteins in Dolomit.

5.2.2.1. Die Massenkalkfauna von Hohenlimburg

Der Massenkalk enthält eine Vielzahl von Versteinerungen. Am besten zugänglich ist die Fauna im Steinbruch der Hohenlimburger Kalkwerke, wo der Massenkalk zwar stellenweise dolomitisiert, an anderen Bereichen aber mergelige Gesteine, bituminöse Schiefer und in Spalten auch fossilreiche Lockergesteine eingeschaltet sind.

In Klüften finden sich Mineralien wie Calcit in mehreren Varietäten, Quarz, Pyrit, Baryt, Malachit, Mangan, Limonit und Hämatit.

Bei der Fauna handelt es sich um eine typische obergivetische »*Stringunc*-Fauna«, die durch die Brachiopoden *Stringocephalus burtini und Uncites gryphus* bestimmt wird.

Neben diesen und anderen Brachiopoden kommen Korallen, Stromatoporen, Bryozoen, Crinoiden, Muscheln und auch Cephalopoden vor. Besonders er-

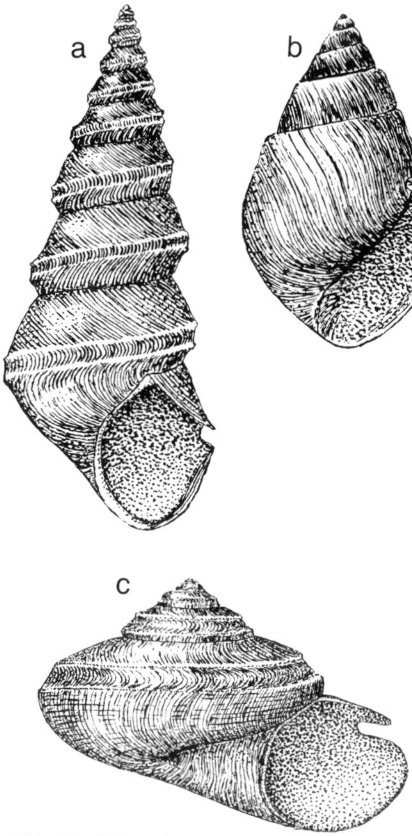

Abb. 52. Schnecken

a. *Murchisonia bilineata.*
b. *Strobeus arculatus.*
c. *Euryzone delphinuloides.*

Abb. 53. *Uncites gryphus* (Brachiopode).

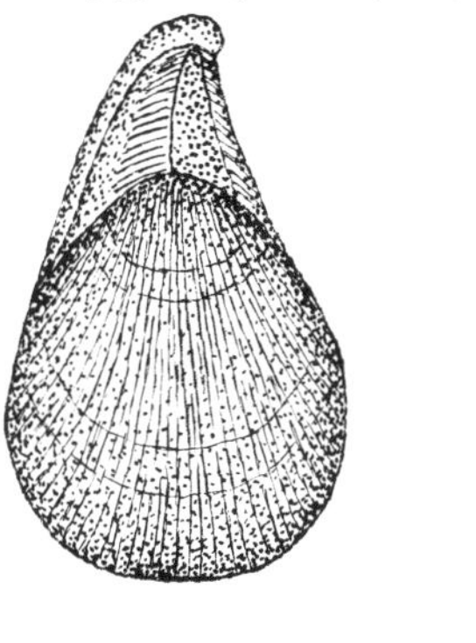

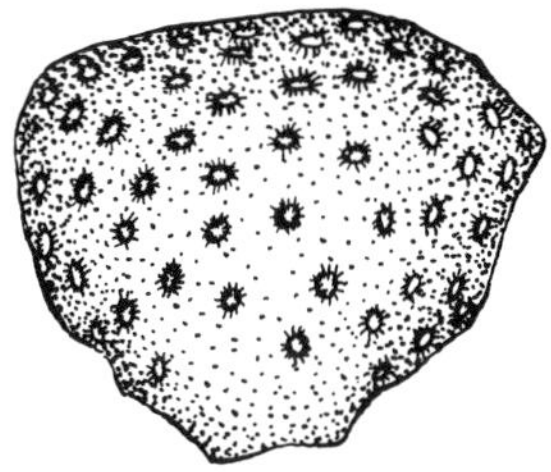

Abb. 54. *Heliolites porosus* (Tabulate Koralle).

wähnenswert ist die reichhaltige Schnekkenfauna.

Elemente der Fauna von Hohenlimburg-Oege:

Hydrozoa: *Stromatopora concentrica* GOLDFUSS, *Stromatopora* sp., *Amphipora ramosa* PHILLIPS

Anthozoa (Korallen): *Aulopora* sp., *Acanthophyllum* sp., *Disphyllum caespitosum* (GOLDFUSS), *Striatopora* sp., *Heliolites porosus* GOLDFUSS, *Thamnopora cervicornis* (BLAINVILLE)

Bryozoa (Moostierchen): *Fenestella* sp.

Gastropoda (Schnecken): *Bellerophon striatus* GOLDFUSS, *Bellerophon* sp., *Euryzone delphinuloides* (SCHLOTHEIM), *Murchisonia bilineata* SANDBERGER, *Strobeus arculatus* (SCHLOTHEIM), *Straparollus (Euomphalus)* sp., *Devonozyga* sp., *Loxonema sp.*, *Turbonitella* sp., *Maclurites* sp.

Muscheln: *Megalodon cucullatus* SOWERBY, *Pterinea* sp.

Cephalopoda (Kopffüßer): *Pleuronoceras* sp., *Geisonoceras* sp., *Cyrtoceras* sp., *Orthoceras* sp.

Brachiopoda (Armfüßer): *Spinatrypa aspera* (SCHLOTHEIM), *Spinatrypa flabellata* (ROEMER), *Desquamatia prisca* (SCHLOTHEIM), *Chonetes* sp., *Bornhardtina laevis* (M'COY), *Stringocephalus burtini* DEFRANCE, *Stringocephalus (Parastringocephalus) dorsalis* ARCHIAC & VERNEUIL, *Stringocephalus (Stringodiscus) giganteus* (SOWERBY), *Devonogypa globa* (SCHNUR), *Productella subaculeata* (SCHLOTHEIM), *Uncites gryphus* (SCHLOTHEIM).

Vermes (Würmer): *Serpulospira* sp.

Crinoidea (Seelilien): *Cupressocrinites* sp., Crinoidea gen. et sp. indet. (Stielglieder, Wurzelteile, Kelche).

5.2.3. Flinz und Tentaculitenschiefer

Nicht überall stellt die Oberkante des Massenkalkes gleichzeitig das Ende mitteldevonischer Ablagerungen dar wie im Steinbruch Donnerkuhle, wo der Massenkalk unmittelbar von oberdevonischen Schiefern überlagert wird. Östlich der Lenne folgt im Hangenden des Massenkalkes noch der sog. Flinz des Oberen Mitteldevon, bestehend aus einer Wechsellagerung von bankigen bis plattigen Kalken mit bröckeligen oder fein gebänderten Tonsteinen.

Die Ablagerungen enthalten noch *Stringocephalus burtini* und sind auch aufgrund von Conodontenuntersuchungen mitteldevonischen Alters.

Gut erkennen läßt sich der Flinz im stillgelegten, teilweise verbauten Steinbruch Letmathe-Grünthal an der B 236. TORLEY (1908) erwähnt diese Fundstelle, und BECKMANN (1948) beschreibt von hier eine reiche Fauna.

Die in Grünthal anstehenden Plattenkalke zeigen nur noch wenige Korallen und sind aus Kalkschlamm gebildet worden, der mit Tonsedimenten angereichert wurde. Einzelne Bänke sind reich an Fossilien (Brachiopoden, Muscheln, Schnecken, Trilobiten).

In Mergelschiefern erkennt man auf den Schichtflächen, teilweise gehäuft, bis zu 1 cm große konische Stäbchen, die Abdrücke bzw. Steinkerne von Tentaculiten. Aufgrund dieser Vorkommen werden jene Schichten auch als Tentaculitenschiefer bezeichnet.

Die höheren Teile der Tentaculitenschiefer sind bereits dem Oberdevon (Adorf-Stufe, Eppenhausener Schichten) zuzurechnen.

Tentaculiten bilden eine eigene Klasse (Tentaculitoidea) innerhalb des Stammes Mollusca (Weichtiere). Eine gewisse Ähnlichkeit besteht zu den Flügelschnecken (Pteropoda); jedoch traten diese erst im Eozän (Alttertiär) auf, während Tentaculiten im Ordovizium erschienen und bereits im Oberdevon ausstarben. Dazwischen liegt eine stratigraphische Lücke von ca. 280 Millionen Jahren.

Tentaculiten waren marine Organismen mit spitzkegelförmigen, kalkigen Gehäusen, die teilweise gekammert waren. Von Weichteilen konnten tentakelartige Anhänge nachgewiesen werden.

Die Tiere schwammen in größeren Schwärmen frei im Wasser. Nach ihrem Absterben sanken sie zu Boden und wurden hier zu Milliarden im Sediment eingebettet. Häufig zeigen »eingeregelte« Tentaculiten die Strömungsrichtung des Wassers an.

Abb. 55. »*Tentaculites*« sp., Flinz des Oberen Mitteldevon (Tentaculitenschiefer). Letmathe. Länge 0,5 cm. (links).

Abb. 56. Längsschnitt durch ein Tentaculitengehäuse. (rechts).

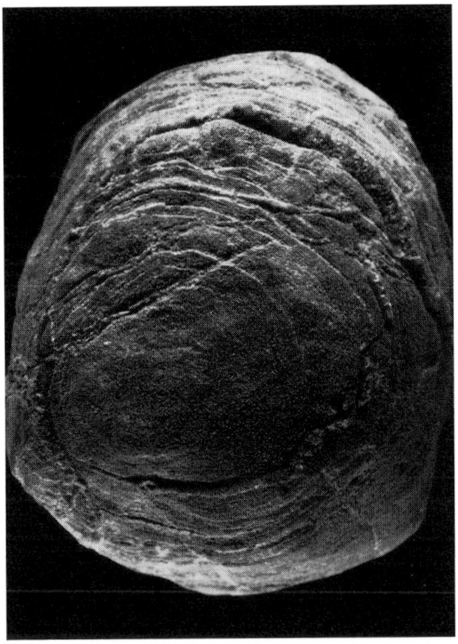

Abb. 57. Stromatoporen aus dem Massenkalk.

Kugelige Stromatopore. Hagen (Staplack). Durchmesser 6 cm. (o.l.)
Stromatopora concentrica GOLDFUSS mit schichtiger Skelettstruktur. Hagen (Staplack). Bildhöhe 9 cm. (o.r.).
Amphipora ramosa PHILLIPS, ästige Stromatoporen, die ganze Gesteinsbänke ausfüllen. Hagen (Staplack). Bildbreite 16 cm. (unten).

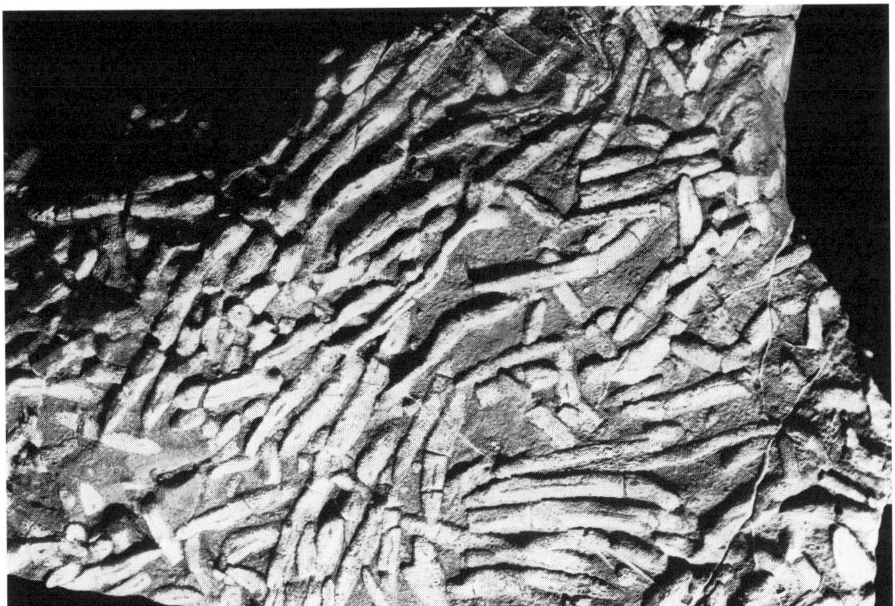

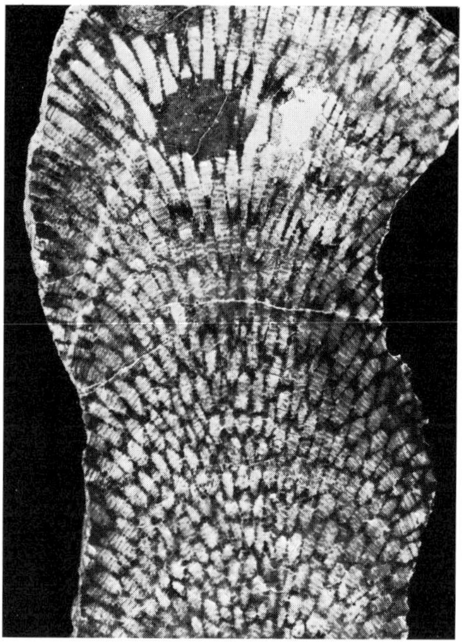

Abb. 58. Tabulate Korallen (Bödenkorallen) aus dem Massenkalk.

Favosites sp. mit dünnen, eng beieinanderstehenden Kelchöffnungen. Hagen (Wasserloses Tal). Höhe 6,5 cm. (o.l.).
Strukturen von *Favosites* sp. im Anschliff. Hagen (Wasserloses Tal). Bildhöhe 9 cm. (o.r.).
Thamnopora cervicornis (BLAINVILLE), verzweigtes Exemplar, Oberflächenstruktur mit zahlreichen Poren. Hohenlimburg. Höhe 8 cm. (u.l.).
Heliolites porosus GOLDFUSS, halbkugeliges Corallum mit nicht aneinandergrenzenden dünnen Röhrchen und runden bis polygonalen Kelchöffnungen. Hohenlimburg. Breite 6 cm. (u.r.).

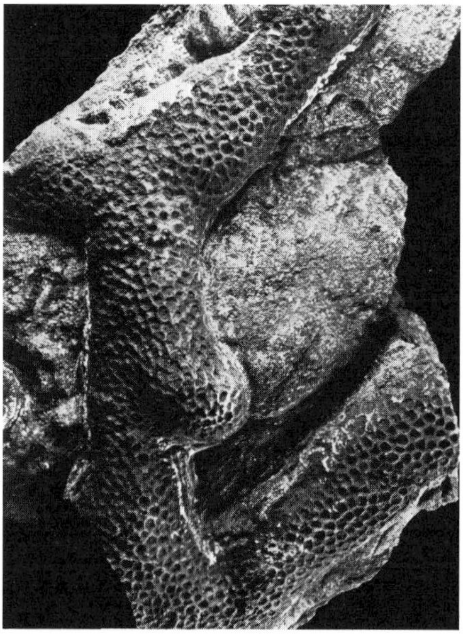

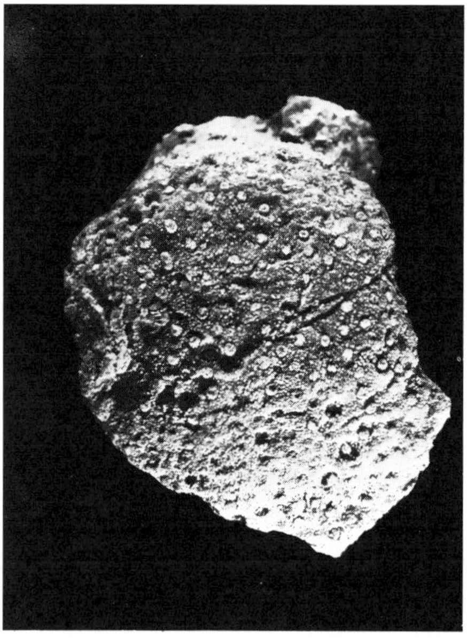

Abb. 59. Rugose Korallen aus dem Massenkalk.

Ceratophyllum sp., leicht gekrümmter Einzelkelch. Letmathe. Länge 3 cm. (o.l.).
Rasenkorallen-Kolonie *Disphyllum caespitosum* (GOLDFUSS), die ganze Gesteinsbänke durchsetzt. Hagen (Staplack). Bildhöhe 10 cm. (o.r.).
Querschnitte von *Acanthophyllum* sp., einer solitären Koralle (Anschliffe), Septen im Zentrum spiralig eingedreht. Hagen-Delstern. Durchmesser ca. 4,5 cm. (u.l. u.r.).

Abb. 60. Schnecken aus dem Massenkalk von Hohenlimburg-Oege.

Euryzone delphinuloides (SCHLOTHEIM) mit kegel- bis kreiselförmigem Gehäuse, geblähten Windungen und tief trichterförmigem Nabel. Breite 4 cm. (oben).
Zwei kleine Exemplare von *Bellerophon striatus* GOLDFUSS mit *Nautilus*-ähnlichem Gehäuse und deutlich vorstehendem Kiel. Breite 1 cm. (unten).

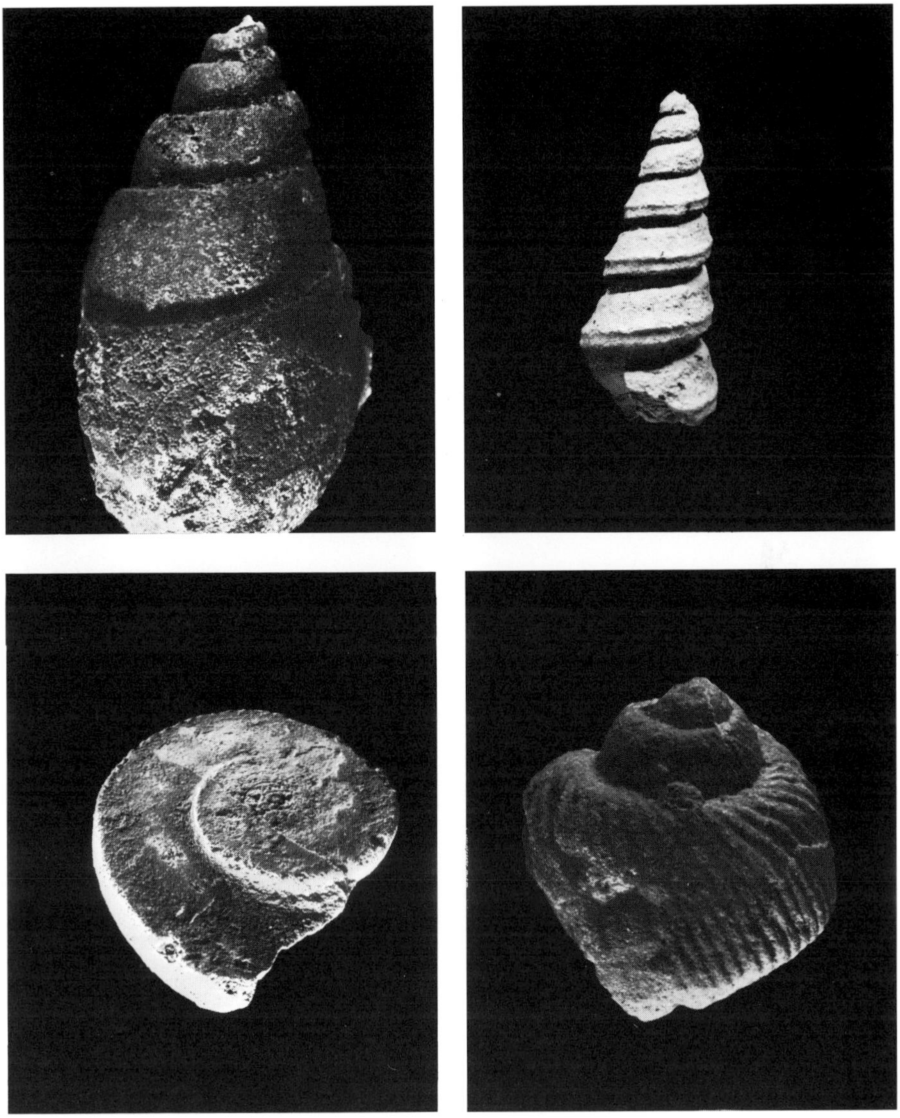

Abb. 61. Schnecken aus dem Massenkalk von Hohenlimburg-Oege.

Strobeus arculatus (SCHLOTHEIM), Gehäuse mit treppenförmig abgesetzten Windungen, die sich nach oben stark verjüngen. Höhe 4,5 cm. (o.l.).
Murchisonia bilineata SANDBERGER, hoch turmförmige Schnecke mit zahlreichen langsam anwachsenden, kantigen Umgängen, Höhe 1 cm. (o.r.).
Maclurites ? sp. mit linksgewundenem Gehäuse und flacher Oberseite. Breite 3,5 cm. (u.l.).
Turbonitella sp. mit wenigen Windungen, treppenförmig ansteigend, Schale gerippt.
Höhe 1,5 cm. (u.r.).

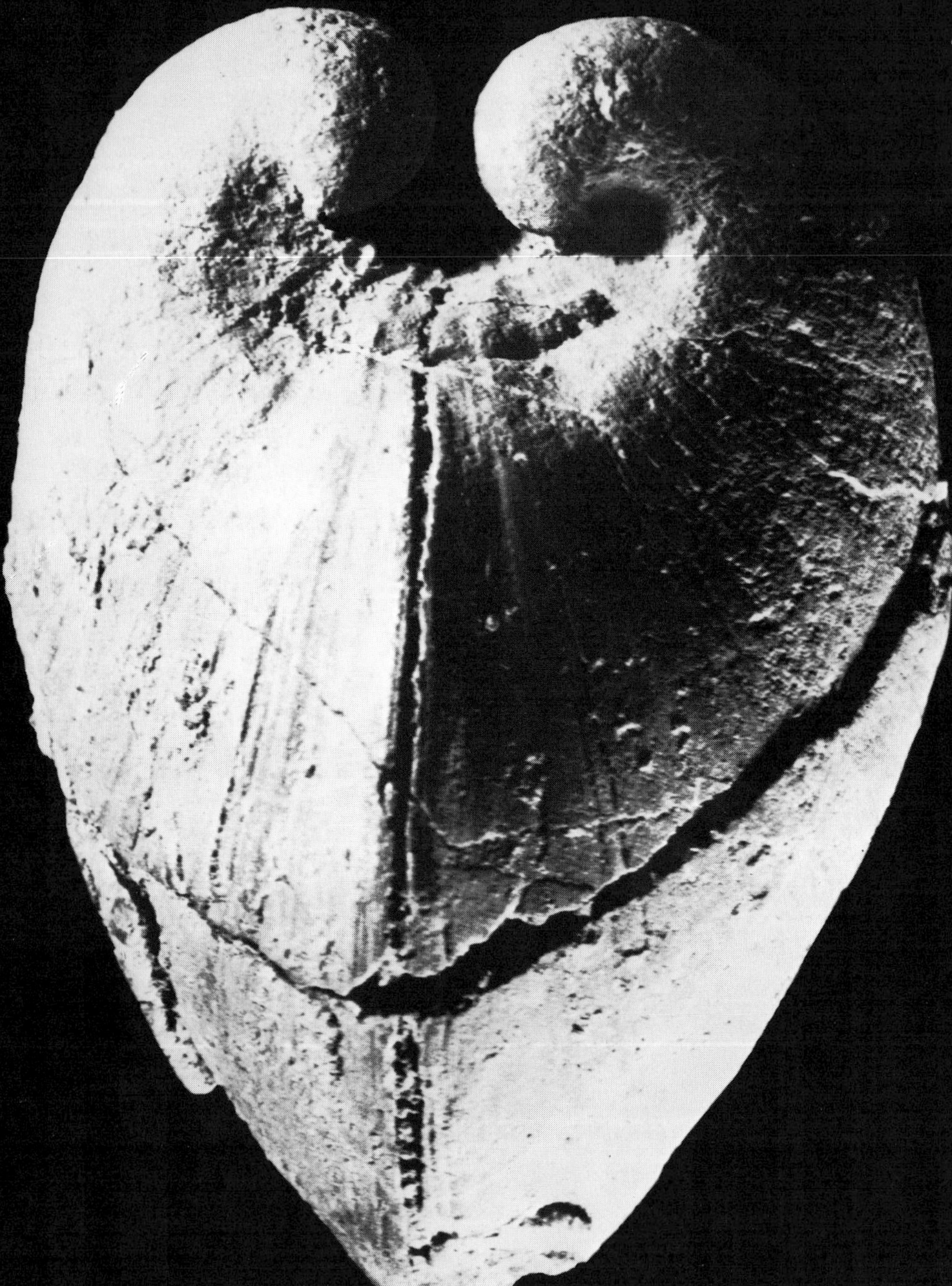

Abb. 62. Große gleichklappige Muschel *Megalodon cucullatus* SOWERBY mit dicker konzentrisch gestreifter Schale und nach vorn eingekrümmten kräftigen Wirbeln. Massenkalk. Hohenlimburg-Oege. Länge 6 cm. (links).

Abb. 63. Brachiopoden aus dem Massenkalk.

Kleine Exemplare von *Spinatrypa aspera* (SCHLOTHEIM) mit faltiger Schalenoberfläche. Massenkalk. Letmathe. Breite ca. 1,5 cm. (oben).
Devonogypa [»*Gypidula*«] *globa* (SCHNUR) tritt in einigen Bereichen im Massenkalk gehäuft auf. Hohenlimburg-Oege. Länge eines Exemplars 3,5 cm. (unten).

Abb. 64. Brachiopoden aus dem Massenkalk

Desquamatia prisca (SCHLOTHEIM), wie *Spinatrypa* zu den Atrypidina gehörend, Schale radial berippt. Letmathe. Breite 3 cm. (o.l.).
Devonogypa [»*Gypidula*«] *globa* (SCHNUR) mit schwach berippter, häufig glatter Schale, Stielklappe stark über die Armklappe gekrümmt. Hohenlimburg-Oege. Länge 4,5 cm. (o.r.).
Zwei kleine Exemplare von *Uncites gryphus* (SCHLOTHEIM) mit lang gestreckter Schale (u.l.) und mehr geblähtem Gehäuse (u.r.), Schale radial gestreift, Wirbel der Stielklappe gekrümmt. Hohenlimburg-Oege (u.l.), Hagen (Wasserloses Tal, u.r.). Länge 2,5 cm.

Abb. 65. »*Cyrtoceras*« sp., Kammerscheidewände eines Nautiliden aus dem Massenkalk von Hohenlimburg-Oege. Bildhöhe 7 cm.

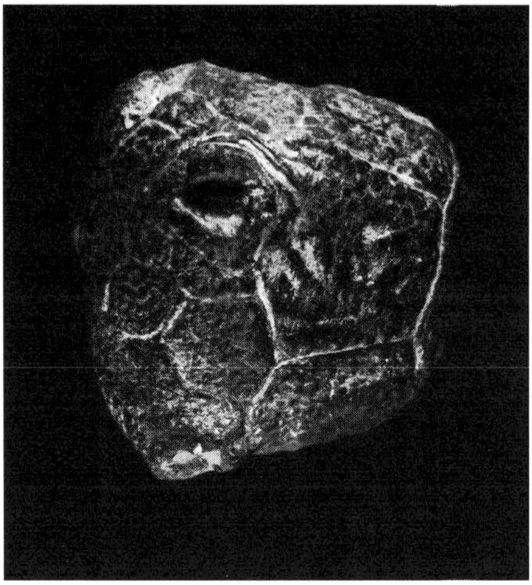

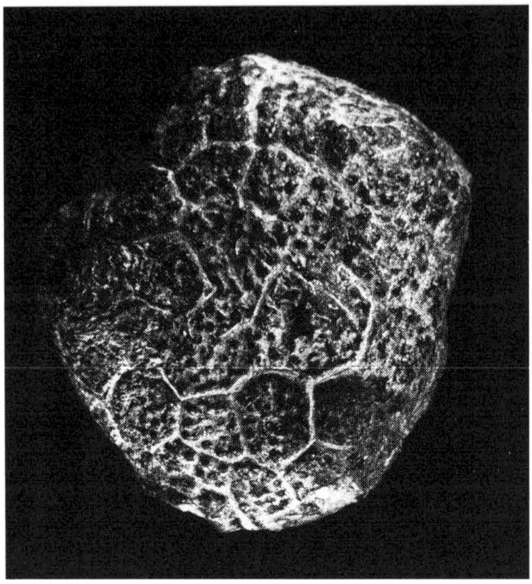

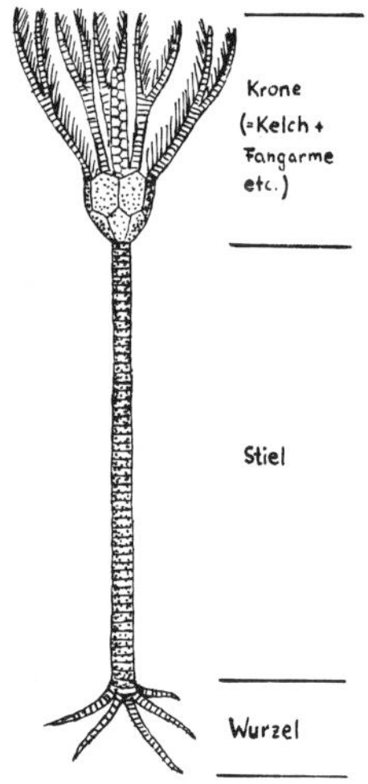

Abb. 66. Seelilienkelche (ohne Fangarme) mit zahlreichen Thekalplatten. Flinz des oberen Mitteldevon. Hemer. Breite ca. 3 cm. (o.l. o.r.).
Stielstücke verschiedener Seelilienarten, vergesellschaftet mit Bödenkorallen-Resten von *Thamnopora* sp., Massenkalk. Hohenlimburg-Oege. Bildbreite 9 cm. (u.l.)

Abb. 67. Bau einer Crinoide (Seelilie). (u.r.).

6. Fossilien aus dem Oberdevon und Kulm des nordwestlichen Sauerlandes

6.1. Das Untere Oberdevon

Die Schichtenfolge des Unteren Oberdevon (Adorf-Stufe) ist im nordwestlichen Sauerland sehr unterschiedlich ausgebildet. Während zwischen Hagen und Wuppertal das gesamte Oberdevon aufgrund der Ennepe-Störung gänzlich ausfällt oder fast völlig unterdrückt wird, folgt die Adorf-Stufe bei Hagen-Halden unmittelbar über dem Massenkalk; bei Letmathe und Iserlohn liegen zwischen Massenkalk und Oberdevon der Flinz des Oberen Mitteldevon und die Tentaculitenschiefer, und im Hönnetal schließlich setzt sich die Massenkalk-Fazies zum Teil bis ins Oberdevon fort (Dorper Kalk). Das heißt, hier enthält der Massenkalk bereits oberdevonische Fossilien (z. B. teilweise im Kalksteinbruch in Oberrödinghausen).

Biostratigraphisch ist die Adorf-Stufe bestimmt durch den leitenden Cephalopoden *Manticoceras;* Leitfossil für die unteren Zonen ist *Pharciceras*. Beide Gattungen gehören zu den Anarcestiden (Ammonoideen). Im Unterschied zu den Pharciceraten, die meist kleinwüchsig sind, erreichen Manticoceraten einen maximalen Durchmesser von 60 cm.

Die Aufschlußverhältnisse im Unteren Oberdevon sind gegenüber denen im Oberen Mitteldevon vergleichsweise ungünstig, da es nur wenige Lokalitäten gibt, in denen diese Schichten zugänglich sind:

In den über dem Massenkalk lagernden grauschwarzen bis grünlich-grauen Schiefern der Adorf-Stufe in Hagen-Halden (Donnerkuhle) kommen meist kleine Fossilien wie *Pharciceras* sp., Muscheln (*Buchiola* sp.) Brachiopoden (*Cyrtinaella* sp., *Athyris* sp.) und Schnecken (*»Porcellia«* sp.) vor.

Immer noch zugänglich ist das Straßenprofil an der rechten Hönnetalseite (PAECKELMANN 1923), wo das Untere Oberdevon in Form von graugrünen Mergelschiefern, dunkelgrauen Kalken und feinsandigen Tonschiefern aufgeschlossen ist.

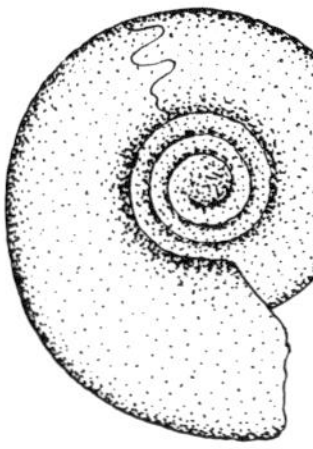

Abb. 68. *Pharciceras*.

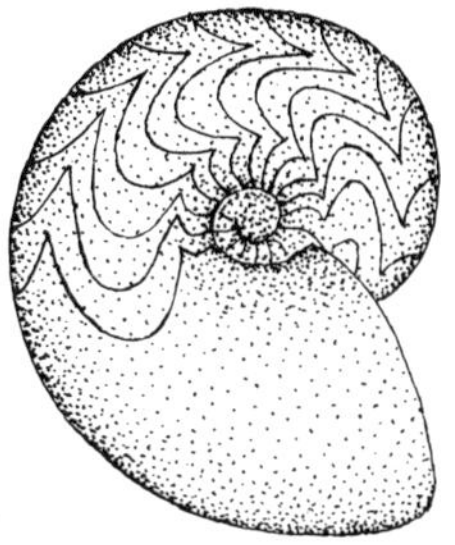

Abb. 69. *Manticoceras*.

Hier finden sich in graubraunen Mergelschiefern Orthoceren und Tentaculiten, in schiefrigen, schwarzen Kalken Muscheln der Art *Buchiola retrostriata* (v. BUCH) und in dunkelgrauen Flinzschiefern pyritisierte Bactriten und Muscheln der Gattung *Buchiola*. Höhere Schichten der Adorf-Stufe treten im Asbecker Tal, einem Seitental des Hönnetales, am Fuße des Beul zutage.

Über dem hier bereits oberdevonischen Massenkalk folgen graugrüne und rote Knollenkalke, die in dichte, rote, plattige Kalke und darüber in rötliche und graue Knollenkalke übergehen.

Neben Orthoceren, Muscheln (*Buchiola* sp.), Trilobiten (*Phacops* sp., *Scutellum costatum* PUSCH), Goniatiten (*Tornoceras* sp.) kommen hier auch Arten der Stufenleitform *Manticoceras* vor: *Manticoceras cordatum* (SANDBERGER), *Manticoceras intumescens* (BEYRICH), *Manticoceras adorfense* WEDEKIND.

Manticoceraten sind scheibenförmige Ammonoideen mit gewölbten oder abgeplatteten Windungen ohne auffällige Skulptur, jedoch mit dünnen Anwachsstreifen auf der Schale. Die am Beul vorkommenden Exemplare haben einen Durchmesser von bis zu 20 cm.

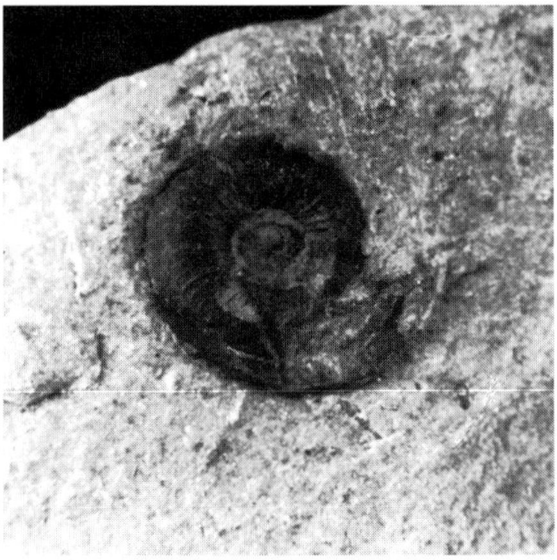
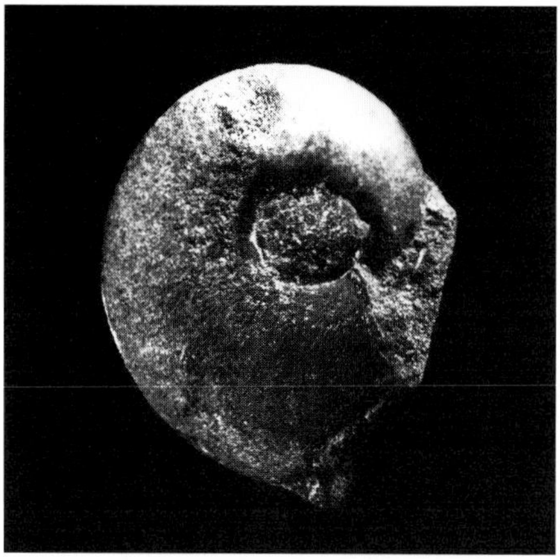
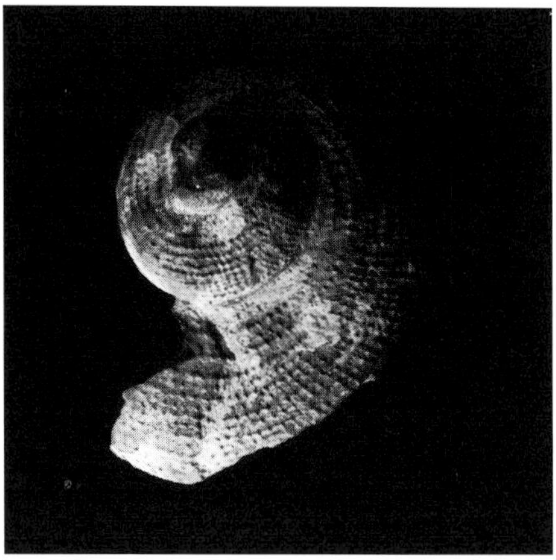

Abb. 70. Fossilien aus dem Unteren Oberdevon (Adorf-Stufe).

Pharciceras sp., kleines scheibenförmiges Exemplar aus dem untersten Oberdevon (toI) von Hagen-Halden. Breite 0,5 cm. (o.l.)
Manticoceras sp., scheibenförmig, glattschalig, ohne Skulptur, mit gewölbter Windung. Balve (Beul). Breite 2 cm. (o.r.).
Fast planspiral eingerollte Schnecke »*Porcellia*« *primordialis* (SCHLOTHEIM) mit knotiger Streifung auf der Schale. Hagen-Halden. Breite 1 cm. (M.l.)
Cyrtinaella simplex (PHILLIPS), Brachiopode mit pyramidenförmigem Gehäuse. Hagen-Halden. Höhe 1 cm. (M.r.).
»*Bactrites*« sp. (orthoconer Cephalopode), vergesellschaftet mit der Muschel *Buchiola* sp., beide Exemplare pyritisiert. Iserlohn. Bildhöhe 2 cm. (u.r.)

6.2. Die Fauna der Nehden- und Hemberg-Stufe bei Letmathe

Das Mittlere Oberdevon mit der Nehden- und Hemberg-Stufe ist gut zugänglich im inzwischen teilweise verfüllten Steinbruch der ehemaligen Ziegelei Nie nördlich von Letmathe an der Schwerter Straße (B 236). Die an der Nordwand aufgeschlossenen roten Kalkknotenschiefer gehören zur unteren Hemberg-Stufe (Oberdevon III); die am oberen Teil des Bruches vorkommenden schwarzen und grünen Schiefer des Oberdevon IV (*annulata*-Zone) sind zwischenzeitlich verschüttet und nur noch in Lesesteinen aufzufinden.

An Ammonoideen kommen hier vor: *Prolobites delphinus* (SANDBERGER), *Sporadoceras* sp., *Cyrtoclymenia* sp., *Platyclymenia* cf. *annulata* (MÜNSTER) als Leitform, ebenso Muscheln und Seelilienstielglieder.

Die Südwand des Bruches besteht aus Plattensandsteinen der Nehden-Stufe (Oberdevon II) mit zahlreichen Strömungsmarken und Wellenrippeln, mit Spurenfossilien und Pflanzenhäckseln. Eingelagerte oliv- bis graugrüne Schiefer enthalten recht häufig die Muscheln *Buchiola* sp. und *Guerichia [= Posidonia] venusta* (MÜNSTER), kleine Brachiopoden der Art *Retichonetes nana* (DE VERNEUIL) und schlecht erhaltene Goniatiten und Orthoceren.

Die gehäuft vorkommenden Ostracoden (Muschelkrebse) der Art *Entomozoe (Richteria) serratostriata* (SANDBERGER) wurden früher zu der alten Sammelgattung *»Cypridina«* gestellt, woher sich die für diese Schichten gängige Bezeichnung »Cypridinenschiefer« ableitet. Ein Nachweis der für die Nehden-Stufe leitenden Goniatiten *Cheiloceras* (s. Abb. 77 unten) konnte von dieser Lokalität nicht erbracht werden.

Stattdessen finden sich gut bestimmbare Trilobiten-Arten, deren Lebensdauer auf das Oberdevon II beschränkt ist: *Trimerocephalus mastophthalmus* (REINH. RICHTER) und *Ductina ductifrons* (RUD. & E. RICHTER). Beide Arten gehören der Familie Phacopidae an; sie sind augenlos und waren wohl sedimentbewohnende Formen.

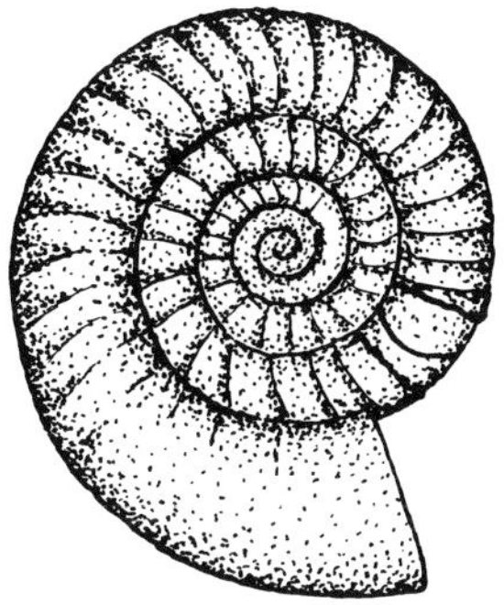

Abb. 71. *Platyclymenia.*

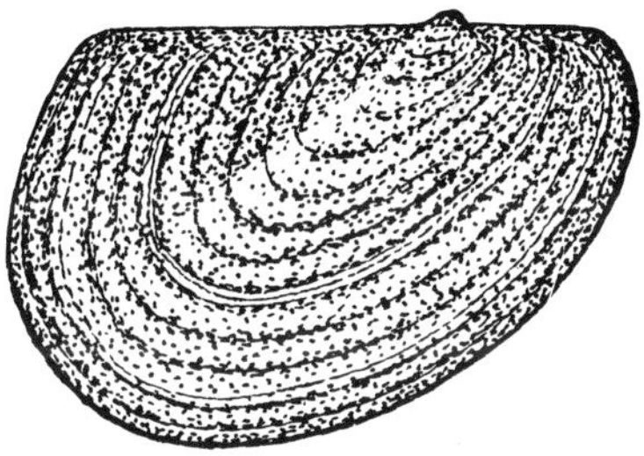

Abb. 72. *Guerichia* [»*Posidonia*«] *venusta.*

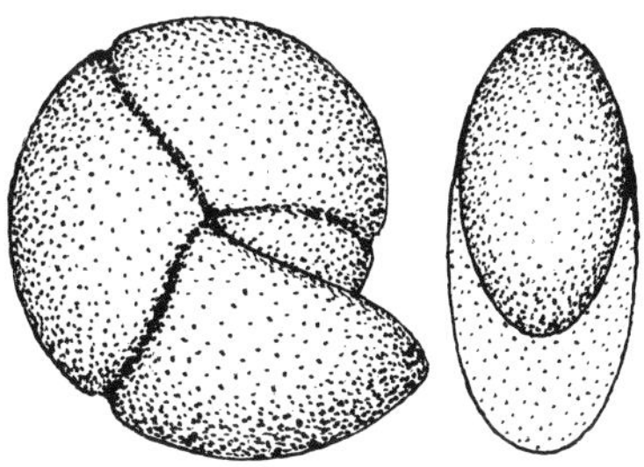

Abb. 73. *Cheiloceras verneuili.*

Ductina ductifrons hat eine breite, nach vorn steil abfallende Glabella, seitlich auf dem Cephalon einen sehr schmalen Saum, der sich am Hinterrand verschmälert, und einen hohen verbreiterten Nakkenring. Das Pygidium ist mäßig gewölbt mit einer schmalen, spitz endenden Spindel.

Trimerocephalus mastophthalmus besitzt einen gleichmäßig gewölbten Kopfschild mit hohem Nackenring, ein auffallend kurzes und breites Pygidium mit fünf Spindelringen und drei Rippen auf den Flanken. Die Schalenoberfläche ist fein gekörnelt. Die häufigste Erhaltungsform von *Trimerocephalus mastophthalmus* ist die sog. SALTER'sche Einbettung, d. h. der Kopfschild wurde vom übrigen Körper getrennt, um 180° gegen den Rumpf verdreht und mit der Wölbung nach unten, sedimentiert. Dies ist ein sicheres Anzeichen dafür, daß es sich bei einem solchen Exemplar nicht um den Rest eines verendeten Trilobitentieres, sondern um einen Häutungsrest handelt.

Die besondere Art der Einbettung wurde erstmalig von SALTER (1862) erkannt und von RUD. RICHTER (1937) eingehend untersucht und mit dem Häutungsvorgang in Verbindung gebracht.

Die SALTER'sche Einbettung ist fast ausschließlich begrenzt auf augenlose Phacopiden, da bei diesen die Gesichtsnähte verwachsen waren und das Cephalon nicht wie bei anderen Trilobiten bei der Häutung in drei Teile zerfiel. Wegen der Augenlosigkeit verlief der Häutungsvorgang verhältnismäßig schnell; das Tier kippte den Kopfpanzer nach vorn und schlüpfte aus dem Nackenspalt heraus.

Die SALTER'sche Einbettung ist aber nicht nur von systematischer, sondern auch von palökologischer Bedeutung, da sie einen eindeutigen Hinweis auf völlige Wasserruhe auf dem Meeresgrund zwischen Häutung und Einbettung gibt. Bei stärkerer Wasserbewegung wäre nämlich der Kopfpanzer mit Sicherheit weggedriftet oder umgedreht worden.

Die SALTER'sche Einbettung ist gebunden an die Fazies tonigmergeliger, d.h. sehr feinkörniger Sedimente und läßt als fossilisierter Lebensvorgang, besser als das Fossil selbst, den Rückschluß zu, daß Fundort und Fundschicht den Lebensraum des Tieres bildeten.

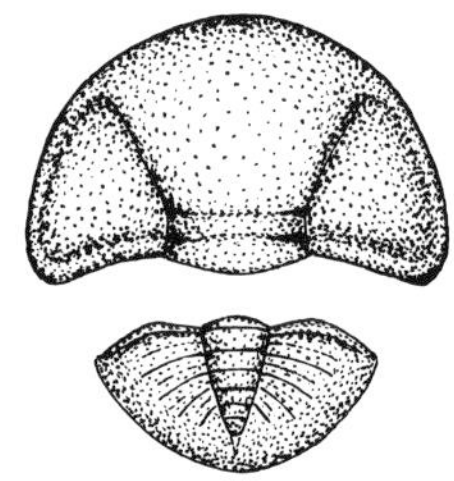

Abb. 74. *Ductina ductifrons*.

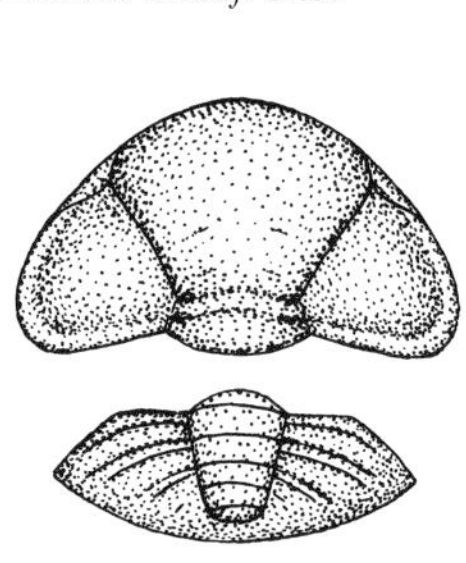

Abb. 75. *Trimerocephalus mastophthalmus*.

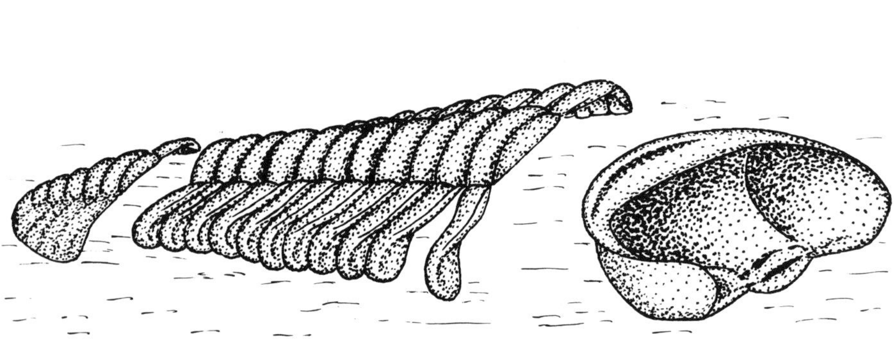

Abb. 76. *Trimerocephalus* in SALTER'scher Einbettung.

Abb. 77. Ammonoideen aus dem Oberdevon II und IV (Nehden- und Hemberg-Stufe).

Platyclymenia sp. (Clymenie) aus dem Oberdevon IV (Hemberg-Stufe, *annulata*-Zone) von Letmathe (Zgl. Nie). Breite 2 cm. (o.l.).
Kleines körperhaft erhaltenes Exemplar von *Platyclymenia* sp. mit starker Berippung. Suttrop (Kattensiepen). Breite 0,5 cm. (o.r.).
Zwei pyritisierte Goniatiten der Gattung *Cheiloceras* aus dem Oberdevon II (Nehden-Stufe) von Nehden (Brilon), links mit Einschnürungen, rechts mit Lobenlinien. Breite 2 cm. (unten).

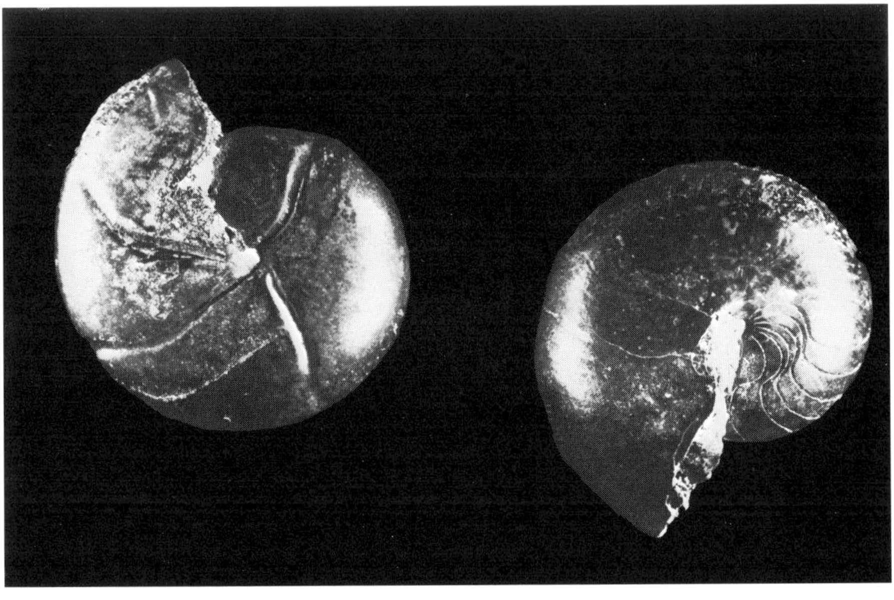

Abb. 78. Fossilien aus dem Oberdevon II (Nehden-Stufe) von Letmathe (Zgl. Nie).

Muschel *Guerichia* [»*Posidonia*«] *venusta* (MÜNSTER) mit langem, schräg verlaufendem Schloßrand. Schalenerhaltung. (o.l.). Steinkern (o.r.). Länge 1,5 cm.
Trilobit *Ductina ductifrons* (RUD. E. RICHTER). Isoliertes Cephalon. Breite 1,5 cm. (u.l.). Thorax und Pygidium mit spitz endender Spindel. Länge 2,5 cm. (u.r.).

Abb. 79. *Ductina ductifrons* (RUD. & E. RICHTER), Trilobiten aus dem Oberdevon II (Nehden-Stufe) von Letmathe (Zgl. Nie). Länge ca. 3 cm.

Abb. 80. Trilobit *Trimerocephalus mastophthalmus* (RH. RICHTER) in SALTER'scher Einbettung, Kopfschild durch phot. Umkehrung positiv dargestellt. Oberdevon II (Nehden-Stufe). Letmathe (Zgl. Nie). Länge 3 cm.

6.3. Oberdevon-Profile im Raum Balve

Im Gebiet um Balve legt sich das Oberdevon an den Massenkalk an und bildet am Rande des Remscheid-Altenaer Sattels ein stark verworfenes Band, das seine größte Breite bei Hövel besitzt. Umfangreiche Flächen nimmt es südlich von Balve im Bereich der Lüdenscheider Mulde ein.

Tektonisch und auch stratigraphisch ist das Oberdevon eng mit dem Unterkarbon verknüpft, das in Richtung Arnsberg vorherrschend ist. Bei Hachen treten aus der Kulmfläche mehrere oberdevonische Schollen durch Aufsattelung und Horstbildung zutage.

Wegen erheblicher Spezialfaltung und überwiegend starker Bewaldung dieses Gebietes wurde die Klärung der Stratigraphie erheblich erschwert.

Die Bearbeitung des Oberdevon bei Balve vollzog sich hauptsächlich in den 20er Jahren dieses Jahrhunderts und ist sowohl stratigraphisch als auch paläontologisch von großer Bedeutung für die Erforschung des Oberdevon überhaupt (H. SCHMIDT 1924, PAECKELMANN 1924, LANGE 1929, SCHINDEWOLF 1937).

Von besonderem Interesse dabei waren stratigraphisch die Devon-Karbon-Grenze (s. S. 78) und paläontologisch die Kenntnis um die im Oberdevon bedeutende Goniatiten- und Clymenienfauna (s. S. 79 ff.), Themenbereiche, an denen auch heute noch intensiv geforscht wird (VÖHRINGER 1960, KORN 1981).

Da im Oberdevon von Balve kaum Fundorte in Form von Steinbrüchen vorkommen, entstammen fast alle zur Bearbeitung herangezogenen Fossilien aus kleineren Aufschlüssen wie Bergklippen, Straßenböschungen, Eisenbahneinschnitten, Wasserrissen oder speziell angelegten Schürfgräben.

Besondere Aufmerksamkeit verdienen dabei solche Lokalitäten, in denen vollständige Profile durch das Oberdevon aufgeschlossen sind bzw. an denen sich die Devon-Karbon-Grenze studieren läßt.

Mehrere dieser klassischen Profile sind auch heute noch zugänglich, hier sollten jedoch aus Gründen des Landschaftsschutzes Grabungen unterbleiben; darüber hinaus sind diese Aufschlüsse teilweise nach wie vor von wissenschaftlichem Interesse und könnten durch Sammlertätigkeit zerstört werden.

Folgende Aufschlüsse geben einen guten Überblick über die oberdevonische Schichtenfolge:

An der Straße von Hemer nach Menden bei Oese schließt ein Straßenprofil Schichten vom Oberdevon II (Nehden-Stufe) bis zum Oberdevon VI (Wocklum-Stufe) und weiterhin noch den unterkarbonischen Hangenberg-Kalk auf (H.SCHMIDT/PLESSMANN 1961).

Hier enthalten die Wocklumer Schichten zahlreiche Clymenien: *Wocklumeria sphaeroides* (RH. RICHTER), *Parawocklumeria paradoxa* (WEDEKIND), *Cymaclymenia striata* (MÜNSTER), *Kosmoclymenia similis* (MÜNSTER), weiterhin Orthoceren und den Trilobiten *Typhloproetus subcarintiacus* RUD. RICHTER. Im Hangenberg-Kalk kommen die leitenden Goniatiten *Imitoceras acutum* SCHINDEWOLF und *Gattendorfia* sp. vor.

Östlich von Hemer, nördlich des Ortes Apricke, lassen sich an mehreren Wasserrissen die Schichten vom Oberdevon III (Hemberg-Stufe) bis zu den Liegenden Alaunschiefern des Kulm studieren (H. SCHMIDT 1924).

Zwei besonders bemerkenswerte Aufschlüsse befinden sich im Hönnetal bei Oberrödinghausen. Hier erschließt ein Profil an der rechten Straßenseite den Massenkalk, das gesamte Oberdevon und den Hangenberg-Kalk, einschließlich der Liegenden Alaunschiefer. Am Eisenbahneinschnitt Oberrödinghausen enthält das Profil Schichten vom Oberdevon II bis zum Hangenberg-Kalk (H. SCHMIDT 1924, PAECKELMANN 1924).

Ausführliche Auflistungen der hier zu findenden Fossilien geben SCHINDEWOLF (1937) für die Wocklum-Stufe und VÖHRINGER (1960) für den Hangenberg-Kalk.

Faunenelemente der Wocklumer Schichten im Hönnetal:

Ammonoideen: *Wocklumeria sphaeroides* (RH. RICHTER), *Parawocklumeria*

paradoxa (WEDEKIND), *Kosmoclymenia similis* (MÜNSTER), *Cymaclymenia striata* (MÜNSTER), *Cymaclymenia costellata* (MÜNSTER), *Cyrtoclymenia* sp., *Kalloclymenia wocklumensis* LANGE, *Balvia nucleus* (H. SCHMIDT), *Glatziella* sp.
Trilobiten: *Typhloproetus (Typhloproetus) subcarintiacus* (RUD. RICHTER), *Chaunoproetus palensis* (RUD. RICHTER), *Phacops wedekindi* RUD. & E. RICHTER, *Cryphops wocklumeriae* (RUD. & E. RICHTER).
Im Hangenberg-Kalk vorkommende Fossilien sind u. a.:
Goniatiten: *Imitoceras varicosum* (SCHINDEWOLF), *Imitoceras* sp., *Gattendorfia molaris* VÖHRINGER, *Gattendorfia* sp., *Pseudarietites dorsoplanus* H. SCHMIDT, *Pseudarietites westfalicus* H. SCHMIDT, *Protocanites nodosus* H. SCHMIDT.
Trilobiten: *Archegonus (Phillibole) blax* (RUD. & E. RICHTER), *Archegonus (Ph.) drewerensis* RUD. & E. RICHTER), *Liobolina nebulosa* RUD. & E. RICHTER, *Liobolina submonstrans* RUD. & E. RICHTER.

Im Asbecker Tal sind am Beul (s. S. 69) durch natürliche Klippen und in von Geologen angelegten Schürfgräben die Schichten von der Adorf- bis zur Dasberg-Stufe zugänglich. Besonders das Oberdevon IV (*annulata*-Zone) ist hier mächtig und in kalkiger Ausbildung entwickelt und lieferte eine reiche Fauna (LANGE 1929). Die Hemberg-Stufe (Oberdevon III und IV) enthält am Beul u. a.:
Ammonoideen: *Prolobites delphinus* (SANDBERGER), *Sporadoceras* sp., *Prionoceras frechi* (WEDEKIND), *Prionoceras divisum* (MÜNSTER), *Platyclymenia annulata* (MÜNSTER) *Platyclymenia* sp.
Nautiliden: *Orthoceras* sp.
Muscheln: *Kochia (Loxopteria) dispar* (SANDBERGER)
Schnecken: *Loxonema* sp.

Am Dasberg (Typuslokalität für die Dasberg-Stufe) zwischen Eisborn und Hövel fehlt es an eigentlichen Aufschlüssen. Die berühmte Dasberg-Fauna wurde durch Aufschürfungen erschlossen (WEDEKIND 1914) und von HERM. SCHMIDT (1924) neu bearbeitet; eine umfangreiche Fossilliste stellt LANGE (1929) zusammen.
Fossilien vom Dasberg können aber heute noch aus Lesesteinen gewonnen werden.

Ein weiterer erwähnenswerter Aufschluß ist ein kleiner Steinbruch an der Straße Beckum-Hövel mit plattigen Kalken der Hemberg- und Dasberg-Stufe; darüber stehen noch Kulm-Kieselschiefer an (PAECKELMANN 1924).

Schließlich sind in einem Steinbruch nordöstlich von Hachen beim Forsthaus Reigern Wocklumer Schichten aufgeschlossen, die zahlreiche Clymenien enthalten (SCHINDEWOLF 1937, H. SCHMIDT/PLESSMANN 1961). Folgende Arten konnten hier in jüngster Zeit gesammelt werden:
Kosmoclymenia undulata (MÜNSTER), *Kosmoclymenia similis* (MÜNSTER), *Kosmoclymenia* sp., *Cymaclymenia striata* (MÜNSTER), *Cyrtoclymenia* sp.

6.4. Die Devon-Karbon-Grenze

Die Erforschung des Oberdevon ist eng verbunden mit der Grenzziehung zwischen Devon und Karbon.
Diese stratigraphisch überaus wichtige Devon-Karbon-Grenze verläuft im nordwestlichen Sauerland geographisch in Ost-West-Richtung, in ihrer geologischen Ausbildung bestehen jedoch extreme Unterschiede.
Zwischen Hagen und Gevelsberg grenzen aufgrund der Ennepe-Störung entlang des nach ONO gerichteten Tales der Ennepe die Schichten des Unteren Mitteldevon (Hobräcker-, Mühlenberg- und Brandenberg-Schichten) an Schiefertone des flözleeren Oberkarbon (Hagener Schichten), wobei Oberes Mitteldevon, Oberdevon, Unterkarbon und tiefes Oberkarbon fast völlig unterdrückt werden.
Hier verläuft die Grenze zwischen Devon und Karbon mit einer Schichtlücke von ca. 5000 m Sediment.
Östlich von Hagen dagegen besteht die Möglichkeit, Profile zu entdecken, die die Grenze zwischen Oberdevon und Unter-

karbon lückenlos zugänglich machen. Allerdings sind die bereits genannten Profile aus dem Balver Raum (s. S. 77 ff.), die Schichten vom Oberdevon bis zum Unterkarbon aufschließen, nicht ungestört und weisen mehr oder weniger große Schichtlücken auf. Darüber hinaus ist wichtige Voraussetzung zur biostratigraphischen Bearbeitung, daß alle Schichten fossilführend sind, d. h. Ammonoideen enthalten müssen. Dies ist aber nur selten der Fall, da gerade an der Devon-Karbon-Grenze Schichten ausfallen oder nur unzureichend fossilführend sind.

So enthalten Wocklumer Kalk im Liegenden und Hangenberg-Kalk im Hangenden des Grenzbereiches nur an wenigen Stellen überhaupt Ammonoideen; andererseits liegt zwischen beiden Horizonten entweder der fossilarme Hangenberg-Schiefer oder eine Schichtfuge.

Die Erforschungsgeschichte der Devon-Karbon-Grenze im Balver Gebiet geht im wesentlichen in bezug auf ihre Ammonoideen-Fauna zurück auf PAEKKELMANN (1924), H. SCHMIDT (1924), SCHINDEWOLF (1927, 1937), LANGE (1929) und VÖHRINGER (1960).

Durch Beschluß des Heerlener Karbon-Kongresses von 1935 wurde die Liegendgrenze des Karbon an das erste Auftreten des Goniatiten *Gattendorfia subinvoluta* gelegt (PAECKELMANN & SCHINDEWOLF 1937).

Diese Festlegung gilt bis heute; allerdings wurde die Diskussion um die Grenzziehung aufgrund von Conodonten-Untersuchungen neu belebt, so daß seit einigen Jahren wieder Forschungen an Ammonoideen-führenden Profilen durchgeführt werden.

Als klassischer Aufschluß gilt das erwähnte Profil am Eisenbahneinschnitt Oberrödinghausen.

Hier folgen im Bereich des Oberdevon über den Kalkbänken der Wocklumer Schichten mit *Wocklumeria sphaeroides* (RH. RICHTER) 5 m mächtig die Hangenberg-Schiefer, graue, streifige Mergel- und Alaunschiefer mit *Guerichia [= Posidonia] venusta* (MÜNSTER), *Chonetes* sp. und schlecht erhaltene Reste von *Postclymenia* sp.

Über diesen Schiefern liegt als unterstes Unterkarbon der Hangenberg-Kalk, ein dichter, hellgraublauer Knollenkalk von 1,5 m Mächtigkeit.

Die typischen Leitfossilien sind hier die Goniatiten *Gattendorfia subinvoluta* (MÜNSTER) und *Pseudarietites westfalicus* H. SCHMIDT und mehrere Arten der Gattung *Imitoceras* (s. S. 81).

Über dem tiefen Unterkarbon setzt mit den liegenden Alaunschiefern die Kulmfazies des Unterkarbon ein. Da dieses Profil jedoch das oberste Oberdevon in schiefriger Ausbildung zeigt (Hangenberg-Schiefer), läßt sich die Ammonoideen-Fauna nicht lückenlos verfolgen.

In jüngster Zeit gelang es KORN (1981), durch einen Schürfgraben auf dem Müssenberg bei Hachen ein Profil an der Devon-Karbon-Grenze in kalkiger Sedimentation mit durchgehender Ammonoideen-Fauna nachzuweisen. Die Ergebnisse dieser Untersuchung geben Anlaß, die bisherige Grenzziehung in Frage zu stellen.

Von einem weiteren Profil (H. SCHMIDT 1924), das demnächst im Hasselbachtal westlich von Letmathe untersucht werden soll, erwartet man neue Resultate.

Aufgabe der Geologen wird es in den nächsten Jahren sein, die Ergebnisse im Bereich der Ammonoideen-Stratigraphie mit Conodonten-Untersuchungen zu vergleichen, um endgültig darüber entscheiden zu können, ob die Beschlüsse des Heerlener Kongresses revidiert werden müssen.

6.4.1. Goniatiten und Clymenien an der Devon-Karbon-Grenze

Das Oberdevon ist in der Entwicklung der Ammonoideen durch kurze Blütezeiten und plötzliches Aussterben von ganzen Gruppen gekennzeichnet. Insbesondere am Ende des Oberdevon verlöschen fast gleichzeitig alle Clymenien, sowie alle Goniatiten mit Ausnahme der Gattung *Imitoceras*.

Die im obersten Oberdevon aussterbenden Formen sind zumeist Endglieder verschiedener Entwicklungsreihen mit speziellen Merkmalen: Dreieckige Windungen bei *Wocklumeria, Epiwocklumeria* und *Parawocklumeria,* bizarre Mundränder bei *Kalloclymenia,* Mediandornen bei *Kosmoclymenia undulata,* ringförmig hervorstehende Kiele bei *Glatziella* und *Balvia* (KORN 1981 a).

Im untersten Unterkarbon (Hangenberg-Kalk) erlebt die Gattung *Imitoceras*, die als einzige der Ammonoideen-Klasse die Devon-Karbon-Grenze überdauerte, ihre Blütezeit. Aus ihr entwickeln sich eine Reihe anderer Goniatiten mit taxonomisch bedeutsamen Merkmalen. Neu erscheint an der Karbon-Unterkante *Gattendorfia*, etwas später die Gattung *Pseudarietites*.

Nachfolgend eine Kurzbeschreibung einiger wichtiger Ammonoideen aus dem obersten Oberdevon und dem untersten Unterkarbon.

Besondere Aufmerksamkeit verdienen die aberrant erscheinenden dreieckig aufgerollten Clymenien der Wocklum-Stufe, die mit Namensattributen wie *paradoxa, distorta* usw. belegt wurden, um auf ihre seltsame und ungewöhnliche Gestalt hinzuweisen.

Eine recht häufig vorkommende Dreiecksclymenie ist *Wocklumeria sphaeroides* (RH. RICHTER) mit einem nahezu kugeligen Gehäuse, das bei Jugendexemplaren dreieckig und durch Einschnürungen dreigelappt ist. An der Lobenlinie fällt ein tiefer, spitzer Lobus (Laterallobus) auf. Der Gattungsname *Wocklumeria* wird von der Ortschaft Wocklum bei Balve abgeleitet.

Ebenfalls dreigelappt, aber dünnscheibenförmig, ist *Epiwocklumeria applanata* (WEDEKIND), bei der vom punktförmigen Nabel drei leicht gebogene Einschnürungen ausgehen, die die Externseite gerade überqueren.

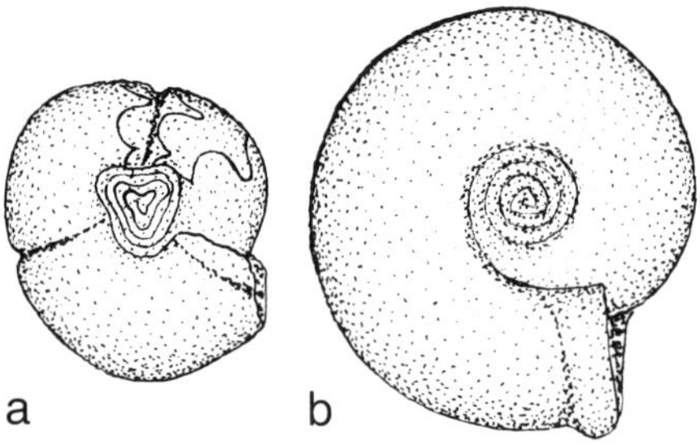

Abb. 81. *Wocklumeria sphaeroides* (Clymenie).
a. Jugendform.
b. ausgewachsenes Exemplar.

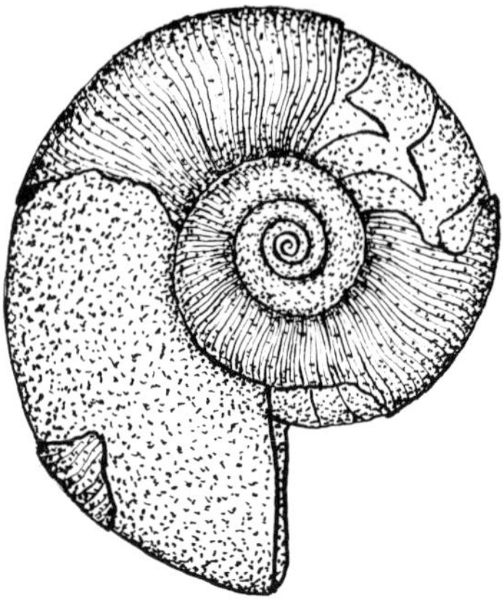

Abb. 82. *Kosmoclymenia*.

Abb. 83. *Cymaclymenia*.

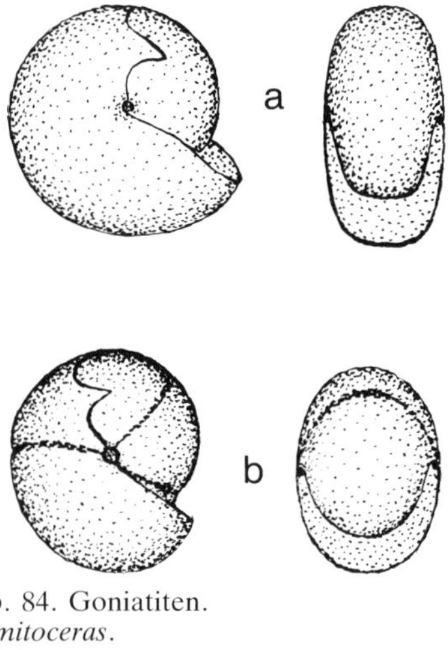

Abb. 84. Goniatiten.
a. *Imitoceras*.
b. *Prionoceras*.

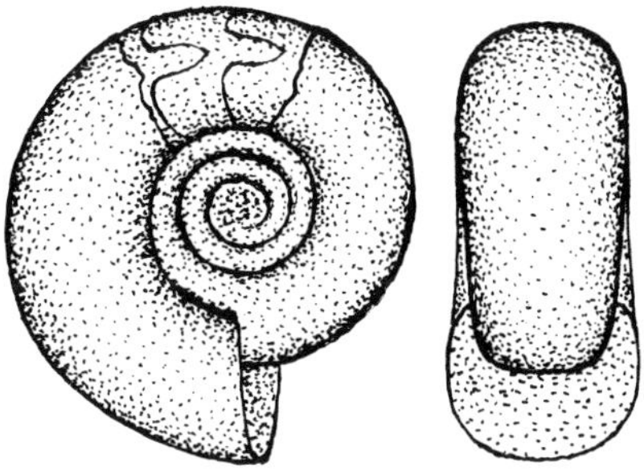

Abb. 85. *Gattendorfia* (Goniatit).

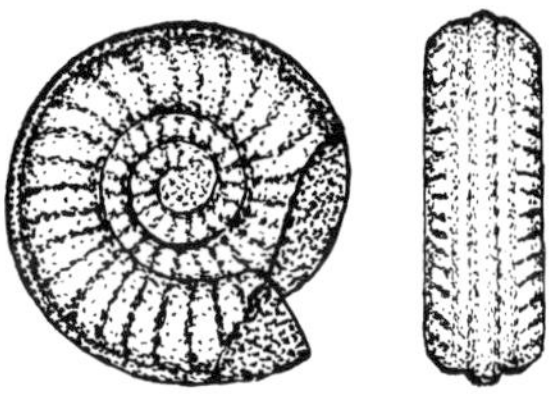

Abb. 86. *Pseudarietites* (Goniatit).

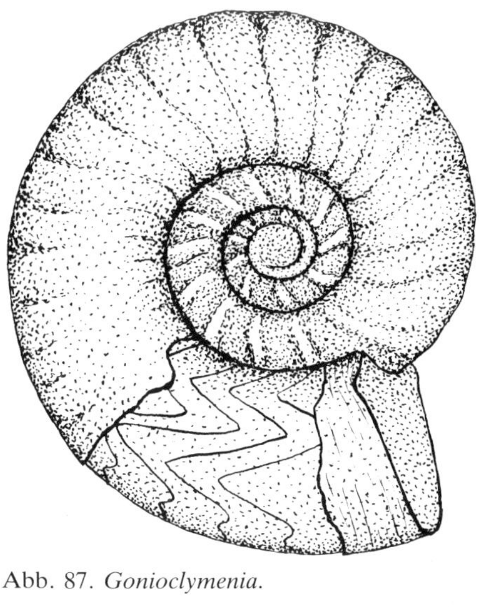

Abb. 87. *Gonioclymenia*.

Eine weitnabelige Form der Clymenien stellt die Gattung *Kosmoclymenia* dar, deren Windungen stark an Höhe zunehmen. Die auf der Schale erkennbaren Anwachsstreifen haben einen zweibogigen Verlauf. Die Art *Kosmoclymenia undulata* (MÜNSTER) wird durch Mediandornen auf der Externseite des Gehäuses charakterisiert (KORN 1979).
Eine Clymenien-Gattung mit ebenfalls wenig skulptierter oder glatter Schale ist *Cymaclymenia*. Die Art *Cymaclymenia striata* (MÜNSTER) ist flachscheibenförmig und hochmündig. Bikonvexe Anwachsstreifen mit hohem Bogen an der Ventralseite sind erkennbar. Im Gegensatz zu den meisten Clymenien ist die Gattung *Cymaclymenia* besonders langlebig; sie tritt bereits mit den Platyclymenien im Oberdevon IV auf und erlischt erst unmittelbar vor der Devon-Karbon-Grenze mit *Cymaclymenia euryomphala* SCHINDEWOLF (KORN 1981).
Bei den Goniatiten stellen *Prionoceras* und *Imitoceras* eine besonders langlebige und artenreiche Gattungsgruppe dar. Oberdevonische Arten sind *I. intermedium* SCHINDEWOLF, *I. stillei* (WEDEKIND); *I. substriatum* (MÜNSTER); aus dem Unterkarbon (Hangenberg-Kalk) beschreibt VÖHRINGER (1960) über 20 Arten.
Die Gattungsgruppe Prionoceras/Imitoceras besitzt dünnscheibenförmige bis kugelige Gehäuse mit konvexen Anwachsstreifen, bei Prionoceras mit Einschnürungen oder Schalenverdickungen.

Große Ähnlichkeit zu *Imitoceras* besitzt die Gattung *Gattendorfia*, Leitform für den Hangenberg-Kalk, mit deren erstem Auftauchen das Unterkarbon einsetzt *(G. subinvoluta)*. Unterscheidungsmerkmale zu *Imitoceras* liegen im Verlauf der Jugendwindungen und in geringfügigen Abweichungen bei der Lobenlinie.
Eine auffällige unterkarbonische Gattung der Goniatiten ist *Pseudarietites* mit einer kräftigen Skulptur, die wegen der starken Berippung an die Arieten des Jura erinnert. Die kräftigen Rippen verlaufen parallel zu den Anwachsstreifen; Einschnürungen fehlen stets. Die häufigsten Arten von *Pseudarietites* sind *P. westfalicus* H. SCHMIDT und *P. dorsoplanus* H. SCHMIDT.

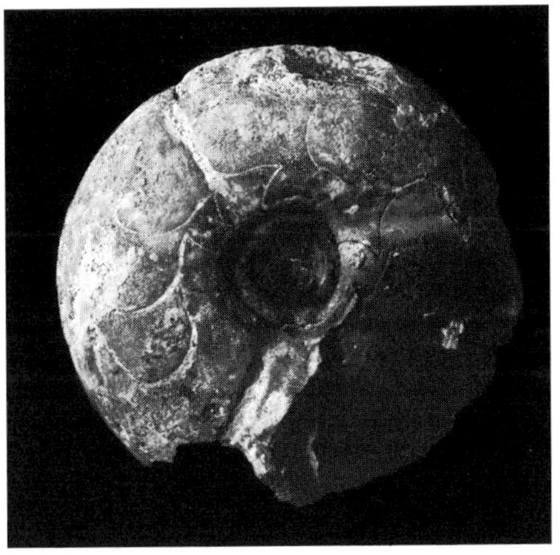

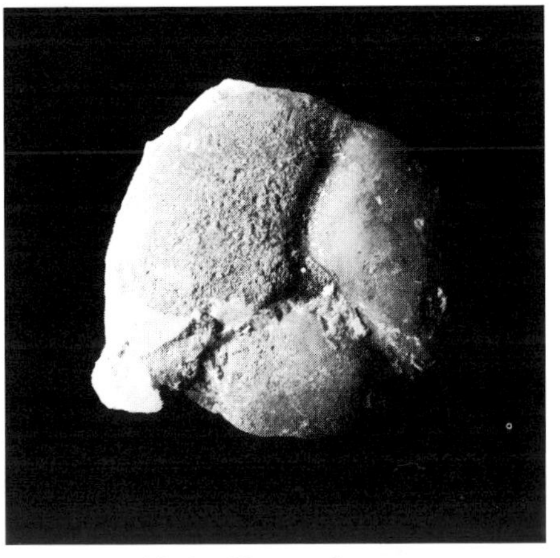

Abb. 89. Clymenien aus dem Oberdevon VI (Wocklum-Stufe) des Hönnetales.

Wocklumeria sphaeroides (RH. RICHTER), ausgewachsenes Exemplar mit Einschnürungen und Lobenlinien, innere Windungen dreieckig aufgerollt. Breite 3 cm. (o.l.).
Jugendform von *Wocklumeria sphaeroides* (RH. RICHTER), durch tiefe Einschnürungen dreigelappt. Breite 1 cm. (o.r.).
Epiwocklumeria applanata (WEDEKIND) mit punktförmigem Nabel und drei leicht gebogenen Einschnürungen. Breite 1,5 cm. (u.r.).

Abb. 88. *Kosmoclymenia* sp., glattschalige Clymenie, weitnablig, mit bald an Höhe zunehmenden Windungen. Oberdevon V (Dasberg-Stufe). Balve (Dasberg). Breite 2,5 cm.

Abb. 97. Cephalopoden aus dem oberen Kulm.

Goniatites striatus (SOWERBY), flachgedrückt, Oberfläche mit Spiralstreifen bedeckt. Kulm IIIβ. Iserlohn (Grürmannsheide). Breite 5,5 cm. (oben).
Entogonites grimmeri (KITTL), mäßig weitnabeliger Goniatit mit kräftigen Gabelrippen auf der Oberfläche. Kulm IIIα. Iserlohn (Grürmannsheide). Breite 1 cm. (unten).

Abb. 89. Clymenien aus dem Oberdevon VI (Wocklum-Stufe) des Hönnetales.

Wocklumeria sphaeroides (RH. RICHTER), ausgewachsenes Exemplar mit Einschnürungen und Lobenlinien, innere Windungen dreieckig aufgerollt. Breite 3 cm. (o.l.).
Jugendform von *Wocklumeria sphaeroides* (RH. RICHTER), durch tiefe Einschnürungen dreigelappt. Breite 1 cm. (o.r.).
Epiwocklumeria applanata (WEDEKIND) mit punktförmigem Nabel und drei leicht gebogenen Einschnürungen. Breite 1,5 cm. (u.r.).

Abb. 88. *Kosmoclymenia* sp., glattschalige Clymenie, weitnablig, mit bald an Höhe zunehmenden Windungen. Oberdevon V (Dasberg-Stufe). Balve (Dasberg). Breite 2,5 cm.

Abb. 90. Goniatiten von der Devon-Karbon-Grenze.

Prionoceras sp., Steinkern, kugelförmig mit Einschnürungen und Lobenlinien. Oberdevon VI (Wocklum-Stufe). Hachen (Reigern). Breite 3,5 cm. (oben).
Pseudarietites dorsoplanus (H. SCHMIDT), mit kräftigen Rippen, die parallel zu den Anwachsstreifen verlaufen. Unterkarbon I (cu I, Hangenberg-Kalk). Oberrödinghausen (Hönnetal). Breite 2,5 cm. (unten).

6.5. Die Kulm-Fazies des Unterkarbon

Gesteine, die über dem Hangenberg-Kalk des untersten Unterkarbon lagern, bestehen hauptsächlich aus schwarzen, kieseligen Schiefern, Plattenkalken, Lyditen und Kieselkalken und werden als Kulm-Fazies bezeichnet.
Der Hangenberg-Kalk selbst gleicht petrographisch noch oberdevonischen Gesteinen, unterscheidet sich aber erheblich in seiner Fossilführung von diesen. Den ältesten Horizont des Kulm oberhalb des Hangenberg-Kalkes bilden die Liegenden Alaunschiefer, deren Untergrenze aufgrund fehlender Fossilien noch nicht genau festgelegt werden konnte.
Weit verbreitet sind Kulm-Plattenkalke mit eingelagerten Alaunschiefern der *Goniatites*-Stufe (Kulm III). Für diese Schichten besteht eine feinstratigraphische Gliederung, die sich weltweit verfolgen läßt (s. S. 26, 27). Leitfossil für die oberste Zone des Kulm ist *Goniatites granosus*. Mit den Hangenden Alaunschiefern und dem ersten Auftreten des Goniatiten *Cravenoceras leion* beginnt das Oberkarbon. Die Kulm-Fazies des Unterkarbon, wie sie im Sauerland vertreten ist, steht im Gegensatz zur unterkarbonischen Kohlenkalk-Fazies, die im westlichen Bergischen Land und in Westeuropa auftritt.
Während es sich beim Kulm um eine küstenferne Stillwasser-Fazies (Beckenfazies) handelt, ist der Kohlenkalk ein Riffkalk, der an den Schelf des Nordkontinentes gebunden ist.
Eine Parallelisierung von Kulm und Kohlenkalk ist aufgrund völlig unterschiedlicher Fossilführung beider Komplexe nur bedingt möglich (PAPROTH 1960).

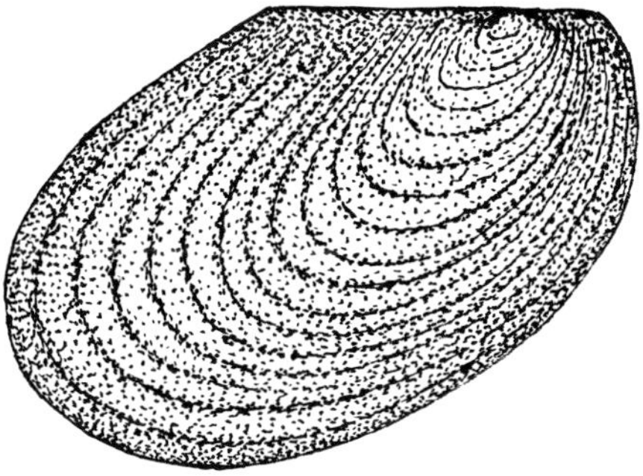

Abb. 91. *Posidonia becheri* (Muschel).

a

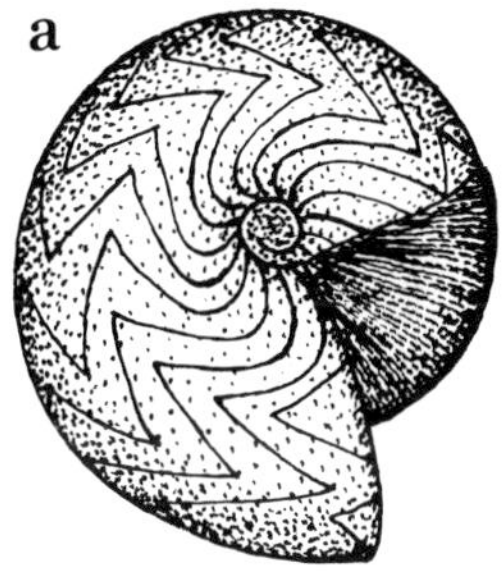

b

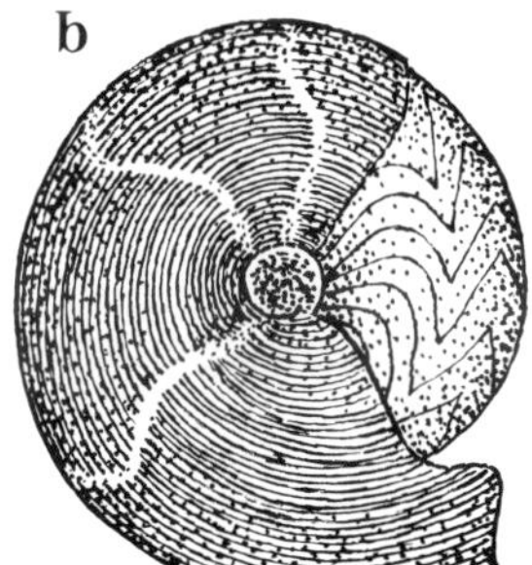

Abb. 92. Goniatiten.

a. *Goniatites crenistria.*
b. *Goniatites spirifer.*

6.5.1. Faunen aus dem oberen Kulm

In einigen kleineren Aufschlüssen nördlich von Letmathe lassen sich Kulm-Ablagerungen gut studieren. Insbesondere am Humpfert in kleinen alten Steinbrüchen und Wasserrissen und im Hasselbachtal sind Plattenkalke und Tonschieferpakete des höheren Kulm (*Goniatites*-Stufe) zugänglich.

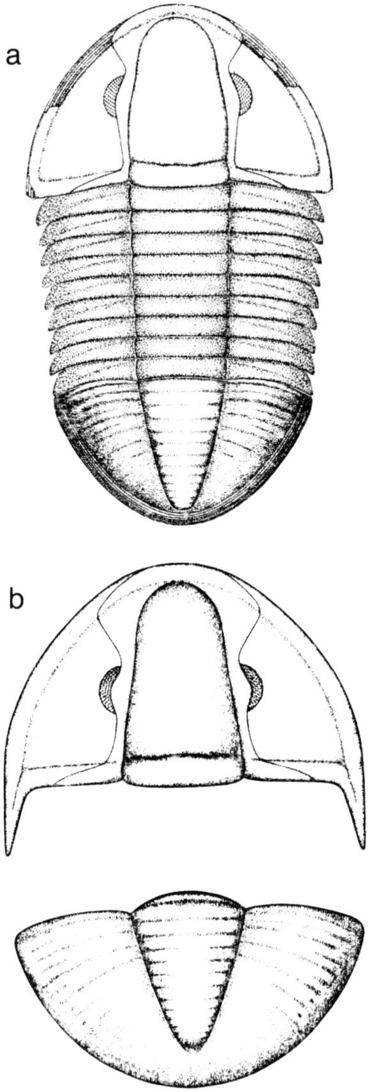

Abb. 93. Trilobiten.

a. *Archegonus* (*Phillibole*) *aprathensis*.
b. *Archegonus* (*Phillibole*) *culmicus*.

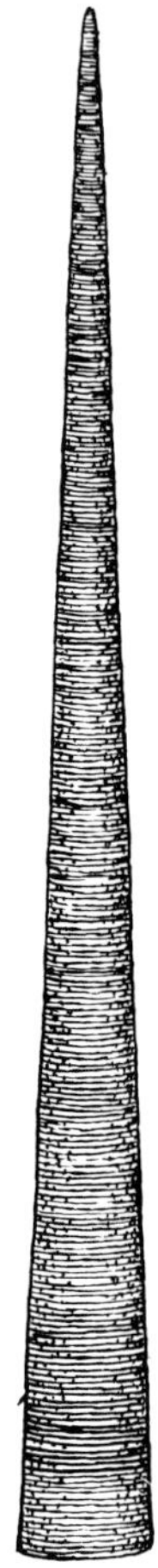

Abb. 94. *Mitorthoceras* (orthoconer Nautilid).

Zwischen Kulm-Kieselkalk und dem Plattenkalk sind die kieseligen Übergangsschichten in einer Wechsellagerung aus dünnen schwarzen Schiefern und grauen Tonsteinen ausgebildet. Stellenweise sind Alaunschieferbänke eingeschaltet.

Alaunschiefer haben einen gewissen Gehalt an Pyrit, der nach Oxidierung zu Schwefelsäure Alaun, ein Kalium-Aluminium-Sulfat, entstehen läßt. Teilweise haben schwefelsäurehaltige Lösungen Bleichungen der schwarzen Schiefer hervorgerufen.

Zum Hangenden hin nimmt die Mächtigkeit der Plattenkalke zu, die in blaugrauen und braungrauen Bänken auftreten, unterbrochen von geringer mächtigen Tonschieferlagen.

Die Plattenkalke bestehen aus feinem Detritus (Gesteinsschutt), der von Westen her aus dem Kohlenkalk-Gebiet geliefert und hier sedimentiert wurde.

Ein großer noch in Betrieb befindlicher Steinbruch in Kulm-Plattenkalken liegt östlich von Hemer bei Oese. Hier enthalten die Schichten Goniatiten, die hauptsächlich zum Kulm IIIα bis IIIβ gehören: *Goniatites crenistria* PHILLIPS und *Goniatites spirifer* ROEMER. In dünnen schwarzen Schieferlagen kommen flachgedrückte Goniatiten, Orthoceren und Muscheln (Posidonien) vor.

Ein anderer Aufschluß, ein seit einigen Jahren durch Tennisplätze verbauter alter Steinbruch bei Grürmannsheide nordöstlich von Letmathe, hat über lange Zeit eine reiche Fauna geliefert.

Die Schichtflächen der Alaunschiefer sind hier stellenweise mit der Muschel *Posidonia becheri* BRONN bedeckt (Posidonienschiefer).

Die bei Grürmannsheide anstehenden Schiefer der Zonen Kulm IIIα bis IIIβ enthalten u. a. folgende Formen:

Muscheln: *Posidonia becheri* BRONN.

Hyolithen: *Hyolithes roemeri* v. KOENEN.

Cephalopoden (Kopffüßer): *Entogonites grimmeri* (KITTL), *Goniatites crenistria intermedius* (KOBOLD), *Goniatites spirifer* ROEMER, *Nomismoceras vittigerum* (PHILIPPS), *Mitorthoceras striolatum* (H. v. MEYER) und andere orthocone Cephalopoden.

Brachiopoden: *»Chonetes«* sp., *Chonetipustula* sp., *Euchondria gentilis*. (SOWERBY).

Trilobiten: *Archegonus (Phillibole) aprathensis* (RUD. & E. RICHTER), *Archegonus (Phillibole) culmicus* (RUD. & E. RICHTER), *Archegonus (Ph.) microphthalmus* (R. HAHN), *Archegonus (Ph.) moravicus* (PŘIBYL).

Crinoidea (Seelilien): Stielglieder, Kelche.

Osteichthyes (Knochenfische): *Elonichthys* sp. (Schuppen).

Fische unbekannter Zuordnung: *Listracanthus hystrix* NEWBERRY & WORTHEN.

Pflanzenreste: *Calamites* sp.

Einen Überblick über Stratigraphie und die gesamte Fauna des Kulm IIIα *(crenistria*-Zone) gibt NICOLAUS (1963).

Der untere Bereich der Kulm-Schiefer von Grürmannsheide ist etwa altersgleich mit den Tonschiefern der klassischen Fundstelle von Aprath (nordwestlich von Wuppertal), die aufgrund der reichhaltigen Trilobiten-Fauna weltweit Beachtung gefunden hat. Von dort beschreibt zuletzt BRAUCKMANN (1973) 18 zu den Cyrtosymbolinae gehörende Trilobiten-Arten und -Unterarten, von denen auch einige in Grürmannsheide aufgefunden wurden:

Archegonus (Phillibole) culmicus (RUD. & E. RICHTER) besitzt ein Cephalon mit mäßig langen Wangenstacheln, einer schlanken, konischen Glabella ohne Furchen und ziemlich weit hinten liegenden, wenig seitlich ausladenden Augendeckeln; das Pygidium ist relativ kurz und breit, seine Rhachis ist kurz und hinten abgestutzt.

Archegonus (Phillibole) aprathensis (RUD. & E. RICHTER) ist wangenstachellos, die Augen liegen recht weit vorn; das verhältnismäßig lange Pygidium besitzt eine lange, schlanke Rhachis und einen schmalen Randsaum; die hinteren Rippenpaare verlöschen.

Anhand der Augen beider genannten Arten, die kaum aus dem Wangenfeld herausgehoben und daher hauptsächlich zum Sehen nach oben geeignet waren, kann geschlossen werden, daß es sich um sedimentbewohnende bzw. am Meeresgrund lebende Formen handelte.

Abb. 95. Schichtfläche mit Muscheln der Art *Posidonia becheri* BRONN, Abdrücke der schiefovalen Schalen. Kulm IIIβ. Iserlohn (Grürmannsheide). Bildbreite 11 cm. (oben). Einzelnes Exemplar von *Posidonia becheri* BRONN mit zahlreichen parallel zum Außenrand verlaufenden konzentrischen Falten auf der Schale. Kulm IIIβ. Iserlohn (Grürmannsheide). Länge 4 cm. (unten).

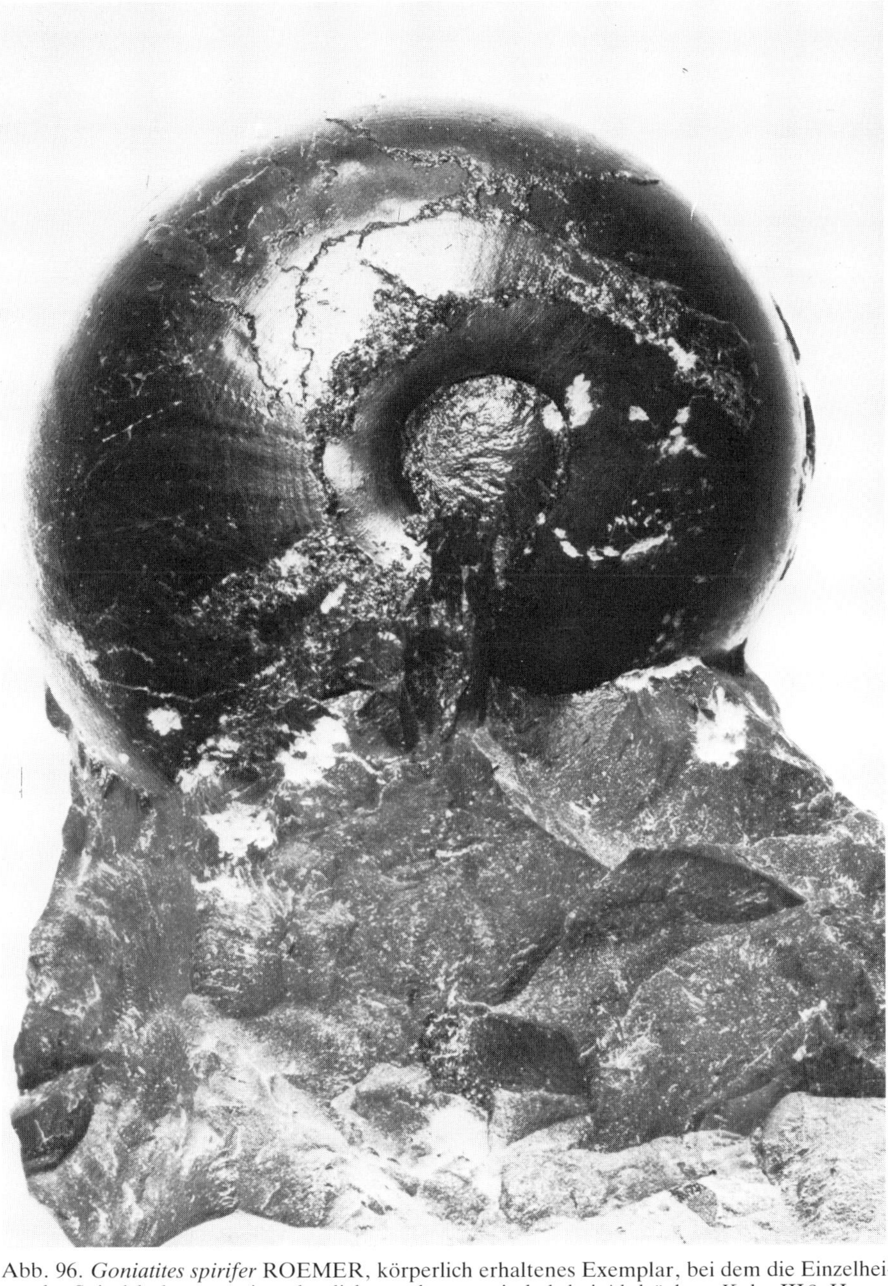

Abb. 96. *Goniatites spirifer* ROEMER, körperlich erhaltenes Exemplar, bei dem die Einzelheiten der Spiralskulptur weniger deutlich zu erkennen sind als bei Abdrücken. Kulm IIIβ. Hemer (Oese). Breite 4,5 cm.

Abb. 97. Cephalopoden aus dem oberen Kulm.

Goniatites striatus (SOWERBY), flachgedrückt, Oberfläche mit Spiralstreifen bedeckt. Kulm IIIβ. Iserlohn (Grürmannsheide). Breite 5,5 cm. (oben).
Entogonites grimmeri (KITTL), mäßig weitnabeliger Goniatit mit kräftigen Gabelrippen auf der Oberfläche. Kulm IIIα. Iserlohn (Grürmannsheide). Breite 1 cm. (unten).

Goniatiten der Gattung *Neoglyphioceras*, vergesellschaftet mit *Mitothoceras* sp., Kulm IIIβ-γ. Letmathe (Humpfert). Bildbreite 8 cm. (oben).
Mitorthoceras sp., orthoconer Nautilid, im rechten Bildteil Schalenreste von *Goniatites* sp., Kulm IIIβ. Iserlohn (Grürmannsheide). Bildbreite 4 cm. (unten).

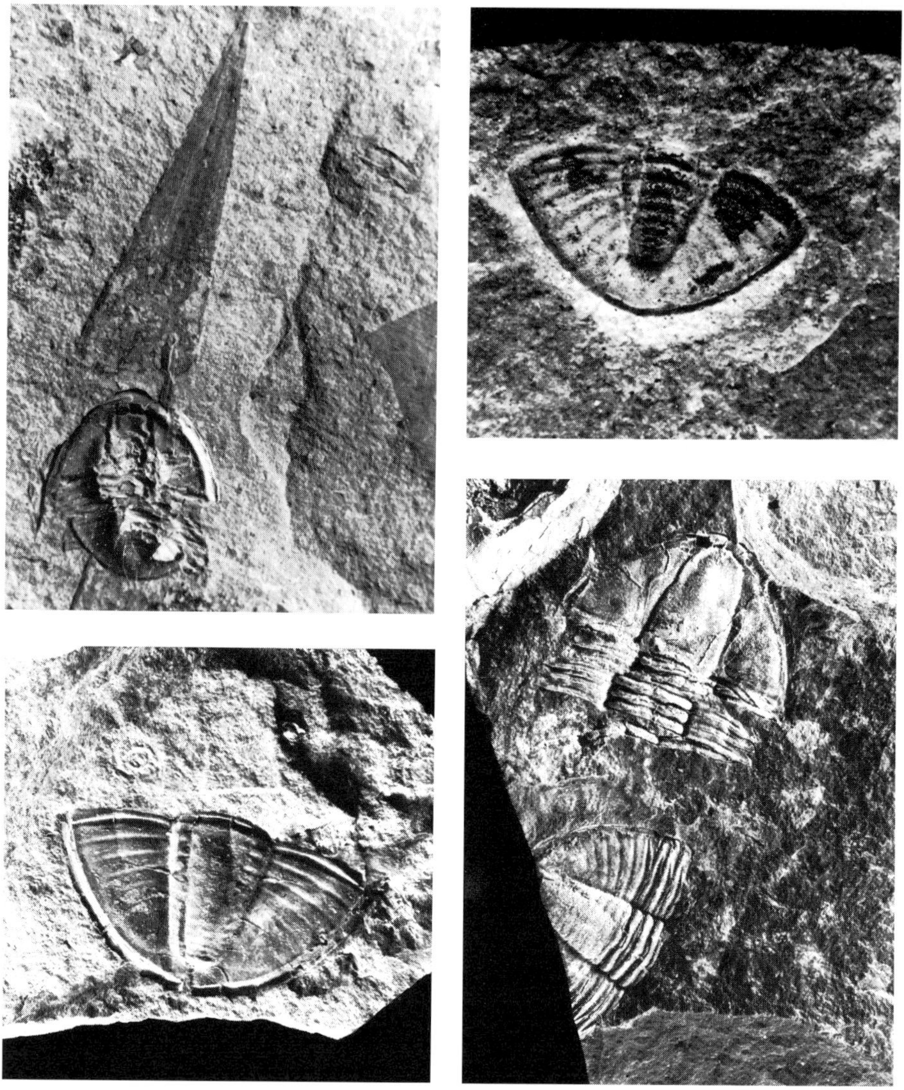

Abb. 98. Trilobiten aus dem Kulm IIIα von Grürmannsheide (Iserlohn).

Archegonus (*Phillibole*) *culmicus* (RUD. & E. RICHTER), Cephalon mit Wangenstacheln, Pygidium breit, gegen den Thorax verschoben, oben *Hyolithes roemeri* V. KOENEN, Abdruck eines spitzkonischen, flachgedrückten Gehäuses. Bildhöhe 3 cm. (o.l.).
Pygidium von *Archegonus* (*Ph.*) *culmicus* (RUD. & E. RICHTER) mit kurzer und hinten abgestutzter Rhachis. Breite 0,5 cm. (o.r.).
Pygidium von *Archegonus* (*Ph.*) *aprathensis* (RUD. & E. RICHTER) mit schmalem Randsaum, die hinteren Rippenpaare verlöschend. Breite 1,8 cm. (u.l.).
Archegonus (*Ph.*) *aprathensis* (RUD. & E. RICHTER), inmitten des Thorax durchtrennt; oben: Cephalon, wangenstachellos mit Randsaum und recht weit vorn liegenden Augen; unten: Pygidium. Bildhöhe 4,5 cm. (u.r.).

Abb. 99. *Chonetipustula* sp., Brachiopode mit konzentrischen Runzelungen auf der Schale und am Schloßrand schräg ansitzenden Stacheln. Kulm IIIα-β. Iserlohn (Grürmannsheide). Breite 1,5 cm. (oben).
Listracanthus hystrix NEWBERRY & WORTHEN, Flossenstachel einer Fischgruppe unbekannter Zuordnung, mit einer Reihe parallel stehender Strahlen, freie Strahlenenden stachelförmig abgespreizt. Kulm IIIα-β. Iserlohn (Grürmannsheide). Länge 3,5 cm. (unten).

7. Fossilien aus dem Oberkarbon zwischen Hagen und Witten

Das Oberkarbon gehört zu den besterforschten Perioden der Erdgeschichte.
Ein Beweis für die insbesondere paläobotanische Ergiebigkeit oberkarbonischer Sedimente sind die zahlreichen Pflanzenfossilien in allen geologischen Sammlungen.
Eng verbunden und gefördert wurde und wird noch heute die paläontologische Bearbeitung des Oberkarbon durch den Steinkohlenbergbau, der reichhaltiges Material liefert. Im Gebiet südlich der Ruhr zwischen Witten und Essen ist die Wiege des Ruhrkohlenbergbaus; denn hier treten die flözführenden Sprockhöveler und Wittener Schichten an die Erdoberfläche.
Diese Schichten des oberen Namur und unteren Westfal gehören zum niederrheinisch-westfälischen Steinkohlengebiet, das ein Bestandteil des Nordwesteuropäischen Kohlengürtels ist. Dieser wiederum erstreckt sich vom Ruhrgebiet und dem Aachener Revier über Limburg (Niederlande), Belgien und Nordfrankreich nach England.
Nördlich der Ruhr, im Münsterland und weiter bis zur Nordseeküste überlagert ein immer mächtiger werdendes Deckgebirge jüngerer Ablagerungen das Steinkohlengebirge. Lediglich im Raum Ibbenbüren und Osnabrück treten örtlich kohleführende Schichten zutage.
Südlich der Ruhr baute man die Steinkohle der Sprockhöveler Schichten (Magerkohle) bis zum 16. Jahrhundert im Tagebau in »Pingen« (Gruben) ab. Später folgte man der Kohle mit Hilfe von »Stollen« (waagerechte Gänge) und »Pütts« (senkrechte Gänge) in die tieferliegenden Flöze.
Heute gibt es südlich der Ruhr keinen Steinkohlenbergbau mehr. Was geblieben ist, sind einige Steinbrüche, in denen man den Quarzsandstein der Sprockhöveler Schichten, den »Ruhrsandstein« für Bauzwecke gewinnt; nur noch in wenigen Ziegeleigruben werden die Tonschiefer der Vorhaller Schichten zur Herstellung von Klinkern abgebaut.

7.1. Das flözleere Oberkarbon

Die Ablagerungen des Oberkarbon zwischen Hagen und Witten besitzen eine Mächtigkeit von ca. 2500 m und gliedern sich in einen flözleeren Teil (Namur B: Obere Arnsberger, Hagener und Vorhaller Schichten) und einen flözführenden Teil (Namur C: Sprockhöveler Schichten und Unteres Westfal A: Wittener Schichten).
Das untere Namur (Namur A: Untere Arnsberger Schichten) fehlt im Hagener Gebiet infolge der durch die Ennepe-Störung bedingten Schichtlücke.
Die Gesteine des Flözleeren bestehen überwiegend aus Ton- und Schluffschiefern mit eingeschalteten Grauwacken und Sandsteinbänken, die in einem dem südlichen Festland vorgelagerten Sedimentationstrog (Subvaristische Saumtiefe, s. S. 10) abgelagert wurden.
War das Namur A noch rein marin ausgebildet, so deutete sich an der Wende Namur B/C der Wechsel von der marinen Fazies des Flözleeren zur paralischen (lagunären) Fazies des Flözführenden an: In die Ablagerungen aus Ton- und Sandsteinen sind nunmehr im zyklischen Wechsel Kohlenflöze eingeschaltet.
Der Begriff »Flözleeres« geht zurück auf KRUSCH (1904) und wird petrographisch definiert.
Vom Hangenden zum Liegenden nahm KRUSCH eine Unterteilung vor in: Ziegelschiefer-Zone, Grauwacken-Zone und Quarzit-Zone.
Dieser Gliederung setzte PATTEISKY (1959) eine Goniatiten-Stratigraphie entgegen, die zwar umstritten ist, heute aber weitgehend verwendet wird:
Namur B (R2-Zone): Hagener- und Vorhaller Schichten mit
Reticuloceras superbilingue metabilingue WRIGHT,
R. bilingue (SALTER)
(R1-Zone): Oberer Arnsberger Schichten mit
R. pulchellum BISAT & HUDSON

R. circumplicatile FOORD
R. todmordenense BISAT & HUDSON
Namur A (H-Zone): Untere Arnsberger Schichten mit
Homoceras
(E-Zone): Untere Arnsberger Schichten mit
Eumorphoceras

7.1.1. Hagener und Vorhaller Schichten

Das Flözleere ist im Hagener Raum am besten durch die Hagener Schichten (unterer und mittlerer Teil der Goniatiten-Zone R2) und die Vorhaller Schichten (oberer Teil der Goniatiten-Zone R2) aufgeschlossen.

Zahlreiche Profile an den Unterläufen von Volme und Lenne zeigen die bemerkenswerte Tektonik dieser Schichten (R. SCHMIDT 1961).

In diesem Zusammenhang sind besonders zu erwähnen die Profile am Osthang des Tücking bei der Zugmeldestelle Bechelte in oberen Hagener Schichten (Ekkesey-Zone) und das Profil am östlichen Ufer der Lenne von Hagen-Kabel über Berchum bis Hohenlimburg-Reh, wo in einer Länge von über 5 km alle Zonen des Flözleeren angeschnitten werden.

Immer noch zugänglich sind die unteren Hagener Schichten (Haspe-Heubing-Zone, R2a-Zone) im mittlerweile teilweise verfüllten Steinbruch Haspe-Heubing.

Hier bestehen die Schichten aus einer Wechsellagerung von Schiefertonen und quarzitischen Grauwackenbänken. Ein nicht mehr zugängliches marines Faunenband lieferte u. a. *Reticuloceras bilingue* (SALTER).

Die in diesem Steinbruch gesammelten Pflanzenfossilien wurden von FRANKE (1927) und HAHNE (1929) beschrieben. Es handelt sich dabei u. a. um verschiedene Farnsamerarten wie *Eusphenopteris hollandica* (GOTHAN & JONGMANS), *Karinopteris acuta* (BRONGNIART), *Alethopteris decurrens* (ARTIS), *Neuralethopteris schlehani* (STUR), Farne wie *Alloiopteris sternbergi* ETTINGSHAUSEN, Schachtelhalmreste der *Mesocalamites- ramifer*-Gruppe und beblätterte Schachtelhalmzweige der Gattung *Asterophyllites*.

Darüber hinaus wurde an dieser Fundstelle in einer Tonsteingeode ein fast vollständig erhaltener Quastenflosser *Coelacanthus watsoni* entdeckt (ALDINGER 1931).

Der beste Aufschluß des flözleeren Oberkarbon im Hagener Raum aber ist die Ziegeleigrube der Vorhaller Klinkerwerke in Hagen-Vorhalle.

Die hier anstehenden Vorhaller Schichten (R2c-Zone) bestehen aus milden Schiefertonen und Grauwackensandsteinen. Auf den dunklen Schiefertonen, die einen unterschiedlich hohen Glimmergehalt haben und teilweise sandstreifig sind, finden sich Sedimentstrukturen, Erosionsrinnen und Trockenrisse.

Eingeschaltete Alaunschiefer enthalten auf den Schichtflächen sternförmig angeordnete Gipskristalle; in Tonschiefern kommen Pyritkonkretionen und feinverteilter Schwefelkies vor.

Ebenfalls Schwefelkies findet sich in den massenhaft, zum Teil lagenweise vorkommenden haselnuß- bis kinderkopfgroßen kugel- bis linsenförmigen Konkretionen von Toneisenstein (Tonsteingeoden), die gelegentlich auch Pflanzenreste und kleine Goniatiten enthalten.

Die in diesem Aufschluß in den letzten Jahren geborgenen Fossilien umfassen das gesamte Spektrum oberkarbonischer Faunen- und Florenelemente und machen Vorhalle zu einer der bedeutendsten Fundstellen im Ruhrkarbon.

Die enge Vergesellschaftung von marinen Faunen (Goniatiten, Muscheln, Brachiopoden, Crinoiden, Krebse und Fische) mit terrestrischen bzw. nicht-marinen Faunen (Insekten, Arachniden, Amphibien) und terrestrischen Floren (Farnsamer, Farne, Schachtelhalme, Bärlappgewächse und Cordaiten), wie auch die relativ gute Erhaltung der terrestrischen Elemente (Insekten, Pflanzen) stützen die Annahme, daß die Vorhaller Schichten in einem äußerst küstennahen Sedimentationsmilieu abgelagert wurden (BRAUCKMANN & KOCH 1983 b).

7.1.1.1. Leitfossil *Reticuloceras superbilingue*

Leitfossil der Vorhaller Schichten ist der Goniatit *Reticuloceras superbilingue metabilingue* WRIGHT, der in Vorhalle massenhaft und in verschiedenen Erhaltungsformen vorkommt.

Im Schieferton finden sich flachgedrückte oder halbkörperlich erhaltene Exemplare, bei denen die charakteristisch vorgezogene Gehäusemündung und die Außenskulptur mit der feinen Anwachsstreifung erkennbar sind.

Seltener sind Steinkerne mit Lobenlinien und aufgebrochene Steinkerne, die die Kammerung zeigen.

Gelegentlich kommen auch in den Tonsteingeoden körperlich erhaltene, meist juvenile Exemplare vor, die im Gegensatz zu den ausgewachsenen Vertretern stark berippt sind.

Die einzelnen Arten der Gattung *Reticuloceras* voneinander zu unterscheiden, erfordert spezielle Kenntnisse; eine ausführliche Bearbeitung in bezug auf die stratigraphische Bedeutung von Reticuloceraten wurde von PATTEISKY (1959) vorgenommen.

Nach Revision der karbonischen Goniatiten wird *Reticuloceras superbilingue metabilingue* der Gattung *Bilinguites* LIBROVITCH 1942 zugeordnet (KULLMANN 1980).

Die derzeit gültige Bezeichnung für *Reticuloceras superbilingue metabilingue* WRIGHT wäre danach *Bilinguites metabilinguis* (WRIGHT).

Abb. 100. *Reticuloceras superbilingue metabilingue* WRIGHT. Stark berippte körperliche erhaltene Jugendform aus einer Geode. Breite 2 mm.

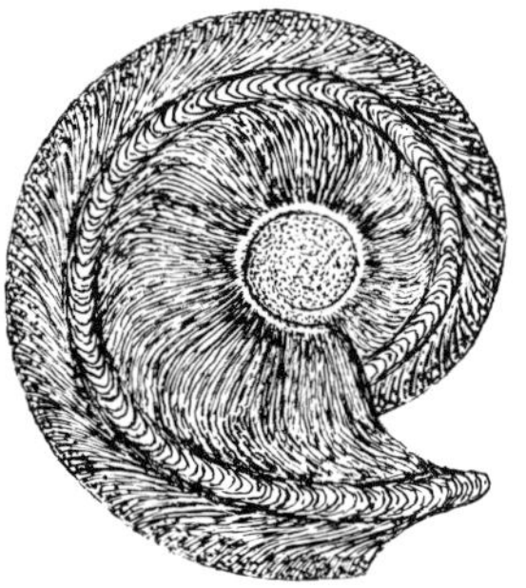

Abb. 101. *Reticuloceras* (Goniatit).

Abb. 102. Rekonstruktion des Goniatiten *Reticuloceras superbilingue*.

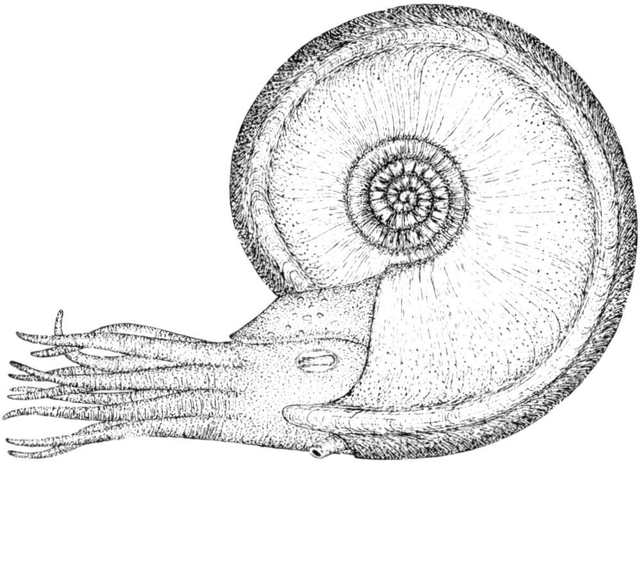

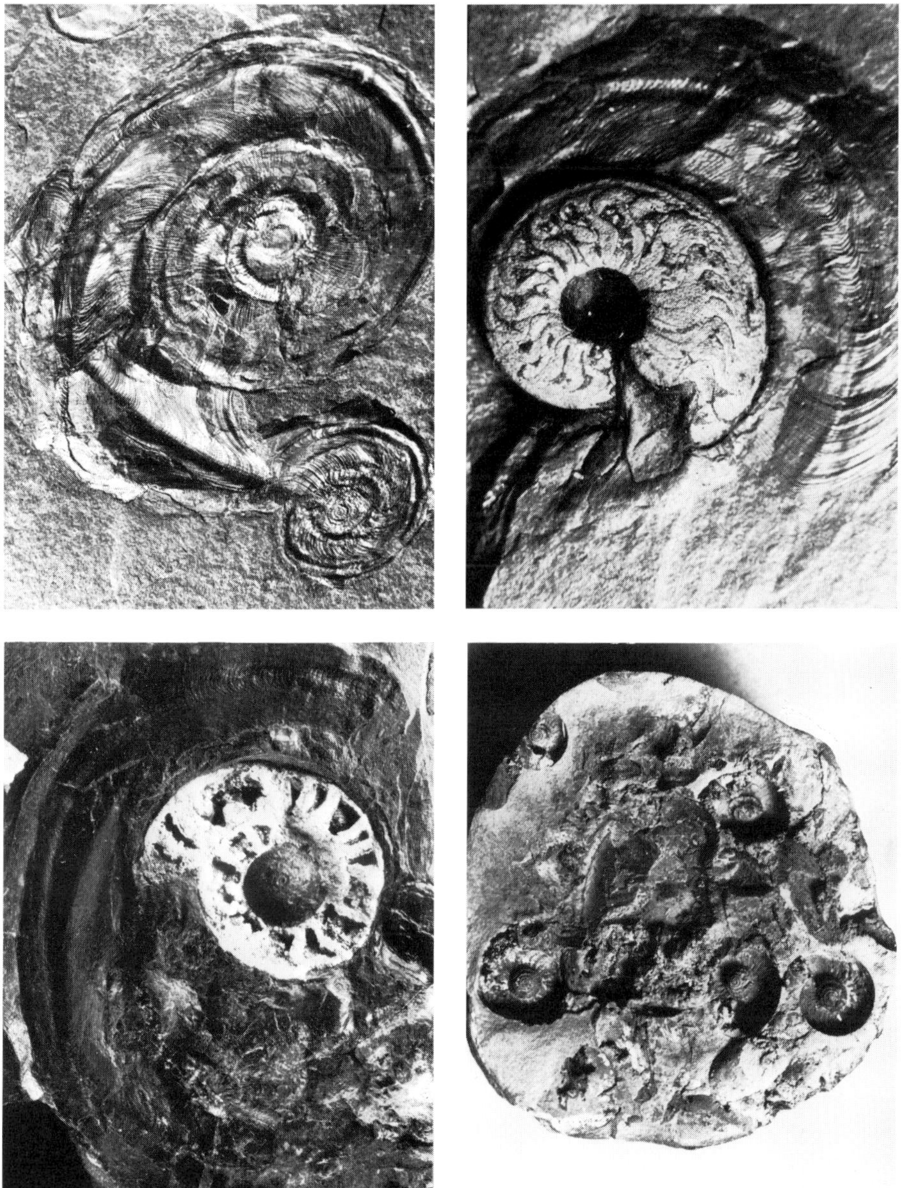

Abb. 103. Unterschiedliche Erhaltungsformen des Goniatiten *Reticuloceras superbilingue metabilingue* WRIGHT aus den Vorhaller Schichten (Namur B) von Hagen-Vorhalle.

Flachgedrückte Exemplare, bei denen die bikonvexe Anwachsstreifung der Außenskulptur sichtbar ist. Bildbreite 4 cm. (o.l.).
Äußere Windung als Abdruck der Außenskulptur, innere Windung als Steinkern mit Lobenlinien. Breite 3 cm. (o.r.).
Erhaltung, wie o.r. Steinkern der inneren Windung die Kammerung zeigend. Breite 4 cm. (u.l.).
Geode mit mehreren berippten Jugendexemplaren. Breite der Geode: 4 cm. (u.r.).

Abb. 104. Marine Fauna der Vorhaller Schichten (Namur B) von Hagen-Vorhalle.

Reticuloceras superbilingue metabilingue WRIGHT in einer Anhäufung von Muscheln der Art *Selenimyalina* [»*Posidoniella*«] *laevis* auct., Bildbreite 8 cm. (oben).
Goniatit *Anthracoceras arcuatilobum* (LUDWIG), glattschalig, mit nahezu geschlossenem Nabel. Breite 2 cm. (u.l.).
Kleine körperlich erhaltene Exemplare von *Anthracoceras arcuatilobum* (LUDWIG) in einer Geode. Bildbreite 2 cm. (u.r.).

7.1.1.2. Die Fauna von Hagen-Vorhalle

Neben *Reticuloceras superbilingue metabilingue* enthalten die Vorhaller Schichten in der Ziegeleigrube in Vorhalle eine Fauna, die vergleichbar ist mit der Goniatiten-Fazies der marinen Horizonte des flözführenden Oberkarbon (RABITZ 1966).

Zu nennen ist der Goniatit *Anthracoceras arcuatilobum* (LUDWIG), neue Bezeichnung *Anthracoceratites arcuatilobus* (LUDWIG), der von *Reticuloceras* durch einen nahezu geschlossenen Nabel und die glatte Schale, die kaum Anwachsstreifen erkennen läßt, zu unterscheiden ist. Recht selten finden sich orthocone Cephalopoden der Gattung *Mitorthoceras*.

Anhäufungen von Skulptur-Steinkernen der Muschel *Selenimyalina [»Posidoniella«] laevis* auct., meist in der Nähe von Holzresten, lassen die Vermutung zu, daß diese Muscheln mittels Byssusfäden angeheftet an treibendem Holz siedelten.

Neben diesen eindeutig marinen Muscheln kommen vereinzelt Formen von carbonicoloider Gestalt vor, die jedoch wahrscheinlich auch marin sind und möglicherweise zur Gattung *Anthraconeilo* gestellt werden können.

Das Vorkommen von Brachiopoden (*Derbyia* sp.) und Seelilienstielgliedern ist sehr selten.

Bemerkenswert sind Funde von vollständig erhaltenen Krebsen (*Bairdops*? sp.), Fischresten (Schuppen von Crossopterygiern, Acanthodiern und Palaeonisciden) und einem Amphibienrest.

Bei diesem handelt es sich um Teile des Schädels und des Schultergürtels, sowie Rippen und Bauchschuppen, wie sie in dieser Kombination und Morphologie nur bei Amphibien der paläozoischen Ordnung Batrachosauria vorkommen (BRAUCKMANN & KOCH 1983 a).

Nach der Größe der Einzelknochen war das Tier ca. 35 cm lang und aufgrund eines Vergleiches mit ähnlichen Formen wohl weniger gut an eine terrestrische, sondern eher an eine aquatische Lebensweise angepaßt.

Der Vorhaller Amphibien-Fund ist der zweite Knochenrest eines Tetrapoden aus dem westdeutschen Oberkarbon. Der erste stammt ebenfalls aus dem flözleeren Oberkarbon (Hagener Schichten) von Wuppertal (inzwischen verfüllte Ziegeleigrube Schmiedestraße) und stellt ein vollständig erhaltenes Skelett dar.

Es wurde ausführlich als *Brukterepeton fiebigi* von BOY in BOY & BANDEL (1973) beschrieben. Auch dieser Fund gehört zu den Batrachosauria, unterscheidet sich aber von dem Vorhaller Stück durch den abweichenden Bau der Hinterhaupt-Region.

Abb. 105. Goniatit *Anthracoceras*.

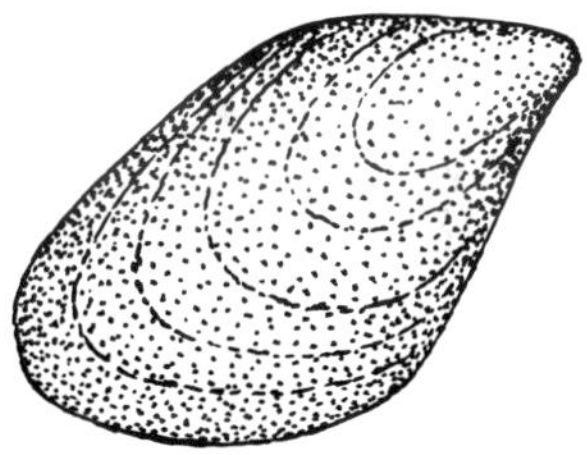

Abb. 106. Muschel *Selenimyalina* [»*Posidoniella*«].

Abb. 107. Krebs *Bairdops*.

Abb. 108. Selten vorkommende marine Faunenelemente aus den Vorhaller Schichten (Namur B) von Hagen-Vorhalle.

Mitorthoceras sp., ein orthoconer Nautilid mit dichten, das Gehäuse gerade umlaufenden zarten Linien. Länge 5,5 cm. (o.l.).
Bairdops ? sp., zu den höheren Krebsen (Malacostraca) gehörend, halbkörperliche Erhaltung in einer Geode (Seitenansicht) mit segmentiertem Abdomen und Schwanzfächer, Carapax und Kopfregion mit Körperanhängen. Länge 3 cm. (o.r.).
Derbyia sp. (Brachiopode), Schale mit feinen, unregelmäßigen, radial verlaufenden Rippen. Breite 3 cm. (unten).

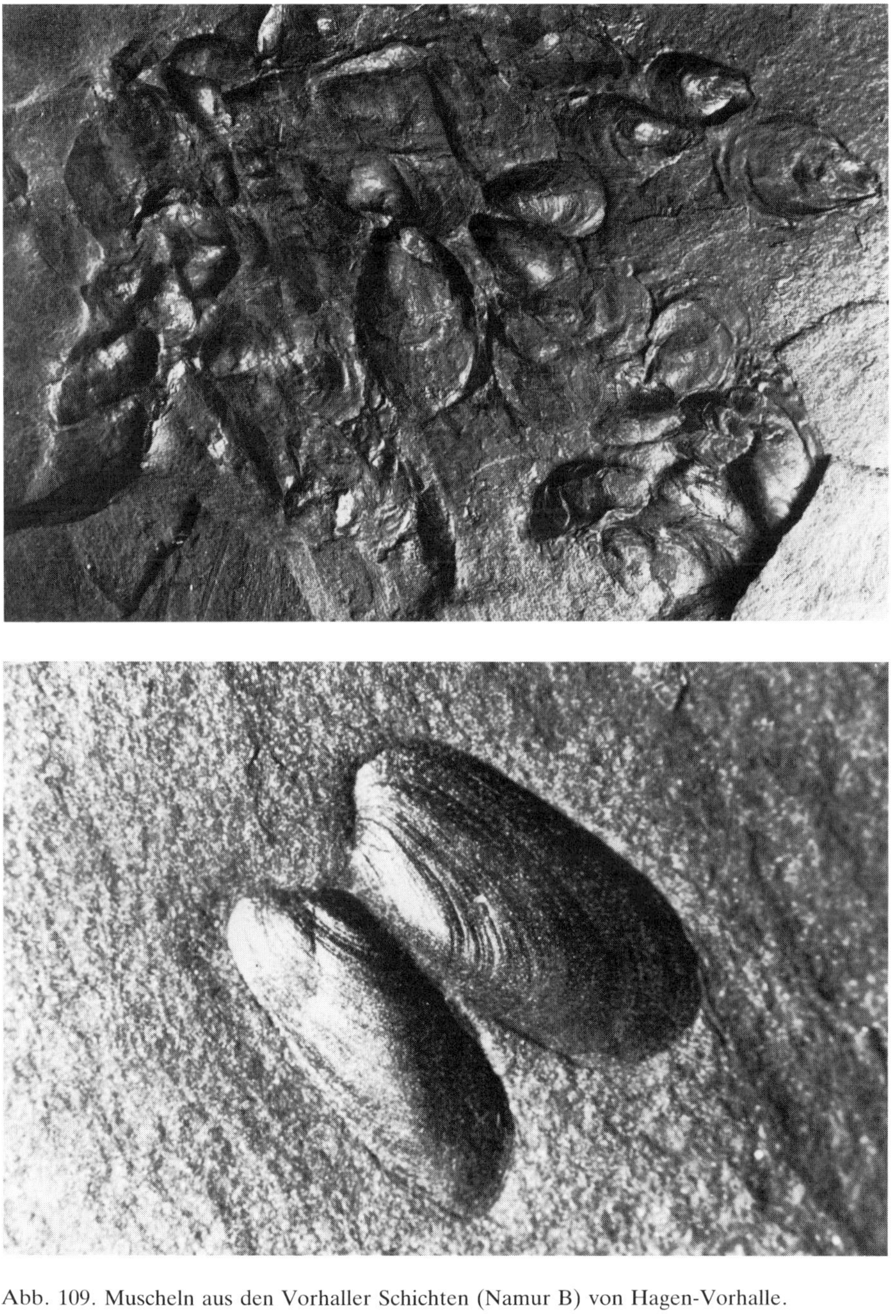

Abb. 109. Muscheln aus den Vorhaller Schichten (Namur B) von Hagen-Vorhalle.

Muscheln der Art *Selenimyalina* [»*Posidoniella*«] *laevis* auct. kommen meist in Anhäufungen als Skulptursteinkerne vor; Schalen mit ungleich weit voneinander entfernten Falten. Bildbreite 8 cm. (oben).
Anthraconeilo sp., marine Muschel von carbonicoloider Gestalt, Schalenoberfläche mit konzentrischen Zuwachsstreifen. Breite 0,5 cm. (unten).

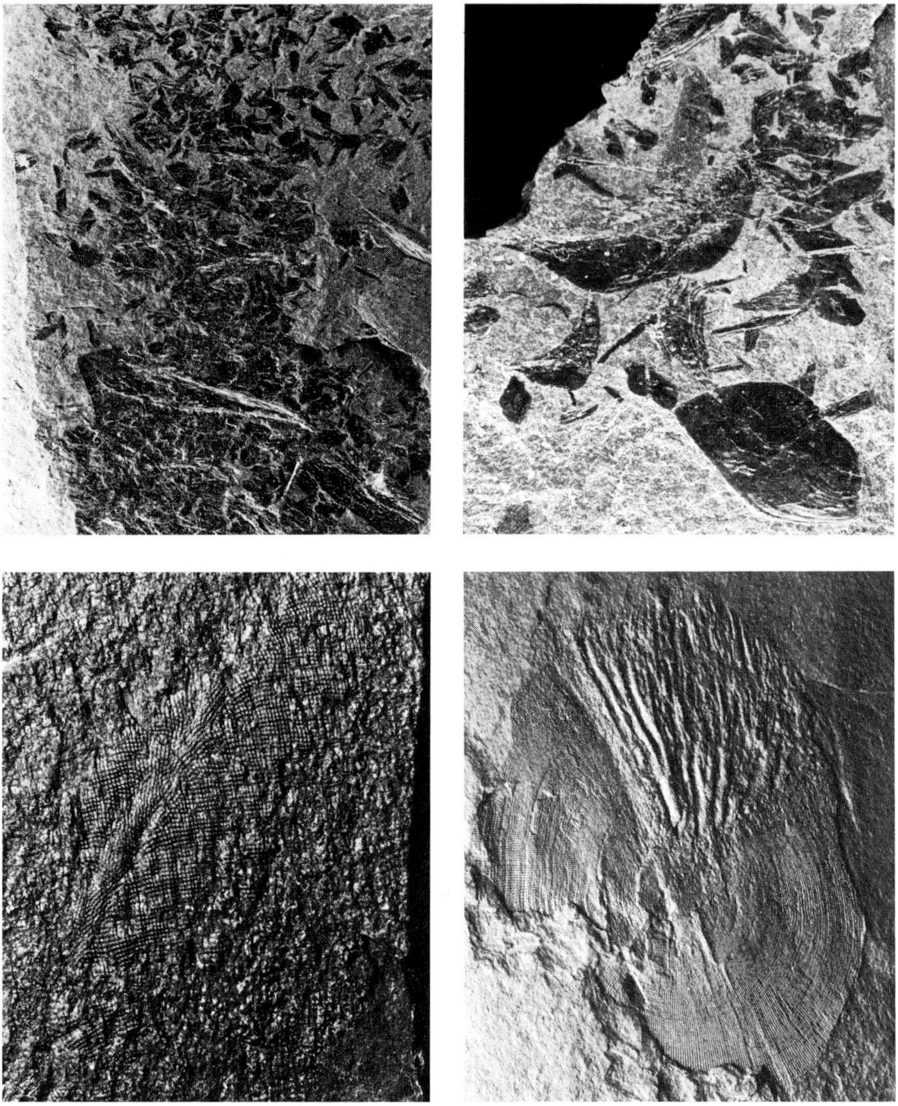

Abb. 110. Fischreste aus den Vorhaller Schichten (Namur B) von Hagen-Vorhalle.

Anhäufung rhombischer Schuppen und anderer Elemente von Palaeonisciden. Bildbreite 6,5 cm. (o.l.).
Schuppen und Schädelknochenelemente von Palaeonisciden, rechts: Operculum (Kiemendeckel). Bildbreite 2 cm. (o.r.).
Acanthodes ? sp., zusammenhängender Verbund kleiner mosaikartig angeordneter rhombischer Schuppen vom hinteren Körperende. Bildhöhe 4,5 cm. (u.l.).
Große Rundschuppe eines Crossopterygiers (Quastenflosser). Nur die geriefte Partie (oben) ist von außen sichtbar, Teile mit konzentrischer Gitterstruktur von anderen Schuppen überdeckt. Durchmesser 3 cm. (u.r.).

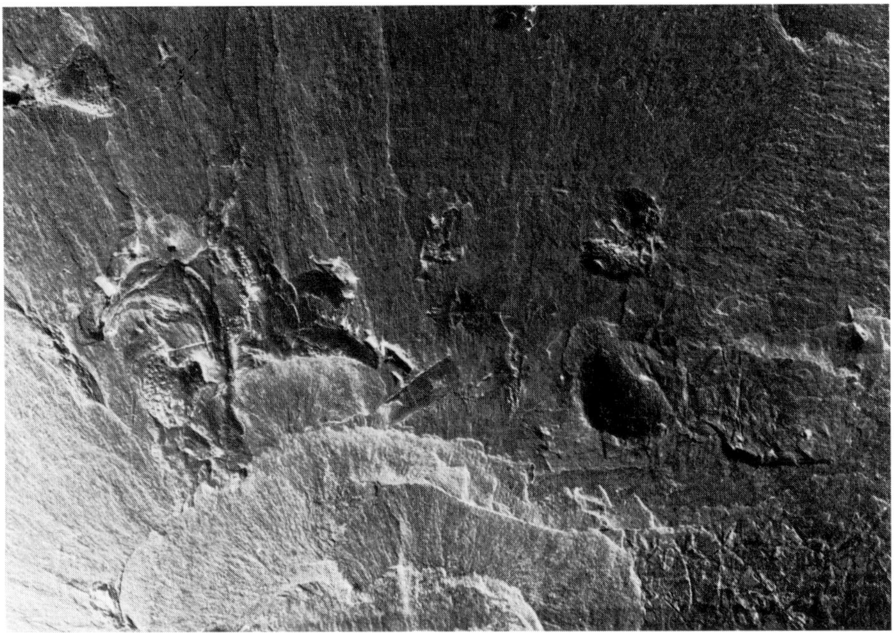

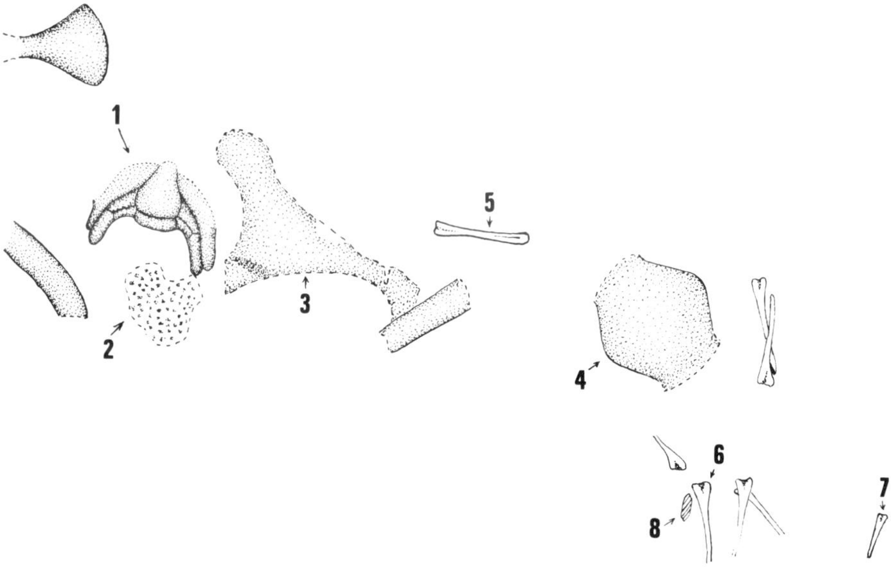

Abb. 111. Knochenreste eines Amphibiums der Ordnung Batrachosauria aus den Vorhaller Schichten (Namur B) von Hagen-Vorhalle.

Photographische Wiedergabe des völlig zerfallenen Skeletts. Bildbreite 9 cm. (oben). Zeichnerische Übersicht der analysierten Elemente (1) Hinterhaupt-Region; (2) Bruchstück eines Schädel- oder Kieferknochens; (3) und (4) Schultergürtel-Elemente; (5)–(7) unterschiedliche Rippentypen; (8) Beispiel für eine der zahlreichen Bauchschuppen. (unten).

7.1.1.3. Terrestrische Arthropoden aus Vorhalle

Neben den bereits erwähnten marinen bis brackischen Faunenelementen ist die Ziegeleigrube Hagen-Vorhalle durch Entdeckungen terrestrischer Arthropoden zu einer Fundstelle von paläontologisch international bedeutendem Rang geworden: In der Zeit von Februar 1982 bis April 1983 konnten über 10 Reste terrestrischer Arthropoden geborgen werden.

Es sind dies ein Geißelskorpion und 13 Insekten, davon 4 weitgehend vollständig erhaltene.

Da weitere Funde zu erwarten waren, wird sich inzwischen die Zahl erheblich erhöht haben.

Hagen-Vorhalle ist damit die reichhaltigste Fundstelle für Insekten aus dem tiefen Oberkarbon überhaupt. Vollständig erhaltene geflügelte Insekten wurden bisher aus diesem Zeitabschnitt nicht geborgen; darüber hinaus gehören die Funde zu den ältesten bisher bekannten geflügelten Insekten der Welt.

Der entdeckte Geißelskorpion ist ebenfalls der älteste derzeit bekannte Vertreter dieser überaus selten fossil überlieferten Spinnen-Gruppe.

Einige Funde stellen neue Arten dar, die von BRAUCKMANN & KOCH (1982, 1983 b, 1983 c) beschrieben und benannt worden sind und für die Vorhalle »locus typicus« ist.

Im folgenden die kurze Charakterisierung der vollständig erhaltenen Exemplare:

Prothelyphonus naufragus BRAUCKMANN & KOCH 1983 gehört zur Ordnung Thelyphonida (Geißelskorpione), zu der auch die heute noch vorkommenden Arten zählen.

Geißelskorpione sind tropische und subtropische Arachniden (Spinnentiere), die seit dem Karbon ihre Grundstruktur beibehalten haben und rezent durch 10 Gattungen mit ca. 85 Arten repräsentiert werden. Sie kommen in Asien, Ozeanien und Amerika in hauptsächlich feuchten Gegenden vor.

Die flachen, braungefärbten Tiere sind Spaltenbewohner und leben unter Laub, Steinen, lockerer Rinde usw. Mit ihren 3 Laufbeinpaaren bewegen sie sich vorwärts, rückwärts und seitwärts, mit den fühlerartig ausgebildeten Vorderbeinen tasten sie ihre Umgebung ab. Als Nahrung dienen ihnen Insekten (z. B. Schaben), Tausendfüßer, Asseln, Würmer und Landschnecken, die sie mit Hilfe ihrer Pedipalpen (Scheren) überwältigen.

Aufgrund der Tatsache, daß *Prothelyphonus naufragus* zur gleichen Familie wie die rezenten Geißelskorpione zählt, läßt sich auf seinen Lebensraum, seine Ernährung und die klimatischen Verhältnisse schließen.

Offensichtlich boten die Küstenmoore des oberen Namur bei tropischem bis subtropischem Klima die geeigneten ökologischen Verhältnisse.

Es liegt somit nahe, daß eine reiche Arthropodenfauna vorhanden sein mußte, um die Ernährung zu sichern. Die Vorhaller Insektenfunde belegen dies.

Bei *Prothelyphonus naufragus* liegt die Dorsalseite vor, bestehend aus einem Prosoma (Vorderleib) mit 6 Laufbeinen, 2 Tastbeinen, 2 Pedipalpen, 2 Medianaugen und angedeuteten Lateralaugen und einem Opisthosoma (Hinterleib), bestehend aus 12 Segmenten, wobei die letzten 3 zu einem Pygidium verschmelzen. Vom Pygidium geht das charakteristische vielgliedrig segmentierte Flagellum (Geißel) aus, das annähernd ebenso lang ist wie Prosoma und Opisthosoma zusammen; Gesamtlänge des Vorhaller Geißelskorpions mit Extremitäten ca. 4 cm.

Homoioptera vorhallensis BRAUCKMANN & KOCH 1982 (Artname nach dem Fundort) gehört zu den Palaeodictyoptera (Familie Homoiopteridae), altertümlichen Insekten, die starrflügelig waren, d. h. ihre Flügel nicht über den Hinterleib drehen konnten (s. S. 22, 23).

Homoioptera vorhallensis hat eine Gesamtkörperlänge von ca. 15 cm und eine Flügelspannweite von ca. 17 cm. Die Flügel sind bruchstückhaft vorhanden, am Thorax befinden sich außerdem große Paranotalloben, am Kopf auffällige Mundwerkzeuge. Das Abdomen (Hinterleib) ist segmentiert und mit Abdominalanhängen (Cerci) ausgestattet.

Die Diagnose des Stückes und die Abgrenzung gegenüber anderen Arten der Gattung *Homoioptera* wurde hauptsäch-

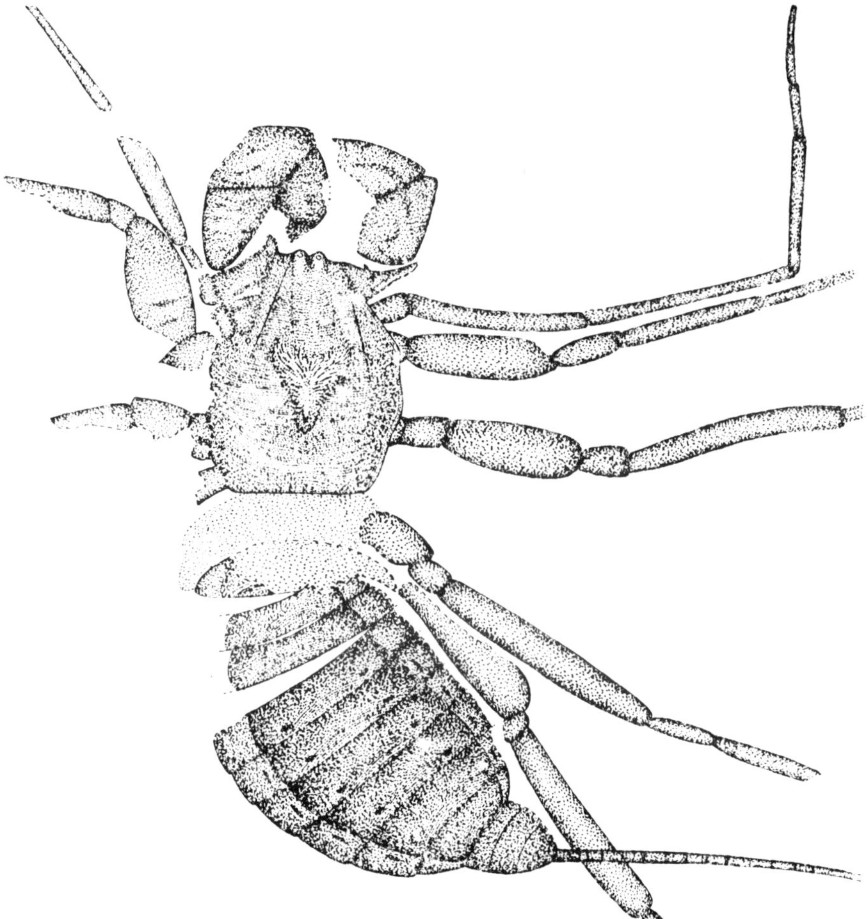

Abb. 112. Geißelskorpion *Prothelyphonus naufragus*.

lich aufgrund der Struktur des Flügelgeäders durchgeführt.

Dictyoneura kemperi BRAUCKMANN & KOCH 1983 (Artname nach dem Finder der meisten Vorhaller Insekten M. Kemper) gehört ebenfalls zu den Palaeodictyoptera (Familie Dictyoneuridae) und liegt als Abdruck der Ventralseite vor (Länge 3,6 cm). Der Kopf ist nicht erkennbar. Thorax und Abdomen sind im Umriß nahezu vollständig, hinsichtlich ihrer Segmentierung aber nur dürftig erhalten.

Die Paranotalloben sind relativ kleinflächig, die Flügel an der Basis stark eingeschnürt.

Von den übrigen Arten der Gattung *Dictyoneura* unterscheidet sich *D. kemperi* vornehmlich durch eine kompliziertere Struktur des Flügelgeäders.

Heterologopsis ruhrensis BRAUCKMANN & KOCH 1982 (Artname nach dem Fluß Ruhr) ist eine neue Gattung der Familie Omaliidae (Ordnung Protorthoptera).

Die Protorthoptera (Vorläufer der Schrecken und Steinfliegen) gehören zu den Neoptera, die ihre Flügel über das Abdomen drehen können. Von *Heterologopsis ruhrensis* liegt die Dorsalseite eines vollständigen Exemplares mit einer Gesamtlänge von 2,5 cm vor. Nur der Bau der Vorderflügel ist genau erkennbar, da die Hinterflügel von den horizontal zurückgeklappten Vorderflügeln nahezu vollständig überdeckt werden. Beide Flügelpaare verdecken wiederum die hintere Thorax-Region und das Abdomen.

Am Protothorax sind deutlich Paranotalloben und andeutungsweise auch Mundwerkzeuge sichtbar. Von den Extremitäten sind die vorderen rechten Beine erhalten.

Heterologopsis ruhrensis hat einen von den vorkommenden Arten der Palaeodictyoptera völlig abweichenden Verlauf des Flügelgeäders.

Das vierte der bisher aufgefundenen vollständig erhaltenen Vorhaller Insekten ist ein Exemplar, das ebenfalls zu den Protorthoptera, Familie Paoliidae, gestellt wird.

Bei diesem Stück werden der Körper und die Hinterflügel von den horizontal nach hinten gelegten Vorderflügeln überdeckt. Von den Extremitäten sind zumindest die drei linken Beine des Tieres erhalten.

Eine Zuordnung zur Familie Paoliidae ergibt sich aus der Analyse des Aderungsverlaufes; die Erhaltung ist jedoch zu ungünstig, so daß eine Beurteilung der Gattung bzw. Art nicht möglich ist.

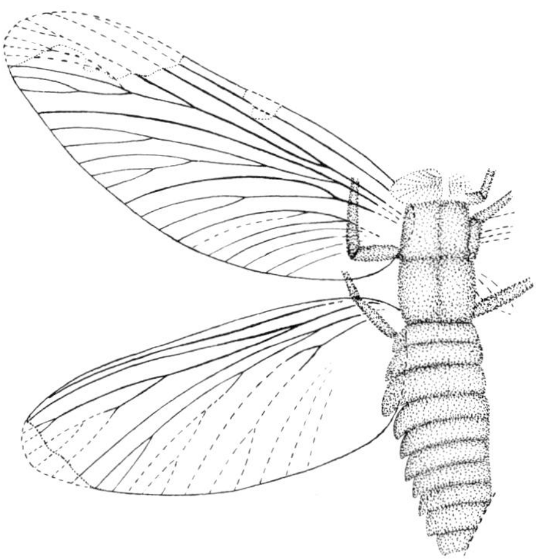

Abb. 113. *Dictyoneura kemperi*.

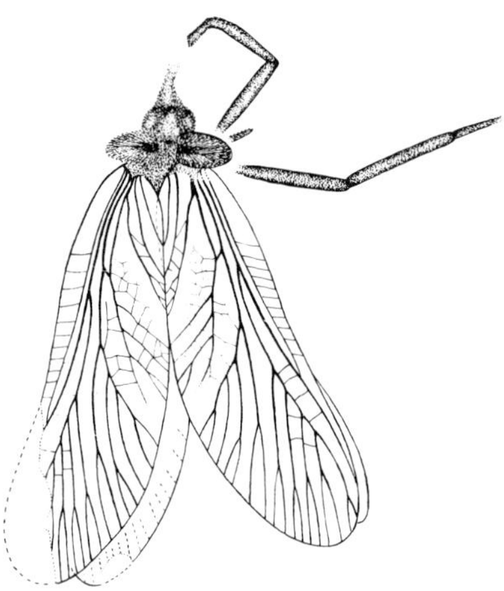

Abb. 114. *Heterologopsis ruhrensis*.

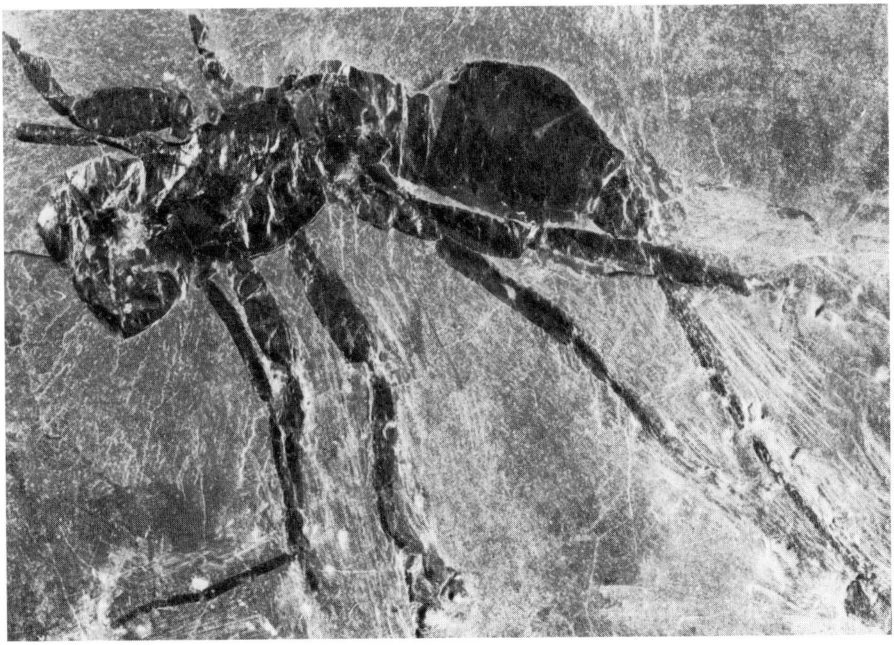

Abb. 115. Geißelskorpion *Prothelyphonus naufragus* BRAUCKMANN & KOCH. Dorsalseite. Vorhaller Schichten (Namur B) von Hagen-Vorhalle. Länge mit Extremitäten: 4 cm.

Negativ-Platte mit fast vollständig erhaltenem, gut segmentiertem Opisthosoma (Hinterleib). (oben).
Positiv-Platte mit fühlerartig ausgebildetem 1. Laufbein und geißelartigem Flagellum. (unten).

Zeichnerische Darstellung aller fossil erhaltenen Reste aus Druck und Gegendruck s. Abb. 112.

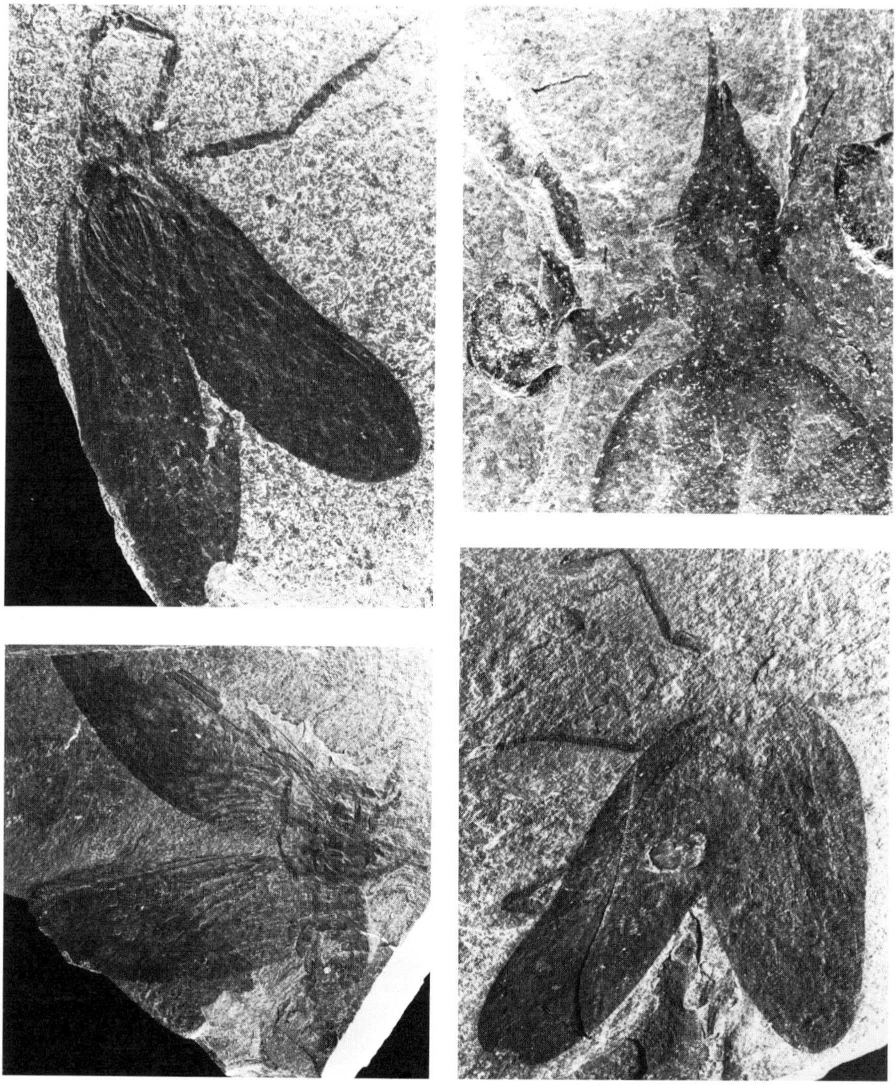

Abb. 116. Insekten aus den Vorhaller Schichten (Namur B) von Hagen-Vorhalle.

Heterologopsis ruhrensis BRAUCKMANN & KOCH. Dorsalseite mit Vorderflügeln, am Prothorax Paranotalloben und Mundwerkzeuge andeutungsweise erkennbar, rechts zwei Beine erhalten. Länge 2,5 cm. (o.l.).
Große Paranotalloben und auffällige Mundwerkzeuge von *Homoioptera vorhallensis* BRAUCKMANN & KOCH. Insekt vergesellschaftet mit Goniatit *Reticuloceras superbilingue metabilingue* WRIGHT. Bildhöhe 6 cm. (o.r.).
Ventralseite von *Dictyoneura kemperi* BRAUCKMANN & KOCH. Thorax und Abdomen im Umriß fast vollständig erhalten, Segmentierung angedeutet. Flügellänge 4,3 cm. (u.l.).
Dorsalseite eines Exemplars der Familie Paoliidae, Hinterflügel von Vorderflügeln überdeckt, drei Beine links erhalten, auf dem linken Flügel Goniatit *Anthracoceras arcuatilobum* (LUDWIG). Flügellänge 4 cm. (u.r.).

7.1.1.4. Vorhaller Pflanzenfossilien

Ursprünglich gilt Vorhalle als klassische Fundstelle für oberkarbonische Pflanzenfossilien, da sich die Flora durch eine zum Teil sehr gute Erhaltung und eine außerordentliche Artenvielfalt auszeichnet.

In mehreren öffentlichen Sammlungen wurden Vorhaller Stücke hinterlegt, die jedoch zu einem großen Teil aus der alten, bereits 1964 geschlossenen Grube stammen. Von zahlreichen Paläobotanikern wurde die Vorhaller Flora beschrieben; Fossillisten bzw. Abbildungsbelege finden sich bei GOTHAN (1935, 1941, 1959), LEGGEWIE & SCHONEFELD (1957), GOTHAN & REMY (1957), FIEBIG & LEGGEWIE (1971), REMY & REMY (1977), JOSTEN (1983).

Zudem ist Vorhalle »locus typicus« für eine Reihe von Pflanzenarten: *Sphenopteris hageniana* GOTHAN, *Eusphenopteris vorhalliana* GOTHAN, *Asterophyllites hagenensis* FIEBIG & LEGGEWIE u. a. (GOTHAN 1935, 1941).

Die Flora der Vorhaller Schichten entspricht weitgehend der der Hagener Schichten, allerdings finden sich auch bereits Formen, die typisch für das Westfal sind.

Recht zahlreich sind Wedel, Fiedern oder Einzelblättchen von farnlaubigen Pflanzen (Pteridophyllen), die zu einem geringen Teil zu den echten Farnen (Filicatae), hauptsächlich aber zu den Farnsamern (Pteridospermatae) gehören (s. S. 22).

Da die Unterscheidung von echten Farnen und Farnsamern nur dann möglich ist, wenn fruchtende Organe (Sporangien bzw. Samen) im Zusammenhang mit beblätterten Zweigen gefunden werden, wurde von BRONGNIART (1801 – 1876) ein künstliches Bestimmungssystem aufgestellt, das völlig auf äußeren Merkmalen wie Blattform (Fiederform) und Aderung beruht, nicht aber die systematische Stellung im Pflanzenreich zur Grundlage hat. Folgende Grundformen der Einzelfiedern kommen in den Vorhaller Schichten vor (REMY & REMY 1977):

Sphenopteridische Formen mit zierlichen Blättchen, im Umriß keilförmig und an der Basis eingeschnürt, meist stark zerteilt bzw. gezähnt.

Pecopteridische Formen mit geraden und parallelrandigen, manchmal dreieckigen Blättchen, die mit der ganzen Breite der Blättchenbasis angeheftet sind.

Neuropteridische Formen mit länglichzungenförmigen Blättchen, die in der Nähe der Basis herzförmig eingeschnürt sind.

Alethopteridische Formen mit länglichen, meist spitz zulaufenden Blättchen, die mit der ganzen Breite angeheftet sind bzw. basal an der Achse herablaufen.

Außer den Resten farnlaubiger Pflanzen finden sich in Vorhalle Stammabdrücke, beblätterte Zweige und Sporenstände von Bärlappgewächsen (Lycophyta) und Schachtelhalmpflanzen (Calamitaceae), außerdem Keilblattgewächse (Sphenophyllaceae) und Cordaitenblätter.

Bei den Schuppenbäumen sind es unterschiedliche Formen von Rindenabdrükken *(Lepidodendron)*, beblätterte Sporenzapfen *(Lepidostrobus)* und isolierte Sporophylle *(Lepidostrobophyllum)*, die jeweils eigene Gattungen bilden. Von Siegelbäumen sind bislang nur Stammabdrücke *(Sigillaria)*, aber keine Blätter und Sporophylle gefunden worden. Bei den Schachtelhalmpflanzen gründen sich die Gattungen ebenfalls auf Stammabdrücken *(Mesocalamites)*, Beblätterung *(Asterophyllites)* und Sporenähren *(Palaeostachya, Cingularia)*.

Obgleich immer noch Fragen nach der Zusammengehörigkeit von Einzelteilen offenbleiben, gelang es doch, die Pflanzen in ihrer Gesamtgestalt zu erfassen und ebenfalls Lebensbilder des Karbonwaldes zu rekonstruieren (s. S. 21).

Blattformen farnblättriger Pflanzen.

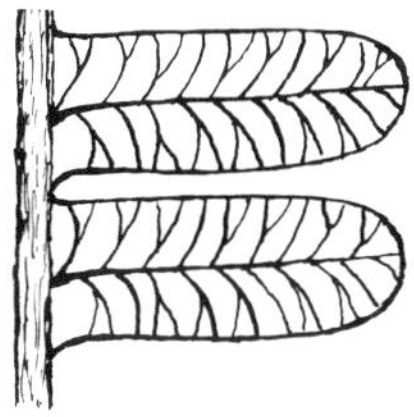

Abb. 117. Pecopteridische Blattform.

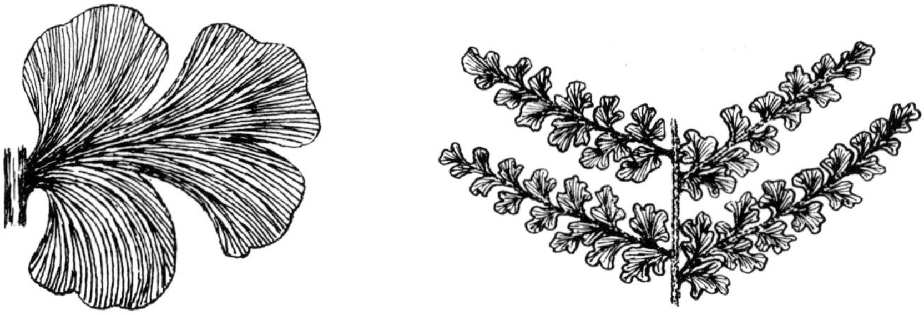

Abb. 118. Sphenopteridische Blattformen.

Abb. 119. Neuropteridische Blattformen.

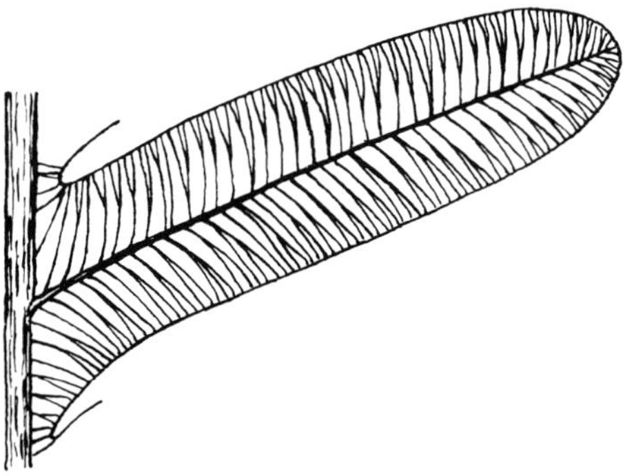

Abb. 120. Alethopteridische Blattformen.

Unterschiedlicher Leitbündelverlauf bei Calamiten.

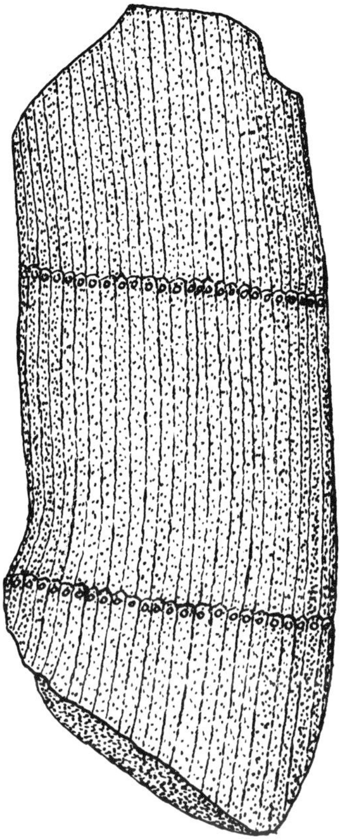

Abb. 121. *Mesocalamites cistiformis.*

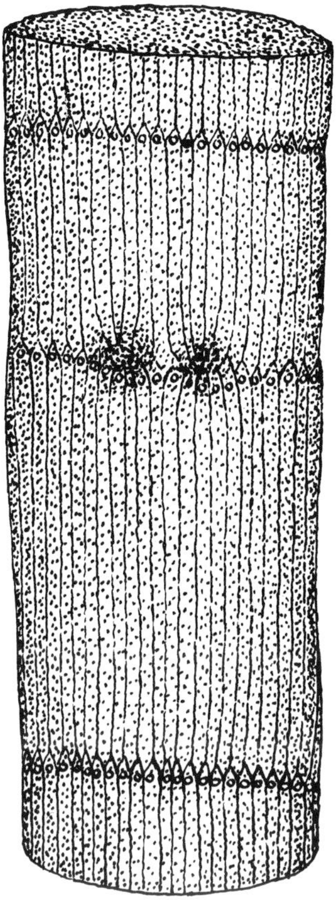

Abb. 122. *Mesocalamites roemeri.*

Beblätterung bei Calamiten.

Abb. 123. *Asterophyllites.*

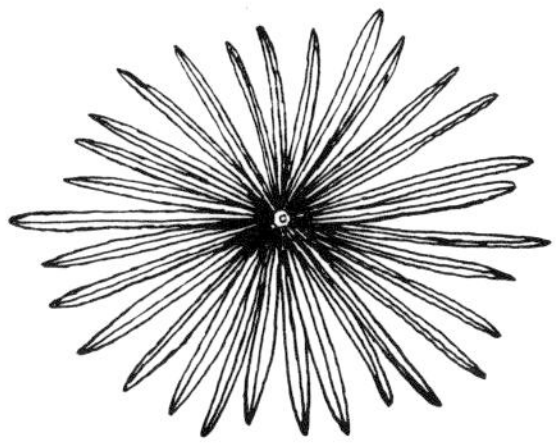

Abb. 124. *Annularia.*

Elemente der Flora von Hagen-Vorhalle:
Lycophyta (bärlappartige Pflanzen)
Lepidodendraceae (Schuppenbaumpflanzen)
Stämme: *Lepidodendron obovatum* STERNBERG, *Lepidodendron aculeatum* STERNBERG, *Lepidophloios laricinus* STERNBERG
Beblätterte Zweige: *Lepidodendron simile* KIDSTON
Fruchtstände: *Lepidostrobus* sp.
Isolierte Sporophylle: *Lepidostrobophyllum* sp.
Sigillariaceae (Siegelbaumpflanzen)
Stämme: *Sigillaria schlotheimiana* BRONGNIART, *Sigillaria elegans* BRONGNIART, *Sigillaria* (*Syringodendron*-Form)

Equisetophyta (schachtelhalmartige Pflanzen)
Calamitaceae (baumförmige Schachtelhalme)
Stämme: *Mesocalamites cistiformis* STUR, *Mesocalamites roemeri* (GOEPPERT) HIRMER, *Mesocalamites* sp.
Beblätterte Zweige: *Asterophyllites hagenensis* FIEBIG & LEGGEWIE, *Asterophyllites* grandis STERNBERG, *Annularia* sp.
Sporenstände: *Palaeostachya* sp., *Cingularia* sp.
Sphenophyllaceae (Keilblattgewächse)
Beblätterte Zweige: *Sphenophyllum cuneifolium* STERNBERG, *Sphenophyllum laurae* JONGMANS

Filicophyta (Farnpflanzen)
Wedel und Fiedern: *Pecopteris plumosa* (ARTIS) BRONGNIART, *Alloiopteris sternbergi* ETTINGSHAUSEN, *Alloiopteris plumosaeformis* GOTHAN, *Alloiopteris herbstiana* GOTHAN, *Alloiopteris similis* (STERNBERG) KIDSTON
Fiedern an der Wedelbasis: *Aphlebia* sp.
Fruktifizierende Wedel: *Sphenopteris (Zeilleria)* sp., *Alloiopteris (Corynepteris)* sp.

Pteridophylle (farnblättrige Pflanzen) unbekannter systematischer Stellung
Wedel und Fiedern: *Sphenopteris hageniana* GOTHAN, *Sphenopteris preslesensis* STOCKMANS & WILLIÈRE

Spermatophyta (Samenpflanzen)
Pteridospermatae (farnartige Samenpflanzen, Farnsamer)
Stämme: *Medullosa* sp. und andere Stämme
Wedel und Fiedern: *Eusphenopteris hollandica* (JONGMANS & GOTHAN) NOVIK, *Eusphenopteris sauveurii* (CRÉPIN) VAN AMEROM, *Eusphenopteris grandis* (KELLER) VAN AMEROM, *Mariopteris abnormis* (GOTHAN), *Karinopteris acuta* (BRONGNIART) BOERSMA, *Alethopteris lonchitica* (SCHLOTHEIM) STERNBERG, *Alethopteris decurrens* (ARTIS) ZEILLER, *Neuralethopteris schlehani* (STUR), *Neuralethopteris larischi* SUSTA, *Neuralethopteris neuropteroides* SUSTA, *Paripteris gigantea* (STERNBERG), *Neuropteris obliqua* (BRONGNIART)
Fiedern an der Wedelbasis: *Cyclopteris* sp., *Aphlebia* sp.
Samen: *Trigonocarpus* sp., *Hexagonocarpus* sp., *Aulacotheca* sp.
Cordaitidae (bandblättrige Nacktsamenpflanzen)
Stämme (Markausfüllungen): *Artisia* STERNBERG
Blätter: *Cordaites principalis* (GERMAR)
Fruktifikationen: *Cordaicarpon* sp.

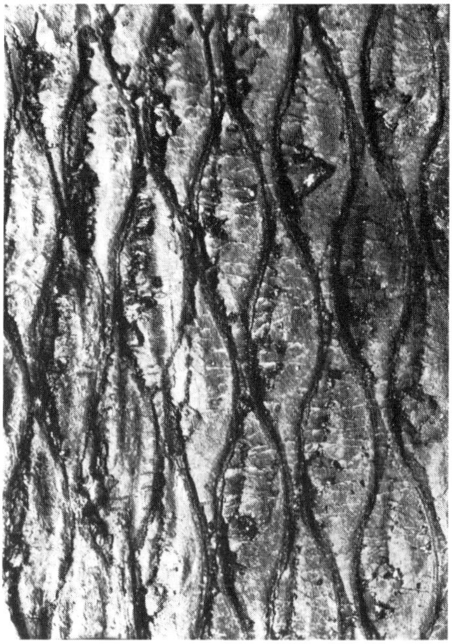

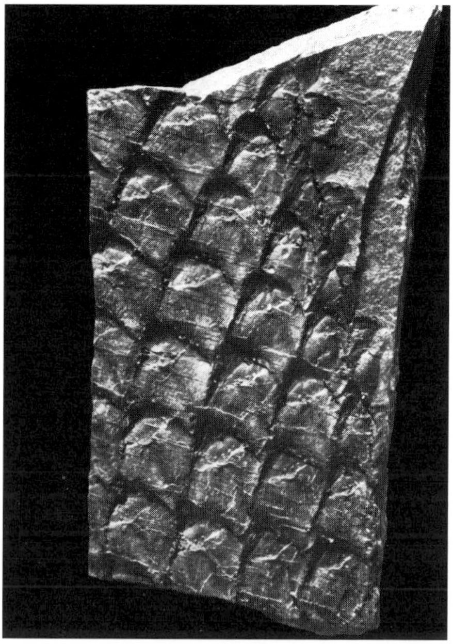

Abb. 125. Teile von Schuppenbaumgewächsen (Lepidodendraceae) aus den Vorhaller Schichten (Namur B) von Hagen-Vorhalle.

Lepidodendron aculeatum STERNBERG, Rindenabdruck, Polster wesentlich länger als breit, geschwänzt. Bildhöhe 5 cm. (o.l.).
Lepidodendron obovatum STERNBERG, Rindenabdruck, Polster gedrungen, fast rhombisch. Bildhöhe 3 cm. (o.r.).
Lepidodendron simile KIDSTON. Beblätterter Schuppenbaumzweig, Länge 12 cm. (unten).

Abb. 126. Reste von Siegelbaumpflanzen (Sigillariaceae) aus den Vorhaller Schichten (Namur B) von Hagen-Vorhalle.

Sigillaria sp., Rindenabdruck mit abgerundeten sechseckigen Blattpolstern. Bildbreite 6,5 cm. (oben).
Sigillaria sp. in *Syringodendron*-Erhaltung (Abdruck eines entrindeten Stammes). Längsstreifung mit langovalen Malen. Bildbreite 12 cm. (unten).

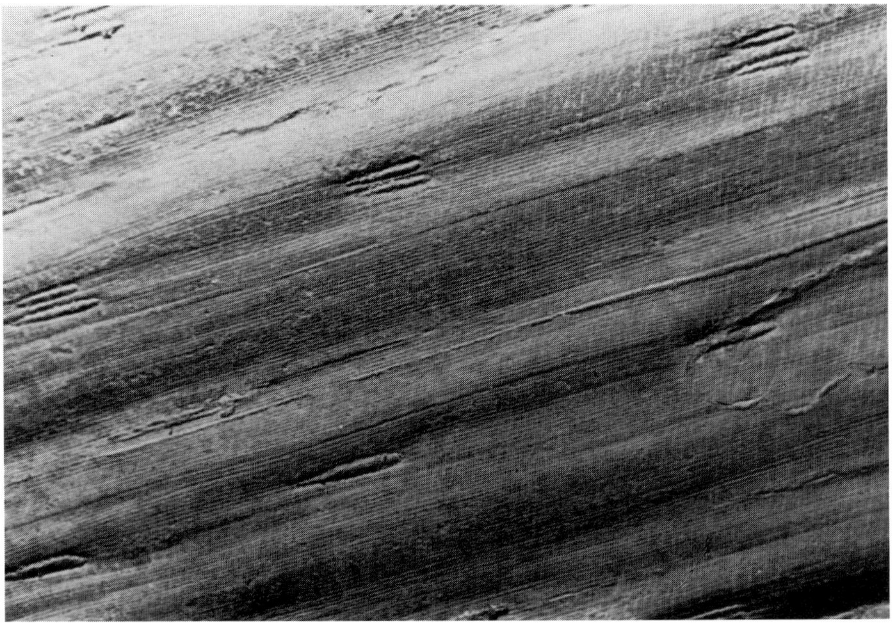

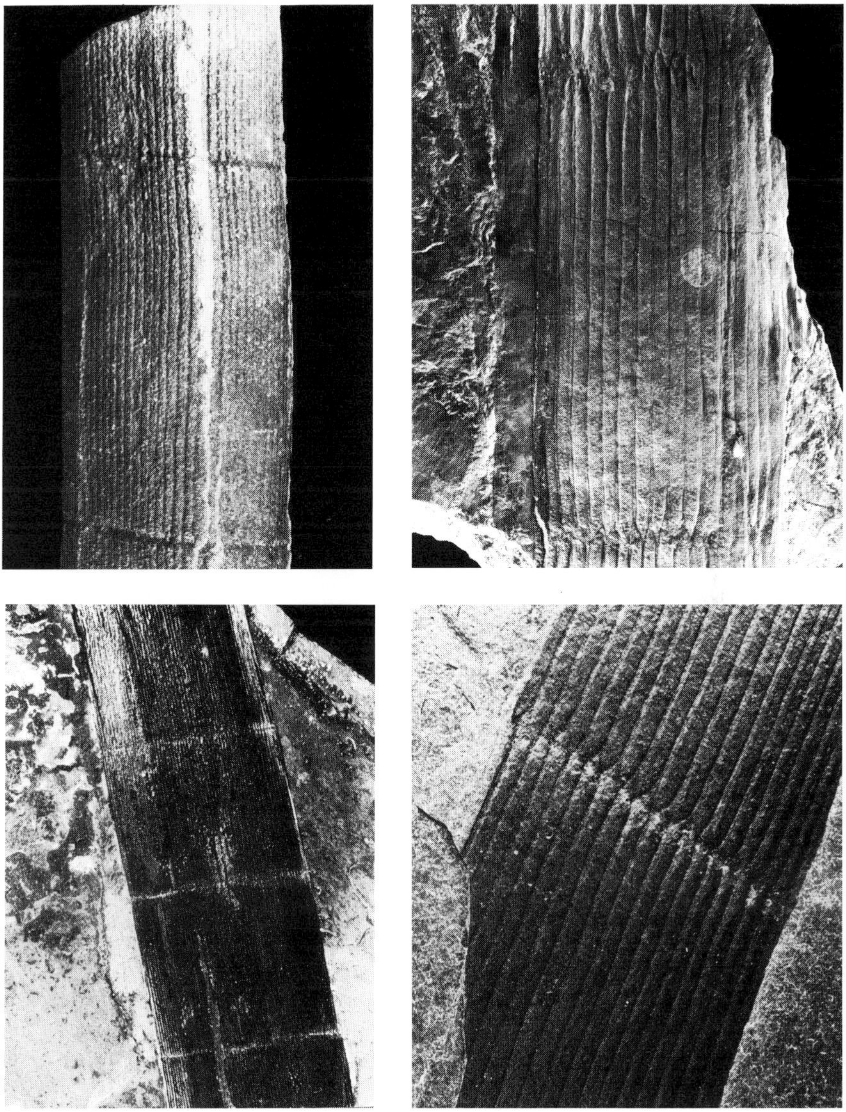

Abb. 127. Stämme von Schachtelhalmpflanzen (*Mesocalamites*) aus den Hagener und Vorhaller Schichten (Namur B).

Steinkern (Markhohlraumausguß) von *Mesocalamites cistiformis* STUR mit meist gerade über die Nodien hinweglaufenden oder stumpf endenden Rippen. Die einzelnen Glieder (Internodien) sind länger als breit. Hagener Schichten. Hagen-Haspe (Heubing). Länge 14 cm. (o.l.).
Mesocalamites roemeri (GOEPPERT) HIRMER (Abdruck), Rippenenden am Nodium deutlich zugespitzt, Internodien länger als breit. Hagener Schichten. Gevelsberg. Bildhöhe 10 cm. (o.r.).
Kohliger Abdruck von *Mesocalamites cisti* BRONGNIAT, Internodien breiter als lang mit feiner Rippung. Vorhaller Schichten. Hagen-Vorhalle. Länge 20 cm. (u.l.).
Abdruck von *Mesocalamites roemeri* (GOEPPERT) HIRMER. Rippenverlauf im Bereich des Nodiums mit zugespitzten Enden. Vorhaller Schichten. Hagen-Vorhalle. Länge 6 cm. (u.r.).

Abb. 128. Beblätterte Schachtelhalmzweige aus den Vorhaller Schichten (Namur B) von Hagen-Vorhalle.

Asterophyllites sp., reich verzweigte Achse mit aufwärtsgerichteten Blättern. Bildbreite 7 cm.

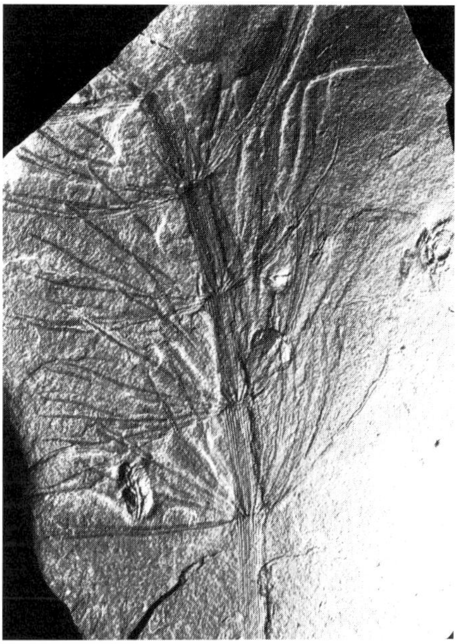
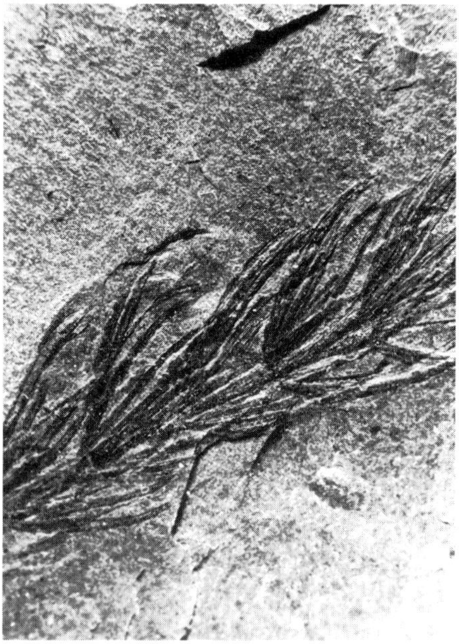

Asterophyllites hagenensis FIEBIG & LEGGEWIE mit ca. 4 cm langen, sehr schmalen Blättern, die länger als die Internodien sind. Bildhöhe 13 cm. (o.l.).
Asterophyllites sp., lineale Blättchen, allmählich in eine Spitze übergehend; Blättchen bis zur Spitze gekielt, etwa zwei Internodien lang. Bildhöhe 4 cm. (o.r.).
Asterophyllites grandis STERNBERG, kleinblättrige Form mit zugespitzten, aufgebogenen Blättchen, die die Länge eines Internodiums haben.
Zweig letzter Ordnung. Länge 4,5 cm. (u.l.). Verzweigte Achse. Länge 5 cm. (u.r.).

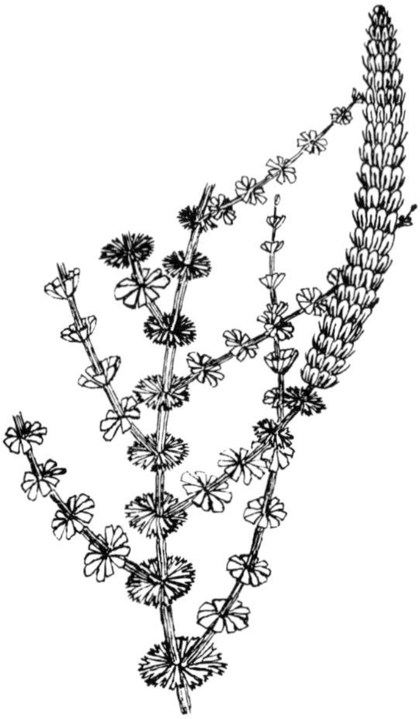

Abb. 129 Reste von schachtelhalmartigen Pflanzen aus den Vorhaller Schichten (Namur B) von Hagen-Vorhalle.

Sphenophyllum cuneifolium (STERNBERG) ZEILLER gehört zu den Sphenophyllaceae (Keilblattgewächse). Blätter keilförmig mit geradem und scharf gezähntem Blattvorderrand. Bildhöhe 8.5 cm. (o.l.).
Sphenophyllum cuneifolium (Rekonstruktion). (o.r.).
Palaeostachya ? sp., Sporenstand von *Mesocalamites* sp. mit am Nodium ansitzenden und schräg nach oben gerichteten Sporangiophoren. Bildbreite 5,5 cm. (unten).

Abb. 130. Filicatae (echte Farne) aus den Vorhaller Schichten (Namur B) von Hagen-Vorhalle.

Pecopteris plumosa (ARTIS) BRONGNIART mit kleinen, dreieckigen, schräg gestellten Fiederchen. Bildhöhe 12 cm. (o.l.).
Alloiopteris plumosaeformis GOTHAN, Wedel mit schräg gestellten, bandartigen Fiedern, Blättchen sehr klein, stumpf und dichtgedrängt. Bildhöhe 12 cm. (o.r.).
Sphenopteris (*Zeilleria*) sp., fruktifizierender Wedel, sphenopteridische Blattformen mit Sporangien. Bildbreite 5,5 cm. (unten)

Abb. 132. *Karinopteris acuta* (BRONGNIART) BOERSMA, ein häufig in den Vorhaller Schichten (Namur B) von Hagen-Vorhalle auftretender Farnsamer mit sphenopteridischer Blattform.

Positiv- und Negativdruck, Fiederchen in 5 bis 8 tief eingeschnittene Loben aufgeteilt, gut erkennbare Mittelader. Bildhöhe 7 cm. (links).
Stück mit stärker gezähnten Fiederchen. Bildhöhe 6 cm. (rechts).

Abb. 131. Farnblättrige Pflanzen mit sphenopteridischer Blattform. Vorhaller Schichten (Namur B) von Hagen-Vorhalle.

Sphenopteris preslesensis STOCKMANNS & WILLIÈRE. Blattumriß breit-oval, Blätter stark gezähnt. Bildhöhe 12,5 cm. (o.l.).
Sphenopteris sp., lockere Fiederstellung, Blattumriß rundlich, Fiedern tief gelappt.
Bildhöhe 4 cm. (o.r.).
Eusphenopteris sauveurii (CRÉPIN) VAN AMEROM. Fiedern rundlich-oval, mit stumpfem Gipfel, 2 bis 4 mal gelappt, Oberfläche flach und glatt. Bildhöhe 16 cm. (u.l.).
Eusphenopteris grandis (KELLER) VAN AMEROM, Blättchen dichtstehend, gestielt, teils kreisrund, teils 3 bis 5 mal gelappt, Aderung mittelstark. Bildhöhe 7 cm. (u.r.).

Abb. 133. Farnsamer mit alethopteridischer Blattform. Vorhaller Schichten (Namur B) von Hagen Vorhalle.

Alethopteris decurrens (ARTIS) ZEILLER mit langen, schmalen, spitz endenden Blättchen, an der Achse basal herablaufend, Mittelader deutlich ausgeprägt und eingesenkt, Seitenadern einmal gegabelt. Bildhöhe 5 cm. (o.l.).
Alethopteris lonchitica f. *serli* (BRONGNIART). Wedel dichtbelaubt, Fiederchen breit und rundlich zugespitzt, an der Achse basal herablaufend, Mittelader deutlich ausgeprägt, Seitenadern gegabelt.
Bildhöhe 12 cm. (o.r.).
Neuralethopteris neuropteroides SUSTA mit lanzettlichen Blättchen, nur zum Teil an der Achse herablaufend, Mittelader stark eingesenkt. Bildhöhe 5 cm. (u.r.).

Abb. 134. Farnsamer mit neuropteridischer Blattform. Vorhaller Schichten (Namur B) von Hagen-Vorhalle.

Neuralethopteris larischi SUSTA mit länglichen, zungenförmigen, parallelrandigen Fiederchen, Spitzen abgerundet, Basis schief-herzförmig, Mittelader deutlich ausgeprägt, Seitenadern sehr zart. Bildhöhe 3 cm. (o.l.).
Neuropteris obliqua (BRONGNIART) ZEILLER. Fiederchen rundlich bis länglich mit abgerundeter Spitze, Mittelader nur an der Fiederchenbasis angedeutet; Fiederchen an der Spitze unregelmäßig verbreitert mit flexuoser Aderung. Bildhöhe 2,5 cm. (o.r.).
Neuralethopteris schlehani STUR, verzweigter Wedel, Fiederchen parallelrandig, Seitenadern ein- bis zweimal gegabelt. Bildbreite 7 cm. (unten).

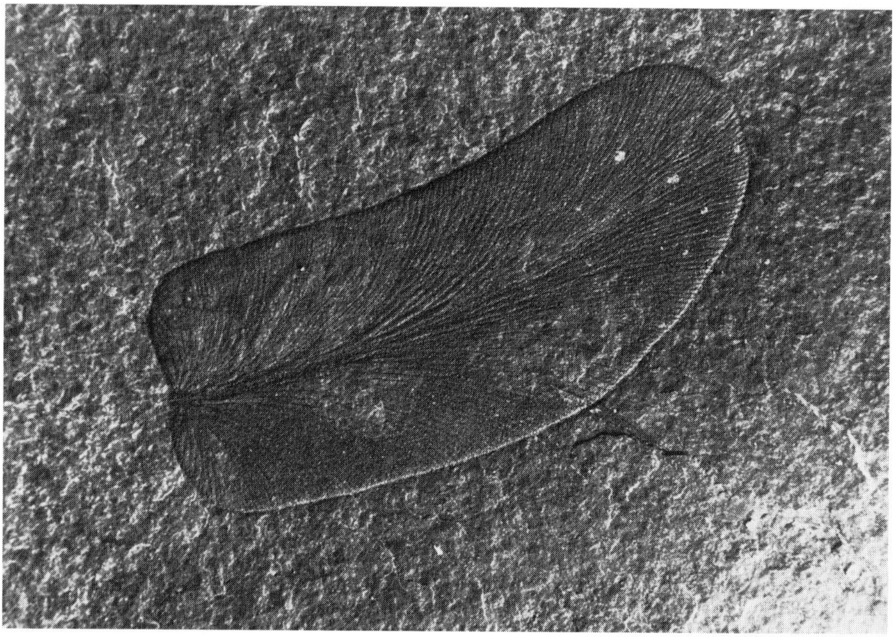

Abb. 135. *Paripteris gigantea* (STERNBERG) GOTHAN, ein in den Vorhaller Schichten (Namur B) von Hagen-Vorhalle häufig vorkommender Farnsamer mit neuropteridischer Blattform.

Wedelspitze mit zwei Fiederchen endend, Blättchen punktförmig an der Achse ansitzend. Bildhöhe 7 cm. (oben).
Einzelfiederchen, relativ lang und sichelförmig, zur Spitze hin an Breite abnehmend, an der Basis herzförmig, Mittelader angedeutet, Seitenadern mehrfach gegabelt. Länge des Blättchens 4 cm. (unten).
Mehrfach gegabelter Wedel. Wedelachsen längsgestreift und punktiert. Bildhöhe 16 cm. (rechts).

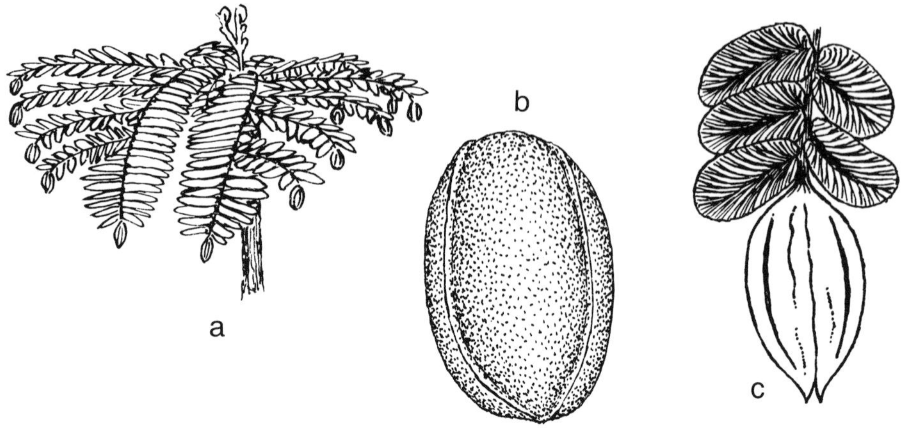

Abb. 136. a. Fruchtender Wedel von *Neuropteris* (Farnsamer). b. *Trigonocarpus* (Fruktifikation). c. *Trigonocarpus* an einem *Neuropteris*-Wedel.

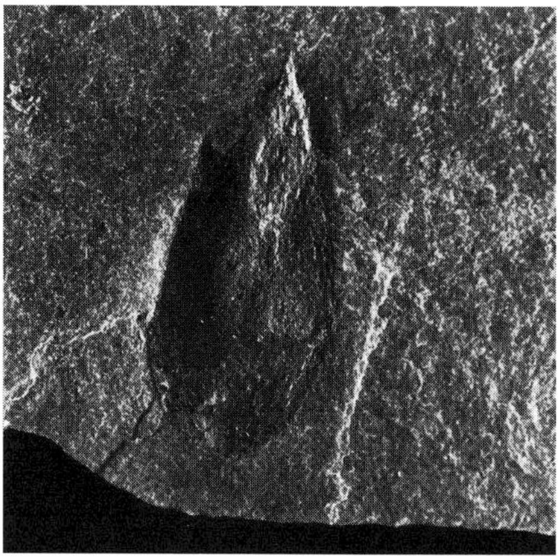

Abb. 137. Fruktifikationen von Farnsamern aus den Vorhaller Schichten (Namur B) von Hagen-Vorhalle.

Trigonocarpus sp., länglich-ovale Fruktifikation mit auffallender Längsrippe; diese Gattung hat als typisches Merkmal drei bis sechs Längsrippen auf der Samenhülle. Länge des Samens 1,3 cm. (o.l.).
Samen unbekannter Zuordnung.
Länge ca. 1,5 cm. (o.r. u.r.)

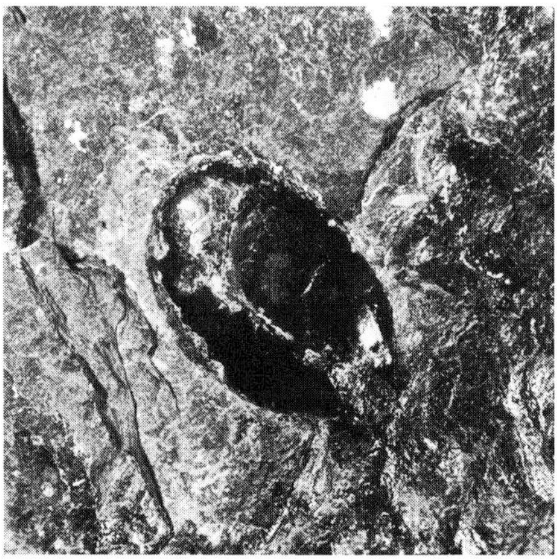

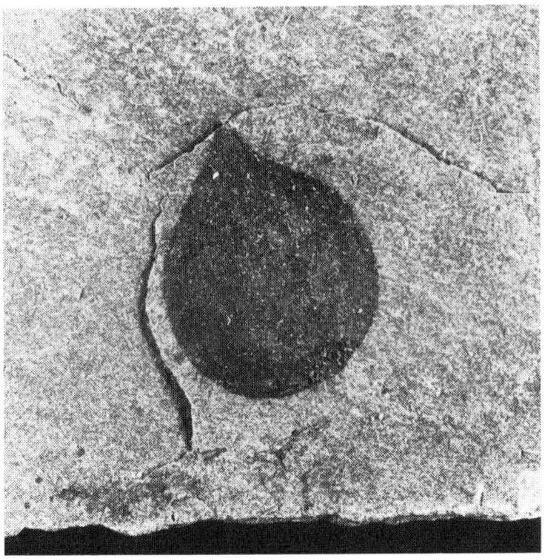

Abb. 138. Reste von Cordaiten-Bäumen aus den Vorhaller Schichten (Namur B) von Hagen-Vorhalle.

Teil eines Blattes der Art *Cordaites principalis* (GERMAR) mit zahlreichen, fast parallelen Adern und dazwischenliegenden Baststrängen. Vollständige Blätter mit erhaltener Basis und Spitze werden selten aufgefunden. Länge des Ausschnittes 8 cm. (o.l.).
Cordaites sp., Spitze eines Cordaiten-Blattes. Länge 5,5 cm. (o.r.).
Abdruck von *Cordaicarpon* ? sp., einem Samen der Cordaiten. Breite 1 cm. (unten).

7.2. Das flözführende Oberkarbon

Die Ablagerungen des flözführenden (produktiven) Oberkarbon bestehen aus einer Wechsellagerung von teils konglomeratischen Sandsteinen, Schiefertonen und Steinkohlenflözen. Die Schiefertone im Liegenden der Flöze sind meist als sog. Wurzelböden ausgebildet, in denen die Tonschiefer von Wurzelorganen der Schachtelhalm- und Bärlappgewächse durchzogen werden.
Kennzeichnend für das flözführende Oberkarbon ist der rhythmische Gesteinswechsel von Wurzelboden, Flöz, Schieferton und Sandstein.
Derartig zyklisch entwickelte Schichtengruppen (Zyklotheme) sind ca. 7 bis 10 m mächtig und bauen sich vom Hangenden zum Liegenden folgendermaßen auf (JESSEN 1957):
Grobkörniger Sandstein, feinkörniger Sandstein, sandstreifiger Schieferton, schwachsandiger Schieferton, Schieferton mit Fossilien, Kohlenflöz, Wurzelboden, schwachsandiger Schieferton, sandiger Schieferton, sandstreifiger Schieferton, feinkörniger Sandstein.
Durch diese Abfolge der Gesteinsschichten und insbesondere die eingeschalteten Kohlenflöze, die außerordentlich weite Verbreitung haben, wird das produktive Oberkarbon untergliedert. Hinzu kommen häufig sog. marine Horizonte über den Kohleflözen, die marine Fossilien, auch Goniatiten enthalten, so daß die Goniatiten-Stratigraphie des Kulm und Flözleeren sich auch im flözführenden Oberkarbon fortführen läßt.
In den marinen Horizonten lassen sich bestimmte Faunenfolgen feststellen, die den zunehmenden Meereseinfluß und die zunehmende Wassertiefe erkennen lassen (RABITZ 1966):
ophthalmoides-Fazies (sandige Schiefertone mit Grabbauten)
Lingula-Fazies (Schiefertone mit Brachiopoden, die im Brackwasserbereich siedeln)
Nuculaceen-Fazies (Schieferton mit flachgründig siedelnden marinen Muscheln)
Goniatiten-Fazies (Schieferton mit hochmarinen Schaltieren)

Die Anzahl der marinen Horizonte ist am größten in den älteren Schichten des flözführenden Oberkarbon (Namur C, Sprockhöveler Schichten). In jüngeren Schichten nehmen Pflanzenhorizonte und Horizonte mit nicht-marinen Muscheln zu.
Die letztgenannnten haben jedoch selten große Ausdehnung und sind daher weniger gut zur Charakterisierung und Identifizierung bestimmter Horizonte oder Flöze geeignet, haben aber große Bedeutung als Fazies-Anzeiger und kennzeichnen einen ganz bestimmten Bereich beim Übergang von der marinen zur kontinentalen Fazies (PAPROTH 1978).

7.2.1. Die Sprockhöveler Schichten bei Witten

Die über dem Flözleeren folgenden Schichten des Namur C werden als Sprockhöveler Schichten (Magerkohlen-Schichten) bezeichnet.
Sie beginnen mit dem sog. Grenzsandstein, auch Liegender Sandstein genannt. Eine biostratigraphische Grenzziehung ist zwischen Namur B u. C nicht möglich. Die von PATTEISKY (1959) vorgenommene Abtrennung der untersten Sprockhöveler Schichten als Kaisberg-Schichten und ihre Zuordnung zum Namur B hat sich nicht durchgesetzt, da diese Schichten an Goniatiten neben *Reticuloceras superbilingue superbilingue* BISAT auch bereits die für die Sprockhöveler Schichten leitende Gattung *Gastrioceras* enthalten (G1-Zone).
Die Hangendgrenze des Namur C zum Westfal A (Wittener Schichten) wird mit dem ersten Auftreten von *Agastrioceras subcrenatum* (FRECH) im marinen Horizont über Flöz Sarnsbank festgelegt.
Leitfossil für die Unteren Sprockhöveler Schichten sind *Reticuloceras superbilingue superbilingue* BISAT und *»Gastrioceras«* sp.; die Oberen Sprockhöveler Schichten führen *Donetzoceras [=»Gastrioceras«] sigma* (WRIGHT). Die Gesamtschichtenfolge hat eine Mächtigkeit von ca. 670 m und enthält 18 Flöze, von denen z. B. auf der Zeche Herbede nur 3 abgebaut wurden.
Die Folge der Flöze beginnt mit Flöz Sengsbänksken und endet mit Flöz Sarnsbank.

Abb. 139.
Cancelloceras [»*Gastrioceras*«] *cancellatum* (BISAT), Goniatit, wichtige Leitform der Oberen Sprockhöveler Schichten (Namur C). Gevelsberg-Silschede. Breite 6 cm.

Auf die teilweise schlechte Beschaffenheit der Kohle oder die zu geringe Mächtigkeit der Flöze weisen gelegentlich schon die Flöznamen hin, z. B. Schieferbank, Schieferbänksgen, Dreckbank.
Innerhalb der Sprockhöveler Schichten wurde nur in den Flözen Hauptflöz und Neuflöz in größerem Umfang Bergbau betrieben.
Steinkohlenflöze sind übertage nur selten aufgeschlossen, da sie meistens verwittert, ausgewaschen oder von Hangschutt überdeckt sind.
Um so bemerkenswerter ist daher der Steinbruch H. Rauen in Witten-Gedern, in dem die Sprockhöveler Schichten vom Sandstein im Liegenden von Flöz Gottessegen bis zu den Flözen der Wasserbank-Gruppe gut zugänglich sind und neben marinen Horizonten auch nichtmarine Muschelhorizonte und pflanzenführende Schichten enthalten (JESSEN 1956, 1960, SCHÖNWÄLDER 1958, FIEBIG 1971, D. RICHTER 1977, JANSEN 1980).

7.2.1.1. Wurzelböden, Flöze, Pflanzenhorizonte

Im Steinbruch H. Rauen in Witten-Gedern sind die Flöze Gottessegen, Besserdich, Hinnebecke, Neuflöz und Wasserbank 1 bis 3 aufgeschlossen.
Die Flöze sind teilweise geringmächtig, Flöz Besserdich bis zu 70 cm stark; sie bestehen aus stückiger Glanzkohle, Bergelagen und Brandschiefer. Im Liegenden der Flöze befinden sich bis zu 2 m mächtige Wurzelböden, die meist schwach sandig ausgebildet sind.
Im Sandstein über dem Hinnebecke-Horizont und im überwiegend quarzitischen Sandstein im Liegenden von Flöz Neuflöz, der hauptsächlich als Werkstein abgebaut wird, finden sich kohlige Driftholzlagen mit nicht näher zu identifizierenden Abdrücken von *Lepidodendron* und *Mesocalamites*.
Im unteren Bereich des Steinbruches fällt an der rechten Seite eine Calamiten-Lage auf, in der das blättrige Gestein durchsetzt ist von Calamitenresten.
Hier kommen u. a. folgende Formen vor:
Stämme: *Mesocalamites cistiformis* STUR, *M. undulatus* STERNBERG, *M. ramifer* STUR, *M. carinatus* STERNBERG, *M. paleaceus* STUR, *M. haueri* STUR.
Beblätterung: *Asterophyllites lycopodioides* ZEILLER, *Asterophyllites* sp., *Annularia subradiata* STOCKMANS & WILLIÈRE, *Annularia filiformis* JONGMANS & GOTHAN.
Während in den Vorhaller Schichten meist der Beblätterungstyp *Asterophyllites* anzutreffen ist, kommt in den Sprockhöveler Schichten auch häufiger die Gattung *Annularia* vor (s. Abb. 124).

Beide Gattungen kann man bei kleinblättrigen Stücken nur schwer voneinander trennen, da dann das Hauptunterscheidungsmerkmal, der Grad der basalen Verwachsung, nicht erkennbar ist.
Folgende Kriterien sind für die Unterscheidung wesentlich:

Bei *Annularia* liegen die ausgebreiteten Blättchen eines jeden Quirls in einer Ebene und sind am Grunde zu einem scheibenförmigen Ring verbunden. Im Quirl stehen unterschiedlich viele Blättchen, die bis zu 4 cm lang werden.

Bei *Asterophyllites* sind die Blätter asymmetrisch mehr oder weniger aufgerichtet, einadrig und ungegabelt.
Auffallend ist, daß Schachtelhalme arten- und individuenreich in den Sprockhöveler Schichten vertreten sind. Dies hängt wohl damit zusammen, daß zur Zeit der Ablagerung der Wasserspiegel innerhalb der Saumtiefe einem schnellen Wechsel unterlag. In der äußerst labilen Strandzone war die Vegetation des Moores in Zonen aufgeteilt, wobei das Calamitenried am weitesten ins Wasser hineinreichte, da Calamiten am widerstandsfähigsten gegenüber Veränderungen der Lebensbedingungen waren (FIEBIG & LEGGEWIE 1971).
Außer Schachtelhalmen kommen jedoch im Steinbruch H. Rauen auch andere Pflanzenreste vor.
Ebenfalls im unteren Teil des Bruches ist ein Pflanzenhorizont aufgeschlossen; zudem können Pflanzenfossilien auch im Haldenmaterial gesammelt werden.
Die am häufigsten vorkommenden Arten sind: *Karinopteris acuta* (BRONGNIART) BOERSMA, *Neuropteris obliqua* (BRONGNIART) ZEILLER und *Paripteris gigantea* (STERNBERG).

Abb. 140.
Reste von Bärlappgewächsen aus den Sprockhöveler Schichten (Namur C).

Stammabdruck von *Sigillaria* sp. mit abgerundet sechseckigen Blattnarben. Gevelsberg-Silschede. Bildbreite 6 cm. (u.l.).
Stigmaria ficoides (STERNBERG) BRONGNIART, Wurzelorgan der Siegel- und Schuppenbäume. Eigentlicher Stigmarienkörper mit rundlichen Narben (unten) und davon ausgehend die Appendices, schlauchartige Wurzeln. Gevelsberg-Silschede. Bildbreite 15 cm. (u.r.).

Abb. 141.
Stammabdrücke von *Mesocalamites undulatus* STERNBERG mit meist wellig geknickten Rippen. Sprockhöveler Schichten (Namur C). Witten-Gedern. Bildhöhe o.l. = 9 cm; u.r. = 6 cm.

Abb. 142. Reste von *Mesocalamites* aus den Sprockhöveler Schichten (Namur C) von Witten-Gedern.

Asterophyllites lycopodioides ZEILLER, sehr zarte *Asterophyllites*-Art mit im spitzen Winkel aufrechtstehenden, leicht gekrümmten Blättchen; Spitzen der Blättchen erreichen den nächsthöheren Wirtel. Länge des Zweiges: 3 cm. (o.l.).
Stammabdruck von *Mesocalamites cistiformis* STUR, in Assoziation mit Beblätterungsresten vom Typ *Annularia*. Bildhöhe 14 cm. (o.r.).
Ausschnitt aus Abb. 142 o.r. Blattquirle von *Annularia* cf. *filiformis* JONGMANS & GOTHAN, vorn eine stärkere, fein gestreifte Achse mit ringförmigen Knoten und in einer Ebene ausgebreiteten schmalen Blättchen. Bildbreite 6 cm. (unten).

Abb. 143. Wedel von *Pecopteris plumosa* (ARTIS) BRONGNIART. Dreieckige, schräg gestellte und gekerbte Fiederchen. Sprockhöveler Schichten (Namur C). Schwerte. Bildhöhe 8 cm.

7.2.1.2. Marine und nicht-marine Faunen

Neben den pflanzenführenden Schichten enthält das Profil im Steinbruch H. Rauen auch vier marine und einen nicht-marinen Faunenhorizont.

Die marinen Niveaus befinden sich über den Flözen Gottessegen, Besserdich, Hinnebecke und Wasserbank, der Horizont mit nicht-marinen Muscheln im Hangenden des Besserdich-Horizontes.

Die marinen Niveaus bestehen weitgehend aus sandfreien Ton- und Schluffschiefern mit kleinen, meist unbestimmbaren Goniatiten, Muscheln (*Edmondia* sp., *Nuculana* sp., *Anthraconeilo* sp., *Pterinopecten* sp.), Schnecken (*Bellerophon* sp., und andere Kleinschnecken), Brachiopoden (*Lingula* sp.), Grabspuren von *Planolites ophthalmoides* JESSEN und einzelnen Fischresten.

Aus dem Hinnebecke-Horizont geben PATTEISKY (1959) und FIEBIG (1971) Vorkommen des Leitgoniatiten *Donetzoceras [=»Gastrioceras«] sigma* (WRIGHT) an.

Bemerkenswert ist im oberen Teil des Steinbruches insbesondere der 9 m mächtige nicht-marine Horizont, in dem die Schichtflächen der sandigen Schluffschiefer übersät sind mit nicht-marinen Muscheln.

Dieses Muschelpflaster hat leitende Bedeutung für das südliche Ruhrgebiet (FIEBIG 1971). Die hier anzutreffenden Muscheln gehören zu den drei im Namur C vorkommenden Gattungen *Carbonicola, Anthraconaia* und *Naiadites.*

Nicht-marine Muscheln sind schwer bestimmbar, da ihnen häufig taxonomisch bedeutsame Merkmale fehlen. Zudem sind die meisten Exemplare verdrückt, Muskeleindrücke und Schlösser finden sich selten, nicht immer lassen sich die Schloßränder freipräparieren. Bestimmungen, die auf der Form des Schalenumrisses und der Anordnung der konzentrischen Anwachsstreifen auf der Schalenskulptur basieren, sind nicht zuverlässig.

Daher müssen gerade bei der Bestimmung nicht-mariner Muscheln häufig sog. »cf.«-Bestimmungen gegeben werden (»cf.« von lat. conferre = »zu vergleichen mit«).

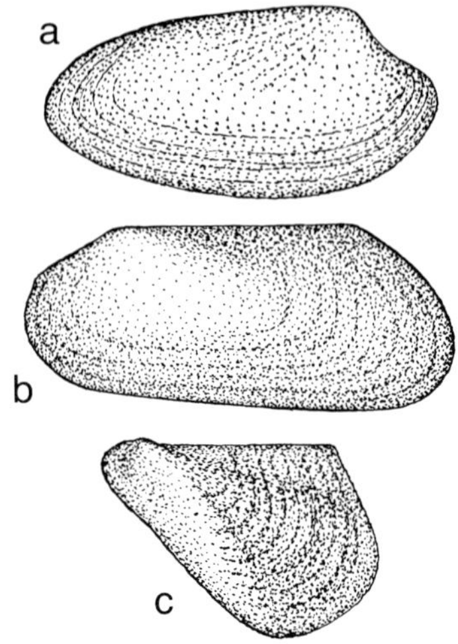

Abb. 144. Typische Formen nicht-mariner Muscheln aus dem Namur C.

(a). *Carbonicola.*
(b). *Anthraconaia.*
(c). *Naiadites.*

Die aus dem nicht-marinen Muschelhorizont im Steinbruch Rauen bestimmten Arten sind:
Carbonicola lenicurvata TRUEMAN, *Anthraconaia* cf. *lenisulcata* (TRUEMAN) und *Naiadites hibernicus* EAGAR.

In den Unteren Sprockhöveler Schichten von Westhofen (Steinbrüche Brüninghaus-Schiermeyer) ist recht häufig die Art *Anthraconaia perlongata* PASTIELS.

Der stratigraphische Wert nicht-mariner Muscheln besteht in ihrer Gebundenheit an die flözführende Fazies, wobei sie vielgestaltig und individuenreich bei Annäherung an einen höheren Salzgehalt auftreten (PAPROTH 1978).

Dies schließt ihr Vorkommen im flözleeren Oberkarbon aus. So finden sich denn auch die ältesten nicht-marinen Muscheln im rheinisch-westfälischen Oberkarbon zwischen dem Grenzsandstein und dem ältesten Flöz (Sengsbank).

In Belgien dagegen, wo die älteste Kohlefazies bereits im Namur A (mittlere Arnsberger Schichten) vorkommt, liegen auch aus dieser Zeit bereits nicht-marine Muscheln vor.

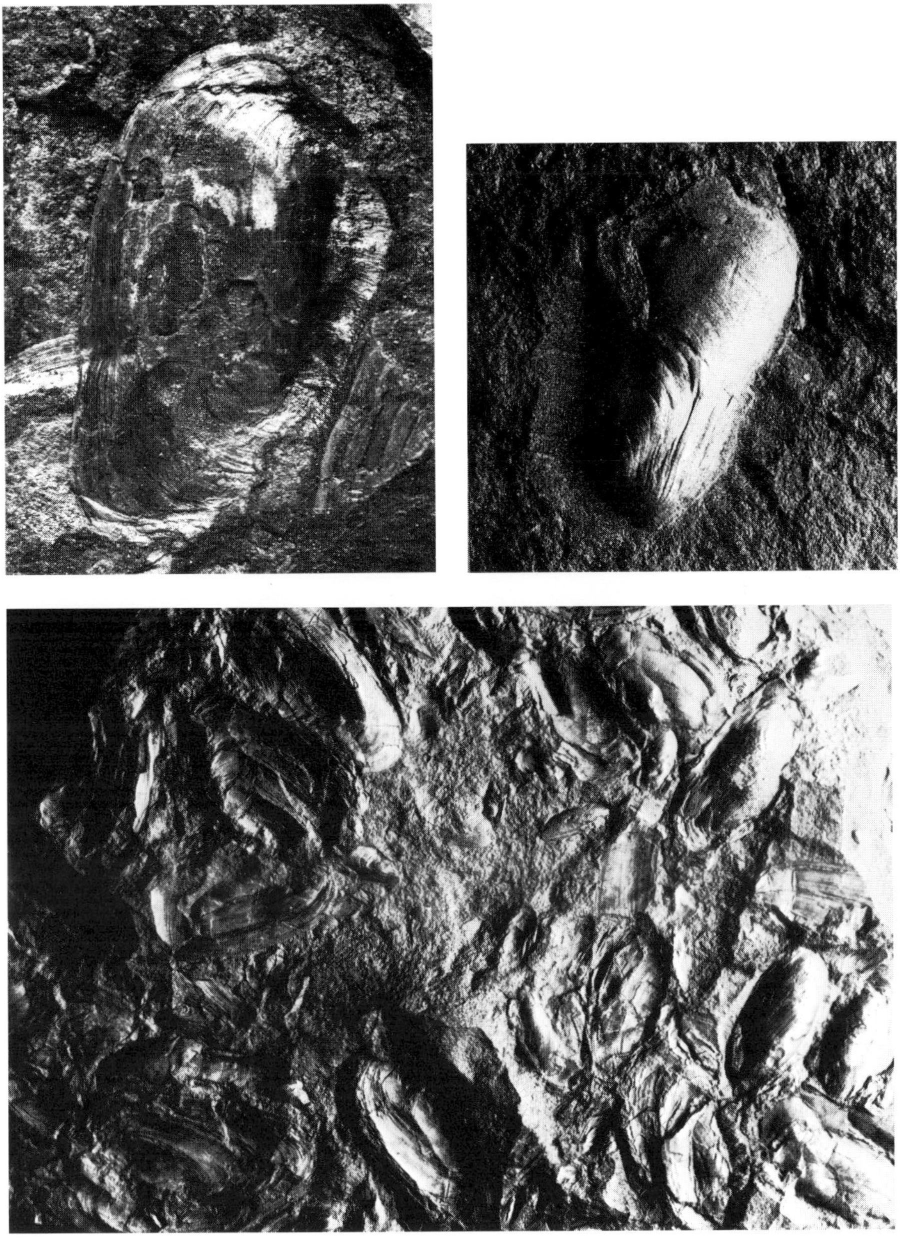

Abb. 145. Nicht-marine Muscheln aus den Sprockhöveler Schichten (Namur C) von Witten-Gedern.

Carbonicola sp., oval-dreieckige Muschel mit konzentrischen Zuwachsstreifen. Länge 2,5 cm. (o.l.).
Naiadites hibernicus EAGAR, schief-dreieckige Muschel mit stark gewölbtem Wirbel. Länge 2 cm. (o.r.).
Zahlreiche verdrückte Exemplare von *Carbonicola* sp., Bildhöhe 10 cm. (unten).

Abb. 146. Nicht-marine Muscheln aus den Sprockhöveler Schichten (Namur C).

Anthraconaia cf. *lenisulcata* (TRUEMAN) mit-langovalem Schalenumriß und konzentrischen Zuwachsstreifen. Witten-Gedern. Länge der großen Exemplare 3 cm. (oben).
Anthraconaia perlongata PASTIELS, lang-ovaler Schalenumriß mit geradem Schloßrand. Westhofen. Länge 2,5 cm. (unten).

8. Anhang

8.1. Die jüngeren Ablagerungen am Nordrand des Sauerlandes

Im Ruhrgebiet setzt sich die Ablagerung flözführender Sedimente bis zum Westfal C fort; darüber baut sich ein mächtiges Deckgebirge aus mesozoischen und känozoischen Schichten auf.
Demgegenüber folgt im Rheinischen Schiefergebirge nach Absetzung devonischer und alt-oberkarbonischer Sedimente und der varistischen Gebirgsbildung die Abtragung, wodurch eine gewaltige Schichtlücke entstand (s. S. 78).
Dennoch finden sich lokal begrenzte Vorkommen erneuter Sedimentation aus dem Unteren Perm (Mendener Konglomerat), transgredierende Oberkreide-Ablagerungen am Nordrand des Sauerlandes und Karsthöhlen-Füllungen aus der Unterkreide und dem Tertiär.

8.1.1. Das Mendener Konglomerat

Die roten Schichten von Menden, die ins Untere Perm (Rotliegend) gestellt und allgemein als Mendener Konglomerat bezeichnet werden, bilden ein ca. 8 km^2 großes Vorkommen im Mündungsgebiet der Hönne.
Über bereits verfaltetem Oberkarbon (Namur, Hagener Schichten) liegen die ca. 210 m mächtigen und petrographisch in drei Horizonte gegliederten Schichten. Es handelt sich um Ablagerungen episodisch fließender Flüsse mit starker Wasserführung. Die im Mendener Konglomerat enthaltenen Gerölle haben einen Durchmesser bis zu 50 cm und stammen aus dem im SSW liegenden Devon-Karbon-Gebiet des Remscheid-Altenaer-Sattels.
Geröllbestandteile sind hauptsächlich Massenkalke, Grauwacken aus dem Flözleeren und den Lenneschiefern und Kieselkalke und Lydite aus dem Kulm.
Die Rotfärbung rührt von einer tiefgreifenden lateritischen Verwitterung unter ariden klimatischen Verhältnissen während der Permzeit.
Bei nur selten aufgefundenen Fossilien handelt es sich um Pflanzenhäcksel, Wurmröhren und Kriechspuren, die insgesamt nicht näher bestimmt werden können (HEITFELD 1956).

8.2.1. Kreidesedimente

Sedimente aus unterkretazischer Zeit werden im nördlichen Sauerland gelegentlich als Spaltenfüllungen im mitteldevonischen Massenkalk entdeckt.
Dabei handelt es sich weitgehend um Zufallsfunde bei Bau- bzw. Steinbrucharbeiten.
So berichtet WIRTH (1964) von zwei Karstfüllungen mit fluviatil-terrestrischen Ablagerungen im Hönnetal und Asbecker Tal, die aufgrund von sporologischen Untersuchungen aus dem Apt bis Alb stammen. Die Ablagerungen im Hönnetal bestehen aus graubraunem bis graublauem tonigem Schluff, der, abgesehen von zwei Lagen Coniferenzapfen, keine Makrofossilien enthält.
Ähnliche Erscheinungen werden auch von anderen Lokalitäten wie den Warsteiner und Briloner Massenkalk-Plattformen beobachtet und beschrieben.
Aufsehen erregte eine erst Mitte der 70er Jahre entdeckte Karsthöhlen-Füllung im Massenkalk bei Nehden, die aufgrund ihrer sensationellen Fossilführung 1979 von Paläontologen der Universität Münster in großangelegten Grabungen untersucht wurde (HÖLDER & OEKENTORP 1981).
Für die Kenntnis der terrestrischen Lebewelt aus der oberen Unterkreidezeit (Apt) ist diese Spaltenfüllung mit limnischen Sedimenten (schwarzgraue, zähe Tone) der zur Zeit bedeutendste Aufschluß Europas.
Bisher konnten hier folgende Fossilien geborgen werden: Extremitäten-Langknochen von sieben Großsauriern (*Iguanodon* sp.), ebenso Kieferreste, Hinterhauptknochen, Wirbel, Beckenknochen, Rippen u. a., daneben Überreste von Krokodilen, Schildkröten, Insekten.

Die nachgewiesene Flora besteht aus Farnen (*Weichselia* sp.), Coniferen (u. a. auch Bernstein) und Megasporen sowie Fruktifikationen und Samen noch zum Teil unbekannter Stellung (HUCKRIEDE 1982).
Zudem haben die Nehdener Funde große Bedeutung für die Paläogeographie und die Rekonstruktion des Klimas (Waldbrände!) der Unterkreidezeit.

Im Gegensatz zu diesen örtlich begrenzten Vorkommen terrestrischer Unterkreide-Sedimente bilden marine Ablagerungen aus der Oberkreidezeit in der Linie Bochum-Billmerich-Frömern-Rüthen den Nordrand des Sauerlandes.
Über einem geringmächtigen Transgressionskonglomerat lagern glaukonitische Grünsande (Essener Grünsand) des Unteren Cenoman, darüber Pläner-Kalke mit dem Leit-Ammoniten *Schloenbachia varians* (SOWERBY).
Lokalitäten, in denen Cenoman-Grünsande und Pläner-Kalke aufgeschlossen sind, befinden sich u. a. bei Frömern und Rüthen.
Nördlich des relativ schmalen Bandes cenomaner Ablagerungen folgen Sedimente des Turon (Soester Grünsand) und Pläner-Kalke mit der Muschel *Inoceramus lamarcki* PARKINSON.
In großen Steinbrüchen bei Erwitte, Anröchte und Kliewe werden der quarzitische Soester Grünsand als Baustein und die Pläner-Kalke zur Zementherstellung abgebaut.
Die Schichten des Cenoman und Turon sind z. T. sehr fossilreich (KAEVER, OEKENTROP & SIEGFRIED 1978).

Abb. 147. *Schloenbachia varians* (SOWERBY), Leitform für das Cenoman. Gerippter Ammonit mit schmalem, scharfem Kiel. Cenoman. Rüthen. Breite 5 cm.

Abb. 148. Fossilien aus der Oberkreide des nördlichen Sauerlandes.

Syncyclonema orbicularis (SOWERBY), Muschel mit abgeflachten Klappen und spitzem Wirbel, Ohren mit gerundeter Spitze; Oberfläche mit feinen konzentrischen Streifen und schmalen Furchen. Cenoman (Essener Grünsand). Frömern. Höhe 3 cm. (o.l.).
Rectithyris depressa (VALENCIENNES), Brachiopode mit bikonvexen Schalen, Stielklappe wenig stärker gewölbt. Cenoman (Essener Grünsand). Frömern. Länge 4 cm. (o.r.).
Inoceramus sp., Muschel mit starken konzentrischen Rippen, die je nach Art in ihrer Ausbildung sehr unterschiedlich sind. Turon. Kliewe (Anröchte). Länge 9 cm. (u.l.).

Abb. 149. Seeigel *Micraster brevis* DESOR aus dem Turon von Anröchte. Durchmesser 6 cm; aboral (oben); oral (unten).

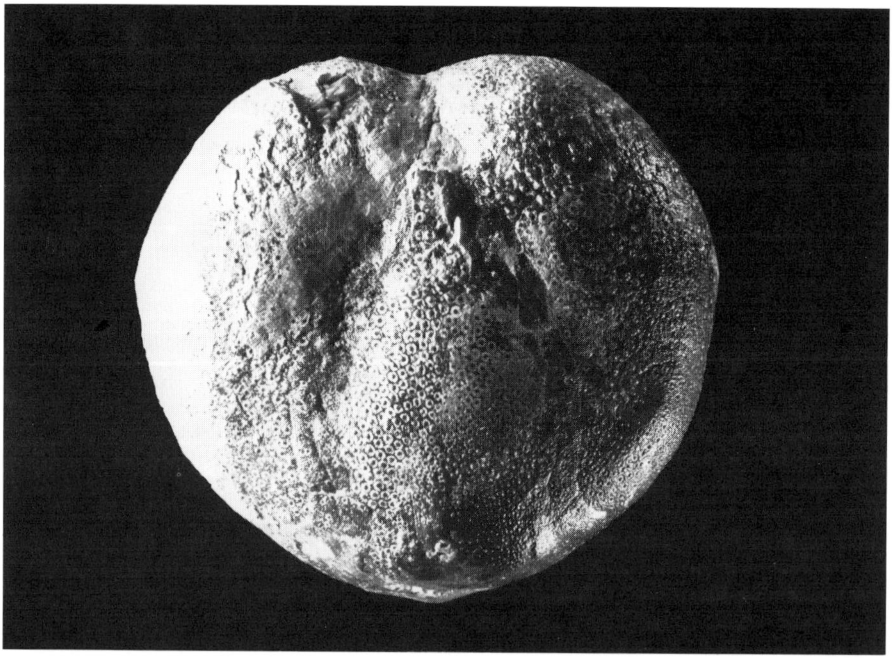

Abb. 150. *Leptomaria* sp., Schnecke mit konvexen Windungen, treppenförmig abgesetzt. Cenoman (Essener Grünsand). Frömern. Breite 2,5 cm. (oben).
Verschiedene Haizähne aus dem Turon (Soester Grünsand) von Kliewe (Anröchte). Großes Exemplar 2,5 cm lang. (unten).

8.1.3. Tertiärrelikte

Ebenso wie die Überreste aus unterkretazischer Zeit, finden sich auch tertiäre Sedimente nur gelegentlich.
Auf der Südseite des Steltenbergs bei Hohenlimburg kommen tertiäre Ablagerungen vor, die auch auf der geologischen Karte (Bl. 4611 Hohenlimburg) dargestellt sind und insbesondere in Karstschlotten im Massenkalk erhalten blieben. Es handelt sich dabei teilweise um Quarzsande und Gerölle, die auf fluviatile Vorgänge schließen lassen, zum Teil auch um sehr feinkörnige Schluffe und Tone.
Aus einer Karsthöhle im Steinbruch Asbeck, 100 m über dem Hönnetal gelegen, beschreibt WIRTH (1970) ebenfalls tertiäre Sedimente. Die hier bei Steinbrucharbeiten freigelegte Karstform enthielt geschichtete Sande, Schluffe und Tone, sowie Blattreste und gut erhaltene Hölzer. Aufgrund von Pollenuntersuchungen werden die Ablagerungen ins Pliozän (Jung-Tertiär) gestellt.
Darüber hinaus fanden sich im Hagener Gebiet tertiäre Faunenelemente, die marinen Ursprungs sind:
So wird über den Fund eines Walknochens aus einer Massenkalkspalte bei Obergrüne (Iserlohn) berichtet; in Hagen-Emst konnten ebenfalls aus einer Karstschlotte kleine Haifischzähne geborgen werden, die aber zeitlich nicht eingestuft werden können (v. KAMP 1972). Funde von Schnecken (*Cerithium* sp.) und Haizähnen aus Kalkschlotten im Steinbruch Hohenlimburg-Oege (s. S. 56) sind weitere Anzeichen für marine Einflüsse im nordwestlichen Sauerland während der Tertiärzeit.

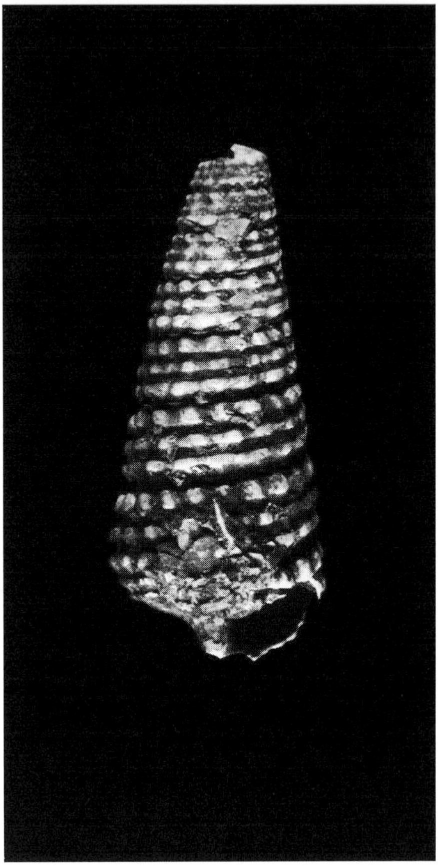

Abb. 151.
»*Cerithium*« sp., marine Schnecke mit hochgetürmtem Gehäuse, Umgänge mit Knötchenreihen besetzt. Tertiär. Hohenlimburg-Oege. Höhe 1,5 cm.

Literatur

ALDINGER, H. (1931): Über karbonische Fische aus Westfalen. – Paläont. Z., 13: 186-201, Berlin

AMEROM, H. W. van (1975): Die eusphenopteridischen Pteridophyllen aus der Sammlung des geologischen Bureaus in Heerlen, unter besonderer Berücksichtigung ihrer Stratigraphie bezüglich des Südlimburger Kohlenreviers. – Mededel. Rijks Geol. Dienst, Ser. C-III-1-7, 208 S., Maastricht

BÄRTLING, R. (1913): Geologisches Wanderbuch für den Niederrheinisch-Westfälischen Industriebezirk, umfassend das Gebiet vom nördlichen Teil des Rheinischen Schiefergebirges bis zur holländischen Grenze. – 420 S., Verlag Enke, Stuttgart

BECKMANN, H. (1948): Mikrofaunen von der Mitteldevon-Oberdevongrenze im nördlichen Sauerland. – Diss. Univ. Marburg, 88 S., Marburg

BIRENHEIDE, R. (1978): Rugose Korallen des Devon. – 265 S., Gebr. Borntraeger Verlag, Berlin – Stuttgart

BLANK, R. (1982): Sammeln im Devon und Karbon. Gesteine und Fossilien von Ruhr und Lenne. – Mineralien Magazin, 6 (3): 123-129, Stuttgart

BOY, J., & BANDEL, K. (1973): *Bruktererpeton fiebigi* n. gen. n. sp. (Amphibia: Gephyrostegida), der erste Tetrapode aus dem rheinisch-westfälischen Karbon (Namur B, W.-Deutschland). – Palaeontographica, Abt. A, 145: 39-77, Stuttgart

BRAUCKMANN, C. (1973): Kulm-Trilobiten von Aprath (Bergisches Land). – Diss. FU Berlin, 222 S., Berlin

– (1979a): Pflanzen erobern das Festland. – Wuppertal im Blickpunkt paläobotanischer Forschungen. – In: KOLBE, W. (Hrsg.): Wuppertal – Natur und Landschaft: 23-34, Peter Hammer Verlag, Wuppertal

– (1979b): Tierische Zeugen aus der erdgeschichtlichen Vergangenheit Wuppertals. – In: KOLBE, W. (Hrsg.): Wuppertal – Natur und Landschaft: 35-44, Peter Hammer Verlag, Wuppertal

BRAUCKMANN, C., & KOCH, L. (1982): Neue Insekten aus den Vorhalle-Schichten (oberes Namurium B) von Hagen-Vorhalle. – Dortmunder Beitr. Landeskde., naturwiss. Mitt., 16: 15-26, Dortmund

– (1983a): Wirbeltier-Reste aus dem flözleeren Ober-Karbon des Hagener Raumes. – Hohenlimburger Heimatbl. Raum Hagen, 44 (10): 234-237, Hohenlimburg

– (1983b): *Prothelyphonus naufragus* n. sp., ein neuer Geißelskorpion [Arachnida: Thelyphonida: Thelyphonidae] aus dem Namurium (unteres Ober-Karbon) von Westdeutschland. – Entom. Gen., 9 (1/2): 63-73, Stuttgart

– (1983c): Eine weitere neue Insektenart aus den Vorhalle-Schichten (Ober-Karbon, oberes Namurium B) von Hagen-Vorhalle. – Dortmunder Beitr. Landeskde., naturwiss. Mitt., 17: 3-8, Dortmund

BRIGGS, D. E. G., & CLARKSON, E. N. K., & ALDRIGE, R. J. (1983): The conodont animal. – Lethaia, 16: 1-14, Oslo

DEMANET, F. (1941): Faune et Stratigraphie de l'Étage Namurien de la Belgique. – Mém. Mus. roy. Hist. nat. Belg., 97, 298 S., Bruxelles

EICKHOFF, G. (1970): Das hohe Oberdevon und tiefe Unterkarbon im Bahneinschnitt Oberrödinghausen bei Menden (Rhein. Schiefergebirge). – Kongreßber. 7. Internat. Kongreß Stratigr. Geol. Karbon., 1971, 12 S., Krefeld

EISENLOHR, H. (1959): Stratigraphische und faunistische Untersuchungen der Unterhonseler Schichten am NE-Ende des Remscheid-Altenaer Sattels (Mtbl. Iserlohn). – Diss. Univ. Münster, 136 S., Münster

FIEBIG, H. (1971): Steinbruch H. Rauen bei Witten-Gedern. – In: Exkursion I. Flözführendes Oberkarbon in Nordwestdeutschland. – 7. Internat. Kongr. Strat. u. Geol. d. Karbon: 19-20, Krefeld

FIEBIG, H., & LEGGEWIE, W. (1974): Die Namurflora des Ruhrgebietes und ihre stratigraphische Bedeutung. – Compte Rendu 7e Congr. Intern. Stratigraph. Geol. Carbonifère, 45-61, Krefeld 1971
FLÜGEL, H. W. (1976): Ein Spongienmodell für die Favositidae. – Lethaia, 9: 405-419, Oslo
FRAAS, E. (1910): Der Petrefaktensammler. Ein Leitfaden zum Sammeln und Bestimmen der Versteinerungen Deutschlands, 249 S., K. G. Lutz' Verlag, Stuttgart
– (1978): Der Petrefaktensammler. Ein Leitfaden zum Bestimmen von Versteinerungen. – Unveränderter Neudruck mit zusätzlichen Registern der Fossilnamen nach der geltenden Nomenklatur durch RIEBER, H. – 5. Aufl. des Neudrucks, 312 S., Franckh'sche Verlagshandl. und Ott Verlag, Stuttgart-Thun
FRANKE, F. (1927): Die Flora des Flözleeren am Südrande des Ruhrbeckens. – Ztschr. d. deutsch. geol. Ges., 79: 369-380, Hannover
GÖKE, G. (1962): Das Namur in der Umgebung von Hagen in Westfalen. – Der Aufschluß, 13 (4): 85-90, Heidelberg
GOLDRING, R., & LANGENSTRASSEN, F. (1979): Open shelf and nearshore clastic facies in the Devonian. – Special Papers in Palaeontology, 23: 81-97, London
GOTHAN, W. (1935): Die Steinkohlenflora der westlichen paralischen Steinkohlenreviere Deutschlands, 3. Lief. – Abh. Preuss. Geol. Landesanst., N. F., 167, 58 S., Berlin
– (1941): Die Steinkohlenflora der westlichen paralischen Steinkohlenreviere Deutschlands, 4. Lief. – Abh. Reichsanst. Bodenforsch., N. F., 196, 54 S., Berlin
– (1953): Die Steinkohlenflora der westlichen paralischen Steinkohlenreviere Deutschlands, 5. Lief. – Beih. Geol. Jh., 10, 83 S., Hannover
GOTHAN, W., & LEGGEWIE, W., & SCHONEFELD, W. unt. Mitarb. v. REMY, W. (1959): Die Steinkohlenflora der westlichen paralischen Steinkohlenreviere Deutschlands, 6. Lief. – Beih. Geol. Jh., 36, 90 S., Hannover
GOTHAN, W., & REMY, W. (1957): Steinkohlenpflanzen. Leitfaden zum Bestimmen der wichtigsten pflanzlichen Fossilien des Paläozoikums im rheinisch-westfälischen Steinkohlengebiet, 248 S., Glückauf Verlag, Essen
GOTHAN, W., & WEYLAND, H. (1973): Lehrbuch der Paläobotanik, 3. Aufl., 677 S., BLV Verlagsgesellschaft, München – Bern – Wien
GRABERT, H. (1980): Oberbergisches Land. Zwischen Wupper und Sieg. – Samml. geol. Führer, 68, 178 S., Gebr. Borntraeger Verlag, Berlin – Stuttgart
GROSS, W. (1933): Die Wirbeltiere des rheinischen Devons. – Abh. preuß. geol. L.-Anst., N. F., 154, 1-83, Berlin
– (1937): Die Wirbeltiere des rheinischen Devons, Teil II. – Abh. preuß. geol. L.-Anst., N. F., 176: 1-83, Berlin
HAHN, G., & HAHN, R. (1975): Die Trilobiten des Ober-Devon, Karbon und Perm, 2. Aufl., 127 S., Gebr. Borntraeger Verlag, Berlin – Stuttgart
HAHNE, C. (1929): Stratigraphisch-faunistische Untersuchungen im Flözleeren der Gegend von Hagen, Hohenlimburg, Hörde, Iserlohn und Menden. – Z. dt. geol. Ges., 81: 313-338, Hannover
– (1958): Lehrreiche geologische Aufschlüsse im Ruhrrevier. – 172 S., Glückauf Verlag, Essen
– (1962): Übersicht über die Geologie des niederrheinisch-westfälischen Steinkohlengebietes. – Der Aufschluß, Sonderheft, 11: 12-18, Heidelberg
HEITFELD, K. H. (1956): Die roten Schichten von Menden (Mendener Konglomerat). – Z. dt. geol. Ges., 106: 387-401, Hannover
HÖLDER, H., & OEKENTORP, K. (1981): Sauriergrabungen im Sauerland. – Nachr. dt. geol. Ges., 24: 137-138, Hannover
HODSON, F. (1957): Marker horizons in the Namurian of Britain, Ireland, Belgium and Western Germany. – Publ. Ass. Étud. Paléont., 24, 26 S., Bruxelles

HOLZ, H. W. (1965): Die Höhlen des Rheinischen Schiefergebirges und ihre Entstehung. – Decheniana, 118 (1): 85-100, Bonn
HUCKRIEDE, R. (1982): Die unterkretazische Karsthöhlen – Füllung von Nehden im Sauerland. 1. Geologische, paläozoologische und paläobotanische Befunde und Datierungen. – Geologica et Palaeontologica, 16: 183-242, Marburg
JANSEN, F. (1980): Geologische Karte von Nordrhein-Westfalen. Erl. zu Blatt 4510 Witten, 176 S., Krefeld
JANSSEN, J. (1981): Zur Erdgeschichte des Hagener Raumes. – In: REHKOPP, A. (Red.): Hagen – eine Stadt und ihre Bürger: 11-18, Hagen
JESSEN, W. (1950): Exkursion in das Ruhrkarbon bei Bochum, Witten und Dortmund am 21. Mai 1955 (Cyclotheme des Ruhrkarbons und ihre Fauna und Flora). – Z. dt. geol. Ges., 107: 296-310, Hannover
– (1957): Besondere sedimentologische Erkenntnisse aus feinstratigraphisch erarbeiteten Faunen- und Sedimentzyklen. – Geol. Rdsch., 45: 119-128, Stuttgart
– (1960): Steinbruch Rauen in Witten-Gedern. – C. R. 4. Congr. Strat. Geol. Carbonif., Heerlen 1958, 1: 23-24, Maastricht
JOSTEN, K. H. (1983): Die fossilen Floren im Namur des Ruhrkarbons. – Fortschr. Geol. Rheinld. u. Westf., 31, 327 S:, Krefeld
JUNGHEIM, H. J. (1980): Fossilien aus dem rheinischen Mitteldevon. – 3. Veröffentlichung der Städtischen Galerie Villa Zanders, Bergisch Gladbach, 95 S., Rheinland Verlag, Köln
JUX, U. (1960): Die devonischen Riffe im Rheinischen Schiefergebirge. I. II. N. Jb. Geol. Paläont., Abh., 110: 186-392, Stuttgart
JUX, U., & KRATH, J. (1974): Die Fauna aus dem mittleren Oberdevon (Nehden-Stufe) des südwestlichen Bergischen Landes (Rheinisches Schiefergebirge). – Palaeontographica, Abt. A, 147: 115-168, Stuttgart
KAEVER, M., & OEKENTORP, K., & SIEGFRIED, P. (1974): Fossilien Westfalens, Teil 1: Invertebraten der Kreide. – Münster. Forsch. Geol. Paläont., 33/34, 364 S., Münster
– (1980): Fossilien Westfalens. – Invertebraten des Oberdevons. – Münster. Forsch. Geol. Paläont., 50, 276 S., Münster
KAMP, H. v. (1972): Geologische Karte von Nordrhein-Westfalen. Erl. zu Blatt 4611 Hohenlimburg, 182 S., Krefeld
KARRENBERG, H. (1955): Die Durchfahrung der Ennepe-Störung im neuen Stollen der Dolomitwerke Wülfrath in Hagen-Halden. – Geol. Jb., 71: 405-422, Hannover
KOCH, L. (1979): Karbonfossilien aus dem Steinbruch. Die Vorhaller Schichten südlich der Ruhr. – Mineralien Magazin, 3 (2): 98-103, Stuttgart
– (1980): Farnsamer und Goniatiten. Karbonfossilien aus Vorhalle. – Heimatbuch Hagen und Mark. Hagener Heimatkalender, 22: 228-234, Hagen
– (1983): Am Ort gewachsen oder eingeschwemmt? Mitteldevonische Pflanzenfossilien aus dem Volmetal. – Mineralien Magazin, 7 (3): 108-113, Stuttgart
KOCH, L., & SANDERMANN, K. F. (1981): Die Riesen, die zu Zwergen wurden. Schachtelhalme. – Mineralien Magazin, 5 (6): 273-280, Stuttgart
KORN, D. (1979): Mediandornen bei *Kosmoclymenia* SCHINDEWOLF (Ammonoidea, Cephalopoda). – N. Jb. Geol. Paläont. Mh., 1979 (7): 399-405, Stuttgart
– (1981a) Ein neues, Ammonoideen-führendes Profil an der Devon-Karbon-Grenze im Sauerland (Rhein. Schiefergebirge). – N. Jb. Geol. Paläont. Mh., 1981 (9): 513-526, Stuttgart
– (1981b): *Cymaclymenia* – eine besonders langlebige Clymenien-Gattung (Ammonoidea, Cephalopoda). – N. Jb. Geol. Paläont. Abh., 161 (2): 172-208, Stuttgart
KRÄUSEL, R., & WEYLAND, H. (1938): Neue Pflanzenfunde im Mitteldevon von Elberfeld. – Palaeontographica, Abt. B, 83: 172-195, Stuttgart
KUHN, O. (1949): Lehrbuch der Paläozoologie, 326 S., Schweizerbart'sche Verlagshandlung, Stuttgart

KULLMANN, J. (1980): Carboniferous Goniatites – In: HOUSE, M. R. & SENIOR, J. R. (Hrsg.): The Ammonoidea. – Systematics Association Special Volume No. 18, London/New York

LANGE, W. (1929): Zur Kenntnis des Oberdevons am Enkeberg und bei Balve (Sauerland). – Abh. preuß. geol. L.-anst., N. F., 119, 132 S., Berlin

LANGENSTRASSEN, F., & BECKER, G., & GROSS-UFFENORDE, H. (1979): Zur Fazies und Fauna der Brandenberg-Schichten bei Lasbeck (Eifel-Stufe, Rechtsrheinisches Schiefergebirge). – N. Jb. Geol. Paläont. Abh., 158: 64-99, Stuttgart

LEGGEWIE, W., & SCHONEFELD, W. (1957): Pteridophyten und Pteridospermen der Sprockhöveler (= Magerkohlen-) Schichten (Namur C). – Palaeontographica, Abt. B, 101: 1-29, Stuttgart

LEHMANN, U. (1976): Ammoniten. Ihr Leben und ihre Umwelt. – I-VIII, 1-171, Ferd. Enke Verlag, Stuttgart

– (1977): Paläontologisches Wörterbuch, 2. Aufl., Ferd. Enke Verlag, Stuttgart

LOTZE, F. (1956): Zur Stratigraphie der Unterhonseler Schichten am Nordostende des Altenaer Sattels (Blatt Iserlohn, Sauerland). – N. Jb. Geol. Paläontol., Mh., 1956: 13-15, Stuttgart

MÄGDEFRAU, K. (1968): Paläobiologie der Pflanzen, 4. Aufl., 549 S., Gustav Fischer Verlag, Stuttgart

McKERROW, W. S. (1981): Palökologie. Lebensräume, Vergesellschaftungen, Lebensweise und Funktionen ausgestorbener Tiere und ihre Veränderungen im Laufe der Erdgeschichte, 248 S., Franckh'sche Verlagshdlg., Stuttgart

MEINECKE, F. (1961): Die Ennepe-Störung bei Hagen. – Hagener Heimatkalender, 158-161, Hagen

– (1962): Geologische Heimatkunde für das Nordwest-Sauerland um Hagen. – 276 S., 3. Veröffentlichung d. naturw. Vereinigung Hagen, Hagen

MIESEN, J. (1974): Die Versteinerungen im Devon der Eifel. – 199 S., Hrsg. Sammlung MIESEN, Leverkusen

MOORE, R. C. (Hrsg.): Treatise on Invertebrate Palaeontology, Lawrence, Kansas
(1953): Part G, Bryozoa
(1955): Part P, Arthropoda 2 (Chelicerata u. a.)
(1956): Part F, Coelenterata
(1959): Part O, Arthropoda 1 (Trilobitomorpha u. a.)
(1959): Part L, Mollusca 4 (Ammonoidea)
(1960): Part I, Mollusca 1 (Gastropoda u. a.)
(1964): Part K, Mollusca 3 (Nautiloidea u. a.)
(1965): Part H, Vol. 1-2, Brachiopoda
(1969): Part N, Vol. 1-2, Bivalvia

MÜLLER, A. H. (1978): Lehrbuch der Paläozoologie, Band II, Teil 3, Arthropoda 2 – Hemichordata, 2. Aufl., 748 S., VEB Gustav Fischer, Jena

– (1980): Lehrbuch der Paläozoologie, Band II, Teil 1: Protozoa – Mollusca 1, 3. Aufl., 628 S., VEB Gustav Fischer, Jena

– (1981): Lehrbuch der Paläozoologie, Band II, Teil 2: Mollusca 2 – Arthropoda 1, 3. Aufl., 550 S., VEB Gustav Fischer, Jena

MUNDLOS, R. (1976): Wunderwelt im Stein, Fossilfunde – Zeugen der Urzeit, 280 S., Bertelsmann Lexikon-Verlag, Gütersloh – Berlin

MUSTAFA, H. (1975): Beiträge zur Devonflora I. – Argumenta Palaeobotan., 4: 101-133, Münster

– (1977a): Beiträge zur Devonflora II. – Argumenta Palaeobotan., 5: 31-56, Münster

– (1977b): Beiträge zur Devonflora III. – Argumenta Palaeobotan., 5: 91-132, Münster

– (1980): Beiträge zur Devonflora IV. – Argumenta Palaeobotan., 6: 115-132, Münster

NICOLAUS, H. J., (1963): Zur Stratigraphie und Fauna der *crenistria*-Zone im Kulm des Rheinischen Schiefergebirges. – Beih. geol. Jb., 53, 246 S., Hannover
OLBERTZ-WEHRLI, G. (1969): Die Entstehung unserer nordsauerländischen Heimat. – 6. Beitrag zur Heimatkunde des Hönnetales, 2. Aufl., 43 S., Balve
PAECKELMANN, W. (1924): Das Devon und Carbon der Umgebung von Balve in Westf., – Jb. preuß. geol. Landesanst., 44: 51-97, Berlin
– (1942): Beiträge zur Kenntnis devonischer Spiriferen. – Abh. Reichsamt Bodenforsch., N. F., 197, Berlin
PAECKELMANN, W., & SCHINDEWOLF, O. H. (1937): Die Devon-Karbon-Grenze. – C. R. 2 ème Congr. Strat. Carbon Heerlen 1937, 703-714, Maastricht
PAPROTH, E. (1955): Über die stratigraphische Verbreitung der nicht-marinen Muscheln im Ruhr-Karbon. – Geol. Jb., 71: 21-50, Hannover
– (1960): Der Kulm und die flözleere Fazies des Namur. – Fortschr. Geol. Rheinl. u. Westf., 3 (1): 385-422, Krefeld
– (1978): Nicht-marine Muscheln als Spiegel der Fazies-Entwicklung im paralischen Kohlengebiet Nordwest-Europas. – Sonderveröff. Geolog. Inst. Univ. Köln, 33: 91-100, Köln
PASTIELS, A. (1960): Les lamellibranches non marins de la zone à Lenisulcata de la Belgique (Namurien et Westphalien A). – Centr. nat. Géol. houill., 206 S., Bruxelles
PATTEISKY, K. (1957): Die stratigraphische Stellung der Sprockhöveler Schichten und des Flözleeren nach ihren Goniatiten-Horizonten. – Bergfreiheit, 22 (12): 515-518, Herne
– (1959): Die Goniatiten im Namur des niederrheinisch-westfälischen Karbongebietes. – Mitt. Westf. Berggewerkschaftskasse Bochum, 1-64, Herne
– (1961): Die Ziegelschiefer von Hagen-Vorhalle. – Hagener Heimatkalender, 132-138, Hagen
PFEIFFER, A. (1938): Die Brandenberg-Schichten im bergisch-sauerländischen Mitteldevon. – Diss., 60 S., Göttingen
PFINGSTEN, G. (1969): KARL TORLEY, ein westfälischer Arzt und Paläontologe. – Natur und Museum, 99 (1): 31-38, Frankfurt/M.
RABITZ, A. (1966): Die marinen Horizonte des flözführenden Ruhrkarbons. Rückblick und Ausblick. – Fortschr. Geol. Rheinl. u. Westf., 13: 243-296, Krefeld
RABITZ, G. (1966): Cordaiten aus dem flözführenden Oberkarbon des Ruhrgebiets. – Fortschr. Geol. Rheinl. u. Westf., 13: 303-316, Krefeld
RAMSBOTTOM, W. H. G. (1959): Distinction between the Carboniferious Genera *Caneyella, Posidonia* and *Posidoniella.* – Palaeontology, 1 (4): 405-406, London
REMY, W. (1953): Untersuchungen über einige Fruktifikationen von Farnen und Pteridospermen aus dem mitteleuropäischen Karbon und Perm. – Abhandl. Deutsch. Akad. Wiss. Berlin, Kl. Math. Allgem. Naturwiss., 1952 (2), 38 S., Berlin
REMY, W., & REMY, R. (1977): Die Floren des Erdaltertums. – Einführung in Morphologie, Anatomie, Geobotanik und Biostratigraphie der Pflanzen des Paläophytikums, 468 S., Glückauf Verlag, Essen
RICHTER, D. (1977): Ruhrgebiet und Bergisches Land. Zwischen Ruhr und Wupper, 2. Aufl. – Samml. geol. Führer, 55, 186 S., Borntraeger Verl., Berlin – Stuttgart
RICHTER, R. (1937): Die »SALTER'sche Einbettung« als Folge und Kennzeichen des Häutungs-Vorganges. – Senckenbergiana, 19: 413-431, Frankfurt
RICHTER, R., & RICHTER, E. (1926): Die Trilobiten des Oberdevons. Beiträge zur Kenntnis devonischer Trilobiten. – Abh. preuß. geol. Landesanst., N. F., 99, 314 S., Berlin
– (1950): Arten der Dechenellinae (Tril.). – Senckenbergiana, 31 (3/4): 151-184, Frankfurt

– (1956): Grundlagen für die Beurteilung und Einteilung der Scutelluidae (Tril.). – Senck. leth., 37 (1/2): 79-124, Frankfurt

SAUER, E. (1975): Sicherer Nachweis von Häutungshemden bei Trilobiten, aufgezeigt an Funden aus oberdevonischen Schichten der Ziegelei-Grube Uhlenbruch in Wuppertal-Nächstebreck. – Jber. naturwiss. Ver. Wuppertal, 28: 77-80, Wuppertal

SCHINDEWOLF, O. H. (1927): Zur Kenntnis der Devon-Karbon-Grenze in Deutschland. – Z. dt. geol. Ges., 78: 88-133, Berlin

– (1937): Zur Stratigraphie und Paläontologie der Wocklumer Schichten (Oberdevon). – Abh. preuß. geol. L.-Anst., N. F., 178, 132 S., Berlin

– (1955): Zur Taxonomie und Nomenklatur der Clymenien. – Neues Jb. Geol. Paläont., Mh., 10: 417-429, Stuttgart

SCHLÖMER, S. (1967): Die Fauna des westdeutschen Oberkarbon V. Die marinen Pelecypoden aus dem flözführenden Oberkarbon des niederrheinisch-westfälischen Steinkohlengebietes. 1. Teil: Taxodonta. – Palaeontographica, Abt. A, 126: 71-115, Stuttgart

SCHMIDT, C. (1924): Stratigraphisch-faunistische Untersuchungen im älteren produktiven Carbon des Gebietes von Witten (Westfalen). – Jb. preuß. geol. L.-Anst., 44: 343-395, Berlin

SCHMIDT, HERM. (1909): Beiträge zur Kenntnis des Elberfelder Devon. – Jber. naturwiss. Ver. Elberfeld, 12: 37-59, Wuppertal-Elberfeld

– (1924): Zwei Cephalopodenfaunen an der Devon-Carbon-Grenze im Sauerland. – Jb. preuß. geol. L.-Anst., 44: 98-171, Berlin

– (1965): Die wichtigsten Grenzen im Mitteldevon des nördlichen Rheinischen Schiefergebirges. – Fortschr. Geol. Rheinl. u. Westf., 9: 883-894, Krefeld

SCHMIDT, HERM., & PLESSMANN, W. (1961): Sauerland. – Sammlung geol. Führer, 39, 151 S., Borntraeger Verl., Berlin

SCHMIDT, HERM., & TRUNKO, L. (1965): Die Basis des Givet im Bereich der Lenneschiefer. – Fortschr. Geol. Rheinl. u. Westf., 9: 807-876, Krefeld

SCHMIDT, R. (1961): Zur Tektonik des Flözleeren an Volme und Lenne. – Forschungsber. des Landes NRW, 945, 66 S., Köln und Opladen

SCHMITZ, K. (1974): Erdgeschichte des Oberbergischen. – Hrsg. Oberkreisdirektor Oberbergischer Kreis, 118 S., Gummersbach

SCHÖNWÄLDER, L. (1958): Die Steinbrüche H. Rauen am Ruhrtal südöstlich Witten. – In: HAHNE, C. (Hrsg.): Lehrreiche geologische Aufschlüsse im Ruhrrevier, 172 S., Essen

SEMERTZIDIS, S. (1976): Die Fauna des westdeutschen Oberkarbons VII. Die marinen Pelecypoden des flözführenden Oberkarbons des niederrheinisch-westfälischen Steinkohlegebietes. – Palaeontographica, Abt. A, 151 (4-6): 111-193, Stuttgart

SPRIESTERSBACH, J. (1915): Neue oder wenig bekannte Versteinerungen aus dem rheinischen Devon, besonders aus dem Lenneschiefer. – Abh. kgl. preuß. geol. L.-Anst., N. F., 80, 80 S., Berlin

– (1935): Beiträge zur Kenntnis der Fauna des rhein. Devon. – Jb. preuß. geol. L.-Anst., 55: 475-525, Berlin

– (1942): Lenneschiefer (Stratigraphie, Fazies, Fauna). – Abh. Reichsamt Bodenforsch., N. F., 203, 219 S., Berlin

SPRIESTERSBACH, J., & FUCHS, A. (1909): Die Fauna der Remscheider Schichten. – Abh. kgl. preuß. geol. L.-Anst., N. F., 58, 81 S., Berlin

STOCKMANS, F., & WILLIÈRE, Y. (1951): Quelques végétaux namuriens et westphaliens du Charbonnage d'Aiseau-Presle. – In: VAN LECKWIJCK, W.: La concession Tergnée-Aiseau-Presle (I). – Ass. Ét Paléont. Strat. Houill., 9, Bruxelles

– (1952/53): Végétaux namuriens de la Belgique. – Ass. Ét. Paléont. Strat. Houill., 13, Atlas (1952): 57 Taf., Texte (1953): 382 S., Bruxelles

– (1961): Végétaux du Westphalien A de la Belgique. Graines, inflorescenses et Synanges. – Centr. nat. Géol. houill., 4, 118 S., Bruxelles
STRUVE, W. (1956): *Spinatrypa kelusiana* n. sp., eine Zeitmarke im Rheinischen Mittel-Devon (Brachiopoda). – Senck. leth., 37: 383-904, Frankfurt/M.
– (1961): Das Eifeler Korallen-Meer. – In: Mineralogische und geologische Streifzüge durch die nördliche Eifel. – Der Aufschluß, Sonderheft 10: 81-107, Heidelberg
– (1982): Beiträge zur Kenntnis devonischer Brachiopoden, 23: Schaltier-Faunen aus dem Devon des Schwarzbach-Tales bei Ratingen, Rheinland. – Senck. leth., 63: 183-283, Frankfurt/M.
THOME, K. N. (1970): Die Bedeutung der Ennepe-Störung für die Sedimentations- und Faltungsgeschichte des Rheinischen Schiefergebirges. – Fortschr. Geol. Rheinl. u. Westf., 17: 757-808, Krefeld
TORLEY, K. (1908): Die Fauna des Schleddenhofes bei Iserlohn. – Abh. preuß. geol. Landesanstalt, N. F., 53: 1-56, Berlin
– (1934): Die Brachiopoden des Massenkalkes der Oberen Givet-Stufe von Bilveringsen bei Iserlohn. – Abh. Senckenberg. naturforsch. Ges., 43 (3): 67-148, Frankfurt/M.
VÖHRINGER, E. (1960): Die Goniatiten der unterkarbonischen *Gattendorfia*-Stufe im Hönnetal (Sauerland). – Fortschr. Geol. Rheinld. u. Westf., 3 (1): 107-196, Krefeld
VOIGT, E., & STEHN, O., & FRIEG, C. (1978): Kreidetransgression auf das Karbon zwischen Frömern und Mühlheim/Ruhr. – Symposium Deutsche Kreide, Münster i. W., 1. - 8. April 1978, Exkursion D, Münster
WALTHER, C. (1928): Untersuchungen über die Mitteldevon-Oberdevongrenze. – Z. dt. geol. Ges., 80: 97-152, Berlin
WEIDMANN, C. (1962): Gliederung, Fauna und Flora des ruhrländischen Karbons. – Der Aufschluß, Sonderheft 11: 29-36, Heidelberg
WEYER, D. (1968): Zur systematischen Stellung der Genera *Posidoniella* DE KONINCK, 1885, *Caneyella* GIRTY, 1909 und *Karadjalia* SADYKOV, 1962 (Lamellibranchiata; Devon-Karbon). – Geologie, 17: 560-571, Berlin
WEYLAND, H., & BEHRENDT, W. (1968): Neue Pflanzen aus den Brandenberg-Schichten des Mitteldevons von Elberfeld. – Palaeontographica, Abt. B, 122, Stuttgart
WIRTH, W. (1964): Über zwei Unterkreiderelikte im nördlichen Sauerland. – Fortschr. Geol. Rheinl. u. Westf., 7: 403-420, Krefeld
– (1970): Eine tertiärzeitliche Karstfüllung bei Eisborn im Sauerland. – Fortschr. Geol. Rheinl. u. Westf., 17: 577-588, Krefeld
ZITTEL, K. A. von (1910): Grundzüge der Paläontologie, I. Invertebrata. – 3. Aufl., 607 S., Verlag Oldenbourg, München – Berlin

Karten

Geologische Karte von NRW 1 : 25000
Blatt 4510 Witten (1980)
Blatt 4512 Menden (1980)
Blatt 4611 Hohenlimburg (1972)
Blatt 4709 Wuppertal-Barmen (1979)

Amtl. Topographische Karte 1 : 50000
Blatt L 4510 Dortmund
Blatt L 4512 Unna
Blatt L 4514 Soest
Blatt L 4516 Büren
Blatt L 4708 Wuppertal
Blatt L 4710 Hagen
Blatt L 4712 Iserlohn
Blatt L 4714 Arnsberg
Blatt L 4714 Brilon

Bildnachweis

Fotos, soweit nicht anders angegeben, vom Verfasser – Zeichnungen, soweit nicht anders vermerkt, Dr. C. BRAUCKMANN –
Abgebildete Fossilien, wenn nicht besonders aufgeführt, aus der Sammlung des Verfassers – Taf. I, o. r. (Slg. HÜTTE), Taf. I, u. l. (Slg. HÖGER), Taf. II, o. l. (Slg. Fuhlrott-Museum Wuppertal), Taf. II, o. r., u. l. (Slg. LEMKE), Abb. 1 (nach MUNDLOS 1976), Abb. 2 (nach MUNDLOS 1976), Abb. 3 (Zeichnung S. HEIN nach KRÄUSEL & WEYLAND, SCHWEITZER u. a.), Abb. 4 (nach DENISON 1978), Abb. 5 (aus MÜLLER 1966), Abb. 6 (nach JUX 1960), Abb. 8 (nach LEHMANN 1976), Abb. 10/11 (nach MÜLLER 1981), Abb. 13 (Zeichnung S. HEIN nach HIRMER, MÄGDEFRAU u. a.), Abb. 14 (aus BRAUCKMANN & KOCH 1982), Abb. 15, (nach MEINECKE 1962), Abb. 19 (Zeichnung P. GIESEN), Abb. 21 (Slg. Forschungsstelle für Paläobotanik Münster, aus MUSTAFA 1975, 1977 a, 1977 b), Abb. 26 unten (Slg. LEMKE), Abb. 27 unten (Slg. HERWIG), Abb. 30 (nach BIRENHEIDE 1978), Abb. 31/32 (nach FRAAS 1978), Abb. 33 (aus BIRENHEIDE 1978), Abb. 37 (Slg. Ernst-Meister-Gymnasium Hagen), Abb. 49 (nach R. RICHTER & E. RICHTER 1956), Abb. 50, o. l.,o. r.,u. r.(Slg.HERWIG),Abb.51(Slg.HERWIG),Abb.52(nachMOORE1960),Abb.57, o. r.(Slg.HERWIG),Abb.58,o. r.(Slg.HERWIG),Abb.59,u. l.,u. r.(Slg.HÜTTE),Abb.61, o. l., u. r. (Slg. HÖGER), Abb. 62 (Slg. HÖGER), Abb. 64, u. l. (Slg. HÖGER), u. r. (Slg. HÜTTE), Abb. 66, o. l., o. r. (Slg. HÜTTE), u. l. (Slg. HÖGER), Abb. 76 (nach RUD. RICHTER 1937), Abb. 77, o. l. (Slg. LEMKE), Abb. 79, o. l. (Slg. HÖGER), Abb. 88 (Slg. LEMKE), Abb. 89 (Slg. LEMKE), Abb. 90 unten (Slg. LEMKE), Abb. 96 (Slg. HÜTTE), Abb. 97 u. l. (Slg. LEMKE), o. r. (Slg. HÜTTE), Abb. 98, u. l., u. r. (Slg. LEMKE), Abb. 99 (Slg. LEMKE), Abb. 103, u. l. (Slg. KEMPER), Abb. 108 (Slg. KEMPER), Abb. 110 (Slg. KEMPER), Abb. 111 oben (Slg. Ruhrtal-Museum Schwerte), Abb. 112 (aus BRAUCKMANN & KOCH 1983 b), Abb. 113 (aus BRAUCKMANN & KOCH 1983 c), Abb. 114 (aus BRAUCKMANN & KOCH 1982), Abb. 115 unten (Slg. ELZE), Abb. 116, o. l., u. r. (Slg. HOFFMANN), u. r., u. l. (Slg. KEMPER), Abb. 117/118 (nach REMY & REMY 1977), Abb. 120 links (nach REMY & REMY 1977), Abb. 125, o. l. (Slg. KEMPER), Abb. 126 (Slg. KEMPER), Abb. 127, o. l. (Slg. Ernst-Meister-Gymnasium Hagen), Abb. 129, o. l., unten (Slg. KEMPER), o. r. (nach HIRMER), Abb. 133, o. l. (Slg. KEMPER), o. r. (Slg. Ruhrtal-Museum Schwerte), Abb. 138, o. l. (Slg. KEMPER), Abb. 139 (Slg. Fuhlrott-Museum Wuppertal), Abb. 143 (Slg. Ruhrtal-Museum Schwerte), Abb. 147 (Slg. LEMKE), Abb. 148, o. l., o. r. (Slg. LEMKE), Abb. 150 oben (Slg. LEMKE), Abb. 151 (Slg. Schloß-Museum Hohenlimburg).

Sachverzeichnis

Ortsverzeichnis